通往申城的阶梯

胡飞雪 ◎ 著

北方联合出版传媒（集团）股份有限公司

万卷出版公司 VOLUMES PUBLISHING COMPANY

图书在版编目（ＣＩＰ）数据

通往申城的阶梯 / 胡飞雪著. -- 沈阳 : 万卷出版
公司，2019.4
　　ISBN 978-7-5470-5125-2

　　Ⅰ．①通… Ⅱ．①胡… Ⅲ．①长篇小说－中国－当代
Ⅳ．①I247.5

中国版本图书馆CIP数据核字(2019)第038134号

出 品 人：刘一秀
出版发行：北方联合出版传媒（集团）股份有限公司
　　　　　万卷出版公司
　　　　　（地址：沈阳市和平区十一纬路25号　邮编：110003）
印 刷 者：三河市兴国印务有限公司
经 销 者：全国新华书店
幅面尺寸：170mm×240mm
字　　数：570千字
印　　张：35
出版时间：2019年4月第1版
印刷日期：2020年10月第2次印刷
责任编辑：李 坪
责任校对：高 辉
版式设计：吴青青
ISBN 978-7-5470-5125-2
定　　价：64.00元
联系电话：024-23284442
传　　真：024-23284442

目录

通往申城的阶梯

楔 子

两年前的一天早上，我刚到公司不久，就接到了妻子的电话，她拖着长音嗲嗲地说她的车子又在漏油。我安慰了她一番，同时又极力劝说她该换一部了。她那部车龄达十多年的老款蒙迪欧，载着她经历了风风雨雨，说起来也是功勋卓著，妻子极是爱惜它。如果不是我在二〇一一年追尾了别人的车辆出过严重车祸，那部车子的车况不会如此之差。那次光修理费就花了五万多块，幸亏修理时那位胖师傅比较认真负责，把车子该换的零件全都换过了，妻子将就着又开了四年多。从二〇一五年上半年起，这车子的毛病就越来越多，保养修理花费也直线上升，看来它的大限真的快到了。

我用的车子是标致207，开了有三年多了吧。当初买的时候，就准备拿它跑工地的。小车子非常省油，跑工地上坑坑洼洼的道路时磨损大些也不会太心疼，但是妻总是嫌它小，认为我开着并不合适。我知道这只是她的一个小借口，她其实是想让我开辆稍好些的车子，在我们家经济条件许可的情况下不让我受委屈。受委屈？自从我们在一起后，她何曾让我受过一丝丝委屈呢？后面我会尽我所能地记录下来她对我的好。刚买标志车的时候我们还未买房，我当然是想着省下钱来尽快把房子的事情先搞定。我们计划着今年先把她的车换了来，谁知道它会不会突然就趴窝了呢。

下午我在单位没事，就偷偷溜出去和她一起去看车子。我们先到她认识的一个好朋友的4S店去瞅瞅，看中的话朋友自然会给她较优惠的价格。这家店在浦东居家桥路，我们再熟悉不过了。前两个月，她就曾介绍一位朋友来这里买过，现在轮到了她自己。她说她的第二部车子一定要是越野型的，并念叨了很久。她不喜欢太高调，另外做经营的人都有体会，开着太好的车子出去谈生意，总会给那些不小心看到自己座驾的客户以压力。所以她把目标定位于中档型，在Q5、X3和GLC之间选择。看完X3，她觉得不是很满意，后排空间小不说，开起来比她的蒙迪欧噪声还大。

我耸耸肩，建议妻子去看看GLC，于是两人驱车前往中环边汶水路奔驰4S店。果然奔驰的内饰要胜过宝马很多，坐起来也特别舒服。妻子问我的感受，我绕着车子转了两圈，觉得外观我不喜欢，太中规中矩了。这时候，我被一辆轿车吸引住了。这部车是新款E系，带着大标的运动款，超级帅——至少我是这么认为的。我对奔驰车有着良好的印象，这源于我在三峡工作时的一段经历，后面我还会提到。我上车坐了坐，仔细看了车子上的各个角落，简直要爱不释手了。她注意到了，笑着问我是不是喜欢这车，我给了她肯定的答复。她又问我是一般喜欢还是特别喜欢，我笑笑没吭声。她喜欢的是 SUV，这部轿车就算啦。

她看出了我的顾虑，说其实她也不排斥买轿车的，这部车子她也看中了，既然我也喜欢，那就定它吧。我瞬间兴奋起来，感觉幸福来得太突然，每个男人都会以拥有一辆奔驰车为荣吧。我们先试驾了两圈，果然没让我们失望，这舒适性就可以秒杀同类车型。回到店里，立马杀价付款走流程。在登记车主信息的时候，我刚要报出她的名字，却让她给抢了先。她笑吟吟地说车主是你不是我。听她如此说，我疑惑地抬头看她，难道漏油的是我的车子吗？她那雪白的脸庞上，眼若秋波，眸似清水，调皮地说这是我送给你的"七一"节礼物。我浑身一颤，刹那间百感交集，险些泪往外涌。

我的思绪飞回到了二〇〇五年五月那个炎热下午，那是我刚来上海的时候。参加工作四年后，我满腹心事同时也满怀憧憬地，从宜昌乘火车到达了上海。下定决心换个环境和过去挥手告别，也不是说起来这么简单。也许只是遇到一个偶然事件，我会选择去北京，或者去广州吧，那么我的人生应该是另外一个样子。巧合的是，那年也是妻买到她心爱的蒙迪欧的时候。后来她很多次和我开玩笑，说我怎么不早点给她打电话，她好欢天喜地开着新车接我回家，可那会儿是我们相识相爱的两年前。其时，我们在这个城市的两个角落里各自生活，她在努力地工作，而我在磕磕碰碰中前行，直到两年后的那次邂逅。

无论从哪个方面看，我都不应该在这个时候来上海。首先，这里是个完全令我陌生的环境。离开已经建立的朋友圈，到一个到处是陌生景象的地方，对每个人都是伤筋动骨的打击，对我这种稍内向些的人更是如此。其次，我一直是做工程技术工作的，在上海这边能不能找到充分发挥我专长的岗位，对此我没什么大的把握。当初毕业后没选择来大城市，就是觉得一线城市是群英荟萃的所在，若没有异于常人的能力，立足于此并取得成就应该是困难重重的事吧。我小心翼翼地选择从业单位，最后毅然决定回家乡——一个三线省会城市。宁当鸡头，不做凤尾，就是当初我择业时的想法。

可现在，我把工作关系和学历档案都留在原单位，两手空空来到这里，想要站稳脚跟难度可想而知了。火车进站的时候，列车里开始播放终到告别词，我心中仍然一片迷茫。我对上海的闷热毫无准备，贴身穿着白色长袖衬衣，上身还穿着一件夹克外套，灰色牛仔裤这时候也显得厚了些，所以当我从火车站出来时，已经浑身是汗，苦不堪言。人生地不熟，我问了很多好心的路人，好不容易才转到黄色线路标志色的三号线上。一进地铁车厢，瞬间仿佛整个世界都冷却下来了，好凉快！车厢里空调真给力啊。第一次乘坐上海地铁，我心里很是纳闷，因为以前我以为地铁全是在地下隧道里运行的呢。

　　我全部的家当，是一箱子的衣物，外加背着的大号背包。许多年来，我的出行都是如此简单，当初从西宁到达宜昌，也是如此简单的两件行李。单身工科男，都没有多少家私的吧。我原以为我的装束行头会引来很多人异样的目光，但实际上并没有。这个城市的人们，大概已经习惯了地铁上出现形形色色的人，他们各自忙着各自的事，绝少环顾周围。地铁快速平稳地运行起来，我掏出手机，拨打联系我来面试的朱鹤经理的手机号，结果电话里传来了忙音。我挂了电话，深深吸口气，看着窗外一幢幢大楼向后飞驰，心里莫名地升起了一丝恐慌。上海，我会是另一个短暂的过客吗？

第一章

二十世纪七十年代末，我出生于青海邻近西宁的一个少数民族自治县。该县名义上是少数民族自治，但还是汉族占了绝大多数，所以我小时候根本就没看到过周边有什么少数民族同胞，后来才知道离县城很近的一块区域才是这个少数民族聚居区，而我们乡地理上更靠近西宁。那个时候，全国普遍都开始施行计划生育，不过我兄弟姐妹有五人，这主要是因为青海地广人稀吧。即便计划生育政策执行最严厉的年代，家处西宁市周边的这些农村，独生子女家庭也是极少数的存在。重男轻女的思想在北方地区根深蒂固，这也是我家有这么多孩子的原因之一了，我在家中排行老四，上面三个姐姐，还有一个弟弟。

青海海东地区多山脉，有限的人口大部聚居在连绵起伏的祁连山东段山脉的河谷处。我们这个县，就是夹在两条南北走向的山脉之间，山脉的相对高度有两三百米，所以我们是有着淳朴民风的大山子民。我们家乡的主产农作物是小麦、青稞、蚕豆、土豆和油菜，故而这里是面食之乡。山脉间最低洼处流淌着黄河上游的一条小支流。小时候，这条河流清澈见底，是我们小孩子夏天的乐园，甚至一度是沿河两岸十几个村庄的饮用水来源。如今，受县城建起的几座碳化硅厂、水泥厂的污染，水质非常糟糕。已经有很多年了，小河中没有任何生物，夏日里再也不见光屁股的小孩在那里嬉戏。

我爸爸是个多才多艺的人。举几个例子：在他六十多岁时，偶然间迷上了拉二胡，于是开始认真模仿学习。他模仿的方法，就是买一些二胡磁带反复播放、琢磨，居然无师自通地学会，虽然是野路子练出来的，但也拉得有模有样。又过了几年，他用播放视频教材的方法练会了电子琴；他是多年的业余铁匠，以我的理解，他如果不务农而选择当一名铁匠，或许会成为远近闻名的行业人才；他还是村里文艺社火表演队队长，每年春节村里庆祝活动的组织者；像大多数普通的中国农民一样，我爸爸很勤劳，但也比常人更能吃苦。为了补贴家用，他曾在农闲之季开采石矿。

我家东面大山深处富含建筑装饰用石材，在我很小的时候，就有数个家庭凭政府许可开采这些石材，有好几个村办起了石膏粉碎厂，其产品是很好的建筑装修装饰材料。我爸爸会制作炸药，这项技能应该是他当兵那会儿学会的吧。想要挖石材，就要修通道路。记得在仅容一人通过的石头沟里，爸爸经过三年多的起早贪黑，用炸药炸碎挡路巨石，靠拖拉机拉石渣填坑，修通了约五公里的进山道路。他比同龄人吃了好几倍的苦头，但收获并没有与付出成比例，比如采石材这件几乎耗费他多年心血的工作，道路修通仅三年后，政府收回了农户私人开采权，只允许法人单位开采。我爸爸没开采到多少石矿，因而也就所获不多。

我爸爸比别人超常的勤奋，使我家的生活水准一直高于村里的其他人家。比如在八十年代初，我家就先于村里其他农户买了一台十二寸黑白电视机。每个农忙后的夜晚，这台电视被安置在我家大门口，门前小场地上黑压压挤满了收看电视节目的村民，热闹程度堪比过节。电视连续剧《西游记》，全村人就是通过我家的电视，以这种类似看露天电影的方式完整收看的。我们也是村里首家买到农用拖拉机的农户，在全村人基本都以手工进行农业劳作的阶段，我们家很早就进入半机械化农耕状态，这全靠我爸爸的天赋和努力。如果不是发生后面那场意外，我家的生活水平一定还是会领跑全村的。

我妈妈朴实能干，作为一个淳朴的西北女人，她不仅要在地里干农活，还要操持大部分家务。我觉得我妈妈的情商是很高的，她能让周围任何人和她和平共处，获得了良好的口碑。我时常在想，如果我爸爸有我妈妈的情商，他可能会是个了不起的存在，因为我爸有才气，但性格执拗，脾气有些暴躁，身边交心的朋友没有几个。我的三个姐姐中，大姐最受我爸爸宠爱，性格也像极了他。我二姐最任性，可这份任性让她成为三姐妹中唯一一个自己掌握了自己命运的人。我最喜欢三姐，她性格直爽、善良，但从小受苦良多。我的弟弟，最小最受我妈宠爱，所以几乎有了被宠坏了的人的一切特征。

写下这些文字的时候，窗外的雨正在淅淅沥沥地下个不停，我的心情也特别舒适。不像有些人那样讨厌阴雨天气，我特别喜欢下雨天。原因很简单：小时候，只有到了下雨天，我才可以不用跟着我爸爸去修路，可以睡睡懒觉，或者在家玩耍。从我记事起，我就知道我爸爸成天在修路，等到我可以帮点忙，他就带着我上山了。在同龄人干完一点点大人分配的农活后玩乐时，我却整天跟着我爸爸去上山开路，所以我比同龄人更早懂得了生活的艰辛，也因此，我虽然不是很聪明，但从小学起就明白努力学习的重要性。和下雨天一样，在学校学习的日子，比整天扛着铁锹去劳动要轻松很多啊！

我弟弟比我小一岁，他也在适当的年龄被我爸爸带上山。不过，他干活很不踏实，并且经常在我爸爸稍不注意的时候溜走。我爸爸事后通常也会暴力教训他，不过收效甚微，毕竟我弟弟可以拿我妈妈当挡箭牌。我爸爸对我们特别严厉，记忆中除了我大姐没挨过他的教训，其他几个都有被他狠揍的经历。有一次我犯错误后被他狠狠地打了一顿，以后的岁月里我都很怕他，对他是敬而远之。生活虽然艰辛，但令人欣慰的是，我自小喜欢上学学习。我们那时候上小学好轻松，主课只学数学语文，各种作业课间就早早做完，很少带着作业回家。期中、期末考试，我没考到一百分的时候特别少。

上小学期间让我印象特别深的一件事，是我的一年级班主任的突然离世。他很和蔼，做事认真，对我们特别负责。他当时已经和一起中专毕业的女朋友订婚了。我们那么小，关于结婚什么也不懂，但特别为他们高兴。那天早上按课程安排是他的两节语文课，可校长来到我们班级，神色严峻地让我们上自习。几天后我们听说了他上吊自杀的消息，我当时特别震惊，虽然村里也会偶尔有老人去世，小孩子几乎是当喜事一样看待，因为我们还不懂去世的确切含义。可是我们的老师，他这么年轻，怎么能说没了，就从此再也看不见了？这件事，让我沉浸在阴影中很长时间，怕自己死了，或者周围熟悉亲近的人突然就离我远去。

我是以全乡第二名的成绩考上乡中学的。我爸爸遇到不知情的外乡亲戚，总吹嘘我考的是第一名，这是他的虚荣心在作怪吧，每每此时我会觉得脸上发烫，犹如向老师撒谎当面被揭穿，浑身很不自在。同时，我也明白了努力学习取得好成绩，我爸爸还是特别以我为豪的，所以从上初中开始，我学习更加用功。不过很不幸的是，从上初二起，我被严重的皮肤病折磨了好几年。医生诊断那是顽固性湿疹，想要根治异常困难。这个病严重时令我双手手指间皮肤溃烂，苦不堪言。记得当时去看村里医生时他就开消炎药，或者干脆打青霉素。村里诊所关闭后，我三姐陪我去西宁城东韵家口诊所打针，十公里的路程来回走了无数回。青霉素有效果，但治标不治本，所以湿疹反复发作，其后三年我的一半精力耗在这个顽固皮肤病上，学习成绩也一落千丈。

在我上初中前后一段时间里，我们家陆续发生了一些重大变故。我大姐学习成绩不好，初中毕业便不上学了。在家务农三四年后，她和一个初中时的同学谈起了恋爱。我们那里女生初中毕业数年内结婚生子很普遍，我大姐他们自由恋爱也是好事一桩，但我爸爸对此事坚决反对，也许他是觉得我大姐还太小，或许他对那个男的不很中意。我大姐脾气也很犟的，和我爸爸争执了半年有余。不料这时候我爸爸出门遭遇了车祸，被车子撞断腿在医院住院半年。这次车祸对我爸爸打击很大，身体没有以前那么健康了，也留下很多后遗症，影响到了干农活。他也不能从事副业了，因而我们家的经济状况陷入困境。

我爸爸的脾气变得更暴躁，自作主张将大姐许配到了邻县的人家。我大姐接受了这样的安排，未来的岁月里也没怎么埋怨过我爸爸，不过我知道她的婚姻一直是不幸福的。我二姐和三姐可以参照着来说。自从家庭陷入经济窘境，我爸爸要求我二姐和三姐退学，把读书的机会留给我和弟弟。其实我们那时候读书学费并不高，没有到能占用一大笔家庭开支的程度。我爸爸之所以要求两个姐姐退学，重男轻女的思想应该是重要原因。我二姐打死也不愿意退学，虽然她学习成绩不怎么样，但是她认定改变自己命运的机会就是上学。这时候，学习成绩特别优异的三姐主动提出要退学。

我三姐的班主任和校长一起来家访，想说服我家人千万不要让我三姐辍学，而我三姐态度很坚决地退学了。多年以后，我仍然为我三姐惋惜不已。她的学习成绩远好于我们剩下的四个，如果当初她有条件读书，那她的命运将是另一番光景。她后来吃了很多的苦头，我不知道她是否为此后悔过。我爸爸勉强支持我二姐读书到初三，可她没考上中专。接下来我爸爸坚决不支持她读高中，二姐居然离家出走了，这在当年的村子里成了桩奇闻逸事。我爸爸气极，恨恨地要和她断绝父女关系。之后的很多年里，她只有一些断断续续的消息发回给家里。直到我考大学那年，才知道她到了西安，并于多年后在这座城市恋爱结婚生子。

我弟弟读完初一也辍学了，跟着村里一位远房堂哥去毛纺厂打工，估计是那种零工类型的，不然工厂涉嫌聘用童工了吧。我弟弟为人任性，做事常常不顾后果，擅使小聪明而学习不努力，稍大些更沾染上赌博的恶习。他喝完酒常常闹脾气，搅得家人不得安宁。因为这些缘故，我和他感情很淡，很少交心地聊天。不过他多年来一直在父母身边，对父母倒还比较孝顺。我认为就算他有再多的毛病，至少有照顾父母的功劳。自从大学毕业后，我离家越来越远，这辈子休想谈一个"孝"字，所以当我稍有能力时，就在经济方面对我弟帮扶有加，希望他能守住孝顺这条最后的底线，也有稍弥补我不能承担照顾父母的责任的心思在里面。

上了高中，皮肤病不再整年折磨我了，只是在换季的时候偶尔周期性复发。身体健康的日子真的很美好，甚至我的性格也阳光起来了。我知道高考转瞬即至，留给我的时间不多，于是加倍努力，成绩也迅速提升。但是，从初一开始学起的英语，永远地成了我的短板。还有更糟糕的事情：我们高中英语老师的教学水平实在令人不敢恭维。希望她永远不要看到我这样评价她，她对我是非常好的，无论各个方面都给予我很大帮助，我非常感激她。但是，我有疑难题目请教，她能够帮我释疑的次数屈指可数。很多情况下，上课时她只是在照本宣科，这是西北地区英语整体教育水平的一个缩影。

每个学期，我的成绩都排在班级第一的位置。我爸爸也因此而深受鼓舞，意识到我们家族有可能会出第一个大学生，于是开始全力支持我的学业。他最开心的一件事，就是在我们的家长会上戴了多年大红花，那是给学习名列前茅的学生家长的一项荣誉。这件事他念叨了很多年，我也因此而自豪。不过客观来看，在我们学校教学水平低下的前提下，我所取得的成绩真的微不足道。大学能考得上吗？这个才是检验一切的标准。我对此有清醒的认识，因为升学率摆在那里。我们只有打破学校高考多年升学零纪录，才可以说明我们的努力卓有成效，而对于个人来说，那是命运的转折点。

我们上学那会儿，高考制度改革力度比较大，上初中时定的政策，等我们上了高中，其变化已经很大了。令人费解的是，我们到了高二的时候，文科和理科才开始分班。正是这个时候，我情窦初开，喜欢上了一个分在同一班级的姓张的女生。她的成绩也很好，不过进入高二后学习明显力不从心。她的同桌休学一年，于是我和她坐到一起。拙于表达情感，我只能把对她的暗恋转换为帮助她的动力，她有了明显的进步。我那时候是住校生，也正在长身体，所以特别能吃，可从家里带的干粮总是吃不饱。她家就在学校不远处，于是每天都会带花卷或馒头给我。这么多年过去了，我依然记得那又香又甜的味道，对她心怀思念与感恩。

与她相处的日子总是很开心，也一起经历过许多很让人难忘的感动瞬间。记得有一次，她妈妈上山干农活时摔到了，腰部严重受伤住院。她家里的大人们都在医院忙着照料伤者，只能留她在家里照顾年幼的弟弟妹妹。这是她人生中第一次经历这么大的危机吧，所以她在学校心神不宁，更无心听课学习，我特别担心她，却也懊恼自己帮不上忙。适逢中秋佳节，那天放学后我思想斗争了很久，终于鼓起勇气去了趟她家，借口是老掉牙的送复习资料，结果发现她特别欢迎我的不约而至。这是一个没有大人的节日，在那个晚上，我有种宾至如归的感觉，恍然间觉得这里才有家的温馨。

看得出她是很开心的，我因此而心满意足。屋子里充满欢声笑语，我们几个半大的人相处得很好，玩得自然也很开心。到了后半夜，我提议去爬山，小伙伴们都很兴奋地大声附和。我们学校后面有座高山，名字叫老爷山，山顶有座仅三间房的庙宇，已经忘记它叫什么名字，中学六年里我没少爬山到过这里。那晚月亮真圆真大，好似不用打开手电筒，道路和周边情形就可以看得一清二楚。我们爬到山上，她虔诚地跪拜于庙宇正堂前许愿，一定是期盼她妈妈早日康复。我依样画葫芦，多年后已忘记了自己许的什么愿，但我知道那是自己在青少年时代里最开心的一天，真是一个令人难以忘怀的中秋节。

高二结束这年，比我们高一届的校友挺争气，在一九九六年高考中，考中了六个。这是个特大喜讯，因为在这之前的连续五年时间里，我们学校都没有学生考中过大学本科。受这个消息的鼓舞，我在学习上更加用功了，想考上大学的心思日甚一日，心无旁骛只专注学习。我和同桌的恋情还没来得及开始就结束了，除了因为我对考上大学的渴望，还因为那时候乡风很淳朴，早恋这种事在中学校园里是绝对禁止的，男女间的那种朦胧感情很容易被掐灭在萌芽状态。同桌张同学也在努力，但她在第二年高考中落榜了，复读一年后考进了本省的一家高等师范院校学习。由于种种原因，我们后来断了联系，衷心祝福她能一生平安。

第二章

时间很快就进入到了高考季，那个闷热的夏天可真不容易。我们考前战战兢兢，谁都知道决定未来的命运之战就要打响；考后我则心惊胆战，因为答完英语考卷我就明白，至少我的名校梦是破碎了，所有考试结束后成绩能不能上录取分数线，我也没有一点儿把握。成绩公布后，师长和亲戚朋友都很替我开心，毕竟家族里面，我算是第一个大学生。只是我一点也开心不起来，刚刚跨过二本的成绩离我的期望好远啊，我的英语成绩很低，严重拖了后腿。成绩一公布，我失去了女同桌的消息，我想她是很替我开心的，同时也为自己难过。受了这么大的打击，她选择了一个人在属于自己的角落里黯然神伤。

我是个不相信冥冥之中自有天意的人。但是在我高考择校择专业时，不可思议地出现了一个宿命论征兆：上高三时的某天周末，我在收拾自己书架的时候，翻出一本陈旧的教材，是高等教育出版社出版的。这是本专业性极强的书籍，据我后来了解，其受众面极小。它为何会出现在这里？我没有任何机会能收藏到这样一本书啊。我当时还饶有兴趣地读了十几页，之后把它丢弃于房屋一角，后来也不知其所终。等到大一开学拿到那本专业基础课教材时，我非常惊讶，简直不敢相信自己的眼睛，那是种恍然如梦的感觉，凭我有限的认知，无论如何也无法解释这件事，只能解释为巧合。

我填报的第一志愿是兰州铁道学院，结果被调剂到第二志愿，位于西安的一所工科类院校。年初刚得知二姐在西安，所以我觉得这也不是一个很差的选择吧。当年八月底，我收拾行囊来到西安。有了二姐的照顾，我很快融入学院的四年学习生活。前两年，我的所有精力扑在英语上，因为如果没有通过英语四级考试，我们毕业证都拿不到。这把达摩克利斯之剑高悬在我头上，两年不得轻松。我付出了同学的三倍有余的工夫，还好结局很理想，第一次考级就通过了。据睡在我上铺的四川兄弟说，有天他居然在睡梦中被我吵醒。他仔细一听，我居然在叽里呱啦背英语单词。

上大学比在高中时毕竟轻松不少，尤其是考过英语四级后，我长期以来紧绷着的弦终于放松了，校园生活才美好起来。但这时候也容易产生迷茫情绪，不知今后努力的方向是什么。浑浑噩噩地就到了大三，那时候台式电脑开始走入普通人家，校园里掀起了一股电脑学习热潮。我和一个同在西安不同学校就读的老乡一起，合伙买了台电脑在外租房学编程。这位叫马年的同乡和我缘分匪浅，上中学时他比我高一届，上大学时我们也仅仅隔条马路，所以我们在上学时是最好的兄弟。毕业后我们失去彼此音讯多年，等到终于联系上时，我们居然都住在浦东金桥，相隔不超过五公里，说出来谁会相信呢！

当初上大学时，电脑虽开始逐步普及，但对学生还是稀罕物，价格很高，不是我们承受能力范围之内的东西。当初合伙买机子时我出的那部分钱，是我向二姐借的，没想到这笔钱是我二姐借别人的，需要限时归还。我厚着脸皮向家里要了一部分，其他的则是打工外加东拆西借还上的，因此我的生活费也被占用。当年在大雁塔边上的后村租间房子也就一月一百块左右，但对我俩来说却是笔沉重的开支。所以对当初买电脑这事，我一直后悔不已。如果不买这台电脑，我的大学生活不会那么拮据，也会把精力集中在专业课上，考中研究生继续深造。当然，任何事情都有两面性，我和马年合租一年多，共同度过了那段煎熬又开心的日子。

上大学期间，由于高中时的各门课程基础不牢，尽管我很努力，每学期取得的成绩在全年级仅排中上游。不过我的英语总算有了长足的进步，有件奇葩的事与英语考试有关，这里应该提一提。我和同寝室的费凌云关系很好，他是新疆的，人长得很帅，家庭条件也好。大一军训结束后，他就追求到了我们系的系花，并在半年后一起在外租房过起了同居生活。这对我的震动颇大，在我的印象中，大学里谈恋爱可以理解，未婚同居是我不敢想象的事情。他这么游戏人生，各门课程成绩必然很差，补考重修了很多专业或基础课，关键是英语四级考试到大三都没通过，这家伙这才着了急。

那时候四级考试替考成风，不熟悉的人代考还有明码标价的。费同学实在没办法，请我帮他替考，鬼使神差地，我居然答应了他。他托人用我的照片和他的名字办了张假身份证，而我居然很顺利地完成了替考。当年打击替考的惩处措施很厉害的，但凡发现这种事，替考者和被替考者都以开除学籍论处。我们年级就有被发现而遭开除的学生，隔壁宿舍贵州的同学就因此而被开除，头发花白的老父亲满面愁容地领他回家，那画面在我脑海中直到现在都清晰无比。事后很多年，我都觉得后怕，如果当初我们也被发现了，现在该是什么样的结局？人生无常，一件偶然的、没经大脑思考做的事，会改变一个人的人生轨迹。

在西安上学时还有很多发生的事情值得记述，但我觉得写在这里有些偏题，就不一一详述了。大学里最后的疯狂是考研，我全力以赴地准备了考试，尤其是花了大量工夫在英语复习上。买了电脑学习编程时，我就没怎么关注过英语了，考研复习时才发现英语题目比四级要难多了。结果挺让我失望，英语单科成绩没过分数线，这导致了考研行动功败垂成。想想这么多年的紧巴巴日子，我需要找份工作养活自己了。择业过程简单而高效，我们这个建筑专业方向在当时算热门，所以快速地签了用工合同。出于种种因素考虑，我签约的是一家总部设在西宁的水电工程局。

大四做完毕业论文后，所有毕业班的人步入了伤感季。聚餐饮酒几乎个个喝吐，车站送行好似生离死别，有些感情真挚的人把同班同学都送走后，才打起包裹奔赴前程。我感到疑惑不解的是费凌云的择业，和他谈了四年恋爱的女朋友是家中独女，她父母自然不会让她离开西安找工作，所以他留在西安女朋友身边是最合理的选择，但他居然选择了去军队发展，不知当初是如何考虑的。在洛阳的军队里搞了专业技术两年后，他想尽一切办法调回西安某工程单位任职，结果都未能如愿，毕竟军转民的调动工作可不是那么容易的。几年之后，他们最终还是友好分手了，看来大学里的恋爱是很不靠谱的。

我的好朋友马年早一年毕业，去了山东一家造纸厂任职。那时候的联络方式还很有限，我们故乡家里连个座机都没有，通信地址丢了也就意味着断了联络，因此我们很快失去了联系。人生不如意事常八九，我在回西宁公司总部报到仅一周后，就被安排到湖北宜昌三峡坝区工作。原先我觉得找了个离家近一些的单位，最后才发现工作地点原来离家更远了。于是在二〇〇一年七月，我告别父母坐火车一路向东南到了宜昌，再转车到达三峡坝区。同时到这个单位的还有一个大学同学，虽然他也姓马，不过我们俩显然没有那种可以做朋友的缘分，自始至终没有建立起友谊。

在学校读书时，我就对三峡工程略有耳闻，知道这是个规模浩大的水电工程，建成之日会成为另一个世界级的工程奇观。我们到达三峡时，左岸坝体、左岸厂房和双线五级船闸工程已经建设完毕。我们单位和同行业的另一个工程局，联营中标了右岸地下电站进水口工程，而我毕业后参与施工的首个项目正是这里。早在毕业签约那会儿，就听说了水电工程行业的艰辛，不光是长年累月地要在远离繁华城市的江河山区施工，同时工作生活条件也比较差。我对此有心理上的准备，难道还会比做面朝黄土背朝天的农民更辛苦吗？后来的事实证明，真有比务农更艰苦的行业，当工人并不一定比做农民更轻松。

三峡工程规模巨大，作为当代世界排名第一的综合水利枢纽建设项目，国家投入了巨量的资源，从施工开始就在各个方面树立建设项目标杆形象，所以在建设期间配套的生活区条件也是一流的。施工建设人员住在绿化率很高的小高层聚居小区，食堂、超市、影院和活动中心一应俱全。自大坝以下数十公里的长江两岸，都开发成公园了，我以前见过的最美的园区，也未必及得上这里。综合来看，这里的基础设施整体上不比西宁市区差。坝区离宜昌约四十公里，开通有专用高速公路。我们到达的时候，正值三峡建设的高峰期，所以没有怎么实习就进入了紧张的施工。

右岸地下电站进水口工程才开始启动，我们白天乘车从左岸坝区生活点出发去施工点，晚上再乘车返回。我们这个工种现场作业时间长，中午就在施工场地吃自带的盒饭，或者干脆就是拿馒头加开水将就。又因为赶施工工期，我们单位没有周末休息的概念，只有每个月一至两天的轮休。生病了请假也可，只是当日效益工资就没有了。我想起了大一时军训的日子，就和这时差不多，由于白天体力耗损很大，吃过晚饭也就没有心思做其他事情，早早就上床休息。这种有规律的工作生活持续了一段时间后，我的专业技能得到了很大的提升，迅速成了我们队的技术骨干。

你要问在水电施工行业里最痛苦的经历是什么，我觉得不是工作的艰辛，而是内心的孤独。从业人员男女比例严重失调，大概所有施工行业都有这个问题，水电行业尤甚。比如我所在的施工队，女生仅仅有四个，其中三个是施工队领导的家眷，其他队员清一色的是三十岁以下男性。艰辛的施工消耗了这些年轻人白天的精力，那么晚上呢？社会是个大熔炉，我理解这句精辟的话，是从这里开始的。离生活区不远处有个叫陈家冲的地方，这里原本是三峡坝区的一个小村落。三峡电站施工以来，这里迅速成为一个繁华的集市。到了夜晚，这里是上千名三峡建设者休闲娱乐的场所。这里有卖场、饭馆、原材料批零兼营店和烟酒店等。

此间还有很多的发廊。刚来三峡坝区的时候，我天真地以为发廊就是理发店，但很奇怪那里面看不见理发师，没有一般理发店的理发套具，也看不到柜子上摆满各式各样的洗发水瓶子。有一次我走进其中的一家，对着像老板模样的女店主说我要理发，说着话就在镜子前的椅子上坐了下来，谁知店主先是愣了愣，然后连声说道她们店里不理发，几乎是把我轰出来的。回宿舍后我向一个同事提起此事，他用疑惑的眼光看了我好久，确定我是真不明白后，才告诉我那里面浓妆艳抹的店员其实是失足女。这是毁我三观的一件事，以前我以为毛主席扫除了黄赌毒，这些事已经成了历史，哪知这种事就这样明目张胆地出现了。

从最初的震惊不已到后来的见怪不怪，我和大多数人一样对这种现象渐渐地麻木了。我知道了这个行业在这里是普遍存在的，慢慢发现这个世界远没有政治书本上描述得那么简单，但究竟是哪里出了问题，我一点也没有概念。相比之下，从人的本性出发，发廊的存在有着其客观的需求市场。三峡建设者中，必定有身处壮年且精力无处发泄的单身汉，他们长年累月经历性压抑，需要一个发泄渠道，红灯区只是应运而生罢了。明知道违法，明知道这是不该存在的，但这个行业几乎是这类施工区的标配，这就是现实。自觉不自觉地，我这个懵懂的人被裹挟进这个花花世界了。

我的工作进入日复一日的重复阶段，等到熟悉岗位一年以后，就几乎没有什么新的东西需要学习了。在我看来，我大一学习的专业知识已经足够应付目前的一切工作，这使我很有挫败感，认为在学校学到的很多东西都用不到了，因而认为没有选择继续复读考研究生很不明智。工作虽然不令人满意，但在这个时候，每个月工资的定时发放，使我的生活第一次没有了吃不好穿不暖的危机感。我把第一个月工资的大部分寄回家里，这种回馈父母养育之恩的行为很令我感到自豪。坝区里生活消费不高，而我也没有什么机会经常去宜昌买东西，所以工资基本都存起来了，这点积蓄让我挺过了初到上海时那段艰苦的日子。

有朋友可能会问，我怎么几乎没有提及大一到现在的感情生活？这里有必要说明一下。从我爸爸出车祸那年起，我家的经济状况就一直没有改善过，所以我的生活时常处于生存状态，就是说能吃饱饭不饿着已经不错了，这种情形一直延续到我参加工作。感情生活对于处于生存状态的人，是一种只能想想的奢侈品。也因此我的身体一直很瘦弱，大一时身高达到过一米七三，毕业那年竟然不到一米七了，体重长期处于一百斤以下。从事施工后，整个人被晒黑，显得更加瘦弱不堪。现在你能理解了吧，没有吸引异性的长相，又没有过得去的经济条件，感情像白纸一样不奇怪。

第三章

我们住在六楼的一间集体宿舍，除了马姓校友，不久之后新搬进来一位甘肃的同事。他叫李建军，对我的生活产生了重要影响。李建军是含着金钥匙出生的，他爸爸是某分局设计院院长，独自执掌了设计院大权十几年。李建军从小生活条件优越，又是家中独子，所以被宠得无法无天。他初中时就游手好闲，到处惹是生非，毕业后就在社会上瞎混，竟然组织起了流氓小帮派。他们这帮人除了不杀人放火，所作所为和《古惑仔》里描述的已经没啥两样了。千禧年前后，他带人砍伤了一个人，他爸爸花了一大笔钱才平息了事态，又决定把他送到施工队工作，希望他可以走上正途，这样我们就成了同事兼舍友。

想想我自己寒窗十几年，拿到大学毕业证才能进入这家企业，初中学历的他凭一句话就可以进来当正式工人，这才是赤裸裸的现实啊。按理我和他是两个世界的人，工作生活也没有更多的交集，应该不会走得太近才对。不过他可能是社会阅历特别丰富的缘故，会见机行事，也蛮有人缘，又有点哥们儿义气，经常请我们几个室友一起吃饭。他的社会见识远在我们之上，往往说一段亲身经历的往事，都能改变我们对社会的部分认知。他对我比对其他人更加热情，慢慢地我才体会出他差别对待的原因：虽然是同事，但他毕竟没有专业知识，跟着我一起做，工作上手就特别快。

　　和李建军玩在一起的一年多里，是我从上学到参加工作的那么多年来，难得的放纵日子。几乎每天下班以后，我们都一起去陈家冲吃饭、打台球、上网，或者去唱歌。李建军看我什么也不会玩，看我的眼神就像看到怪物一样。他说你这些年日子是怎么过来的？地球人会的你都不会啊。李建军穿衣搭配很有讲究，我乱穿衣服不重仪表的习惯还是跟他改正过来的。我以前从来没有进过卡拉 OK 歌厅，跟着他去了几次以后，居然发现自己歌唱方面还是有点天赋的，也学会了几首拿得出手的歌曲，比如《神奇的九寨》。没想到多年以后，我努力演绎了这首歌，打开了她的心扉！

　　李建军长得很出众，阳光帅气。在和他相处的两年里，他追求过很多女生，没有一个不成功的。关于他的事迹，我相信另写一篇文章记录下来，篇幅也少不了，这里就不多讲。但他和其中一个女人的往事，令我印象深刻。准确来讲，这个女人是前文述及的发廊女。关于他们如何认识的，我不是很清楚，从某天开始，和他去歌厅时他就带着这个叫小芸的女人。小芸是湖南人，长得娇小玲珑我见犹怜，生好小孩就出来打工挣钱。她的姐姐在陈家冲这边开了个发廊，她就过来了。对此我已无力吐槽，这个姐姐当得太不负责了，拉着亲妹妹做这种事？我的三观就这样被无限地往下刷。

　　有一段时间，他们两个经常腻在一块儿，出去吃喝玩乐什么的也经常叫上我。那是夏天的一个轮休日，我们相约一起去附近爬山。适逢山上橘子熟了，成片成片的橘子树上挂满了黄澄澄的果子。小时候我特别爱吃橘子，但也就是过年时，才有机会吃到几颗。现在爬山路上到处都可摘到，似乎也没有人看着果子，我们一路走一路吃，把个牙齿彻底酸倒了，后面两天都咬不动食物。爬到山顶一处开阔平台时，我爬到一棵树上，去摘早已瞅准的一颗大红橘子，他俩就在树下等着。突然不知从哪里跑出来一只黑黄相间的土狗，嗷嗷叫着就来咬人。这狗个头儿也不是很大，怎么一点也不怕我们这些人啊？

　　说时迟那时快，我看到李建军往树的另一侧直躲，而小芸抱紧他护在他前面。那一刻，我打心眼儿里对这个女人很是敬佩，知道了一个女人爱上一个男人，可以这么奋不顾身。那狗一口咬到小芸腿上，她疼得惨叫一声。这时候我俩都回过神来，我随手折断一截枝丫跳了下来，建军也回身狠踢土狗。狗吃痛哀号着跑掉了，再看小芸的大腿，牛仔裤已被咬破，鲜血直流。我们拿了一块手帕简单替她包扎了一下，轮换着背起她下山。那次把我累惨了，记得下山到公路边，我已经双腿酸疼走不动路。幸亏建军人高马大，大部分时间是他背的。如若他也和我一样瘦弱单薄，今天就很难把小芸从山上背下来。女人喜欢男人高大威猛，这简直就是天经地义嘛。

　　回来后，建军陪小芸打了狂犬疫苗，看起来他们关系更加亲密了。小芸经常来宿舍帮我们打扫卫生，洗洗衣服。同舍的马姓校友对此颇有不满，因为他好像也知道小芸从事什么样的工作。这时候发生的一件事引起了轩然大波。那天我出工了，马姓校友休息，在宿舍睡午觉。李建军当天也碰巧轮休，带着小芸回了宿舍。他们见舍友睡着了，竟然爬上床做起了好事。等他们云雨完毕送走小芸，马校友翻身起来爆发了。原来他根本就没睡着，觉得建军他俩这样做是对他的侮辱。如果是我，我也会这么认为的。他们扭打在一起，惊动了所有人。晚间，我们单位领导做了处理，责成李建军做出深刻检查。

　　这件事处理力度这么轻微，明显是因为我们单位领导投鼠忌器。不过几天之后，建军的爸爸也知道了这件事，给了建军很严厉的警告，不许他和小芸有任何来往。在那段时间里，建军迫于压力避见小芸，而小芸则一直想通过我联系到他，这让我特别为难，不知道该怎么做才好，只能找借口敷衍。大约在两个月后，李建军被调离了三峡，这显然是他爸爸的安排了。他们能有什么结果呢？这份感情从一开始就特别荒唐。如果小芸不是从事那种工作，也没有结婚生了小孩，我看他俩倒也蛮般配。李建军被调离这儿后，我和小芸见面也很少。几年后在离开三峡的前夜，我请她吃了一次饭，那次她喝了很多酒，说大家都走了，她也该离开这里。看了她那落寞的眼神，让我离开时的心情更加沉重。

　　李建军离开三峡后，间接促使我把精力完全放在了工作上。我在学校学了很久的编程也在这时候派上了用场，在本单位办公自动化和数据处理方面有了一些建树。我的职位和工资也有了提升，单位领导还让我办了个内部培训班，给专业理论知识匮乏的同事们讲讲课。不过，我慢慢地对所从事的工作厌倦起来，因为我已经快一年半没学习到新的知识，大学里花费最多精力的英语也丢一边很久了。我很清楚做这一行的未来前景。三峡建设完毕，我们会到一个完全陌生的山沟沟里重新开始，如此反复直到退休那天，此生居无定所。我不怕工作强度大和劳累程度高，只是恐惧四海漂泊。

　　我考虑了很久，决定再搏一回，于是参加了二〇〇三年全国研究生入学招生考试。为求稳妥，当年八月中旬我以病休为名请了假，回西安母校集中复习了三个月。那时候学校宿舍楼里有一些房间对本校往届生出租，还有五六个和我情况类似的校友住了进来。我感觉自己仿佛又回到了大学校园生活时期，心情也变得格外好。考试准备得很充分，可不知什么缘故，考试前一晚我竟然失眠了。那晚我困意全无，试了各种曾起过效的入眠方法，可一点用也没有。烦躁时我想起身到操场上走走，又怕吵醒室友影响他们的考试发挥，只能苦挨到天明。第一天考完我就知道这次要砸了，只能硬着头皮考完剩下的几门课程，之后失魂落魄地返回了三峡。

　　归队以后我消停了许久，暂时接受了命运的安排。因工作需要，我和一位姓宋的副队长搭档完成某个子项目，因而和他关系亲密起来。因他名字谐音"神灯"，我很热情地称呼他为神灯哥。他是甘肃人，在秦皇岛某大专院校毕业后就来我们单位了。神灯哥是我那时见过的最完美的一个男人，他工作努力待人真诚，讲话幽默三观很正，积极上进孝顺长辈，重情重义埋头苦干。他的个头儿与我差不多，不过身体结实，卷发国字脸，喉结明显，皮肤稍显黄，到这边第二年就娶了本地的一个姑娘。他们夫妻恩爱，可是很不幸，在一次乘三轮车从坝区去宜昌的路上，车子出了车祸，他的爱妻离世了。

　　我毕业刚来单位的时候，这件事已经过去两年整了，他也是花了这许久的时间，才重新振作了起来。神灯哥待他已过世妻子的父母就如亲爹娘，这么多年以来，关心二老无微不至，这令他身边的所有人对他肃然起敬。他的丈母娘有感于他的好，想撮合他和他小姨子在一起，但他觉得他小姨子岁数太小，性格又内向，因而婉拒了老人家的好意。好人自有好报，就在我到三峡坝区一年后，有一个很漂亮的姑娘喜欢上了他，主动对他示爱，俩人最后也走到了一起。多年后我看了电影《我的野蛮女友》，觉得女主角就是神灯哥第二任妻子的翻版。最神奇的是，她也姓韩，性格也几乎一模一样！

　　回想当年那个时候，他们俩相爱相杀的一幕幕让我忍俊不禁。神灯哥是个有故事的人，但他没有电影里男主角那种可以被揉成面团的脾性。于是我可以经常看到这样的情形：小韩同学使起小性子作弄他，而他以他特有的正经面孔和他小女友摆事实讲道理。他们也经常吵架，小韩气急后抓破他脸的情形我也见过，但我相信这是他们婚姻生活的磨合期，事实也证明确实如此，他们婚后日子越来越甜蜜。接触久了，我见识了他们最为柔情蜜意的时刻，看到过小韩脸上流露出的那种最甜蜜的幸福。他们很多次吵架闹脾气，还是我在中间调和的，这样我也渐渐成了他们的好朋友。

小韩那时在读三峡大学成人教育学院，什么专业我已经想不起来了。有一次，这对冤家吵完架后，我照例当起和事佬。其实我很清楚我的作用相当有限，夫妻床头吵架床尾和，我作为朋友只起了个传声筒的作用罢了。我和小韩闲聊许久，也给她讲起了我的过往。她忽然说要给我介绍个女朋友，提起了她的一位舍友，认为我们两个在一起特别适合。我是来劝架的，哪里知道小韩要化身媒婆呢，况且我理想的爱恋，不是经人介绍的，而是缘分到了以后，任谁也挡不住的那种水到渠成，从来没想过经人介绍认识一位女生。所以这件事我只当听过算数，随便找了个话题给岔过去了。

谁知我的第一段恋情就这样悄无声息地到来了。和小韩聊天后的次日傍晚，我接到了一个陌生女子的电话，拿起来聊了聊，才知道这位就是小韩张罗给我介绍的对象。我们闲聊了几句就挂了电话，毕竟是第一次联系，没有什么共同的话题的。我心说这个叫向晓敏的姑娘也太主动了吧，性格外向得令人惊讶。后来我才搞清楚这件事的原委：小韩想促成我们的事，但看我不太主动，就在晓敏身上打起了主意。她在宿舍起哄，打赌晓敏不会主动联系一个男生。晓敏认为交个朋友，主动联系有什么问题呢？一定是小韩在她面前说了我的好话，她觉得可以尝试交往一下吧。随后一个月，我们联系频繁起来，并约好周末见个面。

那天是神灯哥夫妻、晓敏和我第一次吃饭。小姑娘长相还是蛮不错的，肤白个子高挑，戴副眼镜满脸笑意，白衬衣配一条蓝白格纹及脚踝的长裙。聊天中我得知她家在枝江，就是枝江大曲广告做得山响的那个地方。她家中还有个姐姐，嫁到宜昌结婚生了小孩。她中专毕业后去了上海打工，三年后回宜昌读成人本科。这天我们吃完饭，我与她单独逛了一下午的公园，彼此还是很有感觉的。其后的两个月，我们感情迅速升温。晓敏满足我对人生另一半的所有幻想，我也的确倾注了所有的热情，情侣们经历的一切我们都在逐次体验。年底，她邀请我去枝江见她父母，这显然是想对我们的事做一步最重要的铺垫。

那天她姐姐、姐夫也回了枝江老家，巧合的事又来了：大家坐下来说了一会儿话，我得知她的姐夫竟然和我是一个专业。只是他上完本科就去德国深造，回国后在宜昌开公司创业。那天在她家吃午饭，我可能过于拘谨了，在家宴中表现很不好，没有表现得落落大方，而且几乎就是一个闷葫芦。事后我从晓敏那里探听到，她姐夫比较反对我们在一起，她父母则没有明确表态。直到现在我依然没搞明白，她姐夫怎么凭一次见面就否定了我。看来人与人之间真的有相合相冲的说法啊，她这个姐夫明显和我不对付。晓敏有没有受她姐夫观点的影响呢？从后来发生的事来看，应该是有一些的。

晓敏姐夫的意见固然也重要，但这事拿主意的应该还是她父母吧。那么她父母是什么意见呢？不久之后我再次去她家，情况就搞清楚了。原来她父母因膝下无子，想要招晓敏的未来夫婿入赘。这里我要提一提我们老家的习俗，我们那里确有招女婿的说法，比如我三姨父就是入赘的女婿，那是因为我妈妈娘家无子，而我三姨夫家子女众多，生活又特别困难，才会有入赘的这个事。如果我要入赘，按我老家的说法，就是我家里养不活我了，我需要"嫁"到富裕些的女方家里。这里暂不讨论落后习俗，或者大男子主义之类的话题，我本人和我家人是不太会接受我入赘这事。

我明确地把我的意见反馈给了晓敏，并向她保证如果她家不提我入赘的事，从而令我们顺利地结婚成家，我一定会孝敬她父母，为他们养老送终。不过她父母不同意，晓敏陷入了两难的境地，这样我和晓敏的关系就陷入了僵局，虽然还是在约会、吃饭、聊天和散步，但再也不提结婚成家的事了。她本是个有主见的人，可在这件事上，她是默认她父母的意见的。有朋友会问我为什么不让步？我只能说，我能够理解彼此的想法，但在同样的事情上我所受压力比她还要大，北方人的思想比南方人更加保守，我承认这件事上我有责任。慢慢地，我心里明白我和晓敏很难有结果了。

第四章

二〇〇四年七月，我们三峡施工队接到一个临时任务：尽快派出一组精干队伍，去支援云南小湾水电站建设的一个标段，为期约三个月，我作为技术骨干也随队出行。我认为我应该约晓敏出来听听她的意见，如果她不乐意，我可以向单位领导提出不出差的意见，结果她对此事不置可否，我心里有些冰凉的感觉，最后听从了单位的安排。因要携带部分仪器设备，我们一行五人开着双牌小型卡车，从三峡出发行程两千余里赶赴云南小湾。这次长途出行有点游山玩水的味道，我们整整走了一个星期，看了一路的好风景，经过了几座令人印象深刻的城市，比如沙市、怀化、贵阳、玉溪和昆明等。

在这次长途旅行中，我发现外面的世界和三峡坝区也类似了，纯朴的净土几乎很难寻觅。即便是在一个叫桃花源的地方，饭店除了给国道上过往的司机们提供食宿，还会提供色情服务。有一天风尘仆仆赶路一个上午，我们在一家饭店的二楼吃饭。我打开窗户朝外望去，看到后面一幢楼房的屋顶，乱七八糟丢着很多烟盒、塑料袋和方便面盒等垃圾，再仔细一看，居然有很多用后的避孕套。这里不是旅馆，哪来这些脏东西？吃完午饭后，见一个颇有姿色的服务员问我们要不要特殊服务。这个地方只是饭店，还不是在宾馆里呢！我原先以为这种犯法的事情，只在天高皇帝远的坝区里才有。

到达小湾电站建设工地后，我发现这里的工作环境比三峡差的不是一点半点，与这儿相比，三峡坝区简直是水电建设者的天堂。也从这时候起，我下定决心换个单位，甚至是换个专业。我们到达的当晚，本单位驻这里的负责人接待我们，结果席间发生了一件令我狼狈不堪的事，此间姓牛的领导借着酒劲对我发泄不满。我蒙了半天才搞清楚原因，我在局机关报刊发表过一篇三峡工作纪实文章，写了近两年来我们项目部工作取得的进步。这位牛队长是两年前从三峡负责人任上调到这边的，他认为我的文章否定了他以前的贡献。当时我心里冰凉冰凉的，心想这哪跟哪呀，却完全不知该如何辩解。

此后几天我心情特别低落，哪知很快又发生了一件让我尴尬的奇葩事。跟着牛队长过来的一位同事，那几天很关心我。我很感激他，毕竟以前与他不是特别熟，这时候他能这样照顾我，足见他与人为善。有次收工后我们一起吃饭，我心情不好就多喝了几杯啤酒，休息了头痛睡不着，闭眼熬夜。忽然感觉有人解开我衬衣纽扣，用手轻轻触摸我上身！我惊呆了，半天没反应过来这是什么状况，也不敢乱动。最后我确定了，这家伙是个同性恋！我装作要呕吐，用手捂住嘴巴跳起来往外跑，他估计也被吓着了，追到卫生间看我的情况。我朝他挥挥手，然后捂着脑袋表示我难受，又摆摆手示意自己想单独待会儿。

那夜的经历真像做梦一样，此后我就尽量离他远远的。有了上面发生的这些事，我对这里的任何工作都提不起兴趣，一心盼着支援工作可以早些结束，如此我就可以尽快离开这个是非之地，留在这里的每一天我都感觉是煎熬啊。我很想念晓敏，每天都会打电话给她，而她显然就没有像我这样积极，电话里的语气都是淡淡的。而像我这种没怎么经历过男女感情的人，真不懂得怎么样用甜言蜜语哄女孩子开心，恋爱技巧啥的更是一窍不通，如今相隔的距离这么远，就更不知道该怎么样去维护好这份本就危机重重的感情了，我想这也是自己最终没能把握住这段感情的原因之一吧。

每当工作闲下来的时候，日子更加难熬。在三峡的时候，我还能每晚坚持看看英语，或者复习一下专业课，到这里就完全静不下心来做这些事。离工地不远的地方，又很快形成了一个类似陈家冲的集市。有次在集市西北角的一家小理发店，我认识了这里的女店主。倒不是我刻意去结识她，而是这个女店主太健谈了。像我这种闷葫芦，去她那里理了一次发，家庭出身工作简历等就被她打听了个十足十。于是我成了这里的常客，隔三岔五跑过去和她聊聊。这女生长相很一般，而且皮肤带着云南这一带特有的黝黑，所以有些显老。她有一个五六岁左右的女儿，前几年和老公离了婚，独自在这边带着小孩开个小店维持生计。

有一晚我又跑去她那里，她看店里生意不好，就想喊我去唱歌。我说小孩怎么办？她说可以托给隔壁的熟人。我想这样也好，好久没去唱歌了，去放松放松也是好的。我跟着她去集市中心的一家歌厅，老板店员都认识她，对她还很客气。这令我很意外，等她点了《辣妹子》唱完，我被震撼住了。她的嗓音实在很出众，把这首歌演绎得和原唱几无区别。偌大的歌厅本来人少，门前人流如织，等她开唱了，就吸引了很多人驻足前来倾听，可见并不是我一个人认为她唱得好。原来这个女生的到来，可以吸引人气，怪不得老板对她这么客气。会唱歌的人实在太多了，而这份才华有没有机会被充分展示，实在是运气的成分占主导。

自从和她唱了一次歌，我就经常跟她一起出入歌厅，反正我也很无聊。来到小湾电站工地后，我接触最多的人就是她，在这边的日子不再那么孤单。我和她之间就像兄妹一样，我觉得她有喜欢我的成分在里面，不过她知道我很快会离开这里，也知道我三峡有个女朋友，能很开心地做朋友也算一种缘分。那天下班和同事去买点东西，经过那家歌厅，我好奇地朝里望了望，发现她正一边唱着歌，一边坐在一个男人怀里，我心里很不是滋味，但随后几天也就释然，不再去找她了。我丝毫没有看轻她的意思，只是觉得人生艰辛，她在这种环境下，有她自己的一种生存方式吧。

云南小湾的临时基建项目终于结束了，从电站所在地的大山深处到昆明，车子晃了一整天才到，此后我们风尘仆仆地赶路，于十月中旬回到三峡，那感觉真像从穷山沟回到了风光旖旎的小镇，几个月里经历了两个世界。这时候联营体公司中标了三峡右岸坝体及厂房三期工程，意味着我们可以继续在三峡工作到二○○七年。我不得不考虑这件事：如果三峡枢纽建设结束了，我被调离这里去其他水电项目工地，晓敏怎么办？她不可能跟随我漂泊在外吧。这样看下来，我的工作问题也是晓敏家考虑的重要因素之一。我觉得自己彻底迷失了，很想要一个安定的家，但从来没感觉离这个目标如此之远。

回到三峡坝区后过了三天，我去宜昌见到了晓敏。我们彼此都感觉淡淡的，小心地不触及那些很敏感的话题，已经没有了热恋的感觉。可奇怪的是，正是这次见面，我们第一次发生了关系。我们明知未来成为一家人的希望很渺茫，却还是自然而然地在一起了，并非因为不想为这段感情留下遗憾，或者因为彼此都寂寞了太久，而是想通过这样的亲密接触，努力地挽留这份感情吧。那个晚上激情过后，我试探地邀请她随我回青海见见我父母，她愉快地接受了。这令我欣喜异常，忽然就对我们的未来抱有了期待，说不定有了这个步骤，我们可以把这件事定下来，其他问题或许就迎刃而解了。

很快就到了月底，我请了假带着她回到老家。我只告诉我家人自己谈了个对象，并没有提其他事情，所以我父母很开心，对晓敏也比较满意。我带着她去了青海湖和塔尔寺，还有我们县的北山森林公园，再逛了逛西宁，带着她去爬了老爷山。开始的几天晓敏很开心，当我们快返回宜昌的前两天，她接到了她父母的电话，而且是回避着我通的话。我猜她有事瞒着我，随后她坦白说这次跟我过来，她家人不知情。她们一家人都觉得她姐夫的想法是对的，晓敏不可能跟着我一辈子去钻穷山沟，因而一致反对她和我在一起，甚至即便是我答应入赘，他们都不会接受了。我这几天心里升起的希望破灭了，整个人如坠冰窖。

戚戚然地回到三峡后，我的心情变得极其差劲，每一个日子都是在煎熬中度过的，工作状态更是无从谈起。我决定尽快离开这里，我想离开水电行业，找一份安稳的工作，去一个可以安家的所在。我决定去一线城市闯闯，说不定那里机会多，我能安身立命，安家立业，再也不用过一眼就可以望到头的生活，甚至经过持续奋斗，可以做一些自己很喜欢的事情。说不定通过我的努力，我和晓敏的事情会峰回路转了呢。当然，我也知道这事几乎是不可能的。这时候选择辞职，找到新的单位从事新的岗位，我连正式的编制都没有，说好听些是闯荡江湖，说难听些，真是前途未卜，吉凶难定。

接下来的半年里，我发了几封求职简历并无奈等待，目的地是北上广，而上海的一家单位最先通知我去面试，时间是二〇〇五年五月。当我把这件事告诉晓敏的时候，她几乎没怎么考虑就同意我过去，因为她很爱那座城市。前面说过，她在上海徐家汇打工三年，她认为我恰好能去这个城市，岂不是天意如此？这个她很喜欢的地方，说不定会成就我的事业，也一并成就我们的感情。人总是倾向于朝美好的方向去憧憬未来，可当我们冷静下来的时候不免会得出悲观的结论：在一起都不能拿到那个彼此承诺厮守一生的本本，离开这么远，机会只会更少，时间和空间最能磨灭一切。

神灯哥由于表现出色升了职，成了我们单位驻三峡项目部的一把手，这使我为难起来。这件事怎么给神灯哥说呢？毕竟我们现在是交心的朋友了，人家刚升职我就辞职，会不会太不近人情了！虽然只是面试，但我这次是抱着一去不回头的决心的，打好了在魔都奋斗十年的主意。临行前一个礼拜，我终于还是把我的想法告诉了神灯哥。他满脸惊讶地看着我，说很能理解我想换个环境去大城市闯闯的想法，年轻人没人愿意过一眼望过去，就能看到自己未来是什么样子的生活。但这时候离开，女朋友的事极大可能就告吹了。他又不无担心地说，一线城市的就业竞争压力巨大，此时尝试着去那里扎根，真不会那么容易。

如果知道后面的路走得那么艰难，我说不定会打退堂鼓，所以即便我自认为辞职离开的理由很充分，真正促使我下决心的主要因素恐怕是年少轻狂。我给神灯哥讲述了我的所有困惑，他听后久久不愿表态。我想他是真把我当兄弟了，否则不会为这事想这么久。最后他抬起头认真对我说，给你办理一年休假，如果在上海扎根太难，你可以随时回来。我还能说什么呢！他都知道我要离开就不太可能回头，但他希望我在通往未知的这条路上不要太过艰辛。人生路上每一个阶段，正是能交到这样的朋友，所以才有留恋，所以才会愿意不断温暖地回忆起那些与青涩青春有关的日子。

我们单位里的同事，都知道我要因身体原因休假一年了，没人想得到我是以这种方式辞了职。神灯哥特意嘱咐我，不要跟任何人讲实情，这样我万一要回来，也不会带来任何负面影响。这件事教会了我，做任何事都要留有余地，而随着离开的日子即将到来，我却格外留恋起了这个地方。我戴着工作证走进廊道，走入厂房，爬上船闸一线，这些地方是我挥洒过汗水的地方；当我走上大坝极目远眺，"高峡出平湖"的壮观景象已经初步显现；缓步走在坝区的生活小区里，去了陈家冲，走过熟悉的坝区风景区，也漫步在江边，呆呆注视着滔滔江水往东流去。临行前的那几个晚上，和朋友们吃饭辞行，我心里别有一番伤感。

五月九号一早，我去站台等坝区至宜昌的公交。这条专用高速路也向私家车开放，善于钻空子的人用自家私车载客挣外快。我很多次出入坝区是和其他人拼车，便利之处不言而喻。那天有部车子缓缓驶入站台，我以为又是一辆私人载客黑车呢，看到有二人坐了进去，于是也跟着上车了。我以前从未坐到过如此舒适的车子，行驶起来连噪声都特别小，车子内饰很豪华，令我不禁暗暗称奇。结果路上听他们聊天，我才知道这不是载客黑车！该车司机是受人之托来接先前上车的二位的。之所以我上车时司机没吭声，那是他以为我和乘客是一起的，而乘客则以为我是司机的朋友！我满脸通红，连声向司机道歉。

那位司机略带调侃地说，拿奔驰车来回载客，也太奢侈了点吧。我觉得这么好的车子送我离开三峡，看起来是个好兆头啊，而奔驰车也留给了我特别好的印象。当我把这事说给晓敏听的时候，她也觉得很搞笑，同时打趣我，你这么糊里糊涂，到了上海可别被人卖了还不自知。一起吃了午饭后，晓敏送我上了火车。我看了看我的全部家当，跟四年前来三峡时几乎没什么区别，一大一小两个包，就是全部了。我能感觉到晓敏对我的留恋，也看得出她好像很后悔答应我去上海。她的眼角泛着泪光，欲言又止，只好拉着我的手不愿放松。火车启动了，晓敏跟着火车小跑几步也就不动了，我也忍住泪水朝她挥手，但很快就看不见她了。

第五章

出了地铁口，我再次拨打朱经理的电话，这次终于通了。他告诉我去公司具体的公交乘坐路线。这时的我手心背心都是汗，看看涌进涌出地铁站的人群，街面上的车水马龙，还有近在咫尺的摩天大楼，再没有比这里更让我感到陌生的地方了，我到哪里去找公交站台？我索性拦了一辆出租车，告诉司机我要去闵行的漕河泾开发区，很快到了目标单位找到朱经理。为了这次面试，我准备工作做得非常充分，除了备有各种书面材料，还专门演练了面试的可能场景，但实际上面试我的只朱经理一人，而且是随便聊了两句就让我入职试用。这是不是说我应聘的这个岗位并没有那么重要呢？我的心不由得一沉。

面试后，朱经理安排一个项目负责人带我去宿舍落脚，我随后的工作生活也是听他安排。这位老兄对我不冷不热，问了我一些问题，我毕恭毕敬地做了回答。我也向他问了一些公司和部门的情况，他的描述更让我感觉很气馁，原来朱经理主持的部门在这个公司里只是一个辅助专业机构，这意味着我在这里其实是没什么发展空间的。有时候情况你想得有多糟糕，事情多半就有多糟糕，我想过我来上海一定会困难重重，或者说立稳脚跟不会那么容易，这会儿看来选择这个单位就是个错误。多年后回头想一想，入职门槛低使我当初很快就得到了一份工作，如果面试通不过，初来上海的我是不是更被动呢？

我跟着那位项目负责人在街面上七拐八拐，早已经分不清东南西北。上海的街道和西安的有很大不同，鲜有正南正北向的，方位感不好的人很快就会迷失方向。约莫过了一刻钟工夫，终于走进一家看起来有些年份的居民小区，这里没有电梯，我只好拎着行李爬楼梯。楼梯间里灯光昏暗，而其扶手居然是石材的，这种建筑风格也只有在八九十年代才会有吧。宿舍里放了四张床，还是上下铺，像极了大学里的情形，只不过有些脏乱不堪，一进屋子就是一股臭脚丫味道。真正震撼到我的是那个阳台，一张木桌上放着灶具，其上又放着乱七八糟的一些洗漱用品，还有个人箱子之类的，这得有几年没打扫了啊。

我看了看床上被褥的情形，自己应该是这里的第七个室友，因为有三张床上下铺都有被子，剩下的一张下铺专门用来堆放仪器设备、安全帽和反光背心等施工物品，其上铺床位没人，看来这个是属于我的了。男生宿舍都会有些乱，但像这里似的集体连被子也不叠的，我是第一次看见呢。稍作休息，我请那位大哥带我去附近的大卖场，买一些床上及生活用品。我看出来他对我并不是很热情，原因我也不好去瞎揣摩，只好尽量地说些好话而已。我在小区门口的超市买了两包烟给他。他推辞一番接受了，随后态度稍和悦，而我倒是蛮后悔，如果在三峡带些土特产送他，可能效果更好吧。

买好东西回到宿舍，他拿把备用钥匙给我，说他要去工地看看情况，就出门下楼了。我很惊讶他居然这么信任我，刚领我到宿舍就肯把钥匙给我，但随后想想这也正常。我在面试时已经把所有材料交了一套给朱经理，所以我的来历他们是颇清楚的，而且这个宿舍里估计也没什么特别值钱的东西吧。我这时才稍微松了口气，不禁为目前的处境暗暗摇头。我在床上铺好被褥理了理内务，那个床估计质量差些，稍用力碰一碰就摇晃，到了晚间休息翻个身就是大动静啊，可别倒塌了。我想得先给晓敏打个电话，可是也没想好该怎么给她说，于是想等到晚上再联系。

傍晚时分，我的新舍友们陆续都回来了。出门在外一起共事，这份缘分就很不浅，我一般也会很珍惜。但是在这里成了例外，由于和他们相处时间只有短短三天，现在对他们已经没什么印象了。晚饭是我们自己做，伙食费均摊，于是我交了三百元入伙，饭后我洗掉锅碗以示诚意。这种方式相当省钱，但做饭的小伙子手艺确实一般，也不知我做饭时合不合他们口味。为了省下长途漫游费，我出门到附近的报刊亭给晓敏打电话。我给她讲了一路的经过，省去了工作环境及单位描述，算是给她报个平安吧。我一直不擅长制造话题聊天，所以没说几句就互相祝顺利后挂断电话。

我本想给几个要好的朋友打个电话，这时也提不起兴趣，而家人也不知我来了上海，我想等我的工作稍稳定些，再告诉他们会比较合适。我深呼一口气，抬头看了看路牌，这里是莲花南路，于是顺着人行道一路走下去。马路上车来车往，比起西安或者宜昌，其数量多了不知多少倍。这里显然是条商业街，比我以前逛过的任何一条商业街都繁华，而这里只是闵行区的一条普通商业街而已。那么市中心又该是怎样的一种情形？忽然间，我有点害怕起来，满大街熙熙攘攘的人群，我一个人也不认识，甚至这么大一座城市，恐怕也没有一个认识的人。这种在陌生环境里的恐惧感，以前多有经历，却都不曾似这次来得猛烈。

　　大学里的一个晚上，我收听电台的节目，好像是一个电话访谈类的，里面连线直播了一个学生暑假去深圳打短工，然后说起回西安后的感受。他说他从深圳回西安后度日如年，无所适从，因为深圳实在太繁华了。他还说比起深圳，西安就是一个落后的城市，落后到生活在这里会让人感到窒息。他甚至还说如果让他一辈子留在西安，宁愿就这样死掉算了。听完这个节目，我的心里很受震动。比西安还繁华很多倍的城市，那是个怎么样的存在？现在来到和深圳比有过之而无不及的上海，我没有感觉到震撼，而是恐惧。只要生活安康，让我一辈子待西安我也会觉得特别知足。

　　想到这些心里越发不安，也无心欣赏夜景，我逛了一会儿就回去了。新同事们应该是白天劳作辛苦，不到十点全部上床休息了。这是我在上海的第一个晚上，我爬上高低床的上铺轻轻睡下，哪怕是稍微转转身子，床就开始咯吱咯吱响，真是个难熬的夜，囫囵的觉。第二天早上六点，我们就出去干活了。对我来说，这个在做的项目没有什么技术难度，只是分配给我的任务是打杂，我也只能遵从。到了中午，来上海的第一个不适感出现了：由于不能睡午觉，到了下午脑袋开始昏昏沉沉。以前的学习和工作中，中午都会有午休时间，而上海大部分工作是没有午休的，这个让我很崩溃，极其不习惯，花了整整一年才慢慢适应。

　　在外面做项目，吃午饭就特别简单，到点了找家路边店就解决了，然后就在面包车里休息一会儿。夏天的正午，马路边车子里是人生最艰难的体验之一。下午的工作一直持续到晚间天黑，也在这个傍晚时刻，上海的夜景第一次把我震慑住了。我们有项到楼顶上对标的任务，我跟随一个同事在大楼管理员的引领下上了一栋高楼，乘着电梯到达二十层，再拐弯爬上了一层楼到达楼顶开阔处。我小心翼翼地走到楼顶边缘，正前方是一大片错落有致的别墅群，好似电影院里的一个个座位，只是每一栋都发出了橘黄色的柔和光芒。也见过规整的楼宇，但从未见过如此让我犯密集恐惧症的建筑群。

　　天色更晚些的时候，这一大片别墅群家家都开了灯，映照得这一片区域亮堂堂的。别墅群四周是灯火通明的高楼大厦，把这一片城市的天空都整个照亮了。我绕着屋顶边缘走了半圈，朝远处望去，整个城市仿佛处处升腾起地火，而这地火却一点也没有邪气，丝毫没有要吞噬城市的意思。由于有流光溢彩的各色灯光照映，城市散发出远比白天还要热情百倍的活力。高高低低的建筑群一直延伸向远方，自然是望不到头的，好像天边也有高楼，那方云层也被光亮染尽。不用说，另外两边也是这般景致了。我虽然刚来上海，但也知道这里并不是上海夜景最美的地方。

小时候看了电视连续剧《上海滩》，我就对上海这个谜一样的地方充满向往。可真置身在这霓虹灯下，我感受到的不是内心的希冀得偿所愿的满足感，而是无限的恐惧感（这个词我用了好几次，不过确实唯有这词才能表达我唯一的感受），那种发自内心的陌生，加上这极强烈的光影视觉冲击，让我觉得小时候妈妈第一次不在我的视线之内的恐慌，与这极其类似。这个世界上最大的钢铁森林之一，是我该来的地方吗？这个晚上，我彻夜难眠了。如果说我为了自己的莽撞行为后悔不迭的话，这晚就是个起点。第二天又是个高温日，我几乎被晒中暑了，而工作的简单重复也让我备受煎熬。

目前看来，我新找的这份工作显然是没有前途的，我的特长完全没有发挥的空间，单位的主营业务也没有我的用武之地。在内心的不安和心理落差之下，我又想要重新找一份工作了。刚好次日是个休息日，我找了家附近的网吧，查询相关专业单位信息。这回我没有发简历，而是直接搜索各家单位网站的招聘页面，找相关专业单位人事部门的电话。本专业技术单位的联系电话很少能打通的，即便打通了，对方也是说暂时没有招人计划。结果当我拨通了一家专业仪器销售公司的电话时，人家接话员简单了解了一下我的工作经历后，立即通知我去面试了。这让我很意外，但是在不久的将来却显得那么自然。

这个突如其来的面试机会让我为难起来，我要把握住吗？刚来没几天就向朱经理请假，这个实在是太难以开口了，所以我想着干脆辞职算了。我和新单位的用工合同还没签署，所以说起来我这连辞职都算不上。我打定了主意，晚上写一封离职信给朱经理吧，希望不要给他造成太大的不便。我之所以不敢当面辞职，主要还是心里有愧的，毕竟人家给了我这份工作，而我才做了三天就不做了，实在有违契约精神。但我真的很不喜欢目前这份工作，和我的期望岗位差距太遥远了。这次的跳槽行动，与其说表现了我做事干脆利落，不如说体现了自己刚来上海的迷茫和冲动。

次日早上五点，我把那封简单的辞职信留在床头，趁大家还在睡觉的时候，轻手轻脚拉着行李箱离开了这里。就住了两三个晚上，我的行李都不曾有机会拿出箱子，好几个同事的名字都叫不上来，所以我对这里也谈不上留恋。出了小区大门，才记起房门钥匙还在我身上，于是折回去又把钥匙放在了床头。这次出门走在大街上，我突然醒悟到如果今天的面试没通过，我可连落脚的地方也没有了。不过转念又一想，自己没打算在这里工作，还想以此地为退路，这个是可以归于人品恶劣的行列了吧。真心希望以后可以多一些从容，不能再做出像这样令自己如此被动的事了。

那家通知我去面试的仪器销售公司在徐汇区，我中途换了两部公交车，才到达肇嘉浜路与枫林路口的公司所在地。这里的市容明显比闵行那边好太多了，让人体会到了上海白天的繁华。我忽然想到了晓敏，她当初就是在这个区上班三年，也不知道离这里远不远呢。如果距离真的很近，而且我面试成功了，此后也在这里上班，那么她听说了也会很兴奋的吧。我心情忐忑地走进位于某大楼三楼的销售公司，这边的销售经理接待了我。这次的面试还稍像点样子，他和人事部另一位副经理对我进行了面试。那位销售经理的名字很奇特，居然叫善良。我强忍住想笑的冲动完成了面试，所幸张经理最终让我留下来。

这里想说一下我能这么轻易被留下的原因。销售是一项报酬率非常高的艰难工作，也是一项门槛最低的轻松工作，对个人的学历要求很低，英雄不问出身，只要能把产品卖出去就是成功。一个优秀的销售员天赋很重要，而且要能持之以恒地在本行业里拓展人脉。所以，真正能出人头地的人很少，这意味着会淘汰很多从业人员。用人公司不知道哪个会是优秀的销售员，于是采取最简单粗暴的策略，就是大量招聘销售员。大浪淘沙留下的人，就是公司生存发展的中坚力量，销售中的精英。所以可以看到，销售员的岗位是最容易被录用的。我能主动找上门应聘销售员，张善良经理也就顺水推舟直接要我入职了。

谈好了入职的事情，张经理安排一个同事下班后带我去公司宿舍。我也是过了很久才知道，一个公司能安排员工住集体宿舍，这是一项规格很高的福利，原因就是大家众所周知的高房价。公司宿舍在浦东，坐985路公交可以直接到达。我跟着叫蒋超的新同事一起坐车子，途经南浦大桥，到达了传说中的浦东新区。我们的宿舍在塘桥区域里的一个小区，这里是老公房，进了屋子我发现宿舍真不算小，是个两室两厅的房子，装修也不错。我瞬间喜欢上了这里，感觉这才是心目中住所该有的样子。蒋超人很不错，穿着很潮流，可能因为工作性质的缘故，他也很健谈，所以我们很快熟悉起来了。

　　我有一个好习惯，很能赢得同住室友的好感，那就是比较爱干净整洁。新住处装修很不错，但是卫生状况真的太糟糕了，我看这里的脏乱程度和我刚刚离开的那间宿舍不相上下，客厅的地板上到处堆着东西，而茶几上堆放的物品种类更是离谱，简直是难以描述。我花了两个小时做清洁工作，终于使屋子里焕然一新，另外三个同事下班回来后对此大加赞赏。令人欣喜的是，这里厨房的餐具一应俱全，只是新同事们每个月只开灶一两次，如果我们能坚持做饭，其妙处是不言而喻的。晚上大家一齐动手，做了一大桌子菜，来上海后，我第一次觉得绷紧的神经稍放松了些。

　　和大伙儿边吃边聊，我了解到了这个单位销售部的一些情况。小蒋和一个叫徐飞的业务员是公司老员工，来这家单位三年多了。蒋超人特别聪明，也颇懂人情世故，但他的心思不在销售上面，因此每年的销售业绩仅能达标，看起来他也乐于现状。徐飞跑业务比较积极，销售业绩是这里面最好的一个，但他看起来老是愁眉苦脸的，似乎对销售工作没有那么大的热情了。另外两个同事是职场新人，大学毕业后就应聘来这里做销售员，只比我早到四个月，但他们都还没有销售业绩。按照公司规定，半年没有业绩是会被要求自动离岗的，我看出来他们的压力很大。

　　我应该是个典型的后知后觉者，直到此时，我才开始认真审视起我新找的这份工作。商品销售，这个行业我以前只听说过，此时静下心来认真想想，不免感到有些担忧了。我其实很怕与陌生人交流，而低声下气地要别人买自己公司的东西，我感觉非常难以启齿。虽然如此，当天晚上我睡了来上海后的第一个好觉。从这天开始，我的睡眠比以前改善了很多，很少会因为工作压力而失眠。我猜想这与这里海拔低，含氧量高有关系。我和徐飞睡一个屋，自然跟他很快熟悉起来。徐飞下了班就在屋子里玩游戏，经常性地玩到夜里一两点钟，我看他对工作的热情在逐日下降。

　　公司会要求业务员先用一个月的时间熟悉产品线，然后指定个区域让新手跑，一切以卖出去产品为目标。我很快熟悉了仪器，但真的恐惧走出去跑业务，所以磨磨叽叽地在办公室里待了两个月。善良经理估计是见多了，一眼就看出我心里的这点小九九，但没有催我出门，他让我先把区域里的目标客户整理成清单。其实这个清单在公司电脑里都有，只不过很多信息是无用的，因为客户联系信息是销售员的财富，优秀的销售员会把客户联系方式当成自己的私人财产，不太会放在公司共享，所以公司数据库里所谓的客户资料，很多都是不真实的。销售员的第一课恐怕是更新这些客户信息，直到建立自己的客户列表。

总是待在办公室里也不是办法，我慢慢尝试着出门了。等真正出去跑业务的时候，我才知道这件事比我想象的要难很多。刚开始几天，在去目标客户单位的路上，那种纠结的心情难以言表，真的希望公交车可以就那样一直开下去。到了计划的目的地，我就在大门口徘徊。一连好几天，我仍然没能下定决心走进第一家要拜访的单位，好煎熬啊。进去说什么呢？会不会被直接赶出来？要知道大部分人是不愿意被陌生人打扰的，尤其是自己手头正有事要忙的时候，而我们能不约而至地拜访到客户是入行的基本功。终于横了心走进那家单位，门口保安一句"侬做撒？"，我支支吾吾半天没说明白，结果自然是没能进得了大门。

第六章

在这家公司做销售工作，实习期是只发基本工资的，加上实报实销的交通费，实际收入才一千五百多元。还好公司安排有集体宿舍，我们暂时不用为了房租发愁。即便如此，这点钱哪里够每个月的各项开支啊。我还要置办一些个人工作生活用品，就只能动用以前的储蓄。为了整理客户资料，销售员一般都会自备一台笔记本电脑，我考虑了好久才决定买一台。我的经济状况可能需要很久才能改善，钱要省着点用，所以我在网上买了一台二手的，徐飞测试后觉得性价比还不错。到了上海才知道处处需要花钱，我开始担心我的那点积蓄能够撑到几时，而提高收入的途径，只能是卖出仪器后拿到提成。

有一个舍友就因为半年没有成交单子，被迫选择离开了公司。如果我还是目前这样一个状态，早晚会步他后尘的。在失业危机的重压之下，不说能把人的潜能完全激发出来，做出平常想都不敢想的事，则是完全有可能的。厚着脸皮放下那点可怜的自尊，混进客户单位，磨磨蹭蹭走到陌生客户跟前，鼓起勇气推销仪器，这件事我用了整整一个月的时间。然后遇到了每个销售员都会遇到的那三座大山：被拒绝，被拒绝，还是被拒绝。百分之九十的业务员不能迈过这三道坎，于是止步转行。而真正的销售精英，在经历了这些之后继续努力，直至成为行业强者，呼风唤雨。

在随后的日子里，徐飞给我讲了很多销售技巧，让我少走了一些弯路。

他说销售的前提，是先学会和客户交朋友。一开始就当自己是二皮脸，在销售目标群体里混个脸熟。大部分人是本能地抵制销售的，也绝不会给你好脸色看；如果你能坚持下来，并持续不断地出现在他们视线里，总有一天他们会不好意思给你黑脸，这样你的机会就来了；接下来你的目的是成为他们的普通朋友。这件事做起来当然不会像说起来这么简单，有很多准备工作需要做，有一条非常艰难的路需要走。而如果能做到这些，你就基本上是个合格的销售员了，能够在这个行业里立稳脚跟。

有的读者朋友可能会问，如何才能成为销售精英？由于我最后也没能成为这样的人，所以我本人在这个问题上是没有什么发言权的，但我可以说说我的理解。要成为一个好的业务员需要高情商，这个是成为优秀销售精英的基本条件。接下来一等一重要的是，持续地、艰苦地努力学习。努力成为客户的好朋友，这样在他们需要时，才会优先考虑选择你的产品。所以，做销售其实是学会和陌生人交朋友。道理简单吧？但做起来何其难。很多人走到这里，使用了不一样的思路，甚至是三观的重新确立。我会在接下来的日子里，断断续续讲述几个销售精英的人生选择，重点的笔墨当然会放在她身上。

我们每天要按时到公司上班打卡，这时候乘坐 985 路公交车成了我的一个噩梦。这趟班车来往于浦东陆家嘴到浦西万体馆，可想而知上下班高峰期间车上是个什么情形了。跟着人群好不容易被挤上车，转个身子也成为一种奢望，一路感觉要被挤窒息了，所以我对这路公交车印象特别深刻。忘记了销售压力和收入的微薄，我对目前的生活暂时有一点点满意起来了。我在周末会去周边逛逛，小区边上就是塘桥轮渡站，乘着轮渡过江，换乘公交车可以很快到达市中心，比如外滩、南京东路和人民广场。若从小区门口马路对面继续乘坐 985 路，十分钟内可以到达陆家嘴。

我和同舍的几个人相处很融洽，住这里也特别开心，如果有一份自己喜欢的工作，而收入也足够我在这里生活下去，那该是件多么美妙的事情啊。但这似乎是个遥不可及的梦想，随着日子一天天地过去，我的销售业绩迟迟没有破零，我得更加努力才行啊。不过希望也不是一点没有，至少我访问陌生客户没有那么困难了。羞涩和恐惧之情隐退之后，我会面不红心不跳地糊弄大门的保安，以顺利地进入客户单位。我也开始能和陌生客户聊上许久而不冷场，徐飞说我已经迈出了做业务坚实的一步，成交单子是早晚的事，我因此而颇受鼓舞，满怀期待那一天的早日到来。

我们同住一起的几个销售员里，我算是跑客户比较勤奋的一个。徐飞和小蒋已经有些老客户，他们已经挺过了做业务员最艰苦的时期，这时候如果能继续努力，很可能会成为善良经理那样的销售精英。可是他们已经不再那么拼了。做业务员需要很强大的自律能力，因为这个工作每天有很多的机会偷懒。我们上班打完卡，可以在公司里电话销售，但更多地要跑出去拜访客户。如果出去跑，工作是自己安排的，那么到底是认真努力地拜访客户，还是给自己放假呢，这个就全凭自觉了。有个没有业绩的舍友，打完卡出了公司就一头钻进了网吧。事实上，他是大部分刚入行的业务员的一个缩影。

进公司四个月后的一天，善良经理召集会议，重新分配每个业务员负责的销售区域。他把一张上海行政区域地图摊开了摆在会议桌中央，逐个区域地指定给我们中的某人。当然，老员工一般会维持自己以前的负责区域，新员工则会安排给两个城区加两个郊区。那一刻我现在记忆犹新，因为几个人围着上海地图，仿佛整个上海就似战利品似的，等着被我们瓜分。张善良经理有这个底气的，我从进入这个公司后，就听说了他的传奇故事，知道他当初刚进公司一年就拿下了年度区域销售冠军。有一次他在公司提前打印好了销售合同，带了一台仪器去一片工地区域现场推销，当天就卖了设备签了合同。

善良经理已经把上海作为他的猎场了，所以他看着地图划分区域就会很有感觉，那气势可比身经百战的将军，而我们这些人现在更像是蝼蚁，和猎手绝无半点干系。我们的业务能力跟他还差得太远，并且有可能永远也达不到他那个高度。我这个想法略显自卑，反映了我刚做销售工作时的严重不自信。而那天大家聚拢在善良经理的周围，都一本正经地看着地图，如果大家都能如善良经理所期望的那样，成为优秀的业务员，这幅画面就特别完美了。那天分配给我的两个郊区区域是奉贤和嘉定，所以在那些拜访客户的日子里，我跑了这两个区的很多地方，对这两个区也比较熟悉。

我的第一单生意，是在我入职后的第五个月里完成的，那是勤奋与运气相结合的产物。国庆节过后的第一周，我头顶着烈日混进一处建筑工地，敲开了施工单位项目经理的办公室。我例行客气地说明了来意，给他发了名片和产品资料，准备着他的友好或者冷漠的逐客令，谁知他说他正好要买台这类设备，向我详细了解起我们的产品和价格等信息。一般遇到这种情况，达成交易的可能性是很大的，善良经理知道这单意向后全力配合我、指点我，终于事成。成交当天，我感觉到了久违的激动与幸福感，比当初获知自己考上大学的消息时还要开心，同时也知道自己失业的风险暂时没有了。

我偶尔也会偷点懒，跑进网吧上一整天的网。不过由于天生不爱玩网络游戏，所以上网对我的工作和生活没有产生特别大的影响。有一段时间，我上网时迷上了看一些在上海的创业故事，这些故事就发生在这个城市的某个角落，所以读起来就感觉特别亲切。每一个人内心都有一种想要主宰自己命运的冲动，而当放弃了稳定舒适的工作后，这种冲动就很强烈，并极有可能转化为努力奋斗的动力。由于同样是讲做销售的创业故事，我开始认真考虑起自己创业的可能性。后来的事实证明，我在没有经验、耐心和人脉的情况下，创业是不靠谱的，但能走出这一步，已经将把握自己命运的钥匙握在了自己手里。

深秋的一天，善良经理安排徐飞和我去长兴岛做客户回访和已售设备维护。这种工作对销售公司是很重要的，因为客户已经在使用我们的仪器，我们定期的回访有助于增进和客户的互信，而定期的保养服务则是为了维持客户的忠诚度。由于有三四家使用我们设备的单位，一天是跑不过来的，所以我们需要在岛上住一晚。我们两个乘车到达吴淞码头，之后乘轮渡到了岛上。我们先是叫了出租车，到达振华港机长兴基地，这家单位曾在善良经理处买过我们好几台设备，算是一个大的客户。我们每年都会上门服务，解决一些技术问题，顺便了解一下他们的年度设备采购计划，继续向他们推介新产品。

我在三峡工作的时候，就在网络上关注过振华港机。这家公司老总在年近花甲之际下海创业，短短二十年把企业做成世界级规模，真是一个了不起的人物。今天到了他们公司生产基地，让我激动兴奋之余大开了眼界。整个长兴岛西部，全是振华港机的地盘，基地里工人们干得热火朝天，一排排港机、龙门吊、门机和其他港口设备，整整齐齐地矗立在江边，像等待检阅的部队一样，即便隔得很远，也能感受到它们支配性的震撼力量。厂区临江而建，上了办公大楼往南望去，长江上的游轮货轮百舸争流，岸边码头上庞大的集装箱堆积如山，又看着码头上繁忙的集装箱装卸作业，蔚为壮观，这个地方最能体现工业化带来的巨大效率。

忙完振华港机的事情，我们找了一家旅馆住下。前台服务员是个皮肤稍显黑的妹子，身材特别好，化了淡妆，笑起来很妩媚。我们住下来后，徐飞就跑到大堂里找她说话去了。我感觉有点累，就闭眼斜躺在床上休息。过了一会儿，徐飞跑回来了，说刚才的前台小姑娘晚上要值班，我们可以约她一起聊天打牌什么的。对此我不感到奇怪，徐飞虽然个子不高，但人长得很帅，加上能说会道会哄女孩子开心，他能吸引到异性的目光。我心里想完了，要当电灯泡。晚上我们看电视，快十一点的时候那个小姑娘来敲门了，而且特意换了件短袖短裤的家居蓝色连体小棉衣，在我看来分明是和睡衣类似的，只不过可以穿出来见人罢了。

我们三个玩起了斗地主，不过都心不在焉。我心里在想，要不要给他们创造机会呢？徐飞没有给我暗示嘛！不过看他们出牌的样子，明显就是打不起精神。我忍了又忍，于是找了个借口跑出来了。不远处就是江堤，我干脆跑上去看江景。江对面是吴淞码头，左首是浦东，那边因为是滨江公园，挡住了沿江的灯火，不过也足够明亮了。江面倒是难得地安静下来，偶尔会传来三两声轮船汽笛声。这里蚊子真多啊！我真后悔没能喷点花露水什么的，喂饱了这里无数的蚊子。时间真难熬，终于徐飞打电话过来了，我一看时间，快到一点钟了。回去后赶紧洗了个澡，才稍止住了浑身的瘙痒。

我们都心照不宣地不提刚才发生的事，因为我有更重要的事要和他商量。我给他讲了我想创业的想法，没想到获得了他的积极回应，很快他就决定和我一起干了，我们仔细认真地讨论了一个晚上。从长兴岛回来后，我和徐飞的关系更密切了，几乎到了形影不离的程度。我们开始着手注册公司。那个时候，上海的小微企业非常容易注册。网络上，甚至满大街到处都是代理注册公司的广告。我拨通了其中一个电话号码，他们安排专员和我们对接，第二天就上门服务了。那个说话叽叽喳喳像麻雀的姑娘，开价八百元帮我们办理一个销售贸易类公司，注册资金为五十万。我们一通杀价，最后商定给她六百八十元。

我都不敢相信这件事，觉得会有这么容易吗？事实证明，真的如此简单。这中间包括工商注册、税务登记、公司名称审核、验资和法人登记，全部流程他们一条龙代办，费用就这区区六百八十元。我很是不解，如此操作他们能赚到利润吗？后来我终于明白了，他们还是遵守着那条永恒的商业法则，通过薄利而多销赚钱。这是个伟大的时代，在魔都的每一个日子，有成千上万的人在犹豫着该创业，还是该打工。有那么相当一部分人，会付诸行动，毅然注册公司，努力奋斗，期待把命运掌握在自己手里。那么多怀揣梦想的人找他们帮忙代办注册公司，这是个巨大的市场。

自从第一单生意完成后，我的销售业绩没能乘势更上一层楼，在接下来的两个月里只卖出去一些仪器配件，原因很简单，因为我的确还是个销售门外汉。虽然我很努力地在跑业务，但我也体会出来我并没有做销售员的天赋，要想吃这碗饭，只有特别努力和认真学习，再加上最关键的一点——熬时间。有一种销售理论认为，天赋较差的销售员，没有十年时间不足以在这个行业立足，我即将创业的方向也是销售专业设备，所以我告诉自己，只要坚持不懈地做十年，我一定能够在这个行业里立足。善良经理从来没有给我特别大的压力，他知道我在很努力地做事情，而这个可能是他极为看重的吧。

我们在公司里还是一如既往地上下班、跑客户。又一个舍友因业绩太差自行辞职离开了，很快公司又招来了三个新手。看到他们各个眼中流露出来的迷茫，还有每天出门时的彷徨无助，我知道了半年多前我是怎么样一个状态了。经过历练之后，他们中有人会留下来，更大的可能则是很快离开，和他们的关系称之为同事，也有些勉强吧，因为有些人我可能连名字也没记牢，他们就离职成了陌路人。我们宿舍的卫生主要还是我在清理，其他几位一个比一个懒散，一点也指望不上他们。参加工作这么多年来，这是我住过的最好的房子，我已经把这里当家了，所以我很爱惜。

我入职的这家公司是个台湾人开的，平时他很少露面，公司很多的决策都由销售经理拍板，所以张善良在公司里权力很大。他渐渐地让我专注于做售后了，因为以他多年的识人经验，觉得我搞技术更合适。不过自从想要创业，我特别想多出去跑业务，我这样就给他一种很积极向上的印象，反而对我信任有加，从来不对我的销售业绩提要求，所以我在这些个业务员里压力最小。当然，我的工资收入虽有增加，但也维持在一个不高不低的水平。分派给我的几个区域，我除了维持一些老客户，和熟悉了几个主要城区的马路外，没有开发出特别有潜力的客户，这样的日子一直持续到了年底。

徐飞比我有销售天赋，在我们新公司的成立上他也表现很积极，所以我有某种期望：他的这份销售天赋，能给新成立公司的创业成功带来更大的可能性。前后历时两个月，我们的营业执照下来了，但在开银行账户时遇到了一些麻烦，那时候银行已经开始逐步收紧小微企业的开户政策，各大商业银行都要求有验资报告和会计事务所出具的征询函，我们去哪里搞这些东西啊？幸好本地的农商银行没有这么繁杂的手续，使得我们顺利解决了这个问题，如此就已经有完备公司的雏形了，虽然实质上称其为皮包公司更合适。在拿到营业执照的那天，我和徐飞找了家饭店吃饭庆祝，喝了很多啤酒，都憧憬着美好的未来。

第七章

　　大学毕业那年，我没听说有哪个同学找工作来到了上海，因此我以为自己在这里是个孤零零的存在，谁知完全不是那么回事。我慢慢地联系到了好几个同专业的同学，而第一个人是李晓勇。年底跑客户的时候偶然遇到他，我们两人都又惊又喜。大学时代我们同级不同班，住同一层楼面。我们在学校的时候不是很熟悉，我甚至是在上海遇到了他，才知道他不太会说流利的普通话，而是一口浓重的甘肃地方腔。和他接触了几次后，我开始对他刮目相看，因为即便操着这样一口大部分人都难以听懂的方言，他居然也在上海有着自己的工程公司。更加让我佩服的是，他在自己的公司里同时兼任营销和技术负责人。

　　李晓勇做技术做得很成功我能理解，不过出去跑业务还能出这么大成绩超出了我的想象。试问有几人，能和一个操很难听懂的方言的人顺畅交流啊！这件事只能理解为：李晓勇天赋惊人，情商极高。和他交往时间一增多，我的判断就得到了印证，在最初和他沟通的不适感消除后，和他交往的人很能被他的人格魅力所吸引。他考虑问题周到，而且看事情很客观。他在和任何人交往时，首先考虑的是不侵犯别人的利益，并时时刻刻替他人着想。这句话听起来简单，实际上鲜有人能一以贯之地做到。那段时间，我们经常聚在一起吃饭，因为在这里遇到同年级校友比较罕见，而且我们俩也算半个老乡，甘肃就在青海的边上嘛。

　　大学毕业后李晓勇去了新疆一家公司就职。他的英语很不好，所以快到毕业也没能考过英语四级。我们那一级同学中，因没有过英语四级而肄业的有好几个，他居然能拿到毕业证，也算是个奇迹了。不过他没能拿到学位证，而这导致他在原单位处处受掣肘，甚至在他表现出超强的管理能力后，职位也未能获得晋升。参加工作两年后，他就辞职来到上海，在一家工程公司做技术工作。他在这家公司积累到了几条重要的人脉，于是不到两年的时间，辞职跑出来自己单干，迅速开启了自己的创业生涯。我遇到他的时候，他的公司已经有几百万的年产值了，真是开挂的人生啊。

　　随着了解的深入，我们逐渐成了很好的朋友。我希望有朝一日也能像他这样，把自己的公司做起来，而他也尽他所能地帮助我，帮我介绍客户。他对销售行业有较深的理解，认为创业初期其他都是次要的，甚至包括注册公司本身，最应该重视的是销售渠道的建立，而不是被其他小事情分散注意力。我和徐飞经常邀他一起吃饭聚会，向他请教问题。类似的聚会，他总会不动声色就把单买了，并解释说自己可以在公司里报销。对此我和徐飞是明了的，他想让我们省点钱，同时又不愿让我们觉得，他经济比较宽余，或者特别好客。他自己的公司，报销不还是花自己的钱吗？

　　元旦假期来临的前两天，晓敏给我打来电话，说想趁元旦期间来上海看看我，我听后当然特别乐意，忙不迭地说好。她说她的一个小姐妹与她同来，想在上海找份工作。我开玩笑说你来了也就不回去了吧，她笑了笑没接茬儿。我在小区旁边的一家宾馆订好了房间，拉了徐飞去火车站接她们两个。我们大半年没见了，分开后重逢自然格外喜悦，我看得出晓敏重回上海特别高兴，猜想当初她应该是依依不舍离开上海的。晓敏的同伴叫田芳，她俩的个头身材都差不多，而田芳是瓜子脸细眉毛，皮肤很白，因为很会化妆，所以更显漂亮。徐飞自从看到她，眼睛就直了。我暗暗好笑，知道这家伙又动歪心思了。

　　到了宾馆稍作休息，我们到浦建路上找了家湘菜馆去吃饭。徐飞对田芳特别热情，忙前忙后端茶倒水的，倒像是见到久违的朋友似的。饭间我们了解到，田芳在宜昌那边是在保险行业里的，而且业绩还不错。她很早就渴望到一线城市走走，平常听到晓敏念叨上海的好，就想过来这边看看。最近晓敏动了来上海见见我的心思，两人一拍即合，因而促成了此行。田芳此次来沪，就准备留下来找工作，而晓敏还是要回去的。因为在火车上旅途时间长了些，我们饭后就送她们回宾馆休息。晚上徐飞和我说，他想追求田芳。我笑话他见一个爱一个，见两个爱一双，他嘿嘿直笑。

　　第二天就是新的一年了，我们一大早就出去逛街。晓敏想要去她工作过的地方看一看，这个就比较简单了，因为一辆公交就可以到达徐家汇，中间都不用绕路的。我们去了港汇广场，晓敏却已经找不到她以前供职的公司了。随后我们乘一号线去逛南京东路，在外滩边上溜达一圈后又到了陆家嘴，下午去了张扬路的第一八佰伴。以前很少逛这类型的商场，等去挑衣服了，才知道价格真是吓死人啊。随便一件衣服上千块，每层楼的四周品牌店里，上万一件的衣服比比皆是。这个时候，我们能真真切切地感受到什么叫囊中羞涩。晓敏最后挑了一条裙子，这是给我省钱了。我看徐飞在给田芳做参谋，最后她买了一顶帽子。

在商场饭店里吃过晚饭后，我们又逛了许久，这样一天下来，大家都累得够呛。我们送晓敏和田芳回到酒店，也不好多打扰，让她们早些休息好恢复体力。第二天一早，田芳说她想自个儿出酒店走走，而徐飞则主动请缨想带她去周边好玩的地方，田芳没有拒绝。我们都明白这是田芳在给我和晓敏创造独处的机会，毕竟晓敏次日就要回宜昌了。大老远来一趟，我们连贴心话也没说一会儿，实在是说不过去的。田芳不反对徐飞陪着她，我想可能是因为她觉得的确需要一个人给她带带路，或者她为了确保我和晓敏能够单独聊聊，顺势就把徐飞给带出门了。也可能两者兼而有之，这样的闺密的确是很贴心的。

等他们出去了，我和晓敏极尽缠绵，有一刻我恍然觉得我们会在一起，横立在我们面前的阻碍都不再是问题。事后我搂着她温言相劝，让她一年后毕业了就来上海，她低头沉吟良久，才说她家人不会同意的。这个回答我不感到意外，上次她就听从了家人的意愿，即便很喜欢这座城市，还是选择离开上海回宜昌，这次能因为我而选择留这儿吗？其实除了她家人的反对，更重要的问题还在于，我能给她一个安全可靠的未来吗？我在三峡的时候，至少工作是稳定的，而来上海半年多了，我的事业还没有任何起色，创业开公司也是吉凶难定。我认为晓敏的这次上海之行，会使她对我们的未来更加没有信心。

晓敏回宜昌后，田芳就忙着找起了工作。由于她有保险从业资格证，所以很快就找好工作了，而且她们公司还给她提供了免费住宿，只不过这间屋子位置比较偏僻。我们帮她安顿好了，接下来徐飞开始疯狂追求田芳。他几乎每天都很早起来去接田芳上班，下班了也尽量抽空去接她返回住处，那可是离塘桥十几公里的地方啊。我看依照他这种追求法，田芳迟早会缴械吧，好在我看出来徐飞是动了真心，他们能在一起也是桩好事。田芳入职后也有限期业绩要求，她可能还不太适应这边的环境，拓展业务很不顺利。徐飞为了帮助她顺利通过实习期，成了她的第一个客户，买了一份保险。看这情形我也不能落后，就有样学样了。

节后我跑去找李晓勇，在他那里碰到几个人，彼此认识后方知他们是另一家仪器销售公司的，也就是我的竞争对手。我惊讶地发现，其中一位竟是大我两届的名叫白海晨的师兄，在他们公司任销售经理。怪不得从第一眼见到他就觉得很眼熟，这会儿想起来了，他在学校是出了名的短跑健将，在学校运动会上是风云人物。只不过这时他已经稍有些秃顶，所以我没认出来。白海晨家境殷实，所以很快就在上海买房安家了。他天性不喜欢受约束，所以一开始就从事自由度极高的销售工作。来他们单位六年后，他被新任公司总经理提拔为销售经理，他终于准备收心大干一场了。

但在新岗位上，白海晨立即遇到了难题，公司的几个老业务员被前任经理带跑了，他要尽快组建自己的团队，可惜这项工作进行得并不顺利。我们这次见面聊了聊，他可能觉得我是个不错的业务员，在这之后的几天里就经常联系我，游说我跳槽到他们公司。我刚开始是拒绝的，觉得在哪里做仪器销售都差不多，而且我很喜欢目前的住处，并不想搬离这里。后来白海晨许诺给我比目前翻倍的底薪，这就让我有些动心了。我没有贸然拒绝，只说等过完年，再明确答复他。业务员主要还是靠销售提成来提高收入的，所以如果我销售业绩好，也不会太在意底薪的提升，问题是我目前的销售业绩并不很好。

还有不到一个月就到春节了，我很纠结地想了半天，最后决定留在上海过节。出门在外的人最怕两手空空回家，尽管父母只是想看到子女平安回去，但子女大多数会认为尽孝道并不能只凭一张嘴。如果不改变目前入不敷出的状况，我回家一趟可能就会把所剩无几的储蓄花光，来年能不能继续留在上海也不好说。上次带晓敏回家后，我父母一直在电话里逼问我们的婚事，我每次都含糊应付过去。如果今年我回去了，家人再问起这事我就难以回答。我弟弟的儿子都快上学了，家人能不为我着急吗？不过他们的关心对我来说就是巨大压力。定下来不回家后，我的心里反而轻松了很多。幸好徐飞也不回家，这个节过得就不会太孤单。

宿舍里的其他同事都回家了，就剩我和徐飞留守。田芳耐不住思乡心切，临近年关也回了宜昌，所以女生比男生更恋家，这话是一点也没有错的。除夕夜前两天，我们买好了一大堆蔬菜瓜果，就宅在宿舍静候春节的到来。在震耳欲聋的鞭炮声中，我们互致祝福，边吃饭喝酒边侃大山。徐飞尚未追求到田芳，而我在这个重要的节日没有收到晓敏回复我的短信。我们注册的公司有了一万元左右的营业额，除去成本和税收后，略赚两三千，希望明年可以有很大的进步。我讲了想跳槽到白海晨那边的想法，徐飞觉得问题不大，反正都是跑销售，在哪里都一样，我换个公司的话，我们销售产品的种类会更多样化。

上海的年味淡得很，除了偶尔的鞭炮声能提醒人们日子还在正月里，就没有太多过年的气氛。多年以后上海外环内禁止燃放烟花爆竹了，更加没有了过春节的痕迹。我和徐飞昏昏沉沉过了几日，真的做到了大门不出二门不迈。初四那天，估计徐飞实在闷坏了，他决定跑出去找朋友。我想我也不能整天闷在宿舍，所以决定出门逛逛。去哪里呢？我忽然想到了白海晨，这个春节他应该在家的吧。我们有师兄弟之谊，何况我有极大的可能去他那边上班，去拜个年是应该且必须的。打定主意，我拨通了他的电话。他果然就在上海，主动邀请我去他家里。我跑去超市买了两瓶酒和两条烟，查了查公交路线就去赶车了。

到了浦东三林白海晨家附近，他亲自跑到公交车站来接我，这让我很是感动。等到了他家里，他爸爸正在厨房烧菜，而他爱人正挺着个大肚子在客厅散步，大家坐下来寒暄几句，我这时才知道白夫人竟然也是我们校友。我环顾四周，觉得这套新房真不错啊，听师姐介绍，这套房子是二〇〇四年买的。我刚到上海的时候，房价才经过了二〇〇三年以来的第一波上涨。他们以总价五十万出头买下了这套约一百二十平方米的房子，我觉得这个总价对我来说是个天文数字，可是举办世博会以后，这套离世博园很近的房子总价超过了八百多万。我那天第一次去三林时，这个区域还是蛮偏僻的所在呢，从塘桥坐车过去要一个多小时。

白海晨和他的爱人，是我见过的为数不多大学恋爱修成正果的情侣，我觉得这非常难得。不过师姐这会儿才怀孕，他们这二人世界过得可真够长的啊。他们很热情地招待我，我们一起聊了很多学校里的往事，还有各自的工作经历等。饭间白海晨再次邀请我过去和他一起做事，并给我详细介绍了他们公司的情况，这次我没有再拒绝，因为我们差不多已经达成共识了。在这件事上我觉得挺对不住张善良，辜负了他对我的期望，他各个方面对我都不错，我这样毫无征兆地跳槽就有些对不起他。我承认这是我的错，这件事做得太无情义，所以一直对善良经理心怀愧疚。

师姐有孕在身，我也没好意思多打搅，下午早早告辞而出。我原路返回到了宿舍，进了屋一摸口袋，坏了！钱包和手机没了。我从师兄家出来时这两样都在的，那么东西肯定是在公交车上丢的，而且这两样东西放在不同的兜里，那么就不可能是我不小心掉地上的。我沮丧万分，今天车上人也不多啊，怎么会让小偷得手的？小偷都不用过春节的吗？万幸的是，我的身份证是放在宿舍里的，并没有随钱包一起丢失。钱包里有张晓敏的照片，丢了让我异常心疼，这让我隐隐约约觉出了什么。还有手机上的那些个联系方式，我怎么就没想着备份一下啊，这是此次损失最惨重的地方。

元宵节前后，我只好花精力补办银行卡、手机卡，慢慢恢复手机通讯录，一些朋友的联系方式没能找到，从此就断了联系。等到田芳回上海了，徐飞开始天天围着她转，啥也不管不顾了。我上班后就向善良经理提出了辞职，他觉得这事太突然，请我喝茶想极力挽留。原来他也准备自己成立公司单干，非常看好我多年来在一线积累的专业技术。他的计划是自己做销售，让我来负责技术和售后服务。如果我自己没有注册公司，也没有答应白海晨去他们单位，我多半会答应善良经理，因为他确实是个很不错的人，是一位真正的销售精英。但我只能拒绝他，并衷心祝愿他能心想事成，前程似锦。

我很喜欢目前这个住所，不仅交通便利，而且住着很舒适，不过现在不得不搬离。白海晨因为我的到来，兑现了原先承诺的一部分，请公司批准为业务员租一间集体宿舍，而为了节约成本，他选择租在三林附近。徐飞帮我把所有东西搬了过去，新宿舍是一间两室两厅的毛坯房，这个条件比塘桥差了很多，但好处是一个人占一间房。可是另一间屋里搬进来一个女同事，她叫许艳红，原先和别人合租上班的，现在有了免费的集体宿舍，她立马搬进来了。徐飞一看这情形乐了，打趣我说兄弟你赚了，工作老婆双丰收。我觉得蛮尴尬的，男女混住以前没有经历过，想想就知道有很多特别不便利的地方。

许艳红在这家公司做业务员很多年，最近两年的销售业绩也不错。她的身材矮小，胖乎乎的脸上婴儿肥明显，看起来比实际年龄要小。她很有亲和力，特别爱笑，这些对业务员来说是加分项。我们相处得还不错，住处也宽敞，偶尔还搭伙做饭，不过我能感受到她对同事并不热情，很少谈工作以外的事情，这也许可以解释她没有跟原销售经理一起走的原因，因此即便过去很久，我也没能了解到有关她的更多信息。新公司办公地址在黄浦区老西门附近，我们上班就比较远了，倒两辆班车花一个半小时才能抵达，这样我就得比原来早一个钟头出门，才能按时抵达公司。

就在我搬家完毕收拾停当的当晚，白海晨联系到我，说公司李总邀请大家聚餐，欢迎新同事。这家公司考虑细节问题这么周到，尊重我这个新入职的员工，特别令我感动。当晚一起吃饭的除了李总、白海晨和许艳红外，还有一位叫张大春的销售主管。大家都是搞销售的，所以吃饭的气氛就特别热烈。这个为新人组织的饭局可不是那么简单的，他们这里安了个名目，叫作"考酒"，就是测试新员工的酒量如何。我的家乡是著名的青稞酒出产地，供应了西宁及周边地区大部分的白酒。所以我们那边的人特别能喝酒。不过我是一个例外，遗传了我爸爸的基因，我的酒量是特别低。

往常我都尽量避免喝白酒，可今晚看起来逃不掉了。吃了一点点菜垫垫肚子后，大家先是依次给李总敬了酒，然后传说中的"考酒"开始了，他们为我准备了一杯"深水炸弹"。酒场老手知道这是什么意思，先在一个大的平底杯里满上冰镇啤酒，用一个大酒盅倒满白酒，再把酒盅泡入平底杯内，被"考酒"的人一口气喝了这杯混合酒。如果知道这杯酒下肚有那么难受，我说不定会想方设法地予以拒绝，虽然这好像不太可能。已经有了几杯白酒下肚，我再喝了这"深水炸弹"，然后就没有然后了……仅一会儿工夫，我的胃里翻腾，头疼欲裂，很短时间内就失去了知觉。

第二天上午晕晕乎乎醒来，我完全记不得自己昨晚是怎么回来的。我浑身软绵绵的，背部肌肉酸痛，那种难受的滋味永生难忘，从此以后我就更害怕喝酒了，总是对这类饭局心存恐惧。我就这样迷迷糊糊地睡了一整天，到了傍晚被饿醒了，勉强爬起来到小区门口的小饭店里找点粥喝，结果被服务员告知没有这东西。我只好点了一份回锅肉饭，但也只是尝了几口就吃不下去。我又买了一瓶冰镇可乐喝下去，这才感觉稍微好些。有很好的酒量，对一个做业务的人来说，是如虎添翼的事情，可惜我就没那么幸运，所以会隐约觉得我天生不适合做销售工作，但这种念头也只是一闪而过。

第八章

到新公司上班后不久，我收到了晓敏决定和我分手的消息。她没有打电话也没发短信，而是选择在QQ里给我留了言。他们家现在集体反对我们的事，而她从小就没有违背过父母的意愿。这个结果我们早猜到了，只是都不愿意面对，想着是无疾而终吧。现在她提出来，我心里还是一阵痉挛般地疼，有些东西明明想紧紧攥在手心，可就是会像水一样全部流走。每个人都有一些与青春有关的日子，让人在接下来的岁月里常常怀念，令人在独处的黑夜里徘徊；在清醒与睡眠之间，让人恍惚犹如隔世。唯时间是良药，经历了风风雨雨，青春不在了，一切会如烟云般随风而逝，又如暴雨珠落入湖面般难觅痕迹。

　　失恋带给我的打击是巨大的，但我并没有沉浸在这种痛苦里多少时间，毕竟生存才是第一位的。我是白海晨介绍进来的，如果销售业绩提不上去，那不光我的处境会很艰难，师兄的脸上也无光了。所以我不断地提醒自己忙起来，鼓足干劲地跑客户，这样反而使我忘却了失恋的痛苦。毕竟有了半年多的积累，加上朋友们的帮忙，慢慢地我每个月都能成交一两单生意，虽然业绩算不得好，但让所有人都看到了希望。销售真是个锻炼人的职业，我后来能够主动地跟陌生人打招呼，甚至有强烈的与人沟通的欲望，都是拜这段日子跑销售所赐。这份工作做得好，能够把人深藏的潜力激发出来。

　　徐飞在年后一个月追到了田芳，他们陷入了热恋状态，所以徐飞的时间差不多都花在田芳身上。我有时十几天才能见到他一面，不免有些担忧起来。我经常提醒他，对我们的公司来说今年太关键了，大家都需要全力以赴。不过也只有像我这样刚经历失恋的人，才会只知道工作吧。田芳的销售业绩也不是很好，这倒不是因为她不努力。在所有的销售行业里，保险是最难立足的，上海作为世界级金融商业中心，保险是个充分竞争的行业，所以从业人员压力也比较大。但如果保险销售能做好，基本上就没有什么卖不出去的东西了。田芳从宜昌过来，显然还没适应这个大环境。

　　周末有闲暇的时候，我就会跑去找李晓勇交流，并在与他的相处中获益良多。他分析事情的角度很特别，能够直指问题的核心，这种能力完全跟情商有关系，令人印象深刻。他的经营能力非常强悍，一个人撑起了现在近二十个人的公司，很好奇他是如何做到这么优秀的。李晓勇几乎没有什么不良嗜好，而且是个家庭观念极强的人。他还没有结婚，亦无女友，非常孝顺父母，关心弟妹，自己经济条件好点后，就全力帮扶家里人。他弟弟结婚生子也很早，小孩上五年级，李晓勇就给他配备了台式电脑。须知他们那里是经济欠发达地区，在农村的小学生哪里有机会接触电脑啊。

　　我曾向他请教做经营的诀窍，他笑笑没多说。只是有一次我们喝啤酒，他多喝了几罐，带着三分醉意提起了他经历的一件事。那次他请一个重要客户吃饭，酒足饭饱后客户提出要去"场子"里玩玩。那时李晓勇刚做经营没几年，遇到的客户也相对比较文明，所以请客仅限于吃饭喝酒打牌，或者有时连吃喝也省了，直接给回扣。他当然知道很多男人好色，要想与他们的关系真正亲密起来，还得去"场子"。他曾带着客户去有小姑娘陪唱的KTV，但显然不是这次客户提到的地方。真正的"场子"，他还真没去过。但既然客户提出来了，考虑到与他合作的重要性，李晓勇也不能拒绝，于是问他有没有喜欢的地方。

那个客户带着李晓勇，还有和他随行的三人去了市区某处一处会所，其内部装饰之奢华，服务之周到也不消多讲。服务生引领他们来到一个特设大包房，此间另有一个着职业裙装的女经理招待。他们顺着屋内铺有地毯的梯步走进去，只见两排高出地面半米的沙发前后错开，沙发前方是一个屏风式的玻璃幕墙，其后昏暗一片。等他们几个坐定了，女经理吩咐关灯，然后拍手三下，玻璃面板后面灯亮了，原来是另外一间屋子，里面布置得像选秀的T台。女经理又拍三下，一个个女生依次从后面进来站成一排。她们全部化着淡妆，个子高挑且几乎齐高，面带招牌式的微笑，手里拿着号牌脚踩高跟鞋。她们全都是裸体！

我猜测李晓勇当时一定是被惊到了，他讲给我听时我就是这样。我们都知道这个社会风气变了，几乎每个人都对权色、钱色交易不陌生。但当真正刷新认知下限的时刻到来时，我们还是来不及掩饰自己的惊慌失措。李晓勇说当时他虽强自镇定，但有一种三观尽毁的无助感。我们为了能实现梦想，为了能够衣食无忧，从天南海北聚集到这个富贵乡淘金。可是为了达到自己的目的，我们有几人能做到不放下自尊呢？李晓勇还说，如果他能随波逐流，他的生意现在可以做得更大。那些裸体的女生，肌肤雪白身材姣好，面容那么漂亮，和她们有了几次接触，以后娶到老婆甚至可能都不会对老婆有生理反应了，他认为那是地狱。

李晓勇轻轻摇晃着手中杯子，望着黄色啤酒里面不断泛起的白沫，表情很是凝重。他说每个人都会有某种需求，做销售的人就是发现目标客户的需求，而要做到这一点需要些技巧和情商，可能还需要持之以恒的训练，然后就尽全力想方设法地去满足对方。对于一般的需求，要满足不需要费什么大的力气，比如能用金钱解决的，差不多受点训练的人都可以做到。但是也有一些特殊的需求产生后，这时就轮到你选择了：愿不愿意为了满足别人的这个需求而改变你自己，有时甚至是重塑整个三观。我明白李晓勇的意思，他经历过考验是守住了那条底线的，而正因如此，他觉得他还谈不上是厉害的业务员。

白海晨又招了两个业务员，其中一位不愿意住三林，嫌上下班路途太远，就在浦西找朋友合租了，另一位搬进来和我住在了一起。与我同住的业务员大学刚毕业，显然对自己的将来没什么规划。有同事看到过他上班报个到，就钻进网吧去打游戏，白海晨曾多次找他谈过话，但收效甚微。后来他下了班也在宿舍打游戏，几乎每天都到凌晨两点钟，如此过了两个多月，我先受不了了，因为他这个样子严重影响到了我的睡眠。我把情况反映到公司，白海晨果断开除了他。他也接受了，不再到公司上班，可是他没有搬出我们宿舍。我猜想他是无处可去，或者是想找到新工作再搬出去吧。

想想自己近一年来的境遇，都是天涯沦落人，小伙子孤身在外也很可怜，我也就睁一只眼闭一只眼，任他暂时栖身在此。许艳红一贯地早出晚归，很难和被开除的同事打照面，这为他暂住这里提供了契机。没想到又是两个月过去，他一点搬出去的意思也没有。这期间他在宿舍里沉迷于游戏的行为有所收敛，但白天是找工作还是去网吧就不得而知。我问起他有没有找到工作，他只是说自己正在努力。又过去一段时间，我只得向白海晨求助。白海晨听说这件事，先是狠狠批评了我一顿，说我早该反映到公司。当天他安排人把属于那位业务员的所有东西拉到单位，换了宿舍门锁。

这件事处理完毕后，白海晨找我喝茶聊天。他说我有妇人之仁，早晚会吃苦头。他觉得像这样的业务员，可怜他根本于事无补。他已经被公司开除，就不能再和公司发生任何关系，继续住在公司提供的宿舍里，如果在这期间发生什么意外，公司能撇清责任吗？我默然不语。随后一段时间里，白海晨经常跟我一起出去跑业务，说是观察我的销售策略，其实是看看我是否在经营行为中，也存在这样感情用事的漏洞，并试图改正我在工作中的一些错误观念。我承认他这样做，对我帮助很大，并且也虚心接受他的意见。一个月后，他说我离一个合格业务员还差一步，到底差在哪里了呢？他笑了笑没有明说。

很快就到了五月份，我来上海整一年了。我和徐飞注册的公司陷入比较尴尬的境地，因为没有代理产品，因此不能签到主要专业设备订单，只有一些好操作的配件单子，才能在公司签单走货。这样算下来，公司半年的销售额才区区两三万。我换了单位后，一心想着先在这里站稳脚跟，也不能让师兄白海晨失望，所以把所有精力都放在新单位。徐飞最近的状态特别不好，他在所就职公司里的销售额严重下滑，自然更不可能在我们自己的公司里签到新单。我们两个人都不能把精力放在公司，创业怎么能成功呢？我和徐飞在五一假期谈了谈，一起商量公司今后的安排，但暂时都想不出好办法。

五月中旬的一个周末，白海晨打电话给我，问我借三千元钱，并让我送到徐汇区宛平南路某处。我正在超市里买东西，以为他遇到了什么特别重要的事，赶紧跑到附近的银行 ATM 机上取钱。我怕耽误他的事，都没来得及回宿舍换件衣服，也不敢坐公交车一路晃过去，就在路边拦了辆出租车飞奔浦西。当我心急火燎地到达目的地后，才发现事情并没有我想象的那么紧急。白海晨和张大春很悠闲地坐在一家饭店等我，一点也没有遇到什么急事的样子。我长舒了一口气，把钱给了白海晨，就准备回去了。谁知他收了以后没有想让我离开的意思，而是招呼我坐下吃饭。

这里简单说说张大春的故事，他在公司里是个传奇人物。他当兵复员以后，就跑来上海打工，可是没有学历这个敲门砖使他处处碰壁。他在网上看到李总公司在招聘业务员，于是按照上面的要求，伪造了一份毕业证书就投了简历。他顺利通过了面试并且上了班，但由于没有专业知识，他很快露出了马脚。李总查实后没有开除他，而是让他在公司打杂，比如开开车、送送货什么的。他做事特别走心，自己印了销售员的名片，抓住机会就到处发，没想到一年后就开始陆续往外卖东西了。我进单位的时候，他已经是公司连续三年的销售冠军，每年都能拿到二三十万的销售提成。在二〇〇六年，这笔收入非常可观。

我们边吃边聊，这顿饭吃了近两个小时。他们两个都很健谈，我就在边上听着，偶尔也插一两句话。吃完饭后，白海晨说今天我请大家一块儿洗澡。听了他的提议我很惊讶，隐约觉得哪里不对，但真的搞不清状况，只得听他安排。张大春开了车子载着我们出发，约十分钟就到了。车子开到一处大楼侧门前的停车场，服务生引导我们停好车子后，用特制的布套套上去遮住我们车子的前后车牌。我看看其他的车子也是如此，就问他们套住车牌干什么，服务生疑惑地看了看我没吭声，意思好像是说你是第一次来啊？等到我看到店名有"水疗会所"的字样，瞬间明白过来了！

我心里"咯噔"一下，脑海里浮现起李晓勇和他的客户去会所的事，难道我今天也要经历类似的场面？我一时犹豫着该不该跟着他们进去，白海晨在我背上轻轻一推，我只能硬着头皮跟上去。别看门口朴实无华，走进店里却是别有洞天，大厅里面金碧辉煌，装修考究。清一色黑色制服的男服务生，人数看起来比客人还要多。服务生引导我们换了鞋子去沐浴池，白海晨看出了我的紧张，拍了拍我的肩膀，示意我静下心来。我从来没想过要来这种地方，此时头脑早已经一片空白，哪里有心情洗澡！我泡了十分钟左右，换了服务生准备的蓝白相间格纹休息服，硬着头皮随他们走向上楼通道。

我们几个上了电梯，里面的服务员躬身低头向我们问好，按了直达三楼的按钮。这时候我还在安慰自己，觉得白海晨不太可能会带我到那种地方，我又不是他的客户，说不定这里可能就是家正规的按摩店，是我想太多了。电梯开门后，一个同样职业装束的女生在电梯口迎接。看起来白海晨和她很熟悉，因为她直接喊他"白总"。白海晨把双手搭我肩上，对那个女的说，安排最漂亮的姑娘给我这位兄弟。这时候我再无怀疑，也明白了白海晨的用意。他不久前说我离一个合格业务员还差点，就是说我在男女关系上放不开吧。他今天处心积虑导演这一出，就是想让我能迈出这一步。

那个女生看了看我，会意似的微笑着向白海晨点了点头。她安排另一位服务员带着白海晨他们俩去各自房间，她自己领我到了一间走廊深处的包房内，安排人给我送茶，轻轻说让我稍等一会儿。我点点头，都不敢看她的眼睛，她这才关好门出去了。这间屋子约有二十平方米，靠里有张宽一米三左右的床铺，白色床单深红色床套，居中一条折得整整齐齐的大号毛巾，其上放一只鲜艳的玫瑰。我摸了摸，居然是新鲜的真玫瑰。靠墙是一张竹制的小圆桌，两把竹椅，小圆桌上一个考究的鼎形香炉上点了一炷香，袅袅升起的烟香特别好闻。靠门口墙上一个挂壁电话，四周墙上挂有字画，我却无心欣赏。

约莫过了两分多钟，听到有人轻轻敲门，我清清嗓子示意那人进来。一个穿着肉色吊带短裙的长发女生走进房间。她点头向我问好，我越发紧张了，拿不准这时候是要对她客气些，还是干脆不吭声才是惯例。那个女生径直走过来坐我边上，我下意识地向她反方向挪了挪位置，她觉察到了，问我是不是不喜欢她这类型的。我连忙摆手说不是，她凝神看了看我，笑着问我是不是不常来。我不知该怎么回答，于是就没吭声。她起身走向挂壁电话，拨通后说五号上钟。我瞄了她一眼，个子不算高，但身材确实好，前凸后翘堪称极品。我是真没见过这么漂亮的女生，等她走过来伸出双手要搂我脖子，我没拒绝了，但不敢正视她的眼睛。

到了这个时候，她大概真的明白我是第一次来这样的地方，于是双手抱着我一只胳膊，头靠我肩膀和我一起静坐在床头。过了一会儿，她轻声问可以开始了吗？我说咱们聊聊天吧。她吃吃地笑笑说，帅哥，聊天也算时间的。

我说不要紧，到点了我就走。她侧着头盯着我看了一会儿，确定我没开玩笑后就依我了。我们聊天的内容大部分我已经忘记了，只记得她说自己是东北人，向我展示了她的东北口音。过了半小时左右，她又问我真的不做吗？时间可不多了呢，我还是答复她说说话就很好。她说待会儿经理问起来是否满意，你可别忘记给个很好的答复，我说这你放心好了。

又过了一刻钟左右，她拨通了电话，并把电话给了我。电话那头一个男的问我是否对所有服务满意，我说一切都很好。女生又搂了搂我的脖子，朝我微笑表示感谢，起身离开了。我后来想，她做这一行，一定见过各式各样的男人，包括像我这样第一次去，因太紧张而只顾傻乎乎聊天的，她也见怪不怪了吧。像我这样刚失恋，又品尝过男女之事的人，说实话对那么漂亮的女生没想法，一点也不实事求是。我甚至想过，如果那天不是毫无思想准备，我可能真的也就不顾一切做了再说。不过在我内心深处，抗拒的成分很大，因为我的人生受教育经历，还不能让自己和"嫖客"两个字联系起来。

那天回去的路上，白海晨问我那个女生怎么样，我只是很含糊地应了句她很好。我不能表现得比别人更高尚，也无须让别人认为我太矜持。他回过头看了看我，笑呵呵地说，听值班经理说你啥都没做嘛！我特别吃惊，脱口而出说他怎么知道的？白海晨盯着我的眼睛，意味深长地笑了笑，长叹了一口气。我立即醒悟过来，他这是在套我的话呢。我们有没有发生点什么，那个女生不会也没必要给别人说，而白海晨却从我的应答反应中知道了实情。这一天，他以借钱之名叫我出来增加阅历，他看出是失败了。张大春笑呵呵地对白海晨说，我早知道是这个结果，只可惜你不跟我对赌。

到了五月下旬，听新闻播报说三峡大坝坝体全线建成了，我心情特别复杂，回忆起了开心难忘，而又略显苦涩的四年时光。我打电话给神灯哥，向他表示祝贺。他说三峡项目结束后，他们很可能会去陕西那边做一个高速公路项目。听到这个消息，我才觉得去年从三峡出来的选择并不太糟。我问起他老婆的情况，神灯哥说他已经把小韩安排到他们单位上班了，我听了很替他们开心。神灯哥了解了我的近况，他认为我的情况并不乐观，询问我是否还想重返原单位，我向他表达了感激之情，并坦言我已经没有可能走回头路了。神灯哥只能祝我未来顺利，在单位发起了我的辞职流程。

我们宿舍又搬进来两个新人，一个是白海晨招的司机，另一个是许艳红的妹妹。司机王师傅自然是和我住一起，他为人很不错，我们相处起来挺愉快。许艳红的妹妹原先在广州上班，最近也跑来上海工作，暂住在她姐姐这里。有一天深夜，我们都上床休息了，忽然听对门房间里许艳红姐妹二人吵得厉害。房子隔音效果特别差，她们吵架的原因我们大概听了个明白。原来许艳红的妹妹以前是在夜场工作的，来上海后不适应其他工作，想瞒着姐姐再回夜场，许艳红知道后极力阻止，引起了这次争吵。我和王师傅听得面面相觑，打消了去劝架的主意。她们姐妹俩可能忘记了这里隔音特别差，否则也不会吵这么凶。

七月初我们接到通知，公司近期要从老西门搬到江苏路延安西路。新办公楼很高大上，可惜这里离我们的住所更远。我以为这只是一次普通的办公场所变更，后来才发现其有着复杂的背景。我们公司总代理销售一家日本公司生产的两个产品线，李总是负责工程专业仪器销售，另一个项目公司的卢总负责医疗器械销售。公司原本是分两处办公，两个销售老总各负责一块，有些井水不犯河水的味道。不过今年，公司董事长决定两处公司合并办公，并有意任命一位总经理全权负责两块业务。我以为这些消息对我们销售员没有影响，后来却发现这几乎影响到了我们公司里每个人的命运。

第九章

公司搬迁新址后，我被调到张大春当区域经理的销售组，对此安排我非常满意，跟着他这样的销售精英做事，对我业务能力的提升是很有帮助的。事实证明的确如此，张大春在销售工作中对我照顾有加，我的业绩开始有了明显提升。只要我们能发现意向客户，他会全面介入指导销售，这样成功签单的概率就大了许多。要知道发现意向客户后，普通销售员和销售精英的签单成功率差距是很巨大的，这个差距的弥补需要销售员付出巨大的努力去学习，还有长时间的锤炼。而跟着张大春这样的人学习，则是走上了捷径。当然，我们组完成月销售目标的话，他还有一笔额外的月度考核奖。

张大春是一个特别会处理人际关系的人，他不光真诚地对待他的客户，也对自己身边的所有人热情好客，包括他的同事和下属，所以从某种意义上讲，他是把在职场上认识的人都当潜在的客户了。为什么这么说？因为我看到过他曾经的下属，多年后回过头来买他的设备的案例。很多专业技术人员进入了销售行业，会发现自己并不适合做这个，等终于离开销售公司了，他们大部分都去了生产单位。经过了一段时间，这些人慢慢地会在那里成为技术骨干，对本单位的仪器采购有了建议权，他们自然会选择找张大春这样的人，这是人之常情。能进入这个销售境界的人，很让我敬佩。

自从搬到新楼里合并办公，两位销售老总开始了明争暗斗。李总原来是同济大学教师，很早就下海跟着董事长一起创业，而且为人豪爽忠诚，所以他在竞争中占有优势。医疗器械部的卢总是日本留学生出身，因此和日本厂家关系密切，更重要的是，他的医疗器械销售占据上海市场的很大份额，而且这个成绩的取得是和卢总的个人努力分不开的。在最终的结果没出来之前，两个人都有机会成为一把手，所以两派人员关系微妙对立，甚至会发生一些轻微口角。这样的环境我以前未曾经历，所以也缺乏应对经验。还好我们大部分时间都在外面跑，不用成天在一个屋檐下横眉冷对。

那是一个周末的晚上，我和王师傅在做饭吃，徐艳红打来了电话。她说她妹妹也不知道在哪里喝了酒，坐上车就睡了过去，好心的司机师傅用她妹妹的手机联系到她，而她来不及赶回来，想让我们把她妹妹接回宿舍。这算小事一桩，很快我就和王师傅到小区门口等人。半小时后车子到了，小姑娘喝得烂醉，我和王师傅费了老大劲把她扶回宿舍，安顿到床上。刚开始还好，过了一会儿她开始呕吐，我和王师傅被搞惨了。谁知她吐完就开始耍起酒疯了，毕竟和她不很熟，我们又不好出力制止。估计她这次不知因何事受打击很厉害的，行事越来越疯，到了后来开始乱砸东西。

真是个糟糕透顶的夜晚，我们根本控制不住这局面。过了很久，有人来敲门，王师傅跑去开了，原来是两个警察同志。一定是邻居不胜其烦，打电话报了警。一套毛坯房宿舍，两个男人和一个喝得酩酊大醉的女孩，警察当然有理由怀疑我和王师傅的作为，后来徐艳红急匆匆赶了回来，警察才相信了我们的陈述。但最后警察还是把情况通报给了我们公司，卢总当然建议严肃处理，公司管理层肯定为了这件事爆发过激烈争论，这从那几天李总的表情就看出来了。最后处理的措施倒很简单：退租销售员房屋，相关责任人书面检讨。这事我和王师傅没任何责任，但却成了最悲催的受害者。

离月底就剩十多天了，按照公司决议我们要月底退房。许艳红姐妹俩迅速搬离了出租屋，而我和王师傅无力承担这么大房子的租费，于是我俩商量着再找一间小一些的房子租来住。这是我来上海后第一次找房子，终于对上海的房产市场有了最直观的了解。我们刚搬过来住这儿时，街面上冷冷清清，这才没多久这里就繁华起来，满大街开的最多的店铺就是房屋中介公司，这说明了房价还在持续攀升。我们跟着房屋中介看了周边的很多房屋，也看中了几间性价比还不错的一室户。不过想着每月固定要开支一千块左右的房租费，感觉还是很心疼的，而且看起来这个房租未来攀升的可能是极大的。

我们正准备把看中的一套房子租下来，这时发生了一件改变我人生航向的事情。快接近月末的一天，我受邀参加了一个客户朋友的小孩满月酒，白海晨因带有一台比较好的手持摄像机，便自告奋勇当起了现场的摄像师。事后他让我把机器里的内容导入电脑，然后刻成盘送给那位客户朋友。第二天我到公司后，用自己的公办台式机完成拷贝任务，在刻盘之前先点击观看了一番。当我饶有趣味地观看视频内容时，听到后面有动静，回头一看却是卢总，不知他是什么时候走到了我的桌边。他很严肃地看了我一会儿，质问我为何在上班期间观看网络视频。我没来得及解释，他已气呼呼回头走向自己办公室。

这件事说大不大，但我的确有些责任。我想着如果事件被定性为观看网络视频，这就有些恶劣，说不定会将李总牵涉进来。但如果让卢总知道我观看的视频是和客户有些联系，而非网络视频，说不定他能一定程度地理解。打定主意，我就去他的办公室寻求谅解。没想到他根本不听我的任何解释，而且情绪很激动，说了一大堆指责我的话，大意是说假如在日本，我是应该被立即开除的；如果他是我的主管领导，绝不会留下我这种员工。我只是插话辩解了一句，他居然让我滚出去。我当时血往上涌，直接和他怼起来，骂他是狗腿子。他气得浑身哆嗦，直接把我推搡出门。

我回到自己的座位上，心里明白这里是待不下去了，唯一懊恼的是，我这样逞一时口舌之快的后果，是对李总的另一个重大打击。在总经理争夺战的关键时刻，李总的下属接连出了严重问题，且在整个公司里产生恶劣影响，董事会自然会追究李总的管理责任，这就造成了对他极为不利的局面。世上没有后悔药，当时如果我能控制住情绪，事情或许就不会演变得这么糟糕了。我收拾自己的东西出了公司，从二十八层电梯下来时，心里非常难受。回去的路上我打电话把情况给白海晨讲了一遍。事已至此，他也无法可想，只是安慰我说，等李总再去做做工作，看看事情有没有回旋的余地。

我们都低估了卢总借题发挥的能力，他迅速将此事反映到了公司董事会，指责我上班期间严重违纪，犯错误后还不知悔改，继而肆意辱骂领导。他把前不久我们员工宿舍出的事又提起来，认为我们部门的管理存在严重问题。公司的处理结果也很快出来了，我毫无悬念地被开除了。这里就简单说说李总这一系员工的结局。我的事情处理完后一周，卢总被任命为公司总经理，统管两个专业的设备销售和技术服务，李总随即被调到北京任那边公司副总。白海晨在半年后被降职为销售副经理，不久他辞职去了另一家单位。张大春继续在这里做了一年，而后辞职创业，包括许艳红在内的其他老业务员也陆续离开了。

一个比较有战斗力的团队就这样解散了，我自知对此负有不可推卸的责任，一直以来都有种深深的愧疚感。这个突如其来的事件，打破了我五个季度苦心经营的一切。工作丢了，这对刚进入状态的销售员的影响极其深远，以公司为平台建立的客户联系断开了，这意味着近一个时期的广撒网努力付诸东流。我给徐飞打了个电话，讲了发生在我身上的一切，他建议我尽快再找家新单位稳定下来。我的新住处还没着落，而我和王师傅一起看好的房子，这时候显然没有租下来的必要。徐飞说他准备和田芳合租房子，让我搬过去一起住。我心想暂时还真没有什么选择，也只得如此了。

那天我昏沉沉地睡到下午，白海晨打电话给我，让我到他家去，说是有急事商量。我们宿舍离他家不远，走过去仅有十分钟的路程。我晃悠悠地到他家一看，原来张大春也在。他们先是安慰我，肯定此次事件和我关系并不大，是公司高层内斗，我成了炮灰。张大春甚至对我说，剩下的人都有可能成炮灰。白海晨拍拍我肩膀，问我接下来有什么打算，我凄然一笑，说只好再找家新单位。白海晨和张大春对望了一眼，没有立即接话。过了一会儿，白海晨说有个单位在招聘技术员，看你有没有兴趣。我一听当然开心，我现在最需要的就是一份新工作，谁知他补充说这个单位是个施工生产企业。

我的脑子有点乱起来了。我想到了毕业后到三峡的那个夏天：我们顶着烈日在大坝上干活，在三峡右岸巨大的排沙隧道里施工；在夜以继日的混凝土浇筑现场，我们望着坝体朝着标高一八五米挺进；不光是钢筋预制件，还有我们的汗水也被浇在筑坝体里。我想说的是，我不害怕做施工技术，做这份工作我反而内心平静，头脑轻松。但我现在已经创业了，我在销售行业已不是新兵，积累了在这个行业里立足所需要的一些人脉，甚至掌握了一些销售技巧。我能放下这些坦然走回头路吗？如果我做出这样的选择，是不是和我当初来上海的目标背道而驰？我没法立即做出决断，于是告诉白海晨我需要考虑一下。

王师傅已经找了个群租房搬出去了，我在宿舍待了两天没出门。这么大的房子就剩我一个人，里面空荡荡的，偶尔咳嗽一下都有回音，这使我觉得更孤单了。次日房租就到期了，我得做出选择。我内心深处还是想做销售，这是我能出人头地的唯一希望。我想和徐飞商量一下，就拨他的号码，结果他的手机打不通。这样一直纠结了一个下午，我把心一横，决定走一步看一步，先到那边做一段时间的施工再说，于是拨通了白海晨的电话，表达了想过去那个单位试试的意愿。他给了我一个电话号码，让我直接联系入职的事，并说号码的主人是那边单位的部门副经理，名字叫黄灿标，也是我们校友。

我拨号过去，两个人简单沟通了一番，他让我第二天下午直接去上班，地点在人民广场。打完电话我无比懊悔，这样一个连面试环节都省掉的单位，能是一个好去处吗？但我只是将那里作为暂时栖身之所，这样想想也就坦然了。第二天一大早，我把所有东西都收拾妥当，床铺也简单打包一下准备带过去。我把屋子彻底打扫了一下，毕竟是好几个人住过的地方，不清理确实垃圾过多，对不住房东。下午把水电煤费用和房东算清楚，把钥匙交还给他，这边的事情就算处理完毕，白海晨安排王师傅开车送我过去。等东西搬上车子，我回头看看，心里很不是滋味，在这里刚刚住习惯，却又很快地要离开。

到了人民广场的工地现场，我和黄灿标碰面了。真的特别巧，原来我和他居然是同一级的。他大二时因病休假一年，所以也比我晚毕业一届。他还是我印象中的那个胖子，光头圆脸，再戴副圆镜片的眼镜，整个人都圆滚滚的，他身边的人都叫他黄胖子。毕业那年，他没考虑去其他地方工作，径直来了上海，那时候上海户口还是敞开了为应届生供应的，只不过两年后就关上大门了。他就业的这个单位是国企，所以他几乎没走什么弯路就在上海稳定了下来。人们都说不要输在起跑线上，我觉得黄胖子是赢在起点的典型，仅仅是来上海有了先后之分，他能进入事业编制，而我只能和这个单位签订劳务派遣制合同。

黄胖子接我到项目驻现场办公室，我们很客气地寒暄了一番，自然会聊起大学里共同的记忆，比如都认识的专业老师，比较熟悉的某某同学，还有一起经历的大一军训等。聊了个把小时之后，他给我讲了一下这个工地的情况。这里是地铁一号线和八号线换乘通道施工项目，施工期约三年左右。黄胖子的单位负责检测施工对一号线和二号线隧道的影响，所以只能等上述两条地铁日常运营结束后才能工作，这样整个工程都是夜间进行的。听他讲到这里，我的心为之一沉。我知道我要从事施工，却无论如何也料不到原来是要上夜班。虽然我以前没有过上夜班的经历，但不难想象这会对我的生活造成多大的影响。

这个工地开工还不到一年，那我起码还要上两年夜班。黑白颠倒的日子如果成为现实，我哪里还有时间照顾到自己的公司？等到黄胖子介绍完了工地情况，我当时就想拒绝这份工作，但回头瞅瞅自己搬过来的东西，又改变了主意。这个时候恐怕找个落脚的地方最要紧。按照公司安排，我长驻现场工地，办公休息都在这里了。黄胖子让我从当晚起跟着施工队到隧道里熟悉情况，逐渐负责起这个项目。他又大概介绍了一下他们公司的情况，以及我的待遇问题。我压根儿就没想着在这里待下去，所以也没怎么注意听他的话。不过当他谈起这个项目的技术细节时，我稍留心了起来，即便未来不在这里做，眼前这个项目还是要快速上手。

公司安排的项目负责人姓袁，不过看起来他的能力不足以胜任他的职位。他是半年前到岗的，不愿意住工地，也出了很多差错。黄胖子的公司领导忧心忡忡，一直在寻觅合适的负责人来顶替他。等黄胖子回去了，我把办公室彻底打扫一遍，整理了一下内务。虽然这里是活动板房，但办公室里配有空调，也能上网，生活工作设施一应俱全。下午我跑到周边逛了逛，这里是九江路南京西路路口，所以周边特别繁华。出了工地大门就是人民公园，向东两百米可达南京东路步行街，工地后面是上海市人民政府、上海大剧院。来上海一年半，我住到了上海市中心，不明真相的人肯定会以为这是个励志故事。

第十章

傍晚时分项目经理袁工到了办公室，他知道公司新招了个技术员给他当助理，所以他是欢迎我的。和他深入讨论了一番后，我了解到的情况更为严重。目前我们的项目进度远远滞后于计划，让各个参建方都很不满意。这个项目的外业工作量很大，每天有大量的数据需要采集处理和及时分析，如果不能及时完成，则不能为施工提供指导和依据。我听出来了，项目出了很大问题，而公司管理层和项目经理对此的看法不一致。公司领导是觉得项目经理技术能力不足，管理不善才导致项目问题不断，而袁工是认为公司为项目配备的各项资源太少，才是目前项目困难重重的主因。

此时我才意识到自己可能掉一个坑里了，这家单位从上到下在做一些很不靠谱的事情。按理说这么重要的一个项目，单位难道不应该慎重行事，委派一个有能力有担当的人担任负责人吗？即便终于发现负责人有问题，也应该通过正常渠道，严格筛选并聘请一个合格的人替换前任项目经理。可他们居然就是通过普通朋友的介绍，来找这个关键岗位上的人。如果招来的这个人还是不靠谱呢？我越来越觉得来这里是我的另一个错误选择，我不觉得我的到来就能解决这里的问题。不过潜意识里，我还是希望试一试的，毕竟当初在三峡认真做了几年技术工作，那时候我遇到技术难题，也是会想尽一切办法去解决。

当晚十一点半左右地铁停运后，我们下隧道进行施工作业，这时能感受到地铁夜间施工管理的严格，要提前几天申报施工计划，等地铁相关单位批准后，施工单位当晚要向调度申请到点单才能下隧道。我们进入站厅站台巡视，又跑到地铁隧道里施工。没有了白天熙熙攘攘、摩肩接踵的地铁乘客，这里就显得特别空旷。我原先以为地铁停运后这里也就安静下来了，没想到晚间有那么多施工单位在工作。仔细想一想，地铁的所有主要和附属设施，比如地铁轨道、轨行区、供电设备、特种电缆、接触网和隧道等，都需要维护保养和检测，所以在夜间出现这么多工人争分夺秒地施工，其实也不奇怪。

我们在凌晨四点半前后结束了工作，去值班室消了点单，这样外业数据采集工作就算结束了。之后工人们坐车各回各家，我和袁工则返回宿舍。我已经困得不行了，回去就爬到床上睡下，而袁工趴在电脑桌上处理数据。也不知过了多久，酣睡的我被人摇醒，费劲睁眼一看正是袁工。他说他已经做好了报表，让我待会儿送到楼上，让一个姓赵的老师傅签收，随后就回家了。我一看手表，这才八点多钟，难怪我头痛得厉害，原来统共也没睡几个钟头。我起床后洗漱了一番，就跑到板房二楼的业主办公室，看到里面一个头发花白的老人家正看报纸，我估摸他就是赵老师，说明来意就递上了报表。

老人家果然就是赵老师，他问我怎么没见小袁，我告诉他我是新来的，是袁工的助手，最近暂时是由我来交报表的。我说"暂时"，其实是为以后脱身做准备，省得赵老师把这里的事情全部往我身上招呼。他示意让我坐下，自己戴上眼镜低头细看报表。仅仅两分钟后，他摇头苦笑摘掉眼镜，把报表递还给我，说这次还是和以前一样，里面有很多的错误；报表数据量也丝毫没变，还是比要求提交的少得多。我倒吸一口凉气，听他的意思，我们提交的报表一直以来就是毫无质量可言的。什么样的业主，才会忍受如此不堪的施工质量啊！我有些将信将疑，说我回去检查一下再交过来，他许可了。

等把这几天的数据全部比对了一遍，我惊出了一身冷汗。果然上面的计算错误比比皆是，而且提交报表的成果，不到我们晚间施工产生数据量的一成。人在夜间施工难免犯迷糊，不过这样漏洞百出的施工报表真是让我开了眼界。我明白了，这个袁工不光能力一般，责任心也远远不够。我也有些后悔，如果交报表之前先检查一下，至少这些个计算错误是可以避免的。至于数据量不足的问题，看起来只能慢慢补充进去。我仔细把所有数据推算一遍，把近期的报表重新整理了一份，接近一点钟才送了新报表过去，并向赵老师表达了歉意。他收下也没说什么，挥挥手让我先回来了。

我下楼后跑去黄河路上吃饭，随后去了附近一家联华超市采购日用品，买了一大堆东西回到宿舍。我想起还没有给徐飞说说我的事情，就拨号过去。电话接通后我简单给他讲了讲我的情况，他听后特别吃惊，觉得我回头再去做施工技术，而且是上夜班，这玩笑开得有些大。我说只是暂时在这边落落脚，会尽快找机会跑出来的。我让他最近多关心一下我们的公司，他说到了月底就零报税，没有什么难度的，而我听后则心情沉重。下午我又迷迷糊糊睡觉，后来被工地里的机器轰鸣声吵醒。袁工来上班了，当他得知报表数据的事情，只是尴尬地笑笑，说以前他们都不怎么看的，今儿个怎么仔细起来了。

我一听这话，心想这么大项目找这样一个人来管，这个单位要完，趁早溜走是上策。这天晚上是重复昨晚的工作，也不消多记。第二天我留了个心眼，把袁工计算的数据仔细核对一番，并补充了一些新数据，交到赵老师那里。这次他看了几分钟，脸上有了笑意，说我们报表质量大有进步。他希望我们可以尽快补齐全部数据，因为工地马上要进入开挖阶段，数据量还会更大。到了那个时候，所有参建单位都会盯着我们的数据，作为施工参考依据，而不会像目前，整个项目部只有他一个人看我们的报表。我嘴上答应着，在心里很替他悲哀，报表没有错误，这本来是基本要求，在他这里竟需要褒奖。

从赵老师办公室回来，我的心情是愉悦的，毕竟有人肯定了我的努力成果。但我之所以这样做，并不是因为我想挑起大梁，而是因为目前交给别人的成果，连我自己都看不下去。我并没有改变我原先的主意，计划着以一个月为限，找到一份销售类工作就离开。谁知事情很快就朝着不可控的方向在发展。傍晚时分，黄胖子来到办公室，他怀着沉痛的心情告诉我，袁工已经向单位提出辞职，今晚就不来上班了。我心里的悲催感可想而知，也无力吐槽。袁工把这个烂摊子一丢就跑路了，而我不仅还没准备好接手，现在连躲在幕后的机会也没有了，晚上的施工只能由我来主持，没到两天我就实际上成了这个项目的唯一负责人。

黄胖子又说袁工昨天刚领了这个月工资，马上就打了辞职报告准备离开。他们也苦苦挽留了一番，毕竟这么大个项目的移交是需要时间的，结果袁工以种种理由拒绝继续上班，还说他已经把相关工作向我做了移交。我听了默然不语，黄胖子这时从包里拿出一个信封递给我，说这是我的工资。我说我来了才两天，就发工资啊？他说你虽然刚来，但上夜班辛苦，这个算是奖金和补助。我心里明白，他们这是想稳住我罢了，担心我也跑了，这个项目就有彻底停摆的危险。我只得接受，这时黄胖子提出请我一起吃晚饭，说是一尽校友之谊，这个我是喜欢的，说明他还是很重感情的。

黄胖子请我到工地对面的上岛咖啡吃商务餐，这次我们聊得比较深入，我也终于搞清楚了他们单位的情况。公司设在闸北大宁地区，是一家国有企事业单位，不过近年来已经完全走向市场了。他们公司主要涉足于岩土工程施工、勘察和设计，而黄胖子的部门主要服务于地铁设施工程施工检测。黄胖子的部门领导叫陈为涛，主要开拓市场并全面管理部门；生产负责人是部门副经理刘炜，黄胖子是部门技术负责人。和黄胖子吃一顿饭，我基本可以确认他是个毫无心机的人，但同时也知道他胸无大志、无欲无求，简直比我做销售之前还要单纯，我很好奇他这种性格是怎么适应上海这个竞争环境的。

当晚黄胖子跟着我上夜班，一方面是稳定袁工离开后施工队伍的情绪，另外应该是受公司的指派，观察我是否有能力负责起这个项目。我尽量把整个施工过程安排妥当，没有出现明显纰漏。上完夜班后黄胖子先睡了，轮到我来整理全套资料。内业处理流程我之前只了解了大概，这会儿只能硬着头皮边学边弄，直到黄胖子睡醒了，我还没处理完。他大概看我一直忙到现在，不好意思催我，因为施工合同约定是每天十二点前交当期报表的。我也很着急啊，一直到下午三点才做好，等到打印装订好报表，我实在饥困交迫，但困得更甚，让黄胖子去交了报表，自己爬上床昏沉沉睡去。

再次醒来已是晚上九点多，幸好今晚没有施工安排。黄胖子正抽着烟上网，看我起来了，赶紧拉我去吃饭。出了工地大门，黄胖子说刘炜下午来过这儿，看你一直睡着，就去了上岛咖啡店，等你醒了让我们一起过去找他。我听了赶紧加快脚步，和胖子一起到了店里的包房，只见屋里烟雾缭绕，一个理着寸头的眼镜男正玩着手机。他手腕上戴着两串硕大的核桃木手链，全身上下皮肤一个色，有点发暗，说不上是晒成这样的，还是身体哪里有疾病。他穿衣很随便，上身是短袖灰色 T 恤，下面一条肥大的牛仔裤，一双耐克板鞋。这人抽烟一定是极凶的，见我们进了门，他抬起头笑眯眯地瞅着我，又点上一支香烟。

我们开始点菜吃饭，刘炜一直说我太瘦，这个身板熬夜班够呛了，让我一定按时吃三餐，没事多去跑跑步锻炼锻炼。我觉得他说这话很真诚，所以赶紧表达了我的谢意。这顿饭吃得很愉快，刘炜说话很随便，提起喜欢的话题就滔滔不绝说半天，而黄胖子则和他一唱一和，简直是绝配。谈到目前的工作，他当然是给我画起了大饼。他说白海晨赞你专业技术一流，现在看来名不虚传，这个项目交给你做我放心了，只要你能全面负责起这个项目，就有了在这个单位立足的资本。这些话在我心里激不起任何波澜，如果我谋求稳定技术岗位，当初在三峡时的平台比现在好太多了。

晚一点他们开车回去，我想理理思路，就顺着南京路步行街一直走下去，很快就到了外滩。小时候听到这个地方，脑海里浮现的是沙地、游泳的人群和太阳伞，原来这里只是江边大堤，用为人行观光平台。东方明珠塔灯光璀璨，陆家嘴好似一座光怪陆离的梦幻城堡，但我无暇欣赏。如果我全力解决当前项目的问题，就得把全部心思放在工作上，如此我根本兼顾不到刚注册的公司。上海市每年注册的中小公司数万家，第二年倒闭的就有七成，随后两年又有两成关门了。侥幸能够撑到七年以后，这个公司基本是做活了。我要在这里上两年夜班，我们公司就是那被淘汰的七成里面的一员。可是，我能就这样一走了之吗？

每周有五天的夜班，我们目前主要的问题是报表提供的数据太少。想到工人们辛苦上晚班，其成果仅有一小部分得以利用，我的心里就很不好受。况且一个半月后工地基坑要开挖，我们不提供全部的数据是要闯大祸的。我仔细分析了一下内业处理流程，如果编一组程序实现数据自动化处理，这个矛盾就解决了。于是我抱着试试看的态度，想编一个数据处理和分析程序。我不能耽误上夜班，也要按时上交每日报表，只能利用一切闲暇时间做此事，逐渐做到了废寝忘食。由于有之前努力学习编程的基础，我利用一个月的时间完成了程序编制和调试。这个程序是我在重压之下完成的，也是我这么多年没落下学习所获得的回报。

这个程序的效果超出了我的原先设想，以前需要六七个小时分类整理、统计计算的数据，现在几分钟内可以全部处理完毕，而且不会出现人工处理时很难避免的计算错误，数据量再多也没问题。完成这个程序的那天下午，当我完整运算一次实例，并且获得成果报表时，我内心从来没有如此满足、充实过，那种喜悦感至今记忆犹新。这个程序可能对专业计算机软件出身的人不算什么，但在我是尽了全力的，也解决了我目前遇到的难题。此后每天凌晨下班，我只需几分钟就可以把报表弄出来，检查都是没必要的。不用说了，自从用到这个程序，我的工作开始变得特别轻松起来。

又一个夜班后，我把报表重新设计了一番，再把未曾上报过的数据全部补充到里面，早上十点把它送到赵老师那里。和以前的区区几页报表相比，这次简直就是一小本书的厚度。看报表页数明显增多，赵老师觉得特别奇怪，等看完后更是满脸狐疑，问我怎么可以这么快就做完这些？这些工作量远远不是一个人可以完成的。我向他展示了我的程序，演示了一遍计算流程，他看后非常满意，明白这个项目他是可以放心了。此后我和他交流起来非常愉快，他把情况反馈到相关单位，我居然在项目部小有名气了。我做这件事时仅仅想自救，最后反而在某种程度上成就了我，彻底改变了我的命运。

刘炜本计划在我这边工地进入施工高峰期后，为我们项目部增派更多的技术员，谁知我一个人就把所有内业工作做完了，他自然惊喜万分，从此就放手让我管这个项目。我的工作变得轻松而高效，那种顺利驾驭一切的感觉非常美好。上夜班安排好工人按计划施工后，我就在人民广场站大厅里晃荡。下班后很快就做好了报表，我除了上午睡觉就没有其他事好做。不过上夜班对我身体的影响还是很大，体重在两个月里减轻了七八斤，这让我本来就瘦弱的身体显得更加弱不禁风。最大的问题依然是，我没有按计划顺利地从这里撤退，即便现在我白天有时间，但仍然管不到我们自己的公司。

快到十月下旬了，这期间我只和徐飞电话联系过几次。不知是他还没有从和田芳的热恋中走出来，还是他已经彻底厌倦跑业务了，总之他已经很少达成交易单子，甚至张善良都开始敲打他了。我和徐飞都没能为我们的公司尽心尽力，当然不会有什么销售单子成交。他每月十五号前到税务局报税，只是已经连续快四个月零报税了。这样下去怎么得了？我不能指责徐飞什么，因为我自己就没有为了公司的发展而做出表率和努力，但目前这个局面必须要得到改变。所以，我开始计划找个合适的机会离开这里。这边工资也不高，还要上能拖垮人的夜班，离开这里，我一点也不会犹豫。

第十一章

计划还是赶不上变化。十一月初，徐飞过来找我了，目的也很直接，他说他决定和田芳回宜昌。我简直不敢相信自己的耳朵，但听了他的解释，一切又显得那么自然。徐飞本就是湖北人，早在毕业后来单位不久，他就开始考虑离开上海去其他地方发展。和我一起创业，他其实还是很有兴趣的，谁不想趁着年轻拼一把呢。田芳的到来，让他看到了新的希望，他爱上她，并想和她永远在一起。可田芳这一年来业绩平平，远远不如在宜昌做得好。经过几个月反复思考，田芳决定辞职。她一开始不觉得徐飞会跟她回去，没想到当她把这事告诉徐飞后，徐飞只是思考了一个晚上就决定跟她走。

徐飞说他们元旦前就要回去，这次他是把公司营业执照、公章和注册资料等都带过来给我，想要尽快去把他的股份转让到我名下。我苦笑着摇摇头对他说，公司既无资产又无负债，无所谓转不转让股份。徐飞笑呵呵地说万一你把公司做大做强了呢？其实他应该很清楚，如果他退出来了，以我目前工作的性质，根本无力再把这家公司经营下去的。我们商定在他们行前找个时间一起聚聚，为他们饯行，实际情况是，这次竟然是我们见的最后一面。元旦前我很突然地被派到外地学习了一周，他们按计划返回了故乡，并在春节期间结婚了，而我因回老家没能参加他们的婚礼。再到后来，我们竟因故断了联系。兄弟，你在宜昌还好吗？

自从知道了徐飞要走的消息，我又陷入了深深的迷茫。我审视徐飞带过来的东西，公章上的那个公司名称，是我们不眠不休地商讨了一个晚上，才最终选定的。看着印有自己名字的营业执照，我鼓励自己振作起来，想方设法维持下去，只要愿意跑出去，总有单子会成交，就一定能把规模做大。我为此做了准备，把部门的一个叫王健的技术员培养起来。小伙子是崇明岛的人，头脑聪明，动手能力特别强。我把仪器操作的所有步骤都教会他，也让他学习内业处理程序。我甚至慢慢地让他顶替我负责起夜班的施工了，他都做得很好。现在如果我离开，这里也大体能够正常运转。

黄胖子来我这边的次数比较多，所以我的工作状态他是最清楚的。进入十二月份后我开始给王健移交资料，黄胖子看出来我的状态有异常，也很快搞明白了我有离职的意图。他做了挽留我的努力，让我提自己的要求，他会向单位尽力争取满足，但我明确予以拒绝了。有一天黄胖子打电话让我进公司，说是部门经理陈为涛找我有事。我按时到了他的办公室，这也是我来项目部后第一次进公司。陈为涛身材修长，人很帅气又书生气十足，给的的第一印象很好。我注意到他穿的好像是军队作训服，原来他还兼着预备役军官的职务，我这才知道企事业单位还有人是预备役干部呢。

陈为涛沟通能力特别强，所以做经营工作很出色，后来我经常拿他和李晓勇作比较，不过没法确认他们俩到底哪一个更厉害些。他这次让我过来的目的很简单，就是劝说我留下来。他说只要你能留下来继续和我们大家一起共事，就给你加薪，并在适当的时候解决你的企业编制问题。两个条件对我都是非常有诱惑力的，这是第一次有领导愿意以加薪来挽留我，而企业编制对我在上海的稳定也至关重要。同样是打工的，企业编制合同缴纳四金，比劳务派遣合同的仅缴综合保险，显然强了不少。陈为涛还说部门快速发展，但缺少技术骨干，他希望我能成为部门技术方面的领头人。

我没有立即答应下来，表示要慎重考虑一番，然后就告辞而出。回工地的路上，我心里纠结异常，马上就要到月中了，我该去报税了，还是一如既往地零报税。我回忆了这一年半来的经历，不可谓不努力，但机会似乎并不偏爱我。我现在辞职走出去，境况几乎和刚来上海时是一个样子，一切都要重新开始，看起来我又到了人生抉择的关键点。在报税截止日到来的前一天晚上，追求暂时稳定的心思占了上风，我决定留下来，而暂时放弃从事销售工作。我默默地把公司资料放到我的包里，我的创业宣告失败。但我告诉自己，有一天我还要重拾这个梦想，否则来上海还有什么意义。

我这才从思想上加入了刘炜的部门，不是把这里作为一个临时的落脚点，而是想和这个部门这个单位一起发展。但经过一段时间的相处，我对刘炜和黄胖子的人员管理方式滋生起不满情绪。有一次我上完夜班正在睡觉，黄胖子打电话过来，说下午有个项目特别着急，缺人手需要我过去帮忙。我很愉快地答应了，毕竟我们是一个团队，因项目需要临时的人员调配是可以理解的。哪知此后我就经常被他安排下午出去做事情。我心里特别不爽，这样日夜连轴转地用人，是不是太不人道？我就找了个适当的机会向黄胖子表达了我的不满，而他只是呵呵笑着向我赔不是，我心里更加有气，他这是公私不分嘛。

随着对这个部门的了解程度加深，我发现刘炜不仅在人事管理方面有问题，他在诸如生产管理、设备管理、项目推进和奖惩制度等方面都带着随意性，很多时候都是强调靠人的自觉，而不是用制度去约束。我觉得黄胖子天性懦弱，管理方面也不擅长，工作上毫无主见，作为部门技术负责人，看起来更像是刘炜的传声筒。由于我开始或明或暗地抵制刘炜的行事作风，他慢慢对我有成见了，只是碍于我在人民广场项目上的重要性，从来没让我们的关系当面僵化罢了。不过随着我和陈为涛接触的增多，他对我欣赏有加，极尽照顾，若不是这样，我已经要怀疑自己选择留下来的决定是否正确了。

又一个春节很快就要到了，我决定无论如何都要回家看看父母，所以提前向部门请假。但各个施工项目部的假日安排出来后，我回家的事变得不确定了，原来人民广场站的地铁施工项目春节期间不停工，这意味着我们在此期间也要同步安排人员不间断施工。起初我把希望寄托在王健身上，他是除我之外唯一可以让项目正常运转的人，但是他说他有特别重要的事不能值班，所以部门只能另觅他人。留在上海过年的黄胖子决定暂时接手，我悬着的心这才落地，对他充满感激之情。我在行前把工作移交给他，重点是把我编的程序演示给他看，等他说一切都没问题了，我才放心回了家。

父母看到我瘦成这样，自然非常心疼了。他们肯定看出我在上海非常不易，但他们也没法帮到我，只能在家里好吃好喝地照顾我几日。我原想借此机会好好缓缓身心，可是黄胖子几乎每天都打电话过来，不是因为外业安排出了问题，就是程序出现故障而不能准确生成报表。即便一个简单的问题，电话里也不容易讲清楚，所以难以解决。家里又没有网络，否则他把数据在线传过来，我处理完再返还给他也是个解决方案。所以这个春节就过得极其狼狈，估计胖子也挺抓狂，最后没办法了，我于初五赶回上海。黄胖子看我回来，简直像看到了救星，请我吃了顿饭，然后飞也似的逃离了这里。

初春的这段日子，我的工作生活相对比较有序。到了三月下旬，公司安排黄胖子和我去北京出差学习。这是第一次去北京，我计划着去天安门广场参加升国旗仪式，再去毛主席纪念堂拜拜伟人。结果这两件事都没办成，原因是这次学习课程安排得异常紧凑。回到上海没几天，传来了陈为涛要升职的消息，由于近年来他在开拓市场方面贡献巨大，上级适时地对他委以重任，调他到本系统兄弟单位当董事长。陈为涛带了五个人跟他一起过去，刘炜和黄胖子自不必说，另一个是叫李谊君的女生，还有一个原部门的技术骨干，名叫周峰。陈为涛也单独找了我，邀请我加入他的团队，我自然是答应了。

陈为涛很快到新单位任职了，跟他过去的人组建了三个新部门，一个是刘炜为经理的检测部门，黄胖子是副经理，我当技术负责人；李谊君主管市场部；周峰是一个施工部门的经理。陈为涛兑现了当初他对我的承诺，我开始负责起刘炜部门的技术，只不过暂时主要精力还是放在人民广场项目上。提起这个新单位，这里又有一桩巧事。自从我上了夜班，和李晓勇见面的机会就少之又少，原因并不是我特别忙，而是他的业务又做大了，在周边城市也有了项目，这半年来他大部分时间都在周边城市出差。我们终于又见了面，聊起来才知道陈为涛新主管的单位正是他以前的东家。

李晓勇带着个叫王国胜的人到我的工地办公室，他是一家工程监理单位的生产负责人。来自长春的他很早就买了房子，婚后又生了一对双胞胎儿子，一路顺利得令人羡慕。他和李晓勇很早就认识，这次约在人民广场谈事情，事毕李晓勇想来找我，他就一起来了。我们聊了许久，后来大家彼此经常联系起来。有一次他被一个技术问题难住了，我尽力帮了他。估计他身边没有很得力的技术人员，于是想方设法要我辞职去他们公司，我当然是婉拒了。他又邀我去他家吃饭，这份热情可不好拒绝。我们边吃饭边说话，他爱人了解到我还没有结婚，也没有女友，便说要介绍她们医院科室的一个女孩给我认识。

我的年龄真不算小了，自从上次恋爱分手后至今，就从没考虑过这个问题。此时王国胜爱人提出来，我也觉得真是时候了，于是答应了，请她多多帮忙。没想到不到一周，她就约定了女方和我见面。我特意去买了两件衣服，很郑重其事地沐浴更衣。照镜子时我一眼就看到那苍白的面色和明显的眼袋，就再不敢多看，对自己能否相亲成功一点把握也没有。我们约在王国胜家附近的茶馆见面，那姑娘眉清目秀，相貌中等，可是身高似乎矮了些。我们聊天吃饭，后面还打扑克升级，看起来这位叫张倩的女孩玩得很开心。当晚分开时我主动说要送她回去，她没有拒绝，我要她的号码时她也给我了，我觉得我们是有戏了。

接下来的一个月，我学起了徐飞，每天按时去医院门口等张倩下班，一起吃晚饭后再送她回去。第二个月的某天去接她，我买了一大束玫瑰，她也笑吟吟地接受了，于是我们基本确定了恋爱关系。不过随着交往的加深，我慢慢地发现，她有比较严重的洁癖。我拉她的手，她都会很不自在，逮着机会就会去洗手；一起吃饭的时候需要各点各的餐，绝不许共享饭菜；我动过的东西她就不太爱碰，上个卫生间要洗手半天。有次我在她的出租屋里坐了一下她的床，她立刻生气地拉我起来，埋怨了我半天。我本人喜欢整齐，她爱干净也没什么不妥吧。我觉得这不是什么大不了的问题，习惯就好了。

五一假期过后的一天，张倩和她的朋友的出租屋到期了，她们商定要换个地方住，我自然要去帮忙。这应该是我们交往后她最开心的一天，也应该是她感觉最不好的一天。我做事效率特别高，所以帮她们搬家是出了大力的，她们只是拎了些小件物品，其余脏活累活都是我一力承担。关键我还帮她们把新住处收拾得妥妥帖帖，两个女生都啧啧称赞，张倩当然也乐开了花。当天忙完后，我请她们吃晚饭，后来张倩的同住闺密先回去了，我陪张倩逛逛街。张倩提起她这闺密也是单身，让我有机会也帮她介绍一个男朋友。我开玩笑说我自己都还没搞定呢，怎么帮她呀。张倩听完后默然不语，不再搭腔说话。

我当时没有细想，自顾自地说个不停。她忽然说有点累了，想早点回家休息。我只好送她回去。看她头也不回地上了楼，我才觉得今天哪里肯定出了问题，但想半天也不得要领。等我到了宿舍去洗漱时，突然才明白过来了！我当时开那个玩笑，是想听她亲口说她是我女朋友这句话。但是她可能认为我没有把我们的事放在心上，或者觉得我还没有把她当女朋友看待。我当时就应该反应过来，并且向她解释清楚，她可能理解为幽默。现在她误解了，这事就很麻烦。我立即打电话给她，她不接，后来干脆关了机。所以说祸从口出，这话一点也不假，这件事也反映出我情商不高。

我后来多次想去解释，她却一点机会也不给。我们接触时日不长，还谈不上爱上她，所以这份无疾而终的恋情并没有给我造成多大困惑。相遇就是有缘，事实证明我们是无分的，果断放弃未必就一定不好。王国胜妻子知道后，说你不要灰心，我再帮你找。我当然要谢谢她的好意，但心里面是拒绝的。又过了一周，王国胜打电话给我，说她老婆找了个更好的，安排我们见面。我心说刚失恋就不能多理解理解吗？我推说有事就把二次相亲的事搁下来。没想到他们不依不饶了，隔几天就联系我，说女方已经同意见面，要我照顾照顾人家的情绪云云。我心烦意乱，实在不胜其扰，只得答应见面。

这次是约在王国胜家里，平心而论，我非常感激他们一家的，为了我的事真的非常上心。王妻做了一桌子的菜，这要花一个下午的时间才能做到吧。女方也还不错，个子和我差不多，而且长相斯文，看得出她也很重视这次相亲，化了淡妆，穿着也很得体。不过只是一顿饭的工夫，我看出来了她是极其内向一个人。整个晚餐期间她总共没说超过十句话，我曾是个闷葫芦，不过也远没有内向到这个程度。晚饭后，王国胜夫妇安排我送她回家，一路上我说话，她就听；我问话，她就答；我不说话，她也一句话不说。我觉得我们不是很合适，等送她到住处，我已经决定不和她继续接触下去了。

到了五月下旬，人民广场的施工项目进入了最关键阶段，我们天天上夜班，不敢离开现场半步。偶尔王国胜打电话过来问我情况，我会答复最近我比较忙，随后就匆匆挂了电话，也不知道他问我的"情况"，究竟是我的近况，还是我和那个女孩的事情，我连她叫什么名字也记不起来了。到了六月底，工地最危险节点顺利通过，这意味着这个项目几乎做成功了，后续一年施工只是项目的收尾阶段，我们的晚班频率降到了一周一次。我长舒了一口气，赵老师也非常开心，经常到我们办公室坐坐和我聊聊天。他说做完这个项目，他就准备彻底退休了，难得人生这个阶段能参与这么大一个项目，我连连点头。

第十二章

七月一号中午时分，陈为涛打电话给我，让我尽快赶回公司。自从参加工作后，我对周末就没什么概念，所以这时陈为涛让我去公司，我也丝毫不以为意。下午一点左右，我走到他的办公室门口，门是敞开着的，于是我站定往里看看，他和一个女子站在办公桌前，正在合看一张施工蓝图。宽大的桌椅，后面靠墙是高大的书柜，靠近门侧有长短不一的沙发，围着中间的一张大茶几，十几盆绿叶植物放在办公室各个角落，就这样办公室还显宽敞。我敲了敲开着的门，他们才抬起头站直了身。陈为涛让我进去，先是指着我对那女的介绍道，这是我们单位专业技术主管，胡飞雪。接着向我介绍那位女生，说这位是龙总。

我不敢怠慢，赶紧上前与龙总握手，感觉她的手有些微凉。龙总神态之间有股英气，不卑不亢，让我印象深刻的是她的高挺的鼻梁；她是圆脸，留着齐耳短发，所以可以很容易看清楚她那娇嫩的双耳，仿佛是婴儿的放大了尺寸一般；她是中等身材，如果不踩着黑色尖头高跟鞋，可能属于中等偏下一些的身高；穿着一件雪白的蝴蝶结衬衣，下身是紧身牛仔裤，这样就显得她的身材苗条有致；她的双手和脖子上的肌肤细腻、雪白，不过脸上长了一些痘痘；她的眼睛漆黑，唇红齿白，没有化妆，只是画了眉。她不是严格意义上的美女，不过极具气质。我估摸着她应该有二十五六岁，手上没佩戴任何饰品，看不出是否成家。

我从她眼里看出了一丝惊愕，但也是转瞬即逝。她向我点头微笑并致问候，随后从包里拿出了她的名片，双手递给我。我定睛一看：龙子吟。我心想这个名字确实好听，配得上她的形象。不过把中间这个"子"拿掉，这名字就霸气侧漏了。但没有了"子"，阳刚气太重，女生就不太好用了。我正胡思乱想，只听陈为涛介绍起事情原委。原来龙子吟是搞经营工作的，这次有个项目需要检测专业来完成，所以找陈为涛商议，看能否放到我们公司来实施。陈为涛和龙子吟是认识了一年多的朋友，因而约定周末来单位谈事情。又因陈为涛认为我接手这个项目一定没问题，所以通知我过来。

陈为涛给我把项目的情况大概介绍完，又招呼我到他办公桌前看那份施工图，龙子吟也聚拢过来。看了一会儿，我知道这个项目凭现在已知的信息，只能判断出其规模不会太大，但我以前从未做过类似项目。我需要了解更多信息，于是指着施工图提了一些问题，龙子吟根据她的所知也回答了一些。这时候，我偶然地用眼角余光注意到，她的衬衣中间一颗纽扣没扣好。正面看应该没什么，但从我这个角度望去，能看到她若隐若现的文胸，还有文胸下部雪白的肌肤。我赶紧看向别处，心口突突直跳，心猿意马起来。我真不是故意要看的，也绝没有心存不敬，于是定了定神继续看图，可是我完全静不下心来。

又看了一会儿蓝图，陈为涛问我有没有问题，我当然不好说我从来没做过，只是说项目的基本情况是了解了，但要进入实施阶段，需要进一步和甲方沟通，这需要龙总从中协调。龙子吟说你随时可以和我交换意见，若需要甲方那边提供什么资料，只管提出来就是。随后她和陈为涛寒暄了几句，就向他告辞而出。我和陈为涛一起送她到门口，目送她拐弯进了电梯间，随后我们又返回了陈为涛的办公室。他给我拿了一瓶矿泉水，我趁机向他汇报了一下人民广场项目的情况。他听了非常开心，说这个项目重要节点一结束，你可以来公司上班了，不用老待在工地，这样才可以更大地发挥你的长处。

我小心翼翼地问起龙子吟的这个项目，他让我尽快拿出方案和报价。他还特意强调，别看这位龙总是女生，她的能力可不是一般强，一定要做好这个项目，我们才好长期合作做事。我连声应允，之后就拿了图纸出来了。在公交车上，我想起今天下午的事，简直像做了个风光旖旎的美梦一样。龙姓的人我是第一次遇到，还是个让人过目难忘的气质女生。她的名字是真的吗？那么有诗意，简直衬托得我的名字俗气。我忽然想起来了，龙子吟令人印象深刻的还有她的嗓音，非常好听，一口标准的普通话，当播音员也够格了。想起她的未扣好的纽扣，以及由此让我看到的那一幕，我的心跳又一次加速了。

但是一想到龙子吟带过来的这个项目，我就有些犯愁了。我出门前陈为涛把那份施工图拿给我，这是把项目全权委托给我了。印象中这可是我的大领导直接安排项目让我做，而我对这个项目的施工流程一无所知。到了工地办公室，我斜躺在床上发了一会儿愣，又拿出龙子吟的名片瞅了很久。我想找她单独再聊聊，如果有可能的话，请她带我到工地现场看看。要是运气够好或许能够见到甲方负责人，当面向他们提些问题，或者能要到一些相关资料，说不定我目前的问题就迎刃而解了。不过想到要给龙子吟打电话，我心里有些莫名的紧张，手心也开始出汗，不知道是个什么缘故。

我踌躇了半天，盘算着该怎么给她说，最后鼓足勇气拨打了她的电话。接通后我没敢和她闲聊，直接谈起下午那个项目的事。我又提了几个可能偏商务一些的问题，她做了简单解释。随后，我说希望晚上，或者在您有空的时候能见个面，我还有一些细节问题想要向您请教。龙子吟说电话里能解决的就尽量用电话沟通，大家都省时省力，有些问题即便见面我也没法给您准确答复。我就和她磨叽，尽量说一些她不熟悉的专业技术内容，也强调我们见面沟通的重要性，让她觉得真有必要当面谈谈这个项目。最后她答应见面了——当然，也可能是她觉得推辞不掉了，索性见面细谈。

我问她去哪里您比较方便？她想了想说道，到陆家嘴我们都应该方便的。我们约了次日晚上在陆家嘴正大广场见面。挂了电话我的心情久久不能平复，我目前行为的动机，已经不能简单解释为是为了工作，我应该是有些喜欢这个姑娘了。毫不夸张地讲，龙子吟应该是我截至目前见过的最有魅力的女人，如果我的世界里也有一见钟情这个词，那肯定是要用在她身上的。只不过我不知她是否已经成家，或者即便知道她未成家，我能追求到她的可能性有几何，应该是一个特别低的概率，这和自卑没什么关系，而是基于对自己的客观认识。不管怎么样，先帮她把这个项目做好，说不定天可怜见，我就有机会了呢。

第二天下午四点钟，我洗了澡换了身衣服，又仔细照着镜子整理了一番仪表，这才锁了门出来了。从人民广场去陆家嘴，就像小时候到隔壁家串门一样简单便利，坐上二号线经过两站路过江即可到达。陆家嘴我也再熟悉没有了，当初住塘桥的时候，有空没空就跑来这里。我特别喜欢陆家嘴滨江带这边，相比于浦西名动天下的外滩，黄浦江靠浦东这边人流特别少，风景可是一点也不比对岸差，所以很多本地人一般会来这里，而不会选择去外滩。站在江边，对面的中山东一路万国建筑博览群尽收眼底，所以感觉这里实是比外滩更好的去处。正大广场在东方明珠塔的旁边，真正占尽了地利，这里可能是全世界最繁华热闹的地方之一。

我依约来到位于商场三楼的星巴克咖啡店，里面已经坐满了人，没什么空位了。店家在店门外靠近电梯的走廊里，又租了一块地方放了几张桌子数把椅子，也算营业空间。我点了一杯拿铁就跑过去占了个两人空座。过了半个小时，她出现在了我的视野里。这会儿她的穿衣风格和昨天完全不同，身上是牛仔衣配牛仔裤，脚上穿着运动鞋，整个人显得活泼可爱。我赶紧起身请她坐了，问她想喝点什么，她看我点的是拿铁，就说帮她拿杯卡布基诺就好。我跑到店里要了咖啡，端回给她。我们一开始并没有聊工作，因为我不知哪根筋搭错了，竟然开口就问她有没有结婚！她满脸狐疑，看了我一眼只轻轻摇摇头。

我暗骂自己傻得可以，一时间窘迫得有些语无伦次。她见我这个样子，就客气地问起我的工作情况，聊了好一会儿我才恢复正常。我夸赞她皮肤细腻白嫩，她立即用手把额头刘海分开，让我看她额头的一粒粒痘痘，好似在证明我说的并非事实，我尴尬地笑笑。她问我是哪儿的人，我告诉她我是青海人，她脸上写满了惊讶。她又问起我的属相，我回答我是七九年的羊，我感觉她的眼神分明柔和了许多。我们接着聊工作，我提了几个问题，她果然无法解答，于是我建议我们到现场看看，这样最后方案和报价才会更有竞争力。她同意了，答应我未来几天她会和业主联系。

约莫聊了一个小时左右，龙子吟说她还有事要办，须先行一步。我想要送送她，但被她婉拒了，于是我们就在原处道别。看着她的倩影消失在人群中，我心里升腾起几分快意。鲁莽也有鲁莽的好处，虽然事后我觉得这次会面我的表现很不好，但也不是一点收获也没有的。我们现在连朋友也算不上，但我感觉她并不是排斥和我交往的，要不然哪里会跟我聊这么久，而且话题也绝不仅限于工作方面。我居然打听到了她的属相，虽然这比知道她的生日差远了，至少这也算了解了她的一点隐私了。最让我兴奋地是，她还没结婚，虽然我没敢打听她是否有男朋友，但我隐约嗅出了机会。

我满以为龙子吟很快会给我回电，好安排去那个工地现场看一看，结果三天过去了，还没有她的消息。我开始着急起来，因为我得尽快写出方案和完成报价。如果陈为涛突然问我要东西，我难免陷入被动，于是我又拨了个电话过去。接通后她好像有些不耐烦，说联系甲方不会这么快，要等他们抽空安排才好。我听她说的确实在理，赶忙向她表达了我的歉意，她这才语气和缓地说等她安排好，会尽快联系我的。挂了电话，我又胡思乱想起来，认为上次一起喝咖啡时我的糟糕表现，可能影响到她对我的评价了。不管怎样，暂时拿不出方案也问题不大了，只好等等她的消息再说。

因为有龙子吟这档子事压在心头，我做事就没什么激情，吃饭毫无滋味，头木木的没有精神。百无聊赖中又过了两日，刘炜和黄胖子来工地找我了。这次他俩都神采奕奕，看上去像遇到了什么喜事似的。他们约我去对面干锅居吃饭，上了二楼店里，刘炜点了一桌子菜，说是庆贺人民广场项目顺利通过关键节点。我说项目还没结束，庆贺有点早啊，刘炜摆摆手说也差不多了。黄胖子接着告诉我，早上地铁公司开会，对我们单位进行了表扬，这是众多项目中唯一受赞扬的工地，其正面影响不可估量。听到这个消息，我也兴奋起来，四百多个日夜，我的辛苦付出有了回报。

刘炜拍拍我的肩膀，不无感慨地说，一开始招你进来是想死马当活马医，没想到招进来的是匹千里马。我听了这话心里很不舒服，一句夸奖的话怎么听起来这么别扭啊。我问他当初怎么都没面试就敢用我？这个项目规模这么大又这么重要。刘炜漫不经心地说，只有试了才知道行不行，经过实战考验，你完全合格。对他这种招人用人的方法，我极不赞成。当初袁工进单位工作的流程，估计和我很类似，也是没面试就进来了，不知其实力居然敢把他放项目经理的位置上，实际上这是在项目上埋了颗地雷。如果不及时换掉他，或者后来顶替他的人也同样不靠谱，我看这个项目蛮悬的。

又过了几天，陈为涛打电话给我，让我陪龙子吟一起去看项目工地现场。龙子吟不直接联系我，而是选择先打电话给陈为涛，虽然程序上也算合理，但更多反映的是她在有意疏远我，因此我的懊丧之情可想而知了，心想不要对她有非分之想了吧。陈为涛把去现场的时间和地点，编了条短信发过来，我看了不禁心头一震，原来我曾在那个工地推销过一台仪器，而且成交了。天下真有这样的巧事，如果没有换施工项目负责人，那么那里的汪经理应该还记得我。不管怎样，后天到现场见机行事吧，说不定因为以前我们达成过生意，他们也会因此给龙子吟的项目开个绿灯。

没想到下午时分，龙子吟打电话过来，说晚上要请我吃饭。我惊喜交集，心里简直乐开了花。但冷静下来后细想此事，我觉得自己高兴得有些早了，也很快体会出她的用意。因为我上次请她喝了咖啡，她这是回请我，说明她不想欠我的人情呢。沮丧之余，我觉得和她交个朋友也是不错的，而想到了此节，我的心情反而变得轻松，这样晚上和她一起吃饭聊天，反而毫无拘束了。我们还是在正大广场吃的饭，她换了一身休闲运动服，扎了马尾辫，看起来像个小姑娘了。那晚我们聊得很开心，一直到十一点钟，分开前我照例要送送她，而她却说她可以顺路送送我，因为她开了车子。

听了龙子吟的话，我的内心又一次深受震动。她说她开了车子，那么这车子大概率就是她自己的。在我的认知里，有辆私家车那是富有的象征，小时候看港台剧，阶层差距直观的体现就是一部车子，龙子吟居然都买了车子了！但用点脑子想想其实这是必然的，她和陈为涛这样级别的领导打交道，这本身说明她的事业已经达到一定高度了，买辆车子自己开其实并不难想象。我们一起去停车场，她按了车钥匙解锁车门，轻盈地坐进一辆黑色车子驾驶室，我就开了副驾驶车门坐进去。这车好新啊，而且我觉得它和我离开三峡时坐的奔驰很像。我问她这是奔驰吗？她哑然失笑，回答说奔驰还买不起，这是蒙迪欧。

龙子吟送我到人民广场工地门口，我们又确认了后天去现场的时间，她说顺路过来接我一起过去，我赶紧向她表达了谢意，她朝我笑笑，随后在前面路口掉个头回去了。我看着她的车子从九江路转到西藏路消失不见，心里对她好生佩服。她只比我大不到一岁，从四川自贡来上海也就五年时间，显然靠自己站稳了脚跟，这对一个女生真是了不起的成就。今天我们相处显然是愉快的，看起来她也非常乐意和我交朋友，这让我很兴奋。但是搞经营的人不都是广交朋友的吗？想到这又使我很气馁，我心底毕竟还是对她心存幻想，想着她连车子都有了，条件这么好，我各个方面都配不上她，索性死了心吧。

第三天上午，龙子吟准时来接我。我看她今天穿了碎花长裙，上身是蓝色长袖衬衣。看来她是真心喜欢蝴蝶结，因为衬衣胸前部位又有这个装饰。她的车技特别好，连我这个不会开车的人也看出来了，忍不住连声称赞。她笑了笑跟我讲，她一开始学的就是B照，开起小车来当然不在话下。我不清楚这个B照到底是什么样的，但应该是层级很高的驾照吧。她忽然说前晚送我过来没注意，今天来接我看了看这个地方，才记起去年有次开车到这边走错了路，所以就开到我们工地里掉过头。我一听就开起了玩笑，说那肯定是因为我在这里，你才会开进来的，这是缘分啊！她白了我一眼，说我油嘴滑舌，我吐吐舌头没敢接话。

工地在南北高架靠近中环路这边，我们很快就到了。龙子吟把车开进工地，停在了项目部门口，我们一起上了工地临时板房二楼。看到甲方代表我很失望，因为那人不是汪经理。龙子吟是熟悉这个人的，他们像朋友似的聊了很久。她向应姓项目经理说明了我们的来意，并向他介绍我，说这位是我们公司专业副总工程师，是这个项目的技术负责人。我摊开图纸向应经理提了我的问题，他一一做了回复。等到我把所有情况了解清楚，知道这个项目需要一个特殊资质才能做，而我们单位刚好没有。换句话说，我们做不了这个项目。当初龙子吟带给陈为涛的资料和信息不齐全，难怪陈为涛也没发现这个问题。

我的脑袋又一次短路了，竟然傻乎乎地直接对应经理说，我们公司没有专项资质，做不了这个项目的。多年以后，我仍然记得说完这话后龙子吟那张惨白的脸。我立即明白过来我犯了个不可饶恕的错误，懊悔立刻涌上心头。龙子吟很快恢复了镇定，对还没反应过来的应经理说，我们单位做过类似的项目，至于这个项目好不好做，我们会立即确认的，先把项目了解清楚最重要。应经理随声附和，说资质问题你们再确认一下，需要我提供什么资料，或者需要帮助，我会尽全力配合。应经理很客气地送我们下楼上了车，龙子吟说了很多好话，不过今天她说这么多，明显是在弥补我说错了话。

车子开出了工地，我惴惴不安，都不敢看龙子吟一眼，这个娄子算捅大了。有些话，在私下里讲起来没有一点问题。但是经营人员绝对不会对客户说，我们的产品满足不了你们的要求，或者我们的技术服务无法满足贵方的生产需求。对于业务员来讲，顾客就是上帝，而我们能满足上帝的一切需求，即便资质不具备也不要紧，回头换家有资质的单位就是了。可是我在现场这么一说，龙子吟前期的工作算是白做了，甚至这条关系也可能断掉。龙子吟上车后一句话也不说，从延安高架西藏路出口下来靠边停下，就请我下车了。这里离我工地还有两三公里，由此可见她对我的恼怒。

第十三章

我拖着疲惫的身躯回到宿舍，心里特别难受。我是做过销售员的，也曾努力地学习过销售技巧，但居然犯如此严重的错误，这回和她连朋友也没得做了。晚饭我一口也吃不下，碰巧又轮到一周一次的晚班，我强打起精神去了，结果到隧道里才发现连鞋子也没换。我安排了工人们干活，就在隧道里巡视，忽然右脚鞋子不知怎么就卡在轨道紧固螺栓之间。我用力一抬脚，皮鞋居然开胶了。我弯腰细看，鞋子的左侧从脚尖到后跟全部开了，这下连走路都成了问题。我只好到站台的乘客休息椅子上坐下，也不敢走动，只好等下班回去了再说。好吧，我把这当作今天办错事遭受的惩罚之一。

下班后我倒头就睡，昏昏沉沉也不知过了多久。傍晚时分，我被渴醒了，想起来找水喝，只是头晕得厉害，用手背碰了一下额头，好像是发起了高烧。来上海我也不是没生过病，吃药喝水熬几天就好了。可现在我这里什么药也没有，更走不动路去药店，只好接着躺倒。当晚忽睡忽醒，头晕目眩。我好像和父母一起在田里收麦子，可那一大片的麦子怎么割也割不完，心里真着急；一会儿又仿佛拉着晓敏的手在江边散步，她侧头始终不说话，就那么走啊走；又过了一阵，灯火通明的江边上分明站着个人，格纹裙子白衬衫，留着齐肩的短发，胸前水晶似的蝴蝶结熠熠生辉，我走过去想看个清楚，可越走近那个身影却越模糊……

也不知昏睡了多久，忽然有人伸手过来摸我的额头，宽大的手掌仿佛遮住了整个世界，接着听一个瓮声瓮气的声音说，怎么这么烫！我心下明白是黄胖子。他拿了湿毛巾给我敷在额头上，跑去外面买了退烧药和感冒药回来。我浑身软绵绵的没有一丝力气，坐也坐不起来，靠他扶起我才吃了药。他又买了些粥回来，我强打精神吃了一点，这才感觉稍好些了。这次生病来势汹汹，应该是异常凶险的，直过了五天才彻底好转。后来我才知道，黄胖子接到甲方催要报表，打我电话却在关机状态，意识到我可能出了问题，赶紧跑工地来开了门，发现我生病生成这样。多亏了黄胖子，不然这次我要糟糕。

我的身体刚刚恢复没两天，就接到了陈为涛给我打来的电话。他说龙总那个项目你暂时不要写方案了，业主对这个事情另有考虑。我知道那天我搞砸了整件事，但内心还是心存侥幸，总希望龙子吟可以力挽狂澜。现在看下来，她还是迎来了最坏的结果。不过陈为涛没有一丝责备我的意思，这个是不应该的，如果他知道事情的原委，没有理由不批评我的。我认为这只有一种可能，就是龙子吟没把我的丑事讲给他听，这算是很给我面子了。我想无论如何该给她打个电话，向她赔礼道歉，即便她不肯原谅，我的心也会稍安些。翻出她的号码，我犹豫了半天也没敢拨出去。

我的生活暂时归于平静，形影单只地过了好多天。有一天实在闷得不行，我就给李晓勇打了电话，想和他一起吃饭聊聊天。他让我去他们公司找他，我立马去乘公交车。李晓勇的公司在沪太路上某商务楼内，离我们单位很近，我去他那里自然是轻车熟路。我走进他们公司，只见他的下属正在忙忙碌碌干活，我们都是熟识了的，所以我给他们打过招呼后，径直去里间办公室找李晓勇。他这会儿正斜躺在沙发上睡觉，满屋子的香烟味道，办公桌上、地上乱七八糟堆着图纸资料。看这情形，估计他昨晚又是加班一个晚上。我想让他多睡会儿，就拿起茶几上一份报纸看起来。

过了大概一刻钟左右，李晓勇的手机响起来了，是来电提醒声音巨响的那种，夹杂着震动提示音，这动静外面楼道里的人也能听到啊。他下意识地抖动了一下身子，睡眼惺忪地翻身起来接起电话，边打边给我示意，我笑着点了点头。没说两句话，他单手从烟盒里抽出一支香烟，拿打火机点着了走向窗边。这通电话打了很久，是他项目上的事情。等他打完了，我取笑他一个大老板买个山寨手机，那个声音能把楼板震塌。他苦笑着说，现在每天电话太多，晚上又加班熬夜，用以前的手机打着打着就没电了，睡着了电话打进来根本听不到。这个山寨机电量够用两天，电话打进来他准能听到，这就不会漏接重要电话了。

听到这里我感慨万千。都说一分耕耘一分收获，这些在上海打拼的人，但凡有点成绩的，付出的何止是一分耕耘那么简单，简直是豁出性命才取得的。我们两手空空来到上海，抓住稍纵即逝的机遇，再加永不停歇的努力，才有在这里落地生根的可能。见到了李晓勇的真实生活工作状态，就会知道他的成功不是偶然的。快到中午了，李晓勇拉我去吃饭，就在他们公司旁边的一家小肥羊火锅店。他应该是早饭也没吃，先要了一大碗稀饭喝了，才和我一起涮起羊肉。他要了六瓶啤酒，说我们每人三瓶。我想想今天没啥事，就答应和他喝个痛快。其实我们两个酒量都不好，喝了一瓶都面红耳赤的，不过话匣子也打开了。

我给李晓勇详细讲了我这一年来的经历，主要是以前没给他提起过的细节。关于龙子吟的事，我则选择隐去不提，因为我都不好意思提及我在这件事上的脑残表现。他说你其实更适合做技术，以后如果条件具备了，可以考个硕士研究生深造一下，在本专业的技术领域里干出点成绩。李晓勇的困惑是成家的问题，他比我大三岁，至今没有女朋友。我想除了他忙于工作的原因，还有就是他的长相一般，普通话又不好。所以饮食男女鲜有看对方才华的，比如和我吃饭这位，人很善良，又很有能力，谁跟了他不就是跟了幸福吗？可偏偏他还在孤独前行。当然，我们两个同病相怜，我还没有他的能力。

八月份的一天上午，我的手机里打进一个陌生电话，接通了才知是神灯哥。我们快两年多没见了，平时偶尔联系他还是以前的老号呢，怎么就换号了？原来他最近三个月在河北那边做项目，这几天跑来上海参加一个培训学习班。我听他说来上海了，就特别开心，忙问他住在哪里？他说在金陵东路附近，我一听乐了，这个地方不就在市政府对面吗？我走过去也才一刻钟呢。挂了电话我就出门去找他，心想他来一趟真不容易，可能培训完就走了，得给他提前买点东西送过去才好，于是顺路跑到步行街西头的第一百货买了些特产，又买了两条烟，拎着去他住的宾馆找他。

神灯哥还是一如既往地精神，头发比以前卷得还要夸张，也明显发福了，挺着个啤酒肚。他一见我就严肃地说，你就不能多吃点啊？忽然来阵风就能把你给吹跑了。我则指责他道，你来上海前也不给我打个电话，是不是觉得我连顿饭也请不起啊。我们在房间里聊了一会儿就出门了，一起去附近的亚龙广场找饭店吃饭。进了饭店点了菜，我们拉起了家常。神灯哥这两年跑了很多地方，这是我知道的。我不了解的是我们曾经的团队、熟人的情况。他说三峡项目结束后，原来的一帮人去了不同的地方，跟他一样四处奔波的居多。小韩则留在宜昌，开了家小店，主要是在家带孩子。

神灯哥提起晓敏，说她已结婚生子了，我心里刺痛了一下，脸上却只能装作没事一样。他问我的终身大事怎么样了，我嘿嘿一笑，回答说已经有一个目标了，正在努力追求呢。他听后为我加油打气，说看准了就要下手，可千万别知难而退，老婆就是追出来的，我听了心念一动。他说他这次培训完就调西宁工作，应该是在那里常驻了。我替他开心，不用奔波多好。神灯哥问我的情况，我只拣一些重要的事情讲了讲，也没避讳曾经的挫折。他听后感慨万分，说他挺佩服我，以后定能在这里立稳脚跟。我说我那会儿太幼稚，真正是初生牛犊不怕虎，现在给我十个胆，也不敢就这么来上海。

饭后我送他回宾馆，因他下午有事要办，我就辞别回宿舍了。穿过人民公园的时候，我想起龙子吟。事情过了这么久，如果那天她是气极了，现在也应该好些了吧，于是我决定给她打个电话。她的语气很平淡，没有很恼怒，也不提那天发生的那件事。我忍不住向她道歉了，她说也没什么的，接单失败对她也不是头一遭。我听后羞愧难当，只能继续道歉。她轻声说也不能全怪你，这件事到此为止吧，你也吸取一下教训，讲话须得三思。我连声称是，然后小心翼翼地说想请她吃饭，以弥补些许错误。她说最近比较忙，过段日子吧。我听后心中狂喜不已，我以为她虽不至于恨死我，但基本不太可能再理我了，现在事情好像有了转机。

又过了十余天，王国胜来找我。他说有个项目需要我协助，我愉快地答应了。第二天我去帮忙，忙活了一整天，才算帮他完成。晚上一起吃饭的时候，王国胜又提起让我去他们单位的事。我说我暂时不想动了，来上海两年，换了四个单位，这样频繁地换工作，对我未来的发展很不利。他看我态度很坚决，只得作罢了。王国胜又问起我女朋友的事，我说我还是单身狗一个。他说张倩最近经常来我家，还经常问起你，我认为张倩还是想和你相处下去的。我一开始觉得这不可能，王国胜还是想撮合我俩吧。但又一想这样的事开不得玩笑，或许张倩真的想回头，想珍惜这段感情。

晚上回去的路上，我想起了和张倩相处的日子，回忆起来还是很温馨的。但静下心来想一想，即便她真有意重新开始，我的心里已经没有她的位置了。从第一眼见到龙子吟开始，我脑子里满满地都是她的影子，只不过能否追求到她，我是一点信心也没有。我拿出手机，翻到张倩的号码，又看看龙子吟的，心中犹豫了许久，最后还是把张倩的号码删掉了。我给龙子吟打电话，又邀请她出来吃饭，或者去喝茶。她说周日吧，我来请你。我抑制住内心的狂喜，开心得快要跳起来了。我听电话那头声音有些响，貌似在歌厅里，就问她是不是在和朋友们一起唱歌？她笑呵呵承认了。

又可以见到她了，我从未感到世界如此美好。好不容易挨到周日下午，我特意换了件特别休闲的衣服，很早就到第一八佰伴，我和龙子吟约好在这边的避风塘见面的。我纠结了很久，要不要买束花呢？但最终理智战胜了情感。现在送花真不合适，一旦她拒收，我就毫无回旋余地。快到五点的时候，她出现了。这次她穿了一套浅紫色的旗袍，因为皮肤白，加上她的身材确实好，所以把这件旗袍穿出了风采。真不知道她穿旗袍原来这么好看，我看得眼睛都直了，说话竟然语无伦次起来。她看我这个样子，笑吟吟地说你怎么像个女生似的。我更局促了，赶紧叫来服务员帮我们点餐。

吃饭过程不必细表，我更愿意回味与龙子吟的聊天细节。她显然已经当我是朋友了，而且我能从她的眼睛里读懂这层意思：如果我愿意，她会成为我最好的朋友之一。她会允许我们的关系有进一步的发展吗？我很肯定地说，她是拒绝这种可能性的，我能从一起吃饭时她的言行举止中看出来这点。谁知经历了这个令人匪夷所思的夜晚，一切都变得完全不一样了。那个美妙的夜晚让我体会到，什么才叫喜从天降，什么才是无妄之福。我的人生中再也没有比那晚更有传奇色彩的经历了，至今想来仍然觉得自己简直像做了一场梦。我不知道我能否翔实还原那晚的奇特经历，但我愿意尝试。

不觉就到了十点多钟，我们正准备互相道别。我提起几天前她在外面唱歌的事情，说她嗓音好听，应该唱功了得。她说我喜欢唱，不过唱得并不好。我觉得她是谦虚呢，就说我也喜欢唱歌，在三峡时经常去歌厅，这个是我那些年里唯一的娱乐。她一听兴味盎然起来，笑嘻嘻地说有机会请你和几个朋友一起去歌厅。我马上说择日不如撞日，今晚顺路去唱一小会儿就挺好呀。她有些犹豫，说人少唱歌很没气氛，不是太合适。我知道她的意思，她此时还是想和我保持些距离，而两个人去唱歌明显过于亲密了。我安慰她说我们就唱个把小时，早些出来回家。她纠结了好一会儿，估计是唱歌的想法占了上风，这才勉强答应了。

这两年我都没去唱过歌，好像一直也没这样的机会，所以我提议去歌厅实在是自己也想唱了。这家好乐迪就在第一八佰伴楼上，我们俩开了个小包间，再点了两瓶饮料，在服务员带领下进了屋子。这里面的音响设施和硬件配置比三峡坝区要好太多，令人一进屋就有股想唱的冲动，我立马兴奋起来，撺掇着龙子吟赶紧点歌。她坐在点歌台前，说你先唱一首我听听。我唯一一首记住歌词的歌曲就是《神奇的九寨》，就把歌名报给她，她微笑着低头搜索起来。待到音乐响起，我酝酿了一下情绪，三、二、一，进……当我唱了第一句，龙子吟带着惊讶的表情抬头看起了电视屏幕，并且保持了这个神情及姿势到了曲终。

我为数不多的几次歌唱经历还是在三峡的时候，听众就只李建军一个人。他在我唱完后会鼓鼓掌，但那不能代表什么吧，他唱完歌我也会如此，所以我从来不知道我唱歌处在什么水平上。看到龙子吟专注听歌的表情，我这才知道自己唱得还不错，而且我很肯定，她是爱听我唱歌的。这会儿我心里明镜似的，知道这也许是一次打动她心灵的机会！随后她也点了一首歌，嗓音是真不错，可惜有一点点跑调，我当然要使劲鼓掌。她笑称今晚只想听我唱，于是我就变身麦霸了，傻瓜也知道这时候要趁热打铁。我把自己学会的歌曲都唱了一遍，这样到了凌晨两点钟，我嗓子都唱哑了。

后来买好单去地下车库的路上，龙子吟递上两粒喉宝，让我润润嗓子。我看着她微微泛红的脸颊，从她温柔的目光里读出了很不一样的东西。眼睛骗不了人，我彻底走入她的心里了。龙子吟又一次送我回工地，一路上我们虽然没有怎么说话，但是气氛无比温馨，这真是一个不可思议的夜晚。我睡到第二天中午才起床，刚洗漱完毕，就收到了龙子吟的短信：你今晚有空吗？我必须得有空啊！我立马回复了，然后美美地等她回消息，结果她直接打来了电话，说晚上一起吃饭吧，就在人民广场附近。这是她第一次主动打电话给我，主动请我吃饭，所以我更加确定了昨晚我认定的事实，她接受我了！

我赶紧去工地浴室洗了个澡，挑了件自认为很不错的衣服穿上，然后坐椅子上认真刮起了胡须。我怕龙子吟会到我的宿舍坐一坐，于是花了点时间把屋子整理了一番。想想还有什么没做的？我立刻反应过来必须要送花了。这次我没有一丝丝犹豫，跑出去满世界找花店。平时很容易就在路边看到，今天我却跑了很久也寻不见，终于在北京西路买到了三十枝玫瑰，让花店老板仔细包装一下，然后喜滋滋捧回了宿舍。我一看手表，这才下午两点钟，离子吟来这边还有三个小时。我就想看看书，觉得这样时间会过得会快一点，可是翻了一两页根本看不进去。我又躺在床上想睡一会儿，却无法入眠。

龙子吟终于到了，她把车子开到我们工地里停好，我则捧着鲜花走向她。当我笑眯眯地把花束奉上，她满脸娇羞，用我几乎听不到的声音说了句"谢谢"，接过花束转身放到车子后排座椅上。我们选择了去对面的上岛咖啡店，在这里的包间里聊天吃饭，要比其他地方更为安静。我们亲密了许多，龙子吟也更显温柔。直到此时此刻，我还不敢相信龙子吟接受了我的事实，最美的梦也不过如此吧。八点多钟，我们一起去和平影都看电影，这也是我来上海后的第一次。我都忘记那是部什么电影了，因为我的所有注意力全在她身上。看完电影已到十一点钟，我们仍然没有想分开的意思，商量了一番决定去人民广场周边走走。

真不敢想象，我竟能和一个自己喜欢的女生，在上海人民广场开启我们的恋情。我和龙子吟顺着西藏中路走到人民大道，这里周边诸多大片绿地，尤以市政府和上海博物馆之间的规模为最大，很适合晨间散步、晚间锻炼。许多市民在这里活动，大部分是来运动的，也不乏像我们这样的情侣在约会、漫步。我们在绿地深处的一个长椅上坐下来，手拉手聊起我们的过往，在这里待了整整一夜，直到天色微明。我将以她的视角追述她的往事，有些内容是稍早些时候我已经了解到的，有些则是在恋爱期间我陆续知晓的，而为了方便记述，我在这里集中介绍。那是一段温暖人心的往事，其中颇多曲折。

第十四章

子吟的老家在四川自贡，著名的"千年盐都"。她妈妈在姐妹四人中排行最小，因为家庭条件特别差，所以从小被送给当地一位姓陈的寡妇收养。这个和子吟没有血缘关系的老人家是最疼子吟的人，子吟按照当地习俗称她为婆婆。婆婆在解放前家境优越，也受过良好的教育，后来丈夫在战争中丧命，她守着一处大宅和家产独自度日。子吟妈妈被婆婆收养后，也改姓陈。解放后，婆婆家被划为地主成分，所以家产被全部没收了，因家里就她母女二人，大宅倒是被保留了几间让她们居住。虽然如此，子吟妈妈还是受到了婆婆很好的照顾，并且在六十年代读到了高中，这在那个年代已经算知识分子了。

子吟爸爸出生在自贡偏远山区，他父母很早就过世了，从小和他姐姐相依为命。在他十来岁的时候，他姐姐嫁给一个当地煤矿工人。后来他姐夫去了青海省大通煤矿，他姐姐作为家属随行，而受条件限制，他不能同去，所以他独自在家生活六年时光。也是因为所有亲人都不在身边，他的性格开始变得孤僻、暴躁且小气，在村里惹是生非，无法无天。后来他姐姐和姐夫在大通县安了家，就把他接到青海一起生活，并且托关系让他当了一名煤矿临时工。在青海的日子，他没有了生存的危机，也备受姐姐一家照顾，所以日子过得很滋润，不过他的性格已经铸成，一生都没能改变。

到了他姐姐这里，子吟爸爸倒是没怎么闯祸了，因为煤矿周边是藏区，他对藏族人还是心存畏惧的。虽然他喜欢这里的风土人情，但他终究无法融入这里的生活，他姐姐也想让他回四川，继承他们家香火，所以几年后他还是回到了自贡。他也不回老山村，就在自贡市飘荡，做些零工手艺活，虽不似游手好闲的小混混，日子也就是有一顿没一顿地过着。按理像子吟妈妈和她爸爸这样两个人，应该是没有机会走到一起组建家庭的，可是偏偏他们最终走到了一起。子吟说，虽然这场婚姻赐予她生命，但她打心底宁愿她父母这场婚姻从来就没有开始过，那是段很痛苦的回忆。

子吟妈妈高中毕业后，本有机会去当地小学当民办教师，却阴差阳错没去成，这成了她人生中一大憾事，也间接导致了她的下嫁。后来她只得和婆婆在家务农，直到谈婚论嫁的时候。某天一个熟人给子吟妈妈介绍男朋友，就是子吟的爸爸了。介绍人带着子吟爸爸上门，以婆婆多年识人的经验，觉得子吟爸爸并不是特别适合她的这个养女，但她还是征求了子吟妈妈的意见。子吟妈妈天性懦弱，没什么主见，她见了子吟爸爸第一面后，只是认为他们身高差距太大，也就没有明确拒绝这门亲事，于是子吟爸爸就经常找她。等到她发现两人确实不合适，尝试分开时，却发现这是不可能了。

子吟爸爸使出了各种手段，胁迫子吟妈妈答应他们的事，婆婆也无法可想，最后提出陈家要招女婿为结婚条件，想让他知难而退。没想到他一口答应，婆婆和子吟妈妈没办法了，只得同意了这门婚事。结婚的一切流程都是参照当地入赘的规矩走的。从外表上看，子吟妈妈身高比子吟爸爸低了两个头，而在性格上，两人的差距更是巨大，所以婆婆入赘方案的本意是，尽量使女儿不至于婚后吃太多亏。可婆婆还是低估了他的霸道程度，子吟妈妈先后生了两个女儿，都跟了子吟爸爸的姓，而且自从结婚后，他在家里就说一不二，婆婆在家里逐渐没有了地位，更别提得到应有的尊重。

婚后不久，子吟妈妈怀孕了。这期间子吟爸爸跟随一个施工队外出做事大半年，子吟妈妈还要在家艰辛劳作。有次她去山里干活，不慎滚下一个坎沟，见了红而且肚子疼痛，这几乎是流产症状。多亏了婆婆有个保胎的中药偏方，奇迹般保住了胎儿。还在子吟妈妈怀孕时，子吟爸爸求签得知他会得贵子，大喜过望遂对子吟妈妈关怀有加，却未料求签不灵。见出生后不是儿子，子吟爸爸非常恼怒，家庭开始陷入无休无止的纷争。其实说"纷争"还是太轻了，子吟妈妈拿什么来争？孩子生出来后，子吟爸爸拒绝给她起名字，只要姓跟他就好，所以"子吟"是婆婆想出来的。也幸亏是婆婆起的，真不敢想象她爸爸会起个什么样的名字。

子吟一出生，就是婆婆带她的时日居多。等到子吟长到四岁时，她爸爸对她妈妈更加蛮横无理，这时候她妈妈又怀孕了。一次不知为了什么事，她爸爸又借故辱骂她妈妈，这次她妈妈忍无可忍，竟含恨喝下了半瓶农药。当时婆婆不在家，小子吟目睹了这些。她心里也模糊地懂得妈妈喝下的不是好东西，一边跑向村里诊所找医生，一边嘴里不断念叨：妈妈喝农药了，妈妈喝农药了……她当时刚开始记事，前脚发生的，自己玩着玩着就会忘记，可这事太重大了，她叮嘱自己千万别给忘掉了，所以在找医生的路上不停地在嘴里重复。还好妈妈被抢救回来了，但经此事后她变得更加内向。

再后来子吟妈妈生了妹妹海英，这次是子吟爸爸自个儿给起的名字，原因是他又去算了一卦，说这个二女儿有富贵相，会给他带来福气。算命准不准，大女儿出生后他就应该有结论了，但他在第一次求签碰钉子后还信这玩意儿，就令人难以理解了。自从海英出生后，子吟爸爸就把她当掌上明珠了，对她自然极度溺爱，而他对子吟就基本上不闻不问。比如他出门买一串香蕉回来，会只摘一根给子吟，把剩下的所有都留给海英。多年以后，反而是子吟给家族带来了荣耀，也是子吟对他们孝敬有加，海英则连自立都难以做到。这个结果，不知子吟爸爸是怎么面对的。

成长在这样的家庭环境下，小孩子难免会出现性格方面的缺陷，甚至被毁掉，也并不是没有现实的案例，但子吟的性格阳光正常。在子吟苦涩的童年岁月里，婆婆的爱如阳光驱散晨间雾霾般，真正挽救了子吟。子吟随着婆婆起居，每个夜晚睡前，或者闲暇时光，婆婆都会给她讲故事、背经典。婆婆特别喜欢先秦时期的道家、儒家作品，几乎会背下整部《道德经》，也熟悉四书五经中的诸多章节。她会背一段经典出来，然后逐字逐句解释给小子吟，再结合现实中的例子来对照说明，这样做的效果出奇地好，子吟在上学前就比同龄人懂得更多，知道得更广。

婆婆的苦心确实没有白费，子吟从小待人宽厚，即便爸爸对她不好，她也没有心生怨恨，对待爸爸反而比很多人家做儿子的还要尽心；她心地善良，喜欢一切美好的事物，挑选优秀的人一起相处；因为学习了婆婆，她乐观上进，善待周边的所有人，所以一路走来，都能交到特别知心的朋友。相比较来说，海英从小受爸爸影响，走的路子和子吟几近相反，所以处事风格和子吟毫无相像之处。子吟对妹妹最不能释怀的，就是她从小对婆婆的态度非常非常恶劣。大概因为如此，子吟虽然可以尽到一个姐姐对妹妹所能尽到的一切责任，但其实她的内心深处做不到对海英特别地亲密。

但若说爸爸没给子吟造成困惑与伤害，也是极不客观的。子吟从小喜欢唱歌，可她爸爸一听她在饭桌上哼唱就会骂她，所以子吟在家里吃饭都不是很开心，反而是到了同学家，或者亲戚家里，她才会开开心心的。有一次是在学校，子吟和同学起了点小争执，结果被来参加家长会的爸爸瞧见。他不由分说当着同学们的面狠狠骂了她一顿。此后相当长的一段时间里，子吟班级里的同学们都嘲笑她。有这样一位爸爸，真的很难想象子吟这一路是怎么走来的。她爸爸对她不好，对婆婆也是一样的。婆婆心态平和，不和子吟爸正面发生冲突，如果他无缘无故地找她碴儿，她也只是退避三舍。

在学校里子吟的成绩一直很优秀，从小学到高中都是班级前三名。她从小灵活多变并能随机应变，古灵精怪而又谨慎早熟。在她七岁时，有一次要到邻县亲戚家去，她像前几次那样独自坐上火车，结果犯困睡过了头。等她惊醒过来出了站时，这里的景象完全陌生。一般的小孩遇到这事，估计早吓傻了吧，可是她却很镇定，先是找大人问清了亲戚家的方位，之后迈开步子顺着公路往那里走。走出去没多远，她知道这样走到半夜也到不了，于是站路中央拦住了开来的一辆拖拉机。她给司机说了自己的情况，请求对方带她一程。可巧那个司机是去子吟亲戚家的县城方向，于是决定帮帮她。

子吟谨记婆婆曾说过的，不可对陌生人不设提防之心。求那个司机伯伯带她一程，是个迫不得已的无奈之举，子吟也不敢肯定那个司机就是好人。等她上了车子，就告诉司机她的亲戚正在公路旁等着她。拖拉机开了约两个小时才到了子吟熟悉的那个县城，这时她指着路边的两个大人，对司机大声说那两位就是她的亲戚，司机停好车把她放下来了，其实子吟根本不认识那两人。如果你认为子吟是在撒谎，这件事就理解偏了。她没有想着去故意欺骗那个司机，只是想着她这么说的话，她的安全会更有保证。这个和"害人之心不可有，防人之心不可无"是一个意思吧。她那么小，做事就谨慎如斯。

因为学习成绩特别好，在小伙伴群里也很有威信，子吟上小学时每年级都会被选为班长，这段时间她的生活学习很惬意。而由于在家里很受压抑，她就特别喜欢待在学校，和同学们一起学习、玩乐。那时候放了学，很多同学都会请子吟到家里做客，而她就给他们讲讲作业、解解题。同学们的家长也很欢迎她，把她留下一起吃晚饭。这个是很容易理解的，无论哪个学生家长，谁不愿意自己的孩子，和品学兼优的同学玩到一起呢？所以子吟在同学家里总会受到款待，她本人的自信也得到了增强，这是个正向循环，她因此更加喜欢学习，而努力学习的结果就是成绩更加突出了。

　　每个人的孩提时代都有令自己最难忘的事，子吟也不会例外。有一次，子吟和几个小伙伴放学回家，路遇一只小山羊。它孤零零地在路边吃草，应该是周围村庄里农户弄丢的吧。等到子吟她们几个路过时，它便甩着尾巴，"咩咩咩～"地叫着跟了上来，一路尾随了大伙儿很长一段路，都没有要停下的意思。到村口小伙伴们要走不同方向，都想把这只小羊哄回家，它却无视其他小朋友手中的青草，直勾勾地只是跟着子吟。小伙伴们先后放弃了，子吟也想把它丢路边，毕竟这不是自己家的羊儿，谁知它还是一路跟着自己。子吟最后跑起来想甩了它，那只羊居然也跟着跑起来一路紧随。

　　就这样，这只羊居然跟着子吟回家了。在随后的一个月里，婆婆到处打听失主，但都没听说谁家丢了羊，也没人前来认领。这只羊是像孙悟空一样，从石头缝里蹦出来的吗？子吟家以前不养羊的，自从这只小羊羔到来后，就做了羊圈开始养起来。非常神奇的是，这只羊只对子吟一个人好，其他任何人想要靠近它，必然会受到它的攻击。有一次子吟爸被它顶了一下，他恼怒地拿起鞭子狠抽了一顿，这只小羊从此以后怕他怕得厉害，见他来了就远远地跑开。这只羊慢慢地长大了，还是和子吟最亲昵，简直就是她的私人宠物。后来这只羊还下过几只崽，后来是个什么结局也已不可考了。

　　这里记一件发生在子吟小学五年级时候的事情，之所以她记忆这么深刻，是因为这件事让她伤心了很久很久。大通县的姑姑上了年纪后选择留在青海，因为她已经适应了那里的一切，孩子们也都在那里成家立业了。她后来身体很不好，也就特别牵挂她的弟弟，所以那年夏天她邀请子吟爸爸带一家人过去团聚一番。子吟爸爸定了去那边的行程，可是他只愿意带子吟妈妈和海英同行，而没考虑带上子吟和婆婆。子吟特别想去一次青海，去看看美丽的青海湖，而这么好的机会却没有自己的份。父母和海英上火车的那个晚上，子吟避开了婆婆，一个人偷偷跑到屋后的竹林里哭了半天。

随着开销的不断增加，家里的日子过得更为艰难。子吟妈妈在家务农，所获只能管全家温饱。在农村待过的人都知道的，种田是饿不到肚子的，但想挣钱来花，几乎就是天方夜谭。她还种了几亩橘子树，到了八月底摘果实去卖了补贴家用。子吟爸爸原先一直在建筑工地打零工，每年也能挣点钱回家。后来他不愿意出去了，也回了家种田，但他在农活上并不上心，所以大部分田间作业还是由子吟妈妈完成。子吟爸爸待家里后，家里矛盾剧增，所谓贫贱夫妻百事哀，家里成天闹得鸡飞狗跳的。所以子吟更留恋他爸爸一年四季在外打工的日子，自从他回了家，这个家庭就欢笑不在。

过得几年，子吟考上了当地最好的高中。她的学习还是年级第一。但让她最头疼的事情，却是开口向爸爸要学杂费。每次到了班级收费时节，她都是能拖就拖，实在催得紧了，只得硬着头皮朝爸爸要，即便最后拿到了，伴随的是无端指责。这个她还能忍，最让她伤心且愤怒的是，她妈妈也会因此而无辜受牵连。子吟后来想方设法自己挣点钱，比如她会去批发市场买些小玩意儿，利用周末或者晚自习后的时间去摆地摊，慢慢地能够挣回来一部分学费。即便是在这样的条件下，她的成绩还是丝毫未受影响。要知道这个高中是远近闻名的重点学校，每年都有学子考到清华北大，不出意外，子吟能很轻松地考上一所特别好的学校。

第十五章

有一个叫周生宏的男生，从初中起就喜欢子吟。他家是医药世家，家庭条件优越，他本人也很优秀，只是略显腼腆内向。从高一起，他就有意无意地接近子吟，想尽力帮助她。可是子吟太敏感了，她把这种示好理解成了同情，所以对他抱有审慎的提防心理，加上她本身性格洒脱，所以虽和他走得很近，却从来未谈及男女感情。周生宏曾有几次约子吟一起出去，而子吟必定是叫上好几个好朋友一起去。在那些日子，周生宏的关心和爱护一定是剂良药，治愈了子吟所受部分伤痛，温暖着她的心灵。子吟也一定喜欢过他，因为当周生宏后来结束第一段婚姻，邀请她回自贡的时候，她考虑了很久。

也在这一段时期，子吟对"穷在闹市无人问"这句话有了深刻理解。在她家特别困难的那几年，子吟妈妈的三个姐妹无一伸出援手。虽然子吟妈妈从小被抱养，但她们毕竟是血脉相连的，打断骨头还连着筋呢！当初婆婆家境比较好的时候，子吟妈妈对几个亲姐妹还是有求必应的。这导致子吟对亲人们极端没有信心，在以后的人生路上，无论她遇到再多再大的困难，也不会向家族里的任何人求救——虽然她家族里还是有很不错的亲人存在。在她眼中，朋友反而更加可靠，和好朋友在一起，她会敞开心扉。在她年少时期有限次的开心时刻里，好朋友们出现的身影占了绝大多数。

关于爱情，子吟是深信不疑的，她见识了一桩甜美的爱情。高二时，数学老师是个翩翩君子类型的帅哥，某班的班花很喜欢他。师生恋历来为校园所禁止，女生却很大胆地追求她的老师，搞得满校风雨。学校要处理老师，那个班花扛下所有责任退了学。接下来的事是以喜剧收场的，等到那女生到了适婚年龄，他们立即结婚了，婚后两人也真正做到了举案齐眉。这么多年来，女生受到前老师的宠爱，在家相夫教子，有空打打麻将，出去四处旅游，生活甜蜜温馨。很多年后，她人快四十岁了，脸上丝毫没有留下岁月的痕迹。你能说这不是爱情滋润的结果吗？子吟相信有那么一个人存在，可以陪着她看花开花谢，秋去春来。

上高三那年，子吟的命运转折点来了。放寒假时，大家为了备战高考需要补课，学校要收几百元的补习费。那段时间，子吟学习特别忙碌，无暇去打零工挣钱。再说她即便有时间去挣，这么大一笔费用短时间内恐怕也赚不回来。子吟学习成绩这么好，如果她向学校说明，说不定学校会减免这笔费用，只是她从未想过走这一步。实在没办法，她最后只能朝家里要。她爸爸一听要钱就发起火来，说一些很难听的话。子吟妈妈说，孩子上学用的，给她就是了，结果招来了他的肆意谩骂，这时候婆婆也插话说他这样做太过分，子吟爸爸就朝两位亲人一起发火。子吟心里冰凉，深恨自己无能。

那是她长这么大第一次彻底失眠的夜晚。高中时期花费虽然不少，但和即将到来的大学学费相比，简直就是一点点毛毛雨呢。那年高等教育招生要实行并轨制，意味着大学生每年需要缴纳巨额学费。她考一个好学校毫无压力，可学费哪里来呢？几百元补课费就搞得家里鸡犬不宁，要筹集上大学的学费，那不是要活活逼死她最爱的婆婆和妈妈啊！当公鸡开始打鸣，天色微微放亮那一刻，子吟终于做了个艰难的决定：退学吧。这个世界就是如此无奈，很多心地善良的年轻人，学习刻苦而又才华横溢，却最终没能踏入他们向往的大学校园。这样的遗憾，终生无法补偿。

子吟退学的方式很简单，就是给班主任写了封信，称自己产生了厌学情绪，经医院检查得了脑神经衰弱云云，然后在自贡打工，消失了近一个月。她并不是故意向学校和老师撒谎，她能向学校说明真正原因吗？如果有人来劝阻，她会左右为难，更加难以决定怎么处理这事，但学费问题终究要面对。学校老师和校长来回找了她好几次，对于一个必定会考上重点大学的学生，又是离高考这么近了，他们当然不会放弃，无奈始终联系不上子吟。她的班主任甚至流泪跺脚，责怪子吟对自己的未来如此不负责任。子吟预见到了这个情况，所以才选择用这种极端的方式泪别校园。

那一个月里家里不知闹成了什么样，子吟妈妈和婆婆一定担心坏了，但子吟只能狠心坚持自己的主意。也是这个月过后，她的家里慢慢地没有了争吵，渐渐地安静下来了，原因并非子吟爸爸忽然转了性，而是到了月底的时候，子吟寄了五百元回家，并且在接下来的几年里从未间断，数额也逐年增加。子吟期待的就是这个效果，希望她挣了钱给家里，妈妈和婆婆从此不会遭罪；希望她成了这个家里的顶梁柱后，她的爸爸可以有所顾忌，善待家人。她在一家餐馆打工，包吃包住一个月八百块工资。子吟对她的这段经历轻描淡写，而任何人都明白她去那儿的第一个月，一定是痛苦万分的。

一九九七年的高考季，子吟本应该是走进考场的。以她在学校的表现，即便不是超常发挥，她也必定能考出一个高分，选一个重点大学的主流学科入学就读，徜徉在知识的海洋里。可是命运就是如此地捉弄人，恰恰是各方面都极其优秀的她不能上大学。子吟是在餐馆的电视上听到了改革开放的总设计师逝世的消息的，作为四川同乡，她极佩服这个领导人，为他的去世而哀悼。高考后的那个暑假，她观看了香港回归仪式，为了祖国能洗刷百年的屈辱而自豪流泪。这是个很重要的年份，大到国家，小如子吟和身边小伙伴们，都经历了特别重要的时刻。

子吟在餐馆打工一年，后来去了一家火锅店，因为后者收入会高一点。她每月把大部分的收入寄回家，又每季度回家一次，偷偷塞给婆婆五百元。随着生活逐渐稳定下来，子吟开始思考未来的前途。有一次她偶然从她的小姐妹那里了解到，开车跑货运很赚钱，于是她慢慢地从工资里每月抠出二百元，凑齐两千多元报了驾校。她在火锅店尽量上晚班，不耽误驾校学习。她报的是 B 照，科目一比较简单，很顺利通过，可后面的科目就比较难。原来她操作的驾校校车是东风汽车，读者朋友里有老司机师傅的话，一定了解半联动离合器的车有多难开，子吟又是身高不高的那类女孩，学习 B 照的难度可想而知。

　　千禧年刚过，子吟拿到了驾照。近半年时间里，这个证是她付出了特别多的努力才拿到的，所以她很开心。离开学校三年多了，这个证也稍缓和了她因没能上大学，从而未拿到文凭所留的遗憾。随后她就特别注意一些长途货运公司的招聘信息，希望能尽快换到这个行业里来。她一开始决定开货车，除了这个行业当时蛮赚钱，更重要的是可以跟着车子四处去走走。从小到大，子吟的世界就是自贡辖区范围内，唯一一次出远门的机会，还被她爸给无情剥夺了。小时候看电视，很多纪录片里介绍各处美丽的风景，她好想去看看而不得。如果有一份工作，可以挣着工资，又能走遍天下，还有比这更令人开心的吗？

　　三个月后，她终于找到了一家物流公司，其业务是向全国很多地区运送货物。子吟一开始去应聘的时候，这家公司的人事主管不太乐意要她。首先是因为她没有开车经验，刚拿到驾照而已；其次，应聘这个行业的是男性居多，女性在长途路上多有不便，从业人数极少；另外，子吟这时候二十二岁，出落得很标致了，肤白肉嫩，亭亭玉立。这样一个小姑娘，天天风吹日晒跑长途货运，有些暴殄天物了吧。子吟就一直和他磨，甚至是托人带了话，最后人事主管才勉强同意子吟来跟车实习。他原想着子吟跟个几趟，体会出这份工作的辛苦和不易，也就该考虑换工作了，没想到她坚持了两年多。

　　是年五月份，子吟到新公司上班了。公司帮她办好了道路货物运输从业资格证，安排她跟一个姓丁的老师傅的车子实习。丁师傅从业三十年了，人很和蔼脾气也好，看这么一个小姑娘跟着他，所以很怜惜，一路照顾着她。开货运的男人有各种陋习，其中吸烟是最大的。子吟对吸烟非常反感，她无法忍受狭小空间内浓浓的烟味。可喜的是丁师傅是不吸烟的，所以她和丁师傅相处起来是非常愉快的。实习期满一年后，子吟曾和另一位师傅搭档，但实在受不了对方的烟瘾，很快向公司提出还是要和丁师傅搭档，公司也同意了，于是子吟又和丁师傅相处了一年多，直到她因故离开这里。

　　那时候全国路网还没成型，子吟他们运一趟货物往往需要四五天，长的则需要七八天。后来各个省份的高速公路建设发展很快，路上所需时间也相应地慢慢缩短。按照长途货运惯例，每位司机轮值五六个小时，这是因为货运车开起来很耗人的精力和体力，往往一个人开着车，另一人就在驾驶座位后排狭小空间里休息。开车时比较枯燥无聊，特别容易犯困，子吟和丁师傅只能听广播或听歌以驱除睡意。丁师傅一直热爱听广播，但子吟觉得时间久了未免单调无聊，后来她买了很多磁带，放经典歌曲循环听，遇上熟悉的旋律，俩人还会跟着哼两句，为路上增添一抹活力和轻快。

看起来一切都很好，子吟很喜欢那种风驰电掣的感觉，尤其是在车况好的高速路上，她感觉平时很难驾驭的货车，这时候却像匹听话的骏马一样，开起来那么得心应手。只是开货车两年多来，虽然也曾经历像上述描述的那样很美好的时光，子吟还是逐渐遇到了跑长途货运带来的各种困难和不适，所以困惑也越来越大。她喜欢干净，但只要跑长途货车，这个"干净"二字再也休提。她只能尽量地把车子驾驶室里弄干净。每到住地休息时，她第一时间找地方洗澡换衣服，但有时也可能连续两三天没法洗，一旦闻到自己身上有些难闻的味道而又洗澡不得，就会令她感到极其沮丧。

有些习惯可能来自天生，任环境再如何变迁，也无法加以改变。这些年来，子吟每天坚持看书，即便是出车在外也不会例外。她把婆婆小时候读给她的那些书，全部买来再看一遍。不过有本《春秋》她没看完，子吟从小对历史极其不感冒，只要老师一上课，她就会瞌睡连天，简直比催眠曲还有效果。读的书越多，子吟越觉得人的一生应当有更大的追求。开车一年后，货运路线基本都固定了，相似的路上风景也就没有了吸引力。如果可以在书房里读书，谁还会喜欢在货车狭窄而嘈杂的驾驶室里看呢？而要想找个地方安安静静地学习、看书，这份工作显然是很不合适的。

长途货车司机里，素质不高的人很多，而像丁师傅这样的人简直是凤毛麟角了。时间过得越久，子吟就越觉得自己刚入行时那么幸运，如果不是遇到丁师傅，自己可能早就被迫换工作了。抽烟喝酒这些都是小问题，司机师傅们常年跑长途，鲜有脾气不暴躁的，一点点小争执，就会惹得他们大发雷霆，好像不打一仗就解决不了矛盾。子吟看到了很多同行们的丑行，其中吃喝嫖赌者甚众，让她很受打击。相较于对生活环境的要求，子吟对精神方面的追求要更进一步，她眼里容不下这些丑陋的东西。即使无法改变这些事物的存在，但也绝不愿意耳闻目睹，不愿深陷在这样的环境里无法抽身。

从事长途货运职业更大的阴暗面，是会让人见识太多的车祸。现代的高速公路简直是刑场，只不过受害者都不是有罪之身，而是无辜的出门人。老板为了多点利润，司机为了多些钱养家糊口，货车几乎没有不超载的。货车白天要装卸货物、维修车辆和办事找人，而且最重要的是路政、交警白天都在路上，晚上行车麻烦少。这样导致的直接后果就是，夜间行车的大货车数量要远远多于白天在路上跑的。子吟不怕夜行路，不怕吃苦，可是赶夜路的车子，比白天出车祸的概率就大了很多很多。她和丁师傅见了太多的事故，有时候车祸场面真的是惨不忍睹，让人一见就会留下终身阴影。

有一次子吟和丁师傅正在赶路，眼看着车子越来越堵，知道前面一定出了车祸。等慢慢驶近事故地，只见一辆小轿车被前后卡车夹在中间，车子已经被挤成了一张饼，有一个八九岁的小孩子躺在车外，不知是被撞出车，还是他的家人出事前下意识地推出去的，只是这徒劳无功，孩子已经身首异处，地上血迹斑斑……子吟看了这场面吓得用双手遮住眼，心痛得难以自已，险些哭出声来。这之后的整整一周时间，她都吃不好睡不着，那个惨痛的场面烙印似的留在心里。这样的事情见了太多了，虽然子吟和丁师傅没出过任何车祸，但是年复一年高强度地出车，谁能保证一辈子平安呢？子吟萌生了换工作的想法。

第十六章

来物流公司一年左右的时候，丁师傅给子吟介绍了一个男朋友。在单位里有很多人追求她，因为在这家以男性为主要员工构成的单位里，子吟无论各个方面都是极优秀的。有些男的胆子很大，直接向子吟表白；有些动了暗恋心思的人，则通过中间人介绍。由于家庭负担沉重，加之是初到这个单位，所以子吟对此事一直不热心。但丁师傅要给她介绍对象时，她就不好意思拒绝了。自从进了公司，丁师傅对她的照顾面面俱到，和亲人几无二致，而子吟对丁师傅也是极尽照顾，她从小特别爱和老人家相处。子吟对丁师傅说她需要考虑一段时间，丁师傅乐呵呵连声称是，说终身大事不是儿戏，理应如此。

子吟对爱情抱有期待，她坚信有那么一天，一个喜欢她的人会走进她的世界里，懂她爱她，与她相守一生。离开学校后，她曾对周生宏动过念头，因为回忆里满满的都是周生宏对她的好。周生宏当年高考落榜了，之后联系子吟不得，对子吟心灰意冷，不到两年就草草结婚了。高中的时候两个人没有互相表白，踏入社会也没有多少机会互动，这就叫作有缘无分吧。他觉得苦追子吟那么多年，子吟都未曾动心，那么以后再多努力也无济于事吧。这点他想错了，子吟还是喜欢、欣赏他的，只是子吟在感情方面太后知后觉了，等到她明白一些事的时候，一切都成了过去式。

丁师傅介绍的小伙子是他侄子，时年也才二十五岁，师范毕业后在自贡荣县中学当老师。子吟看在老人家这么热心的份上，不忍忤逆他的意思，经过几天的短暂考虑，她答应和小丁见一见。第一次碰面是在自贡，那天子吟刚从外地出车回来，晚上小丁就从荣县赶过来赴约。两个人一起吃完饭，又去附近茶馆坐了一会儿聊了很久。子吟初次见到他，对他印象很好，也确实动了心，因为小丁不仅个高人壮，而且说话彬彬有礼，温文尔雅，对人特别和气。他是物理老师，不过看起来倒像个文科出身的人，俩人聊起来很投机。后来他们又见了几次面，互相感觉都不错，便正式确立了恋爱关系。

小丁对子吟的确是很上心的，这个子吟公司里知道他们事情的人都会赞同。子吟每次出车，小丁都会尽量抽空去送送她，给她带上一大包水果零食，叮嘱她路上行车注意安全；子吟回来了，他也会及时去接，送她特别喜欢的花，带她去吃她最喜欢的海鲜。子吟出车去外地，也会带一些当地的特产回来给他，丁师傅看在眼里，乐在心里。两个月后，子吟带着小丁回家了，婆婆和家人都很满意，人人都说他们俩无论从哪方面看都很般配。如果不出什么意外，他们结婚只是时间早晚问题了，小丁甚至建议春节前后就把这个大事办了来，而子吟则说日子太匆忙，等过个几个月再看。

子吟在外面努力地工作，这使她的家里发生了翻天覆地的变化。海英已经上中学了，学杂费和一切吃穿用度都是子吟负责。子吟在学校吃过苦头，她不希望妹妹也像她那样，所以她每季度都会给妹妹好几百元，希望她心无旁骛，能一门心思放在学习上。随着子吟成为家庭收入的主要来源，她在家里的地位大大提高，如果她爸爸找妈妈和婆婆的麻烦，她就会立即站在弱势方这边，这时候她爸爸就歇了，虽则心里不忿，却也不敢过分。子吟终于能保护妈妈和婆婆了，代价就是她把收入的大部分都交给爸爸，她自己仅留下一些生活费用，这也使得子吟工作四年竟毫无存款。

家庭正朝着子吟所希望的那个方向改变，而她也找到了一个称心如意的男朋友，看起来一切都在变好。可令所有人感到意外的是，子吟和小丁遇到了一个无法调和的矛盾，最终导致二人和平分手。这是怎么回事呢？小丁计划先在自贡买套房子，然后就好跟子吟择日完婚了。他能这么想其实是为子吟考虑的多些，因为房子买在自贡而不是荣县，是为了今后子吟上下班的便利。小丁希望子吟能出装修款，毕竟他参加工作没多久，当老师的收入也不高。当他得知子吟把自己的收入几乎都给了家里，显得非常吃惊，但随后也表示了理解，毕竟孝敬父母是无可指摘的。

子吟很感激他的理解，不过他接下来说的一句话让她忽然就矛盾起来。他说结婚后希望你能两边兼顾，毕竟两边都是家。这句话谁也挑不出毛病，但子吟却从中觉察出了危机。按照目前的情况，除非她的收入能大幅度提高，否则结婚后既能照顾到和小丁的新家，又能兼顾到她的老家，就是件不太可能的事。海英上了高中后，很快就要考大学。如果她考中了，她的学费必然是自己承担，所以说她肩上的担子是很重的。如果到时候小丁反对她全力帮扶家里，她该怎么办？自己几乎放弃了一切，仅仅想维持她的家庭不破碎，但看起来如果现在结婚的话，她以前的牺牲和付出可能会变得毫无意义。

苦思良久之后，子吟想出了个折中方案，但她心里明白小丁是不太可能同意的，这个方案的提出等于是摊牌了。她找小丁商量，看能否推迟几年结婚。小丁听后大吃一惊，不明白子吟为何突然会有这个想法。子吟说，我最近几年只能尽力照顾家里，而兼顾不到其他事情。小丁听出了子吟犹豫的原因，侧头想了半晌，最后说以后我来养家，你的收入我可以不管的。子吟看他说话的样子，其实是有些言不由衷的。还没结婚他心里就有疙瘩，等以后真在一起了，这事可能就是两个人的矛盾源头，所以不解决自己的问题，现在结婚对两个人都不公平。子吟说我主意已定，你不能接受的话，我们只能分手。

没想到事情快速演变到了无法挽回的地步，两人其实都没有做好走到这一步的思想准备。考虑了几天后，小丁回复消息同意了子吟关于两人分手的提议。子吟心里很难过，但她同时也有种解脱了的感觉。这件事主要的责任在她身上，所以她对小丁抱有十二分的歉意。日后想起这段感情时，子吟觉得她那时候可能还没有真正爱上小丁，不仅仅是因为她对他们的分手没有特别想不开，更在于她自始至终都没有告诉小丁她的家事。如果她一五一十地说了，小丁可能会理解她，并耐心地等上她几年。当然，也正是因为小丁没有等她，才有日后子吟在上海的非凡经历，这是后话了。

和小丁分手后，子吟觉得和丁师傅相处起来就有些尴尬了。丁师傅知道他们分开的事后，刚开始以为这对情侣只是吵吵嘴而已，因为两人一直好好的，没见他们闹过不愉快，而且大家都已经在谈论他们结婚的事了；等他们分手的事确认了，而且没有回旋余地，丁师傅在诧异之余觉得特别惋惜。不过丁师傅也没有因此而改变对子吟的态度，毕竟婚姻是大事，能很顺利地携手不是那么容易的事，有缘相遇的人也不一定有分在一起。他对子吟一如既往地照顾，从不在她面前提小丁，还像以前那样和她有说有笑。子吟则心生惭愧，感觉在这件事上挺对不住丁师傅的。

子吟对长途货运工作越来越排斥，失恋后她更觉得有必要换个环境，只是出于对丁师傅的尊重，即便打心眼里这么想，她暂时也不能付诸行动。不过没过多久，她的这个顾虑也消失了。原来丁师傅因长年累月在外奔波，身体一直处于亚健康状态。那年年中公司组织体检时，老人家的很多生理指标都出现异常。以前体检报告也出现过一些不好的指标，只是今年年初以来他在出车路上经常莫名腹痛，所以当体检医生建议他去医院相关科室详查，他没有大意赶紧去了。检查结果是他不能再从事长途货运，否则路上可能会出现心肌梗死等突发重病。公司领导安排他在单位坐坐办公室，赋闲三年后安稳退休就好。

丁师傅不再跑车后，子吟和另外一位师傅搭档出行。两年的货运跑下来，子吟学会了和各种各样的人打交道，她又天生擅长与人沟通，所以能和大多数人处好关系。没过多久她就和新搭档的师傅熟悉起来，且哄得他每天乐滋滋的。他那样一个大烟枪，居然能坚持不在驾驶室里吸，而是到高速服务区的吸烟处去吞云吐雾，子吟为此没少费心思去沟通和引导。这个时候，子吟下定决心要换份工作，于是留心起有没有这样的机会。她拿到了驾照，也有了两年的开车经验，所以找一份和司机有关的工作是最现实的。可是几个月过去了，子吟能找到的工作都属货运和客运，和眼下从事的行业性质几无差别，此事只得从长计议。

农历二〇〇二年的春节，子吟随妈妈到三姨妈家拜访，碰到了久未谋面的表姐。三姨妈的这个女儿中专毕业后去了上海，子吟平时和她联系很少，只知道她在那边开服装连锁店，生意非常好，所以在整个家族里是富裕户。子吟对这个表姐的印象很模糊，隐约记得只是小时候和她在一起玩过几回。表姐带着大城市里人的时髦与习气，子吟觉得她能说会道，见识也不凡，不觉多了几分亲近之意。她与子吟聊了很久，似乎也很喜欢和子吟聊天。年后她们联系多起来，子吟很佩服她能在上海立足，并能够取得成就，那可是中国最大最繁华的城市，能在那里工作生活，没有足够优秀可能吗？

过完正月十五，表姐从上海给子吟打来了电话。她开门见山地说，我的新店要开张，极度缺人做管理，考虑再三就想请你来上海帮忙。表姐口才极好，不愧是做生意的，能把去上海工作这事夸出花来，她还承诺子吟在上海的收入会高于跑货运的所得。子吟有些心动了，只是跨行做起服装销售，她自己心里实在没底，不知能不能达到表姐的要求。可一想到有可能去上海，子吟又有些莫名兴奋。她并非羡慕那里的繁华，也不是渴望都市的美景，而是在自贡这么久，她的内心一直是压抑的。为了家庭她背负着太多，有时候就想换个地方，跑去远一点的地方，她的呼吸会顺畅些，心情也会好些，离自由更近一点吧。

子吟没有立即答应下来，她回复表姐说她需要考虑一下。她放心不下的是她的妈妈，还有她那已经年迈的婆婆。老人家这两年明显苍老了很多，以前子吟一回家，就会陪她去村子里转转，甚至带她走远一些的地方去旅游，在外面住上两天，婆孙两个有说不尽的快乐。最近一段时间来，婆婆腿脚无力，行走很不方便，又一遇着些风寒感冒，就会长时间静卧在床。子吟想带她去医院检查，可她对此颇为抵触，一定是怕给子吟增加经济负担，子吟苦苦相劝也是无效。婆婆每天很少和人说话，只有当看到她这个疼爱的孙女回来，她才会开开心心的，一脸幸福满足的样子。

等到表姐又打了几次电话邀约后，子吟决定过去那里看看。女生天生对服装有着热爱，所以这个行业还是很有些吸引力的。别的不说，表姐穿衣搭配时尚得体，应该不完全是因为在大城市的缘故，也可能是与她做服装这一行有关系。子吟想过去做一段时间，如果入行发展不太顺利，或者不适合做这行，再择机换工作就是了。子吟还想问问妈妈和婆婆的意见，如果她们也同意，那就一切都没问题了。她妈妈听说后没讲什么，虽然她的表情是不太乐意，但知道她的这个女儿很有主见，所以就没发表意见，只是让子吟和婆婆商量。婆婆知道子吟想去很远很远的地方时，沉默了很久。

最后，她轻轻抚摸着子吟的脸，又把子吟搂在怀里，说："幺儿，听从你的内心吧。"

幺儿在四川方言里是"宝贝"的意思，婆婆内心有多舍不得，就在那长时间的沉默里。婆婆说的这句永远回荡在子吟脑海中的话，说明婆婆毕竟是最了解子吟的人。这句话同样是对她的这个最亲最爱的人的鼓舞，在子吟接下来的岁月里起到了无可替代的作用。虽然子吟心里已经想着要去上海，但如果婆婆不放她走，她就绝不会离开的。子吟一时心酸不已，搂着婆婆哭了很久很久，而婆婆只是用手轻拍着她的后背。晚上子吟照例还是和婆婆睡在一起，听她讲已经说了很多遍的往事。人老了就是个乖孩子，要么就一直听，要么就一直讲，只要是她最爱的人在身边，就是拥有了整个世界。

第三天回到公司，子吟就打电话给表姐，表示她愿意去上海。电话里的表姐又惊又喜，一个劲儿地建议子吟尽快过去，她说她那边实在忙不过来，需要个信得过的人过去帮忙。子吟说等我把这边离职手续办完，就即刻买票过去，以后要请你多多关照了。表姐连声答应，说她已经准备好了一切。子吟首先去向丁师傅辞行，这个老人家毕竟待她不薄。丁师傅听说子吟要离职时很惊讶，不过当他听说子吟是去上海，也很开心了。他说女孩子跑长途货运不是长久之计，去上海工作，那边又有亲戚照顾，是一件好事。接着他又仔细叮嘱子吟，在大城市生活不易，千万照顾好身体，一切都会好起来的。子吟听了非常感激，同时也深受鼓舞。

子吟在公司办理了离职手续，其实也就是写了封辞职信，交到公司人事部而已。这样的单位人员流动较频繁，入职和离职并没有如法规规定的那般复杂。等这里的所有事情处理完，重要的行李也打包好，子吟先买了去重庆的汽车票，辞别家人朋友赶到山城，又买了去上海的火车票。子吟首次到山城重庆，仅仅住了一个夜晚，虽见这里景色宜人，只不过心事重重，也就没有出去转转。第二天上午子吟准时赶到车站上了车，在嘈杂的车厢里把行李都安顿好，坐在车窗前凝神细思。这时候子吟感觉到了一丝莫名的恐慌，心里有种空落落的感觉，于是戴上耳机，拿出小录音机放进磁带，挑了一首最喜欢的歌曲听起来，这才稍微好些。

第十七章

从重庆到上海的火车要开二十八个小时，子吟虽然买的是卧铺，依然坐车坐得头昏脑涨，一路没有熟人或朋友相伴，那必然是漫长的落寞。火车运行在铁轨上发出"咣当咣当"的声音，就如绿皮火车的心跳声，子吟听着听着渐渐觉得这是一种享受，是一件特别美妙的事情。坐在车厢里，不用看车窗外，仅凭听到声音的力量和节奏上的变化就能知道列车的运行情况：到了道岔处，节奏会变得凌乱起来；进站停车时节奏减慢力量渐轻；发车出站时节奏渐快力量趋重。不过子吟晚上睡觉睡不好，总是刚睡着没多久就惊醒，或者半睡半醒之间，随着火车出入隧道就会清醒过来。

好在旅途总有终点，上海站终于到了。出发前子吟就做好了功课，知道三月底的上海还是有些微凉的，所以她穿了毛呢短外套，贴身一件黑色背心裙，脚上穿一双黑色短靴，这样到中午时即便气温升高也不怕了，脱了短外套即可。火车快要到达时，子吟按照约定给表姐打了电话，得知她和她老公已经在站外等候了，心中充满对他们的感激之情。等子吟拎着箱子背着包出了站，人群中的表姐一溜烟跑过来帮她拿行李。表姐身后跟着一个身材魁梧的男人，脖子上挂着小指粗的金色项链，头发剃成板寸且全部染黄，抱着双臂不耐烦地立着，右手五根指头全部戴着不知什么材质的戒指。

子吟看到表姐夫的第一眼就对他心生厌恶，觉得这人看起来不像良善之辈，但她随即安慰自己，人不可貌相，可千万别先入为主冤枉了好人。表姐帮拎了一个箱子，表姐夫想拿另一个。子吟赶紧说这个箱子轻，我自己来拿吧。他也没多说什么，带着大家来到地下车库。他们俩开了一辆苏A牌照的桑塔纳，表姐拉着子吟的手坐后排上，表姐夫发动机器出了车库，驶上了高架。一路上表姐叽叽喳喳地说个不停，给子吟介绍上海的交通。子吟可能开车习惯了，眼睛不自觉会看看后视镜。当她看向前排的驾驶室后视镜时，碰巧看到表姐夫也在通过后视镜瞅她，这让她浑身不自在了，对这个男人开始心生提防。

说了一会儿话，子吟问表姐，我们是直接去店里吗？表姐说不要着急，你先跟我回家，下午在那里做饭吃，晚上送你到店里，那边已经安排好了。听表姐如此说，子吟心里略安定。车子开了好久，通过了杨浦大桥，表姐说对面就是浦东了。下桥后车子在地面又开了许久，拐进了一个小区。子吟留意了此处地址，是外高桥无疑了。等车子停稳熄火后，表姐夫把子吟的箱子卸下来，锁好车就往楼上拎，这次子吟不好拒绝，跟着表姐上楼了。这是个看起来有点上了年代的小区，楼房都是八层高，没有电梯。众人爬上六楼进了房间，看屋子面积约有六十见方，方方正正，两个房间紧挨一起，客厅在另一边。

表姐笑着说来上海这么多年挣的钱，全花在这套房子上了。子吟赶紧夸赞这房间舒适，而且房型正气。表姐让她喝点水休息，自己洗了手进厨房端盘子出来，满满摆了一桌子的菜。虽然就是一些卤菜，还有些是从市场买回来的现成菜，但表姐看来是提前做好了准备，子吟内心又满是温馨。表姐还要拿酒出来，子吟赶忙阻止，说自己滴酒不沾，表姐这才作罢。她又从冰箱里拿出两瓶啤酒，说你表姐夫吃饭喜欢喝一点，不能少了他的。三个人客气谦让了一番就坐下来，准备吃午餐。谁知就是这顿饭，竟成了子吟多年来挥之不去的一个噩梦，那个初到上海的下午，她用尽了自己全部心智，才得以逃脱虎口。

刚开始吃饭的时候，气氛还是很融洽的。子吟和表姐聊起了小时候，回忆那时候的点滴往事。表姐毕业后先是在某市气象局里工作两年，因待遇太低就主动跑出来了。她总结说，人就该出来闯荡，人挪活树挪死。正吃饭时，子吟妈妈来了电话，子吟接起来道了平安，妈妈嘱咐她照顾好身体。表姐说我已经帮你买了上海的移动手机卡，先换了来吧，长途漫游可不便宜呢。说完这话，她从手提包里拿出一张卡。子吟觉得换卡是必要的，于是拿出两百元递给表姐，赞她想得周到并致谢。表姐摆摆手说不用，把卡递给她老公，说换卡让男人来就好。子吟犹豫了一下，还是把手机给了表姐夫，他开始动手换手机卡。

这时候表姐主动谈起了店里的事情。她说这家店离这儿不远，开业有两年多了。子吟一下子怔住了，之前不是说请自己管新店吗？又听表姐漫不经心地说，店里主营业务是足浴按摩。子吟听到后面这句话，好似当头遭人锤击，差点晕倒过去，这与两天来没有休息好有关，更因为受不了这突如其来的打击。她跑长途货运两年，太知道足浴按摩店是什么样的地方。如果是足浴店，还可能正规，但凡冠以足浴按摩，十有八九涉黄。原来表姐把她诓来是做这个，所谓开服装店就是个彻头彻尾的谎言！子吟略定定神，再看表姐，她还在滔滔不绝谈她的店，面目如此狰狞，能拿身边的亲人下手，这已经与魔鬼无异了。

内心经历了短暂的惊慌失措之后，子吟与生俱来的警觉，与后天培养的沉稳干练、当机立断起了作用。她知道今天遇到坎了，稍有不慎后果就不堪设想，自己必须打起精神全力应对。看来表姐是有预谋的，这个所谓的表姐夫的真实身份存疑，但绝对是她的打手无疑。刚才他们借换卡之机拿走子吟的手机，这说明他们已经在着手切断她与外界的联系，接下来就看她配合不配合了。如果子吟不听从安排，他们很可能会用某种惯用的方法暴力胁迫。虽说现在是法治时代，但这种可能性真的不能排除，这里是他们的地盘，谁知道这俩人渣会不会做出什么灭绝人性的事情出来。

子吟猛地想起一件事，表姐之前提前把饭菜都备好了，而为了更好地掌控自己，她会不会在饭菜里放安眠药之类的东西？自己一点也不了解这两个人，只能把他们往最坏处想。幸亏自己拘束于表姐夫在场，并没有吃多少菜，连水也没喝多少，不然这会儿更要担心。她调匀呼吸，自觉身体没有异状，心里稍安定了些，但此后桌子上的饭菜肯定是少碰为妙了。子吟清楚地知道，现在最关键的一点，就是不能和他们立即翻脸，谁知他们为了达到目的还有没有其他坏招。一定要先稳住他们，让他们觉察不到自己心存抵抗，而如果能想个法子让他们放松警惕，她才可能有机会脱身。

子吟满脸愁容，皱起眉毛询问店里的事情。这时候表姐也在观察子吟，如果子吟做轻松状，他们反而会起疑心，因为任何人都会对从事这个行业心存畏惧，听到这个信息反应犹豫才是正常的。但如果她一开始就反应激烈，那八成通过言语诱惑也很难奏效，只能考虑用强。看到子吟的表情，他们应该是认为言语可能说服子吟，就一唱一和说起这个行业的所谓美好前景。子吟问他们，做得好月收入能达到多少？这显得她不是特别排斥做这行，这暂时稳住了他们，不致让他们用强。子吟觉得表姐夫在场，她逃离这里的概率就很低，所以想办法让表姐夫暂时离开，就是自己能否脱身的关键步骤。

表姐说到后面，见子吟的反应不像是心存抵触的，遂把话题说开了。她说我开了两个发廊，只要小妹愿意做这行，收入比足浴多四五倍。子吟听得暗暗心惊，庆幸她尚顾忌亲戚关系，先把自己接到家里来软磨硬泡，如果被她直接带去所谓的发廊店，子吟就更难脱身，这样的事情她听得太多了。子吟装作很为难的样子，说我还是先从按摩做起来吧。表姐听到这里喜不自胜，连忙说没问题，让子吟先入行再说。她还恬不知耻地讲，很多她经手的小妹，但凡有些姿色的，最后都是去了发廊店。她还说足浴按摩辛苦不说，收入也差了许多，离家这么远出来辛苦打工，不就是想多挣点钱嘛……

听她讲起这些，子吟心念一动。她把两只手紧紧握在一起，低着头小声问表姐按摩女和发廊女的收入差别，还有……她瞅瞅表姐夫，装作很害羞的样子，意思是有些问题当男人面不好开口问。表姐这时候显然已经相信子吟上套了，如果她对子吟稍微了解些，甚至只是了解了子吟的一些过往，她就不会这么武断了。所以逢人只说三分话是至理，子吟对不熟悉的表姐并没有敞开心扉，这次简直是救了自己。当然，这与子吟的机敏应对也密不可分，将计就计最能麻痹对手。表姐或许认为再做做工作，子吟就会直接去发廊上班了，于是她让老公去里屋睡会儿，自己和子吟单独说说话。

这个五大三粗的男人看来很听表姐的话，两瓶啤酒也下了肚，这时候看子吟也差不多快入网了，色眯眯看了一眼子吟就起身进房关起门，还不忘把子吟的手机随手拿走。子吟看到他进屋关门，心头压力骤减，精神也为之一振。她接着问了一个从业的安全问题，以继续让表姐放松警惕。本来她还担心自己提不起那些猥琐的话题，没想到她只开了个头，表姐就滔滔不绝地说起了这个行业的潜规则。这些垃圾混账话子吟压根不想听，但此时她身陷险境，稍微一个不留神，可能就会让表姐觉察出什么，从而导致前功尽弃，所以她只能装作很关注的样子，仔细倾听，并适时提一两个问题。

两个人又聊了许久，子吟把这行的很多事情了解了个八九不离十。她的见机行事也让表姐完全放下了戒心。又过了一会儿，表姐起身对她说，我要去趟厕所，你稍等我一会儿。这简直是天可怜见！子吟忍住激动，含笑起身相送。等到表姐进了卫生间关上门，子吟轻手轻脚走到门口，慢慢一扭门把手，打开了大门。子吟最担心开门费时间，或者开门弄出声响，那真的一切都要糟。也许她还可以在去店里的路上再找机会脱身，可在这样的险境里，谁也不知道下一秒会发生什么，尽快脱身是王道。她回头拎起随身小包和轻一些的行李箱快步出了门，另一个箱子是她的衣物，现在根本顾不上一并拿走。

子吟一口气跑下了四层楼，这才听到表姐在楼上大呼小叫，想必她一点儿也没料到看似文弱的子吟会陪她演一下午的戏，那声音里充满了惊慌、不满与恼怒。子吟到了楼梯里，其实已经相对安全了，光天化日之下谅他们也不敢胡来。可是子吟觉得离他们越远越安全，所以听到表姐的声音后脚下步伐更快了。她一口气奔到小区门口路边，一边紧急招手拦出租车，一边焦急回望，生怕他们追下来。这个路口出租车比较多，她很快就拦住其中一辆上了车子，让出租车快点开动。等到车子过了一个路口，子吟突然感觉身子发虚，一点力气也没有了。她向后瘫倒在椅子上，双手捂着脸"哇"的一声哭出来。

司机师傅一看后座的乘客在哭，也是吃了一惊，忙靠了边安慰子吟，询问个中缘由。子吟止住哭声，谢了师傅的热心肠，随后让他继续开。司机师傅问去哪里，子吟被问住了。一个下午她只想着如何脱身，此时才想起这里是上海，当然不知可去何处。打着出租车到处逛逛也是好的，但车费会让人很心疼。子吟想起了上海的地铁，就让师傅开车到最近的地铁站。其实子吟潜意识里还处在恐慌状态，所以会想着去人多些的地方。一路上司机师傅用很关切的语气安慰子吟，说小姑娘不要伤心难过，人生就是遇到困难，咬牙战胜困难，再遇到困难再克服困难，如此循环往复，一切都会好起来。

听到这里，子吟的眼泪又奔涌而出，只不过她强忍着没哭出声。这个司机只是个陌生人，待她至少是同情与关心。再往回想，婆婆和丁师傅，这两人和自己没有一点血缘关系，可是他们待自己比亲人还亲。表姐是近亲，居然能心安理得地把自己往火坑里推。本来子吟就对亲戚无好感，经过这个事情，她对除了妈妈和婆婆外的亲人更加无感了，从来不会和他们走太近，更别提和他们心交心。子吟这样看待她的亲戚关系，是有些偏激了，但这也很好理解。自从出生以来，她所受重大伤害皆来自所谓的亲人，对亲戚心存戒备只是一种下意识的防备心理，这也是环境塑造性格吧。

师傅开到二号线东方路站，嘱咐子吟多多保重就走了。看看这里道路宽阔，绿树成荫，人来人往，子吟心里平静了许多。她拉着箱子走到一个路边长椅上坐下来，思量起接下来的打算。手机被扣在表姐家，她也没想着再要回来，这辈子也不想与这个人再有任何瓜葛。另一个大箱子里有子吟的四季衣服，有些是子吟特别喜欢的，真的非常可惜啊，现在也只好当丢了。幸好自己的身份证及钱包都在随身的手提包里，只是想到上班后很快就有工资了，行前她把钱大部分留给了家里，自己只留有八百元，谁能想到会遇到这种事？现在必须要找到工作安顿下来。天无绝人之路，她相信只要她努力，找份工作养活家人没有问题。

第十八章

正当子吟低头盘算的时候，一个手里拿着厚厚一摞宣传单的女孩走过来。只见她面露微笑，对冒昧打扰子吟表示了歉意，随后耐心细致地给子吟介绍起一门英语课程。子吟这时候太需要安安静静思考一些事情了，所以她拿了一份宣传单，说自己有需要会和她们联系，打发走了那女生。子吟看着她又去找其他人继续推销，大部分人是拒绝的，而她一点也不气馁，继续找下一个人。子吟观察了她一刻钟，不觉钦佩起来，努力上进的人最值得人尊重。见了广场上这个小姑娘的事迹，子吟深受鼓舞。这件事在她心里埋下了一颗种子，并在未来的几年里生根发芽，长成了参天大树。

在长椅子上静思了两个钟头，子吟有了初步的计划。她钱包里所剩不多，

通往申城的阶梯

在市区里找工作风险极大，且不说钱花光之前能不能找到活做，单是晚上住宿的费用，市区里也坚持不了几天。从这里坐二号线尽量到郊区，找家便宜的旅舍，在那里附近找家工厂，而且最好是能够提供住宿的那种，这就解决立足的问题了。子吟之所以想到工厂，是因为她的好几个老乡常年在深圳打工，那里的工厂一般都包吃住，会省一大笔开支。这是个艰巨的任务，即便是在郊区找宾馆住下，一周之内也必须要找到工作，否则她就将陷入弹尽粮绝的境地。打定主意，她起身拉着箱子走向地铁入口。

当子吟走下地铁口楼梯准备转向站厅层时，一个弹着吉他的小伙子吸引住她的眼球。那人学生模样，短发戴着眼镜，站在拐角处闭着眼入迷地边弹边唱，上半身跟着音乐节奏在前后舞动。他的正前方地下放着敞开的吉他套，上面杂乱扔着几张十元币，还有零零散散的一些硬币。歌曲的名字应该叫《怒放的生命》，子吟觉得他唱得几乎要好过原唱了。她以前只是在电视或电影里见过地铁卖唱的，这会儿碰到个现实中的例子，因此感到特别兴奋，很羡慕歌者的自由自在。子吟看那小哥正唱得起劲，于是驻足细听，过了约一刻钟，放了十元钱在吉他套上，心满意足地去乘地铁。

第一次坐地铁，子吟感觉一切都是新奇的，从买票到进站，再坐电梯到站台候车，这里的现代化程度真让人感到惊艳。车站广播里报道车子来了，说是去中山公园方向。她也不知道坐去哪个方向的列车，反正上去后在最远处下车就是了，无所谓方向，于是跟着人流上了地铁车厢。子吟对研究地图很感兴趣，一上车就开始看地铁沿线车站图，并用心记忆，不觉间就到了终点站中山公园。当子吟跟着人们到达地面，不觉异常纳闷起来，因为这儿好像不太偏僻，看起来和市区也没什么差别。子吟无可奈何，只能拉着箱子沿街走了起来。天色慢慢变暗了，这时候霓虹灯下，城市更显繁华。

子吟设想过来上海第一晚的很多种可能，比如在表姐店里和新认识的员工聊天，或者住表姐家里和她拉家常，甚至表姐可能会带她去看看外滩吧，那可是全中国人都想去逛逛的地方……可期望竟然和做梦一样，和现实风马牛不相及。一天以前她无论如何也不会料到，自己很快将遭遇这样的局面：拉着行李，走在上海繁华而陌生的街头，无处可去，无家可归。子吟找了一条灯光暗淡的街道拐过去，想着这里找家宾馆价格应该不会太高。不过灯光不明亮，她又担心起安全问题，今天的遭遇使她行事更加谨慎起来。好在只走几步就有一家小旅馆，她觉得价格还能承受，就开了一间大床房。

上了宾馆二楼一看，原来这间屋子正好在楼梯口，子吟觉得很不舒服，于是就跑楼下前台要求换了房间。当她走进第二间，一股小旅馆特有的霉味扑面而来，窗户开了好久都散不掉，因为换过一次房间了，所以她就不好意思再换，估计这个价位都是此种条件了。子吟当初跑长途也经常遭遇这种小店，她每次绝对不会用里面的任何东西，除了用淋浴洗澡，其他生活用品全部都是自己带的东西。今天比较惨兮兮，换洗衣物是没有的，更别提睡衣和洗漱用品了。这间屋子也极小，对得起它七十元的价格。子吟在床头坐了一会儿，决定去买牙刷牙膏，还有毛巾，其他东西只能慢慢添置。

她缓步走出旅馆，沿马路朝前走了一段路，就看到了马路对面的一家小超市，于是进去买了所需物品出门。她忽然想起晚饭也还没吃呢，想着干脆买点面包回旅馆将就一下好了，于是返回超市买了一袋面包和一盒牛奶。出了门子吟想给家里打个电话，整条路上都找不到公用电话亭，又不敢跑远，只能等明天一早打过去。她不敢在外面久待，迅速返回了宾馆，进屋后做的第一件事就是洗澡，没有睡衣就只好穿上白天的衣物上床。她本想把面包牛奶吃了再休息的，只是一点饥饿感也没有，于是打开电视看看。可能太疲倦，她只看了一小会儿竟沉沉睡去，这一觉睡得昏天黑地，一直到次日早上九点半才醒。

看手表已经到了这个点，子吟赶紧起身冲了个澡。有那么好一会儿，她盯着椅子上的衣服发愣。这套衣服她穿了已有三天，虽然背心裙是黑色不显脏，但这样一直穿下去可不是办法，好歹有一套换洗的衣服才行。于是她迅速安排了当天的行程：先出门给家里打个电话，然后找家店铺买套内衣和休闲服，回来换洗衣物，如果下午还有时间，就赶紧出去找工作，至于去哪里找，现在还真没想好。她打算把昨晚买的面包牛奶当早餐吃，有些担心牛奶搁一晚上会变了质，仔细看了标签，发现保质期是常温一个月的，这才放心喝了。一切收拾停当，她对着镜子画画眉，很快就出门了。

是日天气很好，外面阳光普照。子吟走过了两条街道，终于找到一家报刊亭，她用报刊亭的公用电话拨通了家里的号码。电话那头的妈妈带着惊喜的哭腔说道，全家人担心了一个晚上，生怕子吟在上海遇到了不测，婆婆对此还一无所知，哪里敢让她知道啊！子吟一听就明白表姐已经给她家里打了电话，目的当然是甩锅了，万一子吟发生点什么，他们可以撇清关系了。果然听妈妈说，昨天傍晚你表姐联系了我们，说你不喜欢她给你安排的工作，当天下午你就出门去了别的地方，连手机也忘记带上，所以竟不知道你去了哪里。表姐还希望子吟联系了家人后可以给她回个话，别让她担心云云。

子吟听了这些话又好气又好笑，表姐的没脸没皮程度超乎人的想象，但现在表姐的事不宜告诉家人。截至目前子吟还没有证据能证明表姐在做违法的勾当，况且告诉家里人自己的经历，除了令他们担心外没有任何帮助，从此不与表姐来往也就是了，犯不着管她这些破事。于是子吟告诉她妈妈，她不喜欢表姐介绍的工作，刚好这边有个朋友说有更适合她的工作，所以她就直接去了。手机摔坏了不能用了，过几天她再买个新的。妈妈见已联系上了她，一整晚悬着的心也放下了，哪里会纠结于细节？娘儿俩简短聊了几句，子吟让妈妈转告婆婆，让她放心，自己一切都好；又叮嘱妈妈注意身体，然后挂了电话。

子吟长吁一口气，很后悔昨天下午没有打电话回家，害家人苦苦担心了一整晚。她怔怔地盯着红色的公用电话机好一会儿，直到摊主提醒了才反应过来，随即交了通话费，起身去寻大卖场。她想起她的一大箱子衣服来，里面有几件是她特别喜欢的，只在很重要的场合才舍得穿一穿，这次竟然全部丢在表姐家，真是很可惜啊。她打定主意这辈子再也不会联系表姐，也就没想着要拿回那箱衣服。她走了好几个街区，看到一家大型超市，于是走进去上二楼服装区挑衣服，看中了一套浅色牛仔衣裤，又挑了一双国产运动鞋，合计有两百多元。子吟知道这时候需要极度节约，但这些东西不能不买。

回宾馆的路上，子吟梳理好了找工作的大概思路。她除了有驾照，没有任何学历证书，入职经历也极为简单，所以上网投简历找到单位的机会太渺茫了，就算获得面试机会，到真正录用可能要很长的时间，自己是撑不了那么久的。既然想要去工厂暂时安顿，不如在网上找到发布招聘广告的厂家，直接按地址去厂里人事部，这样效率最高，也不致花太大精力。子吟就近找了家网吧，查询工厂招工信息，又朝网管借了纸笔，写了满满一大页工厂地址，还有去那里的交通路线，快到中午才走出网吧回到宾馆。既然已经决定要去找工作，子吟干脆换了衣服退了房，吃完午饭坐车去记录纸上第一家工厂。

子吟抄录的第一家企业在浦东周浦，看信息是劳防用品生产厂家。她坐了地铁，再换了两部公交车才到达，前后花了将近两个半小时。可悲催的是这个厂子居然搬迁了，她希望下一家可别是这样。看看天色已然不早，下一个目的地离这边也挺远的，她想着在这里住一夜。不过再一琢磨，她觉得如果现在坐车赶过去，在那附近住一宿，第二天可以一早就去厂里，似乎效率更高。那家羊绒生产企业在金桥镇川桥路，此处和外高桥在地理上是毗邻的，要是子吟知道这里离她表姐家不远，她可能打死也不会去的。但神奇的是，金桥却是她在上海的福地，她将在这里迎来很多美好且重要的日子。

等子吟风尘仆仆赶到金桥，天色已经很晚了。下了公交车要先找住的地方，谁知这里是工厂聚集区，她拉着行李走了很多条马路，也看不见哪里有旅馆。子吟有些着急了，这里整条街道上看不到商店和饭店，除了稀疏的路灯提醒人这里尚属市区，整个区域安静得厉害，街道上行人更少，偶然马路上跑过来辆车子也极少停歇，顶着车灯穿梭至路口消失不见。她好不容易寻了个和昨晚差不多的旅馆住下来，吃过晚饭后，把内衣和脏衣服洗完晾起来，就早早睡下了。次日她早早来到那家羊绒生产企业门口，给门卫说明是来应聘的，那位大哥看来是经常看到子吟这样来求职的，简单询问了几句就带着她去了工厂人事部。

直到现在为止，一切都还算顺利，子吟对很快找到工作满怀信心。人事部经理是个本地大姐，因为她的普通话里本地口音比较明显。她问了一些问题，看子吟回答干净利索，口齿伶俐，沟通能力颇强，就让她填写申请表，还要子吟提供她的健康证和暂住证。子吟不知道这两样东西为何物，赶紧询问哪里可以开具这些材料。那位大姐安慰子吟不要着急，她说健康证可以去区卫生院自费检查开具，暂住证公司可以配合她办理。至于工作待遇，和其他行业也就大同小异了，这里果然包吃住，实习期每月一千六百元，三个月后签订一年制的劳务合同。子吟看这事差不多成了，悬着的心才放下。

子吟没有着急回宿舍，而是先寻找金桥地段医院，想尽快把那个健康证给办下来。子吟对她的身体还是很有信心的，这么多年来，她极少有感到身体不适的时候，每年的体检报告也是一切正常的。医院体检护士说三个工作日后才能拿到健康证，子吟心想自己剩余的钱恐怕撑不到三天，于是就想着先把其他资料复印了交给工厂人事部，和人事经理大姐商量先驻厂入职。她知道这个提议很可能会被拒，但她想要去试一试。如果不行，她也只好省吃俭用撑到来这里上班那天了。主意已定，她就打印了工作简历，复印了身份证，准备了自己能提供的所有材料。驾照应该是用不到的，但还是复印了一份夹在材料里。

吃过午饭后，子吟带着所有资料去了羊绒厂人事部，谁知意外的事情发生了。人事大姐看了子吟的复印材料，说怎么没看到学历证书？子吟听了暗叫不妙，只得如实告诉她，自己高三没毕业就出来工作了。大姐很吃惊，她摘了眼镜抬头看看子吟，说招聘公告上的条件之一是中专及以上学历，你的条件并不具备啊。子吟心里暗暗叫苦，学历是块敲门砖，这话一点也不假。真不知道这家工厂对学历要求这么严格，子吟拿着复印资料走在厂区，她只觉自己如坠冰窖。如果能再给段时间，她不信凭自己能力会找不到工作，但现在自己快山穷水尽，已经没有时间从从容容去寻找。

就这样离开这里吗？子吟有些不甘心。她不相信没有学历，就做不好这里的事情。看着手里的材料，她低头从办公楼前道路的这头踱到那头又折回，如此反复几次。忽然她把心一横，想要再试一试。她这次不准备去找人事经理，因为那位大姐改变主意的可能微乎其微。子吟想直接去找公司领导，如果能说服他给自己一个机会，这件事就极容易了。她返回办公楼，看着办公室门牌号寻找，终于在三楼最里面一间找到了总经理室。子吟敲敲门，里面的人很快回应让她进去，她花了几秒钟整理了一下仪表，面带微笑推门而入。办公桌后坐着一个穿着白色长袖衬衫的中年男子，那定是总经理无疑了。

第十九章

中年男子眉毛又粗又浓密，只是长度较常人为短，真个与众不同；脖子处的喉结明显而突出，胡须刮得特别干净，所以衬得他面色白净，再配合着浓密的短发，显得人精神气十足；他的个子比较高，没有这个年龄段男人特有的啤酒肚，所以给人以帅气十足的感觉。子吟问他是否是总经理，那人疑惑着点头称是。他喊敲门的人进来，以为她是合作单位派来联络的，或者是下游销售渠道商谈供货的，但眼前这个小姑娘完全不认识自己，这种情况可不多见。他应该完全没料到子吟是来应聘的，因为他从这个女生漆黑的眼珠里，丝毫没看出新人或者员工特有的那种不安与敬畏，有的只是似朋友般真诚坦率交流的眼神。

子吟几乎是素颜出门，当日的穿着又一般，所以看起来不是特别吸引眼球，但她那种腹有诗书的气质与生俱来，又经婆婆锤炼，是她和别人一见面就能赢得好感的法宝。当她说明来意，那老总自然很是吃惊，他说你应该去找人事部才对。子吟觉得这人很好说话，直截了当会比较好，于是把她遇到的问题简要叙述了一遍。总经理笑呵呵地说，这个事情归人事部门管理，我不便插手。子吟立即接口说道，您是这个单位的一把手，所以理论上您有权过问一切。这句话是句奉承话，但说得极为巧妙，更难得的是子吟居然脱口而出。总经理哈哈大笑，对此不置可否，子吟不失时机地把她的材料递到他办公桌上。

所谓的材料就是几张复印纸，并没有多少有分量的东西，不过老总翻到其中一张时仔细看了起来。那是子吟的驾驶证复印件，不开车的人不会感觉到异常，但是有驾照的人知道 B 照还是颇为少见的。不是说 B 照有多精贵，而是这个照是开大车的，时间越久，开大车的司机的驾驶技术越会远远甩开有 C 照的人。他抬头看了看眼前这个面容姣好的女生，问她怎么不是 C 照？子吟回答说我在老家那边开了两年货运汽车，因此一开始学的就是 B 照了。这更让他更吃惊了，子吟说她曾从事过其他任何行业，都比说她做过长途货运更让人觉得可信，但拿这个开玩笑，又似乎没有什么必要。

总经理抬头看看坐在他对面的子吟，又低头略思索了片刻，拿起桌上座机给人事部门打了个电话，说有个叫龙子吟的人，可以直接安排她入职了。随后他递给子吟一张名片，说以后有困难可以直接来找我，待会儿你去人事部办理入职手续吧。子吟想了很大一段台词，想要尽力争取这个机会，没想到临末都没用到。事情如此顺利，她难掩内心的喜悦，连声向老总道谢，并拿起他的名片仔细端详，这才知道总经理叫秦剑明。子吟和秦剑明闲聊了一会儿，她只提起自己开货车时的一些往事，秦剑明打趣说开货车和做服装可是差别巨大的，子吟则回复说，只要认真做事，没有什么事情是做不好的。

子吟从秦剑明办公室出来后，心情与刚才简直如云泥之别。她重新回到人事部，所有入职手续很快就办完了。人事部的大姐也很替她开心，让她尽快到厂里来，好安排她的具体工作。当她回到旅馆，已经下午四点多了，现在退房很不划算，衣服看起来也还没干，她决定在这儿再住一晚。直到此刻，她几天来忐忑不安的心才放下了。说起来这事真挺悬乎的，如果子吟的工作还没有落实，接下来该怎么办？她身上的钱连买张回程票都不够，她也不会考虑这个选项。她知道有些餐馆可以现招现录服务员，实在没辙了她应该也会尝试着去找找，只是子吟认为那样做真的是非常被动的。

翌日子吟到了毛绒厂，住进了员工集体宿舍。她原先以为宿舍里是如高中住校般，上下铺七八个女生挤在一起，实际一个宿舍只住四人，除了通风不是很好、卫生间是楼道里公用的，其他各方面条件都不错。她暂时安顿下来了，经过一个月的培训，逐渐熟悉了车间里岗位上的工作，也和三个室友相处融洽。转眼到了三月底，子吟身上的现金还能维持一段时间，但是她已很久没有给家里钱了。当月的工资发下来后，她添置了一些必须用品，又买了一些衣物，工资便所剩无几。子吟心里很是焦虑，虽然是刚来上海，她还是想给家里打点钱，不然会让家人觉得自己在上海生活、工作举步维艰，徒惹妈妈和婆婆担心。

思忖良久，子吟决定向厂里请求预支工资。一天上午，她去财务部汇报情况，出纳说这样的事也有先例，但实习期员工申请一般不会得到批准。子吟回到宿舍反复权衡，觉得有必要再去找一下秦剑明。只是预支工资，又不是借钱，相信不会给秦剑明带来多大麻烦。计较已定，她跑到总经理办公室，敲了三次秦剑明才让她进去。子吟推开门，只见秦剑明正和一个着西装领带的眼镜男谈事。秦剑明见她进来，就笑呵呵地问她什么事。子吟觉得这个场合不适合提借支工资的事，就说她没有特别重要的事，改天再向秦总汇报，然后就点头微笑准备退出来。谁知秦剑明说他很快就谈完，让子吟坐椅子上等一会儿，子吟只得依从。

听秦剑明和那个眼镜男的对话，子吟大概了解了他们所谈何事。原来这个眼镜男是一个钢结构工程业务人员，正在和秦剑明谈一个工程基建项目。毛绒厂上个月新开辟了一个生产车间，需要建设钢结构厂房，秦剑明请了几家有资质的建设单位参与招投标，其中就有眼镜男的公司。他们公司以前似乎承建过秦剑明毛绒厂的一些钢结构厂房建设项目，因此在本次项目招投标中占有优势。子吟觉得秦剑明谈事不避讳自己，那么她听听他们的谈话内容也应该无妨，于是就认真倾听了起来。这次秦剑明和眼镜男聊了有半个小时，主要是就价格问题和项目合作的商务部分进行最后磋商。

不知什么缘故，子吟听他们这么你来我往、针锋相对地聊天入了迷，她还从来没遇到过如此令她感兴趣的事。秦剑明当然是希望眼镜男能下浮报价，所以他是尽他所能压价了，显然他有一个心理价位，所有的谈话目的都向这个期望的方向靠拢。而子吟从眼镜男的言谈中，听出他的引导策略，几乎从各个方面展示了自己报价及优惠的诚意，以及自己公司的技术优势和售后服务保障体系。两个人看似分歧明显，但谈话终了时刻，双方几乎达成了共识。秦剑明最后表示他会和公司董事会商讨一番再做决定，眼镜男起身向秦剑明表示感谢，就辞别而出，临出门还不忘热情地向子吟告别。

　　等眼镜男走了，子吟还在回想他们谈话的内容，这简直就像一堂课一样，生动地向她展示了销售人员和他的主顾，在项目接近达成的最后时刻，就一些关键问题所使用的谈判策略。正当她还在想这些事的时候，秦剑明打了个响指，把她拉回现实，她慌忙站起来。秦剑明问她想什么事这么入迷，子吟尴尬地笑了笑，赶紧向他说明了自己的来意。秦剑明说借支可以，回头必须加利息。子吟一听他开起玩笑，那就是同意了，立即正色道没问题。秦剑明又哈哈大笑起来，他真的是很爽快一个人，想必他也是第一次见人跑来向他借支工资吧。子吟的言行出人意表，让他印象深刻。

　　子吟在岗位上只实习了一个半月，人事部门就通知她去签订一年期的劳务合同。当初人事经理说实习期要三个月，这时候提前正式聘用她，应该又是秦剑明的关照了。子吟很是感激他，盘算着找个机会请他吃饭，以表达谢意。不过一个员工请老总吃饭，这件事可要细细思量，不可造次，须得找到一个很好的机会才行，否则很容易惹出事端的。子吟心里还有另外一番思量，她找这份工作其实是迫不得已的，所以她内心深处并不很喜欢，将来一有机会她就可能会立即换工作。感谢秦剑明是应该的，但和他关系拿捏不当的话，以后离开这里又会是件麻烦事情，心里记住这份人情就好。

　　日子开始忙碌而充实起来，但子吟的工资和开货车时的收入还是有些差距的，她汇给家人大部分后，就没剩多少了，所以她的生活和工作几乎就是在厂区里两点一线的往返，这样才能勉强维持。到了六月底，毛绒厂新厂房要施工了，施工点就在离子吟她们宿舍不远的空地上。有一天吃完午饭，子吟正朝办公楼方向走去，迎面看到那天在秦剑明办公室遇到的眼镜男。他穿着蓝色工作服，但子吟那天曾仔细端详过他，这会儿一眼就认出来了。两人快要打照面时，子吟忽然左跨一步，背着双手，俏皮地拦住了他。眼镜男吓了一跳，赶紧立住细看，认出了子吟，遂满脸堆笑向子吟问好。

　　经营人员本能地会察言观色，眼镜男也不例外。他心里很明白，那天秦剑明和他正商谈合作的最后细节，一般不太会让闲杂人等待在现场的。子吟来敲门，秦剑明不仅留下她，对她还是很客气的态度，这说明这个员工可不简单，所以对她自然是要尊重有加的。子吟请教他的大名，他从兜里掏出一张名片双手奉上，原来他叫周斌。他接着解释说这边项目快启动了，今天过来看看现场，安排施工队伍进驻。子吟好奇地问你管合同谈判，还管项目施工啊？他笑了笑回答道，这个项目是我接下来的，我一开始促成项目正常开展就可以了。接下来，他把类似项目运作的流程大致给子吟讲了一遍，子吟听得津津有味。

过了好一会儿，工人们果然陆续到达了，他们有些手持器具，有些则开着起吊机等施工车辆，浩浩荡荡好不热闹。周斌向子吟致歉，表示下次有机会请她吃饭再细聊，就告辞去忙工作了。子吟开始对他的职业产生了浓厚的兴趣，觉得这份工作最大的难度在沟通这一块，先不管自己对这个擅长不擅长，至少她是非常感兴趣的，有了兴趣很快就能掌握沟通技巧的。这份工作对学历的要求也应该不高，对专业技术应该要有一定程度的掌握，否则就没办法和业主，或者相关方深入展开讨论了，这个肯定是自己所缺乏的，不知道有没有学习克服的可能。子吟觉得她是可以尝试一下的。

中秋节期间厂里放假三天，子吟决定去买个手机，并添几件换季的衣物。自从手机丢在表姐家，她就只能通过公用电话联系家人，婆婆问起缘由，她就解释忙得没时间去买新手机，而这样下去可不是办法。她只存了两千块钱，又要买很多必需品，看起来暂时只能买个二手手机。她听同事说新客站有个二手手机交易市场，于是先赶去那里买了一个诺基亚的二手机，将就着可解燃眉之急。她又乘地铁去了南京东路，边逛街边挑几件衣物，想顺便去趟传说中的外滩看看。无奈那天人太多了，南京东路挤满了假日出来的游客，人山人海让人呼吸都顺畅不起来。子吟只好买了衣服就往回赶，而暂时放弃去外滩。

乘公交车返回浦东的时候，子吟走到车厢中部站定。浦西这边的高楼明显比浦东多且密，显得更有轮廓和层次，当然也更使人感觉压抑。她正看着车外的车水马龙，转头偶然看见车内一座位上，一个女生正闭目养神，脚下居然有个钱包，肯定是她丢的无疑。子吟拍拍她肩膀，又指指她脚下的物事。那个女生一脸愕然，估计是没想到会丢了这东西。她捡起来放到她大衣口袋里，对子吟颔首微笑表达谢意。到了下一站，那个女孩边上的乘客下去了，子吟顺势坐了下来，和那女孩聊起来，感觉彼此都很投缘，巧合的是两人又是同一个站台下车，遂留了彼此的联系方式。

这个叫田琳的女孩是本地姑娘，成了子吟在上海的第一个好朋友。假期结束前一晚，她打电话给子吟，邀约一起吃饭。子吟当然非常乐意了，于是和她商量碰面地点，二人都住浦东相隔很近的区域，所以最后选定了第一八佰伴。这个时候，浦东真正称得上商业中心的地方，也就是陆家嘴区域和浦东南路的八佰伴商圈，其他商业中心还没成型，人气也以陆家嘴为最，亲友聚餐、朋友逛街或情侣约会，很多人会把首选地放在这两处。子吟赶到那里的时候，田琳已经到了，二人都没说什么客套话，只聊了一会儿，就很快彼此熟悉起来了。女生之间总是会这样快速建立起友谊，非常奇特。

田琳的爸爸是东北人，妈妈"文革"初期到东北当知青，因种种机缘嫁给了田琳爸爸。八十年代中期，他们举家搬迁回上海落户，田琳是在上海出生的，这样说下来，她算土生土长的上海人了。田琳是独生女，因为爸爸是东北人，所以她的脾性跟着爸爸有些像北方人，不过骨子里还是颇有上海女人的性格。田琳上了本地一所普通的大学，毕业后在一家小公司做财务至今。子吟和她聊得很开心，引为知己，没过多久就几乎把自己的经历全盘告诉田琳了，田琳由是很怜惜子吟，此后对她越来越好，倒像个姐姐一样了。两人几乎每周都要见面聊天逛街，田琳对子吟很慷慨，赢得了子吟的感激和信任。

由于工作性质的原因，子吟的薪金增长缓慢。不到半年时间，她就严肃考虑起换工作的问题。她一开始就明白目前的工作只是权宜之计，想在上海站稳脚跟，要发挥自己的特长，找对人生的方向，并持之以恒地努力才是正途。她给周斌打了个电话，想请他一起出来坐坐。一个漂亮女生请男生吃饭，简直不要太容易，周斌爽快答应了，不过周斌应该是想不到子吟请他吃饭所为何事。他们约在金桥的一家上海菜餐厅，于周末见了面。周斌看起来很年轻，实际也快三十岁了，家人在苏州，他则上海苏州两地跑。子吟笑称他把事业做大到了两地，令人佩服异常。周斌笑着客气道，跑经营是个苦差事，就是混口饭吃呢。

周斌是专职做经营的，并不在固定的单位上班。他通过渠道拿到了工程项目，就找有资质的单位挂靠实施，项目完成拿到一定比例的业务提成。这样说来，这就是个自由职业者了，不被公司管理，不受人约束，只要能拿到项目就一切都好了。子吟听了很兴奋，这简直是她梦寐以求的职业。不过周斌也坦承，这行也很不容易。以他本人的经历来说，要花很多时间去开发客户关系，而真正要做到签单，那就是个极其煎熬的过程，而项目做完后还有客户关系维护，更是要操碎心。做这行天分可能比勤奋更重要，他自己从当初做技术转到做经营，历时八年整，才可以完全靠经营收入养活全家。

周斌在聊天中有所保留，涉及的是敏感话题，如公司给业务员的经营费比例，又如与客户达成协议后的返点等。这个是容易理解的，这是行业的潜规则，没人会拿来当饭余酒后的谈资。当天本来是子吟请客，结果周斌死活不愿意让子吟付费，子吟争不过，只好作罢。送别周斌，她已经做了决定，找个合适的机会转做这行。她到书店买了很多营销方面的书籍来看，利用一切休息时间刻苦钻研。经过一段时间的努力，她已经开始跃跃欲试了。后来的经历表明，她本就是个天生的销售人，营销书本里的东西只是作者个人的经验总结，她甚至会比这些书本里写的要做得更好。

第二十章

接下来的两个月里，子吟除了在车间里上班，周末和田琳聚一聚，大部分时间花在工作转型上面。她确定了销售从业的目标方向，就是建筑工程领域。浦东开发了十余年，但基础设施仍然很落后，内环还没连成环线，中环也还在图纸上，整个上海规划的地铁线路里程是世界第一。据她查到的资料，未来浦东乃至上海的工程建设会处于十几年的高峰期，那么相应的工程项目的销售行业会迎来黄金发展期，所以子吟坚定了进入这个行业的决心。她隔个十天半月就请周斌出来坐一坐，听他聊工作上的事。当有一天子吟告诉周斌她的想法时，周斌丝毫没感到意外。他觉得子吟至少魄力足够了，余下的只等时间的磨炼。

国庆节刚过，子吟开始向一些浦东的建设工程单位投简历，目标当然是其市场部或经营部。如果有机会进入行业单位的这些部门，她就有了一个自由发挥的平台。不过一直到十一月初，这些简历都似石沉大海没激起一丝涟漪，她并没有收到任何反馈的消息。她知道这多半是出在学历的问题上，而且她确实也无从业经验，没有收到面试的消息也是正常的。子吟就好似饥饿时分看到了面前的香饽饽，但那是锁在柜子里的，没有一把钥匙把它打开，她只能望柜兴叹。不能被卡在这个地方，她觉得有必要报个大学的函授课程，或者上个夜校也行，先考个商业营销方面的证书出来。

不过事情很快出现了令人意想不到的变化。十二月上旬，车间主任通知子吟去总经理处，说是领导有重要的事情找她谈。她在去的路上有些忐忑，自省最近工作上有没有什么失误。等见到秦剑明，他开门见山地说想调子吟到市场营销部。看到她惊讶的表情，秦剑明呵呵一笑说道，我知道你和小周经常见面聊天的事，也听小周说你想做经营，人只有做自己最喜欢做的事情才会出成绩，所以找你商量调你去公司市场部的事。周斌提子吟的事，那是他认为秦剑明特别关注子吟，那有意无意向秦剑明汇报子吟的事，自然更会赢得秦剑明的信任，这个道理子吟是后来才明白的。不过秦剑明让她做毛绒厂销售的事使她有些为难，这个不是她选定的从业方向。

秦剑明看她有些犹豫，鼓励她说出她自己的想法，说在我这里什么都可以放开来谈。子吟就把自己的想法向秦剑明和盘托出，她不光有想法，而且为着这个想法做了大量的调研，认准了方向，也在努力为进入这个行业做着准备。秦剑明边听边点头，他从子吟的眼睛里看出了她的热情，以及为此不惜一切代价也要做好的决心。坦诚的交流总会带来最好的结果，秦剑明在子吟讲完后立即表示他支持她的想法，而且作为他支持的一部分，他将介绍子吟到他熟识的工程建设单位，也就是和他合作了多年的钢结构生产施工的厂家，他相信那个单位应该不会拒绝他引荐的人。

子吟起初只是向秦剑明表达她的想法，却万料不到这个和蔼的老板，居然连后面的工作都准备替她安排好，她已经有些泪目了！连声向秦剑明表达谢意。秦剑明说你是匹千里马，只是缺个伯乐发现，我当回伯乐有何不可。人的一生非常奇特，在某一个时间点，尚未遇到一个人之前，生活会让我们觉得到处是不可逾越的大山，仿佛人是在黑暗中前行，到处碰壁，即便鼓足勇气也不知出路在哪里。但是遇到了那个传说中的贵人，他就会为你打开一扇窗，甚至一扇门，轻轻送你进去。然后你就会突然发现自己竟然会飞翔，想飞多高就飞多高，全凭你心意。秦剑明之于子吟，正是如此。

和子吟谈话后的那个周末，秦剑明立即请周斌的公司领导吃饭。周斌虽觉不解，但也高兴异常，他很早就和秦剑明的毛绒厂有业务往来，最近更是接到了这里的大单，所以秦剑明是周斌的重要客户。以前周斌请过秦剑明几次，他都借故推托了，这次见他主动提起，当然十分乐意，这可是增进双方感情的好机会。那家钢结构安装单位是家私营企业，在浦东经营多年，规模也不算小。晚饭约在正大广场的俏江南，当晚秦剑明带着子吟，对方是周斌、公司董事长刘总和总经理赵总。刘总见面就连声致歉，说应该是我来请秦总，没想到让秦总抢先了。秦总说能相聚就是缘分，谁请还不都是一样？宾客都笑着落座。

众人落座后寒暄了一番，大家始知刘总和赵总是夫妻，刘总打趣地说我们是典型的夫妻老婆店，大家听了又都笑了一回。酒过三巡，秦剑明适时地说我要请刘总和赵总帮个忙，想推荐龙子吟到你们公司工作，希望你们看在我面上能成全。说罢他看了看刘总，诚恳地补充说子吟想做市场经营，工资待遇完全按照你们公司相关制度执行，给她个平台就行。刘总大概没想到秦剑明请他吃饭是为这么件小事，当下一口应允。子吟见刘总答应了，赶紧站起身来，以茶代酒敬刘总和她夫人赵总，表示自己非常感谢刘总给这个机会，她一定会好好珍惜这个机会，努力为公司创造效益。

当子吟给周斌敬酒的时候，看到他的眼神里明显有丝惊异，但也只是转瞬即逝。子吟这才意识到自己在这事情上考虑多有不周。她和周斌多有来往，算起来是有份情谊的，她换工作的事应该事先给他通个气。周斌当然想不到子吟会成为他的同事，而且以后秦剑明的项目大概率会给子吟做，自己实则失去了一个重要客户。子吟体会到了这一层意思，便举杯敬周斌，说我到刘总这边工作，会开拓全新的市场领域，到时要经常向你请教。周斌听出来了，子吟是不会和他争抢秦剑明的项目，也佩服她把话说得这么得体，笑呵呵一饮而尽。这件事就算定下来了，大家吃饭喝酒都很尽兴。

等宴席结束，大家客气道别，秦剑明叫来车子和子吟一起回去。子吟按捺不住对他的感激之情，说大恩不言谢。秦剑明爽朗地笑了，他说他有个女儿，仅比子吟小几岁，从小没吃过任何苦头，一路顺风读到大学最后出国留学了，才去一年。子吟那天来找他的时候，他正在看着女儿照片想她呢。秦剑明说毛绒厂女生多，但是子吟和她们太不一样了。第一次子吟的不卑不亢的态度使他惊讶，第二次子吟来借钱让他感慨万千，自己女儿从来不知道缺钱为何物，不知苦难为何物。所以他从一开始就拿子吟当女儿看待了。子吟听到中途，眼里已经饱含热泪，偷偷拭去不敢让秦剑明看到。

刘总安排子吟入住单位宿舍，这是公司为两个外地高管租的，是两室两厅的精装房。子吟这次搬家特别轻松，因为来上海几乎就没怎么添置东西，所以没有请任何人帮忙。令子吟欣喜的是，其中一个舍友搬出去和女朋友同住，另一位女高管周末回苏州，所以这套房子简直就是为子吟准备的。这是个建于二十世纪九十年代的小区，即便经过后来的电梯化改造，整个小区看起来依然比较老旧。不过这里的地理位置是极好的，就在第一八佰伴商圈内，生活便利程度自然很高。这套两室两厅的房子七十多平方米，装修特别好，除了用的一些桌椅看起来上了年代，木地板、窗帘、墙纸和吊顶等用料特别考究。

子吟去办离职手续，财务竟然多发了三个月的工资，不用问，这又是秦剑明的安排了。子吟去向秦剑明辞行，并诚恳表示想请他吃饭，以聊表谢意。秦剑明摆了摆手，说你可要充分认识到做经营工作的难度，有时候努力的方向错了，第一单的成交也遥遥无期，你能挺到那一天，除了努力和天赋，还要有一些运气。说着他回头从桌子上拿起一张纸，说这上面我写了几个人，是我联系人列表里仅有的、与工程有关联的公司高层，我和他们不是一个行业里的，所以仅仅是泛泛之交，希望这几个联系人里有人能帮到你。至于吃饭，等你完成第一个单子再请我不迟。子吟只得和他握手惜别。

搬到新宿舍后的第三天，子吟去单位报到了。刘总见了她非常热情，先带着她去各个部门，把她介绍给在座的同事。接着他领她到计划经营部，安排了一个靠里靠窗的办公桌位。子吟特别喜欢这个位置，从大窗户里望出去，视野特别开阔，这个方向看到的都是居民区，一直延伸向天边。刘总随后把她带回到总经理办公室，靠窗一套高档豪华的办公桌椅，显然是刘总的位置。他的正前方是赵总的办公桌，这时候她也站起来微笑着向子吟问好。赵总右首靠墙边还有一个办公桌，桌前是一个穿着白衣白裙的红唇丽人，刘总介绍说她是公司财务总监张总。子吟向她问好时，李总只微笑着稍欠欠身，继续忙她的事情。

随后刘总单独找子吟谈了她的待遇问题，他说公司决定和她签订缴纳综合保险的劳务合同，工资由底薪加提成的方式构成，底薪固定每月三千元，提成则按照公司关于销售人员的业绩管理规定执行。子吟一开始就做好了零底薪做业务的准备，刘总说有这么多底薪，实在出乎她的意料，但随即就明白了，毕竟自己是秦剑明介绍过来的，刘总自然会多加照顾。无论怎么样，她几乎没有后顾之忧了，尽全力开拓市场即可。到目前为止，她对这份工作百分百满意，所以当她回到她的办公桌前，心情特别愉快，和小时候过年时最快乐的时刻，可以相提并论——如果她爸爸不在家的话。

田琳知道子吟换了单位，当晚就赶过来瞧子吟的新住处。她一边看一边啧啧称赞，觉得这个地方比她家都强了不少，又如此靠近陆家嘴，而且不用出租费，真是个天赐的好住处。她说以后不想回家就来这里住了，子吟立即表示欢迎。二人动手把子吟的房间和客厅里里外外打扫了一遍，屋子里看起来更温馨了。子吟屋里还通了网线，可惜的是没有电脑。田琳说她买的台式机用了一年，因为没有网络闲置了半年，搬过来才好用起来。周末她果然把电脑给搬过来了，这帮了子吟的大忙，因为在未来的一段日子里，子吟正是通过这台电脑，安排了工作计划，查询了行业单位信息。

过了一周左右，子吟的生活和工作规律起来了。她也把自己的情况告知了家里，说她在上海一切都很好。海英这时候已经在成都上学了。她参加了当年的高考，但考得并不理想，勉强只上了大专分数线。子吟尝过没有文凭带来的苦头，所以一开始并不支持海英上专科院校，她建议海英复读，来年考一所好些的本科，如果后面再努力一番，还有望继续深造读个研究生，那么她毕业后找个好工作就更保险了。可惜海英和爸爸均不愿听子吟的，他们觉得好不容易考中，复读考不中怎么办？子吟听了暗暗摇头，只得无奈妥协。直到海英毕业后找不到工作了，他们才后悔当初没有听子吟的，此是后话。

子吟开始全面进入了工作状态，她先把秦剑明写给她的九个电话联系了一遍。看起来秦剑明的确是和这些人联系不多的，因为前面两个电话已经处于停机状态，显然机主早就换了号码了。另有五个接通后，对方没等听完子吟的自我介绍就挂了电话。这个子吟可以理解，很多人很反感骚扰电话的，但至少这几个联系方式是正确的，子吟就把他们存入联系人列表。还有一个接通后，说话语气比较客气，他先问了一下子吟怎么知道这个号码，子吟说是一个叫秦剑明的老总介绍她来联系他。那个叫张海的人想了一下，说记起来了，说话也更热情些。子吟适时地提出想拜访他的请求，他愉快答应了，二人约在周五上午见面。

和张海通完电话，子吟的精神为之一振。只要能约到客户面谈，子吟就有信心取得对方的信任。打最后一个电话时，那边直接按掉了，子吟理解为对方在忙碌中，于是也把该号码录入手机。此时子吟有了一点心得：获取十个联系方式，打完一圈电话基本会有一个同意进一步接触。那么联系一百个联系人，发现一个商机的概率也是很大的。所以当下就是尽一切努力获得目标群体联系方式，并保证大量的通话联系，以获取见面拜访的机会，然后才有谈生意的可能。这个道理营销书籍上有解释，但不如自己亲身实践更有体会，所以真的是纸上得来终觉浅，所有一切有用的知识均来自实践。

周五之前，子吟就在家里、办公室里通过各种途径寻找建设行业单位及联系人。她买了一个很大号的笔记本，从网络上搜集这些信息，并逐条记录下来。实事求是地讲，她这种广撒网的做法有一定弊端，毕竟建设行业千千万，工程单位万万千，不把目标群体缩小，短期来看工作效率是极低的。且不说无法了解各行各业的技术问题，全面出击发现有效目标客户就很困难。她供职的公司是钢结构施工单位，如果一开始就特意选择这个目标服务群体不是更合理吗？但是，她这种做法反而促使她了解了土建施工体系的全套流程，无意间把自己的销售范围扩大了很多。

　　周五一大早，子吟起床后精心梳妆打扮了一番。毛主席说慎重初战，这可是她第一次正式拜访客户，所以这次会面的重要性怎么样高估也不过分。她想给对方留下最好的印象，干练、阳光而又不失稳重。她穿了一条碎花长裙，但立马觉得这不够商务，还是老实穿起了一套黑色套裙，收拢长发用蝴蝶发卡扎起来。随后她照记录下来的地址，按时到达了闵行区张海的单位，结果被人告知张海正在开会，她就在会客室里耐心等待。大约十点半左右，一个约五十来岁，长得高大壮硕，皮肤白净，又非常和蔼的人走进会客室，开口就向子吟道歉，称他临时安排了会议。子吟赶紧说张所长的工作要紧，自己稍等一下没任何问题的。

　　张海供职于某造船厂的一家设计所，是这里的所长。他把子吟带到他的办公室里，宾主俱坐在办公室沙发上，让人端上一杯茶给子吟，这才和她闲聊起来。张海主动提及秦剑明，说曾在一个饭局上一起交流了很久，感觉很是投缘，于是留了联系方式，后来忙起来就没怎么顾上多联系。他笑呵呵地问子吟，秦总最近怎么样？身体还好吧？子吟回答说秦总很好，让我当面表达他对您的问候。子吟知道张海对秦剑明印象很好，所以就向他详细介绍起秦剑明的一些近况，至于秦剑明对身边人的好，照实说出来就是，丝毫不用添油加醋，而自己差不多就是秦剑明的徒弟了，张海听得津津有味。

　　子吟起身取出一张自己新印的名片，躬身双手递给张海，他乐呵呵地接过去后，拿起办公桌上眼镜戴起来，念了一遍子吟公司的名称，又仔细端详了很久，点头夸赞子吟的姓大气，名字也好听。子吟说我的名字是我婆婆给起的。张海又是爽朗一笑，赞她婆婆学识渊博。子吟提起了婆婆小时候和她相处的那些往事，张海听了连连点头称赞，说你婆婆教育得法，教出了你这么个孝顺的后辈，值得很多做家长的效法。这次聊天效果很好，子吟没有提及工作的事，初次见面能留下很好的印象，已经是非常了不得的成绩了。子吟也知道初次拜访比较忌讳聊的太多，所以待了约二十分钟，她就告辞而出。

　　第一次拜访客户毫无疑问是成功的，这仿佛是一剂强心剂，令子吟对工作充满热情。不光如此，她的生活也开始和谐而美好。和子吟同住一起的是公司的一位副总，子吟见面后就叫她薛总。她很多年前就跟着老板一起创业，在公司里有一些股份。薛总爱人在苏州一家国企任中层领导，小孩子也在苏州上学，因此薛总每到周五就回去了，隔周周一早上赶回来上班。田琳周末很多时候会留下来陪子吟过夜，二人偶尔还会做做饭，到了稍空闲的时候，她们就去逛逛街，买买东西。八佰伴是不能去，物价相对于她们的收入来说，简直是不可承受之重。她们经常去七浦路淘宝，一来二去也确实添置了很多价廉物美的衣服。

子吟毫不松懈地收集建筑行业联系人信息，每天坚持打三四十个电话，能约到见面的就优先去拜访，那些已经拜访过的客户，则经常安排去回访。秦剑明给她的几个联系方式，她又陆续打了几遍，有三位还在建筑行业里的，她也都成功拜访了他们。到了年底，子吟除了每天固定量的电话联系，开始往工地里跑。她认为很多工地现场都应该有甲方的办公室，那么在这里遇到甲方或甲方代表的可能性就很大，这应该比电话联系的成功率会高。事实也正是如此，她在各个工地项目部见到了形形色色的人。这些驻现场的甲方代表中，主要是技术人员居多，也有一些行政人员。子吟去个几次，往往能从他们那里获得一些重要信息。

同行里的男业务员也经常去工地，然而收获远没有子吟这么大，一个重要原因是：女生在工地上更易获得同情。一个女生来敲门，即便知道她是销售员，大部分男人也不会粗暴地将其赶出办公室外，而男业务员普遍会为如何能顺利进入业主办公室而苦恼，很多时候敲门刚进去就被轰出来了。此外，子吟好像特别能获得别人的信任，她身材中等，近些年的奔波使她看起来瘦弱娇小，但她脸上始终有暖心而真诚的笑容，特别善于倾听；她容貌秀丽，但从来不化妆，好多人觉得她就是一个甜美的邻家小妹，见之不自觉地让人产生保护欲。所以女生做销售工作，天然有一些优势，如何善用这些优势，则靠天赋了。

第二十一章

子吟进入新公司后不到半个月就是元旦，转眼间又到了农历春节，她于除夕前夜赶回老家，只陪了家人几天，就返回上海继续努力。虽然一切看起来都比较顺利，但身为营销人员，何时成交第一单的问题，就如一块巨石般压在胸前，子吟也不会例外。子吟在上班后的五个月里跑客户有多疯狂？她的那本笔记本可以见证这段历史。不到半年，那本笔记本上密密麻麻记满了联系人、电话和公司地址，字体娟秀方正，用红紫蓝三色杠画出了重点客户、跟进客户和有价值客户，红色杠画出的人名后来全部进了她手机的联系人列表，也正是和这些人的联系、交流和沟通，织就了子吟的超级朋友圈。

到了三月底的时候，子吟承接了首个项目，但她觉得做成这单生意并没有带给她多少快乐。某日电话联系一个姓王的客户时，对方表示有个小项目正准备找单位实施，子吟算是碰巧赶上了。挂了电话子吟非常兴奋，项目再小，对子吟也是里程碑式的事件。她马上和王工接洽，得知他们厂区大门要盖个钢结构门卫岗亭，很快就和他谈好了施工和合同细节，项目也很快顺利结束了。谁知那个王工起了异心，连续打电话约子吟吃饭。子吟出于礼貌请了他一次，等看出他有不轨企图时就不愿意多接触了。后来王工以合作新项目为由多次联系子吟，都被子吟找各种理由推辞掉了。正因如此，子吟不认可这是她的第一单。

五一假日期间，田琳邀请子吟去她家做客，子吟很开心地买了礼品跟着她上门。田琳家在金桥五莲路上，这一带的房子以小高层居多，大多数小区建了二十年有余，是金桥最先繁华起来的地段之一。田琳家在六楼，等她们两个拎着大包小包爬上楼，都累得气喘吁吁。田琳爸爸对子吟很热情，他的身形并不是人们通常印象中的东北彪形大汉，而是形容瘦小。田琳妈妈对子吟的热情只浮于表面，聊天吃饭拉家常，子吟处处能体会出她作为本地人的优越感。她在吃饭时叮嘱田琳要好好照顾子吟，外地人在上海真的很不容易。话是好话，但听起来特别扭，不过子吟对这些毫不在意。

很快子吟就迎来了真正的机遇，长久以来的努力，终于结出了沉甸甸的果实。假日过后没几天，子吟接到了张海的电话，他让子吟尽快去找他一下，说是有个项目需要和子吟面谈。子吟惊喜交集，立即暂停了手头的工作，兴冲冲赶到他们单位。见面后没有多聊，张海拿出了一张结构蓝图和一份技术设计书，说船厂要新建一个物资储备仓库，主体全钢结构，希望子吟的单位能做个细化图纸、方案和报价。子吟当时有些傻眼，蓝图什么的她那会儿还没怎么接触，当然看不懂。幸好张海只是介绍了工程概况，没有就技术问题展开，最后把所有纸质设计材料和蓝图都给了子吟。

子吟辞别了张海，抱着一堆资料往回走。她在公交站台等了很久，终于等到往单位方向的车子。当她找到位置坐下来后，又感觉车子走得太慢。子吟虽然平素稳重，但第一次经手这么大项目，不免有些激动和焦虑。赶到公司，她立即请刘总安排技术人员接手后续事宜。刘总特别重视，安排了技术部的老专家高文轩写方案。刘总还有一些惊讶的表情，他一开始只是认为秦剑明请他安排给子吟一份工作而已，谁知子吟会这么拼，而且居然这么快就有了意向项目。此后刘总渐渐对子吟刮目相看，他这才知道这个看似柔弱的小姑娘并不简单。爱拼的人迟早会出成绩，也将赢得别人的尊重。

子吟连续两天都待在技术部，给高文轩打下手，虚心向他讨教，趁这个机会学点钢结构技术知识，这样她就和高文轩拉近了距离。等到弄好方案、报出价格，子吟寻思这事该不该私下和张海沟通一下，要知道她和张海接触有好多次了，关系到了这个份上，还有什么不好直接说的呢？子吟不敢造次，决定先打个电话给他，借汇报之名探探他的口风。电话里张海说只要方案合理价格合适，他可以从三家报价单位中择优选择。子吟说我们单位已经写好方案，也报出了初步价格，希望张总可以先过目审核一下。张海稍迟疑了一下，问子吟的总报价。等到子吟说给他听后，他问价格可以再降个十来万吗？

张海的这句话听起来好像是在压价，但是数字如此准确，几乎就是告诉子吟最终价格该报多少了。子吟心领神会，谢过对方挂了电话。她让高文轩按要求调整了报价，盖好报价章和公章，当天下午就送过去了。过了两天，张海通知子吟准备合同文本，并要求尽快进场施工。子吟心中渴盼的第一单终于成交了，如果不是秦剑明那层关系，子吟不太可能这么迅速就能签单。当子吟签完合同，立马给秦剑明打电话报喜，他也特别为她开心。他说师傅领进门，修行还靠个人，做好每件事，走好每一步，生意自然会像滚雪球一样迅速做大。子吟想立即请他吃饭，只是秦剑明正在国外旅游，只得等他回来再说。

接下来的几个月里，子吟除了正常地拜访客户，就经常跑去闵行研究所钢结构施工工地，和张海在一块儿协调施工事宜。如果子吟上午到了那里，午饭也会在他们单位食堂里解决。食堂的饭菜偏上海口味，刚开始张海还怕子吟吃不惯，没想到她吃得津津有味，这倒出乎了张海的意料。他好奇地问子吟，川妹子不是应该喜欢吃辣的吗？子吟说我从小吃饭不挑食，现在看来也不排斥南方菜。她夸赞他们单位食堂饭菜好吃，而且张海看出来她说的是实情，因为每次打了午饭，子吟几乎把盘里饭菜吃个精光，还一副意犹未尽的样子，张海见她把食堂的饭也吃出了佳肴味，见一次笑一次。

张海的单位隶属军工系统，他本是军人出身，后来调到这家军工研究所专事技术，慢慢地升任了单位的一把手。和张海接触时间一长，子吟逐渐了解了他们单位里的一些事情。出于保密和施工进度的需要，他们单位的很多施工项目都是走邀请招标程序。如果像普通的市场项目那样操作，子吟他们单位目前承建的钢结构工程项目，就不太可能这样轻易地由张海决定，而是会走公开招投标程序，那样前前后后需要半年才可能定下来，而究竟项目最后花落谁家，就是市场说了算。子吟知道后暗暗庆幸，如果这个工程不是属于军工项目，那么她要拿下来就不是这么简单的事情了。

子吟后来也了解到，研究所项目承建商来自他们单位的合格供应商名录。一旦有项目动工，就只是在这个名录里面的单位里选三家，以比较方案和报价，择优确定中标单位，然后直接签合同开始实施。子吟他们公司能做到这个项目，也是张海之前已经将子吟的公司纳入供应商名录了。和军队出身的人其实很好打交道，比如张海所长，和他讨论事情从来不必拐弯抹角，也不必言不由衷，只需把事情谈好，认真把事情做好，再积极处理好与项目相关联的一些人之间的关系，就一切都好了。还有一件事，就是喝酒。军人似乎是无酒不欢，子吟就是从张海这里开始学会喝酒的，不过张海从没有劝她喝多过。

海英要上大学二年级了，子吟凑够她本年度的学费和生活费，身上就所剩无几，于是开始节衣缩食，天天下班了就赶回来做饭烧菜，周末也不出去玩。这样过了一段时间，田琳看不下去了，她隔三岔五拉子吟出去吃饭，偶尔买件衣服拿来给子吟，这令子吟很感动。后来子吟经济宽裕了，她就尽全力回应田琳的这份友谊。比如出去逛街，只要子吟看中了某件衣服，她必定会多买一件送给田琳，因为她们俩身材很接近，衣品也颇相似；只要子吟出去旅游，她也会问问田琳是否有时间一起出去。所以那些年她们简直就是亲姐妹一样，留下了大量的合影和其他一些温馨印记。

上海的冬季有些湿冷，子吟去年没怎么觉得，这会儿忽然就感受到了。幸好天气虽不好，但遇到了令她很开心的事情，冲散了这一切的不舒适。到了十二月中旬，闵行钢结构施工项目顺利结束，张海他们单位按照合同约定支付了全部款项。子吟依据公司有关经营人员提成的规定，大概测算了一下，经营费应该有二十余万。子吟认为这个项目的最终报价，公司是让步了十余万的，所以公司给子吟两三万块的提成，她也是心满意足的。有一天下午，财务通知她去领取业务费。当她看到那张十七万五千元的现金支票时，一时竟手足无措起来，心想怎么会有这么多钱呢？这些都归她了吗？

子吟在回执上签了字，接过出纳员递过来的支票时，她的手居然是发抖的。出纳员忙问她是不是哪里不舒服，她努力镇定了自己的情绪，朝出纳员笑笑，轻声说了句没什么，遂转身回到自己椅子上坐下来。她把支票放在桌子上，捋了捋头发，胳膊支在桌子上，两只手撑住脸庞发起呆，不过随即醒悟这样并不妥，于是小心翼翼拿起支票，夹在她正在看的一本书里，把书合起来。她又把书翻到夹支票那页，定定地看着支票上的那行大写金额——壹拾柒万伍仟元整。子吟在自贡跑货运三年，加一起领的工资也没有这么多，而就是那些年挣的钱，她养活了全家，并且让他们生活得很好。

她想起了一年半前。那时她听信了表姐的说辞，只身来到上海准备在服装行业里安身立命，哪知刚下火车就遭遇了巨大的打击，差点糊里糊涂陷入魔窟；当她机智地逃脱险境，走出二号线在中山公园附近的大街上徘徊，那时候她身上已经所剩无几，虽然没有放弃努力找落脚地，但生存的危机感开始如影随形；那晚到达金桥寻找住处和工作的路上，她差点花光积蓄露宿街头，依然没有陷入绝望，她深信天无绝人之路，但她的脑海中肯定浮现出过此行的最坏结果。不过任凭她再努力地想象，也绝料不到仅仅在一年半后，她的命运就发生了戏剧性的变化，她的人生也进入到另一个境界。

快到下班的时候，子吟给秦剑明打了个电话，请他一起吃晚饭。秦剑明说晚上我约了人在源深体育中心那边谈事，等我忙完了我们可以在那边一起喝茶。子吟愉快地同意了。她有件很重要的事情需要向秦剑明请教，虽然从直觉上她感到这件事不太好跟人商量，但她心里实在是没谱，而秦剑明目前是她唯一可以与之商讨问题的人。子吟先回到宿舍，上网查了一下，桃林路上有一家茶馆评价不错，又离源深体育中心很近，于是她查好公交路线，换了身休闲服乘车过去。她到达后找了个安静的小包间，觉着这里环境很不错，就把地址和包间号用短信发给秦剑明。这时子吟有些饿了，就到茶楼大厅的自助餐区，挑了几样小菜吃晚饭。

子吟要请教什么问题呢？一个很敏感的话题。虽然她刚入这行不久，但也知道经营人员发展人脉和开拓市场，不仅仅是光靠嘴上说说，或者只是努力地跑跑，就一切万事大吉、云淡风轻了。俗语云，无利不起早，只要存在商业中介这个行业，那么学名"返点"的这个事物就无法消亡。建筑行业经营人员也一定有给项目介绍人的回扣，子吟做成了这第一单，可是究竟给多少返点她没有一点点概念。这个事情做不好，说不定子吟会犯严重错误的，所以她可不敢掉以轻心。秦剑明在上海经商多年，对此一定有他的见解，如果他能给子吟指点迷津，就一定会让子吟少走很多弯路。

简单吃完晚饭后，子吟从包里拿出随身携带的一本书看起来。茶馆里放着古筝曲《高山流水》，能在婉转悠扬的琴声里看书，倒也是个蛮惬意的选择。大约到了九点钟左右，秦剑明才一脸歉意地快步推门进来，子吟忙起身相迎，双手拎了一张竹藤椅请秦剑明坐下，又叫了服务员来点单。秦剑明摆摆手连连摇头，说他已吃过晚饭，待会儿回去就睡觉了，喝杯茶晚上要失眠。子吟笑道你好歹点一些东西，不然我请你喝茶岂不是名不副实。秦剑明听了这话点头赞叹，说几日不见，你的口才又见长了。子吟笑呵呵地没搭话，秦剑明于是点了几小盘干果，又要了杯大麦茶。

等服务员退出门外走开，子吟就把她这几个月里做的事情，挑主要的讲给秦剑明听，尤其是关于刚做完的那个项目，更是毫无遗漏地详细说了细节。秦剑明是她来上海后最信任的人，何况今天还要向他请教那么重要的问题，她觉得不应该隐瞒任何事情。谁知秦剑明了解了她的意思后，哈哈大笑起来。他说有些事情是不能跟任何人提起来的，你从事的这个行业，其实是有一定风险的，敏感的话题决不能让第三个人知晓。子吟知道秦剑明说的都是肺腑之言，赶紧连声应允。秦剑明说，你也别着急，任何事情都有个开头，这个关口你早晚会跨过去，而且有了经验，以后一切处理起来都很简单。

秦剑明很是夸赞了子吟一番，称她在这单生意的成交中表现堪称完美。他认为给张海返点是必须的，这是维持长期合作关系的必要手段。像张海这样的国企中层领导，工资不会太高，在上海养家糊口也颇有压力，如果他能收返点的话，这个朋友就算交定了；如果客户是生意做得很大的人，可能也不缺那点钱，若返点是给现金，反而达不到预期的效果，这时候知道他的爱好就很重要，投其所好往往事半功倍；返点金额，他建议按合同额大小来定。如果是大合同额，私下找机会议定，小合同额则建议按业务提成的二三成返点。当然，这些每个行业里都不太一样，需要子吟慢慢了解，到时候见机行事。

秦剑明接着给子吟讲了自己多年的营销和管理经验，包括他曾经走过很多弯路所获得的教训，他能这么坦白地讲这些事情给子吟听，恐怕也是因为子吟对他毫无保留吧。两人一直聊到十一点钟才结账出来，秦剑明还是开车先送子吟回宿舍。等到了小区门口，子吟向秦剑明告别。正当她准备下车时，秦剑明忽然叫住了她，意味深长地说了一句，你要切记，有些事情不能够让第三人知晓，亲人恋人也不行，须知两个人之间才有可能守得住秘密，这是保护自己和对方必须要做到的。这句话是金玉良言，也是最为要紧的，子吟心下感激，赶紧点头表示自己记在心里了，随后挥手送别秦剑明。

子吟回到宿舍洗漱上床后，竟没有了一点睡意。她回味着和秦剑明的对话，这些内容信息量太大了，需要思考消化。这样一来她彻底失眠了，午夜过后只得打开台灯靠着床看起了书，直到凌晨两点钟才关灯睡下。第二天上午，子吟先去银行办事，随后给田琳打了电话，请她晚上一起吃饭。田琳说她今天要去相亲，让子吟跟她一起去帮她把关。子吟一听她要相亲，顿时一头雾水。她觉得田琳才二十五六岁，而且长相也不差，不至于沦落到相亲的地步吧。田琳的身形和子吟很相似，喜欢留长发，瓜子脸柳叶眉，除了皮肤比子吟黑一点，也算是一个标致的人物。子吟想的是，田琳若要相亲，自己多半也归入剩女行列了。

到了下午四点钟，她们两个先在子吟的宿舍里碰了头，待里里外外收拾齐整后，掐着约好的时间点去了徐家汇港汇广场。田琳是今天的绝对主角，她当然是打扮得花枝招展，子吟则穿了一身休闲服，此次甘当绿叶。当她们看到那个男生，顿时都觉眼前一亮，因为那个男的真是太帅了。他的个子高高，长得很秀气，像极了那时正流行的一部韩剧里面的男主角。田琳本来就是花痴，瞬间就迷上了这个叫朱思杰的山东男生。大家坐下来聊天吃饭，惊讶地了解到他居然是个韩文翻译。初次见面，田琳就彻底喜欢上了朱思杰，谁料他们的事情最后竟会以悲剧的形式收场呢。

第二十二章

二〇〇四年元旦快要来临，子吟想在新年前把闵行钢结构工程的事情做一了结。这件事她觉得很棘手，但必须早一些直面解决，回避不是办法。于是她联系了张海，邀约他一起吃饭，张海愉快答应了。子吟把时间定在周四的晚上，这次她订的是浦东大道的一家茶馆，听田琳说这家新开的茶馆位置好，里面的硬件设施不错，而且自助餐质量也高。当日下午四点钟，子吟提前出发去了那里，原来这家店也在源深体育中心附近。进入茶馆，果然与别处不同，二楼大厅的自助吧台，有各式餐点水果，种类比上次和秦剑明一起时的茶室里要丰富太多了，包间里也是古色古香的装饰风格，整体彰显稳重大气。

五点钟左右，张海准时到达了。他进屋后连声夸赞起这个地方，认为这里很适合朋友聚会聊天谈事。子吟笑言地方是好的，只是要劳驾张所长开车大老远跑过来。张海微笑着接话说他平时难得来趟浦东，偶尔过来这边逛逛也是很好一件事啊，这里这么靠近陆家嘴，路上还可以体验一下金融区的繁华，子吟笑呵呵表示赞同。随后两人决定吃了饭再说话，于是先后走到大厅自助吧台盛饭菜。张海估计是饿了，挑了五六盘小菜和着一大碗米饭吃了个干净，又跑出去拿了和刚才差不多的菜量，一会儿工夫又一扫而光。和饭量好的人进餐，子吟总是能多吃些，这次当然也不例外。

饭毕二人点了茶，慢慢聊了起来。张海原籍江苏，他家小孩已经上大学了，他和夫人就常住上海，房子是单位提供的宿舍，他们平日生活倒也悠闲。张海很健谈，子吟就仔细倾听。她也在找个合适的时机把准备的文件袋给他，只是子吟从未经历过这个，所以心里七上八下。如果张海不收怎么办？如果他严词拒绝了呢？如果……子吟有些煎熬，手心都出汗了，但这事又不能不做。聊到十点钟，张海看看手表说差不多该回去了，太晚回去老婆要担心了。子吟不再犹豫，一边说张所长好顾家啊，对嫂子这么好，一边把文件袋拿出来递给张海，低声说这是我的一点心意，请一定收下。张海问这是什么？子吟微笑着不作声。

张海打开封口看了看，脸上颇有惊异之色。他把袋子放回到子吟面前，笑称这个你要拿回去才行。子吟最怕他口气很坚决地拒绝，或者突然发起火来，那种情形她可应付不来，而张海的表情使她放松了心情，心里就有底了，她把事先想好的话说给张海听。临末她发挥了一句，说好朋友共患难同分享，您帮我这么大忙，我理应表达一些心意。张海听完了，略沉思了一番，笑着说咱们二一添作五，不然我绝不收。子吟想想来日方长，于是欣然同意。那天结账出门前，子吟还是特别紧张。她居然脑残地问了一句，东西收好了吗？立即自知失言，悔恨自己这么无知！张海也是一愣，不过他看出来是怎么回事了，不禁哈哈大笑起来。

一件大事办妥了，子吟自觉收获良多，心情跟着愉快起来。周末她喊田琳一起去第一八佰伴逛街，又力促二人各挑了一件新款羽绒服。田琳看她出手忽然阔绰起来，既惊又喜地问她是不是中了大奖。子吟笑嘻嘻回复说，我涨了工资，自然要先请你。田琳更加欣喜，说还要加顿饭才够诚意，子吟立即点头称是。二人正吃得尽兴时，朱思杰打电话给田琳，说要请田琳吃饭。田琳回复他说赶紧来八佰伴，我正和子吟一起呢。子吟这阵比较忙，不知田琳和朱思杰已经确定了恋爱关系。她成心打趣田琳，说这个朱思杰，吃饭不应该是早些约吗？这会儿是饭点，邀约多没诚意啊。田琳嘻嘻地笑道，早了就吃不到这免费的晚餐了！

二人有说有笑正吃着呢，果然见朱思杰来了。田琳一见他坐定，就挪位置和他坐一起，顺势挽起了朱思杰胳膊，而朱思杰好像还不太适应这样的亲昵，刹那间满脸通红。子吟笑话他像个女孩子，田琳却怼她，说自己就喜欢腼腆的帅男人。子吟笑着摇头，说这人还没嫁出去，先把闺密给踩在脚下了，果然是见色忘义。两个人唇枪舌剑地斗嘴，朱思杰只笑眯眯地听着，子吟问他是不是经常宅在家里的？朱思杰立马睁大眼问，你怎么知道？子吟差点笑出声来，觉得这人不仅腼腆，还有些迂腐，虽然长相一流，但毫不大气。自此以后，只要子吟请吃饭，田琳大多会带着朱思杰，子吟说她亏大了，不仅当电灯泡，还要为他们约会买单。

元旦前两天，子吟给家里汇了一万元过节费，她爸爸收到后很是惊讶，打电话问她怎么会有这么多钱的，子吟只说是单位发的年终奖，他也就没多问了。岂料她爸爸无意中说起，海英在学校里谈了个朋友。听到这个消息子吟又气又急，她认为妹妹只是个专科，毕业后找工作肯定处处碰壁。妹妹不想着好好学习争取专升本，却在校谈起了恋爱，这个令她无法接受与支持。子吟觉得很有必要给海英提个醒，所以赶紧又给她拨了个电话。海英解释说那人是同系高一届姓陈的师兄，一天到晚围着她转，她可从来没答应他。子吟提醒她应以学业为重，在校谈恋爱不靠谱的，海英说她知道了。

元旦放假期间，子吟没有安排出门游玩，就在宿舍里看看书，整理一下客户资料。她仔细翻看已经记得满满的记事本，把重点客户又重新捋一遍。最近一段时间，在秦剑明提供的那份名单里，子吟又联系到了两人，他们均在各自的公司担任一把手。有一位叫霍夏，是外地一家勘察设计公司在沪分公司总经理，子吟经过好几次的联系沟通，约好节后去拜访他。另一位来头不小，是上海某大型建设企业集团旗下二级法人，他叫陈惠良。由于他和秦剑明有过两次接触，所以当子吟终于和他通了话，并报上秦总的名字，就立即取得了他的信任，二人约定节后找个合适的时间见面聊聊。

子吟的联系人列表里，已经有了几个自己跑出来的重要客户，虽然目前尚无项目合作意向，但和他们已到了随时可以邀约面谈的阶段了。子吟跑工地也颇有成果，十一月份到了浦东唐镇一个工地时，她遇见了一位项目总监。老人家很喜欢和子吟聊天，不久他介绍子吟认识了工地的甲方现场负责人柯华明。这位柯经理提到，他们公司在张江镇有一个大型商业广场开发计划。这个信息子吟牢记在心头，后来又联系了柯经理几次，算是持续跟进了这个项目。子吟把这些事情一一记在自己的日志上，细细安排未来一段时间的工作计划，在春节来临之前，她有很多事情需要完成。

子吟整理完这些，就出门到第一八佰伴走走。说来也奇怪，八佰伴周边商业广场也不少，比如华润时代广场、九六广场等，但生意特别好的还数八佰伴。这里每天人潮涌动，尤其是元旦商场打折促销期间，从早上六点就有人排队等待冲进去扫货。据说这里的黄牛众多，一个小长假期间倒买倒卖赚的钱足够一年的用度。子吟这会儿来这里，自然遇到了人山人海。不过热闹有热闹的好处，工作之余子吟一个人形单影只，看看熙熙攘攘的人群也稍平复了孤单的心。子吟从一楼逛到七楼，没买什么东西，索性上了楼去看电影。此后一段时间，她每周总有一两天从小区步行到这里来看场电影，再散步回去，这种感觉她很喜欢。

节后第一天晚上，田琳打电话说要来子吟家里蹭饭吃。子吟觉得烧饭的话有些迟了，于是就问她，朱思杰过来吗？如果来的话我请你们去外面吃吧。田琳叹了口气，说等我过来再说吧。子吟一听她的语气与往常有异，估摸着她碰到什么棘手的事了，而且似乎和朱思杰有关系，于是答应等她过来再说。

她顺路买了几样菜，回到宿舍准备起来。田琳进屋后窝在沙发上不说话，一脸委屈状。子吟问她怎么跟没了魂似的，她沉默半晌才讲出事情原委。昨晚她带着朱思杰去了她家，父母看到他很喜欢，她爸特地做了一大桌的饭菜。刚开始大家其乐融融地聊天，可是后来她妈妈说起一件事，事情就起了很大变化。

子吟大概能猜到为了什么，只是不便说出来，于是静静地继续听田琳讲。田琳妈妈问朱思杰有没有在上海买房子，他很是吃惊，因为他的情况田琳是清楚的，看来田琳是没有跟家人提起。他只得硬着头皮说自己大学刚毕业才三年，积蓄无多，工资面对上海这房价也是杯水车薪，所以准备过几年后再考虑买房。田琳妈妈问他家里人能否帮忙，没房子在上海怎么好结婚？朱思杰沉默了。其实田琳也不知道她妈妈今天会提这件事，以前她的确跟她妈妈说过朱思杰的情况，当时她妈妈也没说什么啊，怎么今天毫无来由提起这事？田琳妈妈最后定了调，就是如果他们两个要谈婚论嫁，先得买套房子。

子吟觉得这事很棘手，就问田琳，你是怎么想的呀？田琳说我很喜欢朱思杰，只要能和他在一起，房子可以租的，有条件了再买也可以啊。子吟想说这些你可以跟你妈妈讲，但转念一想这不太可能。田琳是个乖乖女，长这么大从来没有违抗过她妈妈的意思，甚至昨晚她明知妈妈是故意装作不了解朱思杰的情况，她也没敢挑明，她难道不知这般行事，会把朱思杰得罪惨？由此可见这事她是做不了主的。子吟也无计可施，只得安慰她，咱们走一步看一步吧，说不定朱思杰这一两年挣够首付款，买了房子也未可知。田琳听了虽觉太难，但也无法可想，只得以拖待变了。二人随后聊天做饭不提。

次日上班后，子吟联系了勘察设计公司的霍夏，依前约提请上门拜访。他说明天要到北京出差，时间有些紧张了。子吟说我们单位离您很近，我可以下午拜访您。霍夏同意了。他们单位恰巧在金桥镇，子吟很熟悉去那边的路线。吃好午饭后赶到目的地，才十二点三刻，而约好的时间是一点半，于是子吟就在楼下大堂里坐等。这幢楼看起来很新，不过在大堂靠侧面墙的水牌上，挂满了入驻公司的名录和楼层号，看起来入驻单位真不少。本幢楼周边大大小小有好几个工地，这里很快会成为金桥另一个商务区。子吟出于职业习惯，想着待会儿和霍夏会面完毕，可以去这些工地里看看，如此就更不虚此行了。

等到一点二十分，子吟去乘电梯到霍夏公司。前台领她去找霍夏时，他正在打电话，子吟就退出来在办公室大厅等待。没隔多久，霍夏走出来请她到会客室，吩咐前台倒茶给子吟。霍夏看起来有四十来岁，脸庞消瘦但体格很匀称，脸色较黑，还戴着眼镜，镜片后的眼睛炯炯有神，显是极精明之人。子吟拜访他，主要是想拓宽承接业务面，因为她在前期跑经营时，遇到一些人向她咨询勘察和设计的业务，她想准备一个能实施相应工程业务的公司。霍夏当然支持子吟的想法，给她拿了几本他们公司的宣传册，还有一些公司资质证书复印件。他说很欢迎子吟以他们公司的名义承接项目，以后他会尽力配合子吟，以谋共同发展。

两人谈了约一个半小时，看起来霍夏对子吟是很认可的。他在谈话中途叫了一个文员进来，让她尽快去印好子吟的名片。那个办事员问名片上职务印什么，霍夏想也没想就说写销售部副经理吧。子吟赶紧表达了谢意，说我还没有为贵公司做什么贡献，就先被委以重任了。霍夏笑着说，凡事名正则言顺，有了职务和平台，你才可以好好发挥。霍夏的母公司在所在地是很有名气的，占据了省内勘察设计市场的很大份额。当初母公司在上海设立分公司时，因迟迟打不开局面，连续换了两任总经理。直到换上了霍夏，不到几年时间就在浦东站稳了脚跟，取得了不俗的业绩，这说明霍夏是个特别有能力的人。

辞别霍夏出了办公楼，子吟果然挨个去周边的工地看了。在前两个工地，她没能遇到管事的人。当她走进一处正准备施工的现场，在业主办公室遇到了一个穿着蓝色工作服的姓李的矮个胖子。聊了一会儿，李工知道了子吟是做项目经营的。他问子吟，你们单位能做桩基检测吗？子吟记起霍夏的公司刚好有这个专业资质，忙点了点头，从包里拿出了一份材料递给李工，心想今日倒是极巧，刚拿到资料就有了用武之地，只可惜名片还没有印好。子吟向李工索要他的联系方式，李工说如果有需要会联系她。子吟无奈，只好在单位宣传册扉页上手写了她的名字和手机号码，随后向李工告别。

这个收获可真不算小，虽然李工不一定会主动联系子吟，但至少说明跑工地现场是获得项目信息的重要渠道。她准备年后再到那个工地去看看，假如还能碰到李工，就想方设法要到他的号码。子吟很开心地回到宿舍，却发现薛总正在收拾东西打包，一问才知道她年后不来上班了。薛总说他们夫妻两地分居矛盾多，这样下去不是办法，决定还是以家庭为重，所以辞了这边工作准备回老家发展。子吟和薛总虽然是舍友，但交流的机会不算多，仅限于回到宿舍互相问好，早上去公司彼此祝早。看她马上要离开上海，子吟念及舍友情分，主动提出请薛总一起吃个饭，不过薛总以时间紧张为由婉拒。

这样到了过年前，这间屋子就名副其实地归子吟一个人住了，暂时也看不出公司有安排其他人住进来的迹象，子吟自然是乐意的。田琳知道这个消息后比子吟还要开心，因为以后她来这里过夜时，可以单独住一间房了。其实自从和朱思杰谈起恋爱，田琳来这里的次数比以前是少了很多的。上次因为房子的事闹别扭后，朱思杰冷淡了田琳几天，那段时间田琳确实几乎整天都待在子吟这里，等他们二人的关系和好如初，田琳来的次数又少之又少。关于他们继续交往的事，子吟料定田琳是瞒住她家人的，因为她偶尔去田琳家做客，田琳父母都不会提到朱思杰，这个足够说明一切了。

第二十三章

子吟决定要回家过年，于是趁早买好了机票，随后她花了很大精力去给家人挑礼物。给婆婆买的是一件长款加绒保暖棉袄外套，她能想象婆婆穿着一定特别精神，这也是她这次买到的最满意的一件礼物；她给妈妈买了一件大衣，给妹妹的则是一双耐克新款运动鞋，想来她们也一定是喜欢的；子吟给她爸爸买了两条中华香烟，按照以往的经验，子吟买再好的礼物给他，如果缺了香烟，他总是不开心的。到了元月中旬一天下午，子吟给家里拨了电话，想告诉他们自己到家的确切时间。令她恼怒而始料不及的是，爸爸居然说海英要带着她男朋友来家里过年。子吟气得都不想说话，直接挂断电话。

看来海英是把她的话当耳边风了，先不说他们这份感情能否经得住考验，关键是海英对未来一点危机感都没有。在一线城市，如果没有好一点的大学本科文凭，想要找到好些的工作简直比登天还难。当然也有例外，不过例外真的只是少数，大部分人还是要有本科或者硕士学位的。海英仅仅是个专科生，而且专业又那么偏，毕业后凭什么找到一份满意的工作啊？退一万步说，她目前还在学校读书，凭什么带八字没一撇的所谓男朋友回家过年？子吟遗憾自己没能读大学，本想供海英一直读下去，可是眼看这份心血是要白费了。她越想越气，直接把机票退了，把买给家里人的东西邮递了出去。

春节不能回家，子吟心里其实是很不舒服的，她很想念婆婆和妈妈。但不回去过节，表达的是她强烈反对海英所作所为的态度，她也不愿意家里多个陌生人一起过年。正当子吟在宿舍里生闷气时，听到屋外有人敲门，一看原来是田琳和朱思杰来了。子吟这才想起数日前大家已经约好今日一起聚聚，也是为她春节回家饯行。当子吟告诉他们自己不准备回家过年时，他们一脸的惊愕，因为大家都知道子吟已经买好了机票的。子吟没过多解释，只是说公司这边需要加班，她只好留下来了。三人闲聊了一会儿，起身一起去菜市场买菜，又去超市买了些饮料和啤酒，这才折回去做饭。

一直到了晚上八点钟，大家才忙好上桌吃饭。子吟看他们的关系未受上次事件的影响，很替他们感到欣慰。田琳曾给子吟讲，她父母并没有想要让他们分开，只是要求朱思杰在婚前买套房，所以田琳认为他们的未来可期。饭毕聊天的时候，子吟就问朱思杰什么时候回去过年，他说他也不回的。田琳说年三十到她家去过，朱思杰看了她一眼，表情很复杂，显然是很不乐意的。子吟看出来了，就把话题岔开，和田琳讨论一起去外地过春节的可能性。田琳连连摇头，表示她长这么大，还从来没有到家以外的地方过年过。子吟点头称是，说田大小姐温顺听话，知礼节懂孝顺。田琳微笑着闭眼陶醉起来，说这是必须的。

三人边吃边聊，朱思杰显得异常开心，啤酒都喝了四五瓶，脸庞已经有些微红。田琳席间要去方便，朱思杰目送她走过客厅到了另一头进了卫生间，回头瞅着子吟，子吟被他看得莫名其妙，不知他是何意。他忽然半开玩笑半认真地说，找错了，找错了，我应该找的是你。子吟心头一震，万料不到他居然有这种心思。不知道是他遇到田琳妈妈这道坎萌生了退意，还是他更喜欢子吟这类型的女生，抑或他就是个花心的人，子吟心头充满厌恶鄙夷之情。此人和自己的闺密谈朋友，又对她打主意，这样的人是子吟很瞧不起的，即便朱思杰没有女朋友，子吟也不大可能会选择与他这种个性的人在一起。

子吟想着也不能开罪于他，只得小声地对他说，吃着碗里的，看着锅里的，你这是要脚踩两只船吗？以后再也不能说这种酒话了。朱思杰酒后本就脸微红，这下更是羞得满脸通红了，他连声道歉，想要做一些解释。子吟摆摆手，手指向卫生间的方向，意思是田琳马上就要回来了，不要没事找事，惹出一堆的麻烦事出来。田琳果然推开门走出，朱思杰就不敢言语了。她洗完手没找到手巾，正打算到桌子上拿餐巾纸擦手，见朱思杰脸红成这样，忍不住用湿漉漉的手摸摸他脸，笑话他酒量不行还喝这么多。这次吃饭过后，朱思杰再也不敢向子吟表示什么，不过他越来越敬重子吟。

随着春节的临近，同事们陆续回了家，留在办公室里的人越来越少，这令子吟倍感孤寂。当她妈妈劝她改变主意，能在节前赶回家里时，子吟纠结良久最终忍痛说她要值班回不了，妈妈失望地挂了电话。看来海英还是没有意识到这个问题的严重性，似乎觉得她未来的人生路会一片坦荡。海英不懂这个也罢了，爸爸居然也跟着胡闹，支持海英带所谓的男朋友回家，这不是鼓励海英把青春大好时光，耗费在做这些没有意义的事情上面吗？子吟不回家，实质是向她爸爸做出抗议的姿态，不过从目前的情况来看，他们都还没觉得问题有多大，说不定都以为子吟小题大做了呢。

没放假之前的工作日，子吟还在按计划跑客户，只是她都见不着什么人了。她前不久曾拜访过一个土木工程公司的老总，当时两人曾约好年前再详谈一下。谁知子吟不小心弄丢了对方的名片，他的号码也就没有存住。眼看要过年了，子吟不想爽约，就尝试着直接上门找他，如果能碰巧遇到那就好了。等子吟到了那家公司的办公地，偌大的办公室里就剩一个小姑娘在值班。子吟说明来意，那个女生很抱歉地说公司已经放假，她是公司留守值班的。子吟本就没抱什么希望，见不到那位老总也在情理中。当她看到空荡荡冷清清的公司里，就这么一个小姑娘在上班，顿生同病相怜之情。

那个女生的个头儿比子吟要高出一些，这还是在她穿着平底鞋的情况下。她的身材有些消瘦，樱桃嘴大眼睛，五官也特别精致，皮肤有些苍白，倒像是大病初愈般。她讲一口标准普通话，说话如银铃般清脆，而且满脸笑容，令人心情愉悦。子吟听口音听不出她是哪里人，一问才知道她是重庆人，居然和自己是老乡。在同处他乡而又有家不能回的日子，遇到老乡就比平时更令人觉得亲切。两个人瞬间就亲密了许多，倒像许久未见的朋友似的，你一言我一语地热聊起来。女生比子吟小三岁，有个很男性化的名字，叫王凡，从小还有个特别女性化的乳名，叫妞妞。但凡与她熟识起来的人，都以乳名称呼她。

妞妞在重庆一所中专院校毕业后，就来上海打工了。她说她来了上海才后悔当初不该上中专，上高中考大学读本科多好啊。对此很多人都深有同感，初中毕业参加中考时，那些班级里的学霸们考中后就去上了中专学校，但等到毕业后参加工作了，他们均不如考上大学的人有前途。妞妞在上海不是很顺利，主要是收入增长和工作平台都很受限。她很努力地工作，目前在这家私人工程公司的人事部任职。今年春节领导安排她留守，所以即便她心里一百个不乐意，也只能服从。子吟和她聊了一个上午，简直有聊不完的话题。

快到中午了，子吟提出请她一起吃午饭，妞妞一口应允。

两个女生到了楼下，发现马路对面刚好有家川菜馆，此刻去品尝的话正好应景，于是她们走进饭店坐下来点菜。要说人与人之间缘分一线牵，她们两个是活生生一对范例，早上还是滚滚红尘中两个陌路人，这会儿恰似失散多年的小姐妹。子吟问妞妞能否吃辣，她回应说无辣不欢，于是子吟点了川菜馆中的几个经典辣菜。两个人边吃边乐边聊，这顿饭直吃了一个下午。妞妞说单位里的人一个个贼精贼精，老早安排好了工作请了假准备回去。等她想起去请假，已经没人值班了。妞妞公司老板说值班的要坚持到年三十那天，才能安排回家。妞妞说到除夕夜了还回个鬼啊，只能再做打算。

子吟本是按宽裕的量点的饭菜，却不承想二人最后把菜都吃光了。见吃饭爽快，聊天也意犹未尽，妞妞提出晚一点找家歌厅去唱歌，子吟一听喜出望外，因为说起唱歌听歌，很少有人会比她的兴致更高。子吟目前的朋友圈里还真没有一起吃喝玩乐的朋友，田琳能算一个，不过她喜静不喜闹，尤其迷上朱思杰后，和子吟一起逛街吃饭比刚认识的时候少了很多。妞妞提议去唱歌，岂会得不到子吟的热烈回应？子吟叫人买单，走来的却是饭店老板。原来店里服务员大半回家了，店老板只好身兼数职做生意。妞妞不失时机地用家乡话套近乎，子吟在边上帮腔，老板最后给她们打了个八折，两人乐得欢呼雀跃起来。

二人出了餐馆，就近到了吴中路的一家歌厅，此时天色尚早，加之快接近节日了，店里门可罗雀。这里大堂的设施很新，估计开业没多久，她们开了个包间，又到歌城超市买喝的。子吟本想拿饮料的，妞妞笑嘻嘻地把筐里的饮料罐放回原处，说唱歌就该喝点啤酒，饮料很无趣的。进得包间，两人瞬间都变麦霸了，抢着点歌，争着献艺。妞妞的唱功比较不错，能唱老歌，也会新曲。子吟的嗓音不错，不过调子不太准，不过她才不管这些呢，这时候开心最重要，妞妞也适时鼓舞她，所以她唱得更起劲了。多年以前，她也喜欢在饭桌上哼歌，每每招致她爸爸的训斥。现在，她想唱就唱，根本不会在乎唱得好不好。

她们欢唱了三个多小时，共计喝了十几瓶小瓶啤酒。子吟真不知道自己能喝这么多，只是最后还是有些头晕。唱完歌出了歌厅，妞妞请她晚上住她那里，子吟想着换洗衣物都在宿舍，还是回去比较方便，于是婉拒辞别妞妞，两人依依惜别，约好年前再聚。子吟拦了一辆出租车坐上去，妞妞侧着头用右手拇指小指做打电话状，意思是电话联系，就挥手招呼出租车离开。第二天早上醒来，子吟就收到妞妞的短信，一来问早安，二是让子吟有空就去找她，发牢骚说值班相当无趣。子吟本计划当天去龙华寺的，想想到下午就可以去妞妞那里陪她，于是回了短信，妞妞立马发回一个开心的表情。

子吟小时候很受委屈，又看到婆婆和妈妈受苦，自觉有种无力感，深恨自己没有能力保护她们，只能在睡前醒来默默祈祷她们平安。那些年跑货运，她眼见很多鲜活的生命命丧车轮底下，其状惨不忍睹，令她倍感生命的脆弱。如果有时间，她一定会去附近庙里虔诚拜拜，以祈祷平安。子吟早就想去龙华寺了，春节不能回家看亲人，就想着要去那里一次，祈求家人能平平安安。收拾停当出门后，她坐上公交车晃荡了近两个小时才到。下车步行数百米，只见前面到处被临时施工围挡围住，寺庙周边已经被拆得一塌糊涂。废墟遮掩不住的是一座古塔，十分夺目，子吟想看个究竟，就走到马路对面。

绕过一个工地，子吟眼前豁然开朗，只见一条大道直通塔下。路旁是龙华烈士陵园，隔墙远望，院内郁郁葱葱，应有绝佳风景，走到塔下，一座牌楼与塔身相对，牌楼上书"龙华"二字，与古塔相映成趣，古色古香。据说古塔始建于北宋时期，难怪子吟远远看去，便觉有不俗之气。参拜完寺内诸佛，她又吃了碗素面，中午时分才出来。恰在此时田琳打电话过来，问子吟有没有空，晚上一起吃饭。子吟说我在龙华寺，下午要和一个新认识的朋友会面。田琳笑道，认识新朋友，勿忘老朋友，介绍认识一下多好。子吟笑呵呵回道，我问问那个朋友，方便的话就一起喽。妞妞自然是乐意的，大家约好晚上在人民广场碰面。

子吟看时间尚早，想先回宿舍换套衣服再来，可一估摸时间，又觉得有些紧张，浦东浦西来回一趟真不轻松呢。忽然她有了另一个念头，何不去外滩走走？上次想从南京东路走过去，却叫满大街的人流给吓住没去成，今日利用下午的空闲时间去逛逛那里倒是个不错的选择。计较已定，她就先坐公交车到黄陂南路，再换乘一号线到人民广场，沿着步行街一路逛下去。即便快到春节了，这里的人还是不少，不过比子吟上次看到的恐怖人群，这会儿人数的确少许多了。她把两边商店都逛了个遍，有心思在这里买几件衣服，只是挑了半天，也没能看到自己比较中意的衣服。

子吟心想，待会要和田琳、妞妞碰面，三人必定会一起逛街，那时候彼此参谋一番，才可能买到合适的衣服，这会儿还是去看看景致才是正理。于是她走出商场，穿过河南南路，很快就到了陈毅广场。子吟从中山东一路站立的位置望过去，伟人铜像和江对岸的东方明珠塔几乎等高，这衬托得铜像更加气势磅礴了。站在外滩看对面的陆家嘴，那简直是座科幻片里的未来之城，和浦西外滩边上的万国建筑群形成鲜明对比，犹如在两个完全不同的国度，很是震撼人。江上船来船往，偶尔响几声汽笛，这就有点感觉了。子吟在这里徘徊良久，差不多到了下午四点，才掉头按原路返回。

子吟到达来福士广场，稍等了一会儿，田琳和妞妞前后脚到了。见面后子吟引荐她们认识，又寒暄一番，很快三个人就打成了一片。她们商量着先去商场找家餐厅吃饭，到了一家看起来还不错的料理店。妞妞说这顿饭是我来请，你们不许和我抢。子吟笑呵呵地说就这么说定了，捡店里最贵的菜来点，田琳赶紧打趣着连声附和。吃过晚饭，她们就去逛商场，妞妞和田琳似乎也很久没逛街了，每个店都进去看看，遇到喜欢的衣服就拿来试试，最后大家都有了战果：子吟添了一件紫色大衣，妞妞选择了一套牛仔服，田琳是两套裙子。子吟笑话她俩，这大冬天的买夏服。妞妞说反季选衣服才实惠便宜，田琳连连点头。

等三人逛好商场，已经到了晚上十点钟了，她们依然是意犹未尽，于是商议下一步行动。妞妞提议去逛逛外滩，子吟一听就先怕了，让她再跟去外滩，她的腿脚都不太会答应，但又不好扫她们的兴致，于是小心翼翼地说她下午已经去过了。谁知妞妞不干了，她右手握拳，只伸出食指做钩状，从上至下轻轻刮了下子吟的脸，一边呵呵笑着说，姐姐，大白天的外滩当然没有看头，外滩是看夜景才对啊。子吟问田琳的意思，她说她也很多年没去了，一起逛逛无妨。子吟无奈，只得陪她们又从步行街一路走下去。幸好子吟今天出门穿的是平跟鞋，要不然今天可难以支撑到最后。

妞妞说得一点儿也没错，晚间的外滩比白天美丽十倍。三人顺着台阶走上外滩走廊，顿时心情大悦。整个江面都被灯光映亮了，东方明珠的绚丽灯光让人目不暇接，再看万国建筑群，没有了丝毫的历史沧桑气息，所有建筑装饰灯光全开，流光溢彩现代感十足。上游从南浦大桥始，到下游的杨浦大桥终，五光十色的灯光点缀着黄浦江。江面上游船更是漂亮，仿佛家乡过春节扭秧歌时巡街的人造花船，只不过这是真正的花船，在各色灯光的映照下更加显得喜庆。还有一些是有着巨大屏幕的广告船，滚动播放着商家精心准备的画面。那些没有在夜间来这里徜徉的游客，才是真正错过了奇景。

第二十四章

子吟请她们跟她回宿舍过夜，这样大家还可以继续说说话，两个小姐妹齐声称好。三人到了子吟宿舍，免不了又是一阵狂欢，幸好房间够大，啤酒也管够。折腾到半夜两三点钟，她们体力不支才睡下。第二天一早，妞妞赶回单位值班，田琳去找朱思杰了。到了晚上，大家又聚到了子吟这里。子吟原本以为这个春节会异常冷清，谁料其可以媲美她曾度过的最开心的节日。田琳隔个两三天就会过来这里，妞妞除了值班就天天和子吟腻在一起。妞妞特别会来事，脑袋里仿佛有无数的奇思妙想，让两人的每一天都过得很充实精彩，她们去了上海的很多地方游玩，弥补了子吟来两年都没好好逛过的遗憾。

子吟和妞妞也在积极置办年货，争取在这里每天都能吃喝不愁，还要像在家里一样温馨舒适。大年三十那天，二人从中午就开始准备年夜饭。田琳本计划带着朱思杰去她家里吃年夜饭，可是他很不情愿，宁可自己一个人待在宿舍过节。于是田琳想安排他来子吟这边。子吟听了田琳的提议，心里很不乐意，如果这次没有妞妞在，她肯定立马找借口拒绝了。只是当田琳征求妞妞的意见时，妞妞不知子吟和朱思杰的那档子尴尬事，她说多一个人吃年夜饭，就多一份热闹。子吟一时真找不到什么拒绝的理由。田琳央求子吟，说她和家里人吃完晚饭就过来陪大家，子吟只得答应。

子吟给家里打了个电话，果然听妈妈讲海英的男同学来了她们家里。子吟此时已经无心亦无力为这事跟家人怄气了，很多事并不是她所能掌控得了的。海英能听她的意见固然是好，她如果不听也无法勉强，每个人都要成长，这个过程中他人的作用毕竟有限。子吟唯希望家人能平平安安，身体康健就一切都好了。婆婆的状态不是特别好，子吟给她问安，她只是反复地说，幺儿，好想你。子吟难过得掉泪，反复嘱咐婆婆吃多一点，穿暖和点。依依不舍挂完电话，子吟决心尽快回去看望婆婆。妞妞倒是心很大，和家里人报平安时有说有笑，兴奋地向他们描述和好姐妹一起过节的情形。

等到子吟和妞妞做好了一大桌子菜，也把春联贴好，田琳和朱思杰过来了。他们拎了一袋饺子，还有一些做好的熟菜，田琳说是她妈妈特意做了让她带过来，这下晚饭更丰盛了。朱思杰说买些鞭炮来放，就更有过年气息。女生们赶紧让他出门去找找，看这会儿还能不能买到。他穿了外套一溜烟下了楼，不到半个小时就拎了满满一塑料袋的各式烟花爆竹进来。大家在客厅里放好桌椅，摆好年夜饭，电视里春节联欢晚会也适时开播了。众人倒起啤酒饮料，举杯共贺新春。妞妞又出了个主意，她说碰杯喝酒前大家先说说自己的新年愿望。大家觉得这个主意很好，可是为谁先开头起了争执。

吵闹半天，大家都不愿意第一个说，只好抓阄来定，结果田琳排了第一。她想了想，笑眯眯看着朱思杰，说她希望来年他可以赚钱买到房子。子吟笑道还不如直接说来年让朱思杰娶你回家。朱思杰早已想好了该怎么说，接话道祝在座的几位美女来年变得更漂亮。妞妞直嚷嚷，说怎么愿望都是替别人许的？轮到子吟了，她本想说希望婆婆来年身体可以健康起来，又怕这样说坏了气氛。她灵机一动，说自己的愿望和妞妞是一样的。妞妞回过头用夸张的表情看着子吟，说姐姐你是认真的吗？子吟额首认可。妞妞眼睛发亮，说我的愿望很简单，就是你来年可以给我找个好姐夫。子吟听她这么说，顿时傻眼了，众人都拍手叫好。

这个除夕夜大家过得非常开心，而且非常难忘。三个女生后来在不同场合都提到异常怀念这一夜，希望时光可以倒流，停留在那个夜晚。她们吃着喝着，猜谜喝酒，满屋子的欢快笑语，每个人都仿佛没有了一切烦恼。农历新年倒计时刚到，小区里的人好似突然都睡醒了，集体开始放鞭炮，而不像之前半个晚上稀稀拉拉零星地引燃爆竹。大家穿好外套去小区里，哪里有响声就去哪里，后来跑到隔壁小区了。到处弥漫着鞭炮放过后浓浓的火药味，这个味道全中国都一样。多年以后，为了控制城市 PM2.5，上海外环内禁放烟花爆竹了，过年一下子毫无味道，所以子吟更加怀念那一夜了。

回到宿舍里，众人简单收拾一下桌椅，开始打扑克牌。到了凌晨三点半，田琳首先支持不住了，漱了口爬上床和衣而睡，其余三人也只是强打精神在玩。后来朱思杰去了隔壁屋里休息，子吟和妞妞又聊了一会儿才熄灯睡下。初一早上十点多，大家陆续起来，田琳和朱思杰吃过早饭回去了，子吟和妞妞一起度过了剩下的节日。其间她们去了趟无锡和苏州，把个太湖的所有景点逛了个遍。初五凌晨的时候，酒店的周边鞭炮声大作，把睡下的二人都吵醒了，她们愣了半天才反应过来这是在迎财神。长三角一带迎财神的阵仗比除夕夜还夸张，可能是商业发达的缘故吧。两人推开窗户看着满天的火树银花，不禁啧啧称赞。

初六那天她们回到上海，这时妞妞想着要回趟家了。工程单位一般过了正月十五才会忙起来，即便这时候回去，法定假期结束时向领导请个假，也可以在家里待足一个礼拜，想想还是很合算的。子吟一听也动心了，两人一合计，决定今日就出发回家。她们全价买了到重庆的机票，又简单收拾了行装就赶往机场。虽然这样代价比较大，只是这时回家的念头已经压倒了一切，何况只是多花点钱而已。晚上到达重庆，她们直接去了妞妞家。原来妞妞爸爸已经过世，她妈妈和她哥嫂住一起。她们很热情招待子吟，令子吟感觉特别温馨，不过她也归心似箭，只住一夜便辞行妞妞和她家人，到长途客运站坐车回家。

等她回到家里，所有人都又惊又喜，子吟没跟他们说自己要回来的事情，就是想给他们一个惊喜的。婆婆抱着子吟就不愿放开，开心得直流泪。子吟见她穿的衣服正是自己年前寄给她的那件，只是婆婆已干瘦得厉害，这件本是小号的衣服穿在她身上竟然还显肥大。子吟握着婆婆的双手上下仔细打量了一番，见她眼窝深陷，眸子里已失去了往日的光彩，齐耳短发全白，脸上再找不到一处没有皱纹的地方，虽见她开口乐呵呵地笑着，却只剩一颗上门牙孤悬在嘴里，看得子吟心疼不已。子吟只在机场买了些特色小吃，又给她爸买了两条烟，这会儿想着没给婆婆带些她爱吃的甜枣，不禁很是懊悔。

子吟也想好了怎么样面对妹妹那个所谓的男朋友，无非是在态度上对他客气些罢了。令她欣喜的是，海英的陈师兄已于数日前回自己家去了，这倒省了很多麻烦事，只是她马上遇到了一件更为棘手的事。子吟一进房间就明显感觉家里的房子年久失修，屋顶好几处都有破洞，她爸爸用塑料和泥瓦勉强修补好，不过这要是下起大雨来，家里还不成水帘洞了？子吟思忖良久，觉着这样子下去可不是办法，万一有一天这大宅屋顶塌了，那后果就不堪设想。她决定把这老房里里外外修缮一新，于是和她爸爸商量这事。谁知她爸爸摇摇头叹口气，称修房不是那么简单的，没有十几万块能修得起来？

子吟听了为之一怔，她原以为花个几万块就够了，哪里知道需要花这么多。她手上确实存有十几万，还想着即便这一两年没接到新业务，也可保证一家人的吃穿用度不短缺，包括妹妹上学的开支。但是果如爸爸所说，这笔钱就要全部投进去了。修个房怎么要这么多钱？盖座新房子要多少？子吟一时竟算不清这笔账了，她仔细询问爸爸修房的费用构成，发现这几间大房维修起来真不是个小工程。屋顶的砖瓦都是民国时期的，要全部换成目前使用的砖瓦，墙体的承载力就很成问题，所以这个修房要涉及地基、承重墙和屋顶整个重建，这和重新盖几间房已经没区别了。

子吟知道爸爸经常在建筑工地打工，造房子的事他应该是懂行的。她看了看已开始年迈的双亲和快要老去的婆婆，真不忍心他们晚年生活在这样的房子里，所以她没考虑多久就告诉爸爸，哪怕重新盖房子，也要把这里弄好，她会想办法筹到钱。子吟爸爸很吃惊，他知道女儿很能干，多年来家里全靠了她，这才能衣食无忧，小病小灾不愁。不过很短时间里筹措到十几万元钱，还是超出了他的想象。他犹豫着问这么一大笔钱从哪里来？子吟只是告诉他，我会用正当合法途径挣来，爸你就不要担心了。子吟爸爸还是将信将疑，不过他最终还是选择相信他这个女儿。这么多年来，她从来没让家人失望过。

正在一家人筹划修缮房屋事宜时，一个小插曲促使修房最终变成了买房。子吟的一个发小回到了村里，她得知子吟也回来了，于是来找她叙旧，老同学见面自然分外欢喜。发小的名字叫张雨燕，考上医学专科去了外省读书，毕业后回到自贡一家医院工作。晚上子吟留她一起吃饭，想和她好好说说话。她们聊了这些年的往事，子吟轻描淡写地说了一些她可以说的；她们说到了家乡这些年的变迁，村子里越来越破败，年轻人出去打工的越来越多，留在家里的老弱病残居多了，村子的活力渐减，令人惆怅不已；她们还聊到了各自的生活。张雨燕说她已在自贡市落户成家了，回村庄机会也越来越少。

子吟忽然问起自贡的房价，张雨燕说她一年前刚买了一百多平方米的市区房，共二十五万左右，现在也应该差不多这个价。子吟听了不觉心中一动，她这时立即有了新的想法。花十几万元在农村盖房子，而且是一个正在衰败的村庄，这从投资角度讲是完全失败的。现下国家正在提倡农村人口城镇化，谁知以后养育自己的小村庄，会不会像历史上无数个消失的事物一样，慢慢地就没有了呢？那在村子里盖新房还有必要吗？如果在自贡买套房子，虽然要多花十来万，可是在城市这房子就有投资价值。况且城市里的基础设施与资源和农村里的不可同日而语，三位老人家住在自贡养老，不是一个更佳的选择吗？

当晚服侍婆婆睡下后，子吟披件大衣在院子里来回踱步。这所大宅子原本全部是婆婆的家产，后来被分给了同村的很多户人家。时至今日，整个大院里其他人家都搬离了，有的是年轻人出去打工带走了全家，有些是碍于大宅破旧不能继续遮风挡雨而另建新宅了，目前就剩子吟一家住在靠东面的两间大房里，但屋子都已经成了危房。看起来大院好似又重归婆婆了，只是它和婆婆一样，也已风烛残年，经不起任何风吹雨打。天气还是很冷的，子吟把大衣裹裹紧，怔怔看着院子中央的一棵枇杷树。小时候的某次果熟季节，她曾努力爬上去摘过枇杷果子，可是还没学会怎么下树，急得她"哇哇"直哭，是婆婆笑呵呵地抱她下来了。

子吟忆起了小时候，那时这个院子里可是热闹非凡的。大院里住了五六户人家，虽然均是异姓，但因为同在一个屋檐下生活，俨然成了一个大家族的样子，就差有个族谱和祠堂了。听妈妈悄悄讲起，爸爸未搬进来前，大院里所有人都服婆婆，因为她是个最讲理的人。后来爸爸"嫁"了进来，大院里的人开始屈服于他，因为他最不讲理。大院里人丁兴旺的时期，光小朋友加起来就有十几个，一到放学放假这里便再无片刻安宁。这里承载了子吟儿时最美好的记忆，甚至可以忘却爸爸对她的种种不好。无论是多大的烦恼，只要和小伙伴们在这里玩耍，就一切都烟消云散了。

经过一夜深思，子吟决定在自贡买房。早上吃早饭时，她就把她的想法告诉家里人，大家都欢呼雀跃，只有她爸爸露出夸张的无语表情，意思是子吟一天一个主意，一个比一个更不靠谱。子吟说她在回上海之前会把这事定下来，只要家里人同意就行。子吟爸还是持怀疑态度，不过他潜意识里觉得有笔钱能修修房子是最好的，至于在自贡买房，他没觉得有多好。见大家都不反对，子吟就准备去市区看房子。她真想找个人陪她一起去看，立刻就想到了妞妞。如果妞妞肯来趟自贡那就太好了，给她点参考意见比什么都强。子吟立马给妞妞打电话，果然是好姐妹，妞妞爽快答应了，她说她会立即去长途客运站乘车。

这时候子吟妈妈说了一句话，让子吟紧张起来。她说这正月十五都还没过完，卖房子的人上班了吗？卖房子的人以房产中介居多，子吟妈妈不知道个中情况，以为造房子的就是卖房子的。上海房产中介一般是到正月初八就上班了的，自贡属于西南内陆城市，不知会不会这么早开工啊。子吟想了一会儿，想给张雨燕打电话问问情况。得知子吟想买房子，张雨燕说她老公认识很多房产中介，让他来联系安排一下吧。子吟一听这事有戏，忙请她让中介多准备几套房源，总价不超过二十万，且在市区交通便利的所在为最佳。张雨燕满口应允，半个小时后就回了电话，说中介找好了，可以随时去看房。

子吟准备安排妞妞在家里住一晚，第二天一早再去自贡看房子。她也想带婆婆一起去看看走走，只是婆婆走路稍久一些就疲惫不堪，想要带她一起去挑房子，那更是不太现实的想法，所以只好作罢。下午三点左右，姐姐拎着大包小包到达了。子吟接她回了家，她对子吟家的大院子十分好奇，到处转转各屋走走。当她听起子吟说小时候爬枇杷树的事，竟然来了兴致，跃跃欲试也想去爬一爬，只是自己穿衣太多行动不便，这才不舍地放弃了。当晚大家又是一顿吃喝，大院里顿时没有了冷清，才有个过节的样子了。子吟喜欢看到婆婆怜爱地、笑眯眯地看着她的样子，而此时此刻婆婆正是如此。

第二十五章

　　子吟和姐姐准备去自贡，海英也想跟着去，子吟坚决地拒绝了。她这次回来有意冷落海英，想让海英感受到自己对她在学校的表现有多失望。海英似乎没领会到这一层，见姐姐不带她去，发了很大一通脾气，又把自个儿反锁屋里生闷气，子吟看她这样暗暗摇头。姐姐正想劝子吟带上她呢，只见子吟摆摆手，也就没开口。路上子吟给姐姐讲了她妹妹的事，姐姐听后也生气，说海英多大个人了，都不用脑袋想问题的。她又说你这辈子就是个劳碌命啊，到了某个人生阶段就找个人来疼，然后把那人宠坏，唯独从不宠自己。这样的女人不少，做到你这样极致的真不多。多么痛的领悟！姐姐才认识子吟多久，她就把子吟看了个透。

　　到达和中介约好碰面的东方广场，两人先在这附近逛了一番。东方广场是位于老城区核心地带的一条仿古式商业步行街，以经营服装业和餐饮业为主。女生对这样的地方是天然没有免疫力的，姐姐和子吟立马喜欢上这里，要不是还有重要的事要做，两人早就汇入到人流中去了。自贡除了以"盐都"著称，还是举世闻名的"南国灯城"，而市区灯火最绚烂的街道无疑是东方广场步行街。再过几天就是元宵节，广场上、街道边、屋檐上都挂起了各式各样的灯笼，沿街是独立摆放的落地灯饰，白天看起来都如此有气势，到了晚上一定是更加美不胜收了，她们决定晚上在这里看灯展。

　　很快中介就来电话了，三人见了面就直奔中介小哥介绍的第一套房。小区离广场特别近，是一套房龄五年的二手精装房。她们一进屋子就很喜欢，面积够大而且房型正气，唯一的毛病大家都知道的，就是太贵了些。好房子都有这缺点，一百二十平方米的屋子开价接近四十万。子吟觉得这个价格超出了她目前的承受力，除非按揭贷款每月还贷。但是目前她要养家，还有妹妹的读书花费，工作也才进入正轨，花这么多钱买下来她的压力太大。小哥说没事，还有好几套房可供你们选择。于是大家接着看，这一天瞅了有五套房子，都是次新房，不是价格偏贵，就是房型或位置不佳。

到了下午时分，子吟问那小哥有没有在售的新房，他回答说有是有，但位置没有这么靠近广场的。子吟对他说，只要位置不是太偏，新房也可以看看的。小哥说今天稍有些晚，我安排明天去看几套新房。大家约好就散了，子吟和姐姐找了家离广场近的宾馆住下来，马上出去逛街。她们从街这头吃到那头，直到街市上的灯笼映亮了夜空。姐姐和子吟从小吃街尽头挤回来时，整个广场已经人山人海，白天还景致一般的城市现在彻底变了模样，观灯的人群络绎不绝，各种彩色的灯像天上的繁星一样，大放光彩。她们一致认为这个热闹场面一点也不输于外滩最美丽的时刻。

二人逛到深夜才返回酒店，还都是意犹未尽的样子。姐姐说在这里买房子真好，可以年年看灯展，而且是全天下最美最热闹的。子吟说要不帮你找个自贡小哥嫁了，房子也不用买而年年观赏灯会可得。姐姐表情严肃起来，说这个主意很好，我要好好考虑一下。看姐姐那认真的表情，子吟忍不住哈哈大笑起来，说我要是男生早把你搞定了。姐姐两眼放光，说你是女生我也愿意嫁的。子吟赶紧做双手护胸状，说我这方面取向正常，请你另选他人。姐姐装作表情很痛苦的样子，以枕头蒙了面，嘴里连连说道，完了完了，看样子我要孤独终老了。两人咯咯笑个不停，又聊了许久才睡下。

中介小哥还是很给力的，子吟她俩还在吃早饭时，他就来电话说上午去看一个新楼盘。这个正在建设中的小区也在自流井区，位置还可以，交通特方便，离五星街也只一刻钟路程。小区周边一大块都是待开发区域，假以时日，这里就是很新的居民区了。子吟看中了一套两室两厅、约八十平方米的房子，可以满足目前所需了。她问了下该户型价格，小哥答曰总价十八万。子吟心里默算了一下，这个价格如果再降点还是可以承受的。无论如何，这比花十来万把家里的老房子翻修一下要好多了。子吟把姐姐叫到一边，征求一下她的意见，姐姐也觉得这个地段此价位可以接受。

听她这么说，子吟决定入手了。她们立即施展逛街杀价大法，和中介小哥开始磨价格。小哥被两个女生说得毫无招架之功，简直插不进嘴了。好不容易说上话，他才抛出春节淡季优惠政策，若一次付清房款的话可享受九五折优惠。他特意强调，最近房价开始上扬了，这个优惠政策很快会被取消，开发商内部会议决定节后提升这个楼盘单价，让子吟抓紧机会。子吟本是做销售的，她太清楚销售员的销售策略了，自然不会为小哥的一席话所左右。经过一番讨价还价，双方以十六万成交。可是子吟身上满打满算只有十五万左右，还需留一万在手上备用，离全额付房款尚差两万元。

姐姐看子吟面露难色，就问她是不是钱不够？子吟轻轻点了点头，说优惠政策真不错，不过想要享受的话有些困难，只能多争取点现金优惠，然后再贷点款。姐姐忙问子吟，差多少啊？子吟告诉她数字。姐姐笑笑说我有点闲钱，可以先借给你救急。子吟知道这个新认识的小姐妹人很好，可是她慷慨到这样子却也出乎她的意料；请她过来看房子已是帮了大忙，再向她借钱就大不应该。此份盛情却之又不恭，她只得饱含深情地感谢姐姐，承诺回上海后尽快还她。姐姐说我也不急用，等你宽余了再说吧。她狡黠地又补充道，实在不还也没问题，到时候你嫁给我算抵债了。子吟一愣，随即笑呵呵答应了。

站旁边的中介小哥听得一愣一愣的，耳闻她们最后的对话都吓傻了。姐姐看到了他的惊骇表情，存心想逗逗他，于是故意拉子吟过来，挽着她胳膊，头还要靠她肩上，笑呵呵对着小哥说，这位美女是我女朋友，我帮她付款有问题吗？中介小哥完全不懂风情，估计也是刚踏上社会不久，哪里见过这样的事情，也丝毫没听出姐姐是在打趣他，只是咕噜咽了一大口口水，忙说没……没问题。子吟和姐姐看唬住了她，都不禁哈哈大笑起来。价格谈妥以后，接下来的事情就容易了。子吟签了正式购房合同，并且付了全款，再后面基本是子吟爸爸出面完成的，包括交房装修也是他找队伍施工。

房子的事情搞定后，子吟和姐姐又在自贡玩了两天，吃喝玩乐好不自在。正月十四姐姐要回重庆，二人约定正月十七一起返沪。子吟回家给大家讲了买房子的整个过程，亲人们都特别开心，谁也想不到这个春节会有这么大的喜事降临。晚上妈妈做了一大桌子菜，以示庆贺之意。饭后子吟问了海英学习的情况，又把自己因没有学历而在上海的艰辛历程讲给她听。海英笑嘻嘻地说，我会努力学习的。子吟说如果你考上研究生，我会尽全力支持，这样你毕业后甚至可以去上海工作；如果仅是目前的专科学历，毕业后工作你自己解决。子吟把话讲得这么重，其实是告诉她珍惜在校的学习机会，不要荒废学业谈恋爱。

子吟早晚领着婆婆到处走走，但也仅限于大宅周边的山水之间，晚上照例和婆婆睡一起。以前晚间是婆婆讲话多，她说的少，现在反过来了。子吟曾考虑带婆婆去上海转转，但看婆婆的身体状况，只能打消这个念头，想着常回家看看婆婆。正月十六，子吟动身去重庆和妞妞会合。家人要送子吟上车，但天有点太冷，子吟怕婆婆受凉，出了院子就请妈妈挽着婆婆回屋里去。她走了几步回头看看，婆婆站在家人中间，驼着背拄着拐，都能看到身子在微微晃动，嘴唇在轻微抖动，应该是在努力控制她的情绪，满眼都是不舍。子吟看到这里，又跑回婆婆身边抱抱她，忍住眼里打圈的眼泪，这才转身离去，任泪水滑落脸庞。

坐车到了重庆，妞妞竟然直接来车站接她。因行程匆忙，子吟上次去妞妞家都没带礼物，这次无论如何不能再空着手去了，所以想要去买点礼品。妞妞却说，今晚我们就住市区里，我已经开好了房间，就等着晚上和你一起逛逛重庆夜景。子吟听了也很乐意，二人叫了部车子直接去酒店投宿，晚上她们去了朋友推荐的火锅店胡吃海喝。据说火锅这种美食，一旦出了四川都会被当地改良，因此也就没有了正宗的麻辣味，所以想吃火锅，还是要去重庆才行。她们点了最辣最麻的锅底，结果吃到一半嘴唇被辣到发抖，面部麻木，眼泪直流。即便成这样了，两人还是坚持吃到底，均怕回上海再想吃到就难了。

吃完火锅逛山城夜景，可惜子吟穿的是高跟鞋，重庆到处陡坡，二人逛街很快累得不行，才十点钟就往回走。洗漱完毕上了床，她们又说起话来，直到两三点钟方才歇了。早晨子吟起来一看时间，顿时慌了神，这会儿已经七点多了，昨晚定的闹铃居然没响，而她们的航班是上午九点的！姐妹俩慌成一团，以最快的速度收拾退房，连刷牙也顾不上，打了出租车直奔机场。一路上稍有些堵车，二人心急火燎，又无可奈何。下车后两人拎着大包小包一路狂奔，在规定停止办理登机手续前两分钟才拿到票。等到二人过了安检到达登机口，都瘫倒在地，相互看对方的狼狈样哈哈大笑，搞得周边旅客莫名其妙。

飞机到达浦东机场，子吟还想领妞妞回宿舍，和她分开颇舍不得。妞妞头摇得像拨浪鼓似的，说这么晚上班，老板不杀了我，已经千恩万谢呢。子吟听她如此说，就不好再邀。她们共乘一辆车，先到张扬路放下子吟，妞妞继续乘车回浦西了。子吟回到宿舍，先把屋子简单打扫一番，下午就去公司上班。这次回家，她手里的积蓄快花光了，她仿佛又回到了赤贫状态，所以她想着尽快找到新项目，好赚钱还妞妞的借款。如果足够顺利的话，自贡那边八月份交房后还可以出资装修一下，争取今年年底让家里人搬进新房，春节就可以在新屋子里过了。子吟想到这些，感觉浑身充满了力量。

傍晚快下班时，刘总找了子吟谈话，感谢她去年为公司做的贡献，也期望她今年可以有更好的成绩。子吟给他拿了几袋从老家带来的小吃，特产的卤猪蹄和卤猪耳。男性经营人员给客户送东西，这些东西多半不好送出去，因为确实礼轻物小。而女生要送就不太会成为问题，这也是女业务员相对比较有优势的地方之一。刘总很高兴接受了，回送了一包精装大红袍给子吟。从刘总那里出来，子吟给秦剑明打电话。在年前，子吟就已经打电话给他拜过年了，她特意给秦剑明准备了一些四川特产，所以想约他出来拜年送年货。秦剑明说他正好从国外回来，叫子吟直接去他家里，子吟开心地答应了。

子吟回宿舍拎了东西出门，到八佰伴买了烟酒，这才出发去乘公交车。秦剑明的家在碧云，这里正在规划建设新型国际社区，只是乘坐公交车不是很方便，子吟下了车走了约一公里，才到秦剑明短信上写的小区。这个小区绿化很好，品质是很高的。不过和周边其他的小区一样，内部道路边上停满了车子，看来每户买了不止一部，地下车库都停不下了。子吟按照保安指示的方向找楼号，远远看见秦剑明和一个高个子年轻女孩在楼下等，子吟走近两步就知道那一定是秦剑明的女儿无疑，心里不禁暗暗叫苦。她应该考虑到秦剑明女儿在家的可能，事先准备一份精致的礼物。这下怎么办？她想了想，决定离开时送个红包给她。

秦剑明迎上两步，用严肃的口吻责备她，说早知你上门来还带这么多东西，就不让你来家里了。子吟赔笑说，我回了趟老家，哪能不带点特产给您？秦剑明指着烟酒说，这个肯定不是你家乡的吧？子吟只是呵呵笑着打马虎眼。秦剑明回头叫他女儿过来，说这位就是我常常跟你提起的小龙姐姐，赶紧过来问好。漂亮女孩跑过来喊子吟叫龙姐姐，这一下就拉近了她们的关系。秦剑明介绍说，这是我女儿秦子萱。子吟一听这个名字，不觉心念微动，心说怪不得秦剑明一开始就对我印象这么好，原来他女儿的名字和我的有异曲同工之妙，天下竟有这等巧事。

三人乘电梯上楼进了屋，子吟立刻被这套温馨的房子所吸引。两个厅南北通透，而且特别宽敞，简直可以打羽毛球了。主人一定特别喜欢书画作品，因为墙上挂满了精心裱糊的字画。客厅靠近阳台有一个大书橱，里面的藏书颇具规模，所以客厅看起来又像个书房。屋里装修沉稳大气，干净整洁自不必说，沙发茶几和酒柜也尽显主人的高品位大格局。走到朝南的阳台上，小区中心花园的景致尽收眼底。这套房子是子吟梦寐以求的家园，多年以后，子吟买房就是参照这套房子来选择的，她在秦剑明家的小区里看中了一套，差点签订居间合同，只是一个偶然事件导致没成交，遗憾没做成秦剑明的邻居。

秦剑明夫人正在厨房里和住家阿姨一起做饭，她听到子吟到了，赶紧出来打招呼。秦夫人也是高个子，一听口音就是上海人，她非常漂亮，年轻的时候有多美不难想象。她招呼子吟在沙发上坐下休息，拿一只红橘给子吟，笑眯眯地说饭菜快好了，让大家稍等片刻。子吟有些受宠若惊，忙跟她到厨房看看有没有需要帮忙的，自然被她拦在客厅。秦剑明让子吟坐长沙发上，自己在单人座沙发上坐下。秦子萱给二人倒好茶，挤着她爸坐了下来，两手挽爸爸的胳膊。子吟看了暗暗称赞，秦剑明不仅事业兴旺，子女教育也是极到位的。子萱虽然从小衣食无忧，含着金钥匙出生，但这素质比自己的妹妹强了不是一点半点。

子吟和他父女闲聊，主要话题是围绕子萱的学业展开。子萱去英国一所大学留学，今年下半年就毕业了。国内春节期间她们学校不放假，秦总难抑思念之苦，去英国看她。当他要返回时，子萱非要跟回来，说我已经好几年没在家过春节，你们就不可怜可怜我吗？她这番话说得可怜，秦剑明动了怜惜之情，遂帮她请了几天事假，就带她回来了。秦剑明经常以子吟努力奋斗的事迹教育子萱，希望她可以从子吟身上学会女生自立自强的精神。子萱是个很活泼善良的女孩，她和子吟说了一会儿话就被子吟所吸引，而子吟也特别喜欢她，想着如果有这样一个妹妹就是造化了。

说话间子吟又仔细端详起子萱来，见她浓密乌黑的秀发直发亮，后脑勺处用紫色飘带扎了一簇头发起来，脸上肌肤白嫩润滑，双眼皮和长睫毛衬着大眼睛，柳叶眉深浅适中，尤其让天天需画眉才可出行的子吟羡慕不已，她的口唇鲜艳，好似可以省却涂唇膏，身材也是极好的。子吟觉得自己见过很多美丽女子，但若细较起来，子萱可以说是自己所见排位第一的天然美女了。许多年以后，子萱突遭车祸，生死一线间，这可急坏了子吟。她不眠不休两昼夜，动用了她积累的全部人脉资源把子萱救了回来，那不光是为了感谢秦剑明的知遇之恩，还为着她真的很喜欢这个女孩子。

开饭时间到了，这是一大桌子的上海菜，子吟特别喜欢。席间大家有说有笑，子吟偶然问起了秦夫人的属相。还没等秦夫人开口，秦剑明插话说她只比我小一岁，是六七年的。子吟一听两眼直放光，她天生有项本事，只要别人一说出他的出生年份，她立马就可心算出那人属相。子吟脱口而出说秦夫人是属羊的，秦剑明是属马的，从属相上来讲羊马是六合啊！秦剑明夫妇未必会信这些属相相合相克之说，但天下恐怕没有哪对夫妇不喜欢听别人讲，自己夫妻二人恩爱，会白首偕老吧！子吟很相信这个，因为她这套学说在很多人身上都灵验了，秦剑明夫妇是这样，多年以后她自己亦是如此。

秦剑明看起来状态甚佳，开了一瓶红酒，给秦夫人和子吟各倒了小半杯，自己喝了大半瓶，家宴温馨而惬意。饭后众人又拉了一会儿家常。子吟找个机会拿出两千元钱，略带歉意地说不知道妹妹在家，没准备礼物，发个小红包聊表心意。秦夫人赶紧起身，说这绝不可以，你能来我们已经很开心，千万不能入俗。秦剑明笑道子萱要向你学习，她应该交学费才是，哪里有老师孝敬学生的道理。子吟看实在送不出去，只得作罢，想着找个机会送一样子萱喜欢的东西也罢了。深夜子吟告辞而出，秦剑明拿了两盒茶叶出来，让她回去尝尝鲜，子吟忙道谢。秦剑明一家送子吟到楼下，嘱咐她路上小心，子吟赶紧答应了。

第二十六章

子吟回到宿舍洗漱完毕，打开台灯把客户联系本拿出来翻看。去年工作的实践证明，她的工作思路是很正确的，方法也基本得当，但工作局面的打开确实有待时日。此外她深知自己有处短板，就是技术知识匮乏，一旦需要和客户谈起技术问题，她往往就很被动，所以未来须努力克服这个弱点才行，但到底学习哪方面的工程专业知识，她需要认真考虑一下。第二天上午，子吟把手机联系人列表里的客户拨打了一遍，主要是表达新年问候。联系陈惠良时，子吟提到年前约定拜访他的事情，陈惠良说周五可以见面聊聊。子吟用了一个下午的时间，查询了解陈惠良的单位所属集团的业务方向，还有集团公司的组织架构等信息。

正当她看得津津有味时，妞妞打来了电话。子吟接起来就问她，我们这么晚回上海，你们公司领导有没有批评你啊？电话那头妞妞叹了口气，拖着低沉的声音说事情搞大了。子吟有些担忧起来，心想过完年迟一点上班而已，顶多算几天旷工，难道妞妞的公司领导还真要重责于她吗？只听妞妞接着说，领导找我谈话，语气非常严肃，狠狠批评了我这种无组织无纪律的行为。子吟听得一愣一愣，心下忐忑不安。结果姐姐铺垫了这么多，临末才讲她们领导说下不为例。最后四个字她是带着欢快的语气说出来的，子吟这才知道这丫头在唬她。子吟说你就剩牙尖嘴利了，早晚会有人代我调教调教你。

两人说笑了一会儿，相约晚上一起吃饭。子吟说我联系一下田琳，她若有空我们就一起聚聚吧。姐姐同意后子吟马上联系田琳，约好傍晚在正大广场碰面。子吟忽然觉得有必要给田琳父母拜个年，他们待自己还不错，这份情谊是十分难得的。于是她从公司出来，到宿舍换身衣服，又拿了一盒茶叶，乘车去田琳家。下了车她又买了猕猴桃和橙子各一箱，此时得知消息的田琳早在楼下候她了。子吟进屋后给田琳父母问安，几个人坐下聊了一会儿，田琳妈妈就准备做饭了。田琳拉住了她说，晚上我们三个朋友约好一起吃饭呢。子吟忙随声附和。田琳妈妈无奈，坚持让子吟答应周末再过来相聚，子吟答应了。

出门后田琳想叫上朱思杰一起去，被子吟柔声拒绝。自从上次朱思杰对她说了那番话后，子吟就不太想和他多接触，这次她找的借口是想留给三个女生独立些的空间。见面后他们去江边散步，欣赏了一番浦东外滩的夜景。冬天仍未过去，江边还是有些冷，于是三人很快跑去正大广场找地方吃饭。姐姐说自己好久没看电影了，提议吃完饭后大家一起去看场电影，对此子吟是很乐意的，而田琳却面露难色。子吟猜测她可能和朱思杰约好了，就说田琳有事的话，吃完饭可以先走的，田琳赶紧答应了。子吟觉得自己和姐姐的友谊在慢慢变深。而和田琳，则还是只如初见那样，谈不上感情变淡，却也没有变浓。

到了礼拜五，子吟和陈惠良在虹桥路的一家咖啡馆见面了。陈惠良个头儿中等，身体非常结实，应该是经常锻炼的缘故。他理了很精神的板寸头发，不过有了少年白，两侧白发尤其明显。他的皮肤白净，脸部棱角分明，嘴唇厚实额头宽。陈惠良是浙江人，家里有三个姐姐。作为家中最小的一个孩子，他居然没有被宠坏，从小就非常独立而懂事，学习成绩很好。他以优异成绩考入同济大学，毕业时又被保送上了硕士研究生，拿到学位后顺利进入设计院，工作十年就当上了单位的一把手。陈惠良没有国企里领导通常爱摆的官架子，说话非常随意，而且语言幽默、风趣，这样子吟很容易就和他聊到一起了。

具体谈到工作时，子吟把自己的来意说得婉转而详尽。陈惠良说我们单位钢结构项目比较少，但是会参与或主导很多的基建项目，如果你们单位有相应资质的话，以后是可以找机会合作的。子吟微笑着补充道，我们也能承接基建项目，并且有实力和能力做好，希望陈总可以给我们一个机会。其实聊到这里，谈话双方的目的都已经达到了，接下来无非是合作各方的试探、磨合与达成过程。经营人员最大的能力是什么？就是能够迅速取得客户的信任。和陈惠良建立良好关系，子吟没有费特别大的力气，这应该还是得益于陈惠良与秦剑明早期建立的关系，所以通过熟人建立关系网是相对比较容易的。

但是这并不是说，经营人员的天赋是居于次要地位的。在商务谈判中，客户可能会有意说一些模棱两可的话，如果业务员能快速甄别出他的真实意图，并回答得很得体，事情就已经成功了一半。这种能力可以通过后天培养出来，所以有那么多的人在业务员岗位上刻苦努力个十年八年，总能达到某种状态，令他得到丰厚回报。而那些经营方面的天才，无一例外具有天生或后天培养的亲和力。他们先天就具备识人察言的本事，做经营就好像鱼入大海、鹰击长空了。子吟就是这样一个有天赋的人，她在与人交往中，见几次面后，就能取得对方的认可，获得对方的信任。

在一般情况下，第一次约见客户不宜送礼，连对方的性格脾性都没摸透，送东西几乎是忌讳，在外做事的人不会无缘无故接受馈赠。不过，子吟借拜年之名，送了两盒茶叶给陈总，加上子吟算是朋友介绍认识的，所以陈惠良笑呵呵地接受了。他又说我倒没想起来准备点礼物送你，今天是非常失礼了。子吟忙说一点点新茶，谈不上礼物，陈总能喜欢就好。那两盒茶叶还是秦总送子吟的，她现在囊中羞涩，如果这两盒茶叶要花钱买来，恐怕她的生活费就支持不了几个月。秦总好意相赠的茶叶，这会儿只能拿出来借花献佛。最后陈惠良抢着买了单，并表示大家以后有机会可以合作。

陈惠良说的后面这句话，在不同的语气环境下，表达的意思很不一样。如果他是以很真诚的态度说出来，那几乎能确定言者是在发出愿意合作的信号了；如果他的语气平缓，能明显听出说者只是轻描淡写，态度随意，这八成是客套话。所以经营人员能听出这些弦外之音非常关键，理解有误就容易在错误的方向上一路狂奔，结果当然是费时费力了还一无所获。子吟知道陈惠良的态度肯定是前者，所以在他身上花时间和精力是值得的。陈总为人直爽，不拘小节，而且做事风格雷厉风行，所以子吟认为和他合作应该是件轻松愉快的事情。子吟认为今天的拜访非常成功，回去的路上也心情愉快。

次日子吟早起锻炼，绕着小区周边道路跑了两圈，回来后就开始整理内务。正忙着呢，她爸爸来了电话。这次倒没什么大事，爸爸说他去自贡新楼盘那边办事，卖房子的中介小哥说，年后他们买的这个楼盘每平方米涨了一千元。当初中介小哥说要涨价，子吟以为那是销售策略，现在看来他说的是大实话啊。上海最近的房价也在飙涨，老家那边也上涨是必然的。粗略算一下，在元宵节前买的这套房子，已经增值超过了八万，这对子吟爸爸是不可理解的一个事情。一个月内房价怎么能涨这么多？房子买来自己住，其实价格无所谓涨多少，不过越晚越买不起是一定的。挂了电话，子吟特别开心，她的决策是对的。

接下来子吟过了一个月规律而单调的日子，她每天忙着扩大她的客户群，充实她的朋友圈。她一般上午去跑工地，下午电话联系客户，如果遇着能约得到的客户就上门拜访。吃完晚饭后，她偶尔会走上十来分钟去八佰伴看场电影。这段时间她身边也出奇地安静，田琳大概天天和小朱在一起，妞妞就更不用说了，民企老板雇个人鲜有不把人给用足的。当然，可能更主要的原因，是她们三个好朋友都不是有钱人，一个春节把一年的积蓄全部花在了家里，这会儿都是口袋空空如也的吧，年后这个月少见面也就不奇怪了。子吟想到这些还是蛮着急，想着能尽快把借妞妞的钱还上，不能让她受委屈。

机会很快就来临了。四月上旬某天，陈惠良打电话给子吟，说他们的兄弟单位要做一块地的地质勘察，要直接委托有资质的单位来做，他问子吟能不能做勘察。子吟赶忙说没问题。经营人员会遵守一条铁律，无论遇到什么项目，一定要先向甲方保证能做。他们这样做不能简单定义为撒谎，事实上他们本来就只负责接项目，谈项目合作途中再落实施工单位即可。所以天下就没有搞经营的人不会做的——如果确实遇到不能做的，要么给甲方报个天价拍屁股走人，要么就说技术上难度太高暂时无法协调解决，请甲方另寻高明。陈惠良说隔日请子吟到他们单位，他会安排子吟和该项目甲方负责人见见面商谈细节。

获知这条消息，子吟赶紧上网查资料，看看浦东有哪些单位可以做这类工程。真是骑着驴找驴了，她查到的第一家单位就是霍夏的公司。子吟年前拜访霍夏时，霍夏还给她印名片了，随后快递给了她。子吟在办公桌里找到了，那两盒名片上面还有墨香。她仔细一看，霍夏单位主营业务果然就是地质勘察。这样事情就简单多了，她先找相关内容了解了一番，随后打电话给霍夏，向他汇报项目情况。子吟请霍夏派个技术人员，随她一起去见见甲方，商量工程细节问题。子吟认为这样做更保险些，万一甲方提起一些技术问题，凭她下午了解的知识是远远不够的，如果回答不上来，可能要坏事。

霍总爽快地答应下来，他说他会派技术部主管随子吟一同前去，并把该人的联系方式给了子吟。安排好了这件事情，子吟长舒了一口气。当陈惠良提起"勘察"二字，她就隐约觉得有些印象，所以想都没想就把此事应承下来。她没能想起来，主要是这期间过了一个春节，年前和霍总的谈话有些记不清，于他们单位的主业也模糊了。不过这件事情真是凑巧，如果陈惠良说的项目是归属于一个别的什么专业，那么子吟今天就要大大地头疼一番。现在连名片也有了，几乎没有什么困难需要克服。当然，世界上没有无缘无故的事，这件事关键还在于子吟考虑长远，果然机会是留给有准备的人的。

当日下班前，子吟联系了霍夏介绍的名叫彭城山的技术主管，以约定二人次日出行的安排。彭城山讲话非常客气，他说明天一早我开着车子，顺路来接你一起过去。子吟连声道谢，挂了电话后就把她的地址和会合时间发给彭城山。次日七点半，子吟按时来到小区门口，见彭城山开着一辆桑塔纳轿车已在等候。彭城山看上去差不多有五十岁了，发际线特别高，而且头发大部分已经花白，古铜色的皮肤，人稍微有点胖，说话声如洪钟，一看就是常年在外奔波的人。彭城山的车子很干净，但是香烟味道特别浓重。子吟对这个味道特别反感，但这是和他初次见面，人家是好心赶过来接自己的，她怎么好意思苛求太多。

子吟和彭城山边聊边赶路，还没到陈惠良的公司那边，二人就已经很熟悉起来了。彭城山是浙江人，二十世纪八十年代初的大学生。他毕业后一直从事勘察技术工作，早年走南闯北跑全国，近十年来才在上海定居，来到霍夏的公司也才四年时间，现在担任公司副总经理兼技术部主管。那个年代的大学生特别稀少，简直金贵如熊猫，他们只要多努力一些，有大展宏图的想法，大都会成为现下中国各行各业的骨干精英，政商工程界的位高权重者。彭城山倒不是不努力，只是生性爱自由，不愿意受条条框框约束，更爱做专业技术工作。要不是有一次外出作业时腰部受了较严重的伤，他可能乐意一辈子就这样漂在外面了。

一路从东至西穿过大半个上海，加上延安高架路雷打不动的堵车，二人到达目的地已近上午十点钟，同样一段时间坐飞机也该到重庆了。子吟约好是十点半去找陈惠良，所以他们就在车上说了一会儿话，方才下车走上陈惠良位于办公大楼三楼的办公室。陈惠良见到二人进去，忙起身握手相迎，他拿了两瓶矿泉水递给来客，然后拨通了单位内线请项目负责人过来谈事，看起来陈惠良这个兄弟单位也是在这边办公。不一会儿，被陈惠良称呼为"李总"的人过来了，大家彼此引荐一番，互相发了名片就落座谈项目。李总是个瘦高个儿，戴一副黑框眼镜，穿得西装革履，一看就是个做事严谨的人。

子吟正想着从哪方面谈起会比较合适，结果李总直接拿出设计要求和项目总平面图，给子吟和彭城山介绍项目细节和勘察任务要求，交代完后他把所有纸质资料递给子吟。彭城山适时地提了一两个技术问题，李总也耐心讲解了一番。之后李总问子吟，你还有什么不清楚的地方吗？子吟心想技术方面自有彭城山搞定，但项目合作的商务问题似乎还没谈及，而这个事情不好当着彭城山的面谈，于是她说后面项目如何推进，还要请李总多费心。李总要求先做出方案，尽快向行业主管部门备案，条件允许的话尽快进场施工。这个事情就这样定下来了，比子吟想的容易得多，他们随后向李总和陈惠良辞别而出。

第二十七章

吃过午饭后，彭城山说我们最好去工地现场看一看，拍一些实景图片，这样写出来的方案才更有针对性。对此子吟是极为赞同的，所以他们驱车前往浦东老港项目现场。二人考察那边周边环境情况，获取了现场的第一手资料，这才下午六点钟左右返回子吟住处附近。彭城山今日又是开车又是做技术顾问，子吟心里特别感激他，故而诚挚邀请他一起吃晚饭。彭城山一开始是拒绝的，但架不住子吟的热情相邀，最后也只好同意了。子吟问彭城山想吃什么口味的菜，他呵呵一笑，表示自己吃嘛嘛香，从不忌口。他们把车子停到八佰伴地下车库后，子吟就带他去了九楼一家上海菜饭店。

二人落座后子吟就叫来服务员点菜，挑了几样本店的精品特色菜。她问彭城山要不要喝点酒，彭城山哈哈大笑，说他在家里吃饭倒真少不了要喝上几杯，不过今天他开着车，又是和一个女娃吃饭，就不喝了吧。子吟笑嘻嘻地说，我也有驾照，吃完饭我开车送你回去就是了。彭城山来了兴致，问起子吟的驾龄，子吟说我拿到驾照有四年多了，大部分时间开的是货车，曾经跑长途货运两年有余。彭城山听后愣住了，睁大眼直直看着子吟，满脸的狐疑之色。子吟从包里拿出驾照给他看，他仔细看了两遍才相信了，之后竖起大拇指，说开 B 照的司机了不起，小姑娘开货车更不得了。

也许是彭城山真的想看看子吟的驾驶技术，也可能是他吃饭的确无酒不欢，他最后还是同意喝点酒助兴。他拿过酒水单细看，突然欢快地说这里居然有红星二锅头，随即大手一指要了一瓶。子吟不喝酒不清楚，但喝酒的人都知道，喝这个酒基本上就是有点酒量的人。饭菜很快上了桌，两人吃了些菜垫垫底，子吟以茶代酒频频向彭城山敬酒，他拿个二三钱的小酒盅次次一饮而尽。不到一个钟头，他已经三两酒下肚了，脸颊和眼窝红润起来。他索性把外套脱了放边上的椅子上，喝酒频率一点也不比刚才低。这个时候，彭城山的话也多起来，把自己从业这么多年来走南闯北的经历说给子吟听。

按照彭城山的说法，除了台湾省他还没去过，祖国的大好河山都被他走遍了。子吟听得津津有味，特别羡慕他的经历，心想自己有朝一日也能走遍全国该有多好。当他说起去了西北，子吟插话问他有没有去过青海，他说当然去过，那是很多年前因公去了青海德令哈。彭城山放下酒杯，眯起眼睛细想了一阵，应该是在回忆那段经历了。他说我们开车翻过日月山，看到墨蓝的天空和群山相接处，比起海天一色更加美得摄人心魂；蓝天下的青海湖也是一汪蓝水，他说这辈子再也没见过那种高原蓝，比世界上任何一种颜色都纯；青海湖边上山峦间一片片像云朵一样的羊群，荒芜的戈壁滩，每一样都与别处不同。

子吟最喜欢听这些事了，彭城山讲着自己的经历，子吟就在脑海中一幕幕复原，这番聊天她竟像出门远游了一趟。她暗暗下定决心，等挣够了钱就去旅游，抛开一切烦恼，去欣赏那些人间美景。彭城山见子吟听得兴味盎然，说起往事来就更起劲了。他的酒兴也起来了，酒杯空了不等子吟给他满上，开始自斟自饮起来。在喝了大半瓶的时候，子吟很怕他喝醉了，自己一个人没法送他回去呢，于是就想劝住他。不过子吟转念又一想，今天是我请他吃饭，他若喝不尽兴我就有些失了礼数。子吟看他神志尚清醒，不像喝多了的样子，就未加阻拦了。真没料到他能一次喝一斤，这是子吟第一次看到这么能喝酒的人。

买完单二人起了身，子吟才稍松口气，彭城山虽然从面部绯红到脖子根，走路还算正常。他们到了地下车库，彭城山把钥匙交给子吟，自己坐在副驾驶位置上。子吟上车系好安全带，启动车子刚起步，结果熄火了。她略带歉意地朝彭城山说我好久没开车了，可能是不太习惯，开开就好了。彭城山哈哈大笑，说没关系，今天你能把车子倒腾回去就行。子吟尴尬一笑，重新启动开出了地库。这一路上遇到红灯暂停，子吟又熄火了两次，感觉特别不好意思，但彭城山一路夸赞子吟，说果然 B 照不一般，熄火只是不熟悉车辆，一上路就能瞧出来驾驶技术很到位。子吟觉得彭城山不像是在取笑她，这才松了口气。

　　顺着彭城山的指引，子吟送他到了家。等在小区里停好车子，交还了钥匙，彭城山请子吟到家里坐坐。子吟知道他这是出于礼貌才发出的邀请，实际上肯定是不方便的，遂委婉谢绝，称天色已晚，改天登门拜访不迟。彭城山笑着答应，子吟下车和他告别，目送他进了楼道，知他回家是没有问题的，这才转身走出小区。这里仍属金桥地区，子吟比较熟悉，坐了公交车回到宿舍。子吟细想今天的事情，项目的事情已经算定下来了，不过她仍旧不明白该项目为何没有进行商务方面的谈判，明天她最好和陈惠良再沟通一下。子吟又想起彭城山给她讲述的那些往事，颇觉有趣，不由得重新回味了一番。

　　第二天上午，子吟上班后整理了一下资料，随后拨通了陈惠良的电话，询问那个项目商务报价的事宜。陈惠良说他们集团有规定，低于五十万的项目可以不公开招投标，各项目公司可以选择邀请招标。按照项目规模和以往经验，李总的项目工程总价应该不会超过限额，现在已经确定项目给子吟她们单位做了，只需另找两家单位比比价，陪陪标就可以了。子吟何等聪明，一听之下就明白了这类项目的操作手法了。陈惠良叮嘱她尽快拿出方案和报价，安排施工作业班组进场施工。子吟连连答应，说感谢陈总的鼎力相助。挂了电话，子吟联系彭城山，请他安排人写方案、报价和进场，他愉快答应了。

　　这个项目是新年第一单，为全年的工作开了个好头，子吟满心欢喜。她又在网上查询资料，详细了解地质勘察的相关内容。她知道只要做了一个项目，以后类似的项目就容易操作多了，所以现在无论花多大的代价去完成都是值得的。此后半个月，她把所有精力都放在这个项目上，解决入场、沟通和协调的工作，学到了不少新东西。这个项目在南汇区靠近海边上，子吟往现场跑了很多次，而因为和彭城山的关系越来越好，子吟很多次都是搭他的车子过去，省了数次舟车劳顿之苦。彭城山对她说，以后有需要用车，你可以开我的车去。这让子吟深受感动，庆幸自己运气真好，到处遇到好人。

老港那边地质勘察项目外业正在进行的同时，子吟在霍夏的配合下完成了该项目的邀请招投标工作，并签订了工程合同。这之后一周内，李总他们公司就依合同条款支付了四成的工程款，霍夏指示财务部核定结算后，提给子吟三万五千元的经营费。子吟仔细核算了一下成本，惊讶地发现这个行业的利润率比较高，所以才会有这么高的提成比例。子吟决心在这个专业上努把力，争取将其作为一个主要业务方向来跑。她本来担心不及时把借姐姐的钱还上，会严重影响姐姐的生活，这笔业务费结算得仿佛一阵及时雨般。子吟拿到钱立即给姐姐打电话，想和她晚上一起吃饭，姐姐自然是很开心的。

她们约在了姐姐公司附近的一家苏浙汇，姐妹俩见了面都格外开心。子吟点了几样精致菜肴，又把菜单递给姐姐，让她选几样自己爱吃的。姐姐说你点的菜我爱吃，数量也足够咱俩吃的，再多点绝对要浪费。她顿了顿又说，真是太奇妙了，昨晚我梦到自己在啃螃蟹，原来是因为今天要吃大餐。两人说笑了一会儿，饭菜俱已上齐，于是就边吃边聊了。吃完饭后，子吟还要请姐姐一起去唱歌。姐姐笑着说姐姐这么殷勤，是不是有什么事要我帮忙呀？子吟笑呵呵拿出还她的钱，说请你吃饭唱歌就当是这借款的利息了。姐姐脸上写满了惊讶，她说我手头没那么紧，姐姐你没必要这么快还我。子吟笑嘻嘻地说，好借好还，再借不难啊。

两人买了单出门，这时候姐姐忽然两眼放光，兴奋地说今晚我们换个玩法吧，不要老去唱什么歌了。子吟忙问还有哪里可以去？姐姐说我们去酒吧坐坐多好。子吟还没去过酒吧，听姐姐说起，不觉来了兴致。二人说走就走，在姐姐带领下来到衡山路的一家酒吧。这个地方果然是个好去处，建筑外形极像个公馆，外面是一个很大的露天啤酒花园，二楼是家墨西哥餐厅，一楼内是舞池。子吟和姐姐到时还有位置坐，正赶上酒水折扣的 HAPPY HOUR 时段，二人坐在露台处喝喝小酒、聊聊天，真是惬意呢。酒吧的气氛十分好，音乐也不是太吵。到十二点时人已经挤得满满的，舞池里的人也跳得不亦乐乎，胆大的还上台跳。

二人狂欢到了凌晨两点，这才尽兴而出，打过招呼后各回各家。第二天子吟被电话铃声吵醒，她迷迷糊糊看了看手表，已经快九点钟了，又拿起手机一看，来电显示是一个陌生号码。她以为是个推销电话，就没准备接通。谁知电话二次响起，她只好接起来问对方是哪里。那人直接叫出了子吟的名字，如此说来电话那头应该不是推销的了。等和他说了好几句话，子吟才弄清楚对方是她跑工地时认识的那个胖李工。子吟瞬时清醒过来，一骨碌从床上爬起来。这人当初不肯把号码给自己，现在又主动打过来，这应该是和年前与他谈起的项目有关，那个叫什么项目来着……子吟终于记起来好像叫桩基检测。

子吟所料果然不差，李工来电正是想和她谈谈工地的桩基检测项目。他说我们单位正在进行该项目的公开招投标，希望你们的公司能参与投标活动。子吟不敢怠慢，表达了她和公司愿意努力参与该项目的意思。简单了解了项目信息及招投标流程后，子吟挂了电话。她赶忙起来洗澡，收拾停当跑去单位。到了办公室里，她才发现这个项目应该是去金桥路那边才对，深恨自己有些睡糊涂了，又赶忙往霍夏的公司跑。到公司后，她向彭城山请教桩基检测的一些技术问题，彭城山不是特别懂这个专业，于是他引荐负责桩基检测技术工作叫芮骏的年轻人给子吟认识，并安排他来写这个标书。

子吟按照李工发给她的招投标流程，按时间节点准备起这个项目所需的相关材料。这是她遇到的第一个公开招投标工程，也清楚这种没有熟人帮忙的项目，真正是拼技术实力的，要从技术标和商务标两方面努力，才可能取得最后的成功，所以标书的制作需要十二分的努力。投标书主要是芮骏完成的，他是研究生学历，而且做事比较认真负责，这让子吟觉得更有希望拿下这个项目了。写标书期间，子吟把芮骏盯得比较紧，当然话要说得委婉些，也不能给他太大压力，所以借口是帮他的忙。几乎有一个礼拜的时间，子吟天天坐他边上看他写材料，给他打打下手，有时候帮他打饭买早餐。

说起帮他买饭，那个时段发生的一件事情让子吟一直记到现在。有一天早上，子吟给他买了两个茶叶蛋和一块面包当早餐，他囫囵吞枣般吃了后，尚觉意犹未尽，说两个茶叶蛋太少了，根本不够吃嘛。子吟曾听人说，鸡蛋吃一两颗足够了，吃多了身体也没法吸收其营养，换句话说，吃多了也是浪费的。子吟笑呵呵地把这个意思说给芮骏听。谁知他听后很不以为然，说我吃鸡蛋从来是按打来计的，从不按个算。子吟听了一怔，怕自己听错了，就问他一次能吃几个。他说这个说不好，有多少吃多少吧，最多的一次好像是吃了十五六个。子吟听了满头都是星星，独自坐在那里凌乱。

看来对这个桩基检测项目，业主真的没有意向性单位，当子吟的标书技术和商务得分都排第一后，招标代理公司直接宣布子吟的单位中标。这个胜利真的来之不易，大部分功劳应该归于芮骏。子吟这才知道，霍夏的公司作为外地单位驻沪分公司，能在浦东取得这么大成就，和他手下有一帮很能战斗的技术队伍密不可分。拿到中标通知书，子吟立即请技术部的所有同事一起吃饭，还特意私下准备了一个红包给芮骏，他推辞再三后收下来了。那晚在饭桌上，子吟又一次见识了芮骏的饭量之巨，他一个人吃的比剩余的六个人加起来还多。饭量大不算什么问题，他又不注重礼仪，可能这才是限制他的发展空间的地方。

项目开工后，子吟照例又是经常往工地跑，幸好这个工地就在霍夏公司附近，走过去只需五分钟就到了，再不会有比这个离公司更近的项目了吧。在技术方面，桩基检测似乎比地质勘察稍简单些，就是用各种手段，获取已经打桩就位的各类桩基数据，看它们的状态是否符合设计要求，并对桩基进行全面准确客观的评价。说白了，就是业主方请第三方单位复核桩基，看施工单位是否操作得当，使桩基的承载力等关键数据符合后续施工要求。子吟刚开始很感兴趣，但这个工作专业性太强，尤其是很多检测方法，她只知其然，而不知其所以然，估计学起来也不是一天两天的事，所以只得作罢。

六月下旬，项目顺利完工了，但是子吟遇到了件麻烦事。有几根桩的数据异常，依照标准可以判定其为不合格，按流程应扩大检测。可是施工单位通过李工，请子吟单位出具合格报告，这让她为难起来。她问芮骏这么做是否有隐患，他回答说就他从业经验来看，像这类情况也算常见，也有修改报告成为合格的。子吟听了心里七上八下，按李工的做法，是她内心极为抵制的。思虑再三，她决定出具不合格报告。检测报告不合格，出问题的地方从设计到施工要做全套修改，因此耽误了很长工期。这个项目的收款也是一波三折，虽然最后还是足额要回来了，但李工自此也就再不联系子吟了。

第二十八章

霍夏初见子吟时，觉得她的沟通能力很强，很看好她的职业前景，所以第一次见面详聊后，就给了她业务部副经理的职位。虽然这个职位看起来更像是个虚职，但印在名片上，还是很能起一些作用的，总比"业务员"这样的头衔要好很多吧。又看到她很快就接二连三地拿项目进来，霍夏不禁暗暗称奇。他为了方便子吟在这边做事，特意在业务部安排了一套办公桌椅给她。

子吟自然很开心，这样她来这边办事就方便多了。妞妞知道她的情形后，很是羡慕她，笑称很快她就要"狡兔三窟"了，子吟笑道能在两处办公已经是造化了，哪里敢奢望"三窟"啊。妞妞说韩信将兵多多益善，姐姐办公的地方也是越多越好。

　　桩基检测的项目收到尾款后，子吟又一次请芮骏吃饭，表达了她的感激之情。不过在这次吃饭的时候，子吟感觉芮骏的眼睛里有些异样的东西。大家都不是小孩子了，子吟自然知道他的目光里包含的意思，他一定是有些喜欢自己的。子吟不讨厌芮骏，他虽然在人际交往方面有些短处，但瑕不掩瑜，其他方面还是能让人接受的。不过很快地，子吟就发现自己和他并不合适。芮骏连开口请她吃饭的勇气也没有，好像他也没意识到追求女生需要稍花点心思，比如请吃饭，请看电影，或者一起出去逛逛。他顶多是在子吟进公司的时候，跑过来和她说说话，往往也是些无关紧要的小事。

　　子吟心想或许自己理解错了，芮骏就是这样的个性而已，和喜欢自己一点关系也没有。但随即发生了一件事情，让她颇为恐慌了一段时间。那天下班后她去菜市场买菜，正挑着土豆。正在此时她的眼角余光扫到一个熟悉身影，她转头往市场通道尽头望去，看到芮骏正瞅着自己。由于事先她并没有做好看到熟人的思想准备，所以她的目光惯性地收回到土豆堆上。等她反应过来，立即又朝那个方向望去，却惊恐地发现芮骏已经消失不见。子吟认为自己不会看错人，但很不理解芮骏怎么会出现在她的住所周边，要知道子吟从未告诉过芮骏她的住所位置的。这是不是说明芮骏在跟踪自己呢？

　　如果事实真是这样，子吟就需要重新评价芮骏这个人了。大家都是熟人，如果有事可以明说，甚至是追求也应该光明正大，这么偷偷摸摸跟踪可不像一个好人的行径。子吟又想是不是她看错了人，所以安慰自己不要多想。可是接下来很长时间里，她老感觉有个人在跟踪她，虽然次数不多，但那种感觉确实强烈。子吟有一次当面问芮骏，你是不是跟踪过我？他神色尴尬立马矢口否认了，这让子吟确认他的确干过这事，不然在质问时，他绝不该是这个反应。子吟感觉到脊背有些发凉，知人知面不知心，诚如斯言。从此她就很提防着这个人，直到她有一天搬家了，这件事才算过去。

　　燥热的夏天很快过去了。国庆节前夕，张海给子吟打电话，说海军某保障基地有个军用钢结构项目，他已经介绍子吟她们公司进去施工，让子吟准备一下相关材料，并择期和他一起去看看现场，接触一下该项目的军方负责人。子吟一听顿时紧张起来。大部分中国人对解放军还是很有感情的，也很崇拜这个团体，试问有几人儿时没有过参军梦呢？不过这个团体对普通人是很有威严庄重的神秘感的。现在听说要和军队打交道，子吟内心竟然莫名紧张起来。张海听出来了她言语间的不安，不解地问她为何犹豫。子吟回答道，其实也没什么，因为以前从来没接触过军队系统里的，所以会有些害怕。

张海听了哈哈大笑，他说我就是军队系统的，怎么没见你怕过我？子吟笑道我害怕穿着军服的解放军，你这么和蔼可亲，又穿着便服，我当然不怕啊。张海安慰她，说保障基地政委是我的战友，一切听他安排即可。子吟挂了电话发起呆来。这件事其实不难理解，张海本就是军队系统出来的，能获取保障基地的项目信息一点也不奇怪。她主要是没料到会和军人合作项目，心里有些忐忑。在她脑海里，威严的解放军，尤其腰间佩带小手枪的解放军，离他们远一些比较保险。她正在胡思乱想，张海又来电话了，说他已经约好第二天去基地那边面谈。子吟诺诺答应，挂了电话她的手心竟然出汗了，于是拿了纸巾反复擦拭双手。

随后的几天时间里，子吟跟着张海连续跑了几趟那个基地。事实证明子吟是多虑了。部队对外树立威严是工作性质决定的，它本就是一个神圣的荣誉集体，会涉及很多需要保密的东西，给外界造成神秘感，保持自身的独立性是必须的。子吟接触到了基地政委姜鹏程，和他建立了比较良好的关系。当她安排施工队伍进场施工时，基地管理部门要求与其签订极严格的保密协定，而直接委托相关单位做基地项目，本身就是保密的需要之一。女生对军事不敏感，而很多男生是军迷。根据子吟提供的一点点信息，能推断出她做的那个项目，应该是国产某大型驱逐舰的配套工程。

十一假期到了，三个小姐妹又聚在一起。她们本计划去周边城市游玩的，只是当看到新闻里播报高速公路上的大堵车，还有到处让人胆寒的人山人海，她们决定还是待在宿舍为妙。其间田琳带着朱思杰过来吃了顿晚饭，其他时候就只她们三个腻歪在一起。这个节日过得昏天黑地，用妞妞的话讲就是颓废无比。长假结束前一晚，她们称了体重，田琳没什么变化，而子吟和妞妞都重了两斤。妞妞痛苦地表示未来一个月不吃晚饭，以示对自己的惩戒。子吟说才两斤而已，你的体型本就不胖，再多十斤也不怕。妞妞赶紧捂住子吟的嘴。二人对田琳无论怎么吃也不长肉这事羡慕无比。

过完节，子吟着实忙了一段时日，因为保障基地钢结构工程进入了施工高峰期。她经常需要跑到现场，主要负责和相关方的沟通与协调。一开始她确实挺怕和部队打交道，没想到真正熟悉起来了，这个项目做起来竟异常顺利。令她开心的事接踵而至，刘总发出通知，因提前完成全年目标产值，公司决定奖励有杰出贡献的员工三亚五日游，并允许带一名家属，子吟也在这个名单里。子吟原打算带妈妈去，可妈妈说婆婆这段时间身体时好时坏，她要照顾婆婆。于是子吟又想到了妞妞，结果被告知她最近忙得不得了，没办法请到五天假。最后问田琳，她愉快地答应陪子吟一起去。

这样的好事子吟最后才想到田琳，是不是有些亏待于她？这里有个缘故。随着了解的深入，子吟和妞妞更合得来。她们之间无话不谈，脾性极相投，三观也很接近。子吟对田琳则更多的是感恩，因为刚开始认识的时候，田琳的确对她能慷慨相助。但是随着子吟条件越来越好，尤其是她的收入快速增长，田琳很多时候会流露出嫉妒的神态。子吟能明显感觉出来这点，所以和她相处起来就没有像从前那么放得开，隔阂自此产生。不过子吟没有想更多，她觉得受人滴水之恩定涌泉相报，对田琳她是做到了这点的。妞妞出现后，凡是工作上的事，子吟还会与她商量一番，对田琳则不敢说太多。

三亚之行前几天，子吟约张海一起吃饭。张海的意思是多叫几个人，子吟当然是求之不得了。那天出来的除了蒋鹏程，还有一个叫蔡涛的人，他和张海是多年的朋友，在区交警队担任重要职务。那晚聚会时，大家喝的是姜政委带来的特供茅台。经不住大家的怂恿，最关键是她觉得那酒闻起来实在太香了，子吟陪大家喝了一点。这是子吟第一次喝白酒，她可不敢喝太多，不过以后的应酬中她就会多少喝一点。在饭局中，一起喝酒能迅速拉近人与人之间的距离。和他们一起吃饭聊天，自然免不了谈一些部队里的事情，子吟喜欢听他们说起在部队里的一些趣事，这些五大三粗的汉子，也有各自青涩的时光。

旅行团出行的前一晚，妞妞过来给子吟和田琳送行。三人做饭吃的时候，妞妞明显不在状态，满腹心事的样子。子吟关切地问她是不是身体不舒服，或者遇到了什么烦心事，妞妞笑着说没事。等送走了田琳，妞妞说她今晚想留下来过夜，子吟当然是非常欢迎的。她们泡了壶茶就开始唠嗑，妞妞一改往日活泼的话风，难得地听的多说的少。在子吟的反复追问下，妞妞终于说出了心中难以抉择的事。上中学的时候，妞妞和男同学安伟建关系不错，后来妞妞考上中专后他们就失去了联系，最近偶然又联系上了。他们短信聊了一个多月，妞妞对他的感情复萌，而安伟建也隔空对她展开了追求。

安伟建是妞妞的初恋，所以两个人确立恋爱关系，简直就像捅破一层窗户纸那么简单，而问题是现在两人相隔千里。安伟建让妞妞回重庆工作，以便他们在那里安家落户；而妞妞已经喜欢上了上海这座城市，这里承载了她的青春梦想，还有如子吟这样的好闺密，想要放弃这里的一切，她并不情愿。听了妞妞的苦恼，子吟既震惊又惊喜。震惊的是妞妞有可能会离开上海，离开她这个好朋友。惊喜，则是为好姐妹有了心上人。如果这事发生在子吟身上，她肯定会选择去追寻爱情，所以她知道妞妞也会选择回重庆的。所以从这个角度来讲，妞妞并非来征询子吟的意见，而是反复考虑后告诉子吟她的决定的。

子吟沉吟良久才对她说，听从自己的内心吧，无论你的选择是什么，我都会毫不犹豫地支持你。妞妞听她说出这样的话来，知道她是理解自己的想法了。所谓知己，就是这样的，无须多言便心意相通。子吟拉着妞妞的手说，要先确定安伟建的诚意，如果他真的是爱你的，到哪里都是幸福人生。妞妞紧紧抱住子吟，闭着眼流着泪，久久没说话。子吟轻抚着她背，又拍拍她的肩说道，现在世界已经变得很小了，一抬足一迈腿，从上海就到重庆了。当然以后一旦想念了，我们就立即安排见面，我奔重庆或你飞上海，都是很小的事呢，无论你到了哪里，我们都是最好的姐妹。

妞妞说如果决定下来，她最快会在年底前就辞职回去。不到两个月的时间，妞妞就要回家乡了，子吟心里升腾起强烈的不舍情绪，只不过这时可不好让妞妞看出来，以免让她本就不坚定的心又起波澜。截至目前，子吟还谈不上喜欢上海，最贴心的朋友就要离开这里，她的内心空空，当初来上海最困难的时候，她也未曾有过这样的感觉。她们说了一夜的话，天快亮了才睡了一小会儿。早上妞妞没去上班，她把子吟和田琳送到机场。这时她又恢复了本来的面目，一路上说说笑笑，妙语连珠。她笑吟吟地目送子吟和田琳过了安检，用力挥手告别。子吟回头看，见她孤零零的身影还在入口处站着，心下一阵难过。

这个季节去三亚是个很不错的选择，她们游玩的线路覆盖了当地 5A 级经典的景区，行程比较轻松，都是早上九点出发，一天只逛两个景点。相对而言，子吟更喜欢到海边。踩着沙滩看大海，这是每个内陆游客一生最大的梦想之一，海浪拍打着沙滩的声音永远有致命的诱惑力。子吟很喜欢潜水，这项运动最关键是平衡耳压，她在水中按照潜水前播放给游客的视频教学步骤做，果然在水中感觉良好，下潜到了预定深度。但田琳说她刚潜下去没几米，因为耳朵疼痛，就打手势给潜水教练浮上水面了，所以她对潜水有些畏惧了。三亚之行的最后一天，她们在海边集市上各挑了一件花裙子，子吟不忘给妞妞带了一条。

从海南回来到达机场，妞妞和朱思杰都来迎接，这让子吟和田琳惊喜交集，因为妞妞事先没说过会来机场，田琳也没让朱思杰来接她，而妞妞和朱思杰更不会相约而来接人，真是幅很奇特的画面。子吟知道妞妞的心思，她是想抓住一切机会和自己多相处，因此内心一阵温暖。众人合乘一部出租车到了田琳家，朱思杰送她上楼了，子吟和妞妞这才返回宿舍。车子行在杨高路上，妞妞说她已经向公司递交了辞呈，考虑到公司找到新人接替她需要时间，所以她会待到元月下旬，之后就回重庆。子吟说能不能把安伟建请来上海，我想看看是谁拐跑了我的妹妹。妞妞呵呵笑着答应了。

当晚她们两个买菜做饭，刚上桌准备吃呢，却不料田琳跑来了。只见她垂头丧气地进了门，脸上似乎还有泪痕。二人忙把她领到沙发上坐下，询问个中缘故。原来送田琳到了楼下后，朱思杰本不想上楼去，无奈田琳的旅行箱太重，他只好帮着拎上楼。进了屋刚好碰到田琳妈妈准备出门，朱思杰向她问好后就准备闪人，可是田琳妈妈力邀他进门坐一会儿。后面的事情不用猜都知道了，田琳妈妈又提起让朱思杰买房的事，朱思杰说他近几年没钱买，田琳妈妈也很直接，说田琳也老大不小了，不能再这样拖下去，好歹买套小些的房子先把婚结了。谈话不欢而散，田琳妈妈要求田琳必须和朱思杰分开。

妞妞和子吟听了此事，都暗暗摇头。田琳不要求朱思杰买房子来娶她，这倒是很难得的，但她妈妈似乎不太可能是个肯让步的主，他们俩的事情大概率要黄，只是这话没法说出口的。妞妞安慰田琳，说大家都还年轻，结婚的事可以缓两年，说不定过两年后房价降一点，朱思杰工资涨一些，买房的事就迎刃而解了。劝了很久田琳情绪才好些，但她联系朱思杰时，对方不接电话，发短信给他也不回，如此持续了一星期。这段时间里，子吟白天上班，晚上就陪着妞妞和田琳，一个要离开上海，另一个的男朋友消失了。子吟感觉这麻烦事接踵而至，岂料她自己竟也莫名卷入一档麻烦事。

第二十九章

十一月下旬的一天，子吟接到了柯经理的电话，大意是他们单位在张江的商业广场项目即将启动，要进行地块设计、围护和桩基施工，邀请子吟的公司参与投标。子吟要求与他面谈，他同意了。子吟是想探探底，因为很多项目的招投标只是个程序，如果已经有内定的单位，那其他单位很大可能会沦为陪标的。她和柯经理聊了很久，按柯经理的说法，这个项目是走公开招投标程序，业主方会以公布的中标条件确定单位。子吟觉得这个项目和上次的桩基检测工程很类似，是值得花力气参与竞标的。她给霍总打电话汇报此事，霍总表示公司在这几个专业方向上都有较强的技术实力。综合这些因素，子吟决定积极参与。

买到招标文件后，子吟花了一个下午的时间仔细研读，直看得一个头两个大。从手头的资料来看，这个项目规模巨大是无疑的了，如果能顺利中标，可能会成为自己承接过的最大的一个项目。她又打电话咨询了很多人，终于弄明白了该项目的整体轮廓，至于技术细节只能留给写标书的专业人员来处理。可恨的是那天隔壁公司正在装修，钻机的噪声很惹人烦，时不时地响一阵子。如果这会儿回宿舍，两个小姐妹再往跟前一拥，她估计就很难静下心来查资料了。她打电话给姐姐说，你们两个先做饭吃，我有点忙，等稍晚些才能回去。之后子吟戴起耳机放起音乐，接着查起相关资料来。

办公室里的同事们都陆续下班了，整个大楼里慢慢安静下来。子吟为了听歌特意买了一个不错的头戴式耳麦，音效自然不用说，而且受周围环境影响极小。她在电脑里下载了一些特别好听的歌曲，那天难得地从头至尾听了一遍。当她听到《十年》时，心里升起一种莫名的伤感。大约十年前，她还在上高中，有一个执着的大学梦，她也因此而努力学习，成绩每次都名列前茅。可叹人的命运就如大海里的小舟，根本不知道下一秒会被风浪带往何处。她想起了高考前夕离开家的那个晚上，那种撕心裂肺的痛苦折磨着自己一个晚上，仿佛连呼吸都变得异常困难，至今想起来仍会让人心有余悸。

不过也是在那个夜晚，她觉得命运是掌握在自己手里的，即便生活一直艰难，她也从未后悔走出那一步。真不敢想象，已经过去十年了……子吟把歌曲设成循环播放模式，上半身深陷在椅子里，靠着椅背闭眼细听歌曲。歌曲反复播放了很多遍，约莫过去一个多小时，子吟睁眼想看看手表，这才发现办公室里漆黑一片，电脑屏幕也进入黑屏屏保模式。子吟摇摇鼠标退出屏保，看电脑右下角时间，已经快七点半了。这段时间子吟就是妞妞和田琳的精神寄托，估计她们还在等自己回去，所以子吟决定先回宿舍，明日再继续忙项目投标的事。她关了电脑，拎起包出了办公室。

子吟所在的经营部办公室，是个独立的可容两人办公的小间，出门就是办公室大厅，右拐走向公司大门要经过总经理办公室。那天刘总的办公室有灯光，而且似乎还有人。子吟想应该是刘总或者赵总在加班吧，所以她径直走了过去。等她经过门口，却看到了里面的狗血一幕：财务部总监张总，正坐在刘总的腿上，两人正在热吻。他们两个立马觉察到了门口有人，赶紧起身神色慌张地看着子吟。那一瞬间子吟的脑袋空空，竟不知该说点什么。她下意识地说，刘总在加班啊？说完后心里直骂自己缺心眼，而偷情的两位神色更加尴尬，一定觉得子吟在嘲讽他们。子吟赶忙说她要下班了，接着转身飞快走出公司。

慌里慌张下了楼，子吟才反应过来是怎么回事。刘总和张总看办公室里没人，也没灯光，以为人都下班了，哪里会想到经营部有个戴耳机听歌的人呢？刘总和赵总是夫妻，现在刘总出轨同办公室的女下属，子吟以后如何面对他们呢？她特别懊悔，今天如果早些回家就好了。她顺着张扬路走了很久，等情绪稍平复些才回到宿舍。妞妞看出子吟神色有异，忙问缘故。子吟想这件事本不该被自己碰到，说给别人听也没有什么助益，暂时不让人知晓为好。她对妞妞说最近有个项目要投标，过程很烦琐，所以有些发愁。妞妞说事情要慢慢做，可不能着急乱了分寸。子吟报以感激的微笑。晚上大家都懒懒的，不想说话，各自想自己的心事。

随后的一周里，因为确实不知该如何面对刘总等人，子吟没敢进公司，尽量安排自己在外面拜访客户。她近期工作的重点，无疑是持续跟进张江那边的项目。她又一次去找了柯经理，名义上是想了解项目的前期准备情况，和投标有关的事宜，实际是想尽力与他建立比较友好的关系。她的努力换来了成果，经过好几次的接触，柯经理对子吟逐渐认可起来，向她透露了关于这个项目的几个关键决策人信息。他也答应在操作过程中，如果投标单位各家条件都差不多，会优先推荐子吟他们公司。这个无疑是很好的消息，但这个项目也要在技术标和商务标上见真章，所以先把技术标做得漂亮是当务之急。

霍夏请彭城山具体负责投标事宜，这正合子吟的心意，有了彭城山的帮助，她觉得这个项目的前景一片光明。彭城山载着子吟去看了现场，再结合招标文件上的技术要求，他说这个项目一旦拿下来，会成为公司多年来参与的最大项目，子吟一听就更来兴致了。霍夏知道这个情况后，表态公司和他本人会全力配合这次投标工作，为此他专门安排成立了一个投标小组，并请子吟当组长负责总协调，让彭城山负责技术标和各分项工程方案编写。子吟那段时间天天忙此事，对工程项目招投标流程有了更深刻的理解与把握，但要等这件事真正尘埃落定，要到元旦过后才行。

十二月中旬，海军保障基地的项目顺利结束了，财务部通知子吟去结算工程款。结算单需要总经理和财务总监签字，这样她就不可避免要见到刘总等人，子吟没办法，只好硬着头皮去找他们。三个老总都在办公室里，刘总见子吟进来，忙起身相迎，说话非常客气，不过笑容很僵硬，一脸的不自在。等刘总签完字，子吟强忍着内心的波澜，又把单子拿了去给张总，简直像煎熬般。张总低头忙自己的事，见子吟过来找她，这才抬头朝子吟笑笑，签了字递回给子吟，又赶紧低头了。最让子吟不可思议的是赵总的表现，她一见子吟就铁青着脸，连笑容也没有，跟平常大为不同，甚至不理子吟的招呼。

子吟为此震惊了一整天，百思不得其解。刘总和张总的风流事她从未向任何人提起过，而今天赵总给自己脸色看，分明是她已经知道这事了。她究竟如何得知？她为何对自己有敌意？这些疑问压在子吟心头很久很久，简直是个谜团啊。她猜想赵总是知道这事的，有些事终究是纸包不住火，奇葩的是他们三个居然安坐在一个办公室里办公。子吟才不会猜测，她回到办公室考虑了个把小时，就决定辞职。公司三个高层集体不待见她，待在这里是没有什么意思的。何况子吟现在和刚来时完全不一样了，她通过自己的努力奋斗，已经开辟出了属于自己的一片天地，她自信可以找到项目做，她可以做更多的事。

唯一让子吟觉得可惜的，就是要和公司提供的那套房子说再见。既然要辞职，那么她就要尽快搬离那里，可是她真的很喜欢那间宿舍，已经把那里当家看待了。下午下班前，子吟就把写好的辞职报告递交到刘总那里。刘总看了虽然吃惊，但眼神复杂，似乎有种如释重负的感觉，所以子吟知道辞职是对的了。刘总象征性地挽留了一番，叹口气说放你走是公司的重大损失。子吟说以后有项目大家还是可以合作的，我们仍然是朋友啊。刘总听完笑逐颜开，叫财务室多发半年工资给子吟。子吟想拒绝，刘总摆摆手说这是劳动法规定，况且你对公司贡献巨大。子吟向他表达了感激之情。

子吟简单收拾了一下自己的办公用品，和办公室几个相对较熟悉的同事打了招呼。他们很惊讶，觉得子吟离职过于突然。子吟没过多解释，只是说因个人原因需换个环境，希望以后有机会大家一起多聚聚，大家如有需要的话我也会尽力帮忙。当天周斌不在单位，没向他当面辞行倒是很遗憾的，只好事后电话里说明了。辞别众人出来，子吟径直回到宿舍。姐姐最近都没怎么去公司了，她一看子吟这架势，抱着一大堆文件之类的东西，甚至把大耳机也搬回来了，就感觉情况不妙。等她听闻子吟已经辞职了，惊讶之情溢于言表。她定定地看着子吟，说姐姐是要给我惊喜，准备辞职随我回重庆吗？

子吟觉得事已至此，她马上要面临搬家的难题，这件事讲给姐姐听也无妨，便把事情的来龙去脉说了一遍，最后还特意叮嘱姐姐，此事到你这里就算截止了，我想翻过这一页，世界如此之大，犯不着和自己毫不相关的事过不去。姐姐听后也被这事给雷到了，同样对三个当事人像一家人似的处一室表示敬佩有加。她说姐姐又不靠他们三个人吃饭，他们间的那点破事不至于让你丢了工作。她顿了顿又说，如果这事让我遇见，我必定当没事人一样成天到刘总办公室去坐坐，和那个叫什么赵总张总的聊天，专讲古时候一妻十二妾的奇闻逸事给她俩听，看她们能拿我怎么着。

子吟听她胡扯倒也有趣得紧，赶忙让她就此打住，想办法陪自己把房子的事情搞定。姐姐一听，嘟着嘴说姐姐太软弱，就应该继续在这里住下去，看那个什么刘总敢来赶你走？子吟说离职而不搬离他们公司的宿舍，那么前面我选择辞职离开就失去了意义；我这样处理，大家不用撕破脸皮，谁知道以后还会不会合作呢？有些事如果躲开是最好的解决办法，那就毫不犹豫躲开，何况我自己其实也没受什么损失。姐姐见她如此，也就不再说什么了，只是痴痴地恳求子吟跟她回重庆，说你这样的女子到哪里都一样活得精彩。子吟让她先去安家，说自己过几年在上海混不下去了，买一张机票就去找她。

晚上田琳也过来了，子吟只说她想换个单位，因此先换个房子租来住，其他的就没有多说了。田琳说现在房价飞涨，要想在这里周边寻找，房租会贵得要死。第二天田琳上班去了，子吟和姐姐就跑出去找房子。果如田琳所说，好久没关注房价的她们发现，紧邻小陆家嘴区域的这个小区周边，相同面积的房子租金一月在两千五朝上。子吟手里有个十几万，但大部分要汇走装修老家的房子，加上很多地方不可或缺的开支，她其实还是没钱的。于是子吟和妞妞把租房搜索范围扩大，找房租一千元以下的房子，没想到这样的房子须得靠近中环以外，而且整套租下来几无可能，只能考虑合租房。

子吟和妞妞找了好几天，合适的房子是真心难找，何况合租房不仅是找对的房子，还要选对的人来当舍友。女生找合租房又天然地困难很多，考虑到安全问题，所以找一个女生来合租是最现实的。又考虑到交通便利的问题，子吟决定房子要稍靠近内环附近。找房的艰辛过程也不提了，他们终于找到了一间相对中意的。房子在杨浦大桥浦东段引桥附近，房东是上海人，他们女儿出嫁后一直空着一间屋子，为了不至闲置就对外出租。中介带子吟上门看房，子吟注意到房东夫妇都是很和蔼的人，而且特别注意卫生，所以就动了心。等到把房租谈到每月九百元，子吟立马出手租下来了。

到了周末，田琳和妞妞过来帮忙搬家。子吟现如今的东西也多得很，三个人上上下下搬了五六趟才搬完，叫了三部出租车才装下运过去。房子没有电梯，所以搬完东西姐妹们累得浑身发软。妞妞说姐姐赶紧找个男朋友，这些活就该男人干。子吟笑称主意不错，不过为了搬家而找的话，这会儿也嫌晚了些。房东夫妇果然是很好的人，生活上很照顾子吟，慢慢地每晚都会煮子吟的饭。子吟很感激，想每月掏点伙食费，他们坚决不收，说你一个女孩子家能吃多少，尽管放心在这里吃住。子吟迅速适应了搬家后的新环境，她每天都买些时令水果回来，和房东老两口的关系日渐亲密起来。

元旦前夕，妞妞来电话了。她说我要提前回去，订了一周后的票。虽觉突然，也是无奈。子吟那一周就不管其他事情，只陪妞妞到处逛逛，包括上海周边一些地区。随着返渝时间临近，妞妞越来越不舍，她伤感地说该让安伟建过来这边，凭什么他不愿意为了我做出牺牲啊？子吟就劝她，只要安伟建真心待你，在哪里都是天堂的。送妞妞到了机场，子吟看她比初相识那会儿更加明艳动人。她拉拉妞妞的手，祝福她一切顺利，天天开心。妞妞抱了抱她，说姐姐一定要好好的，我不怕你会受委屈，只怕没人照顾你，爱你。子吟说很多人爱我的，你是最用心的一个。妞妞摇摇头说，我希望有一个爱你的男人早点出现，这是我最大的心愿。

听到这里，子吟忍不住泪流满面。她看着妞妞的眼睛，说我一定会找到的，幸福可能就在街角转弯处，缘分到了谁也挡不住。送走妞妞后，子吟不光心空空的，做事竟然也没有力气了。她回到出租屋沉沉睡了一整天，才明白身边少个交心的闺密，日子会瞬间孤独无比。幸亏那段时间她忙于投标，而忙起来孤独感就少了许多，不然真不知怎么度过那段艰难的岁月。田琳和朱思杰和好了，不过现在他们不太方便过来子吟这边，所以三人去外面吃饭的机会多起来。子吟经常去新金桥路那边，帮忙做项目商务标。多亏彭城山经验丰富，对子吟的事特别上心，投标书制作在按时间节点按部就班推进。

第三十章

那天子吟正在和彭城山核对数据，秦剑明拨号过来。子吟这才想起，因为她被项目投标和妞妞回重庆两件事所左右，从钢结构公司辞职的事还没来得及和秦剑明说呢。她特别懊悔，怎么能忘记这么重要的事啊！接通电话，秦剑明果然有些生气，倒不是因为子吟辞职，而是辞职了不与他沟通。子吟从他口气里听出来关切与怜惜的成分多于责备，赶紧解释说很多事情发生得太突然，且完全超出了她的能力控制范围，不得已仓促辞职。她说没有向您及时汇报，这是我的失误，很对不起您，改天我登门致歉。秦剑明说你向来做事沉稳的，怎么涉及辞职这么重要的事不谨慎些？

按理子吟是不该对秦剑明有所隐瞒的，但刘总那档子事真不好让太多人知晓，毕竟是个人道德隐私问题。子吟离职的事一定是刘总讲给秦剑明听的，也不知他是怎么说的，所以子吟只好岔开话题说些其他的。她把自己最近的工作情况说给秦剑明听，主要是聊自己参与主导的几个项目。秦剑明是个很聪明的人，他见子吟绝口不提辞职的事，知道了她离职的因由的确不太好说。这一年来，他见子吟渐渐羽翼丰满，可以不用靠工资生活，辞职了也无所谓。秦剑明嘱咐她有空就去他家坐坐，子吟忙答应了。联系完毕，子吟又是一阵惭愧，但也只能让时间淡化这件事了，她准备投完这个标就去看看秦剑明。

投标分数出来了，子吟的公司技术标排第一，彭城山果然久经沙场而宝刀未老；商务标评分居中上，业主并未立即公布中标单位，但按照招标文件要求，商务标在综合评分中占比更重。子吟赶紧行动起来，想通过关系看能不能打打招呼，确保项目能够中标。她原本想直接联系柯经理提供给她的几个决策人，不过仔细想想这样肯定不行。这么敏感的时期，而且与他们都不熟悉，稍有不慎就会留下很大把柄，最终结果就是害人害己，要知道这可是公开招投标。于是她给身边所有熟悉的朋友打电话，看有没有人通过渠道联系到这些决策人，哪怕是联系到其中一位也是好的。

没想到事有凑巧，陈惠良听说后也问了他身边的朋友，结果他的一位已退休的上司，熟识本次招投标决策者之一。了解了相关情况后，那人答应帮忙联系一下甲方的人试试看。这条线一定起了重大作用，因为两日后甲方发布了中标公告，并在两周内把中标通知书发到了霍夏公司。这个工程的三个子项目规模都不小，施工期较紧张，前后历时约八个月，过完年后就要实施，而中标价也达到了惊人的数千万之巨。得到中标的消息，霍夏他们公司欢声雷动，为此专门聚餐庆贺了一番。子吟也很开心，她倒没想过她会因此项目而拿到多少经营费，而是觉得她的努力获得了极好的回报。

投标项目尘埃落定后，子吟给自己放假一周，带着田琳出去旅游。不过回来后她又忙个不停，除了继续拜访客户，还因为自贡的房子已经交房了，马上要面临装修的问题。子吟想想按照合同额的话，新签的项目经营费应该不会少；又一想老家的房子是三位老人家住的，婆婆身体那么差，如果装修的用料不好，室内污染必然严重，老人家肯定会深受其害。考虑再三，她决定投入全部积蓄装修。她让爸爸尽量找环保些的装修材料，屋子装潢要做到舒适豪华。她爸爸被惊呆了，他原以为子吟能给个两三万的费用简单装修一下就很了不起，结果子吟给他的预算是十六万，这在去年几乎可以再买套房了。

大约一周以后，子吟爸爸找好了装修队伍，又把他们的装修方案和报价一并发给子吟审核。子吟看了方案和装修效果图，觉得都还不错。工程总报价是十七万多一些，她想再砍砍价，争取控制在自己最初的预算内。考虑了一两天后，她和装修队伍负责人沟通了一下，定下来最终装修合同价格，又按她的意思修改了客厅和主卧局部装修布局，还有墙纸的样式。她给她爸爸先汇了十二万，以争取装修工程尽早开工。装修队伍的负责人说，很快就要到春节了，工人们都要提前回家，所以现在开始装修干不了多少活。他建议过了节再正式开始装修，子吟认为有理，就同意他的意见。

给家里汇了款，子吟荷包瘪瘪，又有种一夜回到解放前的感觉。最近一两年她的收入不低的，大部分给了家里，留在身上的花起来也如流水般。不得不说，她花钱真有些大手大脚，加上海英的学杂费住宿费，还有自己的房租，接下来的日子压力确实不小。她以前每个月还有三四千元工资，辞职后拿不到了，日常吃穿用度竟紧张起来。子吟想和霍夏谈谈，看能否到他的公司上班，这样起码还有些工资和福利可拿。打定主意后，她就约霍夏一起喝茶，表达了她的想法。霍夏立即同意了，他说我很欢迎你到我们公司经营部，以前你有好单位，我可不好挖人家墙脚，早知你要辞职，我会主动请你过来帮忙的。

隔了没几日，子吟去公司办理入职手续。由于她对这边很熟悉，都不用费力就能融入集体。令她欣喜的是，那个叫芮骏的人已经离职，这简直是天意了。霍夏把她安排到经营部，其经理是一个叫陈伟的安徽人，个子高大，站起来挺胸拔背，像个军人一般，平时穿着是西装革履，人也很帅。他们以前碰面只是打个招呼，现在成了一间办公室里的同事。陈伟热情地和子吟打招呼，子吟忙与他握手回礼，却好远就闻得他口气颇重，心里暗道可惜，觉得他生成这等人物，却有令人难以忍受的缺陷。彭城山知道子吟成了他的同事，也异常欢喜，要请她吃饭以示接风洗尘之意。子吟忙说你帮了那么多忙，我还没好好谢谢你呢！

于是在春节即将来临之际，子吟又换了一家单位上班，这时距她初到上海，过去了近三年了。虽然离新单位不是很远，但她从出租屋出发，要换两部公交车才能到，这点略显美中不足，所以子吟一般直接从屋里出发去拜访客户，到了下午有时间了才会进单位整理客户资料。子吟租的房子离田琳家也更近了，所以田琳经常会叫子吟到她家吃饭。田琳妈妈对子吟的态度有了明显的改变，因为子吟对田琳大方好客，比亲妹妹还要心疼，每每她遇到好事，都不会把田琳落下。不仅如此，她对田琳爸妈也是一样孝敬的，所以田琳妈越来越喜欢子吟，觉得她人品好，值得田琳用心交往。

妞妞到了重庆以后，几乎每隔三五天就会给子吟打个电话，因为牵挂朋友，也想念上海。没错，妞妞说的就是思念。虽然重庆是她的家乡，但是妞妞对上海的感情更深。重庆也是个繁华之都，但是上海更催人奋进。人在上海，早上一睁眼，就有股无形的压力笼罩下来，迫得人赶紧进入战斗状态，须得快速融入滚滚人流，开始一天的战斗，这样生存下来就有可能，梦想也会变得更加触手可及。一旦适应了上海的生活，就一定会爱上这里，去其他任何地方都会很难适应。当爱情遭遇油盐酱醋，当激情归于平静，细细思量曾经的选择，离开上海对妞妞来说，就成了内心深处的隐痛。

即将来临的春节要不要回家？这个问题困扰了子吟很久。她老早就想回去看看家人，尤其是身体不好的婆婆。可是张江的项目刚巧在过年前正式开工，子吟作为项目联系人有大量的沟通协调工作，所以她要等到工地停工之后才能休息，而最新的消息表明，这个工地放假要等到腊月二十九。节前要向很多客户送礼拜年，故子吟手头紧张之极，她发现这竟成了自己最囊中羞涩的一个节日。没有办法，子吟只能选择留在上海。这是个痛苦的决定，不能和任何人说明缘由，给家人也只能说工作忙不开。子吟留在上海过年了，虽然没有衣食之忧，但整个春节假期，她只待在宿舍，这里也不消多记了。

二〇〇五年元宵节过后不久，张海又介绍了一个规模较小的钢结构项目给子吟做，这样子吟要同时对两个项目进行安排和协调。整整两个月，她忙得昏天黑地，整个人瘦掉一大圈儿，等张江的工作都理顺了，她才稍松口气。这期间多亏了彭城山，他帮了不少忙，不仅在项目技术管理方面兢兢业业，他有时候会让子吟开着自己的车子去工地现场。有一段时间他出差了，干脆把车子丢给了子吟，这让子吟体会出了开车工作的便利，省了好多奔波在路上的时间，她多希望自己也有辆代步车子啊。等到钢结构项目结束了，她拿到了项目提成，其数额足够支付自贡房子装修款的剩余部分。

田琳和朱思杰的感情时好时坏，尤其是房价进入疯狂上涨模式的那个年代。他们的确算得上是一对冤家，很多事实已经说明两人很难走到一起，可他们还是磕磕碰碰地前行着。如果田琳能够放手，朱思杰似乎也是成全的。但每次两人吵架分开，都是田琳先低的头道的歉，子吟不能用爱得卑微来形容田琳，究竟该怎么说，又难以描述。有一次朱思杰发了季度奖，请田琳和子吟去泡温泉。一开始大家都是很开心的，子吟找个机会给他们独处，自己溜开各处走走。可当她返回时，很多人聚拢在一起围观，人群中心赫然便是朱思杰。他瞪着血红双眼，在对着田琳咆哮，那情景连子吟都吓呆了，田琳什么感觉可想而知。

子吟拨开人群，站在朱思杰面前朝他喊，对女朋友这样，你还是不是个男人？朱思杰这才平静下来，眼里满是惊慌，不敢直视子吟。原来，田琳刚才无意提到她家小区房子单价一个月涨了两千多。哪知说者无意听者有心，朱思杰觉得田琳是在埋怨他没有及时买房。他一直都没有买房的想法，也从未想过要贷款买房。他坚信房价总有一天会下跌，贷款买房会被证明是种得不偿失的错误举动。谁知从田琳妈建议他买房时算起，房价已上涨超过六成。这个令他非常沮丧，也使他在田琳家人面前更抬不起头了。所以，房子成了他的隐痛，而且随着时间推移，这个痛点成了他内心的一个禁区，不能被人触碰。

这件事就这样过去了，但子吟认为只要他们继续相处下去，类似的事情还会再度发生。她内心深处是想建议他们分开的，这样对谁都是好事。但是，劝合不劝分，这是婆婆告诉子吟的，是婆婆一辈子遵从的信条。子吟曾问田琳，如果朱思杰还是一根筋似的坚持不买房，你们难道就这样耗下去吗？田琳呆呆地想了半天没有吭声。子吟又问田琳，朱思杰到底爱不爱你？田琳立马回答说他肯定是爱我的，我也很爱他。子吟默然。田琳又说，我的年纪不小了，在我的朋友圈里朱思杰是最优秀的，每次带他出去和朋友们相处，我都感到特别骄傲，因为他永远是人群中最耀眼的那个。

听了田琳的这些话，子吟暗暗摇头。田琳还是她当初认识的那个人，一个特别注重对象外貌的花痴。男友如果不爱你，他即便是潘安再世，才华横溢，跟你有一点点关系吗？子吟不认为朱思杰爱着田琳，这话却没法说给她听。她仿佛看到一出悲剧正在上演，而她毫无办法阻止。不过田琳说的有一点也触痛了子吟。仔细算来，子吟已有二十七岁了。女人二八是芳华，而她不知不觉也迈入了剩女的行列。少女时代暗恋她的周生宏已经结婚生子了，她也是在去年回家时偶遇了他一次。当时周生宏满脸的疲惫，心事重重，聊了几句也知道他的家庭生活颇不如意，但有什么办法呢？个人命运如此。

子吟又想到了小丁，他们是相爱过的，奈何自己背负的责任太过重大，所以小丁终究成了她生命里的匆匆过客。如果当初她不把家庭的重担一肩扛，或许她和小丁也结婚生子了。后来匆匆来了上海，她几乎没有过闲暇考虑自己的终身大事，只是在夜深人静的夜晚，或者在半睡半醒之间，她的内心也会特别孤独，渴望有那么一个懂自己的人可以出现。她去龙华寺或静安寺，会在内心默默向上天祈愿，让她如浮萍般漂泊的心有地方可以安放，有一个爱自己的人的肩膀可以依靠。婆婆曾说过，她会天天为子吟祈愿，也坚信会有一个爱她的人很快地出现，可以温暖呵护子吟一生。

五一节前的一天，子吟正在办公室里上网查询资料，这时综合办文员通知她去找霍总。子吟不敢怠慢，移步到总经理办公室。霍夏见她敲门进来，赶忙从椅子上起身，请子吟坐到他办公桌对面的会客椅上，又给她拿了一瓶矿泉水放桌上。霍夏找她谈的事，是关于张江新建商务广场项目的经营费问题。他说公司此前大部分业务是工程勘察和设计，桩基和围护施工是首次承接。由于没有相同的工程可资参照，子吟的这个项目经营费比较难以确定。考虑到项目的实际利润率和投入成本，以及投标时公司投入的人力物力，经公司领导层研究决定，这个项目分配给子吟的经营费共计二十万元。

子吟耐心听完他的介绍，内心是极不满意的，主要是公司确定的经营费和她的预计相去甚远。霍夏说公司投入了巨大的人力和物力，关于这个子吟是没什么概念的，须得详细统计成本。配合经营人员进行招投标工作，这不是公司的职能之一吗？霍夏看出来子吟有不满，又说了很多项目操作上的所谓难题，比如虽然项目合同额较大，但纯利润有限，什么总公司对项目成本支出有严控，经营费须受限等。子吟听得云里雾里，不得要领。他最后说可将子吟的工资调整为每月五千五百元，作为公司奖励她的政策之一。子吟觉得霍夏很有诚意，故虽然仍有疑问，但也没再仔细考虑，就答应了霍夏关于项目经营费的建议。

子吟没觉得这件事有多大，她觉得努力多拿些项目到手就好，但事情没有这么简单。第二天上午，财务部通知子吟去拿经营费支票。按照一般规律，经营费应是和进度款结算同步支付，甲方刚依据合同支付了项目首付款，霍夏怎么这么快就把经营费全额结给了她？子吟事后越想越不对劲，须知公司结给她的经营费，是包括给项目关键信息提供人的返点的。这个不是行规，但一定是潜规则。她心中早有计较，她要给柯经理、陈总和他的前任领导信息费，如此一来她自己在该项目上竟只挣得不到十万，比以前做完的项目少拿了很多。可是这个项目明明规模这么大，这点经营费和合同额比起来，简直可以忽略不计了。

第三十一章

之后两天时间，子吟对这件事进行了详细的了解，结果让她大吃一惊。她首先从彭城山处打听到了项目的真实成本，这部分大概占到投标总价的三分之一。子吟又向她的几个朋友了解几个子项的其他成本构成。最后得出的结论是，即便保守估计，这个项目的纯利润也是合同额的三成左右，所以子吟因该项目为公司创造的利润接近一千五百万。巨额工程项目的经营费没有固定比例，一般是经营人员和公司管理层单独谈判决定。但综合相关政策及行规，获得利润的一成是起码的要求，所以子吟拿到的提成是远远低于常规的。要知道，二〇〇五年浦东金桥靠近中环边上，一套约一百平方米的房子，总价也才七八十万。

子吟知晓到了这些信息，内心不禁一寒。这次她吃了大亏，而且简直是哑巴吃黄连啊。这件事她不好向其他人诉说，虽然任何人知道这事都会为子吟感到气愤。理论上霍夏并没有做错，该项目经营费是他和子吟经谈判而达成一致的。但他利用了子吟对规则的不熟，有欺负新人之嫌，而用如此低的经营费打发了子吟，是严重有损于行规的行为。相信如果子吟稍有些经验，或者她是个稍有些背景的经营人员，甚至如果子吟是个男生，霍夏恐怕是做不出这等事来的。子吟惋惜自己白白损失了太多，但她更多是痛心于人心险恶。回想整件事情，她自己经验不足固然需要检讨，但她过于相信人才是吃闷亏的原因。

早在项目操作初期，子吟就该和霍夏谈好利益分配问题。事实上很多工程项目，都是按照投标目标利润确定出大概经营费，后期若有变动，适当做微调即可。子吟在项目首付款进账了，才被霍夏约谈经营费的事情，这就太晚了，明显陷入被动。她还应该在项目经营费比例谈妥后，再择机谈进入霍夏公司工作的事。既然她有求于霍夏，而且霍夏爽快答应了她，那么项目谈判就无法拿到主动权，子吟即便有疑问，也没有好意思提出来。她当时贸然接受霍夏关于经营费的建议，也是个重大失误。如果她不是当时就同意了霍夏的提议，而是要求自己充分考虑一下，随后详细核算成本，再展开二次谈判，她的权益才不会受损如此严重。

子吟来上海后遇到了很多杰出的人，她对这些优秀的人是不设防的，哪里知道这些人里心术不正者也大有人在。这件事霍夏做得很不地道，且不说他全线利用了和子吟签劳动合同这件事，使子吟无法对项目本身做出正确判断，他还在和子吟的谈判中，充分施以小恩小惠，让子吟放松了警惕。不客气地讲，那一个月多出的一千块钱工资，和一百多万的经营费比，简直就是九牛一毛。霍夏做得较为失败的地方，就是他急于想把和子吟的谈判结果变成事实，提前支付了谈好的全额经营费。这样反而促成了子吟调查这件事，避免了她被人卖还帮人数钱的悲剧，算是让她重金买来了教训。

事情已经这样了，子吟也准备翻过这一页，刚巧五一期间妹妹要来上海玩几天，所以她的心思就放在这事上了。三十号下午，子吟去机场接海英，看她推着行李车出来，感觉她又长高了不少。海英的学习很一般，所以没有考虑专升本，毕业后没能找到一份理想的工作，只得到一家超市当收银员。子吟为她设计的人生道路戛然而止，以她的所学和处事风格，子吟真不觉得安排她来上海后，她能在这里安定下来，所以就让她自己找工作。人只有身处逆境中，才有可能会真正成长起来吧。海英在外形方面继承爸爸多一些，个子足有一米七五左右，只是她颇不注意自己形体，这时明显没有了上学时的好身材。

房东阿姨见了海英啧啧称奇，开玩笑地说你和你姐姐站一起，简直看不出是一个娘所生了。子吟个子其实也不算矮，不过经不住和海英站一起比的。晚上房东阿姨款待姐妹俩，气氛特别融洽。海英按照子吟的私下吩咐，包了一个红包送给房东夫妇，他们推辞了很久，架不住子吟在旁相劝，最后收下了。第二天一早，子吟带着海英去逛街游玩。外滩是不能去的，子吟能想象得到人堆里看风景是什么感受。她带海英去了浦东滨江大道，这里和外滩万国博览建筑群隔江相对，恰似一条彩带飘落在黄浦江的东岸，二人凭栏临江，江中依然是百舸争流，这里是子吟带朋友游览上海的首选之地。

这一整天，她们就在陆家嘴周边游玩，计划去攀东方明珠塔，当看到排队的人群后立马打消了主意。她们花了很多工夫逛正大广场，买了些家人的衣物。晚上吃过饭，她们去江边看了夜景，后来又返回商场购物，直到两人手里大包小包一大堆，拎也拎不动了才作罢。稍晚些她们在陆家嘴中心转盘路边拦出租车，可是这一等竟过去了近一个小时，也没能拦到车子。游客人数太多了，这会儿又是游玩返程高峰期，出租车数量严重满足不了这瞬时的大客流需求，她们完全抢不到停下来准备载客的车子。有一辆车子本是她们拦下的，结果车子稍开过了一点，就被前面的人抢了先，子吟急得直跺脚。

好不容易打到了辆车子，她们浑身上下已经没有一点儿力气，上车立即瘫倒在后排座上。子吟脑袋稍清醒些了，就在车上开始盘算起一个计划，那就是尽快买部车子，她以前跑业务时有过这个想法。记得有一次去松江拜访一个客户，早上六点钟出发，一路奔波换了三部车子，直到十点三刻才抵达目的地，这个效率简直不能忍受。有部代步车子，工作才更有效率。今天打车这么狼狈，使她觉得这个需求变得特别迫切了。妹妹洗漱完毕上床休息了，子吟认真考虑这事。除去最近的必要开支，子吟手头留有约十万左右的现金，如果再拍一块沪牌，买车总费用应该在二十万左右。

有人会建议子吟先买一辆便宜些的车子，再上个外地牌照，十万预算是绰绰有余的。子吟完全不是这种思维，她不是爱慕虚荣，只是考虑问题想得更远。她认为要买部车子，不光要满足代步需要，更希望质量相对好些，这样可以多开几年而不用考虑换车；车子还要尽量满足商务用途，买部稍好些的牌子，去接送客户办事，也是会为自己加分不少的；上海早晚高峰期外牌不能上高架，这是严重影响出行效率的，所以车子也需要拍张沪牌。综合这些因素，子吟决定买部十二万左右的合资车。可是这约十万的缺口从哪里来呢？那晚考虑了很久，子吟想出了一个主意，其精妙如斯，令听者为之倾倒。

黄金周长假的后几天，子吟按计划带着妹妹游览了上海几处著名的景点，这里也不一一细表了。六号晚上，田琳过来请海英吃饭，也算是给她饯行。她定了子吟住处附近的一家颇具特色的本帮菜馆，以前子吟和田琳也经常光顾这里。饭毕，田琳送了一盒梨膏糖给海英，祝她事业有成，就先告辞回了家。子吟和妹妹回到出租屋，海英嘟囔了几句，说晚上饭菜量那么少，她一点也没吃饱。子吟听后有些生气。她说南方菜本就是碗碟小些，主要体现的是菜的精致，人家田琳点的量不少了；如果你没吃饱，饭店里可以提出来的，田琳又不是外人，直说又不打紧，怎么这会子在背后乱说话？

海英还在那里耍性子，说田琳请客没有诚意，那点量本就不够三个人吃。子吟恼怒异常，她觉得海英一点也不懂事，人家好心请客，不心存感激也罢了，居然无来由指责起来了？女生为了保持体形，晚餐都不会点太多，海英连这点起码道理都不懂，还以最坏的恶意揣摩别人，真的很可恨。子吟又想到她在学校谈恋爱的事，忍不住狠狠地批评起她来。子吟从小没学会说任何脏话，也从不对人严厉刻薄，所以说是批评，顶多是责备语气重一些而已，况且她这么多年对海英的付出，远远超出了一个姐姐该做的，简直比当妈的还尽心尽责，所以看她犯错误说错话，批评几句应在情理之中。

哪料到海英还没等子吟把话说完，立刻转身摔门而出，直奔楼下。子吟被眼前这一幕惊呆了，在很长的一段时间内她头脑空白，搞不清自己有哪句话说重了。等她终于反应过来追到楼下，已不见了妹妹的踪影。这下她慌了神，要知道这里是上海，海英人生地不熟，她的手机还在床边柜上，若真走丢了却是怎么个找法？她赶紧往小区门口方向跑，期望海英没有走太远，可大门外也见不着人，连门口保安也说没看见。子吟差点急哭了，害怕她真的走丢了，可如何跟家人交代？她还觉得有些绝望，这个妹妹活脱脱是爸爸的翻版，稍有不称心如意便乱使性子，完全不顾及别人的想法。

子吟感到很无助，赶忙给田琳打电话，想请她过来陪自己寻人。田琳赶过来问起缘故，子吟带着哭腔说起了她批评海英在校谈恋爱的事，独把海英不满晚饭的事隐去不提。田琳听了眉头直皱，听不出子吟讲给海英的话哪里不对。她只得安慰子吟，说海英又不是小孩子了，跑不远也丢不了的，咱们在附近的街区找找或许就找到了。可她们把附近的所有地方都找遍了，甚至去了周边的商场，两三个小时过去了，仍一无所获。子吟决定赶紧报警，又记起失踪事件的立案是要二十四小时后的。一筹莫展之际，田琳突然问子吟，你有没有在小区里找过？海英不熟悉这里，按理是不会跑太远的。

一语提醒了梦中人，田琳说的是最有可能的情况。刚才子吟又气又急，跑下楼没见着人就追出去了，小区内部倒真给漏了。她们折回来，在小区的各个角落里仔细搜寻，终于在小区东北部的凉亭子里看到海英。此刻她正悠闲地躺在长木椅上，估计是在等子吟前来寻她，就没想过她姐姐此刻都快急疯了。子吟终于明白了，自己这么多年对她的好，基本上是白费了，从此对她没有了什么想法。因为还有血缘关系，她不会不管这个妹妹，但自己对她实在是失望透顶，不想和她有亲密的接触。正因如此，看到妹妹后，子吟就不再多说什么了，只是耐心劝她回屋，次日平平安安把她送走了事。

把妹妹送上飞机，子吟长舒了一口气，悬着的心终于放下来了，感觉阳光都比前几日明媚了许多，就跟她当初离开家里见不到她爸爸一样。海英脾性完全遗传自父亲，最糟糕的是她小时候受爸爸影响大，性格终于定型成目前这样。子吟以前只知道妹妹有些小气，这次相处才赫然发现她的三观都不正，这个太可怕了。经历了此事，子吟暗下决心，如果以后自己有孩子了，从小要教育他树立正确的三观，即便性格稍有不如意，也还能培养成材。她同时也有了隐隐担忧，以海英目前这个情形看来，她未来必然会惹出祸端，到时候妈妈和婆婆无疑会受连累，想想真是让人担忧呢。

长假最后一天晚上，子吟把次日要做的大事，重新又梳理了一遍，想想计划中哪里还存在漏洞，心里竟莫名有些紧张。想想自己又不是准备要做坏事，却为何这么紧张？子吟不觉莞尔。第二天一大早，她进了单位就去等霍夏，只是没见他进公司。她想今天这事最重要，其他事全部得靠后，于是淡定地等了一个上午。直到下午一点半左右，子吟才看到霍夏进公司，她的心狂跳起来，只是自知此事成败在此一举，自己先乱了阵脚，这事就没法办成。于是她先到茶水间倒了一杯水，回到办公桌前，边喝边默想她准备说给霍夏的话。如此等到心情彻底平复了，她才走出业务部去总经理室。

子吟轻敲了门，霍夏随即请她进去，又安排她坐沙发上，他自己坐在沙发另一头，之后笑吟吟地问子吟找他何事。子吟说我遇到了个极大的难题，想请霍总您一定想办法帮忙解决一下。霍夏忙问是什么事。子吟说我累积起来的客户多起来了，但是拜访效率很低，每天花很多时间在路上。她顿了顿又说，如果有部属于我专用的车子，这样就再也不怕约客户会迟到了。子吟给他讲了拜访松江的客户，结果整整迟到一个小时的事例，说明公司给她配部车子的必要性。霍夏静静地听完后，面露难色。他说总公司没有给各地分公司高管配车的政策，包括我自己，也是买的车子来开的，这事我可帮不了你啊。

子吟一看时机已经成熟，一脸无奈地叹口气说，我只好花钱自己买台车子，不过我现在身上现金不够，希望霍总您可以让公司财务部借点给我。霍夏问她还差多少，子吟本想说要借十万的，可是转念一想，这横竖是借啊，何不多借一点出来，以防近日用度太过紧张。于是她说我还差十二万左右，这样牌照也能搞定了。随后她又补充道，等我有钱了立马还给公司，绝不敢耽误。霍夏看着子吟，脸上露出奇怪的笑容，而子吟也毫不胆怯且不妥协地回望他。空气快要凝固了，霍夏最后笑了笑点点头，说你要写借款单，限期归还。子吟答应了，随后表示她现在就想把借款条写了来，霍夏也同意了。

走出霍夏的办公室，子吟心里很激动，但是这事得趁热打铁，不把钱借出来就不算成功。她回到自个儿办公室手写了一份借款单，签上了大名。她仔细检查了一下写的内容，又略思考了一番，把霍夏要求限期归还的语句删除，重写了一份单子签了名，然后去找霍夏签字。霍夏坐在椅子上仔细看了一遍，抬起头对着子吟欲言又止，最后只笑了笑就签了字。他随后打电话给财务部，说龙子吟有笔借款，你部可以直接凭她的借条支付现金给她。子吟连忙感谢霍夏，表示自己会努力跑业务，用实际行动为单位做出新的贡献，霍夏笑呵呵地摆摆手，示意她可以去财务部那边拿钱了。

子吟在策划这件事的时候，根本没准备还这笔钱。如果霍夏不想借钱，她也会一直磨下去，好让霍夏知道关于张江项目，她是知道自己吃了大亏的。如果借钱顺利，而将来霍夏要她还钱，她会说自己没钱。要是被逼急了，她也会严肃跟霍夏谈谈那个项目的成本问题。霍夏也可能在子吟结算别的项目时，要求她抵偿经营费以还借款，这个只能到时再想办法。后来的事实证明，霍夏知道了子吟不还钱的动机，可能他也觉得张江的事情，他做得确实有些过分了，所以再也没有提借条的事，这张借条就像从来没存在过一样。而从此以后，霍夏对子吟反而更客气了，再没有亏待过她。

事情办得如此顺利，也大大出乎了子吟的意料，只能说这事子吟办得很漂亮，整个过程有理有据，把握住了整件事的节奏。这样一来，子吟合计有了二十三万的现金，那个时候沪牌拍卖的均价在五万左右，她可以把车子置办费用控制在十五万左右，可供她选择的车型一下多起来了。子吟对小轿车市场了解不多，选择什么车型也没有什么概念，需要一个参谋替她拿拿主意。可巧那几天她约了陈惠良一起喝茶，等他们见面后，子吟就请他推荐一款车子。陈惠良对车子很感兴趣，他依照子吟的预算推荐自动豪华型福特福克斯三厢，裸车价可砍到十二万，加上购置税等其他开销也在十五万以内了。

第三十二章

子吟向陈惠良请教沪牌拍卖的流程，他笑着说这事很简单，先去福州路国拍中心买标书，接下来按照标书要求电话参与拍卖即可。子吟满心欢喜，觉得这次请教陈惠良很及时，几乎解决了买车会遇到的所有重大问题。回单位后她就上网看陈惠良说的福克斯，果然觉得这车子不错。她为选三厢和两厢犹豫良久，两厢车更好看些，但是三厢可以装更多的东西。她决定去4S店看看现车，再决定买哪一款。想到自己拥有了人生中的第一辆车子，子吟心情非常激动，感慨人生的奇妙。三年前，她的目标还是找份养家糊口的工作，现在她已经从生存状态转换到生活模式，个中滋味只有她知晓。

马上就到了周末，子吟很期待这个假日。她查好了一家网上评价不错的福特4S店，周六一早就去乘车。她原本想叫田琳和她一起去，结果她没接电话，也没及时回电，子吟猜想她可能有重要的事，只好一个人出发。路上她还在忐忑，自己对货车还颇熟悉，但是轿车就不知能不能挑得好了。如果妞妞在就好了，虽然妞妞也不懂车，但至少可以帮着看看车子外观美不美，坐起来舒服不舒服。她又想了想，觉得买这么大件物什，只看一次估计不一定能定得下来，也或许她看不中福克斯，还要跑去看看其他牌子。想到这里，她也就释然了，权当是去逛街买衣服，看不中再择机挑别家的也就罢了。

到了目的地附近，子吟一眼看到了一家丰田4S店。她心说反正是挑车子，不如从这家看起。她在销售人员的带领下看了很多款车型，但也只对凯美瑞有些感觉，一问价格，快要接近二十万了，因此就立刻对其无视了。她

通往申城的阶梯

通往申城的阶梯

177

出门去了福特店，卖车的小伙子很热情，端茶倒水递水果。当子吟说她想看看福克斯时，小伙子竖起拇指说子吟很懂车，福克斯是目前福特家族最受欢迎的车型，操控便利还省油，车子安全性又好。子吟暗暗好笑，因为销售员给经营人员推销产品，那画风不忍直视。随后小伙子带着子吟走进展厅去看样车。果然是热销车型，一辆银色两厢福克斯被安置在大厅中央，看起来虎虎生威。

子吟走过去细看，确实被它动感的外形所吸引，她拉了拉车门，感觉特别沉重，想想日本车相同部位轻飘飘的，安全性能立马就分出了高下。子吟在坐上驾驶位之前，想先围着车子走一圈看看。当她绕到福克斯屁股后面时，被停在它旁边的另一辆车吸引住了。这是辆黑色的车子，尺寸比福克斯大了一圈，关键是它大气动感，太吸人眼球了，看起来底盘特别扎实，整车个性张扬，前后车灯设计沉稳大气，让子吟看在眼里就拔不出来了。她问销售员这是什么车子，被告知是零四款蒙迪欧。子吟虽没听说过这个名字，但听起来感觉很亲切，和它的外观一样充满个性。她立马抛下福克斯，围着蒙迪欧转了两三圈，没找到不顺眼的地方。她拉开车门坐到驾驶室里，瞬间就爱上它了。

人和车子间估计也有缘分这东西。子吟自从看到这款做工优质、外形养眼的蒙迪欧，就再也不想看其他车子了。销售员说这款车子马上出新款，所以价格最近下调了，基本款报价是十八万五千元。子吟一听，心说砍砍价就它了！购物时不能让卖家看出你已经决定要买了，否则他就会吃定你，商讨价格时他就不会让步太多。子吟又回到福克斯展位，仔细看了半天，和销售员谈两款车型的最低成交价，让他看不出自己到底要买哪款。蒙迪欧是在总价上打个九折，外送一大两小三次保养。子吟觉得这个条件可以接受，于是明确了要买蒙迪欧的意愿。那个销售员非常吃惊，应该完全没料到她会这么快定下来。

销售员引导子吟办理完了相关手续，说周末办不了临时牌照，所以下周一才可以过来提车。子吟问临时牌照的期限，销售员说每次办理有效期一个月，可以连续办理三次。这时她才想起要去试驾一番，销售员赶忙去安排这事。一切都很好，蒙迪欧在汽车尚未普及的那个年代，在大众眼里还是很不错的车子，尤其是零四款的，在很多人眼里是系列里最好的车型。子吟试驾以后更加喜欢了，在外观、动力、内饰和操控体验上，都挑不出任何毛病，舒适性就更不用提了，和这部新购的车子相比，自己以前开过的轿车都是拖拉机啊。销售员看子吟开车技术这么娴熟，也是啧啧称赞，子吟也才晓得开自动挡汽车这么简单。

回去的路上，子吟把买车的事情告诉了妞妞，她在电话里几乎要惊呼起来。妞妞说姐姐买车也不早些，白白地让我错过了坐豪车的机会。子吟说你回来呀，我们开着车子去玩转江南。妞妞听了更激动，叹道只恨相隔千里，不然这会我早就飞奔过来了。也在这次通话中，妞妞正式向子吟发出了邀请，说她和安伟建的婚礼就定在明年正月初六。子吟听了很为她高兴，回复说过年前我一定会回去，亲眼见证你最美丽的时刻。和妞妞通话完毕，子吟又给家人去电话，询问房子装修的事情。她爸告诉她装修已经结束，这段时间他天天跑过去开窗户透透风。

子吟爸爸在建筑工地打工多年，装修房子的事情子吟一点也不担心。她把她买了部车子的事告诉了她爸爸，全家人自然都欢欢喜喜。接下来应该是她人生的一个幸福时段，会有三件喜事接踵而至：车子这一两个月就能搞定了，而过年前全家人可以喜迁新居，最高潮的部分无疑是好姐妹要举办盛大婚礼。想到这些，子吟不禁笑逐颜开。她买了一大堆蔬菜和瓜果，拎回出租屋里，房东阿姨一看这阵仗，知道子吟肯定是有喜事了。等子吟把买车的事说了，房东夫妇齐声向她道贺，晚上自然免不了隆重庆贺一番，他们均称赞子吟不仅人品好，还这么有能力，简直比外面做事的男生还要优秀。

周日晚上，田琳来了电话，她说她最近有事，所以没顾得上联系子吟。听她的语气低沉，子吟知道了她所谓的有事，应该还是和朱思杰有关。类似的情形子吟已经遇到很多回了，她实在不知如何才能帮他们走出目前的怪圈。子吟给田琳讲了自己买车的事，想请她周一陪自己一起去提车。谁知田琳听后没有多少惊喜，更多是嫉妒之意，这就和妞妞形成了鲜明对照。她说明天我要忙一整天，请不上假的。子吟赶紧说没事的，你的工作要紧。挂了电话她有些失落，自己有了喜事想和好朋友一起分享，但在田琳那里却体会不到应有的热情，是不是因为朱思杰这事困扰她太久了呢？

隔日是个艳阳天，子吟特意身穿一件红色旗袍，脚踩一双蓝灰色高跟鞋出门了。房东阿姨见了抿嘴直笑，说你这是要当新娘子吧！子吟有些不好意思，满脸通红起来。房东阿姨见状又呵呵笑道，买车也是件大事，值得这样隆重对待。等她到了4S店办好相关手续，销售员就带着她去拿车。子吟原以为车子交付区就在停车场里，却不料此间的车子交付更显隆重。在一间精心布置的大型房间内，一辆油光锃亮的新车正停在中央，华丽地闪亮登场，这是说它才是今天的主角吗？子吟特别惊喜，这样的交付方式令人印象深刻。她绕着车子转了一圈，昨晚准备的检查流程也只是随便过了过，随即上车点火启动开出4S店。

　　第二天上午子吟开车到了单位，正巧遇见彭城山下楼，忙摇下车窗向他问好。彭城山万料不到黑色福特车里的司机正是子吟，他惊讶到双目圆睁，嘴巴也呈了"O"形，应该是因为子吟一个女生，却开了这么大辆黑色车子。子吟停好车出来，抱歉地说我买车很仓促，都没来得及和好朋友们说起。彭城山哈哈大笑，说小姑娘选车不谨慎，你可知道蒙迪欧这车子是适合哪个人群开的？子吟被问住了，心想买车还有这个讲究啊？只听彭城山很神秘地说，电影里黑帮老大才会开蒙迪欧的。子吟看他说话的神态，知他在拿自己开玩笑，只微笑着不搭腔。子吟随后邀请他吃饭以示庆祝，彭城山连声称好。

　　自从子吟来到霍总这边，陈伟对她渐渐有了追求之意。两人都在经营部，又同处一个办公室，他和子吟接触最多，这在客观上为他提供了便利。但是子吟不太喜欢这个各方面条件优越的男生，含蓄拒绝了他的几次吃饭邀请。除了受不了他身上那股时有时无的怪味，子吟觉得这人过于谄媚，而且有些油腔滑调。他经营能力一般，专业技术也不精通，但赢得了霍总的特别信任，有小道消息说他很快会被提升为公司副总，但子吟真不觉得他于公司有什么特别的功劳，应该是霍总的偏爱了。那日子吟到了办公室，陈伟赶紧凑过来说有桩好事替子吟争取了下来，希望子吟可以念着他的好，务必请他吃顿饭。

　　子吟心想自己买了车，请同事们吃顿饭是必不可少的事，那么请陈伟一起也就顺理成章了。于是她笑呵呵地说，我一定会很快请你吃顿大餐的，有什么好事说来听听啊。陈伟听她居然答应了，兴奋之情溢于言表，赶紧说出了他所谓的好事。原来公司近期准备组织员工度假，但依规只有工龄超过两年的职员才能享受福利。子吟刚来这家单位不久，自然达不到要求，可是陈伟说他把子吟的名字加入了出游人员名单，霍总也批准了；又因情况特殊不宜宣扬，他才会这么神秘地说给子吟听。子吟觉得这事应该是霍总才可能做得了主的，陈伟有很大可能是想借花献佛邀功，但这个也没必要说破，好歹要感谢他的热心肠。

　　子吟有些担心，她说我很感激领导的照顾，只是这事让其他没享受到福利的同事知晓可不太好。陈伟撇撇嘴说，你只管安心去旅游吧，霍总能同意就没问题；况且你是经营人员，说你入职几年，只是经常不在单位，谁会有疑问啊？子吟听到这里，就不再多说什么。她问陈伟是否可以携带家属，他回答原则上可以带一位，只是家属需要自费的。出国旅游需要办理护照，这样家里人自然没法跟子吟出行，所以她这次还是想带上田琳。陈伟嬉皮笑脸地问子吟，请吃饭的事啥时候落实啊？子吟笑呵呵回复道，我一定要请，不光是你哦，还有彭工和其他几位同事，以庆祝我刚买了车子。陈伟一听泄了气，连声叹息不已。

去泰国的日期定在七月二号，子吟没想让田琳出费用，只问她有没有空一起去，田琳没考虑多久就答应下来。子吟行前还有件重要的事要做，就是拍到沪牌。她查询了当年的拍牌价格，发现最近几个月沪牌的平均中标价在攀升，所以她立马决定参与当月拍牌。某个工作日下午，她拿了相关证件去购买标书。与预想的很不同，去国拍中心买标书的人并不是很多，她都没怎么排队就买到了。回来后她细看投标指南，觉得流程不是如想象的那样烦琐，打通电话几个步骤就完成了，于是她打消了找人帮忙的主意，决定自己照着投标指南操作。到了周末，子吟早早来到公司守在电话机旁，按照相关流程参加了拍牌。

令她欣喜万分的是，这次沪牌竞标非常顺利，她以三万七千多元拍得一块。这个价格比她的预算要低一些，其差价约等于去泰国的单人费用，这让她觉得像中了奖一般。看起来这时候的沪牌还算不上稀缺资源，而在多年以后，准备拍沪牌的车主挤爆了国拍中心，每个月第三个星期的礼拜六上午，注定会成为很多车主的伤心时刻。传闻有个倒霉的人买了部奥迪的车子，结果临牌过期了还没拍到沪牌，他只得把车子放在单位车库里。谁知这一放就是整整一年半，他在这么长时间里次次拍牌都没中，他那部价值不菲的车子就这么在车库里积灰，更有甚者两三年里拍牌未中的情况也不鲜见。

到了月底，子吟把车子的事情办妥了。岂料天有不测风云，正当子吟觉得一切都很顺利时，意外发生了。二十九号那天，家里来电话说婆婆的身体这几天变得很糟糕了，整天卧床不起，饮食困难起来。子吟一听就紧张起来，赶紧让她爸爸送婆婆去医院。子吟着急死了，对去泰国旅游的事哪里还能提起兴致？要不是她主动邀请了田琳一起去，她肯定会把这次旅游取消掉了。她一整天联系家里人，把能想到的住院事项罗列出来和她爸商量。晚上送婆婆进医院时，子吟让他爸把电话凑近婆婆耳边，那头传来婆婆虚弱的声音，分明是叫"幺儿，幺儿……"，子吟一听之下眼泪直流，忍不住哭出声来。

子吟当晚一夜无眠，感觉非常不好，这是以前从来没有过的。她打定了主意，如果婆婆这两天病情不见好转，就和田琳说明情况，把航班退了赶回老家。她想着这次可能又要朝姐姐借钱渡过难关了，回去的路费，婆婆住院治病的花销……这些都要提前准备起来。第二天早上，子吟爸爸说婆婆病情稳定住了，医生说是老人家常得的心血管疾病，用药物控制病情，住院观察一段时间，若没有大的异常就可出院静养治疗。子吟长长地松了口气，叮嘱爸爸让医生用最好的药，好度过这段观察期，婆婆兴许就好起来了。子吟办完这些事情，还专门跑到龙华寺替婆婆烧香祈福，希望她可以撑过这个关口。

婆婆住院后病情稳定下来，这时子吟陷入了两难。她想回去照顾婆婆，生怕婆婆的病情出现反复。可是怎么和田琳说呢？如果把真实情况讲给她听，她一定会支持子吟取消泰国之行。但田琳已经为出行请好假，也准备了很久，忽然就不去了，真有些对不住她。子吟想为婆婆换个当地有名些的医院，心想万一婆婆遇到危险，施救才更有把握。她和她爸商量，结果遭到了他的反对。他爸说老人经不起这么折腾的，这种情况下没法子转院，子吟听了只得作罢。子吟爸认为子吟这会儿还没有回自贡的必要，婆婆应该会没事的。子吟听后略微放心了些，纠结半天后忐忑去了泰国，可是这成了她这辈子最后悔的一个决定。

第三十三章

去清迈的航班起飞前，子吟隐约感觉到心慌得厉害，此刻却也无计可施。飞机刚起飞不久，她就以精神倦怠为由闭目养神。抵达后刚住进酒店里，她赶紧联系家人，得知婆婆精神好了很多，甚至可以和她说上几句话了。她长舒了一口气，连日来紧张的心这时才稍安定些。第二天早上，子吟获知婆婆的状态比较稳定，所以她强迫自己放下思想包袱，心想也许是自己想太多了，婆婆只是一次稍严重些的身体不适，很快就会好起来。清迈的寺庙众多，而游览这些地方正中子吟的下怀。她们一路游览了清曼寺、潘道寺和帕辛寺等。每到一处子吟都会虔诚地跪拜，祈祷婆婆平安健康起来。

当天的行程结束后，两人都累得很，洗漱完毕就早些上床了。子吟上半夜一直做噩梦，凌晨时被惊醒，感觉浑身是冷汗，又心神不宁，就再也睡不着了。她披上睡衣轻手轻脚走到阳台上，在竹椅上坐下来，怔怔望着无边的夜色。早上六点左右，手机提醒有新短消息，子吟忙拿起来看，是海英发过来的。她说婆婆昨晚还好好的，睡前神智也特别清醒，嘴里还一度念叨着要看看子吟的照片。可是夜间情况突然恶化，其间心脏竟停止跳动，医生紧急抢救了一次，诊断后发现她的血管已经断裂，之后转入重症监护室，情况已经很危急了……子吟看完短信，眼前一黑险些晕倒，她双手捂住眼睛仰靠在椅背上，眼泪迸涌而出。

病情不是稳定下来了吗？怎么还会这样！子吟开始自责，她觉得就应该遵从自己的内心，把婆婆换到自贡最好的医院。各家医院护理或许没有显著区别，但是一旦动手术，好医院和一般医院就差别巨大。一个有经验的好大夫动刀，病人幸存的可能性就更大。按照旅游计划，当天还是在清迈游玩，子吟打定主意要在宾馆等消息。天明以后，子吟推说自己身体很不舒服，让田琳随团去参观。田琳看到子吟脸色苍白，眼睛已经红肿，知道她一定遇上大事了，就想要在酒店陪她。子吟觉得这样不好，尽力劝她出门了。在婆婆的生死关头，她却在国外旅游，这件事情就像一块巨石一样，永远压在了她的心头。

整个早上，子吟坐卧不安，心乱如麻，她从来没感觉自己如此无力过。她知道婆婆做了一辈子好人，也吃了一辈子苦头，好不容易她最爱的外孙女，有能力可以让她颐养天年，她一定会撑下去，也一定会慢慢好起来的。上天一定会善待于她，必定会有奇迹发生。尽管心存一万分的希望，可最坏的结果还是来了：上午十点左右，婆婆走了。子吟得到这个消息，身心如坠冰窖，忍不住放声大哭。她踉踉跄跄走到房间阳台上，朝着北方跪下来，呜咽抽泣。这个时候，酒店里的人都出去游玩了，没人会知道有间屋子里的女房客，为了她最爱的人，在异国他乡哭得伤心欲绝。

如果说是父母给了子吟生命，那么一定是婆婆给了她灵魂。出生在这样一个家庭，子吟从小没感受到过父爱，而她妈妈生活在她爸爸的阴影里，家庭地位低下，身心曾受极大伤害，所以她是自顾不暇。还好有婆婆，她的无微不至的爱让子吟能够正常成长。不仅如此，受到婆婆的耳濡目染，子吟得以建立了正确的三观，这是真正让子吟受益终生的，无论怎么样评价其作用都不为过，在人生最重要的关节，是婆婆语重心长地教会了子吟做人的基本道理，让她明白生活的真谛，鼓励她去追寻美丽人生。和婆婆度过的最后一夜，子吟还答应给她领回一个孙女婿，这个估计也成了婆婆弥留之际最大的遗憾。

田琳晚间回到酒店，看子吟满脸泪痕又萎靡不振，整个人像没有骨头般窝在床上，看着真是让人心疼啊。她忙把子吟扶起来，听她有气无力地讲起婆婆刚刚过世的消息。田琳知道子吟婆婆生病的事，但也没想到老人家会这么快就没了。她只能抱抱子吟，安慰她道，婆婆去了，我们可不能倒下来。看子吟的样子，一整天都未曾出门，更别提吃饭了，田琳叫了酒店服务员，让他们准备一碗稀饭送来，子吟勉强吃了些精神才好点。接下来的几天，子吟只是跟着旅行团走，整个世界仿佛都是灰色，再无半点色彩。田琳那几天寸步不离开她，生怕她出什么意外，借用她的话说，那几天子吟是没魂的。

子吟不敢相信，好好一个人，这么短时间里说没了就没了，从此只能靠回忆来维系那份思念。去年这时还是一个活生生的人，以后回去竟只见一座孤零零的坟。浑浑噩噩的日子整整过去了三天，子吟才接受婆婆已经不在了的事实。随后她要考虑的问题是，回国后要不要立即回自贡？按照老家的丧葬习惯，婆婆这时候已被安葬，丧事也已举办完毕了，她此时回去真有些晚，送婆婆最后一程的愿望是落空了的，最多只能到婆婆坟头祭拜一番。不过她很快就决定了要回去一趟，她妈妈遭受了这个打击，也一定很伤心，这时候需要人抚慰，而她回去可能是最能安慰她妈妈的行为。

泰国之行结束了，航班落地后，子吟有种恍若隔世的感觉，本该休闲放松的一场旅行，却成了令人不堪回首的一段记忆。在从机场回家的出租车上，子吟向田琳表达了歉意，她说因为我的缘故几乎搞砸了这次旅行，真的很对不住你。田琳握住她的手说，谁也想不到会发生这样的事情，所以我们大家都没错，你哪里需要道歉啊！子吟还想说什么，田琳用手轻轻捂住子吟的嘴说道，你快些振作起来才最重要呢。子吟听了特别感动，田琳虽然有一些缺点，但待自己还是不错的。田琳想跟子吟回去，好陪她再度过几日，但子吟已经决定要尽快赶回自贡，所以她还是让田琳回家了。

子吟开始做回家的准备，主要的还是向单位请假，她准备次日上班后就去办理。第二天她开车去公司，在路上接到了秦剑明的电话。他问子吟最近工作生活如何，子吟鼻子微酸，忍不住就想把婆婆去世的事讲出来，但她终于还是忍住了，只是说她刚去了趟泰国，工作生活都还好。秦剑明笑呵呵地接着说道，我女儿毕业刚回国，工作也基本落实了，但最近一段时间她还没到岗，这个丫头社会经验太欠缺了，所以我想让你带她一段时间。子吟立即答应下来，这件事是秦剑明第一次开口请她帮忙，自然要尽力去做好，而且她很喜欢子萱，小姑娘各个方面都比海英强太多了，带带她可是讨好又不费力的事。

刚和秦剑明讲完话，子萱的电话就拨进来了。看来秦剑明已经安排好了，而父女两个人雷厉风行的性格倒是极像的。子萱来电的目的很简单，就是问什么时候来子吟这里报到。子吟有些忍俊不禁，忙说我最近有点私事，等处理完了就喊你过来一起。子萱说我晓得了，遂开心地挂了电话。谁想事情来了就扎堆，子吟到单位正忙着写假条，接到了一个叫李晓明的客户的电话。这个客户是彭城山介绍给她认识的，他是华东某著名设计院的院长，此前子吟请他吃过一次饭，又打过一场羽毛球，所以他们算熟识了。李晓明联系子吟，是说他在黄山太平湖有个勘察项目，请子吟尽快安排人去看看现场，再择机安排队伍去实施。

有新项目找上门，这自然是极好的。子吟问李晓明什么时候去工地，对方回答说他目前就在现场，所以请子吟尽快安排人接洽。子吟马上纠结起来，她还要不要回家呢？此时此刻才能真正体会什么才叫身不由己。李晓明在所属行业里是个举足轻重的人物，他不仅在专业技术方面颇有建树，做经营更是一把好手，手里的资源可谓是海量的。子吟一直视他为特别重要的一位客户，花了大量精力和他保持密切联系，现在他要和子吟谈合作，这个机会子吟没理由不把握住的。子吟反复考虑了很久，终于无奈地决定把回家的事往后推一推，婆婆在天之灵也一定会理解她的苦衷的。

李晓明很快就把项目信息发了过来，子吟一边消化相关材料，一边考虑这件事的安排。由于已经做过两个类似的项目，而且她也认真参与了整个项目的技术工作流程，所以她即便不带技术部的同事，也是可以去看现场的。子吟原本还发愁秦子萱的事，毕竟不好带着她去公司上班。现在刚巧有黄山太平湖这个项目，子吟就可以带上子萱前去，一来让她跟着自己看看谈项目的过程，让她经历一下与人谈事情的场面；二来黄山是著名的景区，如果顺利地办完事，再带着小姑娘去逛逛风景区，岂不两全其美？这一路走下来，秦剑明交代的任务也完成得差不多，子吟足可以交差了。

子吟联系秦剑明，说她在外地有个项目，次日就要开车前往谈一谈，这次她准备带上子萱同去。秦剑明满口答应，他说现在你是子萱的老师，一切都听你安排就好。子吟觉得他的这种信任很让人动容，也下定决心不辱使命。第二天一早子吟接上子萱就出发了，二人说话之间，几百公里的路程就不显长。子吟对子萱有了进一步的认识。子萱比海英还小着一岁，但两人的见识和谈吐却有着天壤之别。子吟记得那天子萱给她说起的一件事，让她对这个小姑娘产生了强烈的好感。子萱说一年前我随我妈妈到广州，去参加一个礼仪培训沙龙，我在那里看到很多优秀的同龄人，和她们比起来，我简直就是什么也不懂，好有挫败感啊。

　　子吟听子萱如此说，觉得她才像自己的妹妹。子萱人长得极美，根本挑不出毛病，如今看起来她的心灵更美。她从小家庭条件很好，但她显然没有因此而养尊处优。她在学业上没让父母操过心，刚走上社会又有如此强烈的危机感，很惹人怜爱。子萱给子吟讲起了她留学时的一些奇闻逸事，子吟这才知道她专业学的是金融，个人极喜欢摄影，回国后准备到一家证券公司上班。子萱饱含深情地说，我第一次听爸爸谈起姐姐，他对你是赞不绝口呢，说如果我有姐姐的一半努力，他也绝不会担心我的后半生了。子吟知道秦剑明很欣赏自己，可是这会从子萱这里听说了秦剑明对自己的评价，她不禁感激又感动。

　　她们到达太平湖时天色已晚，两人在县城找了家稍大些的旅馆住下。乡下的晚上真是安静，不过七月的黄山很显闷热。她们在旅馆院子里散步，呼吸着这里的新鲜空气，心情也变得特别好。第二天，子吟带着子萱一起去了项目部，首先和李晓明谈了项目的事，又去看了施工现场，与施工单位负责人做了接洽。这是个高尔夫球场建设项目，建设方省去了勘测招投标的过程，直接请李晓明推荐一家单位来谈合作。这种事子吟已经很拿手了，所以很快谈妥了技术和商务细节，口头达成了合作协议。之后二人在太平湖景区游玩数日，这才返沪筹备新项目事宜。

　　黄山太平湖高尔夫球场的勘测项目进行得比较顺利，在约两个月的施工期间，子吟和子萱又往太平湖方向往返了四五次，以协调现场的工作。子萱是以子吟的助手身份参与这个项目的，她在现场的表现可圈可点，特别是说话很是得体，让子吟啧啧称赞。工作之余，她就一路拍照拍个不停，为二人留下了不少美好回忆。子吟有车子后的便利，在这个项目中就表现得淋漓尽致。先不提坐其他交通工具能否顺利找到这个施工地点，如果没有车子，她能这么方便地带着子萱来回这么多次吗？即便子萱受得了，她也不能忍心让这么个娇滴滴的小姑娘受苦。有了车子，做这个项目便有些游山玩水的味道。

太平湖的项目结算完毕，子吟觉得子萱也是参与者，于是想给她笔费用以示鼓舞，子萱则坚决不受。于是子吟给她买了一款尼康单反相机的镜头，这个可是子萱想了很久的一件物品，她实在是难以拒绝啊。她爸爸怕她会玩物丧志，就不太乐意买给她，结果是子吟帮她实现了这个愿望。有了这件神器，子萱时不时就拉子吟外出游玩。子吟在那段时间留下了大量拍得很不错的照片，都是子萱的杰作了。这个小姑娘也步入子吟生活中，两人的关系也越来越亲密。子吟常常感叹，自己花了那么多心思培养海英，但结果却不尽如人意。子萱从小衣食无忧，然则修养和学识这两门人生最重要的课程都没落下。

子吟近三年来努力的成果集中显现出来了。黄山的项目还没有结束，她又接洽到了三个意向项目，最后也成功签了单，其中两个稍小一些，而另一个的规模就比较大。这样她的回家计划就推迟到了春节。年底前，她除了身无外债，还有了一笔积蓄，生活随之也比较惬意起来，再也不用为吃穿用度发愁。但她花钱大手大脚的，这倒不是因为她喜欢乱花钱，而是她工作的重要部分就是请客户吃喝，还要维护与客户的人情往来。她没有趁此机会在上海买套房，所以错过了上海房价的这段相对低谷期，哪里想到房价很快就会如脱缰了的野马一样狂飙呢，这成了她的一个不小的遗憾。

十二月月底的时候，新闻中铺天盖地的是印度洋大海啸的报道。子吟有感于生命的脆弱，更加想念家人，想着过年一定要早些回去陪伴家人。她爸爸给她的童年和少女时代带来了巨大的阴影，但离家这么多年，尤其是来上海以后，她也逐渐看开了，何必为以前的事对亲人耿耿于怀呢？最近一两年她会和爸爸聊聊天，商量商量家里的事情。看到他白发逐渐增多起来，子吟怜惜之情渐浓。她很讨厌香烟，但这个是爸爸唯一的嗜好，只好部分地满足他。每次回家她都会带几条好烟给她爸爸，看他心满意足的样子，子吟也就释然了。妈妈这几年皮肤逐渐白皙起来，而且也稍胖了些，这正是当初子吟放弃高考出来工作所想要看到的。

田琳得知妞妞准备结婚的消息后，也想出席她的婚礼。如果她下定了决心，那她要跟着子吟一起到重庆，考虑到妞妞的婚期在过年期间，最可行的方案就是她跟子吟回家过年。子吟当然欢迎田琳跟她去自贡，但田琳父母未必会同意。可是不知田琳用了什么手段，她爸妈居然同意了她在四川过年的请求。这样一来，田琳不光是要参加妞妞的婚礼，还是首次去子吟家拜年，又能赶上子吟的新家的搬迁——子吟家本计划在年前要搬入新居的。这样一来，这个春节就特别热闹了。她们把年前的事情处理得差不多，就积极准备着回去了。子吟常常在伤感，要是婆婆还在，这个春节她该有多开心啊！

第三十四章

元月中旬，子吟携田琳登上去重庆的航班，妞妞和安伟建得知消息，早早就候在机场迎接她们。子吟和田琳远远看见妞妞和一个男生一齐朝她们挥手，等走近了才看清楚安伟建的相貌。他的个子和妞妞差不多，脸圆体微胖，虽然胡子刮得干干净净，但也清楚地看得出他有着大络腮胡子痕迹。他戴着一副有厚厚镜片的眼镜，宛如邻家小哥，一看就是个忠厚善良之人。几个朋友好久不见，重逢后自然都格外喜悦。田琳还在感谢他们那么忙还来接机，妞妞接话说就是推迟婚礼也得来接好姐妹，说话间嘴角上扬侧头看着安伟建，而安伟建则忙说这是必须的。就是这么一句话，子吟已经知道妞妞找对了人。

安伟建虽然参加工作不久，却也在重庆主城区买了套两室两厅的房子，这得益于他选择了一个有很好发展趋势的行业。那段时间，全国矿难频发，国家也越来越重视煤矿安全问题，所以带动了整个煤矿安全检测仪器销售的繁荣。安伟建毕业后就进入了一家安监设备生产厂家，很快升任销售主管，所以收入比同龄人高出一截。妞妞想在年前留子吟等二人在家里，有了好朋友的协助，婚礼会办得更加称心如意。但是子吟再不敢耽搁去给婆婆上坟的事。她对妞妞说，没能赶得上见婆婆最后一面，已经是大不孝；婆婆下葬后这么晚没去扫墓，就更是不该了，这会儿我无论如何要赶回去上坟的。妞妞想想也是，只好依了她。

子吟忽然想起一件事，觉得很有必要和妞妞等人商量一下。在乡下各方面条件都比较差，如果田琳跟着子吟回了农村老家，她待个一两天应该还可以适应，但是时间一久难免会很不习惯，而如果把她先安置在妞妞这里倒有诸多益处。等子吟为婆婆扫好墓，一家人从乡下搬到自贡新房，再让田琳过去是较为适宜的。妞妞很乐意地接受了子吟的建议，她说我刚好需要个贴心人再帮我布置一下婚房，田琳在我身边就再好也没有了。田琳猜出了子吟的心思，所以她也同意了这个方案。大伙儿找了家饭店一起吃了午饭，之后子吟就辞别众人继续赶路，姐姐带田琳回了她家不提。

快近黄昏时分，子吟才到了家。当她走进魂牵梦绕的小院里，看到朝南主屋的柜子上，居中摆放的正是婆婆遗像。子吟进屋就跪倒，好一顿痛哭，直到嗓子哭哑了才被妈妈劝住。子吟想立刻就去婆婆坟头扫墓，但已经天黑，婆婆坟地离家又太远，只得作罢。一家人终于聚在了一起，只是此时却少了那位最可敬的人。次日一早，子吟随海英去了婆婆坟前，果见山丘间孤零零一座坟头！子吟烧了纸钱，轻轻献上祭品，就跪下来磕头，又一次泪流满面。想到婆婆是带着那么多遗憾走的，她心痛得难以自已，如果时光可以重来，她最近几年必定不会离开婆婆半步。此后七天，子吟每天都来婆婆坟前，肃立静默以寄哀思。

子吟爸爸把搬家的日子选在小年夜前三天。依子吟的想法，这次搬家应该放弃农村宅基地，也不要再种那两三亩地，让双亲在自贡安度晚年才是正理。这个离自贡有些距离的小村落，已经完全衰败下来。村里年轻人都出去打工了，很多人挣了钱慢慢地在城镇里安了家，子吟可不希望自己父母成留守老人。但是她爸有不同意见，他说这所老宅和土地都不能丢，家里还养有许多家畜，更不能轻易放弃。子吟听他如此说，知道搬家后他们可能还是待在老宅的时间居多，这不是和她当初在自贡买房的初衷相悖吗？但她现在无法左右父亲的想法，只能先让他们搬到自贡，以后再耐心地做他们的工作。

搬家的前一日，子吟乘车前去新房子看看里面的状况。房子早在五一黄金周前就装修完毕了，子吟让他爸爸把搬家日期选在春节前，就是想让房子多空关些时日，好让建筑装修污染降到最低。为了稳妥起见，子吟还让爸爸经常到屋里开开窗户透透风，又买了很多盆栽绿色植物养在房间里。子吟到了小区的新居里，拿钥匙开了门，果然觉得屋子里已经没有什么味道了。她很满意屋子里目前的装修风格，比起家里的陈旧老宅，这里才真正宜居。沙发、桌椅、家电、床铺和厨具也都买好了，客卧本是给婆婆居住的，装修时子吟特意按照婆婆的喜好选择了风格和用材，可谁想会发生那样的变故……

新居里已买了全套生活用品，所以就没有太多的东西可搬。子吟妈妈对搬家的热忱最大，她本喜欢干净整洁，去了一次新房后就喜欢上了，非常期待搬到新家，子吟看在眼里满心欢喜。次日上午子吟爸爸在屋后的竹林里砍了两截各两米左右的绿竹，两头系上红绸缎，这是这次搬家的最大物件。大家穿戴一新，各带了一两样物事出发。因为婆婆刚过世的缘故，一切形式就得从简，大家进屋就算搬了家。中午时分，子吟和海英去车站接妞妞和田琳，只见她们拎着大包小包挤下公交，子吟赶紧上前接住。等姐妹几个到了家，新屋里立马热闹了起来。妞妞一进屋就赞不绝口，说这里的装修简直比我的婚房还要好些。

　　大家说说笑笑了一会儿，子吟妈妈也差不多做好饭了。妞妞忽然喊道，我们刚才上楼都忘记放鞭炮了，今儿是大喜的日子，可不能缺了这个啊！子吟其实也想放几串增添喜气，但不知白事多久后才能放爆竹。却听她爸爸说道，这里不是老宅，放些鞭炮应该没事的。众人听了都很开心，一起下楼去小区门口的流动商贩处，买回来好几串"大地红"铺在楼下空地，只是谁也不敢点着。胆大如妞妞者，也是从小看男生放，自己只是围观的，这会儿拿了打火机打着了火，就是不敢靠近引信。最后海英回屋里喊她爸爸下来，这才算点着了。一时间鞭炮声大作，楼道附近硝烟弥漫，众人都觉得如此才有了办喜事的味道。

　　遭遇再大的痛苦，日子还得照过，生活还要继续，追求幸福快乐是人的本能。这是自婆婆过世以来，子吟及家人过得最开心的一天。家里还是要人多才行，有妞妞这个特能造气氛的妹子在，这个日子堪比除夕夜。放完鞭炮大家上了楼，子吟爸爸领着大家看房子，重点是装修部分，这可是他整整三个月做监工的成果，所以他颇为自得，神采飞扬地说了一些装修时发生的趣闻，大家听了纷纷点赞。子吟妈妈从进屋就开始张罗着做饭，慢慢地备齐了一大桌的饭菜。众人围坐一起，倒像是在吃年夜饭了。田琳跟着妞妞这么多天，也学会吃比较辣的菜了，只是脸上因此出了好几颗痘痘。这顿饭一直吃到下午，一家人其乐融融。

　　大家又喝了一会儿茶，姐妹四人商量着去逛逛自贡夜市。本以为还没到正月里，大街上应该冷清才对，哪知天气虽冷，逛街的人可真不少。众人全身上下包裹严实，准备压马路到深夜。穿过东方广场，走到五星街上，琳琅满目的彩灯、花灯让她们目不暇接，原来这里从腊月开始就准备起大小灯展了。超级吸睛的还有极具特色的巴蜀美食，种类之丰富似乎超过大多数的小吃街，只有你想不到的，没有这里没有的。大家逛了一会儿，才知她们晚上在家里吃得太饱，是个重大失误。如果来之前没有吃饭，那么这趟才不算白来。妞妞说大家迈开步子多走上几公里，兴许今晚还能再海吃一回，众人纷纷赞同。

　　这样一直玩到凌晨，大家才意犹未尽返回家中。子吟妈妈安排田琳和妞妞住客卧，子吟两姐妹就在沙发上将就一晚，可妞妞非要让大家挤一张床。熄灯后大家你一言我一语又聊上了，哪里还能睡得着？妞妞忽然说道，既然大家无心睡眠，要不咱再打会儿扑克牌？众人听了都齐声赞同。妞妞又提议说，为了防止大家玩牌太敷衍，必须放点小赌资才好。子吟笑话她道，想不到你好吃好喝还好赌，你就不怕安伟建知道了收拾你？妞妞笑呵呵说道，姐姐不必为我担心，在我家里我做主，安伟建可是个典型的"耙耳朵"。大家听了都啧啧称赞。海英说打多大的啊？多了我可输不起啊！子吟忙给她拿了五百块做本钱。

　　众人在床上支起小方桌，又摆了几盘干果和花生瓜子，边吃零食边说着话，兴兴然地玩了起来。起先说斗地主，海英说她不会玩。有人建议诈金花，结果其余三人表示从没玩过。好不容易才想起大家都会玩的升级，定好输赢规矩才玩了起来。田琳不是特别会打，出牌频频出错，和她搭档的海英特别郁闷，眼见牌面落后了，就沉着脸嘟囔起来。子吟看她连玩牌也这么较真，心里特别不舒服，又不好多说什么，只好自己换来和田琳搭档。也只有海英拿这当回事在玩，其他几位一开始兴致很好，赢了兴奋半天，输了惋惜不已。等到了三点半，就陆续打起了瞌睡，后来大家实在支持不住才歇了，再没人去计较输赢。

　　妞妞还有一些婚前准备工作要做，所以吃完早饭她先乘车回了重庆，田琳则留在子吟家里过年。这是田琳第一次离开家这么远，并且要在外地过年，所以子吟处处留心，生怕怠慢了她，带她品尝四川美食，又带着她把自贡和周边各处逛了个遍。田琳听说荣县大佛离此地很近，于是就想过去瞅瞅，子吟就安排一家人都过去参观。进了景区，果见释迦牟尼佛像气势雄伟且造型优美，寺庙已具相当规模，古刹错落有致，颇为壮观。之后大家又就近去了双溪水库游览，划船到水库中心，听子吟爸爸讲，水库对面是一大片原始森林，果然这里是山水钟灵之地。难得的是那天刚好没有多少游客，几乎只是子吟一家人泛舟湖上。

　　除夕夜上午，子吟和妞妞与上海的一众朋友互道祝福。晚间吃着年夜饭，听着鞭炮声欢度除夕，大家聊着家常，气氛无比温馨。小时候过年，家里经常闹得不开心，那时子吟就渴望家人能和和气气地过一个欢乐祥和的春节，但就是那么简单一个心愿，竟也是奢侈无比。如今终于一家人可以和睦相处了，这不就是子吟多年来为之奋斗的目标吗？所以子吟认为自己这么多年的努力是值得的。子吟唯一担心的就是妹妹的前途了，她的工作看起来没有什么大的起色，还和她的大学男同学磕磕碰碰地在一起，子吟觉得她一个大学生做个收银员，无论怎么说也不值当，但也确实想不出妹妹适合做什么。

春节期间子吟带着田琳走走亲戚，又去了趟乡下老宅，田琳觉得一切都新鲜无比，此间过年的气氛可比上海强了不少。到了初五，她们赶往重庆去参加妞妞的婚礼。二人先是找好酒店住了下来，随后去妞妞家帮忙。妞妞见着二人就诉苦，说早知过程如此烦琐，人又这么辛苦疲惫，我们就应该选择旅游结婚。子吟忙安慰她，熬过明天就一切都好了，今晚无论如何要养足精神。妞妞叹口气说道，这场婚礼前前后后筹备了半年，临近婚期这段时间我整个人瘦了几斤，今天从凌晨四点半起来忙到现在，感觉真的要去掉半条命了。子吟听了越发心疼她，但也只能给她继续打气鼓劲。

从看到妞妞穿上婚纱的那一刻起，子吟就觉得自己这个好姐妹的努力和付出是非常值得的，洁白的婚纱就如同童话里的魔法棒一样，让妞妞变得艳丽无比光彩夺目，此刻她脸上洋溢着幸福的笑容，成了世界上最美丽的女人。妞妞手挽着她妈妈的胳膊，伴随着音乐，缓缓地走向了舞台中央站定的安伟建。经过了一系列约定俗成的流程，妞妞妈妈把妞妞的手交到安伟建手里，她又把两个孩子搂在怀里，妞妞早已经哭成了泪人，那一刻定格为永恒的幸福画面。子吟回头看了看身边的田琳，只见她满脸是羡慕的神情，眼角也依稀有泪花。她应该是想起了自己的终身大事，很愿意嫁给自己喜欢的那人，却不知要等到几时。

子吟也想到了自己，她比妞妞大着几岁，在老家同龄人的小孩上小学的也很多了。父母一定很为她着急，他们没常挂在嘴上的原因，一方面是这个家庭从贫困线走向小康，那是子吟一个人拼命努力的结果，在这个过程中，子吟逐渐成了家里的主心骨，她几乎没有时间和家人聊她的终身大事；另一方面，子吟对婚姻的理解很传统而执着。她见识了父母早年婚姻的不幸，也见过很多没有感情基础而走到一起的伴侣，这样的婚姻她宁可不要。她不看重未来的另一半外表是否出众，也不考虑他是否大富大贵，只要那人理解并赞成彼此爱慕和相知相守，那她就完全知足了。

参加完妞妞的婚礼，子吟和田琳回到自贡度过剩余假日。元宵节前后，她们去了盐业历史博物馆和自贡国际恐龙灯会，田琳得以真正见识了恐龙之乡的元宵节，早就听说了这里灯会与众不同，亲眼见识之下远胜传闻啊，大魔都在这方面是远远不及的。很快就到了计划中的返沪时间，临行前子吟叮嘱她妈妈要住新房，千万别空关太久。她最怕他们两个老人还是在家里忙农活，那买这套房就失去意义了。再说乡下老宅年久失修，不知道什么时候就可能会出点意外，子吟想想这事就头疼。田琳也是归心似箭，她第一次在春节期间离家二十余日，所以她应该特别想她父母，当然还有她的男友朱思杰。

姐姐让她们提前一天到达重庆，住一晚再飞上海，子吟和田琳都很乐意。二人告别子吟家人，到达目的地后乘出租车到了姐姐家中，原来安伟建已经出差了。姐姐带她们去吃火锅，那里的土锅土灶很有新意，虽然店面不是很大，环境也很一般，但其特色的"麻、辣、香"也真是名不虚传，尤其是那销魂的麻，绝对算得上是重口味。子吟对辣还罢了，她尤其喜欢特麻花椒，这个火锅正对胃口。三人点了一大堆食材，开开心心吃起来，直吃得眼皮打颤，额头鼻梁渗出汗水。待回到家中，众人手上身上还留有火锅香味。姐妹几个天南海北聊到了凌晨一点钟，这才洗漱上床歇息了。

因为是下午的航班，第二天大家都睡了懒觉，起来后早饭午饭一起解决掉。有鉴于上次子吟和姐姐赶飞机的狼狈事迹，这次她们提前三个钟头出发去的机场，换好登机牌离起飞还有两个小时，姐姐就请子吟和田琳去喝咖啡。姐姐不无伤感地说，真正相聚时难别亦难，安伟建出差了，这会儿你们也要飞走。子吟知她舍不得分离，自己何尝不是一样的心思。她真的希望能和姐姐生活在一个城市，有一个知己闺密，城市再大也感觉不到孤单。进安检通道前，姐姐依次抱抱两人，待分开几步时子吟再回头，姐姐微笑的脸庞依旧，可眼里分明饱含着泪水。子吟也忍不住眼眶湿润，只不好让田琳看到，赶紧举起手用力再朝姐姐挥别。

第三十五章

两人抵沪后，子吟和田琳道了别，独自回到出租屋，正赶上房东阿姨从外面回来。阿姨仔细打量了子吟一番，笑呵呵地说好多女孩子过年都会胖一大圈，你过年回去这么久，怎么就一点也没长胖？子吟说我口味变淡了，而家乡菜还是那么麻辣，所以我吃的不是很多，肯定长不胖呢。她从行李箱里拿出几包东西递给房东阿姨，说这是她从老家带的一点土特产，请阿姨一家尝尝鲜。阿姨略显尴尬地客气起来，收了东西后欲言又止。子吟看她似乎有事，又不大好开口说出来的样子，就问阿姨是不是有事找她商量？阿姨看了子吟一眼，拉着她的手坐在椅子上，摇摇头叹了口气，和她说起了一桩难事。

说是一桩难事，其实仅仅是对子吟而言的。原来房东阿姨的女儿年前怀孕了，孕早期反应特别厉害，她老公不是那种会照顾人的主，家里又请不到人帮忙，所以房东女儿特别想回家，让她妈妈照看她。房东夫妇自然是心疼女儿的，但是要让她女儿回来，子吟就必须搬走了。这件事房东夫妇没什么错，也不能责怪他们，但子吟心里特别不是滋味。搬到这里才一年左右，刚刚适应这里的环境，却又面临再一次的搬迁。子吟现在倒不怕出不起房租，可是真的恐惧搬家。人家说搬家穷三年，子吟尚未成家，穷三年是有些夸张了，但漫长的找房过程，痛苦的搬家经历，还有换新住处后纠结的适应过程，无论哪一样都会令人头疼。

事已至此，多说也无益。房东阿姨连连道歉，表示可以免收子吟最近两个月的房租。子吟连忙摆摆手，笑着对阿姨讲，您女儿怀孕的事最大，我只是换个房而已，没什么大不了的，只是希望您能宽限几日，待我找好屋子立马搬走。房东阿姨忙说不着急的，你慢慢找好了，用心找个合适些的。子吟握了握阿姨的手，微笑着表达谢意，辞别她回到自己房间。子吟看了看这间屋子，半年时间又积攒了不少家当，光衣物就有两大柜子，何况还有桌椅电器之类的。现在搬家可不像一年多前的那次，这会儿只能请搬家公司了。子吟跟泄了气的皮球似的，郁闷地趴在床上叹息不已。年后回上海第一天，就开始走霉运了，她觉得这不是个好兆头。

第二天一早去公司，子吟最关心的是她的爱车的情况。年前回家之前，她原本是想把车子停到小区里的，可想想小区里燃放的鞭炮溅到车上，很可能把车子油漆烫坏，于是她去买了一个车套套上，还是觉得不放心，就干脆把车子开到单位楼下停车场。这里过年不放鞭炮，车子应该是安全的。子吟到停车场一看，果然车子好好的，只是胎压似乎不足些。她随后上楼去了办公室。陈伟见了她，说女神你来这么晚，大家都很想你啊。子吟白了他一眼没理她，陈伟凑近说去年说好的你请吃饭，到现在也没影呢！子吟买车后本想请大家吃饭的，怎料遭遇婆婆离世，这事就搁下来了。她赶紧向陈伟道歉，承诺尽快安排此事。

来此间上班这段时间，陈伟对她确实很好，所以子吟有感于此，也给他带了一份礼物。陈伟接受后很惊喜，笑嘻嘻地连连道谢。这时他俩距离稍近，子吟又感受到了他的浓浓口气，不禁暗暗皱眉，赶紧借口处理事情忙起来。这件事有些邪门，陈伟周边的朋友难道觉察不到这个吗？如果是的话就应该提醒他解决这个问题，否则人际交往多失分啊。反正子吟没准备接受他，也就不多费脑想这件事。子吟把办公桌清理了一番，再整理整理客户资料。看到霍夏进了公司，子吟稍等了片刻就去找他，也带了几袋土特产送他，算是新年问候。霍夏请她坐下来，闲聊了一会儿，还回赠了一份糕点给子吟。

吃过午饭，子吟开着车子去做清洗，把胎压给补补足。她打电话给田琳，说起了她要搬家的事，田琳说租房子很容易遇到这个问题，所以大家都在买房，房价就飙升啊。子吟说当初欠考虑了，不买车子不买自贡的房子，在上海买套房也够了呢。田琳说现在才想起来啊？朱思杰当初下决心买房，可以少奋斗三十年了。子吟吃惊地问，有那么夸张吗？田琳冷冷地说房价已经涨了三四倍了。子吟不再接话，看起来现在不光是田琳妈妈会给朱思杰压力，田琳也慢慢地不淡定了，这样他们相处起来矛盾就会更大。子吟问田琳，下午我要去找房子，你有没有空一起去？田琳说老板今天不在公司，我可以出来的，你到我公司附近接我一下。

子吟顺道去给车子加好油，就开往田琳的公司所在地。田琳上车后四下打量了一下，说有了车子就是不一样啊。这句话本没什么，可子吟明显听出了一丝酸意。作为一个经营人员，能听出谈话对象的弦外之音是基本功，田琳的心理变化她是能拿捏得准的。但这时她也没多想，田琳暗生嫉妒心，但只要无损于这份友谊，子吟也不想去深究。她们找到子吟单位附近的一家房屋中介公司，这次是个女生接待的她们。中介小妹问子吟对房子的要求，子吟说离这里五里范围内，不要合租房，尽量保证能长期租赁，房租当然是能省则省。中介小妹查询了一下公司房源信息，告诉子吟现在就可以去看两套房子。

中介小妹看子吟开着这么大一辆车子，满脸都是疑惑。上车后她问子吟，姐都开上好车了，怎么还租房住啊？子吟笑答我也在思考这个问题。小妹听得云里雾里，田琳笑着说女方买了车子作陪嫁，房子不该是男方的事吗？小妹忙点头表示认可。她们先看了一套离子吟公司很近的精装修三室房，房子是真心不错，但这套房对子吟来说有些大了，而且房租也远超出了子吟的预期。她们又到了一处较陈旧的小区，看了一套两室的简单装修房。看起来前面租客刚搬走，也没收拾屋子，里面堆了好多杂物。子吟对屋子是满意的，只是这个小区可能年代久远的缘故，小区里几无车位，若租下来晚上车子停哪里呢？

二人无功而返，子吟想请田琳吃饭，田琳说晚上全家要请亲戚朋友聚餐。子吟笑问，莫不是商量和朱思杰的婚事？田琳说真是这样就好了！过年我没去亲戚朋友那里拜年，所以我妈今天请了所有人出来，算是拜个晚年了。她又说本来我想叫上朱思杰的，可惜他不肯去。子吟听到这里，对田琳的担心又多了几分。但凡是她的朋友，都看出来了他们之间问题的症结。如果房价跌不下来，以朱思杰的脾性，绝不可能参与田琳家类似今晚这样的聚会。田琳并不是个笨女孩，可是到了朱思杰这里，就完全没了方向，基本的推理能力都没有了。子吟也实在不知该说什么，只得先送她先回家。

子吟知道如果找好房子，就要很快搬出去，不如趁这会儿把小物件先收拾起来，于是她埋头干起活来。过了一会儿姐姐打来电话，子吟忙接起来。原来姐姐刚升职了，对新工作岗位特别满意。子吟开心地说，恭喜妹子了，你可要好好打拼，以后我若回重庆，就依靠你了。姐姐嘿嘿直笑，说姐姐在上海滩已站稳脚跟，迟早风生水起，哪里会想得起重庆啊！子吟说马上我就快没地方住了，把退路想好才是明智之举。接着她把自己正在换房子的事说了一遍。姐姐也直呼搬家很头疼，她以前也搬过好几次住处，有一次搬家还丢了一双她特别喜欢的高跟鞋，害她郁闷了很久。子吟不无感慨地说，我这两次搬家也没少丢东西。

姐妹两个又聊了一会儿，最后又讨论起子吟租房的事。姐姐说你又不是买房，何必找中介呢？现在好多小区业主论坛都有业主招租信息，直接和房东商谈租房事宜，不用向中介公司付中介费用，岂不两全其美。子吟一听来了兴致，觉得这未尝不是一个好办法。姐姐又说晚上我也没事，咱俩一起逛逛论坛，自己也找找，说不定会找到合适的呢，当然中介公司那边也不放弃。两个人说干就干，在沪渝两地一起上网逛浦东金桥的小区业主论坛。这些论坛里还真有意思，邻居家长里短、鸡毛蒜皮的事都有，什么这家的狗走丢了悬赏寻找啦，那家推荐自己家的钟点工阿姨朴实忠厚需要兼职啦，还有拼车从浦东上浦西上班啦，等等。

子吟和姐姐都看得入了迷，但也没忘记看有没有业主发布的租房信息。

妞妞时不时找到一些招租信息发过来，子吟就把房子信息和业主联系方式记录下来，准备第二天挨个打电话询问。子吟偶然打开一个帖子，是某个小区业主写的，内容并不涉及房屋租售内容，而是写他家从浦西搬到浦东金桥这边后的一些琐事。吸引子吟的信息是，这户人家的近亲也在此买房了，可是一家人都在新疆，所以房子一时空关着。帖子中不知何故会把门牌号也放上来，这个估计是作者不小心写上去了。子吟心想房子空关着，那么就有被出租的可能，于是她决定直接上门去问，因为这个地方离单位实在太近了，走路也就十分钟路程。

又是一个工作日，子吟知道找房子的事固然重要，而她手头的工作也不能耽搁，所以现在开始也该进入正常的工作状态了。她给熟识的客户一个个打去电话，一来是给他们拜个晚年，二来是相约一起喝茶聊天吃饭。圈子是需要维护的，这是到了一定的阶段经营人员的主要工作之一。无论再好的客户关系，不经常走动就容易生疏，而很多项目信息，也是在和客户间随意互动聊天、喝茶吃饭时获得的。当子吟联系陈惠良时，惊讶地得知他已经走完了辞职流程，开始下海经商了。他这个级别的人毫不犹豫地辞职了，自然是想把他手里的人脉资源盘活。子吟忙向他道贺，说以后可以多多合作了，他也乐呵呵答应下来。

有一个松江某镇的勘察设计项目，子吟抱以极大希望。她是从网上获得这个项目信息的，后经多方打听联系，她和甲方的现场负责人唐工联系上了。唐工是个和蔼的老头，子吟拜访过他两次，和他聊得很好，他也表示过他会尽力帮忙。这次联系唐工时，他说项目快定下来了，但是公司董事长有意向性的单位。他充满歉意地说，这次恐怕没机会了，以后我们再找机会合作。这个项目子吟跟踪了很长时间，她当然不会就这么轻易放弃。她向唐工询问董事长的联系方式，唐工说王总的电话很不方便给别人。子吟笑笑说，那么我只好去王总办公室去拜访他。唐工不好再拒绝，私下把王伯时的办公地址给了子吟。

看着唐工发来的地址，子吟觉得此事宜早不宜迟，遂决定立即就去找王伯时。她开了一个半小时的车，快到一点才赶到王伯时公司附近。这是松江经济最发达的镇之一，王伯时的公司是镇属集体企业，主要开发商品房及动迁安置房。子吟之所以如此重视这个项目，是因为这个公司操盘的几乎都是政府项目。如果能够做他们一个工程，等于是开拓出一个前景光明的市场，其意义无论怎么样评价都不为过。子吟在路边停好车子，找了一家卫生看起来还凑合的面馆，仅点了一碗面吃起来。此时中介小妹来电话，说她又准备了几套房源，请子吟一起去看看。子吟说这两天我事情比较多，过个两三天再去看房吧。

子吟按照唐工给她的地址开过去，却发现那是一家有着二十几层楼的五星级酒店。子吟正疑惑间，却见酒店旁边一栋六层独立办公楼顶，竖立着唐工公司的 LOGO，看起来酒店应是房产公司的财产。她拿了停车卡开到地下车库，见那里的一块区域专门用来停泊置业公司车辆。子吟乘电梯上了办公楼三楼，走向前台那里。这个时候就完全靠运气了，王伯时在或不在都有可能。前台服务员问她找哪位，子吟报出了名字，结果被告知他去镇政府参加会议了。没有事先联系好就来拜访，扑个空的可能性是很大的，所以子吟也并不气馁。她又问前台王伯时今天能否回公司，对方的答复是不清楚。

王伯时去镇上开会，又不是去很远的地方，那么他开完会再回趟公司的可能性就很大，反正今天大老远跑了一趟，干脆等到下班算了。如果子吟能在公司会客室等人，那是再好不过了，不过这就要先过前台这一关，而这个几乎是不可能的。只要前台问她有没有和王伯时预约过，或者问她为何没有王伯时的联系方式，她就很有可能被拒之门外，公司前台的职责之一，就是挡住一天到晚来公司的上门推销员。如果今天王伯时在办公室里，子吟还有办法忽悠一下前台进公司，现在还是少说话为妙。于是子吟走出公司，退到通向电梯的走廊上。但她随即想到，自己从没见过王伯时，即便他到了三楼走出电梯，她又如何认出来呢？

子吟细细思量，想到了一个土得掉渣的办法。她准备就在电梯口附近等，如果上来一位疑似老总模样的人，她就隔段距离尾随，前台看到公司老总进来，很大可能会站起来打招呼，这时她就上前打招呼，再见机行事。如果前台没有这么礼貌，事情就变得棘手，就只能吐槽这家公司找了个没眼力见的前台，到时再想其他办法了。整整一个下午，倒是有很多人进出公司，像老总模样的也有四五个，只是都没收到前台服务员礼貌的招呼。子吟很郁闷，也不知其中是否错过了王伯时。一直到了下午五点半，前台开始收拾东西准备下班，子吟知道今天守株待兔的行动是失败了，只好乘电梯下楼。

等坐回了车子，子吟决定第二天仍用这个法子来碰运气，而且最好是来的早一些，说不定王伯时上班特别早，错过了偶遇的机会再闯过前台就太难。

子吟到了出租屋里的时候，看到房东阿姨正和一个年轻女子在客厅聊天，阿姨介绍说那是她女儿。子吟搬到这里这么久，这是第一次看到房东阿姨的女儿。她赶紧抱歉地说我正在找房子，这几天应该就有眉目了。阿姨拉了子吟的手笑呵呵地说，不急不急，慢慢找到中意的屋子再搬。子吟和她们娘儿俩说了一会儿话，才告辞进了自己屋里。虽然房东阿姨说不急，可是她女儿的出现，说明她们正在商量阿姨女儿搬回来住的事宜。子吟心里明白，找房的事得抓抓紧了。

第三十六章

次日早上七点钟，子吟就到了置业公司。楼道里空空如也，子吟很放心了，今天只要王伯时能进公司，那么就一定可以碰到他。八点以后，上班的人才陆续到来，子吟注意观察每个人，尤其是四十岁以上的男同志。前台服务员出电梯后看到了她，子吟立马报以灿烂微笑，并向她问好。前台似乎认出了她，也点头致意。向前台主动展示她的良好态度，又有昨天见了面已相识为基础，如果今天有机会和前台打交道，那么她就不可能太为难子吟。紧接着从电梯里走出一位四十来岁的西装革履男，戴着眼镜手拿公文包。子吟不敢确定他是不是王伯时，于是跟着他走到公司门口，却听前台称呼他为刘经理，子吟转身又返回廊道。

大约到了九点半，王伯时终于出了电梯门。子吟为什么敢这么确定？原来电梯门一开，一个瘦高个子西装男刚巧向旁边的老同志说话，他的第一句话就是称呼同伴为王总，这个公司应该不太可能会有两个王总吧。子吟见了他，当时就惊呆了！她小时候看过一部很火的叫作《包青天》的电视剧，这部连续剧特别长，也确实好看，是子吟少女时代唯一看齐了剧集的一部影视作品，里面的每个人物她都很喜欢。眼前的这位王总，除了额头没有月牙，长得和那个铁面无私的包大人简直没什么两样。他的脸色也是一样黝黑，个子高大又严肃稳重，站在他面前一定会感觉到好有压力的，仿佛是一个小孩面对威严的家长。

子吟当时差点儿就叫他包大人了，随即醒悟过来，硬生生地把"包大人"几个字憋回去，问了一声王总早，此刻她脸上的表情一定是相当古怪的。多年以后子吟回想到这一幕都不禁莞尔，因为她见到陌生人，一般都会报以微笑，灿不灿烂可能视情况而定。但是面对王总的那天，她的奇怪表情或许让王伯时一头雾水。王总和同伴停住脚步看着子吟，由于他们个头儿都很高，所以就是低头注视她了，这让子吟压力倍增，说话竟然语无伦次起来。王总看她这个样子，知道她是紧张了，问小姑娘是不是找我有事？子吟赶紧点头，从包里拿出名片双手递上。王总看了一眼，招招手让她跟他们一起进公司。

子吟本来在为今天的表现而懊悔，谁知王伯时竟让她跟着他进公司，这时候子吟立刻平静下来。要知道对她来讲，能给机会当面聊聊，事情就已经成功了一半，而趁着跟王总进公司的这段时间，她刚好可以调整一下刚刚失态的情绪。子吟跟着王总进公司时，前台服务员站起来向王总问早，而当她看子吟时，眼睛里充满了不解，那表情好像是在说，这样也可以啊！王总让前台请子吟到会客室，转身对子吟说自己有些急事要处理，让子吟喝茶稍等，子吟连忙答应了。随后王伯时和他的同伴走进他的办公室，而子吟随前台进了会客室。前台问她喝咖啡还是茶，子吟忙说一杯开水就好了，并表达了谢意。

约莫过了一个多钟头，那个和王伯时一起进公司的瘦高个来到会客室，说王总让子吟到他的办公室面谈。子吟不敢怠慢，拎了包就随他过去。瘦高个请她进去后，关上门离开了。王伯时正戴起眼镜看文件，听子吟进来了，也不抬头，只是抬眼从镜片上方与眉目之间缝隙处瞅着子吟，点头示意让她坐到他办公桌对面说话。王伯时的办公室是子吟有史以来看到过的最大单人办公间，面积得有两百平方米上下，除了靠里居中的办公桌椅和他后面的巨大书柜，屋子里还有几大盆绿色植物，此外更无他物，这样就显得整个办公室空荡荡的，人说话都感觉有回声似的，一定是刚搬到这里来办公不久。王总摘掉眼镜抬起头，双手做交叉状放在腹部，整个人向后靠在老板椅上。

子吟微笑着对王伯时说，我昨天从中午起等到了下班前，也没能等到您，所以今天一早又来碰碰运气。她说这番话，一来是找合适的话题开个头，另外是希望博得王伯时的同情。无论如何，被对方等了这么久，很多人心里会泛起怜惜感，尤其是对一个女生。王伯时哼哼了两声说道，我比较讨厌没有事先约定而不请自来的人，你究竟有什么事这么着急见我？子吟听他语气中有调侃之意，知道他虽然说了"讨厌"二字，最起码对她是没有讨厌得起来。她就把她的公司和她个人的情况给王伯时简单介绍了一下，还说她去工地跑业务时结识了唐工，希望有机会能和他们公司合作，苦于没有王总的联系方式，只好出此下策来拜会。

这番话平淡无奇，任何一个稍微有点经验的业务员都会说得很好。子吟看王伯时在仔细倾听，但脸上没什么表情，心里不禁又紧张起来。她说完这些话后，想从包里拿水出来喝一口，好平抑一下紧张的情绪，可是一找居然摸了个空，这才记起今早出门时带的那瓶水落在了车上。王伯时问她在找啥东西，她可怜兮兮地说是找水，好像忘在车里了。王总看她这样，忽而哈哈一笑，就问她开的是啥车子，子吟回答说是一部黑色的福特蒙迪欧。时至现在，子吟终于可以确定王伯时是个很好打交道的人。虽然他看起来很威严，但从初见面到现在，他算不得咄咄逼人，而当他看到子吟稍有窘迫，就会换话题来解围。

王伯时听子吟说她开的是蒙迪欧，还是黑色的，又呵呵笑起来。他说那么大个车子，你这么个小姑娘开起来很不协调啊，简直就是小马拉大车。子吟赶紧说我果真是属马的，当初买车本计划是定福克斯，可是感觉它旁边的蒙迪欧外观更胜一筹，我看在眼里就拔不出来，于是坚决买了下来。王伯时还是笑着摇头，他说你买蒙迪欧也就罢了，为什么还选黑色的？小姑娘怎么会喜欢这个颜色啊？子吟说我觉得黑色大气稳重，当时觉得银白色的也好，但还是不如黑色好看。两人聊的全是私事，而子吟知道初次见面聊私事是最好的，人和人之间是通过聊私事建立良好感情的，谈工作鲜有能拉近距离的。

聊了一会儿车子，王伯时又问起子吟的一些个人经历，于是子吟就把自己的陈年往事，挑了一些讲给王伯时听。当她讲到自己还有个妹妹，在成都上了大学后又在那边工作，王伯时的目光温和了很多。子吟能觉察出他的目光变化，这时才彻底放松了。后来她才知道，王伯时恰巧也有两个女儿，且都已经成家，而两个女儿就是王伯时心底最柔软的所在。她还不知道的是，秦剑明或许是她的伯乐，而这个王伯时，简直是她的贵人。她未来会变得很强大，就是她全面学习王伯时身上的优点的结果。甚至她能在上海房价涨到天上，还能买到令自己心满意足的房子，也是王伯时鼎力支持的结果。

二人又聊了一些工作上的事，王伯时又问起子吟来找他为了何事。子吟其实已经决定先不提项目的事，和这位黑脸老总建立良好个人关系，不担心以后会没有合作机会。这会儿听他主动问起，子吟反而踌躇起来，但也只得如实相告。王伯时说你提起的项目我很清楚，因为以前我们的勘察设计一直是委托某个合作单位实施，这次也基本定给他们做了，等下次有合适的机会，我就让你过来接替他们。子吟准备同意王伯时的建议，可这时候她不服输的性子又起来了，于是问王伯时该项目有没有签订合同，或者在事实上进入了实施阶段？王伯时说这倒没有。子吟张口就说，您是甲方，项目交给谁做还不是您一句话的事？

这桥段熟悉吧？所谓一招鲜吃遍天，可能也是指这种情况。当初子吟在秦剑明那里找工作，也是用的这招。除了子吟在一开始就留给他们极好的印象这个因素外，那些性格强势的单位领导，大都会吃这一套，原因是这个马屁拍得不露痕迹，但很能膨胀人。王伯时听完哈哈大笑，说你说得很对，你回去就把合同稿拟好，单价及总价参照以前那家合作单位的来。他又低头想了想，说单价低一点点吧，这样我做起解释工作就好些。子吟已经蒙圈了，她都不敢相信这件事会这么容易达成，这也成为她有史以来达成效率最高的一单合同。所以等她辞别王伯时走下车库，竟然有些飘飘然，怀疑自己是不是在梦中了。

仔细分析一下，此事偶然中带着必然。王伯时和秦剑明是一类人。他们都颇具个性，外刚内柔，而且工作雷厉风行，掌控力极强。他们事业成功的主要原因是他们自身才华横溢，特别会识人用人。工作中他们一丝不苟，具备极大克难攻坚的不屈意志，又有柔软的心，完全不是如看起来的那般令人望而生畏。子吟努力上进的心，让他们一眼就看穿了。这个世界上努力奋斗的人太多了，但不屈不挠的柔弱女生总是会打动很多人。秦剑明有个女儿，而王伯时甚至和子吟家一样，也有两个女儿，这在一定程度上拉近了子吟和他们间的距离，加上子吟我见犹怜的形象，还有她采取的会面策略，让她取得这次成就也顺理成章。

回市区的路上，子吟的心情久久不能平静，反复回味着和王伯时谈话的内容。她现在基本清楚了这家房产置业公司的一些基本情况。旁边的五星级酒店果然是他们公司的资产，王伯时兼任那里的董事长兼总经理，所以酒店的饭堂也算是他们公司的食堂了。他的公司员工不多，才十几个人，但是他们公司基本承担了本区一半以上的动迁安置房建设，公司还有一半业务是商品房开发，因此企业的效益就可想而知了。这个公司是王总一辈子的心血，他今年已经六十一岁了，但没有人能够代替他在公司里的作用，也没人能撑起这么大个摊子，所以上级决定不让他退休，而是再接着干七八年。这是个很厉害的人物。

回到单位，子吟忙查收邮件，王伯时已安排人把项目资料发过来了。她把资料转发给技术部，请他们安排人员写方案，自己则草拟起了合同。由于单价和工作量已经确定，所以合同总价也是确定了的。子吟检查后发现，新项目的取费方案，是在标准收费基础上打了七五折，这比市场价要高出不少。子吟把合同价格修改为上家单位报出来总价的九折。草拟已定，她请彭城山审核一遍，确认无问题后才发给了王伯时。随后子吟打电话给他，把报价及合同拟订情况向他汇报了一番。王伯时说他看看合同文稿，没什么问题就安排人走流程。他特意叮嘱子吟还须操作招投标流程，还有合同备案问题，子吟都一一记录下来。

这些事情做好，就快到下班时间了，子吟决定去看看房子。她翻了翻记录下来的租房信息，目光落定在了最后一行那篇帖子记录的门牌号上。这会儿房东家里应该有人，何不去碰碰运气呢？说做就做，她开车仅三分钟就到了那个小区，遂决定哪怕这家没搞定，也还是在这附近寻房子来租。她向门卫问清了楼栋所在方位，驱车三拐两拐到了楼下。这个商品房小区看起来还很新，应该是最近几年的新建楼盘，绿化非常好，小区中央有一个很大面积的水池，四周数块竹林包围，贯穿小区东西的还有一条沟渠，和水池相连。子吟先前居住的小区虽在市中心附近，但小区都是上了年代的，设施陈旧，而此地的规划及建设显得高档很多。

来到楼下门禁处，子吟按了房号，门禁中传来了呼叫等待声，还没响两声门就开了，这倒出乎她的意料，房东居然没问来人是谁就开门了。她进门乘电梯上了楼，敲了敲那户人家大门。很快门就开了，一个阿姨伸出头来，看到子吟后满脸疑惑地问了句，你不是送快递的？子吟一愣，这才知道她是在等快递。子吟赶紧客气地回复道，我是来找户主商量事情的。那位阿姨稍犹豫了一下说道，我就是户主，找我有什么事？子吟回答道，我在网上看到一篇帖子，讲起这里有套空关着的房子，想过来问问您是否要出租。那位阿姨愣了，她说我们楼下确实有套空屋，可这套房子从没有计划要出租出去，你是怎么知道的？我没有在任何中介公司挂过牌啊。

子吟觉得这个阿姨和蔼可亲，如果能取得她的些许信任，租房的事还是有的商量的，于是她就把事情的前因后果说了一遍。那位阿姨似乎明白过来了，她皱皱眉说应该是我儿子发布的帖子，改天让他删掉，房屋地址哪能随便发网上面的！子吟忙说，帖子里面的门牌号，应该是他不小心写上去的。子吟和阿姨聊了一会儿，除了那篇帖子里记述的事情，她又了解到，阿姨妹妹的儿子还在新疆上中学，所以他们一家人很多年后才会回来，而由于阿姨妹妹家并不差钱，所以这套房子买好后就没打算对外出租，只是开通了水电煤。阿姨认为即便她妹妹同意出租，子吟也不一定看得上并租下来。

当子吟提出想看看房子时，房东阿姨直摇头，她说楼下真没法住人。或许是为了让子吟死心，她后来回屋里拿了钥匙，领着子吟到了下一层去看屋子。等她打开了门，子吟果然见到里面空无一物，整个屋子就是个水泥盒子，连灯泡都是白炽灯，很多电线都裸露在外面。两个厅南北通透，由于没有任何东西填充其内，所以就显得特别空旷。还好两个卧室安装有门，不然真是没法住人的。子吟转遍了每个角落，居然动了想租下来的心思。反正就是个落脚点，毛坯房也不算什么，买张床，还有窗帘，再买个热水器可以洗澡，住住好像也没问题。这个小区环境很不错，停车特别方便，而且若租下来就是自己一个人一套房，私密性也足够了。

打定了主意，子吟就和阿姨商量，意思是想把这套房子租下来，请她无论如何帮帮忙。阿姨有些傻眼了，她觉得这个房子根本不具备住人的基本条件，要住也需要花点功夫简单装修一下。在目前这种条件下搬进来住，得需要多大的勇气啊？她纠结了半天才说道，我需要和我妹妹商量一下才行，要不你也再找找其他的房子，说不定有更合适的呢。子吟赶紧把自己的一张名片留给阿姨，也向她要了她家的联系方式，意思是她确实相中这套房子了。子吟又和阿姨聊了一会儿，房东阿姨性格特别温和，似乎也对她颇有好感。阿姨笑呵呵地说她明白的，但这件事还是要她的妹妹来拿主意。

子吟向阿姨告别，并在她亲切的目光注视下进了电梯。到了楼下，子吟没有很快开车离去，而是选择在小区里逛了逛。阿姨家楼后是一个儿童户外活动乐园，里面游乐设施种类较多，其占地面积也不小，小区里的小朋友们真有福。她又绕着小区内部道路走了一圈，更加坚定了在这里租房的决心。总的来说，这里的小区环境是她住过几个里面最好的。即便房子是毛坯的也不打紧，如果能够租下来，她可以用心布置一番，到时肯定不会像现在这么寒碜。房子没装修过，室内没有污染源，对身体反而是好事呢。现在的问题是，阿姨的妹妹是否会同意房子出租？接下来只能安心等消息了。

第三十七章

　　驾车驶离小区后不久，子吟接到了田琳的电话。子吟听她的语气，嗓音低沉而无力，似乎受了很大打击，心里已经猜着了八九分。子吟掉转车头去接田琳，远远看见她背个小型双肩包，垂着头坐在公交候车椅上。等她上了车，子吟就问她想吃什么，她说随便去哪里吧，只要安静些就好。子吟想起了上次去过的茶馆，正是说话的好地方，于是沿浦东大道开向陆家嘴方向。田琳坐在副驾驶位上，脸朝向车窗外，子吟觉得她好像是哭过了的，这说明这次闹得动静特别大，心想这是何苦来呢！还没结婚就闹成这样子，未来的生活哪里还值得期望呢？子吟给田琳讲起自己跑去找房子的事，希望她可以分分心，但她也只是安静地听着，毫无回应。

　　她们找了个小包间坐下，子吟跑去自助餐台拿了几样菜和点心，田琳没心思吃东西。过了许久，她才哽咽着讲出了前一晚发生的事情。当时她和朱思杰一起去吃饭，正在点菜间，遇到了田琳的两个同事，于是大家就拼桌坐一起。同事们提起了最近蠢蠢欲动的房价，且越聊越热烈，而朱思杰的脸色越来越难看。田琳好几次想转换话题，都不太成功。后来一个同事问田琳他们俩的房子买在哪里了，朱思杰很粗鲁地大声说没买，也不准备买。田琳的两个同事被惊到了，她们不知道哪里说错了话。田琳觉得朱思杰过分了，不无埋怨地对朱思杰说人家只是聊聊，你又何必动气？朱思杰"噌"地从座位上站起，扭头就走。田琳又气又急，赶紧追了出去。

　　朱思杰朝自己的出租屋方向走去，田琳追上他，又不敢离他太近，于是一前一后到了屋子里。进屋后他抱着头坐在床沿上，一声不吭。田琳不知该说些什么，就搬来小椅子坐他对面。过了好一会儿，他慢慢抬起头，痛苦地对田琳说我们之间没有结果的，不如分开算了。田琳听了心如刀割，她很爱朱思杰，很渴望和他结婚，她不理解的是为何朱思杰对买房这么排斥。田琳轻轻坐在他身边，抱着他的胳膊说，我们买套小一点的房子，一起还贷款，这样我们就有属于自己的家了。谁知朱思杰听了以后头朝里开始撞墙，一开始只是有碰撞声，田琳已经吓死了。可他好像不疼似的，撞墙力道更大了，直至额头被撞出伤口，鲜血直流。

　　子吟听到这里，霎那间惊骇不已。这已经不是压力太大可以解释的行为了，这是精神疾病症状啊！田琳说后来她拼命制止，并拨打了120急救电话，等到医生来了，朱思杰才恢复了冷静。到了医院处理好朱思杰的伤口，田琳跑到医生办公室询问朱思杰的病情，医生说根据患者的症状判断，这应该是抑郁症了。患者应该一直在吃抗抑郁的药物才对，如果没有按时吃，遭遇挫折或打击就有自残的倾向。田琳听完这个，脑子里"嗡"的一声，瞬间差点崩溃。朱思杰有些情绪异常，她以为只是压力过大所致，哪知他会是抑郁症呢！田琳记起朱思杰平时在吃一些不明药片，他自己解释说是补充维生素的，现在看来那极大可能是抗抑郁药物。

听田琳讲完这段匪夷所思的经历，二人沉默半晌，无计可施了。子吟之前一直在犹豫，要不要劝田琳放弃这段感情。不以婚姻为目的的谈恋爱都是耍流氓，朱思杰给不了田琳一个未来，所以子吟希望田琳不要再无谓地耗下去。但现在事情变得特别复杂了，如果田琳退出来，道德就有污点，她或将招致薄情寡义的指责；不退出，房子的症结，再加上这猛如虎的抑郁症，明天会怎样？田琳约子吟出来，恐怕不仅仅是为了诉苦，还有让子吟为自己出出主意的意思了。子吟问她目前朱思杰的情况，田琳说人现在就在自己出租屋里，医生建议在家静养。幸好他只是韩语翻译，上班也相对自由些，也就不会太耽误工作。

她们一起吃了点东西，探讨起这个病症来。子吟觉得以前相处时，能感觉到朱思杰易怒，尤其上次一起去泡温泉，他能当众发那么大火，应该也是和这个病症有关了，可惜她们当时都没想到这一层。这是不是说明朱思杰罹患抑郁症时间较长呢？比如在高中，或者更早的时候就得了？他的家人知道这个情况吗？子吟认为有必要和他的家人取得联系，听听他们是怎么说的。田琳只是沉默，子吟知道她现在已经完全没有方向了，只好建议田琳再观察一段时间，说不定朱思杰的抑郁症会慢慢好转起来，只要不在他面前提房子的事，应该一切都还可控。未来房价降下来，说不定买了房子他就痊愈了。

二人都知道还有另外一种可能，只是都不愿说出来。如果房价还要上涨，朱思杰所承受的心理压力就会更大，抑郁症就有加重的可能。饶是子吟机敏善断，遇到这个问题也是束手无策了。田琳说这辈子我就爱过他一个人，横竖陪他走过这段艰难的日子再说。在这点上，子吟还是很欣赏田琳的，她作为一个上海本地姑娘，只是简单地爱朱思杰这个人，只想嫁给他，这很了不起。不过作为一个旁观者，子吟觉得田琳爱得太卑微了，而且她爱的这个人到底爱不爱她，似乎也是有疑问的。子吟有些可怜起她的这个小姐妹来，当初刚刚认识她的时候，她的性格那么阳光，可这几年下来，已经很少看到她有笑容了。

送田琳回家后，子吟先到单位拿份文件，然后开车回出租屋。快到九点钟的时候，子吟接到新房东阿姨家的座机电话。阿姨首先问她，求租的是不是你一个人？在得到肯定的答复后，阿姨说她和她妹妹商量了一下，如果就小姑娘你一个人住进来，她们可以把房子出租给你，人多就不会考虑了；与其每个月收一千多块房租换来无休止的吵闹，还不如空关着来得安逸。子吟听了喜出望外，忙对她说肯定是我一个搬进去，这个请阿姨您放心，我也是喜欢安静才决定一个人租房住的。阿姨说如果是这样，那你就好搬过来了。子吟千恩万谢，心里的一块石头落了地。本以为是开年不顺，现在看来是自己想多了。

第二天上午，子吟接到王伯时的电话，他说勘察设计合同我们已经审核完毕，你可以打印六份盖章后快递到我们单位了。子吟说合同文件比较重要，我自己送过来才妥当。王伯时当即就批评了她，说工作时间多宝贵，你干吗要做快递员的事？子吟这通被怼，不禁伸伸舌头，幸好这会儿不在他跟前。她忙说王总批评得极是，我会尽快盖好章快递给您。王伯时这才满意地挂了电话。子吟火速处理这事，上午就把快递发了出去，并给王伯时发了条汇报短信。他很快回复了"收到"。子吟昨天才认识他，现在却已经成了好朋友，生活是一件很奇妙的事情，你永远不知道下一秒究竟会发生什么。

子吟又给新房东阿姨打了个电话，问她中午是否有空，想上门把租房的事情敲定下来。阿姨说我就在家里，你随时可以过来的。陈伟在一旁听到了，忙问她怎么又要换房？子吟无可奈何地说，能有什么办法呢，房东说不租了，我们还不得赶紧找房子？租房太不靠谱了，平均一年要搬一次家，搁谁谁受得了啊！怪不得人家说，宁愿贷款做房奴，也不能租房子住。陈伟连连点头称是，说还好我一来上海就买房了，不然这会儿估计也在租房的路上。子吟朝他竖了大拇指，意思是佩服得紧。陈伟笑嘻嘻地说，要不咱俩谈朋友吧，你就不用再租房了。子吟朝他做了个鬼脸，说她还是租房靠谱些，然后在陈伟的叹息声中走出公司。

子吟到了房东阿姨家，被他们夫妇请进了屋里。男房东姓曹，头发花白个头儿高瘦，他年轻的时候受过一次严重工伤，导致左手手指断了两根，为人热情待人客气。阿姨姓蒋，中等个子，身体柔弱，常常以短发示人，她年轻的时候一定是个美女，这从她清秀的面容可以推断出来。他们正在吃午饭，蒋阿姨坚决地要加双筷子，请子吟和他们一起吃。子吟不好拒绝，只得依从。在饭桌上，他们迅速商量好了租金，即每个月一千两百元。曹叔叔说这两天我就买些质量好些的白石灰粉刷墙面，尽快让你搬过来。子吟连连称谢，房子本已满意，再遇上这么好的房东，这简直是锦上添花了。

吃好午饭，他们又闲聊了好一会儿，子吟知道了房东夫妇膝下只有一子，大学毕业后进入一家连锁酒店公司任职。不过他们这个儿子的性格有些内向，回家后就喜欢宅在家里，从小爱打电子游戏，交际能力颇弱，对此房东夫妇很是头疼，却也无可奈何。子吟听了他们的烦恼，这印证了先前看到的他们家儿子写的帖子的内容。看起来阿姨叔叔的儿子不爱和他们沟通，有事就放在心里。他不喜欢从浦西搬到浦东金桥，也不和他父母说，而是选择写在网帖里，在虚拟世界里发泄不满。子吟歪打正着租下楼下的空屋，也正是拜他写的帖子所赐，子吟想以后有机会多和他聊聊，看能不能对他有所帮助。

接下来的一周里，子吟上午上班，下午跑出去挑必需的家具和电器，田琳偶尔陪她同去。她首先买了电热水器和一张大床，这两样安装到位，曹叔叔再把墙壁粉刷完毕后，屋子初步具备搬家的条件了。到了周末，子吟请了个搬家公司把所有东西都拉过去。前房东阿姨想免了子吟两个月房租，子吟当然不肯，两人僵持不下只好妥协，最后子吟少交了一个月的，大家这才依依惜别。由于子吟没时间分类整理物品，搬家过程就显得狼狈不堪。等所有物品搬到新屋里，除了一些必需品放到了合适的地方，其他有用没用的全部堆到了客卧里面，于是这间客卧在长达两年多的时间里，是作为仓库在使用了。

事有凑巧，子吟忙着搬家期间，公司采购了一批新的办公用品，原先一些旧的准备处理掉。她看这些物品很多都是五六成新的，就向霍夏说明她想要一些回家。霍夏笑呵呵地说你随便挑，能搬走的全部归你。男人要做此事估计会困难些，毕竟男人大都爱面子，向单位要桌椅这类事多半说不出口。而女生则没有这些顾虑，反正就是在出租屋里用的，说不定哪天就搬家了，到时候丢了也不可惜。单位用的东西都是很好的，子吟要回的两套桌椅和一个大文件柜，搬起来别提多沉了。田琳看了屋子里的摆设，抿嘴浅笑，觉得画风比较奇特，办公桌椅明显和这儿的环境不搭，子吟也不以为意。

搬到新屋子里来后，子吟开车到各处兜兜，以期熟悉周边环境。那天她开车沿着杨高北路向北开，拐到一条道路上后，感觉这里环境依稀有些熟悉。正当她疑惑间，忽然看到了"外高桥保税区二号门"的牌子，她想起来了！当初她刚来上海时，表姐接她到的地方不就是外高桥吗？这个地方正是表姐家的小区附近。如此说来，表姐家也是在附近了，这里离自己新住地不算远了。子吟早知道金桥往北就是外高桥，可她从来没想过表姐家居然就在她的公司周边。子吟掉头往回开，不愿在这里逗留。她此时已足够强大，当然不会怕她表姐了，只是事情过去了这么久，那个可怕午后的经历仿佛就在昨天。子吟希望再也不要碰到表姐。

由于入住率不太高的缘故，这个小区周边的商业还不发达，早晚街道上显得冷清。东陆路北面靠河的一排商铺，半年也没见有营业的，好不容易开业几家，撑个半年就倒闭了，所以子吟觉得这里生活便利程度还待改善。不过从这里出发去上班的确是方便，有时候她不去工地，就慢悠悠晃到单位，也才十几分钟路程。随着生活工作进入正轨，子吟闲暇时间稍多了起来，她借机开始实施一直以来的一个计划，就是读个函授班，以弥补自己学历方面的不足，当然更主要还是想学点东西。她报了一个著名院校的函授班，学制是三年。子吟通过这次学习认识并结交了很多教职工朋友。

子吟搬过来后，离秦剑明家很近了，所以她就经常去他家做客。子萱多次提出要来她的住处玩，她想着自己租的地方并不是很适合待客，但多次找借口拒绝更不太好，终究还是带子萱去了。小姑娘大概从没见过毛坯房，竟然感觉很新奇，此后就经常跑到屋里去，她的嘴巴又甜，连楼上的叔叔阿姨也很喜欢她。秦剑明对这个女儿的教育是成功的，虽然出生于富裕之家，但小姑娘身上没有一点富贵病，女生应该具有的优点是一样也没落下。她正直、善良、聪明而又天真无邪。子吟有时候觉得她简直就是完美的，像童话里的公主似的，让人一见就愿意喜欢、心疼她，子吟渐渐很习惯身边有这个小姑娘相伴了。

子萱在上班之余，花了很大精力去学习拍摄技巧，慢慢地开始很擅长拍摄人物了，所以子吟特别喜欢和她一起出去玩，因为子萱能把她拍得漂亮至极。二人利用周末时间逛遍了长三角，留下的照片更是不计其数，她特意买了个大容量移动硬盘放这些照片。事情就是这样奇妙，仿佛冥冥之中有一个叫"定数"的东西，随着了解了子萱的点点滴滴，子吟惊奇地发现，她选择就读的函授大学，正是子萱的母校。所以当她去学校参加面授课时，子萱偶尔也会跟着她一起去，而因为子萱上学时在老师那里很受欢迎，所以子吟通过子萱慢慢认识了更多的老师和好几位系领导。

生活波澜不惊，大家都在各自的生活轨道上前行着。田琳说自从上次的事之后，朱思杰再没有发生过意外，所以看起来一切都在变好。子吟给子萱拿了一把钥匙，方便她来这边屋里，妹子真会爬杆子上树，很多次就留宿在这边，一天到晚姐姐长姐姐短。妞妞则是固定一段时间就会打电话给子吟，听她说老板很器重她，让她在办公室担任重要职务，而且给她发起了年薪，要知道她们公司只有高管拿的才是年薪。子吟知道妞妞虽然平时古灵精怪爱开玩笑，但工作起来是很用心的，而且很有想法，她早晚会得到领导的器重。子吟说你们夫妻两个比翼双飞，羡煞旁人。妞妞说羡慕嫉妒吧？是的话就赶紧给我找个姐夫。

第三十八章

六月初的一天，李晓明找到子吟，说他的一个朋友在铁道部有关系，经他牵线就有机会进入铁路勘察工程市场，问子吟要不要去那边看看。子吟觉得这是个重要机遇，哪能不赶紧抓住？李晓明给了她北京那边一个叫陆成的联系方式。子吟和陆成通了电话，了解到他和主管铁路勘察设计的科长有过接触，对方有意向引进一家外地单位加入合格分包商名录，进而承接他们的部分项目工程。陆成还说他可以安排子吟和那位科长接触一下。子吟认为这个项目比较大，单凭她个人恐怕无法完成经营协调工作，于是就向霍夏做了汇报。霍夏立即表示机会难得，他会尽全力配合子吟做好这件事，子吟很快就决定去北京摸摸情况。

航班抵达北京后，是陆成接的机。他是个中等个头儿的胖子，眉毛的眉角下垂，等这人老了，眉眼就有些寿星的风采了；穿着紧身牛仔衣裤，完全不像其他胖子那样喜欢宽松些的衣服。去住地宾馆的路上，子吟和他聊了很多，了解到他原来是李晓明的手下，后来辞职北上发展，近年常驻在北京做工程基建项目，其工作性质和子吟的极类似。谈起目前的工作，陆成说他已经和何科长联系好了，今晚一起出来聚一聚，详细聊聊今后合作的事宜。子吟问他，北京这边的饭局有没有什么讲究？他说吃饭喝酒都是套路，哪里都一样。随后他又补充说，这次吃饭最好准备个信封，他们肯收的话后面的事情就好办了。

车子开到宾馆停车场，陆成对子吟说他有个重要的事要先和她谈好。于是他们就在宾馆边上一家咖啡店坐了一会儿，原来陆成是想商量项目签约后他的提成问题。子吟说项目规模未知，利润率也未定，所以这个事目前很难决定，但我愿意将项目经营费和你五五分成，具体到各个项目可以再详谈。这个比例是远高于一般项目的信息费的，子吟这样分法，还是想真诚交朋友。陆成立即同意了，他说今晚吃饭，所有费用我来负担，但后面就需要你来操作了，我不太方便再出面。他顿了顿又说，这边很多小领导都喜欢出去玩，初次接触吃个饭意思意思也就够了，但事情有些眉目后，再接触很有可能要出去娱乐。

子吟觉得陆成心思缜密，应该是个值得交往的人。当听他说起可能要出去娱乐，子吟觉得有些头疼起来，入行这么多年了，她当然知道这个词的含义。她一直在尽力避免参与这样的活动，这也是女生从事这一行天生的劣势，因为先不说她想不想突破底线做这些事，一般出去玩的男人也不太会带个女的。做经营工作以来，能用吃饭或者返点来解决的，她就会选择用这些方式，但这次她有得选吗？子吟想了想，说我下次会带一个男同事过来组织活动，我做好后勤工作就可以了。陆成笑呵呵表示同意，他说这会儿时间尚早，你先到宾馆歇一歇，下午四点我来接你。二人握手暂别，子吟回宾馆暂歇不提。

下午两人提前到达了已订好的饭店，他们在这儿一直等到六点半，才等来了传说中的林科长一行三人，矮胖的啤酒肚男是科长，另两个是他的下属。大家寒暄过后交换名片，就开始吃饭喝酒。子吟常听人说在北京连出租车司机都是政论家，故以为今天来饭局的这帮人更是如此，不过他们倒都不怎么讨论国事的。闲言少叙，酒过三巡后陆成起身给他们每人一个信封，林科长略推辞一番后就接受了。这之后大家聊起了项目，林科长说既然大家都熟悉了，这件事就可以快速操作了。他让子吟准备一套公司介绍材料，包括曾完成的项目情况、人员架构、派驻现场负责人和人员资质等，他们再向上级推荐走程序。子吟答应了，并保证会尽快办妥这些事情。

回到宾馆后，子吟决定第二天早上去天安门广场看看升国旗仪式，遂订了次日下午的返程机票。晚上她虽然很早就上床了，可辗转反侧久久不能入睡，她只好打开床头灯看一会儿电视，到了十二点才睡下。早晨起来后，她先进入浴室冲个澡。刚刚洗了一小会儿，她突然感觉头脑发晕，伴随着的是浑身发抖，很严重的无力感，也说不出的难受。子吟心想坏了，该不是得了重病吧？她赶紧关了水，定了定神，稍擦拭了一下身子，裹件浴袍扶着墙壁出了卫生间。她心里特别惊慌，想着在这人生地不熟的所在，真的有事连个帮忙的也没有了。她轻轻躺在床上，闭眼休息了一刻钟才稍感觉好些。

子吟给妞妞拨通电话，说她来北京出差，早上洗澡差点晕倒，这会儿还是感觉浑身无力。妞妞紧张地问，有没有叫救护车？子吟说现在好多了，应该不用打 120 吧？妞妞说一个人在外面，可不能大意。她又仔细询问了子吟的症状，说这好像是低血糖的样子啊，如果吃点东西症状消失了，那就应该是这个毛病，但无论如何，还是去医院查一查才放心。挂了电话，子吟从包里拿出从飞机上带下来的面包吃了，过了一会儿果然没有异常了。子吟穿好衣服下楼去了附近的医院，果然诊断出低血糖。医生说这个也不算什么大毛病，只要以后按时吃饭，平时包里准备一些巧克力，就不会有什么大问题了，子吟这才松了一口气。

这一折腾，就去不了天安门了，子吟只好返回宾馆。子吟给妞妞回了电话，说这回多亏了她的建议，赞她生活常识掌握全面。妞妞乐呵呵地说哪里啊，我也是看到过以前一个同事得了低血糖，症状也和你描述的很相似，这才敢当一回医生。两人又说笑一会儿方才挂了电话。这本是个孤立的事件，子吟却浮想联翩起来，觉得这件事像是某种征兆。她本不乐意和林科长这样的人合作，如今是箭在弦上不得不发。但是她的感觉很不好，说不上是对这个项目有疑惑，还是老天在提醒自己赚钱不能没有底线。子吟在屋里愣了半晌，十一点左右找了地方吃了午饭，才退房去了机场。

抵达上海后的次日，子吟进单位把出差情况汇报给霍夏，他立马通知技术部按照林科长的要求准备材料。霍夏来上海后把分公司搞得有模有样，如果再开拓了北京市场，那么他的政绩就很大了，前途自然不可估量，因而他特别重视这个项目。仅仅过了两天，一部装订精美的介绍册就制作完成了，用 A4 纸打印硬皮装订，简直有一部词典的厚度。子吟就给林科长打电话汇报情况，他让子吟抽空带着资料到北京去碰碰头，如此他就可以向上级领导汇报了。子吟原想把资料快递过去了事，看样子她又得跑一趟了，而这一次过去免不了又是要陪他们吃吃喝喝，大概率还有其他一些活动。想到这些，子吟不禁暗暗发愁。

过得两天，王伯时让唐工和子吟联系，让她安排施工队伍进场，又要她尽快着手准备该项目的投标工作。安排进场施工比较简单，交由技术部处理就可以了，可是投标的事子吟还没独立操作过。以前这事都是由彭城山完成的，不巧最近他休了年假，这次只能由子吟自己完成。霍夏说他会安排人写主标书和两份陪标书，而两家陪标单位的签字盖章封标工作，就由子吟代劳去跑一下。他给了子吟两家合作单位的联系方式，子吟很快搞定了其中一家，对方答应按照截止日期帮她走流程参加投标。另一家单位比较棘手，一个负责审订的领导出差了，一周后才回来，因此也没法陪标了。

　　子吟想让霍夏再找一家单位来陪标，她忽然心念一动，觉得自己也应该联系几家行业单位，把关系培养起来。这种事以后会经常遇到，不能老是麻烦霍夏，不然自己毫无主动权。打定主意后，她就打了一圈电话，最后还是李晓明帮了忙，他说他和一家勘察单位合作过，里面有个叫陈为涛的经理，找他应该是没问题的。子吟非常感谢他，并将北京的项目情况给他汇报了一番。李晓明表示如果真能进入铁路系统，倒是一个很好的机会。之后他就把陈为涛的联系方式发过来，子吟立即打电话过去。接通后自报家门，陈为涛表示如果需要帮忙随时可以去找他，二人约定次日一早见面详谈。

　　第二天子吟拿了投标书去找陈为涛，这家单位在闸北灵石公园边上的大宁商业广场，开车过去倒是极方便的。到了陈为涛的办公室，二人握手交换名片，坐下来细聊工作。陈为涛穿着西服还打着领带，完全不像个搞工程的人。不仅如此，他人还长得很不错，称得上是眉清目秀，口才又极好，谈起工作就滔滔不绝，所以跟他聊天都不用怎么费神，因为只要认真倾听就好。他安排了一个胖子去办事，他自己泡了杯茶递给子吟，接着把他们单位的主营业务逐一介绍给子吟听。很快陪标书的事就做好了，子吟心生感激，提出请陈为涛一起吃午饭，他说他下午要开会，改天找机会请子吟，她只得答应。

　　投标的事全部安排妥当后，已经是三天以后了。这天中午，陆成来了电话，他说林科长在催要资料，而且语气似乎有些不大高兴，隐晦地表示上海的单位似乎不靠谱。子吟说我前几天有特别重要的事在处理，这两天就可以去北京了。陆成说这个项目到了关键节点，该投入的要投入了，不能再犹豫不决，子吟忙答应了。挂了电话她就去找霍夏，把这些情况向他做了汇报。霍夏赶紧通知财务安排一笔资金给子吟。子吟为难地表示，她不懂北京那边的规矩，怕办不好这件事。霍夏一愣，随即明白了她的意思。他说我会安排陈伟与你同行，商务洽谈和总体协调由你负责，如果有些场合不适合你出面，就让陈伟去办。

霍夏让财务部预支十万元现金，全部交给子吟，由此可见他要拿下北京项目的决心了。子吟担心的是陈伟，他喝酒是厉害的，但不知他对所谓的娱乐项目有没有经验，既能让林科长他们满意，又能不越过自己能接受的底线。子吟内心其实还有一层隐忧，陈伟一直没放弃追求她，这次和他出差难免尴尬。他虽然不至于干傻事，可是与他同行还是很有压力。回到家里，她开始收拾行李，这时候子萱过来了。她今天内穿一件黑色连衣裙，外面是双排扣的白色风衣，黑色长筒靴，因为她身材修长，人美肤白，把这套衣服穿出了风采，子吟看了暗暗喝彩，觉得秦剑明最大的成就其实是这个小姑娘。

子萱一看子吟在收拾东西，就知道她要出差。等到问明出差目的地，小姑娘竟缠着子吟要跟她一起去。子吟说这可不是去无锡苏州，太远了不能带你。子萱不依不饶地求带，子吟连连摇头，说我这次出差可能要到下个礼拜二才回来，你的工作怎么办？子吟以为说起工作就能让她知难而退，谁知她说她可以请两天假。子吟被她缠得没法子了，转身双手叉腰，定定盯了她一会儿，说只要你爸同意，我就带你去。子萱正被她盯得心虚，听她这么说居然来劲了。她说姐姐你可别唬人，我这就去问问我爸爸。子吟心想秦剑明是万不会答应的，笑着看她走向阳台去通话，随即埋头收拾起来。

过了几分钟，听她欢呼雀跃着返回屋里，把手机递给子吟，那神采飞扬的表情倒使子吟摸不着头脑了。秦剑明说子萱没去过北京，如果不会打扰你的工作，请你考虑带着她一同前去。子吟心想别看秦剑明做事很有章法，遇到他这个宝贝女儿搞事情，他就立马乱了方寸，果然是一物降一物啊。她也知道秦剑明这是特别放心她，才会同意子萱跟她去的。子吟答应了秦剑明，只是说子萱周一周二请假的事，恐怕……秦剑明不等她说完，立马接话说子萱公司的老总是我多年老友，我来给那边打声招呼吧。子吟一听便无顾虑了，心想多个人跟过去，料那陈伟说话做事会收敛许多，无形中倒帮我解决了一个难题。

随后子吟给陈伟打了个电话，说她要带个小姐妹一同前去。陈伟笑嘻嘻地说，没问题啊，去的人多就热闹些，我举双手表示赞成。子萱生怕子吟变卦，急匆匆想赶回去收拾行李，子吟叫住她，说北京还稍有些凉，不能穿着太单薄，子萱忙不迭答应后去了。子吟觉得她真的就是个小孩子，晚上回去收拾一下也够了啊。次日一早子吟打了车子去接子萱，她只是换了另一件连衣裙，围了条丝巾，还加了一顶紫色毛织贝雷帽，去机场的路上，子吟才想起应该顺路接上陈伟，但这会儿打电话也晚了，说起来反而失了礼貌，干脆不打电话了。结果到了机场，陈伟已在那里候着。

看到眼前光彩照人的两姐妹，陈伟的眼睛都直了。他忙迎上来拿二人的行李。子吟赶紧说了声谢谢，并表示她们的行李不算重，自己搞得定的。陈伟笑言拎行李是男人的事，女生只负责优雅就好。听了这句话，子吟觉得这人的情商还是很高的，说出来的话让人听了很受用，而且行动上也很有绅士风度。她正想笑话他嘴巴上像抹了蜜似的，哄女人很有一套，忽然发现子萱表情古怪，站在边上定定地不动，眉头紧蹙，好像在忍受很大的痛苦。子吟忙问你怎么了，哪里不舒服？子萱挤了一丝笑容出来，说我没事，就是想去趟洗手间。子吟忙把两人的拉杆箱都留给陈伟，跟着子萱跑过去看个究竟。

到了卫生间，子萱站定了深吸一口气，又拍拍胸口说道，那男的身上有股怪味，熏得我差点晕倒，刚才你问我，这个怎么好说得出口啊！说完她双手摇动起来，朝鼻子处扇风。子吟听了觉得奇怪，怎么她这次没闻出来？极有可能子萱刚才是站在下风口，所以才会闻到吧。她又觉得子萱确实很懂事，知道有些话说出来极不礼貌，能忍住不说是种智慧。她安慰子萱道，可能他患有狐臭，稍离他远些也就是了。她也暗暗替陈伟担心，期盼不是所有人都能闻出他的这个味道，不然哪个女人愿意嫁他啊。一路无话，很快到了北京。这次子吟订的还是上回住的酒店，三人到了以后先在屋里歇息。

第三十九章

下午时分陈伟来敲门，子吟请他进来坐下，二人商议起这次请客吃饭的事情。子吟说她晚上先给林科长打个电话，如果能请他们吃饭，就安排到明天晚上，递交资料最好放在周一。陈伟说既然如此，今晚我就请两位美女一起吃饭吧。子吟想想大家一块儿过来，理应一起吃饭才是。但看到站陈伟背后的子萱，一副可怜兮兮的样子，满脸的不愿意，不想她连饭也吃不好，只好告诉陈伟，北京这边有个朋友已约她们吃饭了，所以请陈伟自己解决晚饭问题，他很失望地耸耸肩，只得告辞而出。等他走后，子萱抱着子吟连声道谢，子吟"嘘"了一声，用手指指门口，她才闭口不言，满眼笑意。

接下来，子吟先和林科长通了电话，表示她们公司做了最充分的准备，材料已准备好了。林科长回复的语气有些生硬而傲慢，说你们公司好像不太重视这次项目合作嘛。子吟赶紧解释这次是为了把工作做细，所以用了比较长的时间；为了表达诚意，本周日想请林科长一起吃个饭，当面向您表达谢意。听了这番话，林科长语气才缓和很多，也爽快答应了吃饭的事。挂了电话，子吟把周日晚上吃饭的地方订了下来，把地址发给了林科长。这件事办妥后，已经快八点了。等到忙完了，子吟心疼地问子萱，你饿坏了吧？她笑眯眯地说我肚子空下来好多装些烤鸭，子吟拉着她的手就出发了。

子吟等人吃饭逛街游览的琐事略去不提。到了第二天下午，子吟要去组织饭局，临行前她叮嘱子萱，务必等她回来再一起出门。子萱笑嘻嘻地说我又不是小孩子了，你还怕我跑丢了啊？伦敦街头我也时不时地一个人闲逛呢。子吟何尝不知，只是受秦剑明所托，她可不能大意，小心驶得万年船。子吟私下准备了五个信封，想着上次来了三个人，这次多备两个也足够了。结果等到了饭点，林科长一行进了包房，各色人等共来了六个。子吟有些傻眼了，心想林科长莫不是把全科室里的人都带出来了？没有办法了，她只得在饭局中途借故离场，跑到外面买了一打信封，备妥当了才返回。

这次吃饭大家似乎都很尽兴，来的这些人普遍都能说会道，尤其是酒过三巡之后，个个自吹自擂，彼此间互相吹捧，子吟听着心里发毛，她特别不喜欢类似这样的场景。好不容易饭局终了，子吟抓住时机把信封发给六人，他们都心安理得地收了。陈伟趁机说时间还早，请各位领导一起去唱唱歌，活动活动放松一下。林科长带头说好，其他人应声附和。等大家到了KTV包间，开始点陪唱小姐的时候，子吟发现自己比想象中更难接受这些下作行为。她把陈伟叫到边上，想让他陪这些人，却被微醉的林科长看到，他坚决不肯放她走。子吟知道如果这时候拒绝，以前的努力就前功尽弃了，只得打消提前回去的念头。

一个自称经理的瘦女人领了一大群衣着暴露的女生进来，她们从靠墙的点歌台站起，一直排到了门口，足有二十多人。陈伟请林科长等人挨个挑选，这晚的经历对子吟来说简直是梦魇，原来这些男人可以这么下流，而她竟然连选择逃避的权利都没有。差不多到了十二点，他们才玩尽兴。子吟耳语陈伟小费该怎么给，他悄悄说每个女的五百，包括刚才那个妈咪，负责点歌的包厢服务员两百就可以了。子吟听了赶紧结了账。陈伟又对她说，林科长他们待会儿还要玩一会儿，你先回去吧，剩下的事交给我。子吟明白他们支开自己是想做什么，心中又是一阵厌恶，不过也庆幸可以早些回去，子萱估计还在等她。

子吟回到宾馆，估摸着子萱已经睡着了，就轻轻开了门，蹑手蹑脚走进去。电视还在开着呢，却见子萱穿着睡袍，双手抱着小腿坐床上看电视。子吟看到她这个可爱样，心里一阵温馨；又想想今晚那些女生，为了生计强颜卖笑，一大杯啤酒一口就喝了下去，挣钱真叫辛苦，而她们和子萱就是同龄人。子吟特别不愿意看到这些场景，那些男人的丑态见一次就够够的了，但走上经营这条路后她真的身不由己，能做到就是尽量少跟进像林科长这样客户的项目。子吟过去抱抱子萱，真希望子萱永远也不要看到这些丑恶。子萱问她怎么了？她笑笑说没什么，就是怕你偷偷跑出去了，被人拐走可怎么办？

第二天子吟没有安排大家外出，因为她要把材料递交到林科长那里。考虑到他们昨晚可能很晚休息，她想吃过午饭再联系林科长。她先去找了陈伟，当然不是想了解他们昨晚的活动内容，而是把这次的招待花费和他一起合计一下，有个见证人彼此都好交差。二人算了个大概，发现所借备用金已花了大半，林科长这帮人的消费力确实惊人。三个人一起吃完午饭，陈伟回了房间午休，子吟也让子萱先回屋里歇着，自己在宾馆边上的咖啡馆里，打了好几个工作电话。下午两点，子吟给林科长打了电话，说她想把资料送过去，而林科长说他今天在外面办事，让子吟把资料快递到他们单位门卫处。

通完这个电话，子吟心底疑云顿起。一开始她就想将这些资料快递出来了事，是林科长让她亲自送过来的，但送到了他却如此不重视。如果让子吟送资料是假，借机会让她请客消费才是目的，此种人品的人会是诚心合作的对象吗？虽然林科长给她的确实是铁道部某处的地址，说明这个林科长确实是在铁路系统工作的，但他是不是真的手握项目操作大权？子吟给陆成打了个电话，大概讲了一下这两天的事情，又说出了她的疑虑。陆成听后说道，按你的描述，我看不出林科长有不妥的地方，这边做项目大都是这样的情形，在吃喝玩乐中谈项目，况且介绍林科长的人，是我多年的好朋友，肯定不会有问题。

陆成的说法并没有打消子吟的怀疑，挂电话后她把这件事从头到尾想了一遍，发现这件事不在她控制的范围内。仔细算下来，这个项目是中间隔了很多人才得来的信息。李晓明绝对可以信任，问题是陆成值得信任吗？刚才和他通了电话，方知连他也是个间接联系人，谁知道他的那个所谓的好朋友，是不是真正了解林科长的底细？子吟越想越觉得这事很没谱，又苦于找不到人来帮她分析一下，这种事不宜向任何人宣扬的。她想了一个下午，决定慎重参与这个项目。晚上，他们三个一起吃了饭，而后又一起到西单逛了逛，姐妹俩各自挑了一件衣服。子萱抢着要买单，子吟哪里肯让她出钱。

回到上海，子萱还想赖在子吟这里，竟不愿意回家。子吟说你都好几天不在家里，你爸妈该有多想你啊，如若再不回去，你爸爸铁定生气发火，说不准下次再有这样的机会，就不会让你再出来了。子萱听了颇觉有理，这才依依不舍道别回去了。子吟给蒋阿姨家送去一份真空包装的烤鸭，曹叔叔喊她一起吃饭，她说她还要给朋友送去一份，晚了怕不新鲜了，蒋阿姨就没再挽留。子吟出门后给田琳打电话，她说她在外面，让子吟直接去她家。子吟到达后，田琳妈妈也招呼她进屋吃了晚饭再走。子吟心想田琳不在，她就不太好留下，正要借故推辞，只听田琳妈妈说，有件事正想和她商量一番，子吟只好留下来。

子吟和田琳爸爸喝茶聊天，田琳妈妈就在厨房做饭。田琳妈妈虽然是上海人，但在黑龙江度过了知青岁月，她爱人又是东北人，所以她做饭偏向东北口味。吃饭的时候，田琳妈妈满脸愁容地说，听说小朱得了抑郁症，我们就这么一个女儿，不能看着她往火坑里跳，这个病属于精神疾病啊，只会越来越重没法根治的；眼看着阿琳陷入绝境，我们好说歹说让她和朱思杰断开，可偏偏这孩子一根筋了，不肯听我们的话……田琳爸也不住叹气，一根接一根地吸烟。田琳爸妈给子吟说这件事，是因为他们知道子吟是田琳最好的朋友，或许子吟旁敲侧击地劝劝田琳，她还能听进去一点。

如果说生活中还有什么事能让子吟束手无策，那一定是田琳与朱思杰的这段长达三年多的感情。本来感情的事外人就不好插手，所以即便子吟认为他们一开始就不该在一起，也没有明确提出过反对意见。而且田琳一叶障目，只认准了朱思杰的高大帅气，而根本不考虑其他方面。子吟曾很隐晦地给田琳说起过她不看好他们的感情，但是田琳好似完全沉浸在自己的世界里，对与朱思杰之间的巨大分歧视而不见。现在朱思杰罹患抑郁症，却教子吟如何相劝？目前他们的事简直就是个死局，外人无论做什么都是错的。子吟不能把这件事应承下来，只说她会劝劝田琳。这顿饭吃得很压抑，子吟帮阿姨洗了锅碗就回家了。

第二天上班后，子吟去找霍夏，把北京那边所有的情况向他做了汇报。霍夏听了很满意，觉得经过这次接触，接下来的项目合作应该会有实质性的进展。子吟觉得有必要说说自己的担忧，就又补充道，她觉得林科长并不是个那么靠谱的人，与他合作的事可能要慎重对待。霍夏问她怎么会有这种想法的，子吟也讲不出实在的理由，只说她凭直觉，认为那些人好像并不是脚踏实地的人。霍夏沉思了一会儿说道，只要林科长的确是铁路系统的，那么这条线还是要跟踪一番，如果这步棋走对了，对公司的发展是极为有利的，况且前期已经投入了这么大精力，继续跟踪下去是很现实的选择。

子吟表示这个项目公司的诚意很足，对方则没有实质行动。我们可以再跟踪一下，但是不能投入太多资源了。霍夏看了子吟一眼，笑呵呵地说你是这个项目的经营人员，若你都打退堂鼓了，项目还怎么跟踪下去啊？子吟接着向他解释道，她对这个项目感觉很不好，她可以继续跟踪下去，但是她不想再冒险继续投入进去。如果项目能成，她愿意放弃项目提成。如果霍夏还想跟踪，经营费公司承担。霍夏考虑了一下，同意了她的要求。子吟这么做，倒不是因为她觉得这个项目真的毫无希望，而是她认定林科长并不是她想合作的合适对象，这个钱她不赚也罢，如果事情成了就当为公司做了贡献。

接着把北京这个项目的后续情况一并讲完。大约一周后，那边又传来消息，要进行承包商资格面议。这次霍夏派了一个副总带队，子吟作为项目联系人陪同，一行五人去了北京。林科长在一个工务段项目部的会议室里组织开了个会，那次会议没有什么实质内容，只是说上级要对承包商进行考核，这次是候选单位的面试环节，如若定下来适合的单位，很快就会签署合作备忘录。子吟越发觉得这件事不靠谱了，晚上连吃饭也不愿去，找了个理由出去逛街。从这次开始，子吟就完全确定，这个项目就是个钓鱼工程。回去后她马上建议霍夏不要再花精力，但他后面还是安排了两拨人去了北京，无果后才不再对这个项目热心了。

明眼人都看出来了，林科长一行人就是个骗吃骗喝的小团体。他的身份应该不是假的，这令他的谎言有很大的迷惑性，不然绝无可能行骗成功。据子吟后来了解，他这样的人不是个例，而是一个群体。他们谎称自己掌握着建设项目的决定权，并通过各种渠道把消息散播出去，等待鱼儿上钩。经验老到的人会放长线，比如这次林科长的手法，前后历时半年的忽悠，招致霍夏公司损失有二十余万。因为市场竞争太激烈，为了养活一个企业，很多企业都会到处寻找项目信息，花费巨量公司资源试图拿到好项目，这其中就会出现上当受骗者。像子吟这样花了钱被骗，能找谁申诉呢？

子吟上当的原因，除了是她首次遭遇这样的钓鱼工程，还有就是这个项目是经熟人介绍的。李晓明和她有良好的业务关系，私人交情也不错，那么李晓明介绍的人，她当然认为是可信任的，否则一开始也不会那么放心地和陆成接触了，要知道她是不会轻易信任陌生人的。而她能迅速从骗局中醒悟过来，还是因为她的警惕性比较高。整个事件中她唯一没看清的是陆成这个人，他很可能是林科长的同伙，也完全有可能是受害者，这个事情是没法查实了，因为自那以后她和陆成就没怎么联系。子吟也没有向李晓明说明情况，只是说项目合作条件太苛刻，谈判没有达成共识。

子吟对霍夏的表现很不能理解，明明经营人员已经觉得此事可能有诈，并发出了预警，他还是派人继续接触，导致公司损失惨重。子吟深思后认为，除了林科长的这个骗局有板有眼，可能也和霍夏急于建功立业有关，人在巨大利益面前很难保持清醒认识。实际上，经营人员会遭遇各种各样的陷阱，各种项目信息也真假难辨，哪里有凭一腔热情就能找来项目的？即便是经验丰富的经营人员，很多时候也分不清项目信息的真假，也可能遭遇极不靠谱的所谓甲方。厉害的人会根据经验规避这些风险，但想要完全避免也不太可能。有些是接触过程中才能识破，有些则是投入巨大了才发现问题。

这次北京的项目的情况就属后者。霍夏其实也在对赌，投入血本只为押对宝，可是显然他输了这局。这个项目子吟奇迹般地分文未花，但她还是很愧疚，毕竟是她提供的线索导致了公司损失。她想替公司承担一部分损失，只是霍夏说这个事子吟没有一点责任，而且说到经营，哪里有次次成功的道理呢？常在河边走，哪能不湿鞋，以后多注意就是了。子吟挺感激霍夏的，不过她很快就为公司拿了不少的新项目，这多少也算弥补了一下自己的失误。有趣的是，林科长此后两年，隔段时间就打电话给子吟，请她到北京去商谈项目后续合作事宜。骗吃骗喝的人果然没有一点底线呢。

第四十章

不久之后，公司发文通知分批组织员工去云南丽江疗休，照例规定可以带一位家属。因为有婆婆的教训，子吟决定一有机会就带父母去旅游散心，这次她就想带她妈妈一起去。她打电话给家里说了情况，请父母商量一下二老谁跟着去。子吟之所以不明着说想带妈妈去，是怕她爸有想法，她爸小气的脾性还是未改。最后他们决定还是子吟妈妈跟去，路上房间安排什么的都方便些。定下来后，子吟就报了名，时间是七月下旬。得知在家里没什么事情，她就想让她妈妈早些过来，于是她订好了妈妈从重庆飞上海的机票。她妈妈从自贡乘车到重庆，妞妞则负责安排从汽车站到飞机场的接送，好姐妹自然是超级贴心的。

这是子吟妈妈第一次乘飞机来上海，田琳请了假陪着子吟去接人。二人看子吟妈妈在行李转盘处盯着每一件行李细看，知道她是怕漏了行李就找不回来，却不知转盘是一圈圈循环，所以无须担心拿不到行李的。好不容易见她推着行李车出来了，子吟赶紧跑过去接住，见她额头皱纹又多了一些，心里不由得一阵心疼。子吟妈妈再过两年就到花甲之年了，不过她和同龄人比起来，还是稍显年轻的，尤其是她白发很少，很是令人惊奇。这估计与她的性格关系极大，她从小也受婆婆影响，待人宽厚，心胸开阔，气量很大，否则那么多年来受子吟爸爸的欺负，恐怕很难熬出头啊。

接妈妈回家后，子吟就在租屋附近订了家饭店，叫上田琳和子萱二人一起，算是给她妈妈接风。由于她妈妈特别喜欢吃辣椒，上海菜和海鲜等都不爱吃，所以子吟订的是一家湘菜馆。对子吟妈妈来说，这次上海之行是个特殊的体验。她一直很担心子吟，觉得一个女孩子离家那么远，真怕她在外面吃亏，她虽然知道她这个女儿很厉害，可真没想到她在上海会这么如鱼得水。如今看她买了车子，身边又有这么几个贴心的好朋友，自然是很欣慰的。此后几天，田琳妈妈和秦剑明分别请子吟妈妈吃饭，他们都对子吟赞不绝口，子吟妈妈就更放心了，从此再不担心子吟会在这边受委屈了。

去丽江的日子很快到了，子吟为此做了充分的准备，一路上对她妈妈极尽照顾之能事。她们母女一路游玩一路留影。子吟妈妈这辈子应该都没有这么开心过，整个仿佛换了一个人，和女儿有说有笑。人家说女儿是父母贴心的小棉袄，子吟不仅是她妈妈的小棉袄，简直是严冬的大衣、夏天的雨衣了，把这个家庭照顾得无微不至，为父母做的事情让很多男人都自叹不如。这一路母女俩可以说快乐似神仙了。不过子吟唯一有些遗憾的是，她妈妈晚上有些打呼噜，她的休息就稍有些受影响，不过几天同床过后，她也就习惯了。她暗暗下决心每年都带妈妈出来逛逛，或者安排她父母出去旅游一次。

旅游归来，子吟又留她妈妈在上海待了两周，这才放她回去。其后一段时间，周生宏开始经常打电话给子吟，而上半年二人虽然也有联系，但只是很少的几次罢了。子吟慢慢体会出来了，周生宏有追求她的意思。这个人行事稳重，感情内敛，可能也因为去年离了婚的缘故，所以这次他的情感表达很隐晦。子吟想找一个人，首先性格要温顺，能够始终如一地尊重她；其次就是真心爱她，没有爱情的婚姻，她坚决不要。所以即便周生宏是离过婚的，她觉得他还是满足自己要求的。唯一的问题或许是，周生宏可能对自己还有好感，但是谁能保证在经过这么多年以后，他还是从前的那个人呢？

此后两个月，他们的联系紧密起来，但周生宏从来不直接表达他的心意。唯一的一次，是在他们聊了很久以后，他说想让子吟回去，而当子吟追问为什么，他又不肯说。这样一个连感情都吝于表达的人，可能还爱着她吗？随后一段时间，子吟刻意不和他联系，看他会怎么做，结果他也不太主动了。子吟知道他们间终究是没有缘分的，如果他能主动一点，能够向她敞开心扉，子吟还是愿意去尝试接受他的。她虽然在上海工作，但人还是犹如浮萍，一直以来无处安身。她曾有机会买房，也从来没考虑过这件事，因为她从来没想过要在这里安放身心。当初拍买沪牌，也仅仅是为了上路方便些，并不是想着长远留在这座城市。

进入八月中旬，这天子吟正在路上，一个新结识的叫吴涟的朋友联系她，说有个基坑项目需要进行第三方检测，问她有没有兴趣，子吟立即回复说当然有的。吴涟把甲方的联系方式给了子吟，让她尽快联系对方。子吟找了个地方靠边停车，拨通了项目业主电话。原来这个项目开发商请了基坑检测单位，但在基坑开挖过程中发现检测单位提供的数据有问题，不能指导开挖施工，因此想请一家有资质的单位独立进行复测，以确保基坑围护体系在开挖过程中的安全。子吟想起陈为涛的部门可以实施检测业务，马上又联系到了他，请他帮忙操作此事。事情进行得很顺利，子吟签订了第三方检测合同，陈为涛也安排人进场施工了。

那是个周六的中午，子吟拉着子萱去居家桥路的一家海鲜城吃饭。子萱平时饭量较小，可是吃起海鲜真让人吃惊，那么一大盘三文鱼，子吟只吃了几块，其余的都让她吃完了。子吟笑话她上辈子和三文鱼有仇呢，她笑嘻嘻回复说，没错，正是这样。正当她们吃得过瘾的时候，田琳来电话了。电话里的她惊慌万分，一个劲儿地催子吟赶紧去某医院，说是朱思杰出事了。子吟一听就明白是怎么回事，心想该来的还是来了。子吟迅速结了账，看子萱也吃得差不多了，让她自己打车回去。子萱紧张地问，出什么事了这么急！要不要我陪你一起去？子吟心想她去医院也帮不了什么忙，就说你去不合适，还是赶紧回家吧。

　　赶到医院时，田琳和田琳妈在外科诊室外，田琳眼睛红红的，显然是哭过好一阵，田琳妈则坐在候诊椅上紧锁眉头长吁短叹。见到子吟到来，田琳又抽抽噎噎哭起来。田琳妈起身把情况大概说了一遍。上午朱思杰加班，几个也一起加班的同事闲聊，聊起了进入疯狂上涨模式的房价。街头巷尾都在谈论这个，可是朱思杰听得烦闷，态度很不友好地埋怨了他们几句，由此引起了冲突。之后他和其中一个同事互相推搡了几下，朱思杰拎起板凳就要砸人家，对方看他红着眼像个野兽似的，不敢对打转身跑了，朱思杰拿椅子砸对方的桌子，岂料自己头上被弹起的椅背撞出血，而他兀自浑不在意，继续狂砸，最后手上臂上也受了伤，流血不止。

　　众人都惊呆了，哪里见过这个阵势，也没人敢上前劝阻于他。后来他们还是通知了田琳。田琳妈妈哪里放心田琳一个人来处理这事呀，于是她跟着田琳一起去朱思杰的公司，好不容易把他送到医院。医生紧急处理了他的伤口，额头算小伤，包扎一下没什么大碍。可是两根手指有骨折，需要住院手术固定。医生说病人自残的行为是抑郁症引起的，要针对性地到精神疾病科治疗。把自己弄到手指骨折，想想真是可怜啊！子吟的第一感觉就是这人不能再留在上海了，否则后面发生更大的事情也不奇怪。她朝诊室里望了望，只见朱思杰仰卧在诊床上，头上已经缠好了绷带，医生正在处理其他伤口。

　　那几个吓傻了的同事跟来医院，恢复理智的朱思杰没有责怪任何人，说这事跟他们没任何关系。等和朱思杰起了冲突的同事付了医药费，他们就一起离开了。子吟问田琳有没有通知朱思杰的家人？她含泪摇摇头，说小朱不想让他妈妈知道这事。子吟一听就急了，说发生这么大的事，不让他家里人知道算怎么回事？子吟轻轻地把田琳拉到楼下，让她务必联系到朱思杰的家人，请他们赶紧来趟上海，这事再也拖不得了。田琳还在犹豫，说朱思杰父亲过世没多久，他妈妈刚退休不久，身体也不好，这事还是不通知他们为好。子吟说朱思杰都成这个样子了，你能负得起责吗？出了人命再通知吗？

田琳想了一会儿，决定听从子吟的建议，可能也在那一刻，她决定放下这段感情了。田琳通过小朱同事，很快联系到了他的妈妈。听说儿子因抑郁症受伤住院，小朱妈妈也特别着急，很快登上了来沪的航班。子吟载着田琳到了机场接人，心里很替田琳难过，因为在人家患病的时候，放弃这段感情于理不合；还因为他们谈朋友都两年了，田琳居然还不认识他的家人，接小朱妈妈还要写接人牌。这样的事如果自己遇到后该如何处理，子吟也茫然无解。朱思杰的妈妈穿着很朴素，但从她坚毅的脸上能看得出她是个优秀的母亲。接她到了医院，朱思杰见到他妈妈后非常惊讶，但很快恢复了镇定。大家退出病房，留他们母子在房里说话。

看来小朱的妈妈对他的影响力是很巨大的，母子二人聊了一个下午，小朱就决定辞去上海的工作，跟着母亲回老家。这个决心可不是那么容易下的，毕竟小朱的工作关系和朋友圈都在这里。但从某种意义上讲，他离开这里应是最好的决定。朱思杰没有和田琳提分手的事，但这个是显然的事实了。虽然田琳妈强烈反对，田琳还是决心送小朱回老家。子吟也认为以小朱目前的情况，送他回去可能比较好些，路上多个人照顾就少些意外。田琳妈妈忽然拉着子吟到了楼道里，请子吟陪田琳去一趟，她自己也要跟着去。经过许久的讨论，这事就这么定下来了。小朱住院几天后就回去办理了辞职手续，大家订了月底去山东的火车票。

这是段很奇特的经历，每个人的心情都很复杂。田琳送她男朋友回老家，看起来更像是个分手礼。她放弃这段感情是个无奈之举，因为她想要的婚姻遥遥无期，小朱的抑郁症又让人看不到希望。田琳妈妈是乐意见到目前的这种结果的，对她来说，女儿的幸福是她唯一要考虑的问题，现在能把小朱安全送回去就一切都好了。她叫上子吟一起送人，估计是看到了子吟的应变能力很强，如果路上发生什么意外，有子吟在可能会好收场一些。朱思杰也的确可怜，吃尽了苦头才熬到现在，却是以如此惨淡的结局告别上海。他可能也知道回了老家，少了很多压力，他的抑郁症才可能会好转吧。

子吟一直以来只是操心田琳，很少站在朱思杰的角度考虑过问题，现在对他抱有无限同情。同样都来自外地，都在上海努力打拼，朱思杰还要忍受抑郁症的折磨，真是个极可怜的人。上火车后大家各怀心事，很多时候都不说话。可是到了当天晚间的时候，朱思杰显得烦躁起来，他起身坐在卧铺床上，双手抱头嘴里说着胡话，大家都紧张起来了，可是他刚吃了药，也不能再度服用吧。朱思杰妈妈坐在他边上，轻拍着他的肩膀。过了一会儿，他开始骂起人来了，除了子吟，他把身边所有人都骂了一遍，把床前小桌板上的所有东西全摔地上，吓坏了车厢里的所有人。折腾了一会儿，他双手抱头躺在床上，用被子蒙住自己的头，轻声哀号。

那次山东之行，对行程中的每一个人都是一种折磨。到达朱思杰家所在的县城，田琳想把准备好的两万块钱留给朱思杰妈妈，可她坚决不肯收。她说这件事田琳没有对不起朱思杰的地方，而且还耽误了她三年。朱思杰妈妈说她相信朱思杰在她身边会慢慢恢复起来，找到属于他自己的归宿。她也希望田琳可以快些走出来，过好以后的每一天。田琳偷偷把信封留在了朱思杰枕头下，而他经过一路的折腾已经精疲力竭，在床上沉沉睡去。每个人都有一段最不堪的回忆，在今后的岁月里，这段经历就是田琳的梦魇，她再不愿提及。子吟从此以后没听田琳提起朱思杰后来究竟怎么样了，当然子吟也不可能问她。

在田琳妈妈的坚持下，她们只在县城住了一夜就返回了。众人都觉得此行更像是在梦里去远游，大家不仅对沿途的风景一点也未留有印象，而且随着岁月的流逝，路上发生故事的细节也变得越来越模糊不清。这件事受伤最深的人无疑是田琳，没人能想象她内心到底经历了怎么样的波折。她一路上不发一言，子吟只能是安慰了一路。前半程从上海上火车后，田琳妈妈就愁脸苦眉，暗自担心路上会出什么问题，果然还是遇到了些挫折，所幸平安地把人送回了家，她心头的一块巨石终于落地了，所以后半程返回时她的神态放松了很多。这是可以理解的，父母终归是为了子女一辈子的幸福着想。

回到上海后，田琳把自己锁屋里两天未曾出门。子吟天天过来看她的状况，心想这时陪她出去散散心也许是最好的劝慰法子，于是她努力邀田琳一起出门游玩，田琳终于答应了。子吟把工作安排好，载着田琳出发了。她们商量好的第一站是去普陀山，开车五六个钟头，她们于晚间到达宁波，在市区里住一夜，第二天一早乘船上了普陀山岛。子吟曾来过这里，所以算是轻车熟路，田琳一路话很少，万事都听子吟安排，在子吟的带领下游览了景点。她一个人在观音立像前默默祈福，心意不言自明。这之后，她们顺路去了杭州，在西湖边找家酒店住下。这几天下来，田琳稍微好些了，不再沉默寡言。

她们在杭州待了三天时间，子吟看田琳状态有所改善，就计划一路开到无锡和苏州，每个地方待上一两天。其实子吟也特别享受这十来天的日子，最近事情太多太杂，她从没有如此放松过。原来放下一切事情，只是开着车子走走，就会忘记一切烦恼。这趟旅程本是为了让田琳快点走出阴影，岂料子吟的身心也得到了彻底的放松。接近一千五百公里的旅程，因为两人是沿途游玩，即便是子吟一个人开车，她也不觉得有多累。大概到了第十一天的样子，她们从无锡出发准备去苏州，子吟接到了陈为涛的电话，他说上个月的那个检测项目遇到了一个难题，需要子吟尽快回去协调一下，于是她俩只能中断行程返回上海。

第四十一章

子吟把田琳送回家，嘱咐她先休息两天再去上班，又安慰她一切都会好起来的，却哪里料到她自己即将陷入一场巨大的旋涡之中。陈为涛让子吟出面解决的问题，绝不会是个小麻烦，子吟内心不免惴惴。等到了个僻静之所，子吟立即打电话给陈为涛，询问那个项目到底出了什么状况。他说电话里讲不清楚，最好是能见面详谈。子吟觉得这样也好，刚好可以请陈为涛吃饭，但当她说出这个提议时，陈为涛说他晚上有事，一起吃饭可能来不及了，请子吟到广中西路一家咖啡厅碰头，子吟只得同意。大约下午四点钟左右，他们差不多同时到了咖啡馆。两人已经很熟悉了，要了两杯咖啡就谈起了工作。

陈为涛提及的这个项目在奉贤某镇，自项目开工以来，他安排的人员一直在正常施工，也按时提交了报表。可是从上周起，现场监理声称施工队伍自检的数据和第三方检测数据不一致，他们认为是第三方检测单位的数据有问题。陈为涛安排人进行了仔细的复核，发现两家单位提交的数据虽有差异，但也在正常的误差范围内。须知两家单位作业人员不同，使用的设备也不同，得到相同的数据本就不可能，但是监理单位和施工单位认定第三方数据偏离正常值过大。复核员提交了数据分析报告，这件事不了了之了。但事情没有这么简单，最近他们从陈为涛派驻现场作业组的各方面挑起了毛病。

子吟听得一头雾水。她本以为是陈为涛安排的人提供的数据出了问题，让人家抓住了把柄。果如此的话，她可以做做工作，把事情负面影响消除掉，以后杜绝出现这类事也就罢了。可听下来陈为涛这边的数据似乎是没有问题的，他既然敢以自身不存在问题的分析报告进行反馈，自然是对自家的数据有信心。子吟想了想，觉得唯一合理的解释，就是监理单位在故意找碴儿。子吟曾见识过一些施工单位和监理单位沆瀣一气，搞出豆腐渣工程的案例，所以对有些监理从业人员的惯用伎俩颇为熟悉，这次会不会是他们故意设置障碍，好让第三方检测单位给他们些好处呢？不能排除这种可能性。

　　陈为涛听了子吟的分析，认为这种可能性不大，因为监理单位和第三方检测单位互为掣肘，从项目管理架构上来说是平行单位，也即两个单位之间不存在直接的利益关系，所以这次监理的做法明显有违常理，因此这件事的发生应该是其他原因引起的。他建议子吟和甲方深入沟通下，找出问题的症结所在，再想办法予以解决。子吟忙答应下来。随后他们又聊了些其他话题，子吟方知陈为涛的部门主要从事的是地铁检测项目，这两年部门发展速度很快，业务量持续攀升。他希望可以和子吟一起开拓市场，并有意邀请子吟加入他的业务团队，子吟笑呵呵地表示她定当鼎力支持。

　　当晚回到屋里，子吟仔细地分析了奉贤的这个项目，还是没理出个头绪来。陈为涛让她出面协调，这说明现场工作正在经受极大干扰，可是陈为涛的项目组提供的数据明明没有任何问题啊。无论是甲方单位或者监理公司，都没有动机挑第三方检测单位的毛病的。要知道陈为涛所属的单位是某政府管理部门的下属企业，本市无论民营还是国营工程建设单位，对政府管理部门还是会给三分薄面的，主动挑事的情况更是闻所未闻，这也是子吟极力把陈为涛的单位推荐进去做这个项目的缘由之一。给子吟这个项目信息的联系人吴涟，是某工程施工单位的法人，他会不会清楚这件事情呢？

　　翌日上午，子吟打电话给吴涟，向他说明了现场遇到的情况，希望他能和甲方联系一下，看看是哪里的沟通出了问题。吴涟很快就回复了子吟，他说甲方对陈为涛公司的工作是很认可的，只要他们的数据没有问题，监理和施工单位的反馈信息可以不用理会。子吟一听就觉得这里面肯定有问题，她注意到吴涟说的涉事单位不光是监理单位，还有施工单位。这件事和施工单位有什么关系？吴涟怎么会认为监理单位的意见可以置之不理呢？即便陈为涛派驻现场的人完全没有责任，他们也不能和监理等相关协作单位把关系搞僵啊。子吟觉得这件事情越发扑朔迷离起来，但不赶紧解决此事，这个项目就会越做越被动。

子吟决定去趟工地现场，如果有可能的话请项目监理负责人出来一起坐坐，看能不能协调平息此事。她吃过午饭就赶到工地，找到了项目总监，向他说明来意。那个姓蔡的总监对子吟很客气，二人寒暄了一会儿，让子吟觉得解决问题应该不用太费气力。当她提起数据不一致的问题，蔡总监含糊其词地说，施工单位认为检测数据不能指导施工，因此希望子吟他们单位注意核实提交的成果。这个说法很奇特，不是强调检测数据有问题，而是声明数据不能指导施工，这个是答非所问了，但是子吟听出了当前的阻碍来自施工单位。这是个什么样的施工单位，能力压甲方给检测单位制造难题，而甲方居然也不肯出面解决矛盾？

那天蔡总监的办公室里没有其他人，子吟得以旁推侧引询问整个项目情况，使她了解到事情的真相。原来开发商和施工企业是多年合作对象，而后者在最近几年的项目合作中时时野蛮施工，导致工地周边环境大受影响。为了保护管线和建筑物，开发商请了检测单位，对这些设施进行检测，如果数据超限了，就限制开挖速度，或者采取缓解变形数据进一步发展的措施。这样一来施工单位的进度就严重受限于检测数据。他们想到的办法，就是想方设法控制渗透检测单位，其数据最终是他们自己说了算。这样监守自盗的行为，必然地引发了施工事故，开发商的上个项目施工就因此而导致了周边一条管线爆裂。

子吟终于明白了，业主找第三方检测单位是来制衡施工企业的，说不好听点的，就是拿无利益纠葛的第三方来当枪使。她细想这件事，第三方检测合同是和甲方签订的，陈为涛不理会监理和施工单位也没有问题，只是这样下去的话就势必和他们尖锐对立起来。考虑再三，她决定和那个施工单位接触一下，哪怕是缓和一下关系也是好的，得罪人的事能不做就不做。她问蔡总监能不能请他引荐认识一下施工单位负责人，这样有事就可以沟通解决，蔡总监立即就答应了。所以这事就再清楚不过，监理单位肯定也是施工单位操控的，他们合起伙来找第三方检测单位的麻烦，目的还是想让陈为涛派驻现场的作业组妥协，不要出具太过真实的资料罢了。

蔡总监说这事应找土方开挖单位的戚总，子吟一听很奇怪，心想土方开挖单位是施工单位的分包商，怎么可能成这个项目的决策者？不过联想到业主也拿他没辙，还要借助外部势力来制衡他的单位，可见这位戚总的能量了。蔡总监打电话给那个戚总，和他约好下午带着第三方检测单位项目联系人去拜访他。子吟和蔡总监开车到了一个商务广场，可能是因为刚建好的缘故，商务楼里入驻的商户不是很多，所以人气显得很不足，楼下停车场里也空荡荡的。他们乘电梯到了九楼，整层办公楼看起来都是戚总公司的地盘，员工也是很少，可能戚总他们公司也是新搬进这里办公的。

他们来到一间办公室的门口，蔡总监敲了敲门就推门而入，回头请子吟也跟进去。这间办公室几乎和王伯时的一样大，只是地上到处都堆有东西，简直要无处下脚了。虽然所有物品摆放得并不凌乱，但有些东西明显不该放在办公室里。比如靠南墙的一个巨大的酒柜，放在企业法人的办公室里就特别不合适；靠窗有一台跑步机，子吟就看不出周围堆满打印纸的情况下，办公室主人是如何走上去运动锻炼的；比较阔气的老板桌椅风格偏商务，但是旁边是一套红木茶几和长椅，破坏了办公室的协调，所以整间办公室看起来要有多别扭就有多别扭。子吟只能理解为东西都是刚搬进来的，戚总还没安排人收拾整洁。

戚总正坐在办公桌后面看着手机，见蔡总监和子吟进来，他就站起来，不过不是来迎接二位客人的，而是坐在了他旁边的红木太师椅上，用茶几上摆放的工夫茶具烧起水准备泡茶。子吟看清楚了这人，他约莫三十岁出头，个头约有一米八左右，理着短寸头发，皮肤枣红色，也不知是晒成这样的，还是本就如此。他身穿蓝黑格纹衬衫，深色休闲裤，脚上居然穿着一双耐克鞋子，最夸张的是他那条路易威登的皮带，扣子上有硕大一个"LV"的标志，居然是金色的，这就和暴发户买条指头粗的黄金项链戴脖子上，有异曲同工之妙。人说衣品见人品，子吟见了就很不愿意和他有来往。

戚总的大名是惠明，他见子吟向他打招呼，只是面无表情地点了点头。蔡总监赶紧介绍子吟和戚惠明相互认识，子吟双手递上名片，而戚惠明则单手接过去仔细看了起来。戚惠明看到她的名片上印的是某公司某部门业务副经理，大概是嫌子吟职务太小，竟跷起了二郎腿，态度倨傲地让子吟坐在他对面的椅子上。蔡总监说我下午还有事，这会儿就得回去了，你们二位慢慢聊。戚惠明点点头，连看都不看蔡总监一眼。这惹恼了子吟，因为蔡总监好歹也是五十多岁的老人家，戚惠明凭什么对人家这般颐指气使？这般傲慢真的是子吟所少见的。她起身送蔡总监出了门，才又返回办公室坐下。

两人的对话颇为无趣。戚惠明的态度很明确，他要求子吟不能实打实地提供检测数据，至少提交的数据不能影响他们土方开挖的进度。子吟给戚惠明提困难，说如果检测数据不能反映现场实际，甲方也不会善罢甘休吧？而且一旦工地出现问题，检测单位的责任重大，这个责任谁也担不起。戚惠明不肯让步，他威胁子吟说，若不是看在你们单位的企业性质，我可能还会采取极端些的措施。子吟立马想反唇相讥，可她今天是来解决问题的，任何的针锋相对只能导致关系越来越紧张，所谓强龙不压地头蛇。子吟低头沉默不语，戚惠明见状又说，只是改改数据，哪里有这么难的？我就不信工地会出什么问题。

听戚惠明这么说，子吟忽然有了个主意，虽然不能解决问题，至少可以缓和目前紧张的关系。她说，要不这样做您看行不行：以后如果测得的数据反映出基坑开挖不严重影响周边环境，则数据可以作适当修改；如果测得的变形很大，大到可能危及周边设施安全，数据就不要修改太多，起码要反映出问题来。子吟不大懂基坑检测技术，但是她这番话说得很巧妙，貌似妥协让步了，但改不改数据的主动权还是掌握在自己单位手里。如果关键时刻对方要求修改数据，他们可以说改数据会危及房屋管线，变相拒绝对方的建议。万一到了紧要关头，坚决不妥协就是了。如果她的这个方案歪打正着了，岂不是大家都欢喜？

戚惠明好像没有听出这话里面的陷阱，他略思考了一番就答应下来了。他抬头打量了一番子吟，说龙总您早些过来喝喝茶，这事不是早就解决了嘛。子吟一听，终于松了口气，举起茶杯说谢谢戚总能理解支持，改天请您吃饭以示感谢。戚惠明目光炯炯地看了看子吟，说你可要说过算数啊。子吟连忙答应，并乘势说她下午还有其他事，这就要告辞。她很不想再待下去了，戚惠明从他们谈话中途开始就不断地吸起烟来，整间屋子里烟雾缭绕，子吟已经忍了许久。戚惠明不置可否，子吟就起身向他告辞，他送子吟到了办公室门口。等她终于到了楼下，深深呼吸一口气，才觉胸闷稍好些。

子吟后来通过渠道了解到，戚惠明应该是某个实权领导的近亲，这解释了一个施工队老板连开发商都不放在眼里，所以即使他们野蛮施工，业主单位也没能把他们怎么样。戚惠明垄断了整个区里的土方开挖业务，也打通了与此业务相关的方方面面关节。近年来基坑工程事故不断发生，管理部门就强制推行基坑开挖检测项目。市区内该政策执行得比较好，因为那里高层建筑物太多，忽略检测工作是谁也承担不起的责任。郊区则完全无序，大家都不重视，才给了戚惠明他们以可乘之机，大肆推荐自己的人去承担检测业务，那些数据都是造假的，也就不影响他们土方开挖的进度。

具体到子吟这个项目，因为甲方上次吃了闷亏，所以才会找第三方单位来复核施工检测的数据。施工检测单位得知有单位要对数据进行复核，哪里还敢造假？这样检测数据几乎天天报警，让施工单位工程进度严重受阻，自然引起了戚惠明的极力阻挠。子吟哪里能想到这件事会这么复杂，早知如此她当初就不可能进来蹚这浑水了。如果她也倒向土方开挖单位，那么这个钱就挣得有些不干净了，而且万一工程出了问题，陈为涛也逃不脱干系；如果不妥协，戚惠明的背景如此深厚，这个项目哪能顺顺利利做完？子吟突然就有种退出来不做了的想法，可是合同已经签署，违约可不是闹着玩的。

她立刻赶回工地，和陈为涛派驻的现场负责人商量，看能不能在不影响大局的情况下，适当修改数据。负责人说这个也没问题，规范规定的报警值数值很小，如果严格按照那个值实施，现场的确会经常报警，但很多时候又不会特别影响周边安全，所以一定程度上修改数据问题也不是很大。而这个工地之所以未能有如此操作，是因为有两家单位同时在采集数据，彼此都有防范，所以也就实测实报。子吟一听就明白了，她把和戚总的妥协方案讲了一遍，而且强调如果有大的变形，就一定实测实报，现场负责人答应了。事情演变成这个样子，倒出乎子吟的意料，不管如何，这个项目暂时可保无虞。

第四十二章

基坑第三方检测的事情，子吟觉得还会有反复。她猜测其间如果遇到检测变形数据很大，涉事单位间的矛盾还会激化，所以她也做好了随时沟通协调的准备。但这种情况并没有发生，工地现场一直风平浪静。她生怕现场作业人员误解她的意思，无原则地在检测数据的真实性上作妥协，故特意跑去现场几次，以了解真实情况。现场检测员说他们修改数据的次数极少，尤其是基坑开挖到底这个阶段，他们不敢有所隐瞒，即便检测数据有很多处报警，他们也是照报不误。甲方见到这些报警值确认单，会依规让开挖单位放慢进度，他们也遵照执行了。子吟听了暗暗称奇，心想这应该是戚惠明做了让步的结果。

就在那个时期，子吟手上握有大大小小六七个项目，需要她沟通协调的事情真不少，以至于她都没有时间和精力去发展新的客户，确也浪费了不少的机会。不妨设想一下，如果那时她能有效组织起一个团队，其中跑经营的专事经营，做商务的只管负责洽谈，搞技术的就不要因技术问题让她分心，没准儿那时候她就把事业做大了。须知在那个阶段，上海的基础项目建设全面提速，而房价飙升促使房地产业及其下游配套的无数个相关行业欣欣向荣，规划施工的地铁工程全面开花，加上盛传已久的迪斯尼项目前期工作已经开展起来，真可谓是建设工程从业人员的黄金时代。

子萱找子吟的次数越发多了。有时候她到了屋里没见子吟回来，就买好菜准备起来。她不会做饭，所以常常择菜洗菜准备妥当，专等子吟回来烧好一起同吃。小姑娘晚上经常不回家，留宿在子吟这里，所以子吟慢慢地对她的过往了解得一清二楚，有些事估计在父母那里她都未曾提起过。比如子萱曾讲起，她的一个初中同学一直追求她，甚至当她出国了，那个男孩也撺掇家人送他去了英国。只是她爸妈一直叮嘱于她，让她参加工作后再找人谈恋爱，她居然真的听了进去，再加之这中间有很多巧合，这么多年她真没答应和人家谈恋爱，最后那男孩也渐渐灰心了。子吟听后简直惊呆了，这世间真有这么听话的子女啊！

十一长假期间，子吟开车带着子萱和田琳去了上虞。这个地方是浙江著名的建筑强县，人口有几十万，据说是中国古代圣人舜帝会百官之地，是世界青瓷的发源地，又是祝英台的故乡，现在更是全国著名的"杨梅之乡"。县城现在有两百多家建筑企业，其中不乏出名的上市建筑公司。子吟来这里和工作无关，而是她听她的一个朋友讲这里环境优美，有山有水风景绝佳，是一个令人向往的世外桃源之地，子吟觉得此地的名字"上虞"听起来就很美。三个姐妹到了这里，果然没有让她们失望啊。此行大家玩得特别开心，田琳也露出了久违的笑容，而这正是子吟所希望的。

节后的一天，子吟正在给车子做保养，陈为涛给子吟来电话了。他说奉贤第三方检测工作已经结束，甲方通知写份付款申请单即可启动支付工程款程序，而付款单需要四方签名盖章。陈为涛那边的现场负责人说，监理和施工单位均以各种理由推脱签字，所以这事还需要子吟出面协调一下。子吟一听就知道肯定是戚惠明授意的，这段时间她都没怎么关心这事，中途戚惠明也没打电话过来，她以为这事就这么结束了呢。子吟忽然想起那天说要请戚惠明吃饭的事，这个不是朋友间的许诺，只是商务伙伴初次见面礼貌的邀请而已，戚惠明不会当真了吧？如果真是这样，这个戚总一点也分不清工作伙伴和朋友的区别了。

　　如果现在邀约戚惠明吃饭，这好像不是为了履约，而更像是有求于他，显得子吟目的性太强。子吟决定先去找他聊聊，了解一下这人的真正意图。如果他是想借机索要利益，这个问题还算好解决，满足他就是了。秦剑明前段时间带给她几条贵烟，说这个送嗜好抽烟的客户很好，这下派上用场了。子吟为了事情能谈得更顺利些，还准备了一个红包。准备停当，她就给戚惠明打了个电话，说是要去拜访一下他。戚惠明说我今天就在办公室里，你可以随时过来。午饭后子吟就驱车前往奉贤，到了他的办公楼下。这里地理位置挺优越的，进驻的商家明显比上次多了些，人气也涨了很多。

　　子吟上楼轻轻敲了敲门，里面没有一点反应。她心想戚惠明是不是还在午休？可这都快一点半了。过了几分钟她又准备敲门，却见戚惠明从电梯间走来，原来他是下楼办事去了。他慢悠悠走到子吟面前，说请龙经理您来一次，可真不容易啊。子吟听他颇有嘲讽语气，不觉心中有气，心想谁会有事没事往你这里跑！她只得赔笑，跟他进了办公室。戚惠明请她坐长椅上，动手泡起茶来。他今天衣服搭配比上次好多了，人也精神些。倒好了茶放茶几上，他似笑非笑地问子吟，你今天是不是来请我吃饭的？子吟一听局促不安起来，心想戚惠明果然为了这事，而由于是她提出请人家在先，这倒显得是她说话不算似的。

　　无论如何，这事不能再僵持在这里了，子吟只好借口说这两个月她一直忙于工作，有几件棘手的事情需要处理，所以请他吃饭的事一直没来得及安排。戚惠明乐呵呵地插话说，贵公司要结算工程款了，你就刚好有空了，是不是也太巧了些呢？子吟心头一震，心想这人说话做事不留情面，的确霸道得可以。他都把话说到这个份上了，这时候子吟说再多，也只会显得欲盖弥彰，请他吃饭的事只好先不提。她止住话头不继续讲下去，一边端起茶杯，一边苦思应答之策。她正想说话，却见戚惠明拨了个电话出去，接通后他说他的朋友的请款单赶紧签字盖章，不要拖拖拉拉，简单几句话就挂了电话。

　　子吟万料不到他会来这一出，这时更觉得局促不安。她送上自己备的礼物，又抱歉地对他说，感谢戚总的帮忙，答应您的事，我会尽快安排的。子吟这次是真的准备请他吃饭了，这人虽讨厌，但还是没怎么为难自己。却听戚惠明说道，择日不如撞日，要么就今天晚上好了。子吟心想早晚要请，索性今天把这事了了也就罢了。她立马答应下来，并问戚惠明有没有喜欢吃的饭店。戚惠明笑了笑说，我知道徐家汇有一家上海菜馆，味道很是不错，要不咱们就去那里好了。他顿了顿又说，我会请五六个朋友一起去，还有他们的家眷，不知你方便不方便？子吟忙回复说人多吃饭热闹，当然没问题的。

子吟最怕的是单独请他吃饭，尤其是对他很不了解的当下。忽听得他说要叫上很多人一起，这可正中下怀了。她稍合计了一番，心中有了计较。她对戚惠明说，这会儿时间还早，我赶回公司还有点事情要处理，下午五点之前我会赶到饭店做些待客准备。戚惠明微笑着表示同意了，起身送子吟到了电梯口。他笑呵呵地说龙经理这次可不要放人鸽子啊，子吟赶紧说不敢不敢，其实心里想的是这次请完就拉倒了。子吟赶回屋里，是想从家里带几瓶白酒和红酒，省得他们到了饭店挑最贵的来喝，这顿饭就要被大放血了。她屋里有一箱朋友送的五粮液，是原厂出品的，招待戚惠明和他的那些朋友，也不会显得太掉价。

她马不停蹄地赶回屋里，等一切收拾停当，已经到了四点钟。既然是请人吃饭，就不能让客人等自己，所以她拎了东西匆忙出了屋子，一路开车飞奔，才赶在五点一刻前到达了戚惠明所说的饭店。这家店原来就在港汇广场里，所以子吟很顺利就找到了。饭店的大厅很大，装修得金碧辉煌，倒像个五星级酒店的大堂里似的。近乎正方形的大厅周边一圈是包间，里面装修风格和大厅极类似，并没有更奢华，而一般饭店的包间会更上档次些。子吟到达后推门进入订好的包间，顿时愣住了。原来包间里已经坐满了人，要不是桌子主位上坐的正是戚惠明，她还以为走错了房间。

戚惠明朝她招招手，指了指自己边上的空座，示意那是她的位置。子吟看众人齐刷刷看着她，心里很不安起来，今天是她请人吃饭，而她居然是最后一个到的，这个是极其失礼的行为。可是她搞不懂的是，从奉贤来这里也不算太近，况且他们又是临时获邀，这些人是怎么做到齐刷刷按时赴约的？子吟抱歉地向大家笑笑，拎着烟酒走向座位，感觉再没有比这个更傻的事了。子吟走到戚惠明边上，不禁犹豫起来，因为戚惠明坐的位置不是主客位。外面吃饭坐位置很有讲究，谁是当日主要客人，谁是饭局主陪，还有二客二陪等，座位坐错了，后果很严重的，戚惠明不会不知道这些礼节，何以他会犯错？

戚惠明有些不耐烦，他对子吟说大家就等你一个，再别慢吞吞的了。子吟这时候也不好多说什么，在场的都是陌生人，饶是她机警多变，这时候也无计可施，只得先坐下来再说。在座的男客人看起来都比戚惠明要大，但这帮人应该是替戚惠明做事的，所以对他特别恭敬，轮流给他敬酒，他似乎也很享受这帮人肉麻的恭维话。按照戚惠明的说法，来的女生应该是男客们的女友或妻子，不过这些女生个个打扮得花枝招展，年龄又明显比男客们小很多，子吟不觉得他们中有夫妻，戚惠明多半说了假话。整个饭局中，戚惠明掌握着聊天节奏，别的人大都只是应声附和，这样的聚会真的很没意思。

子吟带来的烟酒没有派上用场，这帮人自备有某不知名的白酒已经喝上了。没过一会儿，很多人就喝得有些多了，饭桌上的聊天氛围也随意起来。子吟从他们略带酒意的只字片言中了解到了戚惠明公司里的一些事情，她越听越是心惊，后来竟不由得心生恐惧。一个留有长发的瘦男人说，国庆前收到消息后歇业半个月，他管的夜总会这几天营业额才恢复。大伙儿就一起骂有关单位这种一阵风的纠察，害他们少赚太多。正当生意怎么会被通知歇业？那个夜总会明显是涉黄了。子吟越听越不是滋味，后来她确定戚惠明这个团队不是做正经生意的，垄断土方开挖工程行业不过是他们稍正当些的生意罢了。

此前子吟只是看过一些电视电影，了解到了一些黑社会的事情，以为那些是新中国成立前或是国外才存在的，但她万没料到类似的团体今时今日居然也是真实存在的。也许能否把戚惠明的团队称为黑社会还有待商榷，但他们从事的主要业务基本游离于法律之外，其团队的组织形态根本不是一个正常的合规企业。不过仔细分析一下，其实这件事也太平常不过了。有些地方领导的权力很大，他们无法约束自己的近亲利用他们的特权，产生像戚惠明这样的人不是很正常吗？子吟开始只是听一听，偶尔说一两句话，后来干脆沉默不言，只有她自己清楚她是被吓到了，表面上还不敢太露怯，心里默盼饭局快点结束，她好早些脱身。

再没有比这更长的饭局了，子吟感觉她在这里的每一分钟都是煎熬，加上内心产生的恐惧感，这哪里是在吃饭，简直是在遭受酷刑。她甚至恨恨地想，宁愿不要讨这个工程款了吧。到了九点左右，好不容易他们表示酒足饭饱，子吟借口要去洗手间，赶紧起身跑去前台买单。谁知服务员告诉她，值班经理吩咐他们这桌是免单的。子吟暗骂自己真傻，戚惠明表面上是让子吟请客，实际他是另有企图，至于是什么，子吟实在猜测不出。她也对要不要给他们发红包这事迟疑不定，目前这个情况，她成了戚惠明的客人，如果发的话就显得不伦不类了。她在卫生间洗洗手，两手撑在洗手台上低头理思路，仍是一筹莫展。

回到包间，戚惠明说有人嚷嚷着要去唱歌，要不你也一起去吧。如果是子吟熟悉的人提议去的话，她是会很开心答应的。不过今晚她绝不愿意理会，所以她很快说我现在很不舒服，想早些回去休息，恐怕要打扰你们的雅兴了。戚惠明明显有些失望，不过他说没关系，以后再找机会吧。他从子吟桌子底下拿起她带来的烟酒，示意她拿回去。子吟说我本来是请戚总和各位吃饭的，结果我反主为客了，只好下次再找机会回请。子吟心里已经决定再也不和戚惠明来往了，她说"找机会"也有这个意思在里面，不请的话也就是找不到机会咯。她还诚恳地请戚总把烟酒留下，说她带出来再带回去不太好。

戚惠明笑着同意了，子吟看他们都在椅子上不动，料知他们还有事商量，这是个脱身的良机，于是赶紧辞行。大家都站起来送别子吟，只有戚惠明坐着不动，他让子吟别忘记早些回请他，子吟含糊应了一声就转身走出饭店。夜色中的徐家汇自有迷人之处，可是子吟无心停留欣赏，驱车出了地库沿着肇嘉浜路开向南浦大桥。今晚的事她想了很多，没有一丝头绪，所以就干脆不想了，想转换思路放松放松，于是拨通了妞妞的电话，和她聊了一路，彼此把最近发生的事都说了一遍。不过子吟没把遭遇戚惠明的事说出来，因为潜意识里，这些事情不是什么令人开心的事。况且，她已经决定不和这个人来往了。

到了家里停好车子，子吟的手机上显示了几条短信提醒，全部是戚惠明发过来的。第一条是说他拨子吟的电话总在通话状态，所以决定发短信过来。看了第二条短信，子吟惊得目瞪口呆。他竟然说他从第一次见面就喜欢上子吟了……原来如此！戚惠明对他动了歪念头，所以今晚的事才解释得通了。子吟又想起自和他第一次见面后，第三方检测项目没再遇到挫折，肯定是他授意没找麻烦的结果。子吟暗骂自己蠢笨，竟然一点没看出来。戚惠明的第三条短信看得子吟几欲呕吐，他说他已婚，但不妨碍他会爱子吟一辈子。这人不是喝醉了，就是个超级自大狂，他以为把自己已婚的事说出来，就能随意向他看上的女人表白？

第四十三章

子吟把最近发生的事仔细想了一遍，才发现所有细节均合情合理了，她对自己所处的境遇感到担忧。如果他是普通人，直接拒绝就是了，偏偏他的背景这么复杂，他要真纠缠起来，哪里会轻易就让子吟摆脱。像戚惠明这样的人，有家有室，还恬不知耻地做这违背道德之事，子吟连和他交朋友的心思也没有，更别提和他发生什么故事。子吟把这些短信全部删除，准备不予理会。这时候戚惠明的电话又打进来了，子吟心烦意乱，想拒接后关机，不过她想这事应直接回绝掉更好，免得他后面再纠缠不清。子吟这时候在小区景观池边上徘徊，见四下无人，于是她接通了来电。

戚惠明说饭后他也无心出去玩了，所以返回办公室给子吟打电话发短信，结果都是石沉大海。子吟淡淡地说，非常感谢戚总的青眼相加，可惜我已经有男朋友了，而且准备很快结婚，所以最多只能和您做朋友。她内心深处极端鄙视戚惠明，但肯定不能直接表达出来，否则就得罪他。这人明显黑白两道都有人，谁知得罪他是什么后果。所以子吟借口已经有了归宿，想让他知难而退。谁知道他随后说出的一番话让子吟惊骇异常。他笑嘻嘻地说龙经理有男朋友，我怎么不知道啊？你住在金桥一个小区，出入只是一人开一辆蒙迪欧，从未见过你和什么人一起出入，哪里来的什么男朋友啊？

子吟这一惊非同小可，看来这个人很可能派人跟踪过自己一段时间，否则哪里能获知这么准确的信息？！他在过去的两个月里没有在项目上找子吟麻烦，却原来在暗中做了这些事情，果然是黑帮的做派。他调查自己到了什么程度？知道自己的所有朋友圈了吗？子吟想起这些问题后背脊发凉，手心也冷汗直冒。她心里恐惧之情陡升，脸上也变得苍白了。这时候戚惠明如果看到她的表情，一定会知道她刚才说有男朋友之事是杜撰的，但子吟知道这个谎必须圆下去，因为除了这个理由，她不知还有什么能让他放弃纠缠。子吟定了定神，说我的男朋友工作特殊，又非常忙碌，所以别人看到我经常只是一个人。

戚惠明当然不相信，他略带调侃地说，难道你男朋友是做隐蔽战线工作的？子吟不想纠缠于这个话题，就直说道，即便我没有男朋友，无论如何也不会考虑做别人的小三。戚惠明说不要把话讲那么难听，我为了你就是离婚也在所不惜。子吟听了直接挂了电话。这次通话虽没有火药味很浓，却让她益发恐慌起来。她想起刚来上海时在表姐那里的遭遇，当时她也觉得自己身陷绝境，但终于还是逃脱出来了。这次遇到的事比上次棘手多了，除非第二天醒来戚惠明盯上了别的女人，否则子吟就处于一种危险的境地。戚惠明不至于太过分，但是一旦真和他有撕破脸那天，凭他黑白两道的关系，自己哪里能斗得过他？

回到家中，子吟感觉孤独异常，她多希望子萱能在边上，虽然不能和她谈起这事，至少自己心里会稍有些安全感。虽然她第一时间得出戚惠明曾派人跟踪自己的结论，可这会儿仍然感到这件事太不可思议了。她考虑尽快悄悄搬离此处，但如此一来是不是手机号也要换？要向单位辞职吗？这个代价太大了，况且现在还不知道戚惠明是如何得知自己的相关信息的，这种情况下任何想迅速摆脱此人纠缠的方法恐怕都不保险。子吟反反复复想此事，一夜未曾合眼。接下来的两个月里，子吟每天早晚都会收到戚惠明的短信，她一律是未阅读即行删除。隔三岔五戚惠明会打电话过来，子吟也是拒接的时候多，真的不胜其扰。

奉贤第三方检测项目的结算顺利结束，子吟再不想去承接那边的任何项目了。十一月的一天，戚惠明又不停地拨打她的电话，不胜其烦的她无奈接起来。戚惠明没有责怪子吟不接电话，而是说他那里有个围护设计项目需要子吟帮忙做。子吟知道他的用意，遂立马拒绝，说我最近忙不过来，没法承接您的项目。他呵呵直笑，说你和两个闺密天天游玩，看起来一点也不忙啊。子吟心里又是"咯噔"一下，最近她工作不在状态，的确是和子萱、田琳二人出去玩的时候居多。戚惠明说这话，是说他掌握着子吟的行踪，但他有没有威胁子吟的意思呢？他是不是暗示子吟拒绝他太狠，他会对子萱和田琳不利呢？

这个想法太过极端，但子吟不能不考虑其可能性。戚惠明在跟踪她的行踪，他做出其他不要脸的事情也不是不可能。子吟在电话里不能示怯示弱，但没有再明确拒绝戚惠明说的事，而是说她到公司后看看施工计划安排再说，戚惠明满意地挂了电话。从这天之后，子吟开车就会不自觉往后看，但她没有发现任何异常。那段时间她的异常表现让田琳很担心，而她也不能向任何人说明，真的是不堪回首的岁月。她知道这个时候不能让戚惠明彻底了解自己的底细，否则他肯定会纠缠到底。只有让戚惠明对子吟及她的背景有某种神秘感，例如子吟宣称的她的那个神秘男友，戚惠明才可能不会逼迫甚急。

接下来子吟答应完成戚惠明介绍的项目。她也决定了，从戚惠明手里接到的项目，她拿到经营费就全额退给他，自己分文不留，以表明态度。子吟前后拿了他三个项目，等结算后把经营费拿给戚惠明时，他当然是不肯要的。子吟说他如不接受，以后大家就不要合作了，他这才极不乐意地收下。他们也曾一起吃饭，但子吟一般都会选择在中午，吃完饭也会拒绝他的其他约会请求。他好像也一点不着急，很自信子吟迟早会接受他。随着时间的流逝，他好像越来越确信子吟说的男朋友并不存在，子吟心里暗暗叫苦，只是脸上平静如水，说如果方便的话，她会安排她男友见见戚总。戚惠明笑嘻嘻表示，正该如此。

新年前夕天气阴冷，子萱和田琳元旦期间都有事情在忙，子吟也就决定不去任何地方，只待在家里。戚惠明又来电话，子吟现在看到他的电话就烦得要命，但一直拒接也不是办法，只好又接起来。他开口就说今天无论如何一起吃个饭，共同迎接新年。子吟马上说我身体不舒服，只想在家休息，谢谢你的好意，祝你元旦快乐。戚惠明说我已经派人来接你，正在小区门口等候，只是一起吃个晚饭，请你一定赏光。子吟一听急了，说自己真的来不了，请戚总不要太费心思了……，结果他不容子吟说完就笑呵呵挂了电话。子吟都想骂人了，不知道这世界上竟然还有这样无耻的人。

这事太不可思议了，难道他们还敢绑架人啊？或者说他就那么自信，知道子吟最后肯定会妥协？这类人的世界她一点也不懂。小区有三个出入口，总不会三个地方都派车子吧？这时候戚惠明发来短信，让她到小区门口，有车子正在等她。子吟觉得应该去看看，说不定这就是跟踪过她的车辆，看清楚了也好以后提防些。她穿起平时很少穿过的紫色风衣，再戴上口罩和帽子，这个形象一般人不太会认得出来。她先去了小区北门口，发现一辆奥迪 A6 停在门口。子吟很确定就是这辆车子，因为牌照是沪 C 的。要知道上海沪 C 牌照是禁止驶入外环以内的，这部车子就这样明目张胆停在那儿，不怕被交警处罚，很像戚惠明这类人的作风。

子吟又到其他两个门口看看，结果不出她所料，那里也同样有沪 C 牌照的奥迪车子。戚惠明这套软硬兼施的把戏不知诓了多少女人，可子吟感觉到的只有深深的恐惧。她把三部车子的牌照号都记了下来，以防以后出门被盯梢。回到屋里，她越想越不是滋味，突然之间就决定先逃离这里。她拿了行李箱出来，十分钟之内收拾好了所有日用品及必备品，之后锁了门下了楼。她没有到小区门口打车，就在楼下等进入小区内的出租车，这样未免会耽误很多工夫。等了半个小时，才见一部车子载着客人进了小区，她赶紧上前，等客人下车后坐了上去。司机估计有事，不想做这单生意，但听子吟说去浦东机场，他还是接了。

出租车到了机场，子吟拍了一张机场大厅的图片，发给戚惠明，并补充说自己有急事需要回老家，感谢戚总的盛情，之后她就关了机。子吟唯一担心的是，这事处理得如此仓促，她的未来工作可能会大受影响。事实也是如此，她十月份以后就没有怎么主动联系客户，这次元旦前又跑回重庆，她的许多工作上的事情就没能完成。发生这样的事之后，她没有任何心思工作，也没有对老客户进行必要的维护，所以未来两年里几乎没有什么项目可做了。也是在两年后，她再去拜访王伯时，老人家说怎么前年春节发条短信就没消息了？也不常来看看我。子吟当时鼻子酸酸的，忽然就流下泪来。

且说子吟到了江北机场后开了手机，有戚惠明的很多个未接来电短信提醒，她也不理会，随即拨通了姐姐的号码。姐姐起初还不信她已到了重庆，等终于确证了，电话那头是她欢快的惊呼声，嚷嚷子吟来之前都不通知一下。子吟笑着说我以前说过呀，想你了我就会飞过来。她在飞机上已经决定，在姐姐这里住上一阵子，春节前回自贡。如此算来，她在老家要待两个月以上，希望戚惠明在此期间要么转移目标了，或者他过了新鲜劲就不再热心。无论如何，只要他能离开自己的圈子，就一切都值得。她也想过工作上的事，如果真有需要她出面的事，悄悄飞过去处理一下也就好了。

子吟打了车子去姐姐家，远远就看见她站在小区门口等着。两姐妹见面分外激动，手拉手就上了楼。进了家门，姐姐见她脸上消瘦，心疼地问起缘由。子吟说我没人疼爱，自然憔悴不堪，哪里像你这般幸福，天天有人宠着。姐姐说哪有的事，安伟建这半年倒有五个月在外出差，上次回来待了不到一周又去安徽，估计要到年前才能回来。子吟听了又惊又喜，她本担心住姐姐这里影响人家小两口，这下她可以安心住到安伟建出差回来了。姐姐自然是极乐意的，只是她说到了年底了，单位比较忙些，白天不能陪子吟。子吟说这个就不要多叮嘱了，肯定不能耽误你工作，你能收留，我就该千恩万谢呢。

子吟早上还深陷烦恼，这会剧情却翻转了，感觉是做梦一般。姐姐说最近学做了几个新菜，正愁没人品鉴，现在可以露一手了。子吟一听极为乐意，她就是喜欢在家里做饭吃的感觉。妞妞做饭的时候，子吟就联系子萱和田琳等人，告诉她们自己回了重庆，等春节回去了再聚。戚惠明拨来电话，她还是选择无视了。吃过晚饭，妞妞给子吟找了一双平跟鞋子，两人全副武装，不怕了天寒地冻，出门去观音桥游玩。元旦的夜晚，这里灯光璀璨，火树银花格外耀眼；音乐喷泉婀娜起舞，变幻莫测妙不可言。倒计时钟声响起不久，妞妞和子吟在欢呼的人群中迎来了二〇〇七年。

　　幸福的日子每天相似，和妞妞在一起就是这样。妞妞的房子就在她公司附近，所以她每天早上出发，走上五分钟就到了单位，而子吟住她这里后，她都是紧着点儿上班的。如果在公司里的事处理得差不多了，她也会很早就回来陪子吟。有时白天子吟会一个人出去逛逛，一个月时间里差不多把山城逛了个遍。到了周末，妞妞陪着她游玩各大风景区，最远去了二人都未曾到过的九寨和黄龙，这一扫子吟大半年来的阴郁心情，她很喜欢这里，想着在这里工作生活也是一个很好的选择。如此这般日子就过得飞快，到了腊月二十二，安伟建也要回来了，子吟惜别妞妞，回到了自贡。

　　等到了家里，子吟才知道父母住新屋子里的日子屈指可数，这让她特别生气。她能理解父母习惯住乡下，但老家的房子已经可以定性为危房，她还是希望父母能搬离这儿的。这个村子已经基本破败，大部分人都已迁移出去，甚至老幼妇孺也很少见了。村庄行将消失，子吟相信这一天很快就会到来。有一次子吟因为有重要事情找父母，结果两个人的手机都在关机状态，子吟着急得不行，经多方打听联系到村主任，人家步行半个小时去看了她父母。这件事后，子吟强烈要求父母搬离乡下，他们也答应了，却没想到他们仍然没有常住在自贡。这事又如一块石头般压在子吟心头，她只能慢慢做父母的思想工作。

　　子吟独自去婆婆坟前祭奠，看到那里已经杂草丛生，她的心里一阵悲哀。婆婆一生悲苦，没想到去世了还是这般寂寞，自己百年以后，大概也是这个样子吧。她暗暗下决心以后也葬在这里，永远陪着婆婆，从此两人都不寂寞。那天，她在婆婆坟前许了个愿，希望婆婆保佑她摆脱目前遭遇的危机。她把坟前周边杂草整理干净，磕头跪拜后方才回家。子吟把全家人都带到自贡过年，和海英一起置办年货，又添置了一台六十寸电视和一台空调。大年夜，子吟给所有认识的朋友客户发了短信，给妞妞、子萱和田琳打了电话拜年，妞妞说她和安伟建决定正月初六来自贡给她父母拜年，子吟欣然应允。

按照习俗，这个春节家里依然不能放鞭炮、贴对联，这样过年就少了许多热闹，好在一家人团聚，倒也其乐融融。大年初一开始，家里陆续接待亲戚。其他人也就不细表了，同在上海的那个表姐居然上门来了，这让子吟特别震惊。她没和任何人提起过曾发生在她们之间的事，当然她也想不到这个所谓的表姐还有脸来她家。表姐见到子吟后表情复杂，说来给姨夫姨母拜年，顺便把子吟放在她那里的衣物带过来。子吟掩饰住了内心的怒火，只是微笑点点头，便借故出门逛街了。她在寒冷的街道上走了很久，打电话问妹妹得知表姐走了，才回到家里。她拎起那包衣物丢在楼下垃圾桶里，没有向任何人解释缘由。

第四十四章

妞妞和安伟建来到自贡，子吟特意去租了一辆七人座别克商务车，安排了紧凑的游玩路线。他们一行人参观了荣县大佛，又到双溪水库泛舟湖上，大家在这里玩了一整天。既然来了自贡，当然要看花灯，安伟建早就听妞妞说起自贡的灯会如何了得，看了一晚还不过瘾，居然又连续看了两夜。他们待了四天，才要回重庆。子吟一合计，去年回单位都过了元宵节，实在有些晚了，今年不好再那么晚返回，于是决定跟着妞妞他们一起走。临行前她叮嘱父母今年不要再做农活，还是多住住自贡新房，他们也答应了。可子吟知道实际效果如何，实在令她忧心，但她也只能做到苦苦相劝这一步了。

这次去机场，子吟不让妞妞相送，她开玩笑说我可能很快就来重庆工作，就免了这次的离愁别绪。妞妞笑称说话要算数，先签字画押，说完她果真要拿出笔和纸。上了飞机，子吟严肃考虑起离开上海的可能性了。这段时间，戚惠明早晚的短信不断，还拨来很多电话，这说明此人还要纠缠自己。她在上海这几年，这座城市虽然给了她太多的机会，却也制造了令她难以逾越的障碍。比如戚惠明这事，她就不知该怎样才能躲过。来重庆其实也不错啊，离家这么近，方便照顾父母。至于工作，有了这么多年的经验，在这边养活自己和家人有什么困难呢？何况这里还有她最好的朋友，而上海没有足够让她安家落户的理由。

到了上海的第二天，她去公司报到，霍夏很隐晦地对她提出了批评，认为她工作不够上心，有些结算事宜拖到了年后，致使施工部门的工程款结算没法顺利完成。子吟表达了歉意，表示她将改正。霍夏又说前两天有个叫戚惠明的人来拜访过我，他说他是你的客户，来考察我们单位平台，期望以后有合作的机会。子吟一听脑袋里"嗡"的一声，心里一阵冰凉。走出霍夏办公室，子吟满脸愁容，忧心忡忡。陈伟见了关切地问她怎么了？子吟看着他，心里突然有了个主意，不过很快就被自己否定了。用陈伟冒充她男朋友对付一般人可以，想让戚惠明上当太难。子吟谢谢他的关心，只是说刚过完春节上班，可能还没适应。

　　子吟把去年的未竟之事很快了结，手头上还有两个项目在做收尾工作，但她再也无心去跑客户了。戚惠明还是锲而不舍地邀约她，子吟怕他会继续做一些过分的事，比如继续派人跟踪，或者直接到公司来找她，还有可能会骚扰她的身边好友，所以同意和他吃了一次午饭。由于子吟有辞职去重庆的念头，所以这次会面她就没怎么给对方好脸色，继续表现出自己已有男友的姿态，而戚惠明则乐呵呵地不接话，显然是不相信的。也在这个时候，子吟下定决心回重庆了。她手头有了二十几万存款，即使在重庆从头做起也一点不慌。她开始做离开上海的准备工作，争取不留遗憾地离开上海。

　　按照她的计划，她是准备在五一节前后就和上海说再见的，却接连发生了一些事，让她的计划受阻。三月初，老家的一个高中同学给她打电话，这本是一次正常的同学叙旧，却带给子吟一个噩耗：周生宏遭遇车祸身亡。子吟刚听到这个消息时呆了一呆，没反应过来她说的是谁，直到同学重复报出了那个名字，子吟脑海里瞬间一片空白。人生无常，两周前她还和周生宏通过一次电话，他仍然没有表达他的爱意，还责怪子吟回家也不安排大家见个面。子吟对他谈不上深爱，但的确喜欢过。如果说她曾初恋过，这个人一定就是周生宏。他是骑摩托车被撞身亡，过程惨烈无比，子吟听了揪心地疼。

　　整个三月份，子吟都沉浸在痛苦中无法自拔。到了四月初，子吟才稍微好点，真不知道如果她是爱周生宏很深，这次能不能走出来了。周生宏脾气温顺，又是医生，本应是上天眷顾的对象，不料却遭此大难，很令人难以接受，所有了解他的人都特别惋惜。子吟决定回重庆，潜意识深处还是有和他再续前缘的想法的，只是周生宏一点也不主动，否则她可能会定下早回重庆的决心。子吟精神恢复了不少，但是她的心仿佛老了不少，很多事情看开了很多。她知道对她疗伤最好的方法就是旅游，所以她又开着车子，拉着两个小姐妹去上海周边转转，一游就是半个月，工作电话基本不接，业务完全不理会。

秦剑明通过子萱了解到了子吟的情况，特别为她担心，打了很多个电话宽慰于她。这个子吟最贴心的伯乐，真的很会开导人，温暖了子吟的心，让她能慢慢从这件事的阴影中走出来。回到上海，子萱拉着子吟上她家里，秦剑明夫妇准备了一桌子的菜，大家敞开心扉拉家常。子吟说出了她的打算，她说自己以前努力地工作，是为了家庭，现在有能力把家里照顾好，可是她的心在上海还是无处安放，所以她准备回老家。秦剑明看了看她，叹口气说道，你是个男孩子该多好！你有成就一番大事业的一切能力和素质，却生成一个女孩子，肩膀弱小不足以支撑起你全部的理想。

接下来发生的这件事更让人始料未及，却让人对子吟的应变能力印象深刻。四月下旬的一天，子吟把戚惠明的项目结算完毕，邀约他出来吃饭，准备把和他之间的事情做个了结。子吟虽然深知戚惠明给自己带来了灾难般的影响，但她只是不喜欢这个人和他的黑社会背景，更不可能与已婚的男人发生什么故事，但这人喜欢自己是真诚的，现在她决定要离开上海了，把这事说清楚，大家不伤和气不是很好吗？戚惠明接到子吟的邀请特别开心，虽然知道子吟找他的最大可能还是因为工作。他们约在港汇广场一家咖啡厅，子吟约这里也是为了安全起见，如果去奉贤找他，还是有很多不可控因素的。

和戚惠明寒暄几句，子吟就把经营费结算款给了他。他定定看了一会儿信封，苦笑着说我实在不明白，这些钱于情于理都是你自己赚的，为何一定要以介绍费的名义还给我？子吟说你介绍项目给我附带其他目的，而我不可能满足你的要求，所以这个钱我拿不得。戚惠明拿出一张卡，放在子吟面前，说这里都是你给我的业务费，还有我为表诚意存进去的一点钱，希望你能收下，我保证不附带任何要求。子吟心想这套把戏一定骗了不少人，她随即告诉戚惠明，自己挣的钱够花了。戚惠明眼神一片迷茫，他隔了好久才说，你如果不这么能干该多好。子吟回答道，大部分女人都能干，至少她认识的很多都是。

难得地获得了一会儿宁静时刻，子吟正准备把自己要离开上海的事讲出来，这时候戚惠明的手机响了。他没有回避子吟，直接接通了电话。是他的部下打来的，大意是他们土方开挖运输车队昨晚施工时，为了图方便把几车子的渣土倾倒在某条道路上，结果被路过的浦东交警拦了个正着，几部车子全被扣下来了。其实这些人经常干这事，土方外运到郊区指定填埋场，道路很远成本很大，这帮子人为了省钱就会在一些非主干道上倾倒下来。戚惠明在奉贤区各个方面都搞定了，所以即便被抓住顶多罚点款了事，可这次他们在浦东被抓就不是这么简单，戚总在那里毫无影响力。

子吟起初不太爱听他这些破事，但听他提起浦东交警，忽然就想起了蔡涛，这个人和她吃过两次饭，而且他似乎在交警部门职务不低呢，这件事如果请他出面，应该是很好解决的。突然之间，子吟脑子里灵光一现，有了个主意。等戚惠明通完电话，略带焦虑地坐下来，子吟说听你打电话，是不是车子被交警扣了？戚惠明说是啊，手下的人不会办事，居然跑浦东去撒野，真是不知死活。子吟说不知戚总需不需要我联系帮着解决这事，我应该可以让我男朋友帮你把车子弄出来。戚惠明惊讶地看着她，表示出极大的怀疑。他知道子吟有个神秘男友，真实性待考，不过他能有这么大能量解决这么棘手的事？

他低头略想了想，说要不请你帮个忙吧，如果太麻烦的话就算了。子吟笑嘻嘻地说，一年来受你这么多关照，我和我男友正苦于找不到机会表达谢意，这件事我们会尽力解决。说完她拨通了张海的电话，把情况给他说了一遍，让他找一下姜政委，请他跟交警队联系一下，帮忙解决此事。子吟和张海太熟悉了，他就像是子吟的哥哥一样，所以子吟打电话给张海时语气极轻松愉快，外人听出来的是他们关系极亲密，戚惠明肯定也会这么认为的。张海不明就里，觉得子吟和蔡涛本就熟悉，直接打电话就好了，何必通过他这一关？不过他答应子吟尽快联系。他却哪里知道，自己毫无察觉地当了一回子吟男友。

其实子吟对能否解决这件事并没有什么把握，鬼知道那个蔡涛在不在实权岗位上，或者即便职位够高，他能否拍板把这么大的一件事大事化小小事化无。从某种意义上说，子吟是夸下海口，好像赌博时把筹码全往外一推，输赢就是这么多了。如果蔡涛真有那么大能量，这次足可以震慑住戚惠明。如果问题不能解决，管他呢！那时候她直接去重庆就完了。戚惠明脸上露出将信将疑的表情，但更多的是震惊。两个人转换话题开始喝咖啡，谁知他们还没聊多久，戚惠明的手下打电话过来，说他们得到通知，车子已经被放行。这下两人都惊呆了，只不过戚惠明是毫无掩饰地流露出来，子吟则是心里面瞬间惊涛骇浪。

子吟为什么要抬出姜政委？因为她觉得，有了蔡涛和姜剑锋，戚惠明才会真的觉得她的背景特别复杂，也才能显出她的传说中的男朋友的能量。刚开始子吟不能确定这事能否办成，而即便有可能成功，这中间应该还有一番折腾，能够一周内解决此事，就足够向戚惠明交代了。谁能想到此事竟会顺利如斯！这只能说明蔡涛在交警队的位置非常关键，估计也是张海特别叮嘱他，让他尽全力帮忙。子吟心里乐不可支，心想这次赢了个满堂彩，足够解决戚惠明这事了，但是她表面仍装作若无其事。而戚惠明的表情特别复杂，估计心情更复杂，而这正是子吟想要达到的效果。

这样能不能吓退戚惠明呢？子吟觉得应该是差不多了，因为听闻车子被放行后，戚惠明对她的态度明显改变了。这种人身边不缺女人的，他可能会为了一个并不是特别漂亮的女人，而不计后果地得罪军方和警方吗？这是子吟做这次冒险尝试的基础，结果效果非常好。聊到后面快告别的时候，戚惠明说，这次你的朋友帮了这么大的忙，能约出来请他们一起吃顿饭吗？子吟已经想到他可能会出这一招，来进一步证实子吟庞杂背景的真实性。子吟微笑着对他说，这个应该没问题。她同时强调，我的这些朋友都处在比较敏感的位置，单位纪律要求也高，到时候就不要送礼了，就简单地聚聚餐，表达一下谢意就好了。戚惠明答应了。

请张海和姜政委等人吃饭，这是件很简单的事情。子吟在路上仔细琢磨一番，决定到时不请张海出来。一方面，请张海来就要向他解释事情的来龙去脉，这是件特别难以启齿的事，不到万不得已还是不提为好；另一方面，戚惠明并没有要求她男朋友出来，若张海不出现，反而能增加他的神秘感，戚惠明就更加摸不着头脑。很久以来就是因为这种神秘感，使得戚惠明不敢轻举妄动，那么这以后会不会让他望而生畏，从此不再纠缠于她？到家已经很晚了，子吟决定次日再办这件事情。第二天早上，她分别打电话给姜政委和蔡涛，说很久没有一起聚聚，她想做东组织饭局，他们均愉快答应了。

子吟把订好的饭店地址发给他们，附带说明她会带个亲戚到场一聚。到了吃饭那天，子吟早早就到了地方，把一切都安排妥当。好像老天也在帮子吟，姜政委居然穿着军服来到饭局上。见面后他就说抱歉得很，开了一个会后赶过来的，都来不及换回便装。戚惠明看到他两杠四星的肩章，当时精神就矮了半截，他们这类人不怕天不怕地，但还是怕军警。蔡涛是最后一个到达的，大家开始聊天吃饭。姜政委问张海怎么没来？子吟说他今天特别忙，让我给两位领导道个歉，下次来了先自罚三杯。一问一答，只是好朋友之间关心的话语，可是在戚惠明看来，这个未出席饭局的人，是一个真正厉害的角色，他根本碰不动。

子吟担心说话间露了馅，所以在饭桌上小心应付。幸好姜政委特别健谈，再加上蔡涛也是一个话痨，一晚上基本是他们俩掌控了饭局。戚惠明则听的多说的少，所以这顿饭吃得还是比较顺利的。最后戚惠明想买单，但被子吟抢了先。吃完饭子吟送姜政委和蔡涛回去，戚惠明也告辞而归。如此一折腾，子吟到家的时候已经到十一点多了，她仔细回想了今天的饭局，觉得戚惠明应该没有看出什么明显的破绽，从此以后她可以慢慢地不用怎么理他了。事实也正是如此，从第二天开始，戚惠明的短信就越来越少。五一节那天是他发的最后一条短信，只是简单的一句话，祝子吟节日快乐，多多保重。

这一年来的经历，对子吟各个方面都影响巨大。现在最要紧的问题是，她到底要不要离开上海呢？原先迫使她离开上海的两大理由都不存在了，现在回头想想，去重庆竟然也没有什么特别大的吸引力，反而是这么多年在上海的奋斗经历，让她留恋起来。原先被戚惠明逼得有些急了，她都没好好想想身边的这些人的好，子萱和田琳就不说了，像秦剑明和王伯时，这两个人和自己是亦师亦友的关系，对自己恩重如山。现在静下心来想想，若从此不能接受他们的教诲，子吟心里还是很痛惜的。还有和她合作的几个比较好的朋友，认识他们也是很需要有机缘的。这样想一想，她倒是真舍不得离开上海。

其实真正让她犹豫不决的，是她内心深处的寂寞孤独。人人需要爱情，女人更加如此。这么多年以来，她是为了家庭与责任而活，低头迎风艰难前行。她不是没有遭遇过爱情，可是到最后要么无疾而终，要么还没开始就已结束。时至今日，还没有人能走进她的心里，也从没有一见如故的人出现。或许她真的把爱情想得太美好，所以才会如此挑剔，很快把自己给剩下来了，天知道自己有多么羡慕妞妞身披婚纱那一刻。与其说她是在犹豫留上海还是回重庆，不如说是两地都没有真正能让她牵肠挂肚的人出现。子吟决定再留一段时日，比如到这年年底，直到她弄明白哪里才是她真正想待的地方。

五一假期过后，子吟的工作状态依旧。如果有朋友介绍项目信息，她才会懒洋洋地跟踪一番，完全没有任何动力努力地工作，更别提像以前那样勤奋地跑客户。她往往是早上去单位报个到，就跑出去到处闲逛。函授课程还在继续，她和学校的几个老师关系很亲密，所以这段日子跑去找他们的日子居多。有一次子吟去学校，遇到了一个文学院教授，他是个没什么实权的系副主任。子吟和他聊了聊，才知他祖籍是四川，二人都很惊喜，热聊起了家乡的事情。有了这层关系，子吟就经常来向他讨教，两人很快成了朋友。没想到这位新朋友教而优则仕，职务迅速获得提升，多年后竟晋升到市教育系统高层。

第四十五章

又是个周五的晚上，子吟正在蒋阿姨家吃饭，这时陈为涛打电话过来。自从上次奉贤的项目结束后，他们有很长时间没联系了，子吟想想都有些对不住人家。陈为涛来电话是想请她聚一聚，子吟赶忙答应下来，并说这次该是她做东的。陈为涛笑呵呵地说都可以，只要以后常聚聚。他们约了周日中午，地点在陈为涛单位附近。晚上回到屋里，她在隔壁卧室里找她收藏的两瓶酒，可是推开门一看，屋子里到处堆满了东西，一张大床上乱七八糟的东西竟也堆成了小山，要找到那两瓶酒，恐怕是个浩大的工程。她皱着眉愣愣看了几秒，决定放弃寻找，周日上午重新买点其他礼物罢了。

第三日上午，子吟先去了离家不远的超市买东西，选了两瓶红酒，还有两条烟。工程业务人员比较喜欢送烟酒，因为施工从业人员鲜有不吸烟不喝酒的，即便自己没有这个习惯，转赠他人也是极好的。她到了大宁一家商务咖啡馆，陈为涛也很快过来了。子吟发现他神采奕奕，心情非常不错，知道他可能遇到什么喜事了，一问果然是这样，他刚调任系统内兄弟单位的法人兼总经理。子吟赶紧向他道贺，说早知道就应该多请些人出来，一起喝酒祝贺呀！陈为涛连声称谢，又说他在新岗位上，压力还是很大的，尤其目前他掌管的这个公司专业方向单一，且和他从前的从业方向不一致，年营业额做不起来也是枉然。

子吟一听，这人明着在讲压力，实际在向她透露施政纲领，不觉暗暗好笑，国企负责人总会不经意间流露出些许官腔。随后他们点了商务餐，边吃饭边聊起工作来。子吟得知他把原先的几个得力干将都带到了新单位，而且上级单位为了表示对他工作的支持，让他把归属于原单位的地铁维护保障业务一并带了过来。陈为涛说他新组建了两个业务部门，以后也会重点发展这两个业务方向，所以今后要请子吟多帮帮忙，开拓一下这些业务方向。子吟心想她能不能继续留在上海还两说呢，但她话可不能这么讲，于是就说她以后有机会一定会努力，争取为陈为涛的公司做一些力所能及的贡献。

陈为涛这人应该是个工作狂，他和子吟在一起时基本不谈私事，只聊与工作有关的话题，所以虽然他们认识了那么久，子吟竟然都没了解到他的家庭情况，这在她的朋友中是不多见的。但这并不影响他们之间的友谊，因为这样的交往也简单而直接。陈为涛特别喜欢表达，说起话来滔滔不绝，更像是一个高明的演说家，而且说话富有感染力。子吟口才也是不错的，但她更擅长倾听，如果和陈为涛在一起聊天，她很乐于认真听他在说什么。和陈为涛这样的优秀人士在一起，听他们说话本身就是一个学习的好机会。倾听中，你会赢得别人的信任，如若你善于思考，讲话者的优点就会被你学到手。

这次聊天过后，子吟很快就遇到了一个和陈为涛合作的机会。大概是五月底的一天，久未联系的陈惠良找到子吟，说他的一个朋友在某出租车公司基建部，掌管自家公司的工程建设。他们公司最近在闸北区动工兴建基地办公楼，其前期某个项目正在找合适的施工单位，因此请陈惠良帮忙推荐一家。他答应下来，就想让子吟跟进去谈谈，了解了解情况。子吟很快联系了联系人，又去工地见到了该项目的甲方负责人。那位姓应的项目经理是个极好说话的人，他问明缘由后对子吟非常客气，很快就把项目图纸给了子吟，请她尽快做出方案和报价出来，以使项目顺利启动。

子吟细看那份施工蓝图，却发现这是个自己完全陌生的专业项目。霍夏的公司肯定是不能做这个的，她立马想到了陈为涛，于是就给他打了个电话，说她手里有个项目，请陈总帮忙看看能不能去实施。陈为涛自然非常热情，请子吟隔日到他办公室去共同商议。子吟答应后就挂了电话，突然发现次日正是礼拜天，大周末的去打扰人家有些不妥。她特意又给陈为涛拨了一个电话，说明天是周日，打扰您休息很不好，要不我下周一再过去找您？陈为涛说我明天到单位加班，所以刚好把这事一起处理一下。子吟觉得很不好意思，就说要不中午我请您吃饭吧，然后再到公司办事。陈为涛乐呵呵答应了。

周日上午十点钟，子吟简单画了画眉，穿了条裙子就准备出门，可临时又改变了主意，觉得今天穿得商务些才好，于是换了一套衣服才出来。到了约好的饭店，她等了约一个钟头，陈为涛才快步走进了小包间。他边走边说非常抱歉，让你久等了。子吟微笑答道，我也才刚到，您现在管的人多，事情也很杂，当然会比以前忙很多了。坐下来点好菜，二人谈起那个项目情况，子吟把施工蓝图拿给陈为涛看。他皱眉看了几分钟，说我们应该做过类似的项目，我叫专业技术主管到单位，一问就都清楚了。说完他拿出手机，给他的一个员工打电话，让对方尽快赶回公司。

挂了电话，陈为涛向子吟解释说，我叫来的这个人专业技术很出众，他目前在负责我们公司的地铁施工检测项目，由他来负责你的这个项目，应该不会出现什么纰漏。子吟心里非常感激他，同时又有些惭愧。她对这个项目的热心不够，总的态度是能做就做，不能做也无所谓，可是陈为涛对这件事情就很上心。子吟认定，陈为涛做事如此雷厉风行，早晚会把他们公司带到一个新的发展阶段。因为待会儿还要赶到公司，他们就先吃午饭，只用半个小时就出来了。这是陈为涛第一次坐子吟的车子，他笑着说女生开这个车子的不多见啊！子吟说很多好朋友也这样说，当初只考虑开起来顺手，就没管其他的了。

随陈为涛来到他的办公室，子吟对这里的办公环境赞不绝口。她上次来找陈为涛，他还在一间大办公室里，和整个部门其他同事合并办公，如今他可是身处按自己意愿设计装修的独立办公室里。陈为涛拿了瓶水给子吟，说等我哪天有空了去买套工夫茶具，下次你过来就可以一起泡茶喝。子吟笑眯眯地说，这件事特别值得期待。他们又闲聊了一会儿，陈为涛从包里拿出子吟给他的那份施工蓝图，平铺在桌面上看了起来。子吟把包放在椅子上，也聚拢过去一起看图。不过说实话，如果这是张基坑围护施工图，她还能略懂些，现在即便看得再久也是枉然了。正在这时，他们听见有人敲门，子吟知道陈为涛的部下到了。

子吟转向门口一看，着实被吓了一跳。来人一米七稍过一点的个子，白色衬衣灰色休闲西裤，脚穿黑色皮鞋，看起来还算干净利落，可是他真的太瘦了，子吟隔这么远都能感觉到他脸庞消瘦得可怕。他剃了短发，特别之处是双眉浓密，挂在脸上令人印象深刻。他跨步进来的时候，子吟看到他的裤管前后飘荡，这人的腿上有没有肉啊，感觉就是两根粗木棍上套了条裤子。及至他走近了，子吟看到他的脸庞苍白，眼袋浮肿，这肯定是长期上夜班的缘故。他大概有三十岁朝上，这个年龄应该是已经结婚了的。看到这里，子吟心里对他充满怜悯之情，打工的人真不容易，而上夜班的人更可怜。

陈为涛介绍子吟和那人认识，这个叫胡飞雪的人倒很识趣，快速上前伸出手要和子吟握手。他的手掌很大，手指特别修长，最奇异的是他的手居然暖暖的，让子吟很惊讶，她心想这么瘦一个人，全身貌似就剩一副骨架了，应该气血不足才对，他手掌心这么暖和是什么缘故？子吟知道这个人应该是陈为涛的心腹之类的，也不敢怠慢，很客气地微笑着递上了自己的名片，胡飞雪恭敬地接过去低头细看。这时候陈为涛把情况大概给来人讲了一下，算是把这个项目安排给他负责了。陈为涛又指指施工图，示意他过去看看情况。子吟心想虽然看不懂这图，她也不能置身事外，于是聚拢过去一起再看。

看了一会儿图纸，胡飞雪提了几个问题，子吟哪里清楚啊？只好含糊应付一番，不过她隐约觉得胡飞雪是没有做过这类项目的，否则一看图纸就应该大抵知道是什么情况，哪里会有这么多问题？但这也只是猜测，并无实据，她只能打起精神小心应付。看完图纸，陈为涛问胡飞雪还有没有什么问题，他说可能需要和甲方进一步沟通云云。子吟只得说她会全力配合，需要什么资料她来向甲方申请。说完她便和陈为涛说了几句客套话，无非是辛苦陈总周末还来关心她的项目，感谢他们公司的配合之类的。她想差不多该告辞了，于是起身向陈为涛和胡飞雪道别。他们送子吟到门口，让子吟感觉很不好意思。

子吟开车上了中环，想起好几天没有见到田琳了，就给她拨了个电话，邀她一起碰面聚聚。田琳欣然应允，她说下午我刚好没事，这就过来找你。子吟略想了想说道，我办完事正在回家路上，可以顺路去接你。那时翔殷路隧道才开通不久，中环转隧道方向跑浦东的车子特别少，只约二十分钟她就接上田琳，而后她们一齐到子吟家楼下。看时间尚早，她们走到小区的亭子里坐下来，有那么一段时间里各想心事。这一年里发生了太多的事情，田琳的是一笔感情糊涂账，而子吟也是一段糊涂的过往，好不容易一切又回归正常。她们都体会到了世事无常，现在能够幸福地坐在一起聊天，都觉内心很是平静。

正在她们说话的时候，子吟接到一个陌生来电，她犹豫一番还是接起来了，原来是在陈为涛那里碰到的胡飞雪。他提了几个项目上的问题，子吟客气地做了回答。随后他竟提出要请子吟一起出去坐坐，说是项目上的一些细节问题需要当面谈谈。子吟心里很不以为然，自认关于项目和他已经谈的够多了，再见面也不会有更多信息可以提供。无奈对方软磨硬泡，要邀约子吟见面。子吟正准备生硬拒绝，但转念一想，对方这么热心，说不定真是为了帮她争取拿到这个项目，果如此就不好打击他的积极性，况且这人是陈为涛的得力下属，看在陈为涛面上也不好和他把关系搞太僵。权衡再三，子吟答应和他见面谈谈。

胡飞雪问见面的时间和地点，子吟想到了常去的正大广场，去那儿喝杯咖啡的工夫也够解决问题了，于是和他约好后挂了电话。田琳挨子吟坐得很近，听到了子吟和对方的全部通话。她忽然幽幽地对子吟说，这人是个泡妞高手，你可要当心啊。子吟不知她为何会冒出这么一句，只得笑笑说那人是工作上刚认识的，你想哪里去了。田琳笑嘻嘻地说，明明电话里能说清楚的事非要请你出去，这叫醉翁之意不在酒。子吟连连摇头，说这个人少说也有三十几岁，应该是成家了的，请我出去肯定只是因为工作本身。田琳眯着眼说，我有种预感，你肯定会栽在那人手上。子吟看她在坏坏地笑，知道她在开玩笑，就白了一眼不搭理她。

随后她们一起去菜场买了菜，回来后开心做饭聊天不提。当晚熄灯前，子吟细想白天的事，觉得田琳说的话不无道理。胡飞雪脸上颇有些沧桑之色，大概娶妻生子了。他请子吟出去的目的，如果真的不仅仅是为了项目那么简单，那就需要做些预防工作。子吟刚刚把和戚惠明的那桩事处理完，过程既惊险又狼狈，她再也不要遇到那类耍流氓的人。胡飞雪的背景可能没有戚惠明那么复杂，可是他毕竟是陈为涛的得力部下，一个处理不好甚至会影响到她和陈为涛的关系。话又说回来，如果那人仅仅是为了工作，说明此人心思单纯，交个朋友倒也无妨。权衡再三，子吟心里有了计较。

到了第二天下午，子吟特意穿了一套很不起眼的牛仔服，甚至连眉毛都没画就出门了。她没有开车子，而是选择坐上家门口的公交车。到了目的地后，子吟见离约定的时间还有个把小时，就在商场逛了起来。她看中一条裙子，就拿来试穿，觉得款式很好，可是对颜色不很满意。反复纠结了一会儿，她看看手表，时间已过去很久，忙丢下裙子赶往星巴克。出了电梯时她正想给胡飞雪拨个电话，却见他坐在走廊靠边的桌上，于是走上前去。他笑呵呵起身迎接，待子吟坐定后跑去店里拿子吟点的咖啡。子吟心想这人倒实在，就是不知这算不算无事献殷勤，如果他有这样的心思那就要当心了。

等他坐自己对面，子吟对他的印象才稍有些改观。原来他只是身材单薄脸庞消瘦，其实棱角分明，目光有神。这时离他这么近，能够闻到他身上那种很特殊的味道，这应该不是沐浴露或洗发水的味道，子吟也说不上来怎么描述，反正就是觉得特别好闻。子吟正想说话，却听他居然问自己有没有结婚……子吟刚刚对他建立起来的一丝好感瞬间消失得无影无踪。他们之间也就是比陌生人稍微强那么一点点，这个时候他问子吟这么私密的问题合适

252

吗？这人心里到底是怎么想的啊？子吟正待发火，却见他满脸满眼都是真诚，看不出有不敬的意思，心想他可能只是心直口快而已，所以她决定先忍忍，轻轻摇了摇头。

胡飞雪应当是觉察到了他提的问题很失礼，瞬间有些腼腆起来。子吟暗暗好笑，于是岔开话题给他解围，同时也好奇他接下来还会说些什么蠢话。没想到他竟然夸赞起子吟的皮肤白嫩，子吟心想这个恭维可一点也不高明，于是她故意用手把额头的一大簇刘海撩起来，向他展示自己最近新得的几颗痘痘。这下那人更加手足无措起来。子吟很会看人的，现在她很确定这人的个性比较单纯，和他打交道完全用不着花费心机，同时她也暗暗惊奇，这人从事工程行业很多年了，光看外表也应是经历了风风雨雨，却少了些圆滑世故，这倒是令人费解。若说他是装出来的，子吟决计没有看不出来的道理。

真正令人吃惊的事发生了。当子吟很随意地问起胡飞雪的家乡，他竟说他来自青海。他说出其他任何一个地方，都不会让子吟感到如此惊奇。子吟想起那个夏日，她的父母和妹妹都去了青海，却留她在家里，她曾经多么想跟家人一起去那个美丽的地方。这么多年走南闯北，她内心的这个愿望始终不曾实现。那里还住着她姑姑一家人，所以说那里是她的第二故乡也是没错的。如今坐在她对面这人，居然就来自此地，天下竟有这般巧事。接着子吟又得知了他的属相，不觉心下甚慰。她对属相相合相克的学说很感兴趣，因此也就信着三分，她认为从属相上看，这人和自己是相合的。

第四十六章

和胡飞雪道别后回去的路上，子吟接到子萱的电话，小姑娘说后天是她的二十一岁生日，希望子吟可以去参加。她说完后秦剑明接过电话，给子吟解释了几句，他们准备在苏州庆生，请子吟到时候务必到场。说起来子萱的这个生日还真有些特殊，在她上高中时，她父母就积极地策划她十八岁的成人礼，结果毕业后她很快就出了国，这个有纪念意义的生日就没过成。一晃三年过去了，在她最近的生日即将来临之际，小妮子居然想起了这个令她曾经念叨了很久的仪式，所以缠着她父母要举办。子吟一听不觉来了兴致，这个可比参加普通的生日有意思多了。她答应了子萱的邀请，并约好第二天一起去苏州。

通往申城的阶梯

次日一早二人稍准备了一番就到了苏州，先去瞅瞅子萱一家人选定的活动场地。这家酒店临湖而建，有好几个房间带着面向湖泊的大露台，很适合搞露天庆祝活动。她们一起订了其中最大的一间套房，又花了一个下午的时间挑选聚会用品。她们在露台上摆张餐桌，请酒店备一桌丰盛的晚餐。请个两至三人的乐队，在餐间给大家奏乐助兴。子萱会弹钢琴，如果借来台钢琴，让她席间演奏一首，边弹边唱那效果就最佳了。请摄像师就算了，如果有条件能请个摄影师来拍一些活动照片，一张全家福合影是必须的。生日蛋糕要精致，但是她俩为上面要写十八岁还是二十一岁商量了半天，最后决定让秦剑明来拍板。

姐妹两个准备了两日，才安排妥当。那晚子萱生日晚宴，秦剑明准备了一个三层的超炫生日蛋糕，生日数字写了二十一，而插了十八支蜡烛，子萱乐得勾住爸爸脖子直亲他脸。子吟看得好生羡慕，她和她爸爸从未如此亲昵过，原来女儿是爸爸的小棉袄这句话一点也不假。他们请了一队外国三人乐队，奏响颇具爵士乐风格的乐曲，气氛明显被带动起来了。子萱穿着唐装小礼服，头戴子吟送的一个水玉蝴蝶结发箍，真的是明媚动人。那晚的苏州之夜，子吟感受到了久违的家庭和谐气息，她认为这才是一家人该做的事，开开心心地在一起。子吟留有一张那晚的全家福照片，她也在里面，秦剑明夫妇满脸幸福，姐妹俩笑颜如花。

伴着悦耳的音乐，走到露台栏杆边，但见湖光闪闪，候鸟翱翔，夜幕下的湖面格外美丽，不远处的大桥灯光璀璨，徐徐凉风不时从湖面上飘来，真是个令人难以忘怀的夜晚。众人玩性大发，一直到了凌晨一点才歇息。早晨秦剑明通过内线拨了姐妹俩房间座机，让大家一起去吃早饭。子萱接起来睡眼惺忪地说她们睡太晚了，准备再睡一会儿才起来，秦剑明笑呵呵地应了一声就挂了电话，只能由得她们俩了。她们继续睡了很久，结果子吟的手机又响起来。她拿起来一看，原来是那个胡飞雪。子吟心里明白这人来电应该是项目上的事，但还是觉得有些烦他了，又不好不接。她怕吵醒了子萱，起身走到露台上接起来。

原来还是那个项目方案的事，胡飞雪来电是问什么时候去看工地现场。子吟睡得昏头昏脑，心想这人怎么这么没耐心啊！于是她没好气地说人家是甲方，我们只能等他们的通知对不对？不好逼他们太急的。她的语气有些不耐烦，对方也听出来了，赶紧向她道起歉来。子吟这时候头脑稍清醒些，觉得对方上班期间来个电话询问工作事项，也不算过分的事，而她的态度其实是有些失礼的。于是她安慰胡飞雪不要着急，等到甲方联系她了，马上解决这事。挂了电话，子吟还是有些气他打扰了自己的清梦，对他的好感度又降低了不少，认为哪怕是和这人做朋友，也要保持些距离才行，免得他介入自己生活太深。

苏州之行结束后，大家一起回了上海。子萱见子吟最近的工作一点也不忙，索性就天天黏着她。子吟拿她没办法，这样又一起待了两天。后来子吟觉得子萱天天跟自己混日子可不行，这样下去小姑娘要被自己带懒散了，于是假托自己工作要忙起来，好说歹说把她哄回了家。一个人安静下来，子吟觉得这一年多真是颓废了，工作完全没有上心，项目几乎没做一个，这样下去可不成。虽然她大体还是决定年底回重庆，可是就这样无所事事下去肯定不妥，生活还要继续，养家还需挣钱。于是她决定再努力出去跑跑项目，至少把以前的老客户慢慢再联系一下，这是恢复工作状态的最佳途径。

她想起那个去工地看现场的事，觉得有必要盯一盯甲方了，于是给项目经理应工打了个电话，应工说他欢迎子吟随时去看看现场，子吟就想给胡飞雪打电话，好约他一同前往。她刚准备拨打电话，转念一想，觉得应该给胡飞雪一些暗示，让他明白和自己交往的界限在哪里。于是子吟给陈为涛打了电话，请他安排胡飞雪和她次日一起去工地。到了下午，子吟又主动打电话给胡飞雪，要请他一起吃个饭，对方竟难掩激动之情，子吟则暗暗发愁，不知他有没有体会到自己的心意。晚上她仍然随便穿了身衣服，开车到了正大广场约定的川菜馆。胡飞雪早已经到了，这次他穿的是休闲服，人比以前更加精神一些。

子吟还在担心他会借机表达些什么，结果他似乎转了念头，当子吟是他多年失散的老友，毫无拘束地聊起了他的过往。子吟很喜欢听他讲他的故事，不禁听得入了迷。这次聊天两人都很尽兴，而这正是子吟所期望的那样。及至他们反应过来，饭店里的客人就只剩他们这桌了。子吟一看手表，已经过了十一点钟，于是准备回家，胡飞雪诚恳地提出要送送她。子吟心里一阵温暖，说我开了车子的，可以顺路送你一程。他一愣，可能没料到子吟会开了车子来。随后他们一起去停车场，他居然问车子是不是奔驰。虽说这款蒙迪欧有仿奔驰的痕迹，但二者还是有很明显的区别的，可见他对车子是一窍不通了。

通往申城的阶梯

很快到了和胡飞雪约定去工地的日子，等到子吟把车子开到他的工地附近，她发现这个地方她曾来过，看来上海也不是那么大啊。接他上车以后，子吟开车上了南北高架，路上他们闲聊了一会儿。这家伙嘴巴还挺甜，以前子吟倒没注意到，还居然和自己开起了很亲密的玩笑。那晚对他稍随和一些，他就敢大跨步向前迈一步，子吟心想这人是给点阳光就灿烂的那类人啊。到了工地，子吟介绍他给应经理认识的时候，把他的职务夸大了。这是个技巧，说明施工单位对项目特别重视，甲方会觉得他们获得了应有的尊重，谁还会深究实际情况呢。闲聊了一番后，应经理把整个项目的情况介绍了一遍。

等到应经理介绍完后，子吟正想感谢他，顺便问问胡飞雪还有没有需要进一步了解的细节，谁知发生了一件令在场的所有人都无法理解的事情，胡飞雪说他们单位不能做这个项目，因为这需要一个很特殊的专业资质。子吟当时感觉头皮发麻，头疼不止，心想这人口无遮拦至此，真的让人无语。仔细阅读了上文的读者一定还记得，经营只是一个中介性质的专业领域，其重要任务就是替业主找到能够实施项目的专业单位，所以业务员应是无所不能的。这个项目已经谈到了这个地步，实施单位突然说不能做，这给经营人员带来的麻烦可不是一般大。子吟赶紧找了其他借口给搪塞过去，幸好应经理也没有深究。

返程途中，子吟真想狠狠地羞辱胡飞雪，可看他像个犯错了的孩子那样，目光呆滞表情木讷，自责全写在脸上，一时倒不好说他。子吟心想这倒是个和他拉开距离的好机会，而且通过这件事情，让他得个教训，认真总结思考对他今后未必不是一件好事，索性就不理他了。她把他扔在大世界门口，一脚油门扬长而去。当她即将小转弯时，从后视镜中看到那人还在下车的位置怔怔出神，子吟忽然心起怜悯，觉得她反应过激了，不过这次无法挽回，只好等下次见面再说。出了延安路隧道，子吟一看时间尚早，就跑去正大广场逛街。今天的事情很不顺利，于是她买了两件衣服，看了一场电影，心情才变得好些。

那天和胡飞雪分开后，子吟就有些后悔。那个项目她其实也不大感兴趣的，能做可以，不能做也不遗憾。子吟回想赶他下车时，看到他那可怜样，心里颇不自在。他的外表并不出众，看起来经济条件也很一般，是那种与之在人群中擦肩而过不会留下任何印象的人，子吟谈不上喜欢他。不过，这个世界上真的有种说不清道不明的事情存在，看到胡飞雪难过，子吟竟会心有不忍，这个是她以前从来没感觉过的。好几个夜晚，子吟都会想起儿时那只伴随了自己很多年的山羊。放学后她顺路会拔些青草，那羊只要看到她，就会飞奔过来，叫得那么欢，子吟特别喜欢用手摸它下巴，它会龇牙咧嘴看着她，仿佛在那里笑似的。

这只羊后来还生了很多羊羔，可是子吟竟然忘记了它是如何从自己生活中消失的，就如同当初它莫名其妙跟着子吟回了家。子吟很相信属相相生相克之说，自她知晓羊马是六合的，就从来对属羊的人心存好感，这也是她对那人印象改观的重要原因。到了后来，他说他来自青海，而这个她爸爸待了十来年的、她从未去过的地方一直对她充满了吸引力。很多次梦境中的天堂，就是这个有青海湖的地方。子吟甚至觉得，青藏高原上的朴实小伙子，可能是她最愿嫁的人。那人虽然和她想象中的青海男人很不一样，但的确是三江源人无疑，这可能也是自己决定和他做好朋友的重要原因。

应经理那边的项目催得比较急，子吟的工作陷入了很被动的局面，推荐一家合适的新单位又不是那么快的事，所以她最终还是推掉了这项业务。子吟完全不在工作的状态，她想出一趟远门散散心，认真考虑考虑接下来的路该怎么走。田琳知道了，也想跟着一起去。子吟问她请假方便不方便，她说她们公司最近半年业务量锐减，经营发生困难，裁员就比较多，留下来的人事情也特别少，老板基本都不太管她们，所以请几天假也不是什么难事。于是她们商量出行路线，最终把目的地选择在了富春江，二人开着车很快上路了。田琳似乎已经完全从上次恋情的阴影中走出来了，心情很不错。

车子驰骋在高速上，这是一段放飞心情的精神愉悦旅程。子吟给田琳讲起自己和胡飞雪的交往事迹。田琳听了哧哧直笑，说那人肯定对你有意思，我老早就看出来了。她顿了顿又说，你可以问问他有没有在上海买房，没有的话就不要浪费时间啊，干脆些一拒了之。子吟笑着说，我和他最多做好朋友，不会成男女朋友关系，而且他来上海才两年多，哪里可能买了房啊？田琳一听立马表态说，我支持你和他永远做朋友，他若想追你，那可绝对不能答应。子吟知道她的意思，不愿就这个话题展开讨论，于是笑而不语。不过她心里认为，即便真要和他谈朋友，她肯定不会把有没有房子作为交友条件。

田琳见她微笑不语，已猜到了她的心思，就又对她说道，很多年前房价还在地板上的时候，房子未必就是盘桓在爱情和婚姻面前的障碍，但是现在必须是了。如果没有房子，在这个城市就没有立足的可能，这个事实没有人能改变得了，总有一天大家都得明白，爱情在房子面前什么都不是。子吟听了暗暗吃惊，觉得田琳变了。以前她爱朱思杰的时候，从来没把房子作为他们交往的前提，可见经历了这段恋情，她的想法已经和她妈妈严格一致。大部分人都会向现实妥协，田琳看来也不能例外了。这个话题照例让人觉得沉重异常，两个人一时竟不知该如何聊下去，各自想着心事。

过了一会儿，田琳幽幽地对子吟说，虽然我知道你很能赚钱，但现在的房价动辄要上几百万，这还是一般的普通房子，哪里能那么轻松就买得起？子吟只是淡淡地说，如果找不到一个爱的人，有套大房子也不能保证相扶相携一生。田琳赶紧回复道，我跟朱思杰交往的时候也是这么想的，可是这么多年下来了，爱情在哪里呢？她又问子吟，你还记得你来上海搬了几次家吗？不买房就意味着你可能永远不知道，自己下一次搬家是在什么时候。田琳说的这一点很对，租房最大的问题就是朝不保夕，房价一路上涨，不仅房租也跟着上扬，安安稳稳地租套房子长期住下去，也是件异常困难的事。

两个人按照计划游玩了一周，这才踏上返程。在这段时间里，子吟接到的工作电话极少，这样旅途中是清净了许多。她已经有一年多没怎么跑客户了，所以工作电话少是正常的，你不去开拓维系市场，那么市场就会被别人抢占，这就是商业法则。可是胡飞雪连个道歉电话也没有，很让子吟郁闷。她有时候会呆呆盯着他的手机号码很长一段时间，有时候会认为胡飞雪或许早已忘记这回事，也许他被自己那天的生气样子吓着了，从此与她形同陌路了也说不定。子吟想到可能从此和他不联系，心里还是有一些难受的，她觉得和这人做朋友是件很好的事，因为一个工作上的小失误而失去一个朋友确实太不值得。

第四十七章

闷热的八月份，日子过得特别慢，子吟还是没能决定自己的去向。妞妞来过几次电话，虽然她没有力邀子吟去重庆发展的意思，但言语间充满着期望之情，子吟也慢慢地对重庆多了些期待，乃至渐渐有了辞职的念头。正在她快要做出抉择之际，那个叫胡飞雪的人又一次现身，改变了她的人生航向。那天她在小区散步，胡飞雪打来了电话，子吟心里顿起涟漪，她整理了一下心情，这才接通了来电。他显然认识到了自己的错误，没说几句话就主动道歉起来。子吟知道他的错误只是讲话冒失了些，在往后的工作中注意些也就罢了。聊到最后，胡飞雪提出了要请子吟吃饭，她没有立马答应下来，遂决定与他改日再约。

八月中旬的一天，子萱约了一些朋友去唱歌，很自然地要缠着子吟陪她一起去。子吟拗她不过，只得答应了。那晚陆陆续续来了很多人，都是子萱的同学兼好友。和她们在一起，子吟明显感觉到有代沟了，很多话题她都插不上话。子萱挑选的这家歌厅的音响效果还是不错的，这帮女生个个都有几首拿手的歌，子吟想想自己唱歌实在不在行，于是她决定静静地听着。子萱数次拉她去操控台点歌，她都表示她可以再等会儿，让小姑娘们唱尽兴了再说。到了九点多，子吟感到腹中有些饥饿，她悄悄跑到外面，看看附近有没有什么小吃店，结果一无所获，她只好又返回包间。

正在这时，胡飞雪来电话了。不知为何，子吟心里一阵激动，竟似一直在期盼接到这个电话一样。她出了房间在楼道里接起电话，话筒里那人的声音很是温柔，也很好听，他说要请子吟一起吃饭。子吟暗暗思忖，人家诚心邀请两次，再不接受就有些不近人情。而且这件事他的责任实在很小，倒是自己处置有些失当，如果接受他的邀请反显得她自己没有一点责任。于是她说，等到了周日，我来请你一起聚聚吧。他听后明显特别惊讶，语气中满满都是期待。挂了电话后，子吟心情也舒畅了很多。这个人比自己小一点，认他做弟弟也不错啊。直到此刻，子吟仍没觉得他们的关系还能更进一步。

当晚子吟没有玩通宵，她到了十二点就辞别子萱回家。一方面她是肚子真饿，哪里还有力气熬通宵？另外如果就这样闹腾一夜，接下来好几天精神都会萎靡不振，这个她有过体会。到了周日晚上，子吟收拾了一番出门，这次她穿着考究了一些，最后还反复照镜子，看哪里有不妥当的地方。这时连她也觉得奇怪起来，为何这么重视起和他的邀约，倒像是约会似的，而她真没往这方面想过的。到了第一八佰伴，他已在等候了。半个月不见，他好像又瘦了一些，子吟心想这都什么年头了，不能说人人生活安逸，但个个温饱应该早已不是问题，满世界都是胖子就是证明，何以他就这么消瘦。

两人边吃边聊，说起了最近的状况。胡飞雪很为上次项目而自责，子吟轻轻摇摇头，说那只是一个小项目，做不做无所谓，而且做经营的人也不是每个项目都会很顺利就拿下的，成功者十之二三而已。听了子吟的话，他才稍松了口气。随后他问子吟为何会对他那么宽容，子吟心想这是什么话，本来就不是什么大事，能意识到自己行为欠妥当，以后注意改正就是了。不过子吟细想这件事，如果他不是青海人，属相也不是羊，看起来也不像个忠厚之人，那么自己也许就不会想着和他继续交往了，这算不算是种缘分呢？她给胡飞雪说了前两条缘故，看起来他也很惊讶啊，不知道自己的出生地和属相竟然给他加分这么多。

吃饭过程很愉快，也非常融洽。到了现在，子吟很确定可以和这人交朋友。等到他们饭毕准备下楼，胡飞雪提到前晚子吟出去聚会唱歌的事，说着说着竟提出要请子吟去唱歌。子吟起初借故婉拒，但看起来他好像兴致颇高，不禁犹豫起来。她前晚其实想唱来着，无奈那么多人抢着点，她和她们不是很熟悉，所以没好意思点一首来唱。这时胡飞雪又自称唱功了得，子吟看他这副身板，不像是唱歌在行的样子，笑呵呵问他会唱什么歌，听他报出的歌名都是自己比较喜欢的，就有些动心了。她心想反正还早，旁边就有家好乐迪，就和他一起去唱一会儿再回家又何妨，于是她同意了。

进了包间，子吟心里觉得怪怪的，就觉得一起唱歌看电影，这是情侣间才会做的事情吧，不免心里惴惴不安起来。既然到了这里，干脆就不要多想，把心态放平，就当和朋友在一起也就罢了。她让胡飞雪报歌名，自己好查找出来放伴奏。等音乐响起来，她心里稍放松了些，心想自己也点首拿手的来唱唱过瘾。可是接下来发生的事令她始料未及，虽然胡飞雪说他很喜欢唱歌，子吟也知道他应该不是吹牛，可他究竟唱不唱得好，子吟还是不敢期待太多。可当他唱了第一句出来，子吟就被震撼住了！《神奇的九寨》她听过很多遍，她觉得很好听，但是胡飞雪演绎得更美，甚至比原唱的嗓音更纯净。

就在不久前，子吟和妞妞一起去过九寨。虽然那时候还是冬季，子吟照样被映入眼帘的画面震慑住了，那种美景令人永生难忘。如果说存在着那么一支歌，可以配得上九寨山水之间的美，那么非胡飞雪唱的这首莫属。她不知道这世间竟然还有这么美的嗓音，天籁之音也不过如此吧，恍然间觉得他的歌声带着她又游览了一遍九寨。一首歌能给她带来如此之大的情感体验，这是从来没有过的事情，子吟一动也不敢动，生怕打扰了这美妙的旋律。等到这首曲终了，她感觉神清气爽，竟有了想要一辈子听到这美妙的歌声的意愿。怎么样才能听一辈子呢？共度一生就可以啊！

真是一个无比奇妙的夜晚，原来真正爱上一个人，仅仅需要听他唱一首歌就足够了。子吟心说等了那么久，终于等到你出现。也就是在这首歌曲唱完以后，子吟决心把胡飞雪从朋友升级为男朋友，而他还不知道他已经俘获了子吟的芳心。随后子吟接着想尝试唱一首自己喜欢的歌曲，却怎么也找不到感觉了。她唱歌有些跑调，和好朋友一起唱唱没什么压力，权当逗乐子寻开心。但这时情况大不一样，就像一个业余歌手在专业选手面前一样，心已经虚了，哪里还能唱得出来？子吟和妞妞一起去唱歌，从来没有过这种唱不出的感觉。在胡飞雪唱歌的时候，子吟偷偷地瞄了他一眼，现在的他看起来那么亲切，也更加可爱。

子吟太喜欢听他唱歌了，所以就鼓励他多唱几首，他果然使出浑身解数高歌了几曲。这个晚上简直成了他的独唱音乐会，可惜的是听众只有子吟一个，不过这样不是更好吗？这些歌曲就是他唱给子吟一个人听的。两个人一直欢唱到了深夜，感觉时间过得飞快。看他唱到最后嗓子都有点哑了，子吟颇为心疼，赶紧从包里拿出润嗓子的喉宝递上，胡飞雪开心地接了过去，在他的眼神中出现了之前从未有过的惊喜。子吟决定送他回工地，一路上两个人没怎么说话，可是分明没有了任何隔阂，整个车子里充满着温馨甜蜜的味道，两人的心思也是一模一样，知道以后永远不会一个人孤单地前行了。

见他依依不舍回了宿舍，子吟就掉过车头回家。她现在一点困意也没有，还在回味着在这个不可思议的美妙夜晚所发生的一切。这次聚会前，子吟仅仅是想把他当成一个好朋友，可是现在他竟成了自己生命中最重要的一个人，这一切到底是怎么发生的？缘分真的是妙不可言，到了以后无论何人何物都挡不住。要不是这会儿是半夜，她肯定要把这个好消息告诉她所有的好朋友知道。如果她告诉她的爸爸，自己找了一个青海的男朋友，他一定是第一个支持的，因为她爸对青海的所有一切都印象很好。子吟甚至想立马跟着他一起到那美丽的青海湖走一走，去看看他爸爸念叨了很多年的高原美景。

回到屋里，子吟反复回味了昨晚发生的一切，才满意地睡下了。第二天她十点钟醒来，睁眼后第一件事情就是想给他打个电话，但是不确定对方有没有睡醒。所以她就编了一条短信，又觉得写得不好，就删除了再写，如此反复了很多遍，才觉得有些满意，但是终究没敢把这条表露她心迹很深的短信发出去。子吟决定稍晚些时候再联系他，如果他有空就约见面。到了快接近中午的时候，子吟编了条简单的邀请短信发过去，他很快来消息了。子吟已经迫不及待，赶紧把电话拨过去，约他晚上一起吃饭。从现在起，子吟想天天都能看到他，她感觉整个世界都明亮起来了，一切都变得那么美好。

通往申城的阶梯

那天的时间过得好慢啊，子吟觉得好不容易才挨到了下午。想到即将到来的约会，她的心里还是有些紧张和期待。她认真地梳妆打扮了一番，照镜子时自己都感觉很满意了，这才迫不及待地赶往人民广场。从浦东金桥开往市中心，还是很有一段距离的，只是今天仿佛一切都变得美好，不仅阳光明媚，道路上也是一路畅通，绝少碰到红灯。她把车子开进人民公园旁边的工地，刚停好车子，只见胡飞雪手捧一大束鲜花，精神抖擞地向她走来。此时工地上钻机等各种器械正在轰鸣，一片忙碌的景象，好些戴着安全帽的建筑工人好奇地望向这里，他们成了第一批见证子吟和胡飞雪在一起的人。

来上海五年有余，子吟万万没料到，正当她心灰意冷之际，即将准备离开这里时，那个人竟从天而降。子吟曾憧憬过很多种美好的场景，她会在哪里与那个生命中最重要的人邂逅定情，却从未料到这竟然发生在人民广场附近一个在建工地里，现实和梦想形成了一种美妙奇特的反差，但她体会到的幸福感一点也没减少。就在这之后不久，这个工地竣工了，其地表部分成了人民公园的一部分。人民公园是魔都有名的相亲场所，这里成就了无数姻缘。子吟和胡飞雪不是在人民广场相亲角结识的，但说他们是在这里定情的就绝对错不了。这件事无论怎么说，都极具浪漫色彩。

之后的事情是两个相爱的人必做的一切，他们一起去南京西路黄河路口的上岛咖啡吃饭，再去和平影都看了场电影。在这个过程中，那人很自然地握住了子吟的小手。他的手那么温暖，把子吟稍显冰凉的手都握暖和了，那热量也一点点传到了子吟心间，这种感觉真是再好也没有了。子吟来上海看了很多次的电影，可是每次她买了位置极佳的票，等坐定后总会在身边遇到一对情侣，或者一对夫妇，这时候她总会识趣地走向边排，心里对他们的羡慕有多深，只有她晓得。而今天，他们买了最中央的位置，可以手拉手坐下来没有任何顾虑。恋爱后的甜蜜感汹涌而来，一切都比能想象到的更加令人满意。

时间过得飞快，看完电影后二人在广场附近散步，开开心心地边聊边逛街，不知不觉就到了十一点钟。二人相视而笑，谁也不愿意就这时候分开，于是就心照不宣地继续一起轧马路。子吟很担心他会提议一起去开房间，这个似乎是合情合理的，但她还没准备好与他的关系这么快就更进一步。还好他没有提这样的要求，而除此之外怎么样都是好的。那晚他们走了很久，坐在人民大道边上绿地木椅上一夜，有说不完的话，也从来没感觉到困倦。也是在这一夜，子吟把她的经历，除了经营工作上的一些往事有所保留，全部讲述给他听。她太需要有个人能分享她的一切，如今正当其时。

胡飞雪是个善于倾听的人，有些没有听明白的细节问题他会提出来让子吟详细描述，所以子吟讲述起来就更有激情了。可能这也是胡飞雪有一天能把她的故事详细记录下来的原因，不仅仅是她的故事，还有她的所思所想。相对来说，胡飞雪的经历是稍简单些的，可是听他讲完后子吟还是心疼他的遭遇。当子吟听到他几天前，间接因为自己而大病一场，心疼得不得了，眼中泛有泪光，胡飞雪说老天让他得到子吟这么好的一个女孩，即使让他再大病十场也是乐意的。子吟忙捂住他嘴，说不许说这些话，以后你的健康由我来守护，你要健健康康的，百年后你要先送我走才行。胡飞雪为之一怔，随即眼眶里闪动起泪花。

第四十八章

听了子吟的回忆，了解到她的经历，我知道自己捡了个宝贝。她又何止是个宝贝那么简单，简直就是颗稀世罕有的夜明珠。我不得不承认，无论在各个方面，和她相比的话我都要差很大一截。先说说孝顺父母的事，这么多年在外面闯荡，我除了逢年过节给家里汇点钱，无论是精神还是物质方面，都没有怎么照顾到家里。而子吟作为一个女生，为了维系这个家庭，做出了那么大的努力，付出了多么大的牺牲，尤其是她对她婆婆的那种爱，无论什么时候想起来，都让我内心温馨而心酸。长这么大，我看到女生往往更顾家，也更孝顺，子吟则是个中翘楚了。我慢慢地倾向于未来生个女儿。

说到人品，子吟又比我为高。这一路走下来，她都用她的一颗心温暖着所有人，而这才是她经营工作能做好的首要原因。子吟的心如高原的蓝天那样纯净，却纯出了厚度，那些叱咤风云的人物，哪个不会识人用人，而他们对待子吟如邻家小妹，乃至当她是自己亲女儿一样，不就是看出子吟不仅天真烂漫，又智慧绝顶吗？纯净如子萱者，如一汪春水，但太过简单，因而她在这个社会是危险的，子吟那天空的深蓝，是子萱的纯净加了聪明绝顶。我听她说完百年后让她先走的那番话，终于忍不住内心激荡，她亦热泪盈眶。这样子不行的，我们的生活才刚刚开始，一起看遍花开花谢不是更好吗？要承君此诺，相守一生呢。

我看天都大亮了，就抱她在怀里，说一个晚上了，应该回去睡会儿了，我们身体都好好的才行，她笑颜如花，轻轻点了点头。我送她上了车子，和她招手惜别。目送车子走远了，我才顺着西藏路往宿舍走去。从昨晚到现在，佳人陪了我一晚，我感觉像做梦一样。于是跑步起来，并且是加速跑，只跑得气喘吁吁，那种上气不接下气的感觉，和狠捏自己手腕的疼痛感，都在提醒我这不是在梦中。回到宿舍，我漱口洗脸后躺在床上，精神还是处在亢奋状态，虽然困倦却依然睡不着。过了一会儿子吟来短信，说她已经到了，让我也赶紧睡一会儿，还加了"想你"二字。我赶紧也回复过去了，内容更为热烈。

我们又聊了一会儿，心稍安定了，才互祝早安放下手机。我又回味起了她的好，如此开心想了很久，才沉沉睡去。这一觉睡得昏天黑地，我肯定是一个接一个的美梦，下午三点醒来却不曾记得内容了，心中懊悔不已，美梦怎么也能忘记啊！一看手机，好几个单位同事的未接来电，三条短信是子吟的，原来她一点左右就醒了，让我醒来后想想去哪里吃晚饭，她到点来接我。我心里乐开了花，赶紧打电话过去，和她商议晚餐的去处。从这以后的一个月里，她每天早上都会过来接我，很晚送我回工地。我们或者去逛街，或者看电影，陷入了热恋状态。她把我们的事告诉了几个好姐妹，她们大都惊讶欣喜，而她爸爸也是高兴万分。

这样甜蜜的约会持续了一段时间，恰好那段时间我上夜班次数极少，这就给我们的约会带来了极大便利。我们开车去稍远些的地方游玩，但都是当日即回的那种，子吟看起来也是在考察我，从来不在外面留宿。有时我会开一些稍带点颜色的小笑话，她从最初的嗔怒到后来的脸颊微红，一步步在为我们关系的升华做着准备。那天我们看完电影，携手去江边散步，看着熟悉的江景和外滩，我们在江堤边来回走了两圈，坐在一个长椅上。江风来袭，我顺势搂她入怀，而她也将头靠我肩上。一股体香扑面而来，以前我们肩并肩时只是淡淡的，这会儿简直沁人心脾。我转头看她的脸，而她正在注视着我，眼神迷离，我忍不住吻了上去……

这之后，我们每天待在一起的时间就更长了，每次她送我回来都难分难舍。那天晚上我要上夜班，她非要跟着我下地铁。我哪里舍得她那么晚跟我上夜班，而且地铁施工管理极严，带她下去几无可能。我哄她先回去，以后有机会了办个工作证再让她跟下去，她嘟囔着还是纠缠，我知道她只是舍不得和我分开，就说要不晚上你就在我宿舍等着，我上好班就来陪你？她立马应允了。我虽然在工地住，这间宿舍的干净整洁程度非常高的，但凡来过我这里的人都赞不绝口，所以我才有信心让她留在我宿舍的。到了晚间十一点，我嘱咐她反锁好门，就上床休息，千万不要熬夜，她连连点头。

我在隧道里指导施工，而宿舍差不多就在正上方了。我虽然知道安全绝对有保障，可是还是担心她睡不好。最近的施工任务量锐减，所以约两点半就结束了。我注销完夜间施工单赶紧往回跑，跟着我送仪器回宿舍的王健瞧我这样，说师傅你今天怎么了？心神不宁的。我回头朝他笑笑没吭声。这个家伙是我手把手教出来的徒弟，与我关系比较密切。 等到我们回到宿舍，子吟正坐在桌旁看书。他一看屋里有个女人，立马夸张地喊道，原来师傅金屋藏娇啊！这家伙平时语言水平一般，今天这个词用的倒很应景。我赶紧介绍他们认识，王健直接称呼她师母了，子吟满脸通红，笑着和他握手。他随后和我们道别。

我洗漱了一番，问子吟怎么不上床睡下来？她说一个人睡不着。我笑着说你以前不都是一个人睡的吗？她满眼笑意，说那是在自己家，特别安全啊。我说我知道的，只是开个玩笑呢。随后我过去抱住她好一会儿，携她的手上床睡下。我们知道彼此都很期待发生点什么，可是那么美好的事，肯定不能在这里发生，那是亵渎，所以我们就和衣而睡，只是耳鬓厮磨。这个夜晚，给我们留下了深刻的印象，那么多年过去可回想起来都记忆犹新，定格在我们美好的年华里。她放弃了回重庆的想法，她说她终于明白这里是她的福地，现在更加没理由离开，远在重庆的妞妞估计哭晕在厕所了。

子吟首先拉着我去拜访了秦剑明，他们一家人都非常高兴。秦剑明说他就知道子吟一定离不开上海，为了这么多关心她的朋友，子吟也得留下来，但他万料不到子吟竟是因为找到男朋友而改变了想法。子萱调皮地插话说这是爱情的力量，众人都觉得太俗套的一个理由，但细想还真是这么回事。我原来极度怕生，经过上海这几年的锻炼，还是有很大进步，所以和秦剑明聊得很开心。他说全国各地除了青海和黑龙江，他都去过了，我赶紧说找机会请他们一家人去看看青海湖和塔尔寺，如果时间允许的话还可以去造访丝绸之路，他愉快答应了，那晚我们吃饭喝酒到了很晚，简直像过节一样。

子吟去找陈为涛一起办事，忙完请他一起吃了午饭，她乘机把和我交往的事告诉了他。估计是万没料到我们能在一起，他的惊讶之情溢于言表。随后他说这真是无心插柳柳成荫了。他曾给他的一个属下介绍了两三个姑娘，结果都没成。他一点也没觉得我俩有机会在一起，而子吟和我却这么快成了。子吟说陈总是我们的月老，改天还要设宴郑重感谢。陈为涛笑呵呵表示同意，并表达了他的衷心祝福。此后很多年，子吟也的确是因为此事很感激他，在不同场合表达着她的感激之情。陈为涛也是个性情中人，事业心很强，但他识人用人还是很有问题，这导致了数年后他的落魄，而子吟一直待他如兄长，以感激他的牵线之功。

重要的日子来临了。那天她的车子送经销商处修补漆面，我们去逛了南京西路，大包小包买了一些东西，待吃好饭快到九点钟了。我看她拎这些东西回去应该很费劲，就提出要送她回去。她似笑非笑地看着我，噘着嘴做看穿把戏状。我赶紧解释，就是想帮帮忙，怕她拿不了这么多东西，一个人拎回家一定累坏了。她还是呵呵笑着不吭声，我心想这真的是个搞定她的好机会，于是软磨硬泡。她最后终于松口，只是说你可要记得你的保证。我心头暗喜，但表面唯唯诺诺，连忙答应下来。我们叫了出租车一路赶往浦东，我做仪器销售时曾到过金桥，但这附近模样已经改变。

车子开到金高路，子吟紧张起来，她蒙住我的眼睛不让我看外面，说不许记住这个地方，明天就忘记曾到过这里。我感觉到她的手有些轻微颤抖，她可能是紧张了，也知道这次领我回家，意味着什么。车子到了小区，我拎了东西跟着她上了楼，她小心翼翼的样子让我忍俊不禁，说你这是偷东西了吧？她回头做了个鬼脸，说比偷东西严重多了。她打开了门开了灯，我发现此间情形跟她描述的无序程度更有过之，地上铺了报纸，其上放了她妈妈寄给她的腊肉，再看各种杂物几乎堆满了客厅。子吟带我参观了一下房子，客卧果然是个仓库啊！如果有人尝试住这间屋子，收拾起来也是个超级大的工程呢。

看完各处，子吟犹豫地带着我进了卧室。起初我以为她是不好意思，进了房间才发现整个卧室就只有床上干干净净，而大床的范围以外，是另一个世界，东西堆得杂乱无章，原来她是害羞于自己卧室的凌乱。靠墙的一个书橱，里面摆放的各列书籍整齐有序，看来子吟的家务活娴熟，但是她的效率极低，因此每天只会整理到常用的地方。我微笑着转脸看她，只见她脸蛋红扑扑，眼睛蒙眬起来，低声说该洗澡休息了。我说洗澡没问题，不过我没有换洗的内衣内裤，只好裸体出来了。她说你敢！遂从她简易衣橱里拿出一件紫色睡衣裤，说你这么瘦，穿我这件没问题。我举起双手连连摇头，结果被她推进了卫生间。

我心里乐开了花，知道今晚要得手了，不禁边洗边哼起了歌曲。洗完穿上她的睡衣裤，除了短点倒也将就可以穿穿了。睡衣上有她的体香，我已经有些意乱情迷起来。我进了卧室，她看了我的上半身睡衣，点头说还行，可是看睡裤的时候脸颊一下子就绯红了。我知道是什么原因，只是逗趣她，说睡裤也特别合身。她低头说了声讨厌，就拿了另一套睡衣去洗澡。我心想两人都穿内衣了，这个肯定就是明显的信号了吧，所以我就在地上等，准备她一进屋子就抱她上床，可是她竟然洗了很久很久，卧室地上也放了很多东西，我连来回踱步的空间也没有啊，于是跑到客厅北阳台欣赏夜景。

这里是六楼，视野还是很好的，远处就可以看到金海路上车来车往，很多地方都在新建住宅，施工器械还在运行。这个小区的绿化极好，而且布局也独具匠心，楼下是个规模颇大的儿童乐园，这会儿还有家长带着小朋友在嬉戏。我正看着夜景胡思乱想，子吟轻声叫我回去休息了。我赶紧走向主卧，我原本情欲高涨，这会儿因为看了许久，也平复了很多，所以我知道这可能正是子吟的目的，她可能还没完全准备好呢。等我进了屋子，看到她头发湿淋淋的，穿了粉红色的连衣睡裙，整个人的好身材暴露无遗。我瞬间血往上涌，感觉有团火要冲出脑门儿。子吟正想说话，我已经不顾一切地冲上去吻住了她……

有一个笑话，说的是一个男的对他的女友说他有三十年的积蓄，女子一听来了兴致，寻思着要赶紧嫁给他呀。可是洞房后的第二天早上，她捂着肚子扶墙走出内室恨恨地说道，这个骗子，我以为他说的是家财呢。很色色的一个笑话，我大抵也是那男的那样的状况，那晚我们亲密了半夜，子吟的激情也被我点燃了，我们都知道了久旱逢甘霖的准确含义了。子吟在我怀里无限娇羞地说，看你这么瘦，居然这么……我立马接口道，从小吃牛羊肉，必须的啊。她说以后让你少吃点。昏天黑地很多次，我们几乎缠绵了半夜，事后我搂着她沉沉睡去，征服自己喜欢的女人，令我成就感满满。

睡醒后下意识地想搂枕边人，我的手却摸了个空，睁眼一看子吟已经起床，不在卧室里了，而门虚掩着。我再看电视柜上可爱的卡通小时钟，已经快十一点了，赶紧起身穿衣出了卧室。子吟正在客厅的餐桌边双手托着腮帮入神呢，她见我出来了，笑吟吟迎过来呵我痒痒。这些天的相处，她知道了我的软肋在哪里，就是我特别怕胳肢窝下被挠痒痒，我赶紧夹紧胳膊躲避。她娇嗔道你说话真不守信用，昨晚不是答应只是帮我拎东西回来吗？我搂她入怀，摸摸她的头发，说我可不是柳下惠，能坐怀不乱，你这么美一个人儿在我身边，我哪里能忍得住啊？这叫水到渠成呢。

我们就这样说笑一会儿，子吟拉我坐椅子上吃早饭。她说抱歉得很，家里只有鸡蛋稀饭了。我张开双臂抱抱她说，昨晚吃饱了，今天吃两颗鸡蛋刚好。她微微一怔，随后很快会意过来，满脸娇羞地说我净会欺负人，一点也不像个好人。我正想继续逗她，却不敢太造次了。我们商量了一下，都觉得我不能再住工地，可以搬过来住一起。我说真好啊，终于可以不用一个人睡到天亮了，她白了我一眼，说你别想得太美，隔壁客卧你要收拾出来，以后客卧就是你的家了，房租也有你的一半。我连忙说，房租我来，但是我想住主卧，而且不想一个人睡。如此开着玩笑话，我们正式开始了同居生活。

当天下午，我们先去 4S 店拿了车子，然后开到工地搬我的东西。当我花了半个钟头，就把自己的所有家当打包完成后，子吟特别吃惊，她还想着分几次搬我的东西呢，哪里想到总共也就四件行李，这还包括我的书籍杂物等。截止到目前，子吟只见我换过三套衣物，男生本来换装机会就少，子吟也没在意，但现在知道这三套居然就是我的全部衣物了，她还是既惊讶又心疼。惊讶的是这是不是说明我的经济状况比看起来的还要落魄啊，心疼的则是这么多年我一个人是怎么过来的。看看我的消瘦身材，子吟无比心疼地说，这说明我身边没有人照顾过我，而且连我自己也不懂得照顾自己。

第四十九章

等到我把属于自己的东西都搬上了车子，宿舍看起来更像间办公室了，几乎没有了生活的气息。子吟看看这间屋子，有些依依不舍。这里是我们第一次同床共眠的地方，搁谁都会多些留恋的。因为这里是我来上海后第一次独自居住的所在，我把这里收拾得很干净整洁，所以这里的确是个温馨的所在，每个来这里的人都说这里不像是在工地上。我轻轻抱抱她，又柔声说道，只要我们到了哪里，哪里就是最好的家，回去后我会把咱们的屋子整理得比这里好十倍。她眼中满是笑意，说正该如此，你负责收拾屋子，我负责给你端茶递水。说说笑笑中，我们携手上车驶离了这里。

其实说到底，我对这里也有很特殊的感觉。我在人民广场住了两年多，这里是我的福地。我在这里努力地奋斗，成功赢得了陈为涛的信任，而这也是我得以能认识子吟的前提。这里又是我们定情的地方，那一整个晚上的聊天，大约不输史上最浪漫的爱情故事，所以我对这里感情深厚。以后的岁月里，我最愿意去的地方就是人民广场的人民公园，那里承载着我此生最美好的回忆。如今那个工地不在了，取而代之的是人民公园的美丽一角。坐在曾经的宿舍现在的林间小椅上，看过无数对情侣甜蜜地携手从那里走过，想着我们的爱情也是这里最富传奇色彩的故事之一吧。

我们确定恋爱关系后不久，子吟就把这事告诉了楼上蒋阿姨夫妇，所以我搬过去的当晚，他们就准备替我接风洗尘。虽然他们对子吟的好我有所了解，但真正见到他们对待她的态度和言行，我还是大吃一惊。对一个人好还不能看出这个人的受喜爱程度，当她的身边人也受到发自内心的欢迎，那种震撼是有如排山倒海的，我的感觉正是如此。虽然是第一次见面，蒋阿姨夫妇见到我开心得不得了，简直就像见到了许久不见的儿子般亲切。是我很受人欢迎吗？他们能拿我不当外人完全是因为子吟。接下来的叙述中，你会看到他们这样对待子吟简直合情合理，因为子吟发自内心地当他们是亲人一样对待。

蒋阿姨很支持我搬过来住，她说子吟早该找到一个疼她的人了，曹叔叔笑呵呵地说以后修电表换灯泡这些事就归你管了。蒋阿姨的做饭手艺超级好，尤其是那个糖醋排骨更是一绝，我吃了一块又一块，蒋阿姨见状把盘子挪到我面前，子吟忙说夏依也最喜欢吃呢——曹夏依是他们的儿子——我一听赶紧想将其放到夏依面前，被他阻止了。曹叔叔说夏依天天吃，今天该你多吃点。众人边聊边吃，气氛融洽直逼家宴了。夏依人品还是很不错的，待人接物落落大方，只是饭后他又钻进屋子去打游戏。这是个好孩子被游戏所误的典型，网络游戏已经成了他生命的重要一环，很难有力量可以将其改变。

饭后子吟帮曹叔叔洗碗，我们又聊了一会儿天，才告辞而出。子吟说你搬过来了，我们要主动提出涨房租才是，叔叔阿姨待我们这么好。我也觉得应该如此。进了屋子，子吟忽然就愣愣地不说话了。我忙问她怎么了，她说昨晚根本没想到会发生那事，我们都没采取措施，要是怀孕了怎么办？我一听恍然大悟，不过也不以为然，说怀上就生出来呗。她紧锁眉头，考虑了好一会儿才说这可不太好，买了房子才好生呢，生出来就要给他一个好的环境才行，而且我们也还没结婚……，我觉得我们的年龄是到了生孩子的时段了，而说到买房子，这要到哪年哪月呢？二〇〇六年底开始到现在，房价又几乎翻了一番，买房这事对我来说就像天方夜谭了。

我觉得考虑这些有些早啊，况且一次就中标，似乎也不太可能。子吟让我做些预防措施，也为此事担心了好几天，幸好她的老朋友按期而至，子吟这才松了口气。从这天开始，直到年底我很是逍遥，十来天去上一次晚班，而刚巧这段时间公司也没安排给我新任务，所以我就一天到晚和子吟待一起。在家的时候，我就慢慢整理起家务。起初我只是想把所有东西收拾整齐，可是我发现这里面有很多不常用的东西，比如有个半旧的箱子，无论什么场合都不太好用了，放在屋里其实与垃圾无异，诸如此类的，若是不忍痛丢掉这些可有可无的东西，房子是没法整洁了。问题是我觉得该丢的东西，子吟大部分觉得该留。

经过努力和妥协，两个房间终于整理出来了，虽然还是杂物众多，至少两个房间都可以住人。我们又添了一些生活用具，房子里显得拥挤不堪，而且没有进一步整理整齐的空间，我觉得有必要扔一些用不到的东西，否则我看着很不舒服，因为我有一点整洁癖呢，东西不收拾齐整，我就心乱如麻，做任何事都静不下心来。但是子吟不让我扔东西，她看看这个要用，那个也丢不得，让我颇为难。后来我终于想了个办法，就是趁她不在家的时候一点点整理，顺便扔一些东西，貌似她也没发现什么。可能我也会扔到一些她偶尔用到一两次的陈年旧物，得知已被我清理后也会发点脾气，我就耐心哄哄她了事。

有一天我们买来一个柜子，专门放我的衣物，她看挂在里面的衣服少得可怜，就拉我去买衣服。她最熟悉的地方就是第一八佰伴，觉得那里的衣服很不错。我也去过那里数次，但是只给前女友买过一件衣服，自己从来没买过，因为那里东西真心不便宜。我原本想着买个一两件也就好了，谁知子吟拉我从二楼逛到七楼，见着差不多的衣服就让我试。我看看那上面的价码，都是从几百起价的，就不想试了。子吟不管那么多，每每都是拿了衣物裤子就轻轻推我进试衣间。穿在身上后，子吟就仔细端详，问我喜欢与否。我说衣服是好衣服啊，但是……，她见我也喜欢，就开票继续逛。

快到中午了，她手里积累了一大堆的票单，我犹豫着问她，这些都要买啊？她笑呵呵说你以为呢？我估摸这些衣服最起码两万多吧，光是一千多元的牛仔裤就三四件。我说咱们去七浦路吧，淘点衣服不是很划算？她摇摇头，说男人的衣服就应该买好点，只要你喜欢就好。我的卡上只有五万多块，这次要花一半来买衣服，想想心疼得厉害呢。我不想让子吟帮我付，虽然在一起了，让她出这么大笔钱也不合适。二人到柜台买单，我急忙拿出卡递上去，子吟推回给我，说这年头谁还用储蓄卡买衣服啊。说完从包里拿出一张信用卡递给收银员，我看着票据上的数字发呆，她挽着我的胳膊说去拿衣服喽。

　　我们两人手里拎满了大大小小的包，这里却没有她的一件衣服，我劝她你也买几件呀，她说自己衣物足够多了。吃过午饭我们就拿着衣服下地库，车子后排堆满了衣服。有车子就是方便，不然今天这么多东西拎回家也够呛啊。路上我小心翼翼地和她商量，说这衣服的钱还是我来出比较合适。她白了我一眼，说你不当我是一家人吗？我急忙说肯定是一辈子的一家人，但是这么贵的衣服，让你出的话太……太……，她打断我的话头说，只要你喜欢就好，今天看你试衣服，果然人靠衣装啊，人变帅了很多，精神了很多。我还想继续给她做工作，她又加了一句，说我想把这世上最好的东西都给你。我瞬间有股暖流充满全身，竟一时语塞。

　　我们过了一个多月的二人世界后，子吟陆续介绍我认识了她的几个闺密。田琳说她的预言准确实现了，要我们好好报答于她，最起码要买份大礼谢她，最后子吟带她逛了一次商场，也不知给她买了什么好东西。子萱佯装生气道，我的出现导致她在子吟这里失宠，以前可以天天过来找子吟蹭饭吃，蹭床睡，现在都不能够了。子吟赶紧抱抱她以示安慰，说以后你想过来随时过来，还和以前一样。子吟还是最想把我介绍给妞妞认识，让她最好的朋友知道自己也找到了归宿了。妞妞在电话里表达了她的激动心情，邀请我和子吟一起去重庆相聚。她还对我说，你能找到子吟简直福气有天大，可要好好珍惜啊。我赶紧答应了。

　　子吟的家人知道她找了个青海男友，都非常高兴，她爸爸是最开心的一个，毕竟他在青海待了那么多年，而一个人对自己青少年时期待过的地方充满感情，很少有例外的。我也在电话里和他聊了很久，无奈他的四川话乡音太重，我难得听懂几句，不过能听出他对我非常客气与热情，不像子吟描述的那么不近人情，不过这也好理解，岳丈对女婿不会太差呀。他邀请我找个时机去自贡市，我很高兴答应了。这时候我突发奇想，觉得最近有必要带着子吟和她父母一起去我家。我把我的想法告诉了子吟，她当然非常乐意了，她甚至一开始认识我就有这想法，只是这个由我提出来比较合适，去青海是她最大的愿望之一啊。

说做就做，我给我爸爸妈通了电话，告诉他们这个国庆节我要带女朋友和她家人一起回家，他们当然也特别高兴。如此这般，我们就准备青海之行了。适逢子吟妈妈身体不适，所以他们决定这次就子吟爸爸先过去看看，我们就给他订了到西宁的机票，我和子吟订的上海到西宁航班，先于她爸到达，好接他一起走。这是我第一次乘飞机，想想还是有点小激动呢。距启程还有一个礼拜的时间，我们也要做些准备工作。我先是请好了假，因为做工程项目的从业人员节假日概念很模糊的，有时候赶工期就不分什么节假日，即便节假日有事也需请假，以安排好正常的施工不受干扰。

我知道我家里最近一年新盖了房子，所以家人手头比较紧张，我想子吟他们第一次去我家，一定要好好招待才是，所以我提前给家里汇了三千块钱，好让他们准备一些好酒好菜招待贵客。子吟初次到我家，也是绞尽脑汁准备送给我爸爸妈妈礼物，最后按照我的描述给二老各买了一套羽绒服，还给我爸爸买了一件毛衣。我要见到未来的岳父，自然不敢怠慢，买了两条软中华烟，还准备了一个红包。等到一切收拾妥当，我们都盼着启程回家日子的到来，和小时候盼着过年一样的心情。子吟说这次一定要去看看青海湖和塔尔寺，我说那是必须的呀，保证让你玩得开心，吃得放心。

节前的某一天，刘炜通知我到公司开会，我按时到了部门的会议室，到了才知道是部门项目经理例会。我虽然早就被任命为部门技术负责人，但因为地铁监护的项目仍然没有结束，所以我一直在做该项目的收尾工作。这段日子我算得上是清闲异常了，因为刚刚进入热恋状态，就没有能兼顾到部门里的其他项目。项目经理例会上我也只是听一听，准备会后就闪人。结果会议结束后刘炜留下我，他严肃地说要找我谈谈我最近的工作。我知道他对我有成见，所以也明白他可能会批评我。果然不出所料，他很严肃地说我最近一个季度表现非常不好，态度也特别不积极，作为部门负责人很失职。

我觉得工作安排应该是他的事，不能说你没安排我做其他工作，就认为我态度不好吧。如果你安排其他事情给我，而我没做好，才称得上我的工作不积极不主动。不过我想到近几个月我确实如闲云野鹤般，大部分时间都在度蜜月一样，所以面对他的指责我坦然接受，也保证以后端正态度。他又说了很多严厉的话，我只是默然。回到家里，我把情况说给子吟听，她非常气愤，觉得这个刘经理是没事找碴儿啊。我笑呵呵地说最近我确实没有认真工作，这是事实呀，所以挨他批评也很正常。子吟不以为然，说她下次碰到陈为涛说说这事，看在她面上也不能让刘炜对你太过分。

我连忙说这个不好吧，刘炜这事也没做错，况且他是陈为涛的左膀右臂，你当面说这些事恐怕有护短之嫌，并不能解决实际问题。子吟笑眯眯地说，我当然不会直接提，而是找个由头拐弯抹角提醒，不让刘炜以后逮住机会就欺负你。我拉拉她手，说这只是件小事，何必劳你那么费神呢？以后我在单位表现好些就是了。子吟摇摇头，说我的傻哥哥，根据目前情况了解下来，刘炜这人心胸恐怕没那么开阔，他会找很多由头为难你，让陈为涛替你说上几句话，他才不会太过分。我笑称护着我的不是陈为涛，而是你呀。她头靠我肩上，说无论如何，以后除了我谁也不许欺负你。

后来子吟应该是找过陈为涛了，因为此后刘炜开始对我慢慢地客气起来，我则觉得无论如何把工作做好，自然会和他相处得很好。事实上我想得太简单了，正如我以前介绍的那样，刘炜工作能力一般，而且私心极重，黄灿标是个没主见的人，事事唯他马首是瞻，所以部门是刘炜的一言堂，没有任何的反对声音。随着彼此了解的加深，我和他的矛盾越来越大，只不过我是有事说事，而他对我的态度则是忽冷忽热，慢慢地把我晾在了一边，有重要的项目就安排我顶上去，部门技术管理不让我插手。坦白地说，如果没有子吟这层关系，我恐怕很快会被他扫地出门，或者我提出辞职另谋他处了。

第五十章

我和子吟盘点了一下我们的积蓄，决定将财产合并，两人婚前财产共计十五万左右。子吟问我怎么这么多年才存几万块钱，我红着脸没敢吭声。她笑笑说以后你来管钱，我们一起努力存钱买房，我赶紧说没问题，一定当好这个管家。既然我管钱，我大胆建议以后该省的钱要省下来，开源节流才能把钱用在刀刃上，她歪着头笑眯眯地说开源就是我们要多种经营，那么节流该从何做起呢？我想了想说，比如这次返程如果我们坐卧铺回来，就可以省一部分呢。她眯着眼说可以呀，要不要提前把返程火车票订了？我说从西宁到东部省份的火车票好买得很，到了西宁返回前两三天很容易就可以买到呢。

我这么说是有依据的，但仔细算起来，这个经验的得出可以追溯到七八年前了，那时候我从老家到西安买车票就很容易，所以想当然地认为这几年也不会有什么大的变化。她想了想答应了，但同时提醒我说她爸爸可不能坐火车返回，必须订机票的。我说那是必须的，再节省也不能委屈了老人家。到了国庆前三天，我们收拾好了一应物品，又买了很多上海的食品特产打包装箱。我们跟楼上阿姨打了招呼，他们又做了一桌的饭菜为我们送行，真的特别有心。因为飞西宁的航班白天很少有直达的，而转机的话我们托运的行李就特别难处理，所以我们订的是第二天傍晚的机票。

这是我第一次乘坐飞机，因此感觉特别紧张，手心全是汗，起飞和降落阶段耳鸣很难受，子吟教我一招，说只要打个哈欠，耳膜压力得以释放，就会好很多了。我一试果然很奏效，从此乘机就轻松了很多。子吟让我坐靠窗的位置，看云端风景好打发时间，自己把头靠我身上睡着了，我则兴奋得一路无眠。我喜欢唱《三万英尺》这首歌，这会儿心里也哼起这首歌，看着舷窗外一片云海，飞机如一艘小船般漂浮在其上，天空的蓝和小时候睡在打谷场上看到的一般无二，壮美无边。两千两百多公里的路程，坐着蓝皮火车需要三十个钟头，而我们三个多小时就到了，想想很是感慨啊。

飞机降落后，我们推着行李走出出口，一眼就看到子吟的爸爸，因为他在人群中显得鹤立鸡群，很容易辨识。他穿着蓝色的中山装，头戴草绿色解放帽，脸颊瘦长身材修长。待走近细看，他的双眼让我印象深刻，因为炯炯有神，仿佛闪着亮光。让我惊讶的是，我弟弟居然就站在他的旁边。我们起飞前曾让我弟来接我们，因为子吟爸爸先到，所以给我弟描述了子吟爸爸的外貌特征，估计他也一眼认出来了吧。子吟见到她爸，当然很开心，大家彼此见面介绍认识，我毫不犹豫地叫了他一声"爸"，他笑逐颜开地答应了。我弟赶紧过来叫子吟"嫂子"，子吟也笑成了一朵花，我想这个开局是再好也没有了。

航班到达西宁时已经快到晚间十点了，因为从机场乘车不到一个小时就可以到家，所以我弟从村里叫了一部跑客运的小面包车来接我们。我弟比我仅小一岁，可是身材高大壮硕，皮肤黝黑，这么多年一直在家务农，所以看起来反而比我年长几岁。他为人机灵，脑袋瓜聪明，比如这次来接我岳丈，我看他还是很会沟通的，不仅在我岳丈下飞机时很快认出他，还能和他聊到一起。我奇怪我弟怎么能全部听懂我丈人的四川话，聊着天我才知道我三姨的二女儿外出打工时嫁的正是四川人，如今表妹女婿也来西宁安家了，我弟和他们一家经常来往，所以竟然对四川话很熟悉，这种巧合简直让人震惊了。

我们到了村里，司机师傅沿着入村公路把车子开到了我家大门前，我父母都在灯下等我们。众人下车后，我给几位老人家彼此引见了一番，最后把子吟介绍给我父母，子吟也是叫他们爸和妈，我心里甜蜜蜜的。我弟请大家一起进屋，我们就上了朝南楼房的二层客厅。这房子我弟是花了心思了，装修很阔气，家电全部是新买的，包括崭新的家具也一应俱全。坐下来后我们聊天拉家常，我弟妹摆上一些青海本地的馒头油饼之类的，再端上熬制的羊肉汤为客人接风。子吟爸爸想吃青海的羊肉汤，念叨了很久，我特意叮嘱我弟今晚提前熬一锅，子吟和她爸爸吃得赞不绝口，我特别欣慰。

由于天色很晚了，大家饭后不久就准备歇息。我和子吟尚未成婚，按照老家的风俗是不能住一起的，所以我妈就给子吟和她爸各安排了一间屋子。早上起来，我去看子吟睡眠如何，她悄悄给我说天气有些干燥，她老觉得嘴唇紧绷绷的，也就没睡踏实。我很心疼她，赶紧给她倒来一杯清水，她笑着说他爸早上起来必定要喝一杯浓茶，喝不到要发脾气，你赶紧去弄些开水来。我连忙跑到厨房，给我妈讲了这事，她递给我一个暖水瓶，告诉了我茶叶的所在，我又急吼吼地去泡茶了。果然子吟爸无论去哪里都会带着他的一个铝制保温杯，我轻手轻脚去敲他的门，他让我进去后我才发现他已经起床收拾好被褥，坐在窗沿上吸烟。

我心想坏了，今早起床没喝上茶，老丈人会不会发飙啊！结果他笑眯眯地让我进去，没有一点儿生气的意思。我拿了他的杯子去洗了洗，烫过后泡了茶再返回屋里。他让我坐他边上，和他聊聊天。他讲起了很多年前在大通县的生活经历。因为子吟曾讲过他的这段历史，所以即便他的川话我只听懂了一半，也基本了解了大意。当然，也有一些子吟未曾提到的奇闻逸事。比如他有段时间特别迷恋藏刀，所以和煤矿周边的藏族人搞好了关系，从他们身上换了好多各式各样的藏刀。我对他讲的这类故事特别感兴趣，我觉得子吟的经营天赋可能继承他多一点，能和藏民打成一片的人，这情商也是够够的了。

我以为这会是一次完美的探亲之旅，却发生了件令我意料不到的事情，导致我和子吟差点形同陌路。早饭的时候，我弟媳又把昨夜的羊肉汤端出来热了吃，我觉得这个是非常失礼的行为，虽然早餐可以不用太过丰盛，但是只有剩菜这绝不是待客之道啊。退一万步讲，即便我弟他们看出来子吟和她爸爸喜欢喝羊肉汤，也应该再加几个菜才对吧……我心里有些不舒服，但心想可能我家人想早饭简单些，重点是准备丰盛的午餐吧。要知道这次不光是子吟第一次上门，她爸爸也过来了，这是相当于上门定亲，无论在哪里都会很隆重对待的吧，这个我家人不会不知道。我开始隐隐有些担心。

没想到怕什么就来什么。上午我们就在家里聊了聊天，喝喝茶，快到中午的时候要吃午饭，结果我妈和我弟妹也就是端上来几个寻常的家常菜，别说隆重的待客宴了，这个连平常的家宴也算不上！我当时感觉羞愧难当，脸颊和双耳发烫，真的没搞明白这是什么状况。我偷偷看了子吟和她爸爸一眼，只见他们神态自若，说话落落大方，似乎没把这事放在心上，可是我心里知道子吟是有成见了，因为她不曾看我一眼。这顿饭吃得我心惊胆战，感觉时间分分秒秒都在无限延长。我想把我弟叫出去问问情况，可一直也没找到机会，厨房里忙活的是我弟妹，这个事情怎么能问她？

席间，我站起来把准备给子吟爸的红包双手奉上，他笑呵呵接受了。按照我们这里的礼数，其实男方家里也需要给女方个红包作为见面礼，我家人一点表示也没有。饭后，我找了个机会把我弟叫到一处僻静地，问他今天的午饭为何如此寒碜，寒碜到连年夜饭也赶不上。他一听脸红了，说不差了啊，有六七个菜呢。我冷冷看着他，说你丈人第一次上门也是这几个菜对吧？他脸红到了脖子根，小声说他以为这次只是嫂子他们普通的一次上门，没想到是那种上门……我打断他的话，说即便来个普通客人，你这个接待法都有问题，更别说这是你未来嫂子一家上门！他连忙打断我的话头，说客人在，不能让他们听见，不然多难为情……

我心里又气又急，心说你把事情办成这样子，还不够难为情？我丈人在青海待过很多年，他知道青海人很好客。结果到了这么关键的日子，我家人居然做出这样令人匪夷所思的事情来。我弟看我气得都在发抖，说哥你不知道最近家里有多困难，一家人先后生过病，加上盖这个房子花了很多钱，实在没法大办特办。他说这话我能理解，但不以为然，因为这几年我也没少帮家里人，除了在上海这两年经济资助少了些，以前我花了很多钱在家里的。而且，办一桌体面一些的宴席，能花多少钱啊？我说我们来之前不是已经汇了三千块钱给你了吗？这个钱还不够你们办一桌的？

我弟见我追问节前我给他汇钱的事，支支吾吾了半天，顾左右而言他，大意是家里二层楼房刚装修好，客厅里缺个长沙发，我请子吟和她爸爸过来，不能连个坐的地方也没有啊，所以就急急忙忙添置了这件物事。听完他的这些解释，我的心里冰冰凉，有万念俱灰的感觉。这算什么歪理？宁愿讲排场装门面，也不能用点心好酒好菜招待远方来客，这个事情说破大天也没有一丝丝的道理在里面。出门这么多年，我和我弟的沟通极少，可能他一直是这种小气的个性，而我从来都没有正视吧。我很后悔没有给家里说明那笔钱的用途，可能我把话讲明了，也就不会发生这样的事……

我脑袋疼得厉害，一时竟然无计可施，因为这次回来我和子吟只带了一部分现金，还有她的招行信用卡，这些都在她包里。我现在多想自己身上有个几千块钱啊，赶紧安排他下午去买食料，把晚饭搞丰盛些，再不要这样丢人了。我对我弟说，今天就算哥借你三千块，你赶紧去买些好的东西回来，至少晚饭要弄得像点样子啊！我弟唯唯诺诺地答应了。我找到一个无人的地方，仔细想这件事情。我没有提前把事情安排好，所以这件事我有很大的责任；同时，我对我家人的认识也起了很大的变化。我从初中起住校的时候多，加之从小闷着头学习，上了大学又一个人在外奔波，是以对我的家人缺乏深刻的认识。

虽然自爆家丑不应该，但我的家人对外人缺乏热情这是一定的了，可惜我直到今天才醒悟过来。我弟自小自私自利，在今天这件事上表现得更加淋漓尽致。即便是个稍重要些的客人，他这种做法也是不能获得原谅的，何况我是他亲哥啊，我是带着未来的妻子和岳丈探亲来的。我汇给他钱，他难道就一点也没瞧出来我的用意？我想我要是告诉他这笔钱是用来招待客人的，要去买些好酒好菜，这是件多傻的事啊！我父母年事已高也就罢了，家里做主的我弟没想到这些基本的待客之道很让我失望，甚至我都开始怀疑我父母从小就很偏心，不然无法解释今天为什么会出现这么糟糕的局面。真希望子吟不会多想，把这件事情忘掉就好了。

晚饭终于像点样子了，只是我估计父母知道了我和我弟的谈话，所以表情都很不自然。子吟和她爸爸表现还是一如既往地好，所以单从人际交往这块，子吟父女要甩我家十条街了。见此情形，我心里更加不是滋味，明明想把这件事办得极好，想让所有人都开开心心，但实际结果却是差得不能再差了。子吟在饭间和我商量次日一起去青海湖和塔尔寺游玩，她说她爸爸虽然在青海多年，青海湖景区里还没去过呢。我一听赶紧附和，让我弟在村里找部车子，载着三位老人家一起去逛逛。从这时起，因为招待不周引起的不愉快貌似消失了，大家都很开心地谈论着游玩计划。

子吟心里这个疙瘩解开了吗？我觉得没有。虽然她还是和我说话，和我商量事情，可我能感觉到她对我已经成见颇深，我能感受到刚开始认识她的时候，她所特有的那种对陌生人的客气。而我是遇到事情不会随机应变的那种人，此时更加不知该怎么应对了，只是想努力地接下来不犯错误，让她知道我有多么想让她开开心心每一天。我原本计划只带着子吟爸爸和我父母出游，毕竟我弟他们土生土长，周边景点都差不多很熟了。子吟说要出去大家一起会比较热闹一些，我赶紧同意了。于是我和我弟还是找了那辆可载十几人的面包车，于第二天一早出发前往青海湖。

一路上的风景真不错，尤其是经过日月山的时候，我们停车玩了许久。这里是附近海拔最高的地点了，群山环抱，景色秀丽，据传是当年文成公主进藏时经过的地方。子吟爸爸稍有些高原反应，我着急起来，幸好过了一会儿，他就适应了。他说年轻的时候没一点反应的，到底年纪大了。我忙问子吟她的感觉，她微笑着说她还好，只是担心她爸爸会不会高原反应加重。我安慰她，青海湖周边海拔比日月山要低，这里高原反应消退，景区里也不会有问题。我说待会儿到了以后买点红景天让咱爸喝，就不会有问题了，子吟听了点点头，结果剩下的路上他爸爸身体没有什么异样了。

青海湖景区和全国其他的 AAAAA 级景区一样，存在过度开发的问题。除了湖本身确实壮观外，游玩体验并不好。子吟对二郎剑景点上的一些藏族装饰产生了浓厚兴趣，而我的注意力全在她身上，无心看风景。我们坐在一艘快艇上，师傅全速驶向湖心，那种风驰电掣的感觉，加上湖面上的冷风和阳光发出的强烈的紫外线，让大家都很兴奋。看着大家开心的面庞，我很欣慰，这才是我想要的。所有景点游览完毕，我们在景区门口的商店里转悠了很久，子吟喜欢藏饰，而她爸爸喜欢藏刀，他们挨个店闲逛，子吟买了条充满藏族风情的长裙，还有两副耳坠。子吟爸爸看中了两把藏刀，我赶紧买下来，不过担心他能否过得了飞机的安检。

第五十一章

返程又耗费几个钟头，我们到达西宁时快到晚上八点多了，我侄子游玩一天，困得睡了一路，我们商议就在西宁吃顿便饭。西宁面食比较出名，于是就找了家颇具规模的面馆。这次回来，一到吃饭的时间，我都很紧张，但想着经过昨天的事情，我弟应该会懂得些轻重了，果见他选了一家大店，我这才稍轻松些。众人坐下来后，我弟开始点菜，子吟爸爸说大家都游玩累了，简单点一些吧。这句话怎么听都是句客气话，可是我弟听了竟点点头，给每人叫了一碗面条，然后点了一荤两素三个菜。我震惊万分，愣愣看了我弟好一会儿，他也只是在转头的瞬间看出我神色有异，才又招呼服务员把菜单拿来，说要加菜。

子吟爸忙来阻止，说这样最好，简单吃点好回去休息，点多了也是浪费。我弟要和他争，但也是象征性做做样子，也就罢了。我心想完了，这次即便子吟爸爸不会介意，但是子吟一定被得罪惨了。我的性格中懦弱的部分在这次事件中被无限放大，加上对我弟不靠谱的肤浅认识，终于导致发生了这么悲催的事情，真是欲哭无泪了。我都不敢看子吟的眼睛。当天回家后大家都陆续休息了，我去敲子吟的门，想和她聊一聊，结果她说她很困，已经睡下了。隔壁就是子吟爸爸，我不好多打搅，心想找个机会再和她好好道个歉，这件事是我办得不好，但我从来没有丝毫想怠慢的意思。

第二天一早，子吟爸爸说这次来青海，也想到大通走走亲戚，顺便给他姐姐上上坟，昨晚已经和那边的外甥联系好了，今天上午就过去。我一听急了，这原本不在我们此行的行程计划内，子吟和她爸爸一定是因为受到怠慢而临时决定的，但他说得有理有据，我恐怕也无法拒绝。我忙提议说我想陪他们一起去，子吟说这次恐怕不是很方便，以后有机会再过去吧。子吟说这次不方便，是说我们还没结婚吧，而后面一句话给我以遐想，以为她这次虽然受到疏忽招待，但她大人有大量，没放心里面，所以后来我居然愉快地答应了。我这该是有多天真，这么危险的信号来临时居然还能往好处想。

我送子吟和她爸到了西宁，这时候子吟的表哥已经来车站接他们了。我可怜兮兮地看着子吟，还是低声央求跟着她一起去。她说你也好不容易回一趟家，好好跟父母聚聚吧。这是个不容拒绝的理由，我只得作罢，眼睁睁看着他们三人上车走了。自从和子吟认识以来，尤其是我搬到她屋里后，我们几乎天天待在一起，这次看她离我而去，而且是受到慢待后委屈离开这里，我心里感觉空空的，浑身无力，六神无主。我在车站默默待了一个多钟头，估计他们该到了，就打电话给子吟，她接通后表示他们已到，让我勿念就挂了电话。我怅然若失，一个人在西宁的街道上漫无目的地走了许久。

子吟对青海抱有多大的期待，亲爱的读者朋友们可以在前面的文字叙述中看得出来。在她的记忆中，这个地方是最美丽的所在，天是最蓝的，空气是最新鲜的，人也是最好客的。可是事情往往就是这样，你的期望有多大，失望也就有多大。她的第一次青海之行，留下的印象并不好，不过不是因为天不蓝，或者空气不新鲜。接下来的两天，我早中晚固定打电话给子吟，短信更是发了无数。电话她是接的，不过不愿和我多聊，丝毫没有了情人间的亲昵，简直就像陌生人一般，两人的关系仿佛回到了刚刚相识那阵，短信则完全被无视。直到此时，我才明白整件事在朝一个最坏的方向发展。

我家人也意识到了问题的严重，也很后悔他们大意的行为。我不好指责他们，尤其是我父母，年事已高，很多事情没有想得那么周全也情有可原。我弟说下次再请他们过来，一定把这个亏欠给补上。听他如此表态，我能说什么呢？我长期出门在外，思考问题处理事情学会了不那么直接，这是不是这次闹误会的主要原因呢？四号晚上给子吟打电话，说起第二天返沪的行程安排，子吟说她不想坐火车回去，所以已经订好了三人的机票，我说这样也好，省得你太劳累。她冷笑着说，我倒是想劳累来着，可是我表哥早上去火车站，根本买不到三日内票，你不是说买火车票很方便吗？

有心的读者估计也看出来了，我身上的缺点真不少，包括做事欠考虑、安排计划不合理。西宁车票好买那是很多年前的事了，况且国庆长假期间人流密集，车票更是不太可能那么容易买到，而我仅凭以前的经验就敢给子吟保证，这是个很不稳妥的举动。放在平时，这个事情也不算啥，可是在发生了上述事情的当下，我的这个毛病无疑大大增加了子吟对我的不满。挂了电话后，我的懊丧之情达到了顶点，这么多年在外面遇到那么多事情，都没有这次这样令我沮丧，简直是屋漏偏逢连夜雨了。我和子吟欢天喜地来这边游玩，却要双双带着委屈返程，而子吟究竟会发飙发到什么程度，我都不敢想象。

我妈给子吟和她爸爸做了几双布鞋，这个我觉得子吟会很喜欢，此外我弟也准备了一些青海特产带给子吟爸。那晚我们一家人难得坐一起聊了聊，我爸爸年轻时太过劳累，又出过车祸，所以晚年各种毛病很多，尤其是心脏病和高血压这类老年人常得的病，一样也没少。我妈得的是静脉曲张，还有心血管疾病。看着他们渐渐老去，我爸爸年轻时的壮硕身体不在了，我妈更是连行动都不便起来。我常年不在他们身边，照顾的重任都在我弟身上，想到这些，我对他这次的怠慢之举没有了埋怨。听我大姐私下给我讲，我弟还在参与赌博，只是没有以前那么凶而已，我隐隐为他担心，觉得他这样下去早晚会惹出祸端的。

第二天上午，我弟送我去机场，在那里和子吟和她爸碰头。我估计子吟爸这次在大通很开心，对我和我弟很热情，让我在上海时多多照顾子吟，找机会去自贡做客。我心想也许事情没有我想的那么糟糕吧。子吟爸是上午的航班，我们先送他飞走了。我和子吟返沪是在下午，所以我让我弟先回去了，我和子吟在机场等着登机。这时她积累多时的不满爆发了，不过不是朝着我发脾气，如果是那样我心里还好受些。她从这时起就不和我说话，甚至都不看我一眼。换登机牌她也不愿意等我，自顾自地拿了票去进安检通道。我也忙换好机票去追她。我们在飞机上的位置当然不是靠一起，所以一路上我惴惴不安，不知她会怎么处理此事。

我一路胡思乱想，却不得要领。我想这件事我没办好，但不是存心的，我以后多注意些，改正也就是了。但回头又一想，这件事搁谁身上都受不了，不见得每次无心之失都有被原谅的可能，子吟完全可以认为我没有诚意待她和她的家人。飞机起飞后，我特意和她身边的一个中年女子商量，看能不能换个座位，中年女子稍作犹豫就答应了，我对她千恩万谢，才坐到了子吟身边。我和她说话，她理也不理。我有错在先，这时候就更应该多些耐心，于是我自说自话般地跟她讲话，诉说这几天我对她的想念，也讲以前遇到的一些趣事。我没敢提这次令她不开心的事，也问她大通那几天的经历，但她还是不接话。

到达浦东机场后，我抢着拎了行李，子吟见状也不理会，我紧跟在她后面，生怕被她落下了。排队等到出租车，我放好行李，她已经坐前排副驾驶位置了，我上车后也不好吭声了，毕竟多了一个司机。从西宁返回上海，立马感觉处处灯火璀璨，从机场到市区一路，郊区的夜上海也已陷入灯的海洋，我却无心欣赏，前排的子吟则定定地头朝前方，不知她的气消了与否。车子开进我们熟悉的小区，这会儿已经快八点钟了，小区里散步活动的业主也很多，我生怕遇到蒋阿姨他们，问起来回家的情形，可真不好回答啊。没有能照顾好子吟，见到关心她的人我心里会愧疚万分。

幸好没遇见他们。我随子吟上楼进门，等放好行李才转身的工夫，子吟已经进主卧关上门锁住。我对此有心理准备，但真到一扇门阻断了彼此，我心里的失落感还是无比巨大。我怔怔看着主卧的门，想了想要不要去敲门，可是举起手又敲不下去，最后无奈放弃。这时候去敲门，只是徒增她的烦恼。我心想她生几天气也就慢慢好起来了吧，于是简单洗漱一下就进了次卧，躺在床上胡思乱想。幸亏这间房子收拾出来可以住人了，不然今天就糟糕了。又一想不对了，如果房子还是仓库样，子吟知道我没地方住，说不定就不会锁我在外面，所以我又很懊悔把房间收拾整齐了。

第二天早上，我起床后出了卧室去敲子吟的门，结果里面没反应。我等了一会儿，里面没一点动静，心想她难道已经离开了？我走到客厅里，发现桌子上留有一封折叠起来的纸，忙拿起来细看，原来是子吟留给我的。看完后我的后背冷汗直冒，虽然我知道她会生气难过，但没想到她直接向我提了分手。信中她说既然我没有一点诚意，又何必假惺惺骗人感情。原来她以为我只是个感情骗子，根本没有与她结婚生子安居乐业的想法呢！我头脑一片混乱，不知她何以会得出这么极端的结论。但是当我仔细又看了一遍她留给我的信，站在她的角度细想，她得出这个结论又合情合理。

子吟觉得她受到了怠慢，完全可以忍受，但是她爸千里迢迢来上门，遭遇这样的待遇她不能接受。大通之行，她表哥的热情款待让她心理上产生了巨大的落差，不理解同样是在青海，两家的待客之道为何有如此巨大的差别。她最后得出结论，认为我并不爱她，也不认为我有诚意和她共度余生。既然如此，何苦浪费彼此的时间？信的最后，她让我三天内搬离此处，并说我的钱她会全部打我卡上。我心里特别难受，心乱如麻，完全不知该怎么样应付这个局面。考虑了一个上午，我有了个主意。以我的口才，如果她当面说这些给我，那么我估计会哑口无言吧。但是现在有三天时间，我会好好考虑，如何挽回她的心。

子吟说三天内让我搬离，那么这几天她大概不会回来了。我先把屋子全部收拾了一遍，不过这个当口可不能扔东西。那一天我都没出门，也懒得做饭了，就煮了一锅稀饭当一日三餐，发了很多短信给子吟。次日上午，手机短信显示我的工资卡多了四万块钱，这是她打给我的了，心想子吟行动力好强啊，不愧是干大事的料，做事说一不二的。不过对待我们这次这事上，我可一点也不希望她固执。前一天吃了一天的稀饭，这样下去不是办法，于是我跑到小区门口吃了碗面条赶紧回来了。你问我为何这么紧张，我想如果子吟回来把门锁给换掉，那么这事要糟糕了，还不如尽量在家里待着呢！

八号那天，本来是应该去单位节后报到的，我因为上面提到的原因，还是没去单位。苦苦挨到下午，我心想得做点能表达我诚意的事情啊，于是跑到正大广场去瞅瞅，看能不能给子吟买点她喜欢的东西。我到了商场，又怕子吟突然就回了家，挑东西就很快。买戒指是最能表达我的心意的，可是我想这个东西买了戴着不合适就麻烦了，就在周大福里买了条项链，稍作包装就往家里赶，还好子吟没有到过家。我看看屋子里，整洁是有了，但好像少了许多活力，我心想买些花回来子吟一定喜欢，于是又跑出去，到了附近的花店，买了五束不同颜色的玫瑰，回到家想找瓶子装起来，无奈找不到相同的花瓶，只好找不同的瓶子替代。

等了一个下午，子吟没回来，我心里渐渐着急起来。现在我不得不考虑这么一种可能性，就是她已经完全对我失望了，也打定了主意和我结束关系，搞不好一个月也不回来，难道我就这样傻傻地等下去？不过除了等待下去，我还真没有什么好办法。她的几个闺密我是认识的，但也仅仅刚认识而已，这时候打电话向她们询问子吟的下落，我估计这是自找没趣了，而且我还没来得及存住她们的号码。那个晚上我失眠了，对这事开始持悲观立场了，甚至觉得真的要失去子吟了。想到这种可能性，我觉得心如刀割，世界末日来临了一般。我打定主意，一定要等她回来，好好向她道歉。

直到次日下午时分，我听有人拿钥匙开门，赶紧跑到客厅，愣愣看着来人打开了门。果然是子吟！这么多天没见她，突然看到她出现，我激动得差点哭出声来。子吟大概也没想到我还在屋里，她进门看到我，也惊讶地愣了一下，随即准备关上门再次离开。我哪里能让她再次跑开？我跑出去在她要进电梯前抱住了她，再也不肯松手。子吟拼命挣扎，想要摆脱我，无奈力气比不过我，后来索性不反抗了。她恨恨地对我说，你这是干什么？小心我喊人啦。我拖着哭腔说求你不要离开我。子吟说你一个男人，在楼道里这样子，像什么话？我一听有理，赶紧把她拉回了屋里。

子吟甩开我的手，坐在餐桌边上，看了看眼前的玫瑰花束，欲言又止。我拿了把椅子坐在她边上，赶紧向她道歉，说这次回去我没有安排好，是我失误了，但主观上绝没有哪怕一丝丝不重视的意思。我还说我家人以为这次只是我们去认认家门，所以礼数上有欠周到的地方……子吟打断我的话，说这些你已经说过了，有没有新鲜些的呢？你要重视我们的关系，会想不到提前做准备？我爸爸在青海长大，他太了解青海人是怎么招待客人的，你们家……你们家……我心想我家慢待了客人这个责任是无论如何也逃不掉的，但我本人真没想到这事会发生，于是告诉子吟我提前汇了钱了，就是想让他们做准备的，只是我没明说这就是招待客人的钱，这是我的失误。

第五十二章

　　子吟听罢吃惊地看着我，问我这是什么时候的事？我一听这可能是解决这件事情的钥匙，于是就把我汇款的目的和想法给她讲了一遍，最后还拿了汇款凭证给她看。她仔细看了看，脸上表情变得平和起来。这时候我才醒悟过来，原来她生气，不是为了她受到了怠慢，也并不是因为她爸爸受到了冷遇，她是从这一串事件中没有感受到我的爱，以为我没用心去待她。我给家里汇了款，这件事能证明我很重视她的上门，这对她就够了！这件事情发生以后，我就该把汇款的事告诉子吟，也许子吟就不会有这么大的成见了，这么简单而明显的事，我居然没想起来要做，说出来令人匪夷所思。

　　现在我知道了，她因为太在乎我了，才会深究我行为的动机。我在老家行为背后的动机不明，也没有事实说明我为了她做了应该做的事，她心生芥蒂乃至对我绝望都是正常的，而我汇款的事恰恰能说明我是做了准备的，也是重视她和她父亲上门这件事的，之所以办坏事，只能说明我做事还不太严谨，所以人人都会不自知地做事后诸葛亮，就是说的这个意思吧。子吟把汇款凭证还给我，低头不说话了，我见状赶紧趁热打铁，说这次都是我的责任，但看在好心办坏事的份儿上，求她给个改过自新的机会。她看着我，略带调侃语气地说，僧是愚氓犹可训。我一怔，立马明白过来她的意思了。

　　这句话是伟人说过的，意思是我犯的错误虽然很严重，但是还是能靠批评教育挽救回来的，那么子吟的意思是我虽然办坏了事，可是并不是心里没有她，所以准备原谅我了。我赶紧把买来的项链拿出来，对她说这是我诚挚向她道歉的一点心意。她看了看，说你花了公款买项链，算不得是你送我的，必须自己挣钱重新买条来。至此，我们的这次危机才得以解除，二人和好如初。子吟还把去大通的事情讲给我听，我很惭愧，不过她既然解开了心结，也自然不会做一些无谓的比较了。她对我说，你家人对我怎么样我一点也不在乎，我只希望你是真的爱我，就足够了。

　　误会危机解除了，就是阳光灿烂的日子。当天晚上，我们又缠绵半夜，做那些不可描述之事。人家说夫妻床头吵架床尾和，可能古人把床中间的事给漏掉了，而那个过程才是最关键的吧。我一方面心有歉意，另一方面半个月没有碰她了，所以那一夜我们有多疯狂，这么多年下来都记忆犹新。第二天起床自然早不了，我们相依相偎了许久。我心想今天无论如何要去单位了，不然真不好交代。子吟开车经翔殷路隧道送我去了单位。我下车问她今天有什么安排，子吟说她就在附近找家咖啡馆，等到下班接我回去。我一听乐了，说上个班有美女接送，这是我们老总都不曾有的待遇，子吟笑呵呵说，她很乐意为我效劳。

我到了单位，见到刘炜和黄灿标，见两人正在一起研究新买的诺基亚手机。他们俩的脾性很接近，现在穿着发型等也一样起来，都理了短寸发，戴着风格类似的眼镜，灰白色 T 恤加牛仔裤和运动鞋，很明显是黄胖子刻意模仿刘炜的。刘炜见我来上班了，笑嘻嘻拉过椅子让我坐下，和我闲聊。我大概给他讲了讲假期的行程安排，又从包里拿了带给他和黄胖子的一点家乡特产，他们欣然接受。谈到我的工作安排，刘炜说陈为涛已经找他谈过了，人民广场项目即将结束，我的工作重点转移到部门技术负责上来。听他安排起我的后续工作，我心里是不开心的，相比于到这里来上班，我还是觉得在人民广场工地更舒心。

刘炜对我说，最近部门项目越来越多，又陆续招聘了很多项目负责人，但专业素质参差不齐，所以你的主要任务就是培训，让他们在技术上和你一样厉害。我赶紧答应下来。他又说部门已经安排了你的办公室，以后就来单位上班，不要去工地了。我知道潇洒的日子已经过去，朝九晚五的苦逼日子来临。从浦东到这里来上班，交通很不便利，这是个最主要的难题。每天让子吟开车送我上下班？这个一点也不现实，即便她愿意，我也挺心疼她，何况她还有更重要的事要做。坐公交，路上最起码要两个小时啊，一天来回四个小时在路上，想想都是很恐怖的一件事。

刘炜安排我和一个叫许思杰的同事一起办公，位置就在刘炜办公室的对门。我们聊了一会儿工作后就按照他的安排去了新办公室，把自己的位置整理了一番，做一些正式办公前的准备工作。许思杰是新上海人，父母多年前从南通来上海工作，许思杰出生地就是上海，不过我没搞懂他为何是在桂林读的大学，像他这样出生在上海的人，大部分都是在这里上学，哪怕成绩不好也很容易找到合适的学校。许思杰长得白白净净，而且说话幽默风趣，很容易和他沟通。他的穿衣搭配很时尚，这在我们这个工程建设单位是很不容易的。看他几乎每天都会换一套合身的衣服，所以每天都显得精神抖擞，这是个值得认真学习的人。

通往申城的阶梯

好不容易熬到下班，我一溜烟跑出公司，子吟已经在门口等着了。她笑呵呵问我节后第一天上班，感觉如何？我把情况给她说了一下，她笑呵呵说只要刘炜不为难你，那就好了。至于上班，我接你上下班没什么问题的，我也很乐意。我摇摇头，说代价太大了。如果我是上市公司老总，请你接送我上下班都是委屈了你呢！她佯作生气状，说你在说什么呢！接送老公上下班天经地义啊。我用手轻轻刮刮她好看的高鼻梁，说你可以做更重要的事，接送我不是说掉你的价，而是浪费了你的才。她笑呵呵说看不出来你哄人还是很有一套的嘛！随即她说要么让我去考个驾照，如此我可以开车上下班了。

节后第一个周末，我和子吟想着去周边游玩两天，选来选去决定去常熟。我们顺着沿江高速一直走，不到一个半小时就到常熟市内了。我们先找酒店休息，这里离虞山比较近，而虞山就是我们此行的主要目的地。我们是从言子墓这边上山的，首先去的是剑阁，在虞山中大致步行五公里。然后从后门出去，继续往西步行到山下的宝岩景区。虞山不高，山上都是茶园，子吟还想亲自去采摘一番，却少见采茶人，一问原来春季才是采茶季。第二天去了沙家浜，文昌阁边上青青杨柳随风起舞，四周的芦苇翠绿欲滴。我把这次出游记下来，主要是因为此后我们几乎没有二人旅游的机会了，一连串的事情接踵而至。

回来后我就正常上下班，子吟坚持接送，她说她喜欢黏着我，而我又何尝不是啊。大约十天后，子吟的例假没来，我俩有些慌神。我们知道现在还不是要小孩的最佳时机，所以即便那晚的激情一夜，我们也是采取安全措施了的。不过仔细回忆，又好像在昏天黑地间有危险动作。我们面面相觑，也吃不准这事了。我们买了测试纸来，子吟双掌合十，说可千万不要中招，结果还是当上了中队长。我说顺其自然吧，莫名其妙就怀上了，这是缘分啊。子吟皱着眉想了半天，说现在生真心不合适呢，我一生的话三年内就没法工作了，我已经有一年多没跑客户了，再来个三年，那么就要一切从头再来。

我知道子吟说得有道理，但我内心深处还是很想要这个孩子。我们都快到而立之年，听说女人三十以后生育危险系数直线上升，反正早晚要生，趁势生下来也就罢了，辛苦熬几年也就过来了。不过这些话我没说出口，因为生不生女人作决定更合适。经过反复纠结，子吟作了不生的决定。于是在半个月后，我们去医院做了药物流产，那天我陪着子吟去医院，看子吟药流后面色惨白，平日容光焕发的精神不在，心里别提有多心疼了，心想以后要更加小心，千万不能让她再吃这个苦头了。那段时间楼下的蒋阿姨天天过来照顾她，子萱和田琳也经常来看她，让我省心了很多。

那段时间子吟卧床休息，虽然一周后就无大碍了，我还是选择自己坐公交车上下班，让她恢复得好好的。子吟看着我早出晚归很心疼，就让我报个驾校把驾照考出来，我那时对开车好像不是特别感冒，就说等以后稍空闲的时候再去不迟。我们也商议了今年过年的安排，决定一起去自贡，我要去见见子吟妈妈。这次春节回去，我们准备在她那边把结婚证领了。子吟笑呵呵说，你要做好准备啊，回去你要受苦了。我一听一头雾水，忙问缘故。她说川菜无辣不欢，即便是一般的素菜，也会放许多辣椒，你得练练吃辣的，不然可有的受了。我笑呵呵拍拍胸脯说，这点你不用担心，我还是很喜欢吃辣的啊。

天气逐渐冷起来了，而子吟说这个冬天她过得最温暖，可是我就过得冰冰凉。我说的可不是我的心里，而是指过夜搂着她入眠。一到冬天，不光她的手冷冰冰的，脚冰冰凉的，连她的身上也是。我们的屋子里倒是装了空调的，不过制热效果并不明显，所以每晚睡前我就负责先爬上床暖被子，然后等她洗完澡后再替她暖身子。这个过程极其痛苦，但我痛并快乐着。而她则是幸福无比，随后心疼地说哥哥辛苦了。我说为老婆服务，她就一脸幸福。这样彼此熟悉了以后，冬天她就很难一个人入眠了。自从我搬过来后，子吟就经常做饭给我吃，她本是川妹子，可到了上海后口味变淡了。

时间慢慢向前推移，子吟知道她必须重新努力工作起来了。子吟甚至制定了奋斗计划表，排在第一位的计划是在五年内买房。我听她说"五年"这个数字后很吃惊，因为我觉得上海房价已经高得离谱，五年内买房的计划是有些偏激了吧！子吟说我们按揭贷款，首付三成的话，五年还是没什么大问题的吧。我心想以子吟的经营能力，说不定真有这么厉害，于是就给她打气，说我们夫妻同心，其利断金。子吟一听乐成了一朵花，对我"夫妻同心"这句话称赞不已。这次怀孕没有留住，就是因为没房子，所以她恢复了一开始做业务的那股劲道，早上来得及的话就送我到单位，来不及就自行安排计划，努力拜访客户。

子吟首先就是把原先的所有客户都慢慢恢复起来，正如以前讲过的，业务员开发客户很难，但是失去客户很简单，只要一年不联系，关系就会疏远很多。上海各行各业都节奏很快，人人忙着做事，事情也催人忙，正所谓逆水行舟，不进则退。子吟恢复了熟悉的客户，再接着开发新的客户。有时候她会幽怨地说，你怎么不早些出现，哪怕再早个两年，这会儿我们可能房子也买好了。我安慰她道，说不定两年前我们遇到也不一定相恋呀，比如你说起你曾到我在的人民广场工地，可那时候我站在你面前，你也不一定会多看我两眼呀。她眼角含笑着说，说得果然不错，看来缘分是在对的时间遇到对的人。

子吟和张海一直关系不错，所以当张海知道子吟谈了对象后，就想请我们吃饭，子吟欣然应允。那是一个周五晚上，张海和他夫人订了一家海鲜饭店，我记得好像在田林东路，我们赶过去的时候，他们已经在等候了。说实话，张海对子吟的确非常好，证据之一就是他对我的尊重，他特意点了一桌的时令海鲜，还带了一瓶自己珍藏的红葡萄酒。他说子吟开车，你就好放开喝几杯了。我的酒量很不好，喝任何酒很快会满面通红，喝得快些就会醉倒了。那天我们边聊边吃，我倒没有喝醉，只是饭局结束后在车上已经晕乎乎天旋地转，子吟心疼地说，怎么就这么一点点酒量啊？估计都喝不过她呀！

我渐渐适应了朝九晚五的工作模式，很多时候是挤公交去上班。听说六号线就要开通，我自己测算了一下，换乘地铁上班至少可节省半个小时时间。元旦前，地铁开通了，我欢天喜地地调整了上下班路线，去换乘地铁。结果乘坐体验非常糟糕。原来六号线当初设计时按照调查运能，采用了四节编组列车，这比一号线要少了一半，结果修建过程中，地铁沿线小区如雨后春笋般拔地而起，常住居民迅速增加，这样六号线地铁运能就捉襟见肘。开通后不久，六号线就成为早晚高峰期上海最堵的列车。好几次，我是被人流裹挟进车厢的，全程脚不沾地。我觉得男人还能接受，女生敢去尝试坐六号线得要多大的勇气？

子吟得知后异常心疼我，于是尽量上下班接送我，后来她忙起来顾不上了，就时时劝我去考驾照。那天回家，她说她已经帮我在驾校报了名，并强调这是她送我的新年礼物，周末抽一天空出来去学习。她这是赶鸭子上架了，我只好表示我会努力学习，争取早日拿到驾照。她笑呵呵地说，以后你拿了驾照，我就可以坐副驾驶休息。我说正该如此啊，哪能一直让美女老婆当驾驶员，这是不可接受的。她报了一家浦东规模颇大的驾校，我就按照约定去川沙基地系统学习。科目一比较简单，我在年前就顺利通过了。我们家附近就有驾校的接送车，所以去驾校也特别方便，我想这也是子吟选择这家驾校的原因之一吧。

等身体恢复如常后，子吟就开始努力工作起来，但很长时间里没怎么接到项目。后来我发现，这不光是由于她恢复原先的关系需要时间，更在于她把大部分精力花在医疗和教育系统里了。上次子吟的意外怀孕，让她意识到我们结婚后很快会迎来小孩子。虽然她希望我们能在买房后迎来新生命，可计划赶不上变化，万一买房的事提前了，生育小孩子的事也就提上日程了，那么未雨绸缪地在教育系统和医疗系统做些布局就很必要。子吟在教育系统的突破口比较简单，我在前文中已有述及，她在她所在的函授大学深挖细掘，竟然结识了该系统中几位重量级的实权人物。而说起子吟在医疗系统的人脉培养，陈惠良帮了很大的忙。

第五十三章

自从子吟和我在一起后，我就几乎成了她一切活动的中心，这个是顾家女人的特点了。而这同样限制了她的社交圈的扩大，比如和她闺密的交往，田琳和子萱就时常说她见色忘友。是啊，这几个月来，子吟和她们的联系远比以前少了。过了元旦，子吟赶紧安排了和她两个小姐妹的聚餐，约在源深体育中心附近吃川菜。考虑到今年春节我们要去四川，那次子吟还请了田琳父母和楼下蒋阿姨一家，算是年前一起庆贺。田琳父母见到我以后，都夸我帅气英俊，我就当他们是在夸子吟眼光好。蒋阿姨说这都是子吟的功劳，刚搬过来时小伙子瘦成猴了，这才几个月，就被子吟养胖了不少。

听了她的这番话，我自己忽然觉得这话应该不假呢。去了趟卫生间，我仔细看了看镜中的我，忽觉无论外貌还是精神气质和半年前已经判若两人了。虽然我并非美男，现在称为帅哥也不是不可以了，这固然与我近半年不上夜班有关系，主要还是因为子吟对我认真细致的照顾。子吟无论去哪里，总会不忘记带那里最好的东西给我，包括吃的喝的玩的用的。我忽然想到子吟从小到大，人生的每个阶段都会找个人去疼，这会儿轮到我了，而且极有可能会宠爱我一辈子，我心里不禁感慨万分。回到饭桌，大家开心地边吃边聊，田琳妈拜托我一件事，就是帮田琳物色个男朋友，我觉得很为难，但只得先答应下来再说。

饭后，几位家长先乘车回家了，我们几个选择去找乐子，众人商量来商量去，从泡吧蹦迪到唱歌讨论了个遍，最后决定还是去唱歌。唱歌的人一多，气氛就浓厚，大家也放得开。三个女生里子萱唱歌不错，而且是难度较大的一些目下流行歌曲，子吟除了有点跑调，嗓音不错，田琳听得多唱得少。我唱的都是经典老歌，而且总共也没学几首，每次就那三板斧，也不知当初是怎么靠这点本事把子吟迷翻的。那晚我们唱歌唱到十一点，还意犹未尽，最后又跑去酒吧了。我在三峡的时候经常去蹦迪，也会跳一点舞，可比起她们三个那还差得远呢，她们跳起舞来有模有样，非我这个瞎跳的可比。

子吟将田琳和子萱送回家，笑嘻嘻问做红娘的感觉如何。我一怔，才明白过来她说的是田琳妈让我给田琳介绍男友的事。我说这事挺难，我一进单位就在人民广场上夜班，最近两个月才到了单位总部，同事都没认全，哪里能找到合适的人呢？而且田琳是地道上海姑娘，恐怕会优先考虑上海男生，我认识的上海男人用手指头都可以数完，而且结了婚的居多。子吟笑着说你平时留意一下即可，缘分来了谁也挡不住。说到人品和能力，我认识的人里就数李晓勇是最顶尖的，只是他的容貌不佳，而且普通话也不标准，恐怕田琳看不上。我把这事讲给子吟听，她说以她的认识，田琳还是极重外貌的，我听后也就不再多想。

二〇〇八年元旦没过几天，我接到了汪经理的电话，他说他们公司需要添置一台新设备，叫我去找他一起谈谈仪器型号和价格。汪经理还不知道我不做销售两年多了。对于这个送上门的客户，我没有选择挑明事实，而是想和他谈谈生意，如果从中赚些差价，也是很好的啊。我把汪经理需要的设备的供货商底价打听到了，挑了个下午空闲时光跑到他们单位去谈了谈，结果以高于进货价一万多元谈成了生意。我非常开心，这笔钱赚得很爽快，我开始怀疑我是不是又走错路了，当初如果坚持跑客户做销售，现在是不是一个成功的销售员呢？转念一想，我要是做销售员，可能就没有机会遇到子吟呢。

我想给子吟一个惊喜，就没告诉她这件事，想等拿到钱了全部买礼物带回她老家。我从苏州某仪器厂家拿到设备，按时去汪经理公司去交货，得知他们公司在彭浦新村的一个新基地开工了，这台设备正是为那个项目买的。我一听是工程项目，立马来了兴趣。上次因为我的原因，让子吟丢了他们公司的一个项目，如果我通过他的关系，帮子吟拿到新基地的一两个项目，岂不是挺美？拿到仪器采购款后，我请他吃了一次饭，给他送上一个大信封，表达了想分包一些他的工程。汪经理同意了，他说最好你能找家有施工资质的单位，程序上要完全没问题。我赶紧讲我的一个朋友是专门做施工的，她来出面做这些事绝对可靠放心。

回到家，我把这事告诉子吟，她也很开心。她说你还是很有做经营的潜质的啊，这事办得漂亮。我知道自己在销售方面有几斤几两的，这次完全是运气。我很快安排子吟去找了汪经理一次，她也的确厉害，不仅很快拿到了为期两个月的项目，而且和汪经理成了很好的朋友。我分析了一下原因，除了子吟很会来事，还在于她抓住一切机会与对方沟通有关。人与人的关系是在不断的沟通与交流中走向亲密的，子吟时刻准备着给她的朋友和客户排忧解难，而我平时和朋友愿意多说话，跟陌生人很难有共同话题，试问怎么交到很多朋友呢？交朋友是门艺术，子吟是把这艺术发挥到极致的一个典型。

正当我们积极准备这次四川之行时，新年的第一场雪，比以往时候来得更猛了一些。记得是一月十三日晚上，那天饭后我和子吟正在家休息呢，忽然看到夜空下，浓密的大雪满天飞舞。接下来两周内，雪又消失得无影无踪，只是天空中一直下着冷雨，天色灰暗，气温愈来愈低。我们不免期盼赶快下雪，希望下过雪，天气能够恢复晴朗，气候也会跟着回升，这样才不会耽误了我们回家的航班。到了一月二十六号，那天我和李晓勇约好在人民广场谈事，二人刚刚碰面，不管在公园、广场、步行街还是高架上面，雪像海量断线珍珠似的遮住视线，路上行人匆匆赶路，大雪连下了一整天。

从那天开始，上海就变成银色世界，连梧桐树干都被雪覆盖，在积雪的路上，走路很容易滑倒，看起来这场雪应该会造成一些灾害了。看电视才知道其他地方更严重，断路断电，很多人滞留在火车站，全国投入救灾。真希望这场罕见雪灾赶快过去，让一年难得回家的人们顺利返乡过年。好多车子被堵在高速上，原本半天的路程要走两三天，甚至连火车也有困在半路不能动弹的。我和子吟怕连航班也被取消了，事实上在暴雪最严重的时候机场确实被迫关闭了。就在我们准备取消行程，打算在上海过年的时候，却意外地遇到了几天航班正常起飞的日子。我们正好借此机会按时起飞了。

上飞机前外面还下着小雪，升到高空之后却是一番奇异的景观。飞机如小舟般漂浮在大朵大朵的乌云之上，一道金光穿越云层慢慢露出整个面盘，是火红的太阳，与地面的阴霾暴雪天气仿佛是两个世界一般。飞机在重庆降落之后，天气又恢复到恶劣状态，这里和南方省份一样，无例外地到处大雪纷飞，机场出口处的广播里不停地在播报着因天气原因当日停飞的飞机班次。

通往申城的阶梯

因为大雪不方便，我们婉拒了姐姐来接我们的好意，请她过年到自贡相聚，而后拖着行李坐上了开往自贡的大巴。路上还是比平时多花了半天的工夫，到达长途客运站后子吟爸爸和海英来接我们。

海英和她男友在成都打工几年，这也是我第一次见她，她果然比她姐姐高出了一个头，面容很像她爸爸。我们合乘一部车子回家，子吟绘声绘色地讲述了我们一路的惊险经历。到家以后，子吟妈妈已经在厨房里忙活了，我慌里慌张叫她一声"阿姨"，子吟踢我一脚，我赶紧改口了。子吟妈妈笑眯眯拉着我手赶紧往沙发上让，果然是丈母娘看女婿，越看越欢喜。她说晚饭很快就做好了，你们先聊聊天看看电视。我丈母娘讲话慢条斯理，我大部分能听懂，这倒省了很多麻烦了。子吟拉着我参观房子，我觉得装修好豪华啊，对比上海的毛坯房，简直有天壤之别。屋外寒风萧萧，室内温暖舒适，回家的感觉真的太好了。

晚餐无疑是一桌地道的川菜了。丈母娘做了一道水煮辣子鱼，那味道真的非常好吃，还有那个毛血旺，也让我赞不绝口。听子吟讲，丈母娘为照顾到我不能吃太辣，菜里辣椒比平时放的要少很多，即便如此，我最后还是吃得满头大汗。饭后子吟姐妹俩带着我出去逛街，虽然还是下着雪，地上湿漉漉，街道上还是人声鼎沸。听子吟多次讲起东方广场，今天算是慕名而来了，漫步在仿古商业步行街上，可以深刻体会到自贡传统盐文化、灯文化及现代旅游文化的紧密结合。这会儿还是年前，待到元宵节前，这里的热闹程度可想而知了。可惜我们要在正月初九前赶回公司上班，与自贡元宵节的亲密接触怕是要延后了。

我们逛到十点多，雪越下越大，只得回家。电视新闻上连篇累牍地报道各地的雪灾情况，我们都很揪心，也庆幸没有坐火车回家，不然这会儿我们也被堵在路上进退不得了。当晚安排休息，我和子吟不太好住一屋，所以我想睡客厅的沙发上，子吟和海英一间卧室。而丈人坚决不肯，他自己要睡沙发，让我住客卧。我最后争执不过，只得依从。我洗漱完毕后，换上子吟拿来的睡衣，她正要出门，我一把抱住，她挣脱不掉，就在我手臂上咬了一口，我吃痛忍不住，却也不敢大叫，只得放开她。子吟双眼含笑，向我抛个媚眼后开门出去了。可能是这一天也折腾得有些累了，加上环境舒适，我破天荒第一次换床睡而未失眠。

第二天天气还是阴沉，这是我们计划中的领证日。子吟一早起来梳妆打扮，我也兴奋不已。她今天穿了一件红色棉袄，非常好看，据她说是和姐姐一起在上海地铁某站厅的商户那里买的，我觉得特别适合她，穿起来像个小姑娘，子吟一听开心了，说上次穿回来就留在这儿了，你说好看，我就带回上海。大约十点我们赶到了民政局，却不料被通知这项业务受理已经暂停，须到年后。我们大吃一惊，大多数的单位是在正月初八上班，谁知上班后又会碰到什么情况啊？但是没办法啊，子吟一查日期，结果发现那天刚好是情人节，如果那天领到结婚证，简直是极好的日子啊。所以她决定无论如何也要在那天拿证。

虽然没领到结婚证，子吟心情反而更美了，我们出门后决定去置办些年货。上午逛了一会儿，也买了些东西，我们携手去吃午饭。走进一条看起来有很多饭店的巷子，我抬头瞅见左手第一家饭店的招牌上写着"骚羊子"。我突然想起某次房事后，子吟曾戏称我是只很骚的色羊。我属羊，而羊肉本有膻味，这句话就有些双关语的意思。这时看到这个招牌，我心想可不能提这茬，不然子吟又要借机取笑，于是我默默地往前走。岂料没走两步，又一家饭店招牌上写着"大公羊"。我傻眼了，这个词子吟也曾称呼过我。我回头看子吟，她已经笑得花枝乱颤。这之后的很多年，她都拿这件事取笑我，说自贡欢迎你，暴露了你的原形。

我随子吟一起去给婆婆上坟，不出意料地，那里又是杂草丛生。这个对子吟最好的人，如今如此孤单，我看着心里也很难受。不过，她在天堂看着子吟找到了爱人，一定非常开心。我拿了把铁锹，加固了一下坟头，把周边清理了一番。这时子吟已经半跪在坟前，泪流不止。我静静地站立了一会儿，子吟也从半跪到完全跪下来，我把精心准备的祭品放在坟前，又慢慢烧了纸钱，随后和子吟并排跪在一起。子吟说，如果早些遇到你就好了，婆婆就去得毫无遗憾了。我说婆婆一定知道你会找到好老公，今天我们来这里，说不定就是婆婆的安排呀。子吟泪眼婆娑地说我好想婆婆啊，我扶着她的肩膀，擦拭了她的泪水，抱她在怀里。

那段时间，子吟带着我去了她学习生活过的中学。我们在操场上漫步，子吟说真不知道有一天还能重新来这里，当初迫不得已离开这里，很多次梦里都是这里的各个角落，醒来后却无论如何鼓不起勇气再回来看看。我说你应该是这里最优秀的毕业生之一，老师们知道你的努力都会为你点赞的。子吟笑笑说，大学都没上，哪里能算优秀毕业生？我说社会是最好的大学，而实践证明，你在最好的大学里成绩优异，无愧最优秀的毕业生称号。子吟笑吟吟地说，和你在一起了，才发现你这么会哄人。我严肃地说，我惯会讲实话而已。我很多次地想，如果子吟真的上过大学，以她的情商和智商，会做出多大的成绩呢？

很快就到了大年夜，由于我的到来，一扫前两年这个家庭发生各种变故的阴霾，这个春节就过得特别祥和快乐。以前女生不方便做的事，比如放烟花鞭炮等统统交给了我，而我也不负众望。那次我们还特意从上海带了一个摄像机，把很精彩的瞬间给录了下来，有一段是子吟发表的即兴感言，内容没有大的新意，不过她那双顾盼撩人的大眼睛每一忽闪，微微上翘的长睫毛便扑朔迷离地上下跳动，多年下来仍让我心动不已。那天晚上九点左右，我们正在楼下放鞭炮，结果附近的天空被烟火映红了，五光十色的烟花放了近两个小时。我丈人说好像是公安局的方向，这肯定是年前查封缴获的违法爆竹，不然也不会这么慷慨地烧钱吧。

早在大年三十中午的时候，我提醒子吟别忘记给好朋友和客户发短信祝贺新春。子吟却说，大部分人都是年三十这天发，收获短信的人集中被短信轰炸，我的短信再诚恳，祝愿再良好也很难获得关注，所以我一般都是初一午后才编辑发送的。我一听有理，也想春节当日编短信了。除夕夜当晚照例欢聚到了半夜两三点，第二天睡醒后，我一阵复制转发，就把亲朋好友的祝福回了个遍。大家起来后稍活动了一会儿，就吃午饭了，窗外鞭炮声阵阵，时时提醒着这是在欢度佳节。子吟吃过午饭就把自己锁主卧里面，整整一个下午未曾出门。我敲门进去看她在做什么，原来她还在发祝福短信，而且每条短信都几乎是自己绞尽脑汁编写。

第五十四章

正月初六子吟带着我去了趟重庆，给姐姐一家人拜年。姐姐见了面就取笑子吟，说你半年前还说要来重庆发展，结果为了一人就置事业于不顾了。子吟赶紧抱抱她，说这么长时间没见你了，特别想念你们一家人啊。姐姐眼珠子骨碌碌转，忙说你可别岔开话题啊。她又回头看着我，似笑非笑地说为了你，害我姐妹不能团聚。我赶紧赔笑说现在不是团聚了嘛。姐姐说你可别嘴贫，以后让我知道你欺负我姐姐，有你好看的。我连连点头称是。我们在重庆待了一天就返回自贡了，子吟和妞妞商定年后找机会到上海相聚再叙。回去的路上，我们担心初八那天登记结婚领证不成，那就太糟糕了，因为我们次日就要返沪。

没想到事情就是这么凑巧，我们回去的当晚正遇到她同学张雨燕来拜年，大家在吃饭聊天的时候，偶然了解到张雨燕老公的爸爸，在自贡市委任副秘书长，子吟心想请她公公给民政局打个招呼，这事不是很简单了吗？只是为这点小事麻烦人家不太好，子吟把这个作为备选预案，如果领证那天出现意外，说不得就要请张雨燕帮忙了。到了初八那天，果然出了点意外，民政局的人说办事员还未上班，要到次日才来上班。子吟赶紧联系张雨燕，说了这个事情，因为确实只是举手之劳，她公公答应帮忙。等到中午时分，那个办事员风尘仆仆赶回来了。于是我们在农历正月初八，西方的情人节这天领了证。

那天早上去民政局的时候，得知办事员没有上班，我已经有些泄气了，想着要么改签航班把这事了结，或者暂回上海，等遇到个好日子再来办理。但子吟的做法让我见识了什么叫逢山开路遇水搭桥。如果这事让我主导，极有可能结婚证就领不成。更让人惊异的是，子吟竟然在这次找人帮忙的过程中，找到了新的合作机会。张雨燕帮忙后，子吟为了答谢她们一家，极力表达了感谢之情，有事没事往他们家送点各地特产，只要回家就会去他们家拜访，如此就和她们家走得特别近。而张雨燕爱人在成都文博建设市场很有人脉，所以子吟和他建立了不错的关系，慢慢地在自贡市和成都做起了生意，这是后话了。

这件大事既定，我们在家里好好庆贺了一番。子吟父母原想置办酒席，可我们第二天就要返回上海，而且他们的亲戚朋友都在乡下，自贡也没有熟悉的人，加上子吟不想那么麻烦，所以这顿庆贺酒席就由我们一家五口团圆饭代替了。我深知子吟的心思，她觉得大操大办也不一定夫妻白首偕老，那些庄严隆重的婚礼后夫妻劳燕分飞者众；简单一顿饭也能保一辈子相爱不分离，以前父辈简单的婚礼后反而永结同心者多。我除了对她心里感激，更多的是敬重，也暗暗发誓要好好待她，不辜负她的一片苦心。要说我在关键时刻也太不给力了，那晚和丈人对饮，不胜酒力，很快喝醉了，迷迷糊糊中好像被我丈人和子吟架上了床。

第二天早上，起床后发现子吟正和衣睡在身旁，我心想领了证还是好啊，睡一屋也名正而言顺。我们的航班是下午三点一刻左右，所以我们早上就要往重庆赶路，洗漱吃早饭收拾东西。我们挥别了子吟家人上了车，丈人虽然没多说什么，但我知道我必须加倍地对子吟好。子吟上车后似有心事，我以为她是舍不得家人，却原来早上她爸说海英想来上海工作，让子吟返回上海后留意一下。照顾妹妹，子吟一直不遗余力，可是以她对海英的了解，海英在上海这种竞争性环境下不一定适应得了，加上上次海英来上海的表现，子吟觉得她的性格可能是个很大的问题。所以她没有正面答应她爸的要求，只是说回去后留意一下。

我当然知道子吟的顾虑是对的，又觉得如果我们能在上海帮海英找份工作，说不定慢慢地她就会改正以前那种任性的毛病。子吟皱着眉头说，性格决定命运，长这么大还能改变性格几乎是天方夜谭，上海不是那么容易就能站稳脚跟的，很多人多努力啊，最后都因为压力过大而被迫离开，她不认为海英能适应得了这种环境。我想起了徐飞，想起了田芳。他们非常努力，而且聪明过人，可他们都被迫离开这里。即便是像我这样的，能留在上海，很大原因也是遇到子吟，我们抱团取暖了。海英来沪，极大可能是要靠子吟照顾才行。问题是，子吟觉得她不可能照顾她一生一世的。

妞妞又来机场送行，如果不是她上着班，可能会被子吟拉回上海了，姐妹俩又是一阵依依不舍。南方百年未遇的这场暴雪，给国家造成了很大损失，很多人受到了影响。只是我和子吟丝毫未受波及，而且完成了我们人生中最重要的一件事。返回上海后，我们商议请最好的几个朋友一起聚聚，就当宣告我们的好事已成。还是本着不想大操大办的想法，我们邀请了各自最好的几个朋友，而且事先未周知是宣布我们的婚讯，只说是迎接新年的聚餐。子吟有很多闺密和朋友，而我数来数去只和李晓勇与黄灿标熟悉，子吟怕我面上难看，也只请了田琳和子萱，至于和她熟识的其他朋友，她决定留待以后找机会单独宴请。

我们分别通知了这几位，并做到了不让他们知道实情，约他们在人民广场的苏浙汇相聚。大家陆续到了以后，才发现田琳准备了礼物，可能年前子吟给她提过我们领证的事，所以她猜出来我们这是补请喜宴。席间我说了我们领证的事，其他人异常尴尬，李晓勇说这么大事也不给大家说说，两手空空而来。我拍拍他肩膀说人来了就最好，好朋友的祝福是最好的礼物。田琳赶紧解释，说子吟也没给她讲，礼物是她妈妈让她带给子吟的，权当拜年。子萱笑嘻嘻说这个简单，事后大家补个红包即可。黄灿标也附和这个说法。

子吟笑呵呵说等你结婚了我也不送不就好了？大家说说笑笑起来。

　　我的生活又进入朝九晚五模式，周末基本不用加班，这倒是我长期以来梦寐以求的，因为搞工程的忙起来就没有节假日，但凡是在施工第一线，都会了解到工地上基本没有个人可以自由支配的时间。每个周六我会去学车，理论课很顺利通过了，可是倒车入库被关了一次，那次被教练狠批了一顿，因为他们的效益工资和学员通过率是挂钩的，我赶紧请他吃了一顿午饭，顺便给他一条香烟，他的脸色才稍和悦些。有一次子吟来看我学车，教练大概是觉得可以发展子吟来学车，对她亲切异常，直到有次要回市区，子吟提出要顺路送一送，他才知道子吟早拿驾照了，脸上颇有失望之色，估计是觉得这单生意黄了吧。

　　学车过程中遇到很多有趣的事，也看到了很多危险的情况。有次我正走向训练场，远远瞧见一辆教练车开了过来。待到车子离我十来米远，我发现女司机边上竟然没有教练相陪，这在驾校是绝对禁止的。我心想难道这个女司机不是学员？不禁多留了个心眼。一刹那工夫，车子加速向我驶来，我见势不妙赶紧往路边闪，差一点就被撞翻在地。只见车子"嘭"的一声撞在路边一石墩上，如果不是反应快些，今天我就要落个非死即伤的下场了。估计那女司机把油门当刹车了，我惊魂未定，还没学会开车就上了一次交通事故安全课。那时候学车周期比较短，科目二过了以后一个月，顺利通过科目三和大路考。

　　我拿到了驾照，子吟很是开心。她说以后我可以坐在副驾驶座上，优哉游哉地享受乘车乐趣，你也可以开车上下班了，这岂不是很美一件事！可我不敢开车上路，驾照拿到一个多月也不敢摸方向盘。那天子吟接我下班，把我赶到驾驶室开车，我心里发虚，只得硬着头皮开起来，上了中环紧张得不得了，方向盘都被我手心的汗打湿了。好不容易以时速五十码开下高架，加塞的车辆让我寸步难移，最后还是子吟换我下来，这才顺利到家了。自从被子吟强压着开车上了几次中环，我的开车胆量慢慢练了出来，自动挡的车子毕竟好上手，开了几次蒙迪欧，我很快就喜欢上驾驶了。

　　不过新手上路，拿这车练手确实有些浪费呢，没开一个月可怜的车子就被我蹭了两次，不过幸好都是在小区里，算不得严重。子吟看到划痕后很心疼，不过还是强颜欢笑说没关系，鼓励我继续努力。我故意说继续努力擦几次吗？她一本正经地说再来一次，恐怕不是刮擦这么简单，你想清楚哦。我吐吐舌头说再也不敢。刚开上这车子的那段时间，我内心感慨万千，忍不住想起小时候看港剧，或者新加坡的连续剧，里面的主人公开着轿车行驶于城市宽阔的马路上，夜晚的霓虹灯下，或者乡间之路上，我觉得那是另一个星球、另一个时间线上的事吧，哪里知道自己竟也能开上了呢！

有一天我正上班时，李晓勇给我打电话，说是要找我聊聊天。我很开心答应了，我和子吟在一起后，不光是子吟不经意间疏远了闺密，我也一样忽略了朋友们的感受。我们又约在人民广场的那家干锅居见面，原因是我们都喜欢那里饭菜的味道。李晓勇还是如以前那般忙，听他说又招了几个工人，我举起啤酒杯祝贺他生意红火。他喝了半杯后苦笑着说，事业不算差，钱也没少赚，只可惜我连老婆也搞不定啊。他停了停又说，让你老婆给我介绍个女朋友嘛。我一听这话才知道他今天找我的目的了，于是笑呵呵说我回去转告给我老婆，有合适的一定介绍。没想到他忽然问我，那天和我们一起吃饭的那个叫田琳的姑娘，她结婚了吗？

我吃了一惊，原来他是看上田琳了。从我的角度来看，李晓勇除了相貌略普通，普通话有点不标准，其他方面都是非常优秀的。如果女生不看重相貌，而主要是看男方的品格与能力，那么他绝对是很理想的伴侣。我长这么大，碰到的厉害男生里面，李晓勇应该是排第一位的。他的工作能力一流，在上海不到几年就开公司买房，而且他的人品也是极好的。我能够想见，如果他成家了，那么他对家庭也绝对会忠诚负责的。我觉得李晓勇是配得上田琳的，问题是经过了上一段恋情，田琳能否考虑选择上海以外的人做男朋友呢？李晓勇知道田琳是本地人，他看来是想试试看呢。

我又想起田琳妈妈的嘱托，心想介绍他们认识认识好像也没有不妥当，当初朱思杰就是没有房子，他们不同意才导致出了那档子事情，李晓勇至少有房子，能赚钱，而且绝对是一个好人。如果介绍后他们能成，这倒成全一桩美事。即使没成，也只能说有缘没分，大家还做好朋友也就罢了。想到此处，我说既然你有这个心思，我就帮你们撮合撮合。不过我要提前声明，成了不要感谢我，不成的话也不能怨我。李晓勇倒满我们的酒杯，说就是这句话，接着我们一饮而尽。俗话说，没有金刚钻就不要揽瓷器活，我原本一个良好的愿望，不仅没有实现，却惹出一场大风波来。

当晚回到家里，刚想把这事讲给子吟听，却见她愁眉不展，默不作声，我硬生生地把话头咽回肚里，问她因何事担忧。她叹口气说道，下午接到咱爸电话，说海英和她男朋友分手了，海英就更不想待在老家，想来上海工作。我一听也觉得这事有些棘手，海英的任性我也有领教的，她若不改了这个性子，别说在上海站住脚跟，恐怕找到一份稍称心的工作，也是极难的。子吟征求我的意见，我想了想，说要不让她过来试试看，说不定她吃点苦头才会真正成熟稳重，咱父母也才会心安吧。子吟听我说话一直轻轻摇头，但最后一句话可能触碰到她的心事了。是啊，这个妹妹不安排好，她父母恐怕饭无味觉不香吧。

子吟最后决定帮她妹妹找份工作，我还觉得蛮有成就感的，家和万事兴，帮助她唯一的妹妹本就是我们的责任。我这才把李晓勇下午提及的事，原原本本给子吟说了一遍。谁知子吟听后低头沉思，随即轻轻摇头，显然不看好他俩能成。我说只是介绍他们认识，至于成不成，那要看缘分。子吟说，傻哥哥，你不懂乱点鸳鸯谱的后果。见我不明白她的意思，她幽幽地说道，李晓勇怎么没看上子萱，我看子萱和他成的可能还稍大些。我说这不可能，不光是因为子萱特漂亮，更因为他们相差十几岁。子吟说我也知道不可能，只是相对于田琳，子萱还靠谱些，如果子萱不可能，田琳就更不可能了。

听她这么一说，我明白了。可是我已答应李晓勇帮他牵线，食言可很不好啊。子吟说这个事，先拖一拖吧，希望李晓勇忙得忘了这事才好。我一听觉得这样消极对待也不妥，但也没有其他更好的办法，只得同意。没想到李晓勇对这事比较热心，两天后就打电话问我情况，我不好说因为不看好他们就没行动吧，只是讲最近忙了一些，还没来得及给田琳提及。挂了他的电话，我打算安排他们见见面，好歹也要试试吧，答应了别人而不行动，这个是言而无信。子吟听罢很无奈，这事如箭在弦上不得不发了，于是她说要不我们四个一起聚一次，事后再问问田琳的态度，后面也尽量不要掺和这事就罢了。

我们约在周末一起聚餐，地点是我们都认为很不错的泰和茶馆。我和李晓勇先到了地方，我就给他打打预防针，说截至目前还没有向田琳说明聚餐的目的，所以结果今晚应该就能见分晓，成与不成大家还是朋友。李晓勇面露喜色，欣然应允。子吟接到田琳后一起赶过来，我估计以子吟的性格会向她有所暗示，这就不至于让田琳太过尴尬了。那晚气氛很好，田琳很开心地和李晓勇聊天，我们大家玩升级玩到了很晚，看起来一切都很好。在回去的路上，田琳详细问起了李晓勇的情况，我当然据实转告了。我认为李晓勇比我优秀得多，嫁给他肯定是个好归宿，所以我认为田琳也动心了。

第五十五章

我和子吟都忙起来，目标就是尽快买房。有消息说房价到顶了，但子吟听陈惠良讲，房价还要涨，我觉得真不可思议！就目前的房价，普通人恐怕一辈子也休想买得起吧。子吟则觉得无论如何，努力奋斗就有希望，与其盼着房价下跌，不如使自己收入迅速增长。这期间发生了一件事，严重动摇了我长期以来对世界的认知，我想很有必要在这里提一提。四月初的一天早上，我感觉子吟起床后脸色很不好，以为她昨晚失眠没睡好，就劝她中午补个觉，她含糊其词地答应了。我准备了一番就去上班，晚上按时回家里。子吟一天没有出门，就在家里看书。我看她脸色没有异常了，料定她中午补睡了，于是开玩笑说昨晚做梦啦？

没想到子吟郑重地说的确如此。我来了兴致，搬张椅子坐在她跟前，想让她讲给我听。她说是一个噩梦，你也要听啊？我一听是噩梦就不太乐意听，因为每个人都经历过，又不是什么好的体验，忘记就是了，和生活并无相干，何苦费神费力？但我椅子都搬好了，就说听听也好，可以给你解析解析。子吟淡然笑道，你什么时候化身弗洛伊德了？我耸耸肩，表示想听一听。她顿了顿说，下午我给我爸爸打电话，说了这件事，请他帮我说道说道。我心想子吟从小对她爸不感冒，遇到疑难却总讲给他听，这是什么道理？子吟估计看出来我的疑惑了，她说我爸爸虽然对我不好，但他看很多事情颇有预见，我听说龙姓的人有灵气。

听她越说越神秘，我心下很不以为然。要说姓龙的人很聪明我是信的，不过说姓龙的人有灵性，这个说法太不能服人，我还要说我们胡姓更有灵性呢。只是老婆永远是对的，如果有一天不对了，请参考前一句。我于是更想知道她究竟做了什么梦，还有我那有灵性的丈人是怎么解读的。子吟略带忧伤地说，昨晚我梦见自己在一条波涛汹涌的大河边上，河水全像墨汁一样不停翻滚，我尝试走近，可是越近头脑中噪声越大，简直头疼欲裂。早上醒来后我还是心神不宁，不知为何这个梦境会如此清晰。我听完毫无感觉，说实话我做过更恐怖的噩梦，说出来会吓着很多人，而且我还会添油加醋一番。

大学周末的晚上，我讲鬼故事曾吓得宿舍一个胆小的舍友不敢上厕所，所以听子吟的这个所谓的噩梦，我觉得稀松平常。我倒很想听听丈人是如何解读的，于是催问子吟下午打电话给她爸爸的事。子吟神色严峻地说，她爸仔细问了她梦中的情形，说这是个大凶兆，要死很多很多人。听了这番话，我心里不知怎的也不舒服，心想听到这样解读噩梦，也是头一回。我对这类事情一点也不信，权当听笑话。时至今日，我仍是无神论者，崇拜毛主席，不信所谓的命运，可是那次子吟的噩梦，和她梦里的时间地点，分明和五月十二号的巨大灾难有关。我相信这是个巧合，但后来她又有几次预见了我们经历的大事。

难道龙姓真有灵气？比我这样的人更高等些？随后给海英找工作也很伤脑筋，大专学历在上海一点优势没有，更何况她的专业也很冷门。子吟知道必须动用她的人脉关系来解决这个问题，可是想要找个上班轻松的活，那这里就不是上海了。子吟留心打听，很快有了结果：李晓明的爱人是一家律师事务所的合伙人，他们正在招聘两位文员。按招聘条件，海英本不够格，经李晓明打过招呼，那家事务所决定录用海英。子吟想着海英如果能进律师事务所，趁着年轻好好学习一番，考个律师执业证什么的，说不定海英就真的能在这个行当里做出点成绩，最起码衣食无忧吧。

这边工作一落实，海英也很快来沪了。截至目前，子吟对海英还是充满期待的，觉得她一定不会辜负自己的良苦用心。我们一起把隔壁的房子收拾出来，再去机场接了她回来，从此开始在一个屋檐下生活。不得不说，没有比较就没有伤害。海英来之前和之后，子吟曾做了大量思想工作，告诉她来这里努力追求上进和刻苦学习的重要性，这个问题很现实，往近的来说，没有人可以在上海混混日子就能过得很好；长远来看，人家提供给你工作，你不努力创造效益，人家公司是慈善机构吗？如果表现不好，朋友关系也很受影响。海英刚开始表现还是可以的，时间一久本性就暴露无遗。

海英待人处事，总是会看别人的缺点，或者关注对方对自己不好的一面。这个比较要命，因为这意味着海英身心满满的负能量。发生一件事情或产生了矛盾，她总会第一时间挑对方的毛病，这样她和他人的关系怎么能处理好呢？子吟和她恰恰相反，她总是在找和自己接触的人的优点，奉行集天下人所长为我所用的态度，我有时候真怀疑她们是不是出自一个娘胎。海英也极不喜欢看书，我觉得这个是她们姐妹俩差别巨大的主要因素。不学习，人就会越来越浅薄，渐渐地将自己游离于这个世界之外。爱读书的女人则气质越来越好，身边的朋友会越来越多，各个方面都会取得长足进步。

　　具有讽刺意味的是，海英在高校受了教育，可走上社会却一点也不喜欢学习。相比较之下，子吟太喜欢学习了，她不仅向优秀的人学习，而且抓住一切机会学习。据我看来，海英的情商和智商也不是很高。智商不高，顶多影响学习成绩，可是情商不高是硬伤，我觉得她们家族的情商全部遗传给了子吟，这种现象在其他家庭也经常发生，所谓集家门灵气于一身就是指这种情况吧。此外，子吟从小受她婆婆影响极深，所以婆婆的优秀品质她学全了。海英更得她爸爸欢心，而偏偏爸爸给海英的影响并不是很正面。一个人小时候所受的教育，真正是最为重要的，子吟和海英正是集中反映了这一点。

　　海英要上班了，我们请了朋友们一起吃饭，为她接风并庆贺。上次田琳没有明确表态要和李晓勇交往，但也没有拒绝，事后李晓勇问起这事，我只能照实说。并鼓励他单独约田琳吃饭，她什么态度就清楚了。我私下问李晓勇看中田琳什么了，竟然对她一见钟情。他说，上次一起聚餐，你们没有说婚讯而她备有礼物，这说明她有情有义。我听了觉得不妥，说不定那礼物只是田琳妈妈让准备的，果如此那么李晓勇就是过度解读这件事了。但他说田琳有情有义也似乎是没错的，和子吟交往这么多年的女生，哪里会很差呢？好吧，他看上田琳这点也说得过去。

　　在这次饭局上，李晓勇挨着田琳坐下，我心说男人就应该这样，主动争取一回，哪怕事情不成也尽过力了。田琳主动和他说话，看来她是准备给李晓勇一个机会。这样极好，成不成功完全就是他们自己的事。当天晚上回去的路上，田琳说李晓勇的普通话有些难懂，她只听懂了七八成，希望我和子吟多创造一些机会，一起多聚聚，多了解了解彼此，我立马答应了。回到家里，我问子吟对这事的看法，她笑笑说如果他们能在一起，对他们都是件极好的事，应该替他们高兴，成不成也只能看缘分深浅了。听她态度这么积极，我也很开心，随后把情况告诉了李晓勇，他自然对这事更上心了。

　　此后的一个月里，我们四个每周都会聚一次，在一起玩得也确实开心。李晓勇的用心我看得出来，他在想方设法哄田琳开心，而因为他也确实很爽快，而且不差钱，往往用实际行动表达他的爱意。我知道在他们认识不久后，李晓勇就送给田琳父母一对金碗筷，这个可不是显土豪，而是表明李晓勇会孝敬他们二老的决心。到了五一长假，显得特别热闹，这是必然的，大家因为李晓勇和田琳的事情走得更近了。我们也没出远门，只是在家附近聚会，出去必然会堵在路上，还不如在上海周边转转。假日期间我们一起去了崇明岛，在东平森林公园里游览了一番，大家都觉得空气比市区要好很多。

当晚我们住在公园附近一家宾馆，因为那地方附近的崇明菜农家菜很出名。我和李晓勇都是北方人，吃着正宗崇明菜相当无感，不过四位女生都特别喜欢，看来是不虚此行了。晚上我和李晓勇睡一间屋，和他聊了半晚上。他说很想早点把事情定下来，他特别想结婚有个家了，但是田琳好像不想这么快定下来。我笑呵呵地说，人家女生考验考验你是正常的，你要努力呢。李晓勇说怎么你和龙子吟那么快就定下来了？我说也不快啊，前后三个多月呢，你才多久？李晓勇想了想笑着点头称是。接着我们一起回忆了在学校的时光，感叹命运无常，我们经历很相似，学校里都不太熟，哪知在上海成了好朋友。

过完节日，我被安排负责一个项目的施工，工期达半年之久，此间早出晚归比较忙碌。海英上班地点在东方路某商务办公楼内，很多时候也要去挤公交车，她很不习惯。这个我很能理解她，当初我也是深受其苦，直到现在也没彻底摆脱，这边的生活节奏太快了，而且大部分单位都没有午休，要适应需要很长的过程。子吟充分理解这点，给我们做起了后勤服务，比如早起做早饭，下班烧晚饭。海英就渐渐地不做家务了，而且回到家就懒得动，一点没有学习的迹象。子吟以为她还在适应过程中，也没有逼她太紧，只希望她尽快调整好状态，认真学习关于法律方面的知识。

那是很平常的一天，我记得天气是很好的，大家都在正常的生活轨道上前行，哪里料到子吟的家乡会发生那么大的灾难。吃过午饭后我和许思杰聊起了最近的工作，他说部门在北京那边有个投标任务，他正在争取负责这个项目，说不定下半年要经常出差。许思杰毕业后一直在这个部门，据我看他很有事业心，人品也不错，只是陈为涛上任后让刘炜当了部门经理，许思杰作为原来老总的部下未获提拔，而且他也很不满意刘炜的管理方式及思路。在这点上，我和他的看法是相近的，都认为部门存在无法解决的问题。许思杰对北京的项目如此热心，主要还是想让陈为涛知道他的能力与想法，我很支持他。

我们正说着话，突然感觉桌子上的东西都在晃动，地面也似乎在抖动，不知从哪里传来细微的嗡嗡声，我们俩很快明白过来，这是地震了！上海并非处在地震断裂带上，地震并不是很经常发生的。上海被称为魔都，据说是因为大的台风经过这里经常绕道，也与这里地震灾害等稀少也有关系。我在

通往申城的阶梯

上海这三年，也从来没遇到过地震。相形之下，无论是在老家、西安或者宜昌，我遇到过多次地震，虽不严重但震感很明显。我和许思杰反应过来后赶紧往楼下跑，由于很多同事都在出外业，没感觉到震感的人也很多。我们的办公室在三楼，这个高度的震感不很强烈，在楼下待了十来分钟，看没有什么异常了，大家都陆续上了楼。

我和许思杰接着聊工作，都觉得那就是震级很小的地震，对我们的影响可以忽略不计了。很快通过网络我们知道原来震源在四川汶川。我们开始惊讶，汶川没听说过，可四川离这里那么远，上海都有震感了，那么这次震级应该小不了。直到现在，我们仍然没觉得这次会很不同，直至新闻报道了初步震级，我们都很震惊，人员伤亡数字不断攀升。我赶紧给子吟打了电话，她说已经和她父母联系过，自贡所受影响不是特别大。地震发生后，子吟爸赶紧回乡下看看，村里很多破旧危房倒了不少，自家的两间房也倒塌了。幸亏子吟在自贡买房了，不然这次她父母有可能就出事了。

真正是个举国同悲的日子。晚上下班后，我和子吟就盯着电视看新闻。电视新闻里报道国家领导人正赶赴灾区，看起来问题远比我们想象的严重多了，很多重灾区通信中断，政府调动各方力量投入救灾。电视上每隔一段时间就刷新伤亡数字，我们都觉得太不可思议了。尤其是我，子吟坐在我的正前方，全神贯注看着新闻，而我正在想子吟一个月前做的那个梦。我定定地盯着子吟的后脑勺，心情特别复杂，甚至开始恍惚她到底有没有给我说过那个她做过的梦，现实与梦境分不清。子吟满脸悲伤地回头跟我说话，我赶忙把头转开，不想让她看到我刚才呆呆看她的震惊表情。

大学毕业以后，我到过很多地方，觉得在国家处在快速变革发展阶段，个人的命运是被社会裹挟着改变的，为了生存发展，大部分人关注自己的时候远多于关心国家，所以很多人对国家的前途漠不关心。但是到了发生类似汶川地震这样的天灾，国家给所有人展现了它无与伦比的组织力，而国民也迅速团结一致，展现出了震撼人心的力量。单位积极组织捐款，很多人排队献血，大灾面前中国人真的很团结。我们分别在各自单位捐了款，后来随着灾情严重程度的不断披露升级，我和子吟又捐了一次。后来子吟说她的家乡受难，她理应多做些事情，我当然全力支持她。

子吟身边的朋友纷纷打来电话，这份关心很让人感动。秦剑明说他准备了一批物资支援灾区，子吟正想着光是捐款有诸多隐患，比如能否全额到达灾民手中等，于是就和秦剑明商量她可以买一批秦剑明公司的毛织衣物，和他一起捐给灾区，秦剑明给子吟的全部是成本价，两人合计捐赠的物品总价值非常可观，这导致我们的积蓄所剩无几，不过我们觉得尽力做了点事，钱可以慢慢再赚回来。上海市定向帮扶都江堰市，我看所有的企事业单位都很尽责，子吟认识的很多领导都去了那里参加援助建设。我感觉从这年开始，年轻人中爱国的人越来越多，愤青大为减少，这是个好现象啊。

子吟也接到了王伯时的慰问短信，他关切地询问子吟父母的情况，这使子吟感动异常。仔细算来，她和王总除了两个春节互致慰问短信，就没上门去拜访过他呢，而老人家从来就没有忘记关心自己。子吟很惭愧，拨通电话和王总聊了一会儿，并约定改天登门拜访。谁想马上遇到了一件棘手的事，李晓明让她爱人倪茜招了海英入职，所以子吟和倪茜关系好起来了。那天倪茜约子吟喝咖啡，子吟知道她肯定有事了，而且肯定和海英有关。倪茜和子吟同龄，是一个精致的上海女人，她开门见山地说，海英上班毫无积极性也罢了，可是完全不适应律师事务所的环境，和同事间不沟通，对客户不主动，好几次差点就耽误了工作。

第五十六章

子吟想得到海英的表现可能会不尽如人意，但是倪茜这样直白地提问题出来，说明海英存在的问题真的是很大，否则以子吟和他们夫妇的关系，哪里至于冒着影响友谊的风险当面提这事？而且倪茜这样说了，明显就是不想要海英继续在她的律师事务所待下去的意思。倪茜可能真的是没法忍受海英了，只是顾及子吟这层关系，想让海英主动辞职吧。这才一个月不到，而且只是个文员的工作，海英都做不好啊。前面已经说过，子吟在海英身上倾注了无数的心血，只希望她不要像自己一样留下遗憾，并且能自己掌握住自己的命运，如今这个愿望竟像美丽的肥皂泡一样，吹之即灭了。

看到子吟尴尬的神情，倪茜赶紧解释，她找子吟聊这事，是想通过子吟给海英一点压力，希望她可以改进，不然对她人生影响太大了。子吟知道她这是客气的说法，海英肯定要换工作了，人的性格哪里能在短时间内改变呀？老话不是说过了，三岁看小，七岁看老，说的就是一个人的个性不容易改变。子吟对倪茜说，我会处理好这件事的，给你添麻烦了，真的很抱歉。

倪茜拉拉子吟的手说，你妹妹有你的十分之一，也是个极其厉害的女生了，说实话我真没看到过差别这么巨大的亲姐妹。子吟苦笑着说，我哪里有厉害啊，只是笨鸟先飞而已。倪茜微笑地看着她只是摇头。

告别倪茜回家的路上，子吟心乱如麻。她本想要好好给海英讲讲，但想起那年在浦东南路出租屋里发生的一幕，心里犹豫起来。一般的言语她只会当耳边风，若言辞稍重些，谁知道她会不会像上次那样发飙啊？当务之急是赶紧替海英找份新工作，人家都把话说到这份儿上，还要等着下辞工令吗？可是连一个办公室文员都做不好，还能做什么工作呢？子吟把她能想到的所有关系捋了一遍，也没想到谁能提供一份比办公文员更简单容易的工作。子吟头疼欲裂，也没想到什么好办法。回家后，她也没怎么批评海英，只是和她说可能要换份工作，让她做好思想准备。海英好像也知道这个结果，默默点了点头。

海英来上海工作，子吟起初是拒绝的，只是听了我的建议才勉强同意，所以这事我有点坑老婆之嫌，不过接下来发生的事直接会坐实我这个罪名。七月初的一个周末，子吟因事外出，李晓勇打电话给我，说想约几个人一起出去吃饭。以前都是我们四人一起出去，这次子吟不在，我就不想去当电灯泡，就说你单独约田琳一次多好？李晓勇说他单独约过，可田琳老是借故推托。我大吃一惊，我从来没想过李晓勇单独约田琳，她竟会不同意。这还是谈恋爱吗？我隐隐约约觉得这事有问题，可是又不十分确定。李晓勇说子吟不在你出来也一样，到时候你先走，我来问问田琳的真实想法，我只得答应。

我们约好去世纪公园逛逛，再一起吃晚饭。那天我顺路接了田琳，在公园门口和李晓勇碰了头。以前我们都是四个人在一起，可是今天我要当电灯泡了。没想到田琳宁肯紧挨着我走路，也不愿走在李晓勇边上，哪怕她走我们中间也好啊。我尴尬万分，却无计可施，只能装作若无其事。我终于知道，田琳是一点也不喜欢李晓勇的，可叹的是李晓勇一片真情，换不来一点回报，甚至连最起码的真诚以待都未获得。这次田琳做得太过分了，而始作俑者正是我！世纪公园景色很美，尤其是那个巨大的人工湖，充满生机，几百只鸽子扑腾腾飞起，而我的背心直冒冷汗，不知道这件事会怎么发展。

那天我们三人一起吃晚饭，每个人都有心事，所以气氛就有些压抑。其间我借口上洗手间，在楼下待了一刻钟左右，心想你们趁这机会把话讲个明白，想不想继续谈就是一句话的事情，说开来对大家都好。当我返回饭桌时，他们倒是在客气聊天，有没有谈到实质话题就不知道了。吃完饭后，李晓勇想送田琳回家。田琳赶忙对他说，你住在浦西，送我回去再返回就太不方便了，我顺道坐小胡的车子，大家都方便些。李晓勇欲言又止，最后同意了田琳的建议。我本来准备借故不送田琳的，却不承想李晓勇这么快做了妥协，想到他们吃饭时曾单独聊了一会儿，是不是他们谈到了那个重要的问题？

送田琳回去的路上，我直言不讳地问她对李晓勇的事是怎么考虑的，她沉默半晌不言语。我小心翼翼地对她说，如果你不乐意，或者实在没感觉，就直接提出来，这样拖下去对大家都不好，对李晓勇尤其不公平。田琳说，我知道李晓勇是真心待我的，能嫁他是我的一个很好归宿，所以想着交往一段时间来看看，不过这么多天过去了，我对他一点感觉也没有啊。听了她这话，我有些着急了。她又说道，如果李晓勇有你这样的相貌，我就一点也不会纠结了。我终于明白子吟对她的判断是正确的，我当初认为，如果她看不上李晓勇，直接拒绝就结束了，可她毕竟被李晓勇的经济实力所吸引，所以才会如此纠结。

这件事子吟早料到了，而且看起来也是个非常明显的事实。她说我乱点鸳鸯谱，这话一点也没错。尴尬人难免办尴尬事，我就是这个尴尬人，现在真的无颜面对李晓勇。我的外貌其实很普通，可能和李晓勇一比较稍有些优势，但是各个方面的才能比他可差了老远。李晓勇各个方面都会对我形成碾压般的优势，只是外表不够出众，无法取得田琳的欢心，真心替他感到悲哀。人啊，总会被外表所迷惑，被自己的执念蒙蔽住心灵，不知道自己真正需要什么。滚滚人潮中我若和田琳相遇，她可能正眼也不会瞧我一眼，她现在找的是既有经济实力，相貌又不能太差的人。

子吟听说了发生的事后，认为我办得没什么不妥的，感情的事还要看他们自己。我说我怕的是田琳一直拖下去。子吟说李晓勇应该知道这事的结果了，他若够聪明一定会迅速抽身出来。我觉得子吟说得有理，也不再多想。第二天，田琳给我打电话，说她还想继续和李晓勇交往。我心想这话你该给李晓勇本人说啊，讲给我是几个意思呢？后来我才明白，田琳连和李晓勇沟通的兴致也提不起来，哪里还有诚意继续交往？只是我没想到这一层，竟天真地以为她还在考虑。当李晓勇打电话问我田琳的真实想法时，我有所隐瞒，让他再耐心追求一番，还说什么精诚所至，金石为开……这是严重的误导行为。

和子吟相识一周年来临，我本计划带着她出去旅游几天以资纪念，但是海英工作还没着落，子吟完全提不起兴趣，我只得作罢。有一天我和子吟正在家附近逛街，她看到一家新开的咖啡馆，望着门前的招聘牌驻足良久。我和她都是一般的心思，觉得海英不一定会接受这份工作，但真不知道什么工作海英能适应。子吟回头瞅瞅我，我轻轻摇摇头。她挽起我的胳膊一起前行，说工作本无贵贱，做好了哪里都能站稳脚跟。我说海英也能这样想就好了，子吟回道在上海从事服务业的大学生还少吗？办公室文员无法胜任，只能在服务行业里找。我说要不回去和海英商量一下，她不抵制的话可以考虑呀。

我和子吟原本以为这事只能商量一下，劝服她的可能性比较小，哪知她答应得这么爽快。子吟特意说让她先在服务行业锻炼锻炼，增强一下人际交往能力，到时候她再寻一份更合适的工作。第二天海英向律师事务所请了假，在子吟的陪同下去那家咖啡馆应聘，等我下班回家时，却听子吟说海英的应聘遭遇失败。我万分震惊，心想难道咖啡馆服务员的应聘也这么难了？海英看起来颇受打击，回来就把自己锁屋里，连子吟也不知道失败原因到底是什么。不过海英既然不排斥服务行业，她的工作终究很快会解决，离家不远的一家大型超市招收银员，这次她顺利被录用了。

由于超级厉害的沟通能力，子吟惯能把坏事变成好事，比如这次海英的离职。子吟特意请倪茜夫妇吃饭，表达她的感激之情。可能是觉得有点对不起子吟，倪茜自此以后很愿意和子吟交往，所以没过多久，她们就成了无话不谈的好闺密了。子吟后来开公司，乃至做项目遇到很多纠纷，倪茜帮了很多的忙。她们彼此欣赏，惺惺相惜。子吟做工程项目，遇到的很多业主、监理和施工单位从业人员，都是上海人，所以开会谈事情他们都是上海话，子吟早就想学会本地方言，于是跟着倪茜学习，她们在一起就说上海话，子吟不到两年就学到一口标准上海话。倪茜遇到多事情也会先听听子吟的意见，最后竟然有缘到做成了邻居。

海英到超市上班了，由于离家更近，她更喜欢这份工作。因为她和我们住一起，生活成本也很低，她其实是没有压力的，所以即便她的工资只有以前的一半，她也毫不在意。不过子吟看着她这样暗暗发愁，对工作没有要求，对生活没有要求，哪来的进步呢？如果子吟有她这样的学历，就不会甘于当一个收银员这么简单。子吟想想当初自己刚上班的时候，花了很大一部分收入供她读书，不想她有一天能够回报自己，只希望她能够活得精彩。我觉得这是性格决定命运，人群中普通人毕竟占多数，像子吟这样追求上进而又奋发图强的人是少数，海英是那个大多数里面的一员，只是子吟觉得人人都会通过努力改变自己的命运。

要说海英没有优点也很不客观，她上班后每个月都把一半的工资寄给她爸，由此看来，她本质还是不错的。女人或许有很多缺点，但她们普遍都很孝顺，这点比男人简直强多了。我长这么大，从来没见过女生不孝敬父母的，而男人吃喝嫖赌抽的全部见识过，还有很多出了家门就忘记爹娘的。所以我很多次跟子吟说，咱以后生个女儿吧，比生儿子靠谱。子吟笑呵呵说，生儿生女又不是女人定的，况且有高人帮我算过，我命中有二子。我照例对她这话不以为然，一心一意盼着以后得个女儿。直到后来生了儿子，我那个郁闷真是一言难尽。同时也小心谨慎，生怕她的预言成真。

又过几天，子吟把下半年她父母的生活费打过去，再看看我们的账户，就剩三四万块了。即便算上未结算项目，我们的存款也不多了。前两年碰到这么多事情，子吟顾不上工作，现在她有些着急，知道必须努力工作，所以她又进入了一个比较好的工作状态。她不光把以前积累的客户都恢复过来，又在积极向地铁和公共道路建设工程领域扩展。不过从二〇〇七年底开始，席卷全球的金融危机爆发，对建筑工程领域的影响也很巨大，而且房价经过两年的大幅攀升，国家在调控，所以整个建筑市场不景气，再加上子吟没有努力开拓市场，这一时期她的努力收获的效果甚微。

七月下旬某天，子吟约好了去拜访王伯时，那天上午有些堵车，所以子吟十一点才到达王总办公室。子吟还是比较怕王总的，所以看到他时心里总是七上八下，而王总看到她时的确一脸严肃，这使得子吟更加局促不安了，她硬着头皮向王总问好。王总绷着脸说，你这两年都不来看我啊？除了春节发个短信，就杳无音讯，等着我来看你吗？子吟一听这话，两年来的经历闪现在脑海，酸甜苦辣各种滋味都有，一时竟不知该怎么回答，眼泪夺眶而出。王总的为人，子吟还是比较清楚点，他虽然看似严厉，实则心善，他说这番话其实是在关心她，而她这两年没有来看老人家，好像太不近人情，诸种心情纠结，这才忍不住泪崩。

王伯时一看她这样，有些慌了。他说小姑娘，和你开玩笑的啊，你怎么就当真呢！子吟赶紧整理整理情绪，说我有些不好意思，这么久才来看您。王总倒了一杯热水，让她坐椅子上详聊。于是子吟才把这两年的情况大概给王总说了一下，戚惠明的事太过不堪，她略去没提。王总听完笑眯眯地说这都是好事，成家立业了呀，看你哭哭啼啼的，我以为你受了多大的委屈了呢！子吟越发觉得不好意思，王总看看手表，说快中午了，先去吃饭吧。子吟没法拒绝，跟着他去了食堂。王总饭量极好，食堂工作人员打给他的饭菜量都很大。老人家精力充沛，做事雷厉风行，这从饭量上也能找到答案，和他一起吃饭子吟的胃口不自觉也变好了。

第五十七章

那天吃过午饭后，子吟随王伯时去了他的办公室，和他聊了半日。王总的公司是国有、区属集体性质的企业，主要业务是保障房开发建设，这块业务做得很顺利。两年前，他们公司借助整个房地产业的蓬勃发展时机，也投入巨资进入商品房开发市场，拿了很多地块，建设了很多新楼盘。没想到二〇〇七年底开始房地产业很不景气，公司刚开盘的几个楼盘卖不动，承受了巨大的压力，所以今年以来公司董事会决定暂缓新楼盘的开发，先把存量销售完毕后盘活资金，再图发展。子吟听了很替王总担心，别人到这个年纪，已经退休了吧，可是王总还要操很多的心。

王伯时笑呵呵地对子吟说，你今天来得不巧啊，我这里暂时没有新地块要开发，也就没有项目给你做。子吟赶紧说，我今天来是要看看你，知道你身体健康，吃得好睡得香很开心。上午聊天的时候，王总得知子吟已成婚，而且妹妹也来上海工作，加上没有买房，今后压力特别巨大，所以他满是殷殷关切的眼神，言语中也是鼓励之意。他问子吟目前的收入是多少，子吟照实说了，因为没有业务提成收入，那点工资就显得有些可怜。王总半开玩笑半认真地说，你这点工资够几个人吃饭啊？要不来我这里卖房子吧，我给你高工资，要是在我这儿买房定居，再给你大大的折扣。

子吟知道王总看中了她的业务能力，能在他这里工作其实是个双赢的事儿。不过她还是喜欢在建筑行业做经营业务，毕竟她已在这个行业里深耕细作好几年，人脉也陆续建立起来，现在换到房产销售行业工作并不明智。子吟感谢了王总的盛情，也直白地讲出了她的想法，王总听了不住摇头，连说了几声可惜可惜，小姑娘是喜欢跑工地，不喜欢坐办公室。王总很喜欢抽香烟，所以子吟去见他总会搜罗各地的好烟带几条给他，这时候王总都会把自己收藏的茶叶带几包给子吟。见聊得差不多了，子吟向王总辞别。王总说以后要经常过来走走啊，不要一别又过两年才来。

子吟最近去单位也多起来，不再像去年那样三天两头不在单位。虽然子吟最近没什么项目，霍夏对她还是一如既往地好，其实最近两年，每个经营人员的日子都不好过，公司的业务量也急剧萎缩，这和大环境有关系，怪不得经营人员。陈伟知道子吟结婚的消息后很是郁闷了一阵子，不过还是真诚地祝子吟能够幸福。他虽然没有收获爱情，但是职位获得了很大提升，现在已经被提拔为公司副总经理，而且看起来很可能是霍夏培养的接班人。陈伟升职之后就搬到一个独立办公室办公，所以霍夏安排了彭城山和子吟坐一间办公室，这个乐坏了子吟，彭城山为人幽默风趣，见多识广，而且专业技术一流，子吟特别喜欢和他共事，所以去单位的次数比以前更多了。

再过几日，北京奥运会就要开幕了，国人的百年奥运梦即将实现，身边的所有人都在讨论奥运，关注奥运。可是有一天晚上我悲剧地发现，电视坏掉了。这台电视是蒋阿姨从她家里搬下来的，她说她和曹叔叔都不爱看电视，客厅里的那台就是个摆设，干脆搬到了子吟屋里。其实我们看电视也很少的，海英倒是有空了会看一会儿。眼看奥运会即将开幕，电视却罢了工。电视肯定要再买一台，子吟想着趁着这次买电视，也给楼上阿姨买一台。她这个提议我是很赞成的，我搬过来后，子吟曾主动找蒋阿姨要求提高房租，我们的房租只有周边现下相同户型的一半。可是蒋阿姨坚决不涨租金，这让我们既感激又深感不安，子吟只好在生活方面多多照顾他们，聊表谢意。

打定了主意，我们一起去了苏宁电器城，挑了两台松下五十寸液晶电视，直到厂家送货上门安装了，蒋阿姨夫妇才晓得这事，却也不好不接受了，蒋阿姨为这事念叨了好久，说子吟不该乱花钱。她毕竟很心疼宝贝儿子，安装的时候还是把这台新电视放他屋里。也在这一晚，子吟发现阿姨的儿子房里有个女生，看起来他们已经同居，何以蒋阿姨从来没提起过夏依有个女朋友呢？后来是阿姨主动提及，原来谢依几年前就和这个女孩谈朋友了，只是两人都是超级游戏迷，阿姨就不太同意他们交往，可是他们一直断不了，阿姨眼看儿子年纪不小了，也真怕他就这样拖下去，最近终于松口，同意他们在一起。

男生喜欢游戏也就罢了，怎么也有女生陷入这个泥潭啊！而一对迷上游戏的情侣，等待他们的是什么样的未来？很多独生子女家庭都陷入了一个怪圈：上一辈吃尽了苦头，于是拼了命地为下一代创造一个安逸舒适的环境，生怕他们再吃自己曾吃过的苦头。可是等小孩在蜜罐里被抚养长大，享受了温室里花朵的待遇，最后却完全和社会脱节，没有了基本的生存手段。子吟能做的，就是找些机会和小伙子聊聊，看能不能对他有些正面的影响。这之后，子吟会经常约他们小两口出去吃饭，或者到上海周边走走，起到了一些作用。其实这也正是蒋阿姨所期望的，她就这么一个宝贝儿子，如果按照目前这样一个趋势发展下去，未来谁能照顾他呢？

很快奥运开幕日到来，那天是星期五，很多人下午都没精神上班了，我们也是一样。我对奥运开幕式期望不高，虽然知道会有大场面，可是我对某大导演实在无信心，他导演的电影一部也看不下去，不知是什么缘故，只能归结于我的鉴赏力太低。而真正观看了八时零八分的开幕式表演，这种想法就改变了。让我印象最深的是很多孩子在场地中央涂画未来，周边2008名太极拳那出，孩子的行为象征的是中国人用双手创建美好生活蓝图，而太极拳代表的是军队，说的是中国有能力用军事手段捍卫发展成果，为未来的建设保驾护航。这样的例子在开幕式表演中不胜枚举，真正做到了既惊艳又寓意深刻。

看完开幕式，网上很多人都在吐槽央视的摄像水平，说把一百分的场面活生生拍成了七十分。我觉得这个说法很有趣，次日和子吟看了一下国外拍摄的转播录像，果然比直播的好很多。我比较喜欢乒乓球，所以奥运全程关注的也就只有这个运动项目。女生天生对体育运动无感，子吟对好多项目的比赛规则都不是很懂，于是我就给她讲讲三大球的竞赛常识，不过她一直没搞清楚足球中的越位到底是个什么意思，女生都搞不懂的吧。这届奥运会中国夺得了金牌榜第一的位置，不过很多人都在议论，把奥运会办到这个登峰造极的地步，下一届乃至以后的很多届，怎么个搞法？事实也是如此，后面的两届奥运会影响力大为减弱，我都没怎么关注，身边人也是如此。

奥运会进行期间，李晓明和子吟联系，说黄山太平湖那边有块地要做前期勘察，请子吟尽快组织人准备进场施工。子吟把这个项目放到我们单位来实施，陈为涛就派我去做现场技术协调。还在两年前，子吟曾去那里做过项目，这次差不多在同一块区域，陪她同去的人变成了我。自从拿了驾照，我还没怎么跑过高速，所以开到车少路直的路段，我就加了油门，开到一百四十码以上，体会那种风驰电掣的速度，感觉车子要飞起来一般。子吟往往紧张地连声低呼，让我降下速度。新手对超速开车的危险性还是认识不足的，我就不以为然，觉得集中精神就不会出大问题，直到后来看了无数的车祸，慢慢地有了怕的感觉。

子吟还是带我去了她和子萱住过的那家旅馆，吃了她们曾尝过的土鸡，她要让我品尝她认为最好的人间美味。项目上的事也很顺利，我们很快就顺利做完了，不过因为经济危机的原因吧，开发企业的资金周转有困难，我们这个项目做完一年半后才拿到了工程款，确实拖得比较久。无论如何，子吟又开始有项目做了。不过我们又遇到了很大的麻烦，当年国庆节过后，子吟的例假又没有按时到来，我们都特别吃惊，因为有上次的教训在那里，我们房事时特别小心，都是采取了严格的安全措施。所以当子吟又升级当了中队长，我们面面相觑，不知这次到底是怎么中招的。

上次流产我本不是很乐意，这次我肯定不能答应继续不要这个小孩。流产对女人的伤害太大了，我可不能再做这种糊涂事。但是劝服子吟花了很大力气，我从对她的身体伤害讲到我们年龄不能允许太晚生育，并保证努力工作，好让这个宝宝生下来时条件不会太艰苦。子吟大概对上次的流产也心有余悸，再听我说起采取避孕措施仍然怀孕，说明我们和这个宝宝缘分匪浅，她终于决定要这个小孩，我高悬着的心才放到肚子里。其实我后来才明白，真正让子吟下定决心的，恐怕还是她自己。她在过去的一年多里把医疗这条路走得差不多通顺了，所以即便我们都没有上海市户口，可是小孩建档、孕妇产检、入院观察乃至入院分娩，她都是一个电话就搞定了。

这些事情我现在记下来看似简单，可这个过程只有经历过的人才会真正体会到震撼。子吟做了很多工作就不提了，因为任何看似简单的事情，背后可能花了无数的心血。对于我来说，随便挂个号就能见到上海三甲医院的主任医师，并且享受普通人永远不可能获得的医疗待遇，这个是颠覆我的三观的事情。有次我体检结果显示胃里有毛病，子吟担心得不得了，很快安排我去浦西某著名医院去复检。看着排着长队等待专家看诊的人群，我插队完成了所有的检查，胃镜也是主任医师亲自做的，心里很不是滋味，觉得这样子真的好吗？可是如果没有子吟的努力，我们也是无数弱势群体里的一员。不能说看不到医生帮我们医治，只是哪里会来得这么便利？

我们赶紧买来叶酸给子吟吃起来，也买来了防辐射服穿上。子吟怀孕后孕期反应不是很强烈，但我们商议后还是决定请我丈母娘过来照顾她，以度过危险的前三个月。丈母娘很快来了这边，我们在主卧的大床边上加了一张行军床，这样她们母女三个就好住在一间屋里。

　　前三个月很顺利度过了，医院检查结果显示胎儿发育也很正常。不过慢慢地出了一件事情，让我们和丈人之间关系微妙起来。原来，丈母娘会在日常的闲聊中谈起新生儿的姓氏问题，子吟知道她妈妈对这个从来不在意，她提起这个问题，显然是我丈人授意的了。虽然没有很明确地正式商量这个问题，我们都知道丈人是在试探小孩跟龙姓的可能性。这个事情我没有多费心，甚至没有多考虑过，因为子吟一开始就明确地告诉她妈妈，小孩肯定是要跟我姓的。这件事情可以证明子吟很早之前就对我说的那句话，她要把这个世界上所有的好东西都给我，小孩子跟我姓是她认为的天经地义。另外，她爸爸本是入赘的女婿，最后强势到生了两个女儿也跟他姓，这件事在子吟认为是他太霸道的体现，所以她潜意识里，是不是有对抗她爸爸的意思在里面呢？

　　由于子吟态度坚决，关于小孩姓氏的问题她爸抵抗意志很弱，最后是建议宝宝名字里带个龙字即可，这与其说是让步，不如说是他挽回自己尊严的一种努力。可是子吟觉得这个字和我的姓氏很不配，这其中还有什么五行相生相克的一套说法，我也搞不懂里面的道道，反正子吟选好的名字里也没包括这个字。这件事我丈人特别恼火，觉得子吟是成心和他对着干，所以他自此对我们就不怎么热心了，也是我们带小孩无比艰辛的缘由。孩子出生后，我爸妈因身体原因无法帮我们带小孩，而我丈人则认为他们没有义务帮我们带，所以在我们创业的路上，因为带孩子错失了很多的大好机会。

　　到了年底的时候，子吟在道路工程建设领域的市场开拓方面取得了突破，她和一家设计院合作，进行浦东很多道路翻修和扩展工程的施工。这家设计院在浦东很有影响力，院长陈安章是子吟多年前跑业务时认识的，这么多年来一直有联系。说起和陈安章的友谊，这里又有一段奇事。原来两年前子吟和陈安章认识不久，经常去他们院里拜访他。有一次子吟从朋友处拿了十几箱产自四川的猕猴桃，所以她在拜访客户的时候就送个两箱。猕猴桃算是很小的一点礼物，如果男生送往往不合适，可是女生好像就没有这么讲究，这也是女生做业务员的优势之一了。

　　子吟某天拜访陈安章时送了他两箱，他很愉快地接受了，随后子吟就把这事给忘记，送两箱水果是多大点事呢。岂料两个月以后再次碰到陈安章，他对子吟的态度已经大大不同了，显得非常客气。正当子吟纳闷时，陈安章说出了一个温暖人心的故事：那次陈安章拿了猕猴桃回家，正逢他妈妈在病重期间，老人家很多天都食欲不振，见到他儿子拿来的猕猴桃，却打起精神吃了两颗。也许是猕猴桃真的很好吃，也可能老人家喜欢吃猕猴桃，她几天时间里把两箱猕猴桃全吃光了，而且念叨了好多遍，说从来没吃到过这么好吃的猕猴桃。随后一个月，老人家病情加重，与世长辞了。

这对子吟是件小事，陈安章却觉得刻骨铭心，有什么事情，比让老人家满足一件心愿更要紧？陈安章觉得这箱猕猴桃是他对他妈妈最后的尽孝了，你说他对子吟又是什么感觉呢？随后两年里，子吟因为各种事情忙得不可开交，和陈安章也只是礼貌性地短信联系。眼看到了年底，陈安章他们单位中标了很多道路工程，他们要找合作单位，故而直接找了子吟。当子吟穿着防辐射服出现在陈安章的办公室，他大为惊讶，连声说项目的事情可以安排手下跑跑，眼下让子吟安胎要紧。所以这次项目的合作敲定很快，我们也要赶紧准备入场施工。还好子吟能吃能睡，有了丈母娘的细心照顾，项目开局才会那么顺利。

第五十八章

过去的这一年，在我们生命中留下了难忘的印记。从年初的南方大雪，到元宵节前领证结婚，举国悲痛的五一二大地震后，紧接着又观看百年奥运盛典，最后子吟又怀孕了。这些事情居然发生在短短的一年里，现在回想起来都是那么不可思议。子吟怀孕后受到了她亲密朋友们的热心关怀，几乎天天有人过来陪她说说话，聊聊天，尤以子萱、田琳和倪茜三人来得最频繁。子吟和我商量，节前请大家聚一聚，表达一下感激之情，我赶紧去安排了。这次吃饭没什么特别的事情需要记述的，请的人也只比上次多了一个倪茜，一切都还好。饭毕各人各回各家，倪茜开车送子萱回去，而那天我们车子拿去保养，我们一家人合乘一车回去，李晓勇提出送田琳回家，她也没有拒绝。

岂料元旦后的一天，我正在上班的时候，接到李晓勇的电话。我听他语气低沉，毫无以前的沉稳镇定，似乎对我也有些冷淡，我心里正纳闷，只听他说他已经放弃追求田琳。我心里一惊，忙问怎么会突然就改变主意了？他叹了口气说道，我一开始以为只要我努力，田琳迟早会给机会，但那晚发生的事让我明白，她从一开始就没想过要在一起。原来李晓勇说的那晚，正是我们请大家聚餐那天，李晓勇送她到了家门口，正想和她说会儿话，结果田琳拿了包，别说跟李晓勇打招呼了，她连看都没看一眼就下车进了小区，留下李晓勇在车子里目瞪口呆。我听得心下骇然，无论如何也无法理解田琳当时到底是怎么想的，这个是最起码的人格尊重都没有了啊！

挂了电话我十分羞愧，我一开始根本就不该撮合他们在一起，这么多年过去了，田琳依然是那个外貌协会的会员，丝毫未曾改变，李晓勇的外貌和朱思杰差距很大，所以她从来就没有对李晓勇动过心。她之所以还想着和李晓勇交往，可能是感觉自己也老大不小了，加之李晓勇的经济条件确实优越，让她不忍放弃。可是在交往中，她却毫不掩饰自己对李晓勇的无感，那晚的事她可能觉得反应正常，可深深刺痛了李晓勇的自尊。说老实话，从这时候起，我对田琳的感觉就很不好，觉得她不值得子吟深交，只是我可不好当着子吟的面提这个，毕竟她们相交很多年了，子吟自有判断。

这件事如果这样了，大家心里或许还没有芥蒂。只是李晓勇后来说他送给田琳父母的东西，想要要回，这就让我很为难了。他觉得自己不好开口，就拜托我和田琳说说。我的理解是，既然分开了，而且田琳从来就没有真心对待过这份感情，所以她应该主动退还所有东西，可是田琳一点要还的意思也没有。我问子吟，她觉得感情都不在了，在乎那点东西干吗呢？田琳主动还了，就罢了。田琳不还，李晓勇就当丢了，完全没必要主动去要回，毕竟是他送出去的东西。李晓勇后来说不是他在乎这点钱，而是因为碗筷的重量是他按照田琳父母的岁数打造的，他们不在一起，这个东西老人用着很不好。

我震惊于李晓勇的诚意，也照实转述了这番话，田琳最终拿出这些东西让我转交给他。只是在那天，田琳言语中反映了她的些许感动。可是一切都过去了。经过了这事，我和李晓勇的关系慢慢淡了起来，我觉得我的责任大些，让他自尊心受到了伤害。以他的条件，找个比田琳条件还好的女孩，我估计也不是太难的事情，只是他想追寻一份纯粹的感情，结果在田琳这里马失前蹄。李晓勇不埋怨我，只是他觉得我在这件事情上，并没有反馈给他正确的信息，让他出现了判断失误，认为我并没有尽力帮他。而我对田琳的不满间接影响了子吟对她的态度，这件事貌似谁都没有错，可是结果是造成了很多人关系微妙的变化，所以子吟一开始说我乱点鸳鸯谱，这话一点也没错。

新年后，道路扩宽项目完全铺开开始做了，我安排各个施工队进场施工，可有个专业实在派不出负责人，我只好亲自顶上去。那几天天蒙蒙亮我就去工地，很晚才回家，子吟看着挺心疼，我安慰她说这个比我上夜班的时候可轻松多了，而且只是安排工人施工，也算不上有多辛苦。第二天上午，她居然打了车子来工地找我了，我记得那是在碧云路上，虽然她的肚子还没有明显鼓起来，但是谨遵医嘱留在家里才是上策吧，我赶紧迎上去劝她回家，千万别累着了。子吟怀孕后体形变胖了许多，脸也圆滚滚起来，貌似还出了好多痘痘，她老说自己变丑了，我赶紧安慰说只是一点点而已，生完孩子了很快会恢复往日靓丽，她笑嘻嘻说，你这话骗骗小孩子还差不多，我一本正经地说，相信我，没错的。

子吟问我有没有需要帮忙的，我看她一点也没有想要回去的意思，想到甲方的技术要求里有一条是统计道路两边的绿化树的数量，心想让她数树倒不会太劳神，于是就给她说了。她一听乐了，说这个好玩，和晚上睡不着数羊一样，于是背着手转身去道路尽头。我继续回头和工人们一起干活，回头看到她正在用手划拉，一棵一棵从那头数过来，感觉好笑得很。过了一会儿，她数树数到我跟前，我从包里拿了瓶水，走过去递给她，她笑呵呵接过去喝了几口，然后把瓶子递回给我。忽然她伸向我的手停住了，眼睛睁得大大的，眼神里满是彷徨无助。面对她这副古怪的表情，我忍俊不禁，正想问她呢。却听她说道，我数到第几棵来着？

我终于忍不住哈哈大笑，她嗔怒道，都怪你！不是你打扰，哪里就能忘记了数字？我吐吐舌头，说你慢慢数啊，我再不敢打断你了。于是她郁闷地跑到道路尽头又数了一遍，告诉了我数字。这个数字尽量不要搞错，于是我又数了一遍，结果和她的数字差了两个，她说一定是我搞错了，于是从头到尾又数了一遍，结果她这次数的数目是另外一个数字，她就郁闷得厉害了。讲这件事情，除了觉得好玩，就是想说女人孕期各种反应会慢半拍，有人甚至说会变傻，我不想为这些说法找佐证，而是想说，女人为了生小孩子真不容易，牺牲了美丽，牺牲了身体，甚至还牺牲了聪明才智。

这个项目一直忙到了过年前，也没有做完，只好年后接着来。元月下旬就到春节了，这也是我们首次一起在上海过年，我们本来是准备请我丈人过来一起过年的，一家人团聚多好。可是他以房子住不下为由不过来，很让我们为难了一番，总不能让他一个人在家过年吧？我们商量了一下，决定让海英回自贡陪爸爸过年，这似乎是最佳的解决方案。子吟妈妈来上海以后，心宽体胖精神好，人也养得胖乎乎的了，我看丈母娘是非常愿意留在上海，和我们一起过年的。只要待在老家，我丈人心情不好就容易拿我丈母娘当出气筒，所以这次来上海照顾子吟，包括这次娘儿几个一起过年，是我丈母娘过得最开心的日子。

子吟冬天特别怕冷，即便屋里开了空调，又添了一台取暖器，她也觉得冷得受不了，所以海英回家后，我让丈母娘睡客卧，我就又可以替子吟暖床铺了。她的四肢比去年还要冰凉，我心疼不已，就买了好几个暖手袋，一天到晚轮流烧来给她暖手暖脚，效果比较明显。这个春节不必赶路回家，也没有走亲访友，上海本身年味特淡，所以这个年过得就特别安静平和。大年三十，难得地刚过十二点就休息了，春节期间我们也几乎没出门。田琳跟着她父母去了东北，子萱一家人也去了国外，只有初六那天倪茜过来和子吟聊了一下午，所以用安静一词来形容这个春节真的很贴切。

正月初八假期结束，我难得地春节假期一结束就单位，进了大门就见地上摆满了烟花爆竹，刚过八点工作人员就燃放起来了，刹那间炮声大作，震耳欲聋，整个院子里弥漫着烟雾，大楼都隐没在烟雾中了。这个是很多单位上班后干的第一件事，寓意新年事业兴旺、财源滚滚吧，虽然很多年后被禁止了，但我认为这个早晨才使上海有了欢度春节的味道，感觉被取缔了也可惜得很。中午时分，陈为涛请了已到岗的人员一起吃午饭，寓意是开工饭，这个估计也是很多单位的保留活动吧。陈为涛来这边后，公司业务扩展很迅速，产值很快翻倍，上级领导也开始重点培养他了，所以他看起来风流倜傥，意气风发。

过了年以后，去年底国家的四万亿投资使房地产业重新恢复生机，王伯时的公司的反应就比较明显，前两年的库存很快就消化干净，开始了新一轮的扩张，所以子吟得以在王总这里拿到不少项目。王总得知子吟怀孕的消息，非常照顾她，很多事情都让手下的人帮她做了，有时候送送文件跑跑流程这类事情，就由我出面完成。当然，房价也快速增长起来，对于还没有买房的人来说压力在与日俱增。子吟这时候才后悔两三年前有条件没想起来买一套，那时候我们租住的这套房子均价才七八千，子吟完全有能力买下来。这时候已经两万出头了，没人看得懂房价只涨不跌的这个新常态。

看来精明如子吟者，也万料不到房价会如断线的风筝般扶摇直上啊。其实她现在真正担心的，是怀孕后不能努力地工作，以继续开拓市场。好不容易摆脱前两年的事业不顺期，可以信心百倍地踏上新征程，哪里想到会意外怀孕呢。所以过完年后她的焦虑情绪明显，我知道这样对她和小孩都是极为不利的，赶紧想方设法安慰她，告诉她只要我们一起努力，什么都会有的。这时候王伯时在项目上的照顾就显得如雪中送炭般，帮我们度过了这两年的窘迫。子吟其他的客户也会和子吟谈合作，但以子吟的怀孕之身，自然没办法应付项目上的事情，能不断了联系就属不易呢。

进入三月中旬，我们发现海英下班后不是按时回家了，有时候到晚上十点才进家门，我丈母娘问她啥情况，她只是说偶尔会加班，子吟觉得不太可能，大超市的收银员只有换班制，哪里可能随随便便加班呢？后来又问了她几次，她才支支吾吾地说，大学时那个叫陈万银的前男友来上海，找她再续前缘。子吟一听非常生气，她很多年前就不同意他们在大学里交往，认为耽误了很多学习时间。如果真的有缘分，毕业后两年里他们也没在一起啊，现在他们又在一起，这个算怎么回事呢？子吟不是阻止他们交往，而是觉得他们谈朋友很不靠谱。

我怕子吟生气得不偿失，赶紧在中间和稀泥，对子吟说海英已经长大，她应该知道自己在干什么，感情的事情我们就更不好干涉。我丈母娘的说法和我类似，那么子吟也不好多说什么了。后来海英还把陈万银请到家里来做客，我觉得这个小伙子还是不错的，文质彬彬且能吃苦耐劳。他来上海后在一家广告公司打工，离海英上班的地方很近。没过多久，海英提出要搬出去和小陈一起住，我们都觉得不妥当，却没法阻拦。子吟这个时候对她已经很反感了，我丈母娘来上海后，海英在家里不做家务，而且还对她妈发脾气，让子吟觉得很不能接受，这个性格和她爸已经相差无几了，所以她说要搬出去，子吟也没有太阻拦。结果他们住一起后惹出很多是非，让我们狼狈不已。

似乎每个国企的领导都倾向于用熟悉的人，而且以忠诚为最高用人标准。如果他熟悉的人有能力，也确实做到了忠诚，这个团队的战斗力就强悍无比。陈为涛的情况则有些复杂，他本人是一个杰出的经营人员，这两年公司开拓了很多新业务，有他做出的巨大贡献在里面。不过，他新组建的两个部门是他的部下领导，而且特别信任他们，给他们以超越其他部门领导人的实权。不过据我长期观察下来，这两个人都心术不正，也绝没有忠诚于他，何以陈为涛那么聪明一个人，竟一直也没看出来？或者他的确知道两个人的优缺点，只是选择无视了呢？

开春不久，公司接到了一个自动化检测项目，由于工程规模比较大，影响面也很广，所以公司上下都很重视。这个项目涉及的是一条地铁隧道要穿越机场跑道区，为了跑道的安全，要做施工期间对跑道影响的形变检测。该项目要买很多的专业仪器，陈为涛就放权给刘炜采购相关设备。因为我以前做过仪器销售，所以知道公司采购仪器设备的流程，而且也比很多人都清楚这些仪器型号的出厂价和市场价。高达两百万的设备采购，刘炜没有通过公开的招投标来选定供货商，而是通过几家仪器经销商的比选就确定了卖家。

我知道但凡有设备采购，总会有一些不足为外人道的内幕交易，但是当我有一天偶然看到采购单价时，还是忍不住大吃了一惊，因为每台套的价格比市场价都高了四成左右，这个明眼人都能看出来是怎么回事，问题是这也太大胆了!高出市场价采购仪器风险很大，任何人想要追究必定一查一个准，何况这是国有资产。我觉得陈为涛肯定不知道实情，他是那种一心想做事的人，而且是在本系统有着光明前景的后备干部，自己本身业务能力出众，不会做这种事情。所以这个事应该是刘炜怀了巨大的私心做的，我从此再不敢和他接触，知道这人迟早要完，只是希望他不要坑了陈为涛。

买仪器设备的事就这样过去了，看起来也没人去认真追究，所以国企一把手权力过大弊端确实太大。想到陈为涛间接促成了我和子吟的婚姻，我们都对他心存感激，很担心他这样不加考察地信任像刘炜这样的人，会导致他最后功亏一篑，所以很多次我想和他深入聊聊。可是我也不敢十分确定他对刘炜做的事一点也不知情。万一他是知情的呢？思虑再三，我给陈为涛写了一封长信，隐晦地提了两个部门可能存在的隐患，陈为涛也回复了，表达了他的感激之情，不过仍然对刘炜信任有加，以我的智商是看不清这件事的实质了，干脆就不再想了。这之后，我和刘炜关系就更僵化了，很大原因是我觉得跟他走近太危险了，所以干脆和他闹些矛盾出来，有机会再调离这个部门。危险人物我一向都是离得远远的。

第五十九章

子吟的预产期是八月十七号左右，过完年不久她的肚子看起来就明显大起来了。我看电视里很多孕妇一怀孕就吃啥吐啥，茶饭不香，所以很替她担心。谁知她能吃能睡不说，完全没有任何不良反应，我不禁暗暗称奇。她定期到浦东仁济医院孕检，有了陈惠良介绍的一位医生的帮助，所有过程都显得便利无比。我第一次陪她去这家医院的时候又是一阵激动，因为这里离我刚来上海时住的塘桥地区仅有一步之遥，有一段时间，我和徐飞还在下班后绕着宿舍附近长跑，而这家医院就在我们长跑的圈子里面。我哪里能想到，当初围着跑了那么久的地方，竟是儿子即将出生的所在。

四月底的时候，子萱拎着大包小包来看子吟。随她一起过来的，还有一个高大的帅哥，原来是她结交的男友。子吟见状欣喜异常，但她最近和秦总联系很频繁，子萱有了男朋友这事倒从没听秦总提起过，这是不是说子萱还没有将她结交男朋友的事告诉家人呢？果然，子萱是想让子吟先帮她把把关，等她觉得满意了再往家里领，由此可见子吟在子萱心里的分量了。这个叫方汇文的男生是北京人，考取了复旦大学金融系，研究生毕业后即留在上海一家金融公司。他和子萱站在一起，那真叫一个般配，简直是天造地设的一对，所以我就不费唇舌介绍他的外貌了。他们是在一次归国的航班中邂逅的，恋情升温很迅速。

五一节前，陈为涛安排我随公司的一个经营人员一起去完成一个新项目。那天中午我们随甲方一起去看现场，赶到的时候已经快接近中午，于是那个经营人员安排一行人先吃午饭。由于甲方的项目负责人也在现场，这顿饭就不能太草率，于是经营人员在附近找了一家比较好的饭店，宾主落座后点菜吃了起来。这位经营人员这几年完成的业务量很大，是我公司著名的高收入群体成员之一，我对他早有耳闻。大家闲聊了一会儿后，说起了社会上的不公平现象，该经营人员很有一番见地，从国家政策说到腐败现象，从房价聊到股市，我听得津津有味，心里想的却是，这么一个大义凛然的正直人士，是怎么把经营工作做得这么出色的呢？

下午我们赶到了现场，原来这是天马山的一个采石坑，据说是新中国成立后陆续挖矿五十余年才形成的。不到现场，真的不知道上海还有这么个地方，约四万平方米见方的大小，深达七八十米，矿坑里收集雨水后形成深潭，水深约有二十米。这里计划要建一个超星级酒店，而我们的工作就是前期的勘测施工。此后一个月里，我就天天往这里跑，安排人员进场施工，而同期另有一个水工专业组，用水泵把深潭里的水抽出坑外。一开始我们都没感觉有什么异常，直到水被抽了大部分，深潭里出现了大量的鱼，而且都是好几斤重的大黑鱼，有些个怪鱼甚至有十几斤重呢。

那是一段很快乐的日子，我们干完活后就沿着在岩壁上凿成的梯步台阶下到坑底，用各种方法捞鱼。随着里面的水越来越少，水里的鱼整天扑腾，那场面真正很让人震撼，最大的鱼竟然有一米多长，一个人根本抱不动。有一个施工人员抱着一条大鱼，鱼一挣扎，他被带着掉进潭里，幸亏周边的人齐搭手，才从鱼群里把他给捞上来。我真搞不懂啊，这个深坑里面貌似是一潭死水，怎么会生出这么多的鱼，而且是巨大的鱼？那段时间我没少捞鱼回家，可是子吟不敢吃，最后全被放生了。在施工期间，我看到了这个未来超级酒店的建筑规划效果图，将来必定会成为上海的特色旅游风景区之一。

子吟认识的妇产科医生叫陈捷，对子吟特别照顾，只要子吟去医院，她就全程陪同。所以子吟去医院我特别放心。随着分娩的临近，陈捷越发地关心关注子吟，让她注意劳逸结合，一有不适赶紧跟她沟通。有一天做完正常的检查，子吟随口说起孩子的性别问题，陈捷就笑呵呵地问她想不想知道宝宝的性别。国家严令妇产科医生在做 B 超时，禁止向孕妇及其家属透露婴儿性别，大家都很清楚这项规定出台的原因，而且执行很严厉，所以子吟以为她在开玩笑。陈捷又问她希望孩子的性别时，子吟说我老公想要女儿，最好如他愿，如果是男孩也是好的。

做完了 B 超，陈捷神秘兮兮地说，你老公有很大的概率要失望了。这句话实际上告诉了子吟孩子是男孩了，陈捷之为所以违法纪律，除了因为子吟已经是她的好朋友，还因为在语言上打了个擦边球，所以我们在六月份就基本确定子吟怀的是儿子了。子吟笑吟吟把这个消息告诉我的时候，说实话我是稍有些遗憾的，我弟弟老早以前就生了儿子，所以传宗接代的压力我是没有的。我对女人天生充满敬意，反而对男人很无感，因为我的经历告诉我女人普遍比男人更靠谱些，这个是不是我的一种偏见呢？不过作为一个北方人，厌恶男孩也不可能，只是喜欢的程度比女孩差了点就是了。

田琳和李晓勇分开后，在家人及亲戚朋友的安排下进行了很多次的相亲活动，但没有遇到令她中意的男生。一次次的失败经历，令她倍受打击。子吟会给她一些诚恳但未必有用的建议，毕竟子吟自己从未相过亲。有一次，子吟和田琳聊天，无意间跟她说道，一定要很清楚自己需要什么样的男友，鱼和熊掌不能兼得时，还是要把对方的人品放在第一位来考察。这句话一点问题也没有，应该算是金玉良言，田琳却认为子吟是在说她没看上李晓勇的事，所以她很不高兴。子吟见她这样，觉得她的心态已经很不好了，所以不敢多说什么，从那以后的一段时间里两人联系少了一些。

谁知又发生了一件事情，令她们二人的感情急剧降温。子吟之前曾借用田琳的身份证办过一张电话卡，最近她不小心掉了手机，只能补办电话卡，就联系到田琳想借她身份证一用。田琳估计还在生气，有些不耐烦地让子吟上她家去拿。要知道这时候子吟肚子已经很大了，行动起来很不方便，但也只好在妈妈的陪同下过去了。到了她家楼下，子吟请她送东西下楼，她居然不答应，意思是非得子吟上楼去拿。那一刻，子吟觉得内心无比悲凉，田琳以前做些过分的事，说些过分的话，子吟都不曾放心里。可这次发生的事，就是普通朋友也做不出来吧。子吟下定决心慢慢疏远她。

有一天晚上我回家后，又照例搬张椅子跑到子吟跟前坐下，摸摸她的大大隆起的肚子，把耳朵凑近了听里面的声音。我感觉最近里面动静还真不小，突然感觉有什么东西在顶着我的脸了，着实吓了我一大跳。子吟见我如此，满脸笑意，她解释说这是胎动，有时候能清楚地看到肚皮局部会突然隆起，肯定是宝宝用小手或者小脚丫顶在那里了。我仔细观察了一番，果然是这样啊，而且这个胎动较频繁，很担心肚里的家伙会不会用力过猛，弄疼了子吟。正在我胡思乱想的时候，子吟从衣柜里拿出了一个礼物盒子，说是送给我的礼物。我正想问为何送礼物给我，突然就记起来了，今天是我们相识两周年纪念日。

因为恰逢七一，所以这个纪念日还是很好记得的，可是我却没想起来，更别提准备一份精致的礼物了，人家子吟不仅记得，还在行动颇有不便的情况下买了东西给我，我瞬间面红耳赤，连声暗叫惭愧惭愧！子吟看我这个样子，笑呵呵地说这又不是什么重要的事情，不记得不要紧的，我是闲在家里，所以会想起这些事情的。我拆开来看，原来是个皮包，我上班是缺一个可以多放些东西的公文包，子吟之前还提起过有空去逛街的时候帮我挑一个，结果她这么有心，趁着节日的来临以礼物的形式送给我。虽然子吟不在意，我心里还是很不舒服，恨自己不够心细，暗下决心以后要多长点心眼儿，可不能糊里糊涂忘记这么重要的日子。

又过了一段时间，单位领导找我谈话，准备安排我和许思杰去北京出差，筹备许思杰曾向我提到过的那个项目的前期工作。子吟这么要紧的时候，单位要派我出差，我的心里自然是很不乐意的，就怕子吟出点什么意外。等我把这事说给子吟听，她却很是支持我的北京之行。她说我现在一切正常，家里有咱妈照顾我，预产期也在下个月中旬，你出差一段时间影响不大的。于是我和许思杰去了趟北京，还好只是出差四天。那几天我们对北京的这个项目有了一个整体了解，逐渐明白这不是一个简单的项目，这倒不是说整个工程实施的技术难度有多大，而是项目背后的故事较复杂。

事情是这样的：北京某条地铁要穿越一个铁路机务段，按照规定要在地铁隧道掘进过程中，对机务段铁路设施的影响做变形检测。铁路机务段看来是想狠赚一笔。首先是体现在检测费用上，铁路机务段以保护铁路设施的名义，把检测等级及要求提到了很高的标准，本来人工检测可以满足要求，结果铁路方面要求用投入资金巨大的自动化设备来进行检测。我看过现场，以我的经验，这里根本不具备自动化检测条件；其次是检测单位的选择上，机务段坚决不同意地铁方在北京找检测单位的意见，要选择外地单位，这时候有自动化检测业绩的我们单位被机务段选中了。我们就成铁路坑地铁建设方的工具了。

地铁方面明知道自己这次要被坑，可是面对铁路，他们也牛不起来。曾有一次谈判，地铁谈判代表对工务段的蛮横和狮子大开口表达了些许不满，铁路工务段的人直接起身扬长而去，丢下了一句地铁你们爱修不修。在我的印象中，地铁是个强势单位，毕竟要保证城市几百万人的正常出行，所以城市建设里地铁是老大，没想到遇到铁老大，地铁也有不得不认怂的时候。这个项目铁路方面占据法理和道德高地，毕竟你要在铁路下面掘进隧道，如果铁路受到影响，任何人都担不起责任的，可据此以双保险为由提高保护力度，报出一个天价监护方案，也有满足一部分人利益的巨大私心在里面。

如果该项目采用常规人工检测方法，则既可以节省检测费用，又能很好地保证施工质量，但最终为了提高预算，铁路方强硬要求使用自动化检测方法。要知道这里机械设施众多，车辆来往繁忙，使用自动检测设备根本达不到安全监护的目的，甚至真的发生因为隧道掘进导致铁路沉降的事故，自动化设备根本无法及时发现。我们单位对此事持什么态度呢？有高额利润的项目自然是承接下来了。我有这类项目的施工经验，知道这里面的风险，所以我对这个项目不怎么热心。可是因为纯技术问题而让单位放弃这个项目，恐怕单位决策层也不会甘心，所以这个项目最终交由许思杰负责实施。

我在北京待了几天就赶回来了，刘炜找我聊天，做工作让我全面负责，我以家事为由婉拒了他的建议，甚至连技术负责人也不愿意担任。他本就对我不满，这下要势同水火了。而且我知道陈为涛可能也因为此事，对我产生了很大成见。子吟知道我的事后，倒是很支持我。她说我一直不知道怎么就那么喜欢你，可能你有很多人不具有的一些很正面的品质，见得少了所以更显弥足珍贵。我被她说得不好意思，说得罪了那么多人，都养不活家人，谈什么品质啊。子吟笑呵呵地说，只要努力还怕找不到事做？陈为涛若是也为难你，那么你就辞职了事，我们自己做事业。

听她这么一说，我立马想起了我和徐飞曾注册公司的往事。那是段很失败的体验，想起来内心中会涌起苦涩的味道，却也是促我成长起来的宝贵经历。那时我们创业失败，就是因为没有资源和人脉，在培养这两样的过程中，我们先后走向了不同的人生轨迹。现在听子吟说起创业二字，我心中那份曾经被现实浇灭的希翼重又升腾起来，那是不甘于一生碌碌无为的期盼，也有想改变生活的强烈欲望。子吟有人脉和经营能力，我有技术和努力向上的心，这件事就是万事俱备了。在我们的儿子即将出生的前夕，我们又酝酿了我们的另一个"孩子"。我们希望这两个孩子都能顺利出生，茁壮成长。

和子吟商量了一下后，我们很快取得了一致意见，决定尽快注册一家工程类公司。因为我有注册公司的经验，一整套流程非常熟悉，所以很快行动起来了。与几年前相比，其他流程没有大的变化，只是验资报告要注册自然人提供，这意味着注册公司的验资资金要成立者自己提供，不像以前那样由中介公司象征性出具验资报告。我们有一年多的工程款还没有收回来，所以还要等等了。这期间我给子吟介绍了以前那个公司的事，她觉得公司名称没有起好。所以她在这时候就开始想我们未来公司的名称，也确实起了几个好听而寓意深刻的名字，花了大量时间慢慢琢磨。

很快到了八月中旬，十六号晚上，子吟肚子微痛，而且有点见红了，我们赶紧联系了陈捷，她安排好了以后让我们尽快入院。那天我们打了出租车去医院，路上下起了大雨，我正懊悔没有带伞，结果到了医院门口雨就停了。这所医院的妇产科床位一直很紧张，我们这是插队搞到一张，不免又感慨了一番。住院后子吟的肚子还是阵痛，搞得我们陪护的人异常紧张。医生让子吟起来稍运动运动，这样待会儿进产房会顺利许多，于是她忍着阵痛从走廊这头走到那头。有个孕妇要临产，被护士医生用车子推进了产房，子吟好奇地跟上去看，只见产房里接生的人忙忙碌碌，那个孕妇很夸张地大声叫唤，嘴里骂着一个人，看样那是她老公了，动静特别大。孕妇确实疼坏了，额头豆大的汗珠一颗颗滚下来，脸色煞白四肢发颤。

看了一会儿她转身回来躺在床上，可是这会儿她的肚子完全不疼了。一直到了晚上十点，也没有动静，陈捷过来看看她，说看样子今晚应该生不了了。于是丈母娘和海英先回家去，我去附近买了一张简易行军床，准备像很多伴产的家人一样睡在楼道里。没想到我竟然在这里睡了十个夜晚，子吟临产的症状完全消失，每天能吃能睡，医生说可能预产期有些不准确，让她住院待产。刚开始几日，我觉得说不定哪个晚上就生下来了，所以晚上还颇紧张，一同睡在走廊里的战友们纷纷收队回家了，只有我陪了一拨又一拨的准爸爸。

医院的饭据说营养很好，可我真心吃不下去，神奇的是子吟一次能吃双份，她还和负责做饭的产房烧饭阿姨聊得火热，所以给她的饭也是量很大的。到了第五日，我实在吃不消了，廊道里睡觉的滋味有些不好受，而且也根本睡不踏实。子吟挺心疼我，就把我拉到她的床上睡下，自己成天在外面晃荡。负责巡视检查的医生看不下去了，说你和她到底是谁生孩子啊？我听完赶紧跳下床跑到外面去，可是子吟又会叫我回来继续睡，久而久之连医生也见怪不怪了。子吟和另一个住院也许久未生的妈妈很快熟悉起来，两人在医院到处晃荡，甚至还结伴跑去医院门口买起西瓜吃起来。

第六十章

子吟住院待产期间，几个好朋友都来看过她，田琳是和她父母一起过来的。子吟看她这样，往日的不愉快已经忘记了大半，想想已经发生过的并不是什么大不了的事情，就让它成为过去，多年来的友谊来之不易。好朋友们都盼着她赶紧生下来，结果她们都和我一样眼巴巴等了好多天都没结果。倪茜看她住院七八天了，劝她先回家待着，医院里吃喝住行都极其不便。子萱盯着子吟的肚子，说里面会不会是双胞胎啊？看起来这么大，又对着圆滚滚的肚子说小宝贝别调皮，赶紧出来见我们。医生来给子吟体检，每次都说生理指标很好，建议她每天去爬楼，这样有助于分娩，于是子吟每天在楼道里爬上爬下，我怕她有什么闪失，也陪着她爬了很多遍。

到了第十天，我和子吟都有些急躁了，宝宝貌似住在她妈妈肚子里很舒适惬意，就是不肯出来，医生说宝宝的尺寸在变大，再待个几天恐怕顺产就有些困难了，我们问医生有什么方法可以加速这个过程，她建议我们先用助产药试试。有人会问我们为何不用剖宫产，原因是子吟在怀孕期间查阅了大量资料，得知剖宫产对大人和小孩都不好，而且影响是长期的，所以她一开始就决心要顺产的，而且这个医院的医生一般也会鼓励孕妇顺产，这坚定了子吟不想剖腹的决心。子吟用了医生开的药，果然十分有效，吃过晚饭后子吟就阵痛难忍，躺在床上蹙眉不展，想必是在承受巨大的疼痛了。

晚上十一点多的时候，医生检查说已开了二指，说明很快要生了！我觉得这是个重要时刻，就要了间特需病房，和医生合力把子吟送到那里。接下来的两个钟头，子吟真正受了苦头，她的情形和刚住院的那位临产孕妇已经没有两样，只不过她没有骂我的名字，喘着粗气叫唤，我急得围着床来回走动，只是一点也帮不上忙。我在想动物们产后代可没有这么痛苦啊，你看非洲狮子生幼崽，简直轻松得不要不要的，而且生好后立马追捕猎物，怎么女人生个后代这么遭罪？

这个夜晚好难熬啊，时间仿佛都凝固了。我拉着子吟的手，她的劲道从来没有这么大过，我知道这是疼的啊。过了凌晨一点钟，只听医生说羊水破了，几位医生把子吟送入产室，约莫半个小时后，一个护士抱着个婴儿进入特需病房让我看了一眼。我紧张得不得了，可是看到小孩子脸通红，心想完了，这个脸这么通红，是不是子吟平时吃辣椒吃的啊？这可咋办？我儿子本来头朝护士胸前，大概听到我的动静了，转头望向我。天啊，这个家伙居然是睁着眼睛的！电视剧里新生儿不都是闭眼的吗？我正想这事，只见他脸色更加红了，又由红变青紫，大声哭出来了……原来是在酝酿着哭给我看啊！

子吟也被医护人员推回来，我以为经过这几个小时的折腾，她已经疲惫不堪，可是她的精神状态很好，只是脸色苍白程度并未减轻。她说儿子生出来后，她的眼睛就一刻也没敢离开过他，生怕被医生不小心掉了包。我听了哈哈大笑，说那都是电影电视才会有的情节。她说妇产科每天出生那么多小孩，被不小心弄错也不是不可能。我看看她身边熟睡的儿子，说别人的可能会，咱们的儿子就绝不会，他的皮肤这么红，一看就是有个爱吃辣椒的四川妈妈。子吟愣了一下，随即"扑哧"笑出声来，她说婴儿出生皮肤越红，以后皮肤就越白。我听了有些将信将疑，结果旁边的护士也是这个说法，才信了几成，不过心里想的是如果这是个女儿，皮肤白才是好事吧。

我们又转回普通病房，丈母娘这时候才知道生的是儿子，她欢天喜地连夜给丈人打了电话报喜，因为他们只有女儿，所以我们生出儿子他们特别稀罕，不像我家兄弟姐妹各个第一胎都生男孩。我让丈母娘和海英打了车回去，自己准备守她母子一夜，结果我实在困得不行，看儿子在他妈妈身边睡得安稳，就在楼道里和衣睡了一觉，事后得知子吟一夜未眠，就那么陪了儿子一整夜。陪子吟这十来天，我真真切切体会出了做女人的伟大，进医院生产的女人几乎没有不遭罪的，现在医学发达，可能生孩子没有性命之忧，但是女人所遭受的身心痛苦一点也没减少。不对老婆好点的男人，真的很没良心啊。

由于是顺产，子吟恢复起来就特别快，第二天下午就能下床活动。儿子出生体重有七斤多，声音洪亮中气足，这说明他在娘胎里发育良好。丈母娘做了鸡汤拿到医院来，同来的还有楼上的阿姨和叔叔，他们都欢喜异常，夸赞我们儿子长相和子吟神似，这时候儿子适时地放声大哭起来，整个产房里就他一个人的声音了。三天后，我们就出院回家了，而和子吟一起的很多剖宫产妈妈恢复就远远没有这么顺利，所以能顺产还是尽量顺吧，剖宫产省了一时疼，可是后面留有很多后遗症。得益于一直营养充足，子吟的奶水也足够了，所以宝宝的母乳一直吃到了八个月。

我以为我为了生这个宝宝，已经做好了充分的思想准备，可是还是严重低估了养好他的难度。在记忆中，我的父母带大我们几个含辛茹苦，那是因为孩子太多。可是在这个年代，养好一个孩子是很复杂的系统工程，前段时间爆发的三鹿奶粉事件，让子吟为了选择婴幼儿配方奶粉伤足了脑筋，这件事还是她的同学张雨燕帮着解决的。张雨燕的一个堂姐大学毕业后和一个澳大利亚留学生谈起恋爱，婚后移民澳大利亚，所以当子吟和她取得联系后，就请她从那边寄奶粉，后来我们儿子吃的配方奶粉全部都是这个叫张芹的好朋友递送的。子吟对她自己要求很高，所以对她这个宝贝儿子更是看得比任何事都重要，吃喝拉撒都是找最好的，有时我都觉得有些过了。但是想到这是为了我们宝贝儿子，也就一切释然了。养儿不易，我们痛苦并快乐着。

还在子吟住特需病房待产的时候，陈惠良介绍认识的李总打过一个电话给子吟，可那时她临近分娩正疼得眼冒金星，没说几句话就挂断了。出院回家几天后，子吟偶然翻看手机的通话记录，才想起李总给她打过电话，这么多天过去了，都忘记李总找她是什么事情了。子吟给李总回了一个电话，给他解释了我们生孩子的事，李总听后连声道喜。两年前通过陈惠良的介绍，子吟曾和李总合作过一个项目，这次李总在老港垃圾填埋场有个基础项目需要前期勘测，想起来给子吟打个电话，让她安排人去实施。儿子出生没几天，就有项目找上门，这个让人异常欣喜，我赶紧组织了一个队伍进去施工。

这个项目实施周期约一个月左右，我为了确保施工质量曾在现场指挥施工，跑了很多趟。平时对垃圾填埋没有什么概念，可这次参与这个项目，对垃圾处理有了全新的认识。上海市一大半的生活垃圾都往老港垃圾填埋场运送，由于近两年生活垃圾越来越多，早期规划的七平方公里的地方居然快要用完了。前期填埋的工艺也有问题，导致渗漏液污染地下水，而且填埋后空气隔绝措施不力，整个老港镇靠近垃圾填埋场的地方臭气熏天，尤其是夏天，真不知道附近的居民是如何生活的。也是因为这个原因，政府要对填埋场进行环境修复，重点治理垃圾渗漏液污染地下水和废气污染空气的问题。

　　除了空气里的臭气，施工场地倒没有什么异常，而且原先的绿化工作做得很好，表面看起来这里也就是普通的林地、绿化草地或者杂草丛生的小土丘，可是谁能想到下面埋的是深达十几米的生活垃圾呢？有些区域里有不知是自然生长还是种植的蔬菜，但我想没有任何人敢吃吧。我就看到过一个长1.2米左右的巨大南瓜，一个人根本抱不起来，这个个头儿应该有基因变异的成分，毕竟垃圾里什么元素都有，而且很多是自然状态下不存在的超密度重金属。我们小心翼翼地施工，不敢碰里面的任何东西。这里人迹罕至，反而成了鸟类的天堂，我就在这区域里发现过很多以前未曾看到过的鸟类。有好事的施工人员在林间灌木丛里放了很多捕鸟网，我们看到过几十只鸟被困网间，也没见什么人来抓走，或者放生，这样这些鸟就只能等着饿死。我们看着不忍，见到就解下来放飞。

　　小孩子晚上要吃奶，这个是最让人难受的事情，毕竟晚上休息不好，第二天上班就很受影响。我们儿子这点上帮了我们大忙，未满月前每天晚上起夜两次，这之后慢慢只吃一次奶了，两个月后他晚上就不吃东西了，一觉睡到天亮，这让我们省了大力气，应该很感激他。正如医院里医生说的那样，他的皮肤很快变得雪白了，头发也慢慢地由稀疏状态长成了浓密，样子越来越可爱，人人见了都很喜欢。不过婴儿看起来都是可爱无比的吧，每个家长都觉得自己的宝宝天下最可爱。

　　子吟出了月子，操心的事情多了起来，体重竟然奇迹般地恢复到了一百斤，等于是半年减去了三十斤。这期间她虽然在家里照顾宝宝的时间多，可是工作上明显更上心了，我知道她的心思，也和她一起努力。老港填埋场的项目还没结束，李总又有几个同一区块的项目和子吟商谈。原来这个项目还在规划报批，因此与前期预备工作有关的项目都不走招投标的流程，业主直接委托合作单位实施，这就给项目负责人很大的操作空间，我们才得以直接进场施工，等整个规划审批流程走完了，再签合同付款。

有了这个项目的经验，子吟对这类项目的操作手法娴熟起来，所以也会特意找一些规划早、立项晚的大项目进行跟踪。一个偶然的机会，子吟结识了某国企负责人，他是上海迪士尼项目的中方重要谈判参与者。通过他，子吟以协作单位的形式，对上海迪士尼项目进行前期咨询服务。大家都知道上海迪士尼要上马，可是因各种原因工程立项实施拖延。子吟知道这个项目肯定会上马，前期的投资是很值得的，所以她持续跟踪了两年多，这期间她垫付的咨询服务费很多，可以说是我们最大的一次冒险，而结果是令人欣慰的，我们后面还会提到。

我丈人按捺不住想看到外孙的急切心情，也在年底来了上海。老人家对小孩真的没说的，比子吟更加上心，喜欢男孩子名不虚传。我以为我和他相处会有矛盾，这完全是多虑了，他对我客客气气，而且生活方面也对我关心得无微不至。不过他和子吟就有些不对付。据我观察，子吟在家里很多时候都会实话实说，她认为家里就是放松的地方，没必要还像对待客户一样事事微言谨行；而这时候我丈人老是觉得他的威信遭受打击，所以说话也会有些火药味。当然，他们父女的关系还是有些复杂，那么多年下来了，也绝不是真能完全放得下来。按理这时候我是调和剂，可是他们发生冲突都是在我不在家的时候，往往这时候两人都互不理睬，我的调和作用就很有限。

无论如何，大家相处还算和睦，我和子吟也相对轻松。年底北京的项目已经开工，我也是项目技术顾问组的成员，经常受陈为涛指派去北京出差。技术问题我前面已经说过了，我的作用很有限，甚至整个监护项目的作用也极其有限，我只是盼着施工单位能够不野蛮施工罢了。有一次在北京待了久一点，差不多一个礼拜吧，子吟想我想得厉害了，一大早弄好宝宝后乘机来北京看我，许思杰听说后啧啧称赞，笑言有人来"慰安"了……我知道他的意思，心里还是颇责怪他用这么个不敬的字眼，仔细想想却觉得有些道理。自从怀孕后，我们夫妻之事就很少有机会，这次她过来，我们倒真是可以灭灭火。岂料接到她以后，子吟说宝宝还要吃奶，她必须赶回去。我惊呆了，可怜巴巴地望着她说，那你这是折腾啥呢？她笑呵呵地说倪茜送了两箱特别好吃的黄桃，特意拿过来给你品尝。

那天我拉着她想在北京住一晚，看得出来她也很纠结。孩子由她父母两个人照顾，倒是可以很放心，只是现在孩子还是全母乳，早上出来她用吸乳器备了够吃两顿的奶，晚上不回去孩子是不够的。我说要不让宝宝吃顿奶粉算了，反正家里备有几听奶粉的。子吟犹豫了半天，终究还是决定回去，她说她的母乳很难得是足量的，小孩子吃了奶粉不好好吃母乳就麻烦了。子吟听无数人说过母乳的好处，所以下定决心让孩子至少吃一年的母乳，只是怕她奶水不够。现在没有了这个困扰，她就十分坚持这点。我们就找了家宾馆，缠绵了两小时，方依依不舍送她返沪。

我回到项目部，许思杰免不了开我的玩笑，我赶紧拿了几个黄桃堵他嘴。许思杰管理能力很突出，如果不是技术方案有问题，他管理的这个项目算得上是精品工程。我们在租住的项目部办公室聊了很久，经过我的提醒，他知道这个项目技术存在风险，只是他已经箭在弦上，身不由己。我的建议是不要把精力放在自动化检测设备数据上，而是要多找些工人进行平行人工检测，以人工数据为准来判断现场安全状态，他很以为然。事实上，他正是安排了一组人工施工，才发现了一个重要的安全隐患，也因为这个原因，该项目最后居然获得了一个重要的行业奖项，那一大堆自动化设备形同虚设，我很是心疼了地铁公司一番。

许思杰说起第一笔工程款的使用情况，我听后心里很不是滋味。我们单位的设备原先已经足够这次施工，而且自动化设备在该项目上使用不灵的，可是刘炜又重新买了五台套，虽说这些设备会以固定资产的形式转化为公司资产，只是我看下来其中的很多台在未来极有可能使用率不高，这是另外一种形式的严重浪费。刘炜购置设备的用意很明显了，只是这种损公肥私的行为我真心看不下去。这个项目最后顺利结束，可是项目最后居然没有多少利润，真令人痛心疾首。

第六十一章

过了几天我返回上海，家里出了点事，令我们狼狈起来。海英不知什么原因，和她男友小陈吵了一架，她一气之下竟然砸了小陈的电脑和手机，还把人家脸给抓伤了，我真的很难想象海英发起火来这么恐怖。发完脾气她就跑回来了，家里人都很生气，都觉得她这次做得有些过了。本来这事也算简单，可是小陈来找海英的时候，我丈人请他上楼进屋，意思是调解一下矛盾，大家都和好就算了。可是子吟有些反感这样子，她认为海英和小陈的矛盾不该带到我们家来调解，而且现在有了宝宝，他们这样在家里争执极其不好。我丈人觉得这是多大点事呢，子吟这样的想法他无法接受，子吟还是给他讲道理，结果是他大发雷霆了。

我回家的时候他们已经吵完了，我丈人拎着包就回家了，子吟气得直哭，我丈母娘又担心子吟，也放心不下她老公，见我回来了也准备回自贡。真够糟糕的！于是在二〇一〇年的元旦节来临前，就剩下我和子吟两个人照顾宝宝，而我还在朝九晚五地上班。没有老人家在旁帮忙，我们的日子过得苦不堪言。我们先是找钟点工，试了好几个才找到一个稍中意的。假期快要结束了，我和子吟也在规划这一年的工作和生活。我们一致同意把我们自己的公司尽快注册起来，以后子吟负责开拓市场，我就安排项目管理和施工操作。

房价还在涨，我觉得近几年买房的可能性不大，所以心态比较平和，不过子吟有些着急了，她说没买好房子就生了小孩，在他上学前就必须解决这个问题，否则就太不负责任了。我心想在上海租房住的海漂一族不在少数，难道他们就不生孩子啊？小孩上学也就在三年后，我始终觉得三年内买房简直就是天方夜谭，过分强调人的积极主动性也不客观，只要努力朝这个方向走就可以了。阻碍我们做这些事的因素就是小孩子，节日后我要是上班了，难道就把子吟留在家里独自照看小孩？如果这样我们的一切计划都将成泡影。

年前子萱来看望子吟，看到我们快过年了，还一天到晚围着孩子转圈圈，年货都没准备，很替我们着急。回家后她就把这情况告诉了他爸爸。秦剑明打电话给子吟，意思是春节就到他家一起过。面对这份盛情，子吟很感激，但是不能同意。去拜个年是可以的，抱着个小孩待个几天那就太说不过去了。秦剑明见她如此，也不好坚持，只是让子萱和她男朋友带了几大包东西送来这里。不光是秦剑明，子吟身边的所有好朋友都陆续送了很多年货上门，足够一大家子的人欢度这个春节了。

和那么多人建立这么深的友谊，子吟的这个本事对我来说简直就是神技能，感觉是我想学也学不来的。我本人也很喜欢交朋友，也愿意和朋友肝胆相照，可是我身边怎么就没有这么多贴心的好朋友？徐飞和李晓勇是我相交比较深的朋友，可惜一个回了老家，另一个与我产生嫌隙。由此可见，对朋友不光是坦诚相待，更讲求技巧。有时候我会仔细端详子吟的样子，试图找寻她的人格这么充满魅力的原因，答案也很显而易见：一个可爱的女生，宛如邻家小妹，还那么用心地对朋友们付出。

儿子在年三十那天又特别帮忙，早上醒得早，快接近中午的时候吃了奶就睡下，直到晚间九点左右被鞭炮声吵醒。这期间我和子吟赶紧做饭，收拾家务，每人做了四五个拿手菜，准备度过儿子出生后第一个团圆年。因为担心他随时会醒来，我们无法安心做饭做事，所以我们一直快速忙碌了一天，什么都收拾妥当了，守在床前等他醒来，他却呼呼大睡害我们担心了很久。吃晚饭的时候，蒋阿姨送了几个她做的热菜上来，桌子上的菜真不少了。我和子吟给家里打了电话拜年，她爸爸貌似气还未消，都不愿接电话。我爸妈知道我们带着个小孩过年不容易，但也毫无办法。

儿子醒来后吃了东西，精神头十足，我们给他换了新衣服穿上，抱着他看看电视，再到楼下小区里转转，他听到鞭炮声很害怕，不过看到周边小区燃放的烟花，他特别好奇又兴奋。如此到了十二点，他又睡下了。我和子吟知道明早起来还要照顾他，怕早上爬不起来就一起睡了。这是印象中唯一一个十二点前就睡觉的大年夜，我和子吟准备的葡萄酒也没喝成。不过这个春节过得比我们想象的要轻松，从大年初二开始，楼上阿姨、田琳父母和秦剑明家人依次请我们上门，每家一整天地安排，我们就不用做饭了，后面几天的午饭和晚饭，都是蒋阿姨帮我们做好，我们到点就过去吃。这个蒋阿姨，对子吟真是像亲闺女一样对待啊，很多人说上海阿姨对外地人不热情，但根据我的经验，和子吟交往的这些阿姨都特别热情，蒋阿姨更是特别好的一个人，令人对她肃然起敬。曹叔叔人也特别不错，特别关照我们。有了他们的帮忙，我们的人生路才不会那么艰辛，也才会有这些温暖人心的记忆。

很多人在这种情况下，会选择把小孩送到老家让爷爷奶奶带，但是我和子吟从一开始就决定无论如何都把孩子放在身边。近些年电视新闻中关注留守儿童的内容比较多，好些留守儿童的人身安全和心理问题已经引起了广泛关注，子吟看着那些可怜的小孩子，长年累月地看不到父母，无法获得父母的照顾与关爱，她决心绝不让自己的孩子也吃这个苦头。我大姐的儿子出生后，受到爷爷奶奶的宠爱，很小起就不爱和父母一起生活，结果成长过程中走上了邪路，至今都是个问题青年。我从我大姐身上也看出了孩子不在身边的所失远远大于所得，所以也坚定地认为孩子应该自己来带——尤其我们有这个能力的情况下，就更应如此。

我丈母娘还是很心疼我们的，她回家后就一直觉得我们身边不能缺个帮带小孩的人。当她得知我父母因身体原因帮带不到一个月就回家后，就私下做我丈人的工作，过了年后我丈人终于松口了，于是她打电话给子吟，说是想过来这边帮帮我们。这对我和子吟简直是个喜讯啊，有了丈母娘的帮忙，子吟就可以全力投入工作，我们的计划才会变为现实。于是过了元宵节，我就从机场接回了丈母娘。丈母娘看到小宝贝长得越来越可爱，尤其是皮肤越来越白，加上头发全部长齐了，手指修长，眼珠漆黑又特别喜欢笑，简直像极了子吟，喜欢得不得了，恐怕她回四川这段时间也想外孙想得不得了。

我们注册公司的材料准备齐全了，验资资金也有了，加之对流程的熟悉，所以过了年后的两个月内，公司营业执照就拿到手了。和很多在沪注册的小公司一样，我们决定先不请财务，只是找一家公司代为记账，这样更适合目前我们的状况，子吟生小孩子期间认识的那个吃瓜朋友帮了忙，她的同学是家财务公司的法人，这家财务公司也有为中小企业代理记账报税的业务，所以我们顺利地和这个叫刘志伟的财务公司负责人谈好了合作事宜。后来了解了以后，我们才知道这家财务公司也是他和他老婆两个股东，他们的创业经历简直给我们提供了一个现成的模板，未来的很多年里，我们工作上一起合作，私下两家人也成了很好的朋友。我写下这些文字，如果让刘志伟看到，他会不会有种似曾相识的感觉呢？

新注册的公司名称是子吟想出来的，她为此做了大量的准备工作，甚至动用了原先准备为给儿子起名而买的字典。因为做了大量的准备工作，加上子吟本身有市场开拓的功底，新公司银行账户开通后，就有了现金流的往来。这和我与徐飞开工半年了还是零报税形成了鲜明的对比。新注册的公司没有专业资质，所以没法直接承接工程建设项目，这个只有慢慢去解决。但是以前子吟拿到项目后放到公司实施，顶多拿一定比例的经营费，现在我们注册了公司，可以在有项目时，临时召集一些人手去实施，然后以挂靠的形式放在有相应施工资质的单位。这样实际上项目实施费不仅包括公司管理费、税金和实施成本，还包含项目利润和节省下来的实施成本，因此挣的就比以前多很多。初尝甜头，子吟特别兴奋，说以前怎么就那么笨，辛苦拿来项目只赚点经营费。

这期间海英那边的状况还是不断，不是和她男友吵架，就是要闹着和他分手，其间的种种因果也不消多谈，只是子吟吸取年前的教训，慢慢不怎么理她的事，只是她也在上海，遇到什么事肯定是来找子吟和她妈妈，也的确很让子吟心烦。到了五月份的时候，海英和她男朋友小陈不知为了什么在闹矛盾，而很不巧的是，小陈上班途中被三轮车撞了，紧急住院。子吟刚好在外面办事，听说了这事，就去医院看了他一下，回家后劝海英去医院照顾病人。这个时候人最脆弱，不愉快应该放一边。可是海英以加班为由不去照顾，而是仅仅跑去看了一次，对此旁人都看不下去了，男朋友住院而不在他身边照顾他，海英对小陈是真爱吗？

这个问题估计小陈考虑的是最多的，因为出院后他就向海英提出了分手。海英根本不予理会，以前他们也分手过无数次，最后都是以小陈的请求复合结束的。可是这次小陈铁了心分手就不与她联系，她才开始慌了。看来海英情商和智商都很成问题，事先大家都能看出来的，而她经历了过程还是没看出问题的本质：夫妻不就是同享福共患难吗？她男朋友住院这么个节骨眼上，她都不闻不问，人家凭什么对俩人的未来有信心啊？可悲的是海英这时候不是检讨自己的问题出在哪里，好在未来的人生路上不再犯类似的错误，而是变成了怨妇，从此恨上了小陈。这个男人已经在她生命中消失了，可她觉得她的青春耗费在他身上，他应负全责。

子吟看她心态变这么坏，很恨她不争气，不过子吟也知道海英性格中的极端成分很大，而且也不是听人劝的那种，只好小心翼翼不招惹她。五月中旬的时候，海英因为工作失误被人家辞退，子吟觉得她留在上海这个高度竞争的城市不可能扎下根来，她去老家的中小城市还可能稍适应些。刚好那段时间海英不想待在上海，于是子吟也支持她回自贡。当然，子吟也在极力帮她寻找一份适合的工作，问了一圈那边的朋友，终于在一所中学找了一份女生宿舍大楼管理员的工作。

海英回去没几天，我又办了件极其愚蠢的事，结婚后首次和子吟闹了一场大矛盾。我和刘炜的关系还是像以前那样不冷不热，不过见面都很客气就是了。五月份他要休年假，对部门的事情提前做了安排，让黄胖子和我操心一下部门。他以前休假时对部门的安排一般不会嘱托我，全权委托黄胖子就好，可这次特意让我也帮着黄胖子管管部门，我觉得挺意外的。不过这个疑惑很快就有了答案，第二天上班时他找上我，说休假时想回趟老家，想借我的车子一用。我心想怪不得昨天对我那么客气，原来是有求于我啊。当时我想的是能不能借机和他把关系改善一下，毕竟大家有可能还要共事多年，况且他还是我的直接上司。

　　我对借车子这事没什么概念，觉得就是借他开几天，没什么大不了的，所以就答应他了。回家后我把这事说给子吟听，她的反应让我大吃了一惊。她杏眼怒睁，大声指责我说借车这么大的事，你都不和我商量一下啊？我说只是借用几天，而且他是我的领导，那种情况下真不好拒绝。子吟冷笑着说，有些东西能借，有些绝对不可以，即便是能借的东西，也要看借的人是谁，你和他关系本就一般，而且这人人品也不咋的，你完全可以找借口拒绝啊！听她这么一说，我虽觉得有理，可是还是感到她太大惊小怪了，所以还是一副漫不经心的神态。

　　子吟一看我这个态度，可能被激怒了，她坚决要求我打电话给刘炜，说她自己要用车子，所以不能借给他。我说已经答应他了，再反悔是不是太不诚信啊？就借他这次，以后我一定注意，不借给任何人了。子吟冷冷盯着我看了一会儿，转身出了门，我知道她生气了，不过我心里也很不爽，觉得车子是你买的，我偶尔做回主借给别人都不行，这是不是提醒我车子是她的私人资产啊？事后很为我这种混蛋想法后悔，不过当时真的就是这么想的。我想她可能生会儿闷气就好回来了，谁知当晚很晚了都不见她回家，我有些慌神了，给她拨打了电话，谁知她竟然关机了。

　　车子我还是借给了刘炜，直到他三天后返还给我，子吟还是在消失状态。我这三天急得要命，孩子有丈母娘带着，这几天将就着吃奶粉也就罢了，可她生这么大气我真的始料未及，我到能找到她的地方找了一大圈，结果丝毫没有头绪。子吟生气起来也真够狠心的，能做到不联系家人凭空消失。后来是妞妞给我打了电话，说子吟跑到重庆去了，整天在她家闷闷不乐，也不许妞妞告诉任何人她的所在。妞妞说姐夫这件事你做得太过分了，姐姐产后压力巨大，有些抑郁症的样子，你刚好做了令她特别反感的事，这事也由不得她不生气啊。我听妞妞说起产后抑郁这个词，心里很是震惊，但是结合孩子出生后，她常表现出来的莫名焦虑，还有很多次的一个人沉默，我相信妞妞说的是对的。子吟对自己要求那么高，孩子出生后压力倍增，加上前一阵子发生了这么多事，包括孩子的照料问题，海英的事情等，这些对她造成的困惑很容易引起产后抑郁的，只是我太笨，没有看出来罢了！当然，借车这件事本身也是我做得太过分了。

第六十二章

　　我赶紧请了假买机票去了趟重庆。妞妞真的好贴心，拉着她老公来机场接我。去她家的路上，妞妞说这件事姐姐反应有些激烈了，应该是和她的心情有关，你见她了道歉哄哄她就行。我连声答应，转头和安伟建聊了起来，这才得知妞妞也有孕在身，所以他最近都不怎么出差了。我连忙向他们道喜，也问了问他们的工作情况。妞妞说姐姐建议我们生个女儿就和你们家儿子结娃娃亲，你这个当爸的什么意见啊？我说这个必须的，脑子里却想起来《射雕英雄传》的情节，心想两家人关系好，后面的情节不外乎就是要让子女结为夫妻，如果都是男的就是结拜兄弟，也不知妞妞肚子里是男是女？他们后来会不会也发生许多故事出来……我正胡思乱想呢，车子已经到了他们家小区。

　　子吟本在客厅里，见我进门就跑进卧室里。我心想她如果反锁了门，说明她还在生气，这事情就有些棘手。如果她只是带上门，那她多半已经不生气了，哄哄她也就一切都好。果然她没锁门，于是我赶紧进屋里，拉着她手好言相劝，她过了半天才蹦出一句，车子和老婆不能外借，你没听过吗？我一怔，心想还有这个说法啊？她回过身正色道，借车子有很多麻烦事，潜在风险那么大，万一出了车祸，车主能跑得了连带责任吗？而且你说过那人很不靠谱，车子就更不能借出去。我说我也知错了，他借车时我没想那么多，答应了就不好反悔。子吟说你可以答应和他跑一趟啊，既表现你的诚意，又解决潜在的风险。她顿了顿又说，刘炜开了你的车子肯定会超速行驶，这种人很危险。我一听她说得有些离谱，很不以为然，但这个时候她的所有话都是对的，我可不敢怠慢。

　　好不容易她消了气，我们大家一起去吃火锅，饭间子吟赶紧把当天的返程机票订了，妞妞说姐夫刚下飞机，你就不能让他歇歇脚，在我们大重庆吃几顿好的再回？子吟说好几天没见儿子，这会儿想得紧，他没吃母乳也好几天，要赶紧回去才行。说完她狠狠瞪了我一眼，我赶紧说应该回去，不能耽搁。妞妞哈哈大笑，说有人早就想回去了，可非要拉人家千里迢迢跑来道歉了才回，这就是传说中的相爱相杀啊。子吟忙夹一个丸子塞到妞妞嘴里说，你这会儿需补补，可千万别害怕胖，生完孩子体形很快恢复。

　　妞妞夫妇很快送我们上了飞机，子吟上了飞机就埋怨我，说我害她这几天回奶了，也不知回去后宝宝有没有的吃。我说没问题的，你心态放平缓，回去吃点催奶的山药猪蹄汤，保证有了。我虽这么说，可是到底会不会像以前那样奶水充足，心里也是没谱的。子吟寒着脸说你帮我催，催不出来你负责任。我坏笑着说，好好我来催，使劲催。子吟忽然满脸通红起来，低头说我是流氓。回去后子吟抱着儿子半天不松手，自从生他下来，从来没有分开过这么久。这件事就这样过去了，值得一提的是后来我查了违章记录，刘炜果然在高速上超速行驶了，而且是超速达百分之五十，我在震惊之余也再次被子吟的洞察力所折服，万一刘炜超速出了车祸，我们真的是要后悔一辈子了，所以车子真不能轻易外借。我也没有要刘炜去处理违章，只是我们的关系也并没有因此而改变。

进入五月份，举世瞩目的上海世博会开幕了。记忆中那两年整个上海都是围绕世博会在运行，我们单位就有很多的项目和世博会相关，可以说上海的市容市貌，因为世博会的举办而更上了一个新台阶。我刚来上海的第二年曾住在浦东三林，印象中下班后从老西门坐车一个半小时才能到这里，而这一路感觉是从城市到了乡下，三林再开出去几站就是一片稻田。世博会前夕，我开着车子从浦东南路一直到了耀华路的世博园正门口，不仅整条路周边环境大变样，而且三林区域一跃成了中心城区的感觉。从这个意义上讲，上海世博会是成功的。

但具体到真正的参观展览，我觉得世博会留给我们唯一的印象就是堵。参观过迪士尼的人们对里面的堵很有感受，可是当年的世博会之堵，比迪士尼最堵的时候有过之而无不及，参观过的人恐怕都有深刻印象。我们单位早在四月份就给员工每人发了三张门票，我最初的计划是带着我丈母娘和子吟一起去参观，只是宝宝没人照顾，所以丈母娘决定留在家。子吟想到带姐姐一起去参观，只是姐姐已经怀孕，这个时候需要静养，不能来回折腾的吧。田琳和新结识不久的男朋友正在热恋，我们送一张票过去也太失礼了。后来是子萱刚好有空，而且他男友去出差了，这样请她一起去参观就比较合适。

六月上旬的一天，我们按计划去参观世博园。由于提前就知道参观世博会的人很多很多，每个热门场馆都非常拥挤，我们特意提前做了功课，尽量避免把大把的时间放在排队上。可是真正从浦西三号入口进了园区，还是被眼前的人群吓到了。我一入园就想打退堂鼓了，觉得再多再好的风景，也不值得和这么多人一起挤来欣赏。不过子吟和子萱从一开始就决定无论如何要看中国馆，据说要去其他什么馆都较容易，只要你有耐心排队，大多都可以进去的，但要进沙特馆和中国馆可不是这么容易的，至少要一早起床，赶在七点之前进园才有机会拿到预约券，这才有资格进入中国馆。我们到达中国馆时快到十点半了，她俩决定从黄牛那里买预约券，那券还真不便宜啊，我记得是二百元一张。

排队整整四个小时，终于轮到我们进入馆内，赫然发现这里也是在排队中，多米诺骨牌一样的人流一眼也望不到头，这里的排队也超过了一个小时。终于电梯把我们这组人马送到了第五层顶楼。我们先来到了影视厅，观看了一段从七十年代到现在的极具观赏性的影片，整部影片流畅大气，节奏强烈，富有时代气息。影片最后是一群白鹤从屏幕中央慢慢飞到了巨大的穹顶上空盘旋，直至消失在夜空，非常浪漫。我印象最深的是看到巨型《清明上河图》以一种令人震撼的动态形式展现在我们眼前，只见里面的人物推车的推车，赶集的赶集，做买卖的招呼客人，人物表情和动作栩栩如生，整幅图画还会随着时间出现白天黑夜的转换，夜景的效果也非常抢眼，非常好看。在这个环节，我们啧啧称奇，迟迟不愿离开。我本来还为送了世博会门票给子萱而惭愧，认为这个票的体验真不怎么样，直到这时才稍宽心了些。

除了几个很热门的场馆，很多非洲的国家馆感觉都是大卖场，很多黑叔叔在那里吆喝着做起了生意，我就想知道他们卖东西缴不缴税呢？浦西的一个场馆里，有个黄色的装卸机器人，我很感兴趣，盯着它看了半天，心想这个东西装在港口码头，再升级一番一定会成百倍地提高效率，很多年后果然出现了自动化港口。所以世博会里面的很多技术很快都会应用于实际，这应该是世博会最大的价值之一吧。看到沙特馆前排起的长龙，我很好奇为了观看十分钟的5D电影，值得排队十几个钟头？世博轴倒是极具创意的一组建筑，它连接中国馆、主题馆、世博中心、演艺中心四大永久性场馆以及轨道交通，是园区的主出入口和中央人行立体交通枢纽，我们在这里逛了很久，真心不错。

逛到下午，我实在走不动了，找了个椅子坐下不想再走路。子吟和子萱看起来还有能量，又想去另一个场馆排队，我摆摆手让她们去排，自己在此地等候她们回来。我一看那排队的架势，没有两个小时是结束不了的，于是选择跑到江堤边吹风看风景。世博会园区被黄浦江分割为浦东和浦西两个区域，游人可乘坐渡轮到对面展区。我看此地两岸的风景，与外滩沿岸比起来，精致也毫不逊色，以后必定又是一个旅游度假胜地。等子吟她们二人参观完场馆，我们都走不动了，于是选择赶紧出门回家。丈母娘知道了我们这一天的经历，很庆幸她没跟去凑热闹，我们想想也是，希望过个一两年，人少了带她去看看中国馆。

逛了世博园不久，子吟去拜访王伯时。在和他聊天过程中，子吟得知他们公司新拿了两块地，要建设商品住宅小区。子吟做了王伯时这边好几个项目，都是勘测物探之类的小项目，她早就开始做王伯时的工作，希望有机会可以参与他们公司的施工建筑项目。王伯时为人很谨慎，他一开始觉得子吟做做小施工项目，能不出问题地完成也就够了。这几年子吟确实在这边做得不错，不仅项目上尽心尽力，而且和各个方面关系处理得也特别好。这点我最清楚不过了，子吟和王伯时的手下各个很熟悉，很是花了工夫。

子吟提起要做施工项目，王伯时起初是不同意的，但这么多年下来，他慢慢改变了主意。子吟的经历他有所了解，知道她为了家庭付出特别多。等到了解到子吟生了儿子，还没有买房，王伯时开始想要帮帮子吟。他和子吟详细聊了聊，希望子吟给他报家单位和她的合伙人，让他先审核来看看。子吟回来后特别兴奋，如果抓住王总给的这个机会，她的事业可能取得突破性进展，须知建筑施工项目动辄几千万的投资，这个可不是一般人可以轻易涉足的领域。子吟想到的合作对象是陈惠良，因为他大学的专业就是土木工程，现在也有一部分建筑施工项目，关键是他有经济实力，子吟知道建筑施工需要前期垫资的，她现在除了有施工项目信息，其他都缺。

那晚从松江回来后，子吟就约陈惠良一起吃饭谈事，只是很不巧，他刚好去南京出差了，要到周末才能回来。于是二人约好等陈惠良回来立即见面详谈。也许是感觉到了这次这个机会十分难得，子吟晚饭都没心思吃，稍将就了一点就回次卧里，安安静静地不曾出声，显然是在埋头想事情。饭后丈母娘抱着小孩去楼下散步，我轻轻推开门也走了进去，只见子吟坐在桌前用她的钢笔写写画画。我走过去坐在床沿上，问她是不是为新项目的事烦心呢，不过立马觉得我这个问题其实很蠢，这是显而易见的。不过接下来子吟的回答，让我知道她考虑得那么深远。

这个项目王伯时既然已经开口了，只要子吟能够有能力接下来，并保质保量地完成施工，其实已经算妥了。这里主要是和陈惠良的合作问题。如果仅仅是当个项目中介的作用，那么最后子吟所获虽多于目前的小项目业务提成，但离她三年买房的目标还是差距很大，所以她准备和陈惠良谈按比例提成的合作模式。可是我们没有资金，没有施工队伍，也没有管理团队，这些都需要陈惠良解决，那么他会考虑子吟的建议吗？后来的事实证明，子吟考虑的这个问题，并且将其作为继续谈合作的前提，实实在在地获得了远高于业务提成的收入，如果不是这么操作，我们一二年就买房是不可能的。

子吟考虑的另一个问题，就是如何保障自己这部分收益能够及时兑现，她拿来项目，即便也谈好了合作条件，可最后能否兑现承诺，则是一件很微妙的事情。当初霍夏不就是没按业务提成条款兑付子吟的经营费吗？如果你手里没有足够的牌，或者你的后盾不够强大，被人坑就是很寻常的事。人在极大的利益面前，常常会丢弃人格，所以才会有那么多人，面对金钱把握不住方向。子吟对陈惠良有所了解，也认为他的人品很好，但谁也保证不了他在利益面前保持本色，防人之心不可无嘛。

听了子吟担心的事情，我也觉得很棘手，觉得这是空手套白狼的事情，难度极大。子吟沉吟良久，抬头对我说这前面的事情好解决，只要跟陈惠良好好谈，无非就是利益划分问题，实在不行可以多些让步，细水长流也是好的。她说只要她全面参与项目管理，不要拿了项目进来就完全做甩手掌柜，陈惠良也应该不会拒绝合作模式。不过后面这个事她心里现在还没底，合作之初只能完全坦诚相待，一起努力把项目开局做好。接下来的事，只能在项目结算前走一步看一步，争取不要太被动就好。那个晚上子吟一夜未睡，她翻来覆去久久不能入眠，后来干脆起身去了客厅。我想爬起来去陪她说说话，可是困得不行，一会儿就沉沉睡去了。

子吟为了和陈惠良谈一个比较好的结果出来，做了大量的准备工作，事实证明这个过程卓有成效。陈惠良回来的那个周六，他们详细谈了一次，初步达成了合作意向。项目的挂靠单位、项目组组建和前期投资都由陈惠良解决，子吟负责所有商务部分，并参与项目管理。最后的利润，由子吟和他四六分成。其实三七分成子吟也是愿意的，只是没想到陈惠良这么爽快。那晚回家后子吟特别兴奋，同时也给我讲了他们见面时谈到另一件事，陈惠良说他们家每年暑假都会带儿子出去旅游，今年准备去西北省份走走。子吟一听他谈起西北，说那儿是我老公的地盘，景色确实怡人。陈惠良一听来了兴致，笑呵呵地说要不两家人一起拼车去旅游。子吟立刻答应了，二人甚至聊起了行车路线。

听她说要去我老家，我当然特别开心。自从和子吟在一起，我们还没有携手去远方旅行的机会。子吟也说她特别期待去西北，这次真是天赐良机，一来可以放松一下心情，二来旅途中更易和陈惠良建立深厚友谊，这对接下来的项目合作极其有利。我们初步的想法是：两家人先飞到兰州，在那里租辆七座商务车，一路向西南到达甘南、川北。进入四川后去黄龙、九寨沟，之后向北进入青海，到达西宁后，游玩塔尔寺、青海湖，沿着青海湖绕到德令哈，向北进入甘肃敦煌，再沿古丝绸之路南下经嘉峪关、张掖回到兰州。

我虽然是西北人，但除了西宁周边还算熟悉，其他地方都还没去过，真是惭愧。这个路线超级给力，不仅把西北三省的著名景点囊括在内，还能经过我家，这就给了我在家乡盛情款待大家的机会。说到我的款待，子吟意味深长地看了我一眼，我即刻反应过来了，脸上羞得通红。她想到的是上次去我家不愉快的经历吧，我暗暗下决心这次可千万不能出任何岔子，我决定一路做东。我们稍盘算了一下，这一圈下来，需要半个月左右，我的假倒是好请，可是小孩子怎么办？

我们计划是在八月中旬出发，儿子也吃了一年的母乳，可以慢慢地加些奶粉给他。留子吟妈妈一个人照料孩子，即便是请一个钟点工阿姨也会很吃力。我们商定让子吟爸爸过来帮帮忙，她爸其实也很想小孩子，只是觉得和子吟相处起来不爽快。这件事由我丈母娘做工作，丈人愉快地答应了。旅途具体计划也要制订出来，令我们惊喜的是，陈惠良爱人陶晨是一个旅游达人，他们家每年的出行都是由她来安排，所以自她知道我们两家人出游的目的地后，就包揽了所有的准备工作，包括预订机票、联系车辆、安排行程和旅游线路等，让我们省了力气。他们准备带他们儿子过去，这样就是五人出行了，说实话我心情特别激动，感觉像小时候天天盼着过年那样，一天天倒着算天数。

第六十三章

和陈惠良谈妥后，子吟就向王伯时汇报了情况，并把陈惠良准备的一套资料提供给王总公司审核。陈惠良的资源也特别丰富，比如这次提供的施工公司，就是上海乃至华东地区特别著名的一级施工总承包企业。王总的公司带有明显的地方集体企业色彩，施工一条线上的单位都是以本地企业为主，也有为了使税收归于地方的考虑，所以外面施工企业很难进来。王总为了帮子吟参与进来，也是颇费了很多心思。首先，他让陈惠良挂靠的公司在当地设立分公司，这样就解决了税收入当地问题；然后他以引入合理竞争为由，将该公司纳入他们的施工方合格名录，这样程序上就很合法；最关键的一步，是让子吟他们先操作一个小型项目，这样既减少了已经入局公司的抵触情绪，也可以看看陈惠良团队是否真的有能力做好项目。

王伯时的这一系列安排，让子吟心悦诚服，觉得他考虑事情特别周全，难怪他到了退休年龄仍然可以掌舵这家公司，老人家不仅努力，而且能力超强啊。也正是由于这样的安排，子吟参与到他们公司的项目，几乎没有费吹灰之力。王伯时安排子吟做的第一个施工项目，是他们公司新建楼盘的配套幼儿园建设工程，总投资约有三千多万。正式施工日期是在九月份，这个时间点又是很巧合，我们安排的西北半月游回来，差不多这个项目就启动了。如果早些开始，恐怕我们的旅行计划就要泡汤。这样看下来，简直就是天时地利人和了。

大事既定，子吟仍不敢松懈，这倒不是担心煮熟的鸭子飞走，而是这个难得的机会，一定要确保万无一失才好。那段时间子吟天天跑去王总那里，向他虚心请教施工中应该注意的重要节点，以及可能遇到的难题的解决方案，王总也特别愿意和她沟通，毕竟即便想帮她，也不能因此发生施工质量问题，那不是害了大家嘛。子吟跟着王总了解了很多项目施工流程，更重要的是向他学习了很多做事的方法。刚开始认识的时候，王总只和子吟聊地勘工作，现在他们的话题更加广泛了。子吟特别喜欢和王总一起吃饭，因为老人家的饭量一如既往地好，只要和他一起吃饭，子吟胃口也出奇地好，而且由于王总的食堂本就是他管理的酒店的餐厅，饭菜当然特别好。

那段时间，子吟送我去单位后就忙她自己的事情。除了松江的项目在持续跟进，子吟在道路施工项目方面也有新的项目在协商。自从我们的新公司进入正轨，子吟慢慢地就不怎么去霍夏的公司了，而霍夏也很配合地在九月底停发了子吟的工资。那张欠条的事情也不了了之，子吟和彭城山一直联系，这对子吟已经足够了。世博会开幕前后，上海的基础设施建设加速，所以建设工程行业特别活跃，包括我们公司在内，整个行业欣欣向荣，这对这个行业的从业人员是个难得的机会。

八月初的时候，北京的监护项目结束了，许思杰的现场项目组也陆续撤场返回上海。当初这个项目实施的时候，我很是为许思杰捏了一把汗，还好他们用人工检测发现了一处隐患，并由此获得了优质工程奖励。事情居然演变成这个样子，着实富有喜剧色彩。本来是个忽悠人的工程，投入巨资进行的自动化设备检测没有发现问题，反而是作为补救措施的人工检测立下大功，最后的奖励由头却是自动化监护。我可以肯定我在这件事上尽了力，我的建议，也是项目未发生事故并获得奖项的关键因素，但因为我只是项目顾问，并不在受奖励的名单之内。

许思杰知道我的作用重大，他曾向刘炜建议将我放入奖励名单内，刘炜以我不是项目部成员而拒绝了。我对这件事并不放在心上，因为我知道这个奖项名不副实，况且项目顺利结束了，并没有发生我估计的很坏的情况。可是要写总结报告的时候，因为自动化检测设备的数据根本不能用，报告里又无法避免引用自动化设备的数据，怎么办呢？还在北京编写报告的项目组内部无计可施，刘炜便安排我出差北京指导一下报告编写组。到现场以后，我浏览了所有的自动化仪器设备采集的数据，几乎全部都无法使用，这个报告说白了就是要全篇捏造了。刘炜的意思很明确，就是让我写报告，所谓的指导就是个托词，他们写不下去了才让我北上的。

我本想直接拒绝掉，可是我和刘炜他们关系已经很不好，这次报告的事再不出力，恐怕连陈为涛都会对我有意见。于是我只好留下来给他们擦屁股。监护工程是过程检测，项目顺利完成了，报告的形式大于内容，只是提供给工程的存档资料。只是这份报告涉及自动化设备的过程数据和结果，采集的数据又没有能用的，因此报告才难写。幸好人工检测数据齐全，反应过程变化的变化量也是准确的，因此我花了几天的工夫，编制了一个小程序，把所有的人工检测数据按照一定规则，转换成自动化仪器数据格式，这样原始记录算是补齐了，而且变化规律也和实际相符，报告也就好写了。这样说下来，这个项目最难的部分竟然是我所完成的这部分，就是如何把人工采集数据转化为自动化机器设备可以识别的数据格式。这个过程中我倒是学习到了不少新东西，也算是意外之喜。

写报告期间，我们拆卸安装的自动化设备，这些昂贵的仪器设备，因为在使用过程中没有很好保护，很多配件已经坏掉了，仪器主机也有不同程度磨损，而这样的磨损是要影响仪器未来的精度的，很令人心疼。别说几十万的仪器设备，当初我在三峡的时候，几万的设备我们也是很好地保护起来，生怕风吹日晒影响了未来的使用。这样一个部门领导，带着这样一群素质一般的技术员，迟早要出大问题的，因此我这时候开始考虑要离开这里，至少要离开这个部门。

也是在我出差期间，子吟爸爸从重庆飞到上海，准备帮我们带一阵小孩。子吟提前买了好几条香烟备着，老丈人就好这口，见了香烟，脾气也会温顺许多。没过几天她给我打电话，说要来北京看看我，嘟囔着快一周不见我了，特别想念。我当然十分乐意，上次她来北京看我，当天就回去了，都没有陪她逛一逛。即便是我自己，北京好多名动天下的景点也是几乎没去过，这次趁她来看我的机会，带着她一起去走走，也是很遂人心愿的事情。我加紧了手头的工作，争取在她来之前把这里的工作告一段落，好有充足的时间陪她。其实下周二就是我们计划中的西北游出行日，我们在北京也只有两天的时间游玩，子吟的意思是游香山和爬长城。

子吟起飞之前才告诉我，她是和子萱一起飞北京的，原来子萱得知子吟要来这边，忙不迭地要求一起飞过来，因为她男朋友碰巧也在北京这边出差。不得不说子萱的孩子气蛮重的，她男朋友在北京只待三天就返回上海了，她跟着子吟飞过来完全是出于好奇和好玩，而且她根本就没有告知她男朋友她来了北京。我到机场后不久，就接到了她们俩，这时候子萱开机打了电话给她男友。我笑话她这个玩笑开得太大，子萱笑眯眯地说给他个惊喜也不错啊。我心想你男朋友要是开会关了机，或者忙得不可开交，就糟糕了。子吟今天穿了身紫色连衣裙，生了孩子后身材居然恢复到了原来那样，而且皮肤更加好了，我看了心痒难搔，心想晚上有好事可做了。半个小时的工夫，子萱的男友急吼吼赶到了机场，他和子萱站一起，我心里又一次喝起彩来，男帅女靓。

我们约好次日一起去爬香山，子萱男友明天刚好也有空当，所以是四人同行了。之后我领走了子吟，子萱则跟着她男友去了他住的酒店。我拉着子吟的手问起她们一路的情形，晚上我们都比较有激情，也不消多记。第二天我们按约定在香山脚下碰面，四人共游一天。我来这边，主要是心里记挂双清别墅。这个地方是毛主席进中南海前住过的地方，对我充满了吸引力，无奈那天刚好进行维修工作，我们只能在门口朝里瞅瞅，在门口留几张合影了事。爬到香山顶峰，子吟特别喜欢这里树上挂满的祈求幸福的红布带，下来的时候我们坐的缆车，主要是子萱想坐。北京香山是以红叶著称的，只是我们来得不是时候，这次主要是见了红带，却不见红叶。

第二天是去爬长城，子萱男朋友有重要安排，没法陪子萱，这样只能是我们三人去游玩了。有太多的人去爬过长城，我也不再多讲我们的游历。我们三个都是第一次来登上长城，算是圆了多年来的梦想。北京奥运会已经过去两年了，长城边上还矗立着巨幅的北京奥运宣传标语。登上巍峨雄壮的八达岭长城，我们也成了好汉。

到了我出差期间的星期六，子萱跟着她男友去了另一个城市出差。子吟一开始其实是有点担心，后来是征得秦剑明同意才放子萱跟去的，看来秦剑明对这个北京男孩是完全认同了。我们也于次日返回上海，并着手开始做旅游出行前的准备工作。陶晨发给我们一个采购清单，我打印出来瞅了瞅，不禁倒吸了一口凉气，那单子上面密密麻麻的一大堆物品。我心想买这么多东西是要去旅游吗？所有的力气都用来扛箱子了，哪里还有心思开开心心看美景。子吟认真看了这个单子，觉得基本都是旅游必备品，少了哪样途中都有可能会不方便。见她如此说，我就没吭声了，不过还是呆呆看着清单发愁。

我和子吟花了两天工夫，大概把东西买齐，用了两个大行李箱才把东西全塞了进去。我们把家里的事情全部托付给二老，子吟临行前，抱着宝宝亲了又亲，最后依依不舍跟着我下了楼。赶到机场的时候，陈惠良他们也很快到了，只见他一身休闲打扮，戴着墨镜和蓝色鸭舌帽，胸前挂着单反相机，据他说是特意为了这次西北之行买的。陶晨手牵着她儿子，穿着上跟陈惠良很相似，她人是个瘦高个，儿子却是个小胖墩儿。我很快发现陈惠良的儿子性格倔强，而且调皮捣蛋得很厉害，对大人全无半点尊重之意。心想一路上有这么个捣蛋鬼，这个旅途可不会轻松。子吟和陶晨只见过几面，今天一起出游了，才熟识起来。

陶晨毕业于同济大学，是属于那种学霸级的人物，自从和陈惠良结婚怀孕后，她就不去上班了，专心在家相夫教子。令人惊讶的是，她边带小孩边考注册证，居然在五年的时间里考出了四个注册证书，其中注册岩土工程师和注册给排水工程师属于特别难考的证书，建筑市场上也缺这俩证，所以她考出证书后就把这些注册证挂在有需要的单位，一年不用去上班，可以拿到近三十万的收入。这个事情让我震惊得无以言表，不用上一天班的收入比得上很多厉害的白领，只要努力考出这个证书就可以，这个事情在建筑业里比较普遍，所以这个行业里的考试也就大行其道。我心想我来上海这么久了，如果下定决心努力学习的话，这些证书也应该可以考出来的，怎么我就从来没意识到这点呢？

飞机准点到达了兰州中川机场，陶晨开了手机后就与司机钟师傅联系，很快一个穿着淡蓝色长衬衣，下身穿牛仔裤的胖男人出现在我们视野里。钟师傅皮肤很黑，典型的西北男人，他帮我们把行李全塞到别克商务车的后备箱，好几个小包放不下了，只能搁在商务车的第三排。陈惠良要一路拍照，所以坐副驾驶位置上，我和子吟并排坐第三排，空间还是足够大了。车子开动后，陶晨就让大家把防晒乳液涂起来，我觉得这会儿有些早，兰州海拔并不高，而且紫外线也不强烈，不过子吟不敢怠慢，她从包里拿出来就仔细地给我手臂、脸上和颈部涂起来。她今天穿的是一条在云南买的傣族花裙子，搭一条披肩，好看是好看，不过在西北这样穿法可不行，两天就晒坏皮肤了。

从机场出发，我们上了高速一路驰奔。我来过兰州，而且对这座城市的污染记忆犹新，对它一直停留在重污染的工业城市这个印象。天空总是灰蒙蒙的，看不见蓝天。可是这次到兰州，天空晴朗无边，连空气都是清新异常。陈惠良一家是南方人，尤其是他的上三年级的小孩子，哪里见过连绵起伏的山脉，感觉到处都透着新奇。陈惠良对这里印象颇佳，拿着相机拍个不停。约莫两个钟头后，我们下高速转到通往夏河的一级路，大家都心情愉悦，在一段无人的公路边上，我们几个男的停好车子去小便，周边都没什么厕所，索性就在路边稻田里方便。我和小朋友正在忙事，却听子吟和陶晨在车上哈哈大笑，回头一看，陈惠良正对着我们拍照，大人顽皮起来一点也不输小孩啊。我们旅途的第一晚住在兰州不远的夏河，吃的晚饭也是颇具北方特色的面食，一夜歇息无话。

清晨六时半许，我们在住处用罢早餐，出发前往拉卜楞寺。拉卜楞寺位于夏河县城西，两山夹一谷，哗哗雪山水从拉卜楞寺前流过，苍山在，水长流。"拉卜楞"，意为寺院最高活佛府邸，寺内建筑物很宏伟，以藏汉混合式与汉式为主。我对佛教不感兴趣，也不太愿意进寺庙，可是子吟和陈惠良对这些东西特别感兴趣。我和小孩子走马观花逛了一圈，兴趣就不在寺庙里了，他们三个边走边欣赏，速度特别慢。我看见寺庙里的喇嘛也有着森严的等级，一个看起来有职位的大喇嘛走过来，一众小喇嘛像老鼠见了猫一样，避之唯恐不及。好不容易游完拉卜楞寺，我们接着往郎木寺赶，中间有个尕海景点，我比较喜欢。尕海是一个面积不大的内陆湖，从一级路到湖边是翠绿的草地，直接延伸到周边的山脉上。湖边有个黄底红字的竖石，西北这边的景点名好像都是这种风格标示的啊。

对尕海湖印象这么深刻，还是因为游完这里后继续前进的路上，只行了约十几分钟，就在山丘间见识到了超级美景。原来一级公路穿行在高矮不等的丘陵间，这边太阳晒在山间路边，过了山包居然就下起了雨，这种景色我小时候是常见识的，可是剩下的人就一定没怎么经历过。当我们翻过一座高一些的山丘，只见前面数公里处居然现出了彩虹，最奇特的是，这个彩虹刚好横跨了我们前进的公路，这个景色引得我们大声叫唤，连司机师傅也啧啧称奇。再行数里，我们把车子停到路边上，赶紧拍照留念。最夸张的事情也发生在这时候：等到陈惠良给子吟拍照的时候，她的头顶居然又出现了一道彩虹！两道彩虹在头顶，而且被抓拍到了，这张照片被子吟珍藏，那景那人，真是美丽无比，我终于知道加持主角光环是个什么意思了。陈惠良的单反相机也是派上了大用场，众人游玩逗留了很久，直到艳丽的彩虹消失不见。

第六十四章

当晚我们到达朗木寺镇，天空淅淅沥沥下起了雨，于是就在镇上找了家旅馆歇息。晚上吃饭的时候，子吟和陶晨商议要去看看天葬台，而且希望可以赶上机会见证一次天葬仪式。我想想都觉得恐怖，她们居然会对这个感兴趣！小孩子一到饭店就拿个掌上电脑玩起游戏，自然不会注意天葬台是干什么用的，不过我可听不下去了，在他们三个聊得兴起时，囫囵吃了点饭，就跑到外面散步。这个古镇，不仅处处透着几分神圣和神秘，也显露出些许的休闲和随意。第二天一早她俩果然沿着泥泞路要去天葬台，陈惠良只关注风景，所以到处拍摄景色，我很不情愿地远远跟在后面。结果她们啥也没看到，只见那山的正上空盘旋着很多鹰，也不知是什么品种，但一定不是吃素的。我松了口气，拉着小朋友往回走。

我们游览朗木寺，这个寺庙的规模比拉卜楞寺要小一些，游人似乎也少一些，空气更加清新，我觉得里面的唐卡倒是很精美，一件件仔细看了半天。有一个藏族老人在佛像前跪长头，陈惠良和他聊了一会儿，得知他居然要三步一跪到拉萨去，这是传说中的朝圣者了。我仔细看了他的额头，因磕头磨破后结痂又磨破，最后就形成了茶杯口大小黑黝黝的伤疤，颜色比他本来就黝黑的皮肤更深，他的膝盖上绑着厚厚的橡胶，也已磨损得不成样子。陈惠良看了很是佩服，要和他合影留念，老人给他留了地址，请陈惠良打印了照片寄给他，陈惠良满口答应。

参观完这里我们接着赶路，按照陶晨制订的计划，我们接下来要去花湖、黄河九曲和若尔盖草原。时间久远，有些记忆已经模糊了，只是在黄河九曲观看日落，还是恍若昨日。我们来到第一湾，一会儿就到了栈道的山脚下，刚走到栈道，一群牵着马的藏族人围了上来，动员我们骑马上山。子吟挑了一匹白色骏马，陈惠良的黑马的毛色也油光发亮，只是我的那匹又矮又老，爬着山鼻孔里呼哧呼哧，我一直担心它会趴下走不动了，子吟看着我哈哈笑了一路。到了山顶最高的位置，看着远处草原铺满的山峦，可以远眺到黄河的十八弯，感觉黄河之水天上来的曲折轮回，汇入近处宽阔的河面之中，会别有一番荡气回肠的气势。

我们放眼望去，在广袤无垠的草原上，黄河就像束在美女腰间一条窄窄的弯弯曲曲的银色带子，从天地之间似羊肠小道逐渐伸展开去，波光粼粼、曲折蜿蜒。黄河此时那么柔美、静谧，修长的河流，静静的河面，在阳光的反射下不乏半点波澜。它把草原分割成数个孤岛，每块孤岛细细的如梭叶，彼此以草的颜色相连。在阳光的照耀下，山顶舞动的经幡，山坡身披紫色袈裟的喇嘛，远处白云般的羊群和黑黑的牦牛，构成了黄河九曲第一弯一幅壮美画卷。只是落日很快隐没在云层中，未能看到它落在群山之间，倒是给我们留有些许遗憾。

汽车行驶在穿越若尔盖草原的公路上，美景自不必言，我们的注意力全在山上、河间吃着青草的一群群牛羊上。偶尔路上就会横穿过一片羊群，真想顺手牵一只走，不知其他人有没有这想法。我转头看了一眼子吟，她的眼里含笑，我就知道她和我是一样的心思，她是不是又想起了小时候那只跟她回了家的羊儿？我们在某个可以骑马的地方又稍作停留，大家一人骑上一匹马，在两个低矮的山头间飞奔了一番，看起来子吟和陈惠良很喜欢骑马这项运动，他们俩从选马到骑行都很讲究，怨不得每次留给我的马都算不得俊俏。又继续行了半日，陈惠良忽然有了高原反应，我心想这里就反应了，还怎么爬黄龙，过日月山啊？我们在一个风景秀丽的无名河边暂时休息了一番，我用路边的野花扎了顶花帽，给子吟戴上，拍来照片一看，果然很好看，于是大家轮流戴了这顶花帽留影，陈惠良也慢慢恢复了，反应较弱，只是嘴唇还是有点紫。

车子开向黄龙方向，一路都是崇山峻岭。听司机师傅说这一路道路虽然好走，但因自然灾害的原因，导致半山腰的公路经常受落石困扰。不久前就有一部车子被落石击中，有位乘客受重伤不治。我们一听都非常紧张，都无心看风景了。顺着盘山公路到了山顶，一眼望去，曲曲折折的山路又蜿蜒到了远方深谷。好不容易到了黄龙景区，大家这才松了口气。我们坐了缆车到了半山腰，再步行一刻钟，到了黄龙山上景点处，却发现好几个著名的景点还需要往上爬山，小孩子这时候也有高原反应了，完全不能往上爬。

我心里暗暗叫苦，这个小胖子一有反应，就完全不能走路，陈惠良和陶晨也浑身无力，只有我和子吟没什么感觉。陶晨说要不他们一家就在这个位置休息一下，让我和子吟接着爬到山顶去看看。来黄龙不看雪宝顶和五彩池，那不是白来了吗？于是子吟决定把小胖子背上去，我真惊讶她在这种情况下还有这个劲道，于是和她换着背小孩，终于到了山顶。游人看到子吟背小孩，竖着大拇指说这个姐姐真当得起。陈惠良夫妇见此情形，也很感动，跟着队伍往上爬。到了黄龙古寺和五彩池边，大家才知道这趟爬山很值得的。

步行下山，黄龙的很多景点才显露真容。因为高原反应消退，又是下山，大家重又恢复活力。按照计划，我们下一站就是传说中神奇的九寨，这个地方子吟曾来过，而我也是因为唱了一首《神奇的九寨》，打开了她的心扉，所以这次来九寨对我们特别有意义，是某种意义上的寻梦之旅了。我看子吟眼神都在放光，拉着我手讲她上次游览的经历。从黄龙到九寨的车程不远，不过沿路依然是翻山越岭，我们到达九寨已经天黑，赶紧找了地方投宿，大家累了一天，饭后就早早睡了。

九寨之美令人震惊，真是名不虚传。古朴的栈道，斑斓的彩林，青蓝色的湖泊，缭绕的云雾，壮丽的雪山，还有不同寻常的瀑布，还有那充满了民族风情的藏族寨子。整个景区呈小孩子常玩的弹弓状，开发程度很深，旅游起来特别便利，从随处可见的内部公交，到茂林深处的木质栈道，比我所能想象到的还要商业化。其间的美我就不多描述了，我们一行由子吟带领，轻车熟路逛完整个景区，在子吟曾独自徜徉过的林间栈道处，我们停留了许久，可能陈惠良一家不知道这里对于我和子吟的意义，而子吟牵着我手重走这条道，自是喜悦至极。

从一大早进入景区，到天快黑的时候赶上最后一班景区班车，我们都累瘫掉了，原本计划晚间参加当地别有特色的歌舞晚会，据说还有烤全羊吃，可是我们都不愿意去了，子吟本计划带我去听藏族歌手演绎的《神奇的九寨》，意思是我唱的比歌手好得多，最后也作罢了。第二天一早要赶路，大家上车后接着睡觉，等到恢复精神的时候，车子已经开出了山陡沟峭的大山深处。司机师傅说我们的旅途进入第二阶段，开往西宁然后环青海湖游览，不过今天主要是赶路，车停甘肃合作休息。我们到了合作后遇到一家牛肉馆，陈惠良特别喜欢吃那里的饭菜，吃了两顿都意犹未尽。接下来我们往西宁赶路，沿途高速公路比较少，感觉是无穷无尽的盘山公路，风景和别处又有不同，山上很少有树，沿途人烟稀少。

　　一路向北到达西宁后，我们直接驱车去了我家。我弟这次极尽待客之能事，让客人们有了宾至如归的感觉。我们县盛产青稞酒，而陈惠良喜欢喝点小酒，我们到家后就被邀请入席给我们接风，可他真不知道青海人喝酒有多厉害，因此着了我弟的道，被他给灌醉了。幸好青稞酒喝了不上头，而且第二天醒来也不会有头痛等酒后症状，因此第二天我们接着上路，赶往塔尔寺。这个寺庙如此出名，可我以前居然都没去过，可见我对佛教的东西多么无感了。这个季节是青海旅游旺季，塔尔寺周边人山人海，我随着他们几个进去瞅瞅，没什么心得，感觉寺庙都差不多，也不太愿意仔细参观。

　　好不容易随着人流出了塔尔寺，可以接着往青海湖方向走了。由于我和子吟曾深度游览过这个景点，所以大家逛起来就轻车熟路了，游玩的项目也和上次几乎一致，只是这次游客比上次多多了。闲言少叙，我们从二郎剑景区出门后继续沿青海湖向西赶路，子吟还担心他们会在这里有高原反应，后来发现大家都很好。我们到了黑马河，据说这里夜宿早起可以观看壮丽的日出奇景，可第二天早上起来居然是个阴天，我们只好很遗憾地启程了。陶晨早间偶然在河沟里捡到一块石头，大家都觉得其形状很好看，于是开始对捡石块有了异乎寻常的热情，剩下的旅程只要停车就去到处找石块，后备箱里大大小小的石头一大堆。

　　从黑马河出发行不到半日，我们到了一处清水河边暂息，这条河流应该是青海湖的一条汇入河流，河面仅十来米宽，大部分河水深只没过脚踝。这帮人一停好车子就去河边捡石块，这个说捡到了很有价值的玉石，那个讲他拾了块形状特异的怪石，我看他们这个认真劲，心想他们可能真的动了想要发现珍贵玉石的念头。我看他们捡的，虽也有点特色，但还是青海这边河间沟边寻常的石头，只是在南方比较少见罢了。见他们这么热忱，不禁暗暗好笑，我觉得好玩，也和他们一起寻些怪石来玩。

　　我移步到河边，想看看河里是否有鱼儿。不看不知道，一看真的吓了一大跳，只见河里密密麻麻地游着青海湖特有的湟鱼。湟鱼是产自青海湖的咸水鱼，子吟爸爸当初在大通县打工，没少吃湟鱼，而且据他说他吃过的鱼里面，湟鱼是顶好吃的。青海湟鱼因水温低、饵料少，生长缓慢，年增重只有一两。二十世纪六十年代，湖中湟鱼多，子吟爸爸知道最大的有一米多长，二十多斤重。经过几十年的捕捞，现在湖中的湟鱼越来越少，也越来越小，虽然经过了十几年的封湖育鱼，人工放流，但鱼的数量仍然太少。湟鱼现在是受保护动物，政府严厉打击贩售食用，可是湟鱼的确好吃，青海湖周边的饭店冒着被处罚的危险在私下提供湟鱼。

我现在看到这条河里的湟鱼，平均也就是一根筷子长短，平均重量应该有半斤左右，这明显是湟鱼溯河而上进行繁殖。我见过池塘里一大群鲤鱼结伴而游，可是这满河黑压压似水中锦缎的鱼流，直看得我头皮发麻。这条河方圆数十公里都是无人区，国道上的车辆也稀少，否则这里面的湟鱼还不给人捞干净啊！我招呼子吟他们过来一起捞鱼，他们貌似不情愿放下手中的活儿，觉得几条小鱼还犯不着打搅他们的寻石之旅。等到他们聚拢过来看到河里的情形，都忍不住齐声惊呼。大家都是一般的心思，赶紧抓鱼要紧，可是找来找去，找不到可以用来捞鱼的工具。

后来还是陈惠良想了个主意，他准备用陶晨的一条围巾当作渔网，让我和他下河捕捞。陶晨起初是不愿意的，因为这条围巾是她比较喜欢的，她一路都戴着她留影。皱眉看着围巾纠结了半天，估计是吃货的心思占了上风，她还是贡献了出来，同时嘱咐我们小心使用，兜着鱼就好，尽量不要刮破了它。我和陈惠良已经脱了鞋袜走进河里，每人抓两角把一长边放河底，顺着水流轻轻齐步挪了几米，口中统一步调拉起围巾，连水带鱼居然捞上来七八条！大家又是齐声欢呼，司机师傅从后备箱拿了个水桶来，我们仅仅半个钟头就捞了一桶鱼！子吟忽然说，这么多的湟鱼，被抓住你们俩被判刑也够了。陈惠良说这是野外的湟鱼，又不是青海湖里的，应该没人管。可是说完自己也觉得站不住脚，后来我们究竟还是放生了一大半捞的鱼，仅剩六七条一斤重的放桶里养起来，大家这半天玩开心了，心情愉悦地上路，赶往敦煌。

这里虽然还是我的家乡，可和西宁地区的环境已经迥然不同，车子飞驰在戈壁滩的国道上，一眼望去缺乏生机，怪不得原子弹试验会放在这里来实施呢。大家在前面抓鱼的时候，身体暴露在阳光之下，上了车子慢慢感觉出厉害了，皮肤热辣辣地疼，子吟和陶晨赶紧拿出护肤霜给大家涂抹，不过大家兔不了受一番苦楚的。从这里大家记住了教训，只要下车活动先涂防晒霜，还会用帽子围巾等物品把头包起来，墨镜戴好，这样大家的样子也就变得滑稽起来。

经过外星人遗址的时候，陈惠良说要去看一番，可是剩下的人都不太愿意去，一方面离开国道去那个景点需要走好一段路，这样天黑前就很难赶到敦煌，而且我听很多人说这个遗址观赏性不高，大部分人觉得所谓的外星人什么的，很多是噱头多于实际。车子停路边休息时，大家取得了一致意见，就是继续赶路，不过我们准备在这里稍歇口气。正当大家在路边一处高平台上看戈壁风景时，子吟眼尖，看到十几米开外一只野兔正往这边瞅，她随即兴奋地大声呼喊，我和陈惠良看到兔子往远处山脚下跑去，想也不想就去追赶。野兔速度一般是很快的，可不知为何今天遇到的这只跑得并不快，我估计以我的速度，一两百米就能赶上它了。陈惠良跑了两百来步就跑不动了，毕竟这里海拔很高了，他气喘吁吁蹲了下来。我回头看他这样，也就撇下他单独去追兔子。

岂料当我朝前看时，已不见兔子的踪影。我很是懊悔，但不甘心就这样空手回去，于是又往前跑了一段路，停下来看看周边动静。虽然是夏天，这会儿吹起来的风还是微凉，戈壁滩上景色特别单一，连植物品种也屈指可数，最常见的就是一垛垛骆驼草，还有一种常见的矮大黄，点缀在戈壁上，犹如豹纹一般。我居然发现了那只兔子的踪迹，它这会儿正藏身于前面一垛草丛中，身子隐没于草丛中间，不过它警惕地保持随时继续狂奔的状态，反而让我看到了它。

我心想如果我继续往前走，难免惊动了它，如此它继续往前跑，我的体力不支肯定要追丢它。于是我转向左侧，行了二三十米绕到它后面，再慢慢朝它的藏身之所接近，兔子被我惊到了，掉头向我们来时的方向跑去，我紧追不舍，不一会儿赶它接近了子吟他们。我大呼小叫，倒把陈惠良等人吓了一跳，等到他们看见我追着兔子返回了，都惊喜交集，几个人在前面拦住了兔子的去向。陈惠良顺手拿起几块石头，在兔子离他还有十几米时就拿石块砸它，其中一块不偏不倚，刚好就砸中了兔子！我们齐声欢呼，觉得这样就抓住一只野兔太不可思议，陈惠良拎起野兔一看，它已经吓得半死，只见胸口猛跳，嘴角有血，估计要挂了。这次旅途，虽然沿路的景色极美，可大家记住的都是这些小事，现在想起来，也很是开心，子吟从此给我多一个称呼：藏羚羊，意思不言而明了。

第六十五章

车子开出德令哈市后，我们经过了大半天的赶路，终于在夜幕降临后不久，到达了敦煌市区。我们决定先找家饭店吃晚饭，而且要找稍小一点的饭店。因为我们还有鱼要蒸，野兔肉要烧，这种服务大饭店里不一定会提供。在我们答应给店主留几条鱼后，有家西北菜馆老板答应帮我们加工，我们终于在晚餐时刻，享用了湟鱼和野兔。厨师做了清蒸和红烧两盘菜，鱼片滑嫩美味，鱼刺也甚多，比我们吃过的任何鱼都要鲜美，大家齐动手一扫而光。野兔是和红辣椒一起炒的，不过那天忘记叮嘱厨师少放些辣椒，结果那盘兔肉野味完全被辣味盖住，有些可惜了这么好的食材。

第二天我们起床较早，准备花一整天游览敦煌莫高窟、鸣沙山和月牙泉。那时候莫高窟还没实行预约制，到了现场买票即可游览。敦煌莫高窟举世闻名，我惊诧的是国家对敦煌的保护力度如此之大，我看这里的讲解员个个都很棒，讲解特别认真。我对壁画、洞窟和佛像兴趣不是特别大，对藏经洞的故事却兴味盎然。刘道士偶然发现藏经洞，让这里的国宝级经卷和绢画四处流散，很让人感到痛惜。这和时下国家努力找回遗失的国宝形成鲜明对比，国家强盛才能人民幸福，这真不是一句口号。敦煌研究院的院长樊锦诗的故事也让我肃然起敬，认真做事的女人，尤其令我心存敬意。排着队坐上骆驼去鸣沙山，这是第一次体验大漠驼铃，爬上山顶极目四望，除了黄色的沙山沙谷，几乎没有生命的气息，我们刚取道九寨而来，这种极端的差别就更容易体会出来。

骑着骆驼返回后，我们去了月牙泉，来这里很能感受到沙漠绿洲的意义。不过听陶晨说月牙泉里的水不是纯天然的，不然早干涸了，我一听这不就是个人造美女了吗？顿时对这里的神秘感大打折扣。小孩子被路边沙山上的滑沙项目吸引，子吟陪着他去滑了一次，我就在下面给他们俩拍照摄像。游历一天，大家都很疲惫，小孩子一上车就睡下了，连吃饭也叫不醒。无奈我们只得先回旅馆，等到大家恢复了一点体力才去吃饭，没承想我们的选择是明智的。沙洲夜市热闹非凡，是到敦煌旅游的人吃饭和购物的地方。这里卖水果的、卖工艺品的、吃饭的，分在不同的区域；拉面、浆水面、臊子面和馅饼等传统面食，还有敦煌羊杂、烤羊排、烤鱼、羊肉串等风味小吃应有尽有。

我们一路溜达过去，都是大同小异的烧烤摊，抱着随便一试填饱肚子的态度，随意选了一家，烤串、啤酒无疑是最好的搭配，结果味道出乎意料地好。虽然卖相一般，烤串的味道着实不错，羊肉现切、现串、现烤、现卖，就连素串都是难得的美味。子吟和陶晨在很多摊位驻足，品尝着小吃味道，忙得不亦乐乎。我们原本计划还要去雅丹魔鬼城，但一合计，如果次日去那里，接下来我们的旅程会更加紧张，又听说这几日雅丹国家地质公园那边气温特高，于是我们决定不去那里，转而直接走下一站嘉峪关。连日来游玩、赶路，大家都很辛苦，少去了一个景点，时间就充裕起来，于是我们决定次日启程晚一点，好让大家养足精神。

　　旅行见闻讲到这里，还没有怎么提及陈惠良小孩的表现，这里该说说了。从浦东上飞机开始，我们都注意到这个小孩子身上有些很不好的习惯，比如他见了人爱理不理，完全以自我为中心。一个三年级的小学生了，对他父母都缺乏起码的尊重，其他方面就更不要提了。陈惠良这几年在外面忙于事业，陶晨虽然全职在家，可是对小孩过于溺爱，所以小孩子有很多坏毛病不奇怪。这一路行来，小朋友没少惹是生非，我和子吟尽力劝和，才磕磕碰碰玩遍敦煌。但是赶往嘉峪关的路上，我们正在午间吃饭时，小朋友又在闹事，陈惠良又气又急，当着我们的面打了小孩。陶晨很不忿陈惠良的做法，他俩争吵了几句，这样接下来的旅程就很不愉快了。

　　到了嘉峪关，陈惠良在前面走，陶晨拉着小孩跟在队伍最后，我和子吟尴尬了，但这时候只能靠我们俩来缓和关系，所以我跑到陈惠良那里和他同行，子吟就在后面帮着陶晨照顾孩子，这个景点逛起来就完全没有了趣味。陈惠良边走边跟我诉苦，大意是小孩子被惯坏了，他想管来着，可是他们夫妻俩的教育理念很不同，很多时候他在外面忙，也知道孩子教育不能忽视，可是真觉得有心无力。家务事外人一点忙也帮不上，所以我只能劝慰一番，同时也在暗想自己孩子的教育，可不能出现这样的问题。

　　上了古城楼，看着雄关前面广阔的沙漠戈壁，遥想当年这里是抗拒异族的最前线，心里也有些莫名的激动。很久以前这里相当于海关，出了嘉峪关就相当于出国了，可是现在出了关口的很大块土地也被纳入中国版图，真心佩服先辈的开拓精神。我正在极目远眺，子吟打了电话过来，说是演武场有操练表演，于是和陈惠良又返回内城，站在城楼上观看着全副铠甲的士兵列阵操练，这就很有古城的感觉了。这会儿古城里密密麻麻全是人，我找了好久也没看到子吟他们的所在，只好电话约好在出口处碰头。

我们会合后又去了嘉峪关北约八公里的悬臂长城，我们以为这段长城应该和八达岭长城很类似，结果去了才发现两者相去甚远。这段所谓的长城表面看起来完全是土长城，规模也算不上宏大，如果说是从明代原样完整保留下来的，倒也算得上壮观。我们沿着山脊城墙上修筑的台阶向上漫步。拾阶而上，虽只有四百多级台阶，但也足以使人心生踟蹰，然而只要登上山顶，放眼望去，关外大漠的荒凉尽收眼底，仅有极少的片片绿洲点缀其中，显示出这里还有生命在与恶劣的自然环境进行顽强的抗争。我和子吟拉着小朋友爬上最高处墩台，大家早累得气喘吁吁。墩台下方的山坡上，很多游人用石块摆成心形，我觉得很有意思，就拉了子吟的手也过去摆了一番，感觉它是里面最大的才罢手。再次返回墩台，看着刚垒的图案，我和子吟相视而笑，我情不自禁抱了抱她。

从嘉峪关悬臂长城景点出来后，我们看天气尚早，就驱车赶往张掖。三个多小时后，我们住进了市区的一家酒店，计划于次日去张掖国家地质公园。我们照例起了个大早，几乎是第一批进了景点的游客。我们见识了由红色沙砾构成的丹霞地貌，这种红色砂岩经长期风化剥离、流水侵蚀而形成孤立的山峰和陡峭的奇岩怪石，色彩艳丽、层理交错、气势磅礴、场面壮观而称奇，整个景区都是红色丘陵，令人赞叹不绝。我们到达丹霞地质公园正是日出时分，那本是拍摄丹霞地貌的最佳时刻，只可惜天色阴沉，所以拍照效果就大打折扣了。有导演在这里拍了一部电影，所以让张掖丹霞地貌更加出名，不过我看摄制组为了拍电影，依山而建的房屋和地貌风格并不协调，是不是我的鉴赏力有问题呢？

那天开放了四个景区，但置身于茫茫无际的红砂岩中，已感觉处处都是风景了。沿着红砖铺就的山路一路往上来到一个观景平台，俯瞰远处高低起伏的形似扇贝的山峦，大家纷纷感叹，这七彩丹霞真的很美，若有早晨太阳光照耀染色，那色彩就更棒了。不过，虽然天气不太帮忙，但还是很值得来的。这个平台游览下来，我们又到另一处观景处，这里的七彩丹霞也足现神奇了：一层黄色、一层红色、一层青绿、一层淡淡的土灰……相互辉映，满目起伏的山脉仿佛被施了魔法一般，很多山峰都有自己独特的名字，令人印象深刻。

这一路行来，可以用风尘仆仆来形容了。子吟从旅行的一开始，每天到达酒店后第一时间打电话给家里，询问宝宝的情况，幸好我们自出来后，他一切都很好，这要归功于子吟父母的贴心照顾。可是离开宝宝这么多天，我们都特别想他了——虽然两天后就可以返回上海，我看子吟已经没有多少心思游玩了。小朋友跟着我们风尘仆仆赶路，现在也没有了精神观景，所以我们取消了原计划中的青海门源油菜花参观，准备在张掖再住一夜，随后轻轻松松赶往兰州，这样就一点也不用赶路了。

第二天我们很悠闲地在下午时分就赶到兰州，和师傅结清了费用，在离机场较近的市区住了下来。大家花了很多时间捡来的石块，也全部留给了司机师傅，我估计他车子里拉这么多石头也挺沉的，应该很快就会当垃圾扔掉了吧。这次游记我费了很大精力记录下来，因为我把这次出游当成我和子吟的蜜月旅行，而且一路走来我特别开心。和爱的人一路走一路游，是这个世界上最令人难以忘怀的经历。因篇幅原因，有很多小细节我都没记录下来，可我还是认真学习了子吟的待友之道，也一点点明白了，她为何会那么受欢迎。对我而言，她就是一个值得认真学习的好榜样，让人能深刻体会出人性中，有那么多美丽善良的部分。她本人就是一个巨大的宝藏，我庆幸能娶她为妻。

返沪后我们同陈惠良一家分乘车子回市区，这次同游，加深了我们两家的感情，特别有利于子吟和陈惠良接下来的项目合作。且说我们到家后，看着宝宝在岳父母的照料下，活蹦乱跳、健健康康，都欣喜不已。子吟把西北带来的一些特产趁新鲜分发给几个好友，免不了又是大家聚餐畅饮了一番。丈人很快就决定要回去，这次倒不是因为和子吟闹起了矛盾，原来他在老家养了一只狗，据他说很通人性，所以深得他的欢心。我丈人自小爱狗，这次来帮我们带孩子前，把这条狗寄存在了邻居处。他见我们回来后，就急着要回去看他的狗。苦苦挽留不成，我们只得在周末的时候，送他上了飞机。

子吟回来以后，就开始忙松江楼盘配套幼儿园建设项目。陈惠良报上去的公司确实资质够硬，但能够进入王伯时公司施工合格供应商名录，的确是老人家出力甚大。那天子吟到王伯时办公室，他召集了几个项目筹划处的负责人，一起讨论陈惠良提供的公司材料。他仔细看了公司画册和已完成项目清单，似乎自言自语又略有赞誉地称这家公司很不错，施工能力一流，设备特别先进，代表项目都是市级乃至全国的重点工程。然后他询问新楼盘筹建负责人，是不是可以给这家公司一个机会。他前面说了那么多话，其实是表明他有意引进这家单位了，只是如果这个建议是由下属提出来，这事情从各个方面讲都是有益的，至少没有严重的后遗症。他的手下哪里能听不出弦外之音？他们立即同意王总的分析，建议给陈惠良一个机会。王伯时这才让他们准备一个可行性报告给他，这件事就定下来了，但从流程上看是公司计划部提出的集体决议。

子吟看王总演这出戏，也积极配合他，所以说，会做事的人和别人配合起来，也如行云流水，既能把不利的因素尽量消弭于无形，也会在不动声色的情况下，规避可能的重大风险。按照计划，这个幼儿园要在明年投入运营，因此施工计划排得非常紧凑。子吟和陈惠良都极其重视这第一个项目的实施，所以从队伍组建、资金落实、专业工程分包，到供货商洽谈等，都非常努力用心地逐项落实解决，过程非常艰苦，但也逐渐走上了正轨。

那段时间子吟天天跑现场，有时甚至住现场办公，也从这个时候起，我的日子过得忙碌起来。由于没有车子，上下班只能乘坐公交，我又一次体会了六号线的拥挤程度，路上耗费了大量时间。我们单位又中标很多地铁项目，我作为技术负责人，必须制定实施方案和指导施工。很多时候需要加班了，我选择安排给其他人，这招致了刘炜的不满。回家后，和丈母娘一起弄宝宝，这项任务比上班还要辛苦。虽然宝宝晚间睡眠很好，省了我们很多力气，可是晚间睡眠好就意味着白天他精力充沛，只要睁着眼就折腾个没完没了。那段时间是我这辈子最忙碌的一段时日，可是那三年的努力，我们同样收获巨大。

子吟看我上班这么辛苦，非常心疼。她对我说，你驾照拿到手，技术练得也不错，是时候考虑买辆属于自己的车子了。我仔细算了算账觉得不妥，我们的存款不多，养小孩和养一部车子花销已经很巨大了，现在正是很多项目的前期投入期，不知什么地方就会用到一笔钱，因此再买一部车子的时机并不成熟。她听后没有说话，显然是认可我的说法，不过她补充说要给我尽快买部车子，有车子了做事才有效率，一天把三四个小时耗在路上，真是得不偿失的。我说等明后年家里资金充裕点了，再添置不迟。

因为和刘炜关系不睦，加上我的工资算不上高，所以慢慢地我就有了要辞职的念头。陈为涛虽然对我不差，但他更信任刘炜和周峰这两个人，而我极不愿和刘炜这样的人共事。现在我们自己的公司也有了固定的业务，也有几个小项目在操作，如果我辞职后专心营运这一块，收入反而会高很多。子吟接到一些中小地勘项目，往往是我做好方案，临时招施工队进场实施。实在需要人手的话，我会私下找我的一些同事帮忙，事后及时结算费用，比如我的那位同事及徒弟王健，就特别喜欢跟着我去做事。如果我辞职了带起一支队伍，把全部的心思放在我们自己的公司上，我相信不只我的收入有大幅上升，而且我们新公司也会快速走上正轨。

我把我的想法告诉了子吟，她也很支持。于是我就积极准备辞职，而且一想到能离开这家单位居然开心异常。可是接下来的一条消息让我暂时打消了辞职的念头：上海市开始落实人才引进类居住证转户籍政策。简单地说，只要拿到人才引进类居住证满七年，按时缴纳各项税费，并且有中级职称证书的人，就可以获得上海市户口。我当初毕业后回老家，户口就一直在西宁那边，在外漂了这么多年，其实也没觉得没有户口有多么不便。上海市从二〇〇四年开始收紧户籍政策，应届大学生都很难落户了，像我们这种工作许多年来沪的人，更加没有取得户籍的资格。

有了这条新政，我重新考虑是否要取得上海户口的问题。我和子吟都没什么，没户口一样可以活得很精彩。可是现在有了宝宝，就不能不考虑他的成长路上可能会遇到的问题。如果没有户口，他的上学问题怎么解决？将来高考会有麻烦吗？如果因为户籍问题限制了他的正常成长，我们在上海安家就失去了意义。现在我的人才引进类居住证已经办了两年，那么按照政策五年后我就可以转户口了，而且据我了解，因为我们单位隶属规土局，将来在转户方面有不少便利的因素。我和子吟商量了一番，很快决定无论如何再待上五年，把户口问题解决了再辞职。子吟甚至替我出好了主意，如果觉得实在不愿意和刘炜相处，可以慢慢做陈为涛的工作，争取调换一个部门，我听后茅塞顿开。

第六十六章

国庆假期前夕，我们收到了田琳的结婚请束，这个让我们有些吃惊了，因为月初聚会时，田琳没有提及这个喜讯。自从和李晓勇不欢而散后，田琳和子吟的关系一直十分微妙，她主动释放善意，也从多方面关心子吟，只是两人都没有像最初认识时，那样推心置腹了。我感觉田琳是明白了子吟一路走来对她很交心，也曾当她是亲姐妹一样，而她很多时候并没有善待子吟的友谊。子吟最难以释怀的，还是她怀孕期间田琳的那次冷漠行为。那次是一个转折点，让子吟和她再也无法亲密无间。田琳后来的行为，有明显的修补裂痕的动机，只是她的诚意始终不为子吟所接受。

我还要讲讲李晓勇那一年多的动态。我虽然在介绍他和田琳认识之前，已经说明事情成不成，都不能影响我们的友谊，但是我未能及时向他反馈田琳的真正想法，这是我做得不够的地方。我极力在撮合他们，但没看出问题的本质，即田琳对男友外貌极其看中这一事实。以为田琳会看出李晓勇人品的优秀，进而会给他一个机会，事实证明我的眼力很成问题。李晓勇后来对我有意见，也是因为这个原因。帮人要帮到底，做事也应有技巧，过分的优柔寡断会耽误很多事情。

我和李晓勇还是会隔段时间在一起聚一聚，没过多久就不谈那些令人不愉快的往事。他的事业遇到了瓶颈期，公司的业务没有大的拓展，本人越来越没有闯劲了。这个是可以理解的，他比我年长两岁，至今尚无女朋友，一个人到了成家的年龄而耽搁了，就容易失去奋斗的目标。他已经凭自己的努力买了房，有了自己的公司，把家人都照顾得好好的，可是在他孤身一人在偌大的房子里过春节、度中秋时，内心巨大的孤独感有谁能体会到呢？我有了宝宝后，他对我的羡慕达到了顶点，记得在我们办宝宝百日宴时，他抱一会儿我家小孩儿，那满脸满眼的羡慕眼神让我记忆深刻，这个人其实比我更有资格收获一个温馨的家。

有一次他请我去江湾镇逸仙路海底捞吃火锅，我们都喝了点酒，他很突然地说可能要回西安发展，我惊得差点把刚喝了一口的啤酒喷出来。我止住咳嗽忙不迭地问他缘由，他淡然一笑，说他一个人闯荡真有些累了，还是找个单位上班自在。我认为他言不由衷，多年的打拼，他换来的是在魔都站稳了脚跟。离开上海的人，要么是经过努力还是一无所获，只能被迫离开的；要么是根本无法适应这里快节奏的生活，宁愿去压力小一点的二三线城市的。他拥有了一般人在魔都渴望获得的一切，却准备急流勇退，这个我无法理解。他随后向我解释了原因，原来是他的一个初中女同学在西安当教师，他们最近联系颇频，差不多定下来了男女朋友关系。我说你可以让她过来上海这边，以你的能力，给她一个安定的生活不是很简单吗？李晓勇点起一支烟，深吸一口后，吐了一个又一个的圈圈。他说女方不愿离开西安，而他也想西安了，那个我们度过大学时光的地方，目前对他来说，比魔都更有吸引力。

那次吃饭以后很长一段时间里，我们的见面次数就变得很少，仅有几次电话联系。李晓勇是个行动力极强的人，既然他说要回西安，我看他多半就在忙这个事情。但我无论如何也无法想象，在创业这么多年后，并且是取得了有目共睹的成绩时，他会安心找份工作去上班，并且是在另外一个城市。九月中旬的一次通话中，他说他在西安和上海之间来回奔波，西安那边的工作差不多落实了，和他的那位同学女友的婚事也定下来了。我来上海认识的两个好友，都选择了离开上海，他们都是为了妻子而离开，这是个令我心痛的巧合。虽然伤感于他的离开，但我很是替李晓勇感到欣慰，有个心爱的女人相伴，天涯何处不是家呢。直到后来田琳也传来婚讯，真没想到他们几乎在同一时间，分别完成了各自的人生大事，这又是个巧合。

田琳和她男友刘述收拾好了新房，就邀请我们过去参观。这是个金桥地区比较老的小区了，但房型还算方正，格局和田琳家很类似，只是面积还要略小些。刘述老实持重，说话慢条斯理，很容易和他相处。他个头儿比我矮，国字脸，高鼻梁，厚嘴唇，说话声如洪钟，底气足，脾气也是很好的，我看是个很可靠的男人，这样看下来田琳算正遇其人了。我们一起对新房的家具摆放格局做了探讨和修正，子吟觉得新房缺个玄关，于是不动声色订了一个红木的玄关送了过来，算是为这个闺密尽了点心意。田琳和子吟商量，结婚那天用我们的车子充实迎亲队伍，子吟连忙答应了，并说到时候让我加入迎亲队伍，我连忙答应下来。

那段时间我忙得不可开交，可是某天刘炜找上了我，告诉我单位中标了无锡某地铁车站建设检测任务，要委派我过去组建项目部。这个要求不算过分，毕竟我是公司员工，服从公司的统一工作安排天经地义。可是子吟现在忙得连轴转，而我主要精力是在家里，如果出差了，家里丈母娘一个人是应付不来的。我有些懊悔，如果早些着手调换个部门，现在哪里会面对这个尴尬的局面？如果此时提出调换部门，恐怕陈为涛也会对我有意见吧。我着急了，回家后和子吟商量这事。她也觉得颇棘手，最后建议我去和刘炜商议，能不能不常驻现场，让我整体协调这个项目，每周去个一两天加入管理，其余时间另派一人作为现场负责人进行日常领导施工。

这个方案是比较好的，但刘炜未必会同意，只能勉力一试。刘炜果然显出了为难的表情，听他的意思是很难再派出合适的现场负责人。我暗地里直骂娘，心想你平日里当我是空气，遇到疑难了就把我往前顶，真当我是傻瓜啊。我把我的实际困难给他摆了摆，意思是我真的不能常驻无锡现场，刘炜让我再认真考虑考虑，看样不派我到现场是不罢手了。可是当天下班的时候，刘炜找了我，同意我提出的方案，并表示项目开始之初，我要多待现场，把程序理顺了，自然可以放心他人接手完成。我连忙答应下来，同时也奇怪他何以这么快转变了态度，不过很快我就明白过来，这可能是子吟给陈为涛做了工作了。那些岁月，如果不是有子吟和陈为涛是好友这层关系，我会不会被刘炜欺负死啊？

田琳的婚礼很快来临了，我们参加了一场标准的上海式婚宴。我前一天就把车子精洗了一番，加上我们开车很爱护，这时候黑色车身油光锃亮，感觉就是新车才开不久的样子。我难得地穿起西服，打了一条红色领带，子吟看得连连称赞，认为我穿着正装精神了很多倍。我按照刘述的要求按时到达花店包装了一下车子，别看只是扎了几朵花，贴了几条彩带和"囍"字，车子立马就显得喜庆起来。车队接到新娘后，我们一字排开按照设定的线路走了一大圈，摄像机跟拍一路，我感觉这个体验也很特别。一路行去，竟然看到另两队婚宴车队，看起来今天的日子很多人觉得适合婚嫁了。这中间的很多过程，各地差异都不大，就略过不表。

忙忙碌碌到了下午，子吟自己乘车来参加婚宴，我接到她后一起上酒店婚宴场地。由于种种原因，我和子吟并没有举办婚礼，这时候看田琳隆重的婚礼，我对子吟产生了很大的歉意。都说结婚那天是一个女人最美的时光，看着田琳幸福的笑容，着新娘的盛装，这句话一点也没错。田琳爸牵着田琳的手把她托付给刘述，那一刻不仅田琳泪流满面，子吟也是泪眼婆娑。我呆呆出神，想着应该也和子吟经历这样一个时刻，子吟见我神色有异，问我是不是哪里不舒服，我赶紧摇头说没事，心里想着以后要对她更好些才是。

田琳婚礼最让我印象深刻的，她的一个远房表妹在舞蹈学院就读，这次来参加婚宴时准备了一个舞蹈节目。说实话，这个小姑娘跳舞跳得很好，只是我觉得她选的题材有些沉重。柔色灯光气氛烘托下，只见她一身绯色舞衣，踩着节拍婆娑起舞，完全没有刻意做作，每一个动作都是自然而流畅，但音乐低沉轻缓，再看她表情凝重，似有悲意。我知道婚宴一般都有彩排的，如果是我的话，这样一个节目宁愿不放在这里，因为它的主题和今天的婚礼并不是很搭。我看完节目环顾四周，没有人觉得不妥，再转头看看子吟，她眉头紧锁，显然和我的想法类似了。她见我看向她，顺势用双手抱着我的胳膊。

婚宴完毕，我问了问田琳爸爸还需不需要我们的车子，他掰着手指头算了算需要送的亲友人数，说并不需要，于是我和子吟就告辞而出。结果等到我们上了车子，却怎么也发动不起来。我对车子远没有子吟熟悉，于是换她到驾驶位来启动，结果如旧。我们俩面面相觑，一时都有些蒙了。车子从来没遇到过这种状况，子吟根据经验判断可能是电瓶出了问题，但也不十分肯定。这车子停在酒店门口停车场，如果请人来修理，让田琳他们知道怎么办？他们会怎么想？子吟说车子就放在这里，明早再找人来修理。我们小心翼翼走到路边，打了车子回家。还好车子白天没出问题，不然今天可真的要糟糕……

回家的路上，子吟打电话咨询了卖她车子的 4S 店的销售员。他根据我们描述的状况，也判断是电瓶没电的缘故，他说电瓶的使用期也就是两三年的样子，子吟的车子差不多快要三年了，电瓶坏了实属正常。最后他建议我们请个普通汽车维修店的师傅带上备用电瓶去现场，很容易排除故障。这样一来，我们差不多心里有底了，只是这个电瓶早不坏晚不坏，偏偏在今天这个大喜的日子出了问题，简直令人匪夷所思。幸好这件事田琳不知晓，我们也不准备跟她提及，子吟说这似乎是个不祥的征兆，我这次从表面到心底都认可她这种说法，毕竟她对以前的好几件事的看法，最后都被证实。

这之后没几天，我就开始去无锡出差了。来上海这几年，坐火车的机会比较少，去近的地方一般就是开车，远了选择坐飞机。这次去无锡却发现以前经常乘坐的绿皮车被白色和谐号动车代替了，尤其是长三角地区，动车都是普遍开行了。坐了一次动车，我立即爱上这种出行方式，以后到周边城市出行，也不怎么爱坐汽车，或者自己开车子。我们的项目部在三阳广场，这里属于无锡的中心城区了。刚组建团队辛苦异常，一次出差几乎要待上三四天，就这样我都是想尽办法推了部分工作赶回家的，结果第二天又因为现场出了状况而赶过去处理。

我知道指望刘炜给我解围是不用想了，于是刻意地培养起一个看起来有些资质的属下。那段时间我就像幼儿园老师一样，手把手教他一切技术要领，项目运作原理和与施工方、监理和甲方的沟通技巧，对他也严格要求。我这么用心地教他，可以说是倾囊相授了，目的更多的是想让他负责起这个项目，难得的是，他也是一个勤奋好学的人，在两个月之后，他就可以独立带队伍完成每天的工作，让我喜出望外。于是不到年底，我就可以完全放手这个项目了，只是每周要去一次开个工作例会，我选择当天来回，这样家里才又进入了正常模式。

子吟的努力在年底前就有了很大的收获，不光是幼儿园建设项目进展顺利，她同时跟踪的地铁施工项目也拿到了，浦东很多道路项目也安排了人施工。元旦前她和我商议买一个保险柜，我心想我们家的现金一直局限在我的那个黑色钱包里，有必要买个保险柜吗？但她觉得很有必要，那可能是很需要吧。我们一起去美凯龙买了一个安放在卧室书柜边上，除了安装时我饶有兴趣地探索了一番，等到完全熟悉起来就不怎么愿意关注这柜子了。子吟使用起来很频繁，有次我进屋看她把一大包东西放入里面，我不怎么在意，随便问了一句是啥东西。她神秘一笑，没有回答我。我好奇心起，等她去洗澡，我丈母娘也出门遛娃的时候，打开看了一眼，不禁目瞪口呆，只见那包里崭新的七八捆人民币，这就是七八十万现金了。我真没见过这么多钱，当然我也知道这笔钱可能是进度款、工程款或者人员工资，并不一定是归属于我们的，但是这么大的资金流水，说明我们在进入一个非常好的良性循环。如果没看到这个保险柜里的秘密，我真的不敢相信，在不到三年的时间里，我们就能买到大房子来住。

对魔都而言，重要性可与二〇〇八年相提并论的年份结束了。我们从西北旅游归来后就一直忙碌，我都记不起来其间的国庆和元旦是怎么过的了。二〇一一年元月，妞妞家儿子出世，看来我们两家是做不成亲家了，子吟赶紧飞回重庆，去认了个干儿子。她到达那天，安伟建和他一家人做了一桌丰盛晚餐招待子吟。人逢喜事精神爽，子吟给安伟建敬了几杯酒，他都爽快致谢并一饮而尽。安伟建由于开拓业务得力，已经被公司提拔为副总，收入非常可观，这样算下来，他这算双喜临门，于是又被敬酒。

妞妞也是顺产，所以她恢复起来也很快，回家后已经可以正常起居，甚至嚷嚷着要早点去上班。那天安伟建父母也在一起吃饭，安伟建爸却是滴酒未沾，看来安伟建的酒量非来自遗传，而是他在外面应酬锻炼出来的。事实证明安伟建酒量也不算太好，他只喝了三两酒就面红耳赤，再喝几杯就有些微醉了。也许是特别开心，他比往常喝的多出不少，因此打开了话匣，比平常更加能说会道，说一些往常都不怎么会说的话题，妞妞都被惊到了，不知道他还会这么兴奋，于是她趁机逗趣安伟建，看他会不会喝醉，从而喝到吐露什么心迹的地步。子吟觉得妞妞过于顽皮，虽觉得不妥也不好阻拦，只得看她一杯杯斟酒给安伟建。

也许喝醉的人真的一点思想包袱也没有了，安伟建喝着喝着开始一点点提起他的往事，可提到一件事情时，这个大男人竟在席间哭了个稀里哗啦，劝也劝不住。从他断断续续的哭诉中，大家大概听明白了事情的缘由。原来在他很小的时候，有次因为很小一件事，他爸爸当众打了他一顿，这件事几乎成了他的一个童年阴影。随后的年月里，他和他爸爸虽然关系没有变糟，这么多年来他还是非常孝顺他爸爸的，可他每每想起这事仍不能释怀。这次趁着酒兴，他把这件深埋在心底的事情说出来，还是让听者感到震撼人心。安伟建爸爸不喝酒，也不吸烟，听他儿子把那么多年前的这件事讲出来，低头一动不动，像极了一个犯错误的小学生。

安伟建说着说着泣不成声，后来被妞妞和子吟搀扶进屋里睡下了，子吟相信第二天太阳升起来后，他可能完全不记得这件事。回到客厅后，看到安伟建爸爸也哭得老泪纵横，连声说竟不知道那件他都记不得的事情，被这个听话孝顺的儿子记了这么多年。这件事给一众听者的教育意义也特别巨大，尤其是子吟、妞妞两姐妹都生了儿子，如何教育好他们，就是一个很重要的问题。妞妞长叹一口气，说本想趁机探听一下老公的桃色往事，却不料把他的伤心事给抖搂出来，这事可不好。子吟说你帮你老公解开了一个心结，可能他要感激你吧！妞妞眨巴眨巴大眼睛，连声称是，只是说他要酒醒记不得这事可咋办？

第六十七章

子吟从重庆回来后，又忙碌起来，看起来过年前是闲不下来啊，她的努力也换来了回报，我们银行账户里的数字迅速变大。有一天她把几张银行卡全交到我手里，意思是让我管账。我知道她的用意，除了她认为的我是家里的掌柜，这是极度尊重我的表现；也因为她花钱大手大脚，我花钱比较谨慎，被她戏称为貔貅。自从我管钱后，她逛街时候看到好看的男装，就给我买下来的场景就少了，还有其他可买可不买的东西也多半不买，所以看起来由我管账，整体上还是有利的。只是她作为经营人员，对外花销特别大，由我管钱她花起来自然不会觉得方便。

我把无锡的事情全部安排妥当，电话遥控指挥就可以确保现场项目正常运转，这样我就可以照顾家里多一点，尽量不耽误子吟的工作。我们自己的公司，有关报税和银行的事都是我去处理，因为以前注册公司时，这些事都是我办的，所以现在做起来轻车熟路。以前以为我曾注册的公司，是个失败的案例，但那时候积累的经验和学到的东西，现在恰好全部派上用场了。我们自己公司的流水金额比较大，我经常会为了准备报销用的发票而发愁。每个月报税那几天我就到处找来发票，再按照要求完成报税流程，这中间开票软件换了很多种，我都快成半个财务了。

元月中旬，我接到一个电话，是我的一个高中同学打来的。他在西宁那边上班，这次出差到上海，从别人那里打听到了我的电话。我们高中的时候关系一般，但在离家这么远的地方相遇，仅同乡情分就非比寻常了。所以我赶过去请他吃饭，和他聊了很久。这次与他相遇只是闲聊，但最让我震惊的是，通过他联系到了一位旧友。我无比惊讶地得知，当初上学时一起买电脑租房学习的马年，也在上海工作，而且他刚好有马年的联系方式。这个世界真的好小，无论任何人出现在上海，都没有马年从这里冒出来更让我觉得这句话所言非虚。

辞别那位同学后，我立即给马年打了一个电话，他接到我的电话也是惊喜异常。更加让我们都觉得不可思议的是，我们居然住在同一条马路上相隔不远的地方。我们经常去他租住地旁边的易初莲花超市采购生活用品。他学的是工业自动化专业，毕业后去了山东一家造纸厂，两年后辞职南下，到了苏州一家公司，后来签约一个外企，专门为国内造纸企业提供设备及维修服务。我们毕业的年代，联系方式还很有限，所以我们失去联系多年。按照他和上海公司签约的时间推算，自我从人民广场工地搬进子吟这里，马年就已经住在现居地，这么说来，在他推着小车选购超市商品时，可能我正拉着子吟的手在他旁边不远处买单啊！

在和马年的通话中，我得知他正在外地出差，我们约定他回来后立即见面详聊。当我把这件奇事告诉子吟时，她也很惊讶。她说你今天逢人生四大喜之他乡遇故知，值得庆贺一下。于是晚饭让我丈母娘给多加了一个菜，我喜滋滋表示这样很好。晚上我把和马年当初的经历详细说给子吟听，当她听到我们因买了电脑导致生活费紧张，故而在某个时间段里连续吃了一星期的土豆时，无比心疼地说，你怎么不早一点联系我，哪里会让你这么辛苦地读完大学。接着她若有所思地说，我创造那么好的条件给海英，结果她一点也不成器，早知还不如帮扶你更靠谱些。

我听了她的这番傻话，内心感动不已，但不好表现出来，只是抚摸她光滑柔嫩的后背轻声说，我并没有受很多苦啊，海英虽没成大才，也上了大学，你们家因为你的努力出了一名大学生，这是你对你们家庭的一个重要贡献，不可抹杀。子吟笑眯眯表示我的口才有进步。我们又聊到了马上到来的春节，商量着春节去哪里过的问题。子吟妈妈表示她要回自贡，回想去年春节小孩子特别小，只能留在上海过节，这次没有丈母娘帮忙，过节会很不轻松，所以我想带着一家人回我老家过年，子吟同意了。

马年回来后，我们约在他的出租屋里见面了。记得刚毕业时他还很瘦弱，这时候壮了不少，肤色也白了很多，一副标志性的无框眼镜，还是他刚毕业时佩戴的那副。由于在外企工作，他的装束非常职业化，西装革履蓝领带，并不像搞工程的我这样穿着随意。我们见了面都特别高兴，欣喜异常，这意味着在上海我们彼此都多了一个至交。我们俩说起了彼此都熟悉的家乡话，在这个远离家乡的神奇城市里叙旧，平添了许多温暖人心的力量。我给他详细描述了我的经历，他听得津津有味，尤其是当我说到认识子吟的一些往事，他觉得子吟的经历更加富有传奇色彩。他说人一辈子会遇到一个知己，如果运气好会再遇到一个伯乐、贵人，而如果继续幸运下去，则会遇到传说中的灵魂伴侣，这个子吟对你而言是三体合一了。我自己也想找句话来表达子吟于我的意义，而没有一句比马年概括得更准确。

马年有一个未婚女友，工作在苏州，所以他们在苏州买房了，如果不出差，每到周末他就会回家。在上海的单位时，他就住在租住的这套房子里，两室一厅，面积不大但功能完善，只是没有经常做饭而已。我带着他到我家，向他引荐了传说中的子吟女士，还有我丈母娘和小孩。他见面就给小朋友一个大红包，倒让我们觉得很不好意思了。当晚我们一起做饭吃，大家聊到很晚很晚，也喝了一些酒，我本不胜酒力，到后来晕乎乎不知东南西北，最后是子吟开车送马年回去的。

和马年联系上以后，我们就经常在一起聚餐、喝茶，或出游，我们都喜欢面食，不喜海产品，所以吃饭能吃到一起，经常跑去西北菜馆打牙祭。这么多年过去了，他的性格没有大变，仍是那么温文尔雅，遇事处变不惊。那几年国家开始严控各地造纸厂的新建，所以这个行业成了夕阳产业。虽然马年所在外资公司因为主营业务是设备维修，在行业不景气的情形下，业务量仍在增长，但未来前景堪忧。马年也意识到了这个问题，只是暂时公司效益还可以，他的收入和福利也很可观，所以还在安心上班。

马年到目前的公司也是个巧合，他原本准备在无锡一家公司上班，后来经人介绍，按照招聘广告来上海公司应聘。本来这家公司对英语口语要求很高，面试官也是由来自芬兰的老总亲自担任。我知道马年的英语一直是弱项，高考的时候也是英语拖了后腿，否则上个一本妥妥的。我更知道马年大学里英语也不怎么样，英语四级证没有拿到，幸亏成绩达到了学校规定的分数线，才勉强拿了学位证和毕业证。他能进这家公司是因为技术过硬，初试面试官看他技术特别全面，不顾英语口语优秀这个硬性规定，向上推荐了他。芬兰老总只和他简单说了几句，就决定录用他，因为完全没法沟通，但技术人才也是公司所需，这是开了绿灯了。

马年这些年做得最失误的一件事，就是没有买下目前租住的这套房。当初他租下这套房子后，和房东关系处理得特别好。有段时间房东家缺钱急用，找到马年后有意把这套房子卖给他，总价不到五十万。马年当时动心了，只是身上的现金大部分在一个为期三年的基金里，年底就到期了，当时他向周围的亲戚朋友借款，总共才落实了二十余万。人家急用要全款，最后马年无奈放弃。房子易主，马年继续向新房东续租。这之后房价像断了线的风筝般扶摇直上，马年眼睁睁看着这套房子的价格翻了一番又翻一番。看起来在上海房价涨上天这件事上，大家都没有心理准备呀。

事有凑巧，没过几天马年告诉我们，这次回老家过年时，就准备带上他的女友办婚事。我一听乐了，这样一来子吟跟我回去就可以一起去参加他的婚宴，这个春节就热闹得很啊。我不无担心地问他，老家冬天那么冷，你家苏州未婚妻受得了吗？他说穿厚点衣服吧，尽量待在屋里也就是了。我心想话是这么说，但是总不能一天到晚傻坐在屋里吧，子吟就天生怕冷，我很担心她跟我回去这个春节能否适应。由于马年他们要筹备婚礼，他们在元月中旬就回去了，我们的航班是定在小年夜前夕。子吟听我说了那边冬天又冷又干燥，就提前很久开始收拾小孩子的衣物，没多久整理了整整两大箱子冬衣，我说你别光顾着儿子，你的也要多备才是，她这才开始准备我们俩的衣物。

子吟把年前的事情差不多处理完，又和子萱等一众朋友打好了招呼，表示年后再聚。就在我们准备回家的前一周，田琳打来电话，请我们到她妈妈家去吃饭，我和子吟欣然答应。自从十月份结婚后，田琳和她老公出门旅游了两次，我们也是忙着自己的事情，所以这次是我们在她婚后的首次碰面。我和子吟过去的时候，田琳妈妈正在包饺子，田琳两口子还没有过来。我们感觉田琳父母愁眉苦脸，知道他们一定遇到什么事情了，只是不知是刚发生的，还是在决定请我们吃饭之前。我帮着田琳爸爸收拾桌椅碗筷，子吟就在厨房帮田琳妈妈的忙，在这个过程中，我们获知了一个很令人痛心的消息。

原来田琳和刘述婚后就准备要小孩了，不光是双方父母有这个意愿，他们自己也是这么想的。毕竟年纪在这里放着呢，尤其是刘述，已过不惑之年，要小孩是宜早不宜迟的事情。所以这几个月他们频繁外出旅游，也有几分造人的意思在里面。可是过了三个月，田琳的肚子没有任何动静，这本也属正常，但田琳妈妈有些着急，她催着田琳和刘述一起去医院做检查，看看到底是什么问题。本来这次检查他们是当作孕前常规检查，结果查出了一个很严重的问题，田琳患有先天性输卵管发育不全。医生说这种情况几乎不能生育。田琳父母获知消息最伤心难过了，非常震惊，且不能接受。随后田琳又换了一家医院复查，结果和上家诊断结果相同。

我们无从知晓田琳获知这个消息时内心的感受，但女人面对这个事情应该会痛苦万分，不能做妈妈，对女人是一个巨大的打击。田琳冷静考虑了几天，找刘述谈这件事，告诉他如果不能接受没有小孩这件事，她同意与刘述协议离婚。这时候刘述表现出了一个男人应有的气概，表示无论有没有小孩子，他都愿意与田琳携手走下去。所以在经历了最初的慌乱与痛苦后，他们很快进入了正常的生活状态。可是田琳父母不这么想，自己的女儿不能生育，这件事对他们的打击，比他们当知青遭遇的苦难，还要厉害上百倍。

田琳妈妈找子吟过来，主要是她知道子吟在医疗系统有很广泛的人脉，想请她找找关系，看能不能联系到不孕不育的顶级专家来帮田琳看看。我和子吟听到这件事，也是痛惜万分，很能理解田琳父母的想法，真的想不到田琳好不容易得来婚姻，却在生育问题上陷入这么大的麻烦。虽然刘述能宽容对待田琳，但是刘述背后还有家人，他们会不会也这么宽容？子吟赶紧答应了田琳妈妈，说自己尽快联系好医生帮田琳看看。不一会儿田琳和刘述过来了，他们的表面都很轻松，但吃饭的气氛还是有些尴尬，我们只能说一些不相干的事情岔开这个话题。

吃饭的时候，田琳爸爸还提出了要做试管婴儿的设想，让子吟找人帮忙时，重点咨询这种可行性。从原理上讲试管婴儿是不孕不育症患者最后的治疗办法，如果通过系统的常规治疗后，还是没有成功生育孩子，才去做试管婴儿。子吟爸爸提到试管婴儿，说明他们自己对医生的结论是相信的，只是想做最后的努力尝试罢了。回家的路上，我和子吟都默然无语，心里想的是再厉害的专家来会诊，结果也难有大的改变，真的很替田琳惋惜、担忧。子吟说年前这件事难以安排，只好等过完年回来后找专家咨询。

第六十八章

我们送子吟妈妈上了飞机返回自贡后，于除夕前两天到了西宁。虽然子吟从我的描述中已知道我的老家冬天很冷，可今年西宁的冬天连我也觉得冷得有些过分。子吟给小朋友准备得很充分，加上小男婴本是热体质，大家轮流抱在怀里，不用担心他会冷。可是子吟就受不了，她把带的很多衣服穿身上，还是觉得全身上下冰冰凉。后来我把我爸爸穿过的一件军大衣裹她身上，这才好些。这么多年来，她最怕的一件事就是在我老家上厕所，因为我们那里农村的厕所都在屋外，条件也很简陋，南方人本就不习惯，冬天加上天寒地冻，更让人受不了。所以子吟选择尽量少喝水，以减少上厕所次数。

除了比较冷，在这边过年就没什么不好的地方。子吟亲口跟我说过，我们这边农村春节特别热闹。整个节日期间，每家每户都会走亲访友，因为有青海人特有的喝酒闹酒文化，这种走亲戚活动就比其他地方更加富有节日色彩。每年正月，家乡各村社火演出队浩浩荡荡，将欢腾的正月气氛，渲染得异常热闹红火，将春节变成了一个热闹非凡的狂欢节。小时候，每临近春节，我们小孩子们都会掰着手指盼过年。除了有好吃好喝好衣服外，就是盼着在夜幕之下，各式各样的灯笼照耀的场院上，看上春节期间的社火表演。

子吟对我们这边的闹酒极有体会，她觉得很惊讶，这边喝酒是在吃完饭后，撤走饭菜端上酒盅、酒壶，划拳定输赢，就这样干喝，而不是很多地方那样，边吃着饭菜边喝酒。大年三十晚上全家吃着年夜饭，看着春节联欢晚会，听着窗外的鞭炮声辞旧迎新。子吟窝在被窝里给她父母打电话拜年，知道今晚是海英和父母三人过节，非常想念他们，嘱咐海英好好照顾二老。大年初一一早，子吟照例给好朋友们发去节日祝福。要说来这边的好处之一，是我们基本不用管小孩子，家里人轮流哄哄小孩子就过了一天。这次春节我西安的二姐和二姐夫也回来过年，初二那天大姐和三姐也回来给父母拜年，这样我们一家人近些年来难得团聚了，这个夜晚就比年三十更加热闹。我很惊讶的是家人为了我们的团聚，准备了好几个节目助兴，唱歌的唱歌，跳舞的跳舞，让子吟见识了我们家每个人的文艺才华，这些都是遗传自我爸爸了。

虽然回到老家后，我们吃喝不愁，小孩子有人管，我还是怕子吟受不了这里的天寒地冻，就找她商量，如果她真适应不了，就提前返回上海。她想了一想，决定参加完马年的婚礼，再看一场我们村组织的社火表演再回去。按照传统，社火表演的开始日期是在正月初七，如此说来我们可以把返程机票订在初八。初三那天我带着子吟去西宁洗浴，她选择去青海宾馆开个房间，认为这样比较妥当。我觉得既然开房间，索性就住一晚再回去算了，子吟一听立即同意了，只是担心小孩子的问题。我说咱爸天天疼他疼得不得了，抱住就不愿放手，你就放一万个心吧。我给我妈打了电话，告诉她我要带子吟逛逛西宁，也嘱托了小孩子的事情，子吟这才心安。

这家宾馆设施算不上先进，但作为这里最早的一家五星级酒店之一，服务和整洁程度还是可圈可点的，子吟很喜欢这种上了年头的宾馆，至少没有新开业五星级宾馆那种装修味道，卫生状况特别令人满意。我们开好房间上了楼，子吟说三四天没洗澡，真的挺难受。这个我是知道的，怎奈农村条件如此，只能忍受呢。她进了房间就去洗澡，一直洗了有一个钟头，后来我忍不住了，三下五除二脱了精光跑进去与她同洗，自然有那些不可言状的美事。一切停当，子吟方觉得冷入骨髓的寒气已经无影无踪。

我们在舒适的大床上温存许久，包裹严实后去逛西宁。子吟戴了围巾穿着大衣，如果这也感到冷，那么只有羽绒服能解决问题了。我们乘车去了对面的王府井百货中心，挑了一件紫色长款羽绒服，子吟穿上后觉得很满意。我看到一顶白色针织帽，最顶部一个巨大的毛绒球，子吟戴着既防寒又好看，就买下来让她戴上，果然丰彩照人起来。我们到了街道上，子吟也没再喊冷了。在西宁著名的水井巷小吃一条街，子吟吃了一碗特色酸奶，那个新鲜而特别的味道，让她直呼过瘾。有一家小店的羊肉串烤得特别好，她破天荒吃了二十串，出门后才走两步，又返回烤了十串才罢。街上人头攒动，热闹无比，满街道飘着小吃香味，尤其是牛羊肉味道。

我们在这边逛了很久，各种小吃都品尝一遍，子吟始知西宁小吃也这么让人回味。我们在中心广场感受了节日气氛，又被边上的不知名的河流吸引。这么冷的天，河水全结冰了，所以整条河就成了冰上乐园，两岸张灯结彩，

通往申城的阶梯

通往申城的阶梯

冰上市民众多，我看一大群小孩都在冰上嬉乐，阳光照射在冰面上，反射后朝向我们这里，明亮且刺眼，这就呈现出一种奇特的景象。高原空气稀薄，冬季的时候感觉整个白天都笼罩在一种淡雾中一般，阳光都变得懒散。天气虽然晴朗，但很多马路上结有厚度不同的冰层，我看行人走得小心翼翼，车子就更是如此了。

西宁是一个比较小的城市，小到打出租车的时候，一个起步价就可以从城市这头转到那头的程度。和其他省会城市一样，西部开发战略实施以来，这里的变化也十分巨大。这里夏天特别凉快，因此被称为夏都，是全国闻名的避暑胜地。因此夏天来这里是上上之选，冬天的干燥和寒冷还是很让人心悸的。子吟问我大通县的方位，我指给她看，笑问她是不是想要去那边走亲戚。她出了一会儿神，说还是等下次和咱爸一起去会比较好，这次准备不足。她觉得带着儿子在这寒冬腊月去大通多有不便，我也赞成下次找个机会再去。

我们连续住了两天，把西宁逛了个遍才回到家。儿子回来没几天，两个脸颊上显出一些高原红来，原本白净的肌肤显出些许棕色，这是来高原后必然的反应，手指甲里也有些污垢，不过他身体很好，这就足够了。第二日我们租了辆车子去参加马年的婚礼。他家离我家十几里路的样子，且交通便利，很快可以到达。子吟很好奇这个来自苏州的南方妹子，能否扛得住西北的冷天，结果见面后人家新娘说天气还好啊……子吟颇受打击，觉得自己适应能力不强还怪天气就不该，我倒觉得这是因为新娘体态微胖的缘故。马年和他妻子（我一直没记起问她的名字，真是失礼！）是以本地的婚礼习俗结的婚，娘家人来参加婚宴的也就两三位，路途遥远只得如此，看来在苏州也一定会安排另一场宴席。婚礼隆重而热闹，可我从头至尾想的是，我欠子吟一场这样的婚礼，虽然她只在意一辈子白头偕老，可我还是觉得有愧。

在这场婚宴上，我见到了好多初高中时在一个学校就读的同学，因为马年比我高一级，他的同班同学我只熟识，但都叫不上名字。这也罢了，没喝酒之前大家谁也不在意，只以兄弟相称。只是酒过三巡后，这些人就会以青海人喝晕后特有的交流方式，拉着你扯天扯地，仿佛你是他同生共死的铁哥们儿一样。这时候你若回答不上来他叫什么，他必定放你不过。子吟眼睁睁看着这些酒喝大发了的人，缠着我就是不松手，耍着酒疯嘴里念叨着让人听不清的酒话，着实把她吓了一跳，很担心我无缘无故会被醉汉给打一顿。

这场酒喝得昏天暗地，要不是子吟在边上想着法子约束住我，那天我铁定要喝醉。我好不容易避开两个醉仙的纠缠，准备上个卫生间，子吟跟上来低声说此时不走更待何时，我如梦初醒，跟着她出了大门。子吟给马年打了电话，意思是我喝得有点多，要先回去休息。电话里听起来马年正忙得不可开交，匆匆嘱托子吟照顾好我，到家给他打个电话报平安。我们叫了路边的一辆车子，没到天黑就赶回家里。我喝的不算多，只是我酒量太差，回到家顿觉精神困倦，心里暗暗感激子吟的果断，若不是提前离场，这场喜酒恐怕会让我醉个两天才会恢复，真正醉酒的人都有说不出的难受。据说西宁的白酒消耗量排在全国前三甲，这点人口喝了这么多酒，简直和战斗民族有一拼了。

这一觉睡下去，直到第二天外面锣鼓声响起才将我吵醒。隐约从遥远的天际传来的鼓点节奏我太熟悉了，小时候过年期间，除了穿新衣吃佳肴，就是这个声音对我们有着无穷的吸引力，它就像一个欢庆春节的总动员令，只要一响起，整个村子里的男女老幼都会齐聚在它周围。我翻身起来坐在床头细听，但睡到酒醒后的头脑略呆滞，一时竟不知自己处在何地，仿佛小时候刚记事起午睡醒后的状态，鼓声锣声似乎从未在我生活中走远。定了定神，我才知道自己离家这么多年，也已经很久没有看家乡社火了。子吟听我描述过我家乡的社火场景，但估计她还是被现实中这热闹的场景吸引住，我寻她不见，所以猜测她已经跑去围观了。我穿衣简单洗漱后跑到外面收麦场，今年的社火已经开演了，几百号人围了个大圈，中间正是巨大的椭圆形表演场地。子吟正夹杂在人群中凝神细看，我轻轻挤到她身边站定。

此刻身着大红袍的灯官正在表演吩咐，只见他腰勒断草绳，歪戴官帽，官帽上贴一红联，上写"槽头兴旺"四字。子吟见我来了，赶紧让我当她的翻译，她正着急听不懂演员的话呢，因为我们这里的方言很难懂，子吟自然听得云里雾里，我先将青海社火的流程讲给她听。社火一开始先响鼓，后由社火组织者筹备，通知演员在家装扮好角色，然后齐聚村里的空旷地带，表演给本村村民观看。也有表演比较专业的村队伍，练习几天后向邻村送社火，灯官率领秧歌队、龙灯、狮子、高跷、旱船一行，在彩旗前引下进发。接社火一方，备办酒肴饭食、茶烟于一场面的接桌上，然后敲锣打鼓，予以迎接。待灯官人等就位，送方社火头领队拉全场集体扭秧歌，之后按准备的节目分别出场，其他演员在规定地点喝茶吃菜。逐个上演完毕，最后集体在鼓点导引下进行集体合演，俗称拉满场，道谢后离开回村。整个社火是包括音乐、舞蹈、曲艺、戏曲、杂艺在内的综合性文艺演出，节目繁多，包罗面广，有秧歌、龙灯、狮子、牦牛、旱船、骑驴、高台、高跷、大头罗汉、胖婆娘等。

子吟听得津津有味，赶紧问那个灯官应一句，排列两边的演员答一句是个什么意思。我被她问住了，真的很难回答这个问题，只是含糊地说这只是个艺术形式吧。接下来，我一句句把灯官的吩咐词翻译给她听，同时也暗暗好笑，觉得我的家乡话也是正宗汉语的结构，只是发音很不同，简直跟粤语一样难以听懂，如今要翻译给她听，感觉我掌握着一门外语似的。灯官吩咐词太长了，有些句子我都没太听清，看来我小时候也不是那种有心的人，否则哪里会记不住呢。句子大体是些祈愿风调雨顺、国泰民安的意思，子吟让我回去给她写一份灯官吩咐词，我是回上海后上网查了一番，才弄清楚了所有的句子意思，写下来打印出来给子吟，她看着有趣，拿来一遍遍阅读，直至最后背熟了，我见她如此更加汗颜了。

正月初七开始的社火文艺演出，一般是白天和夜晚各演一场，内容和流程完全一致，但从观赏性上来说，晚间的要好看很多，因为白天的灯笼只是个表演道具，到了晚上各式各样、色彩缤纷的灯笼不仅有照明效果，还强化了喜庆气氛，增强了表演本身的观赏性。被称为"身子"的演员几乎人人手挑一盏灯笼，而其形状和装饰没有规定，所以各家都会绞尽脑汁做出别具一格的灯笼，还会尽力去装饰它，因此晚间的表演除了看身子们的舞姿，他们手挑的灯笼也是重要看点。

观看夜间表演时，子吟对我说，自贡的灯会天下第一，但这边社火的灯火同样令人印象深刻，比较起来这边的灯笼特色在一个"动"字上，所有灯笼不再仅仅起装饰作用，而更像是身子的舞伴。我觉得子吟说到点子上了，大凡灯会以观赏为主，这边除了广场各边几个巨大的照明灯笼被固定外，其余的全程参与表演。我记得小时候一次表演时，身子动作幅度过大，里面的蜡烛点燃了彩纸糊的灯笼，身子手忙脚乱处理这突发情况的情形，让我忍俊不禁。

社火上最吸睛的当数胖婆娘，是男性身子反串的角色，造型非常奇特。"她"怀抱一个布娃娃，有求生育者，向"她"敬以钱物，许以心愿，"她"就风趣地道出一串有求必应的口彩。"她"身着红袍，头梳发髻，脸颊涂胭脂红坨，穿大红长袍，身胖腹大，涂脂抹粉，在表演中时而快步，时而扭捏，语言风趣，惹人哄笑。与胖婆娘相伴的是同样造型奇特的"黑脸哑巴"，他们居然也是整场社火的主持人，唱唱跳跳地依据灯官的吩咐，安排下一个节

374

目上场。

我爸爸多年前曾是我们村高跷组的组长，踩高跷本就是社火的压轴节目，而他从年轻时候起就因高跷技术娴熟，舞姿优美而成为高跷组的核心和领队，他对这项运动很痴迷。后来上了年纪后，就是这项活动的组织者，热情不减当年。我弟弟和弟妹在这方面也很有天赋，他们俩分别扮演男女光棍，而且两人扇子舞在各自组里都是排第一的，是天赋使然还是私下认真交流的结果就不得而知。社火还有顶灯、竹马和滚灯等节目，是其他地方没有的艺术形式，别具风格且观赏性很强。至于舞狮和龙舟等节目，各地大同小异。看完一整天的节目，子吟非常满意。她说这边过年比她老家春节热闹很多，对于她这个评价，我开心又骄傲。我们次日下午就要返回上海，所以看完社火，大家又聚在一块聊天，算是我们临行前的话别。我妈妈给子吟爸爸赶制了几双布鞋，也给子吟做了两双。我大姐抱着小孩不放手，看起来小家伙很受人欢迎，往日这会儿他早入睡了，今天则显得亢奋激动，手舞足蹈地一刻不停，是不是受到社火的感染？这次回来，子吟给两位老人准备了两个大红包，她在这方面总是能做到事无遗漏。

第六十九章

由于飞机因故延误，我们的航班回到上海已经九点多了。回家后我们让小孩子泡个热水澡，一切收拾停当后安排他上床睡下，这一觉他睡得天昏地暗，直到第二天下午三点才醒来。老家气候干燥寒冷，家里条件也不好，所以小朋友睡眠不足是意料中事。过了正月初八，上海大部分单位都正常上班了，只是工程建设行业正式开工要到正月十五以后。因为大部分从业人员在老家过完元宵节才会返回工地上班，所以子吟不用着急着工作。不过联系医生帮田琳看病的事可不能耽误，于是她给医疗圈里的朋友打了电话，约了上海很知名的一位妇科主任医师。

专家给田琳认真做了复查，结论很不乐观：她的一侧卵巢没有发育，另一条输卵管阻塞，做试管婴儿成功的概率也几乎为零，这是变相确诊田琳是不孕了。田琳夫妇对此早有心理准备，但这个结果田琳父母很不能接受，他们还是对试管婴儿有点期望的，周边有些朋友或邻居的小孩怀孕困难，最后用试管婴儿做成了的，哪里知道他们的女儿竟然不能。我们能理解田琳父母的心情，他们是怕女儿因此而受冷落，或者被夫家嫌弃。天下哪有不希望自己的宝贝女儿也被别人当宝贝的父母，而不能怀孕真的是一个定时炸弹，可能会严重阻碍刚结婚的女儿获得她该得的幸福。这件事刘述没有告诉他父母，这说明他知道他父母还是介意他们会抱不上孙子的，这么敏感的事能隐瞒多久啊……

　　元宵节过后，我们遇到了新的麻烦事，原本丈母娘说好过完节就回来帮我们带小孩的，只是海英在老家工作不是很顺利，而一旦她遇事不顺就会责怪她的前男友对她的始乱终弃，她这样的状况让我丈母娘很为难，没法不理她，而过来上海帮我们。我和子吟有些着急了，她最近几天已经堆积了很多事情需要处理，而我要正常上下班，这可如何是好？万般无奈之下，我向我父母求救，想请他们过来帮几个月忙——虽然知道他们身体都不太好，但只要他们能带个两三个月，那时或许我丈母娘就可能过来接替他们。我们只能走一步看一步，幸好我父母很快答应下来，并于极短的时间内到达了上海。

　　子吟很孝顺老人家，对我父母更是如此，但如果就此认为他们能相处愉快，那也不现实啊。我父母一直住农村，而且北方人对个人及家庭卫生方面没那么多讲究，所以他们带宝宝比起我岳父母确实不甚讲究。这些也都是小事，子吟内心稍有不满，但也从来不说什么，但很快发生了一件让矛盾激化的事。有一天子吟加班，我也因故晚回来，我父母按照我们平常做的，要给宝宝洗澡。天气还是很凉的，所以我们一般会在卫生间里放热水，直到整间屋子雾腾腾暖和起来才让小孩在澡盆里泡着洗，那天我父母也是这样做的，可是放的水有些凉，孩子洗完后着凉了。由于子吟照顾宝宝小心翼翼，也因为他吃母乳一年多有余，所以这次是他第一次生病发高烧。

　　等到我们回来时，宝宝的浑身都发烫了。子吟特别着急，这是可以理解的，宝贝儿子第一次生病，哪个妈妈都会心急火燎。不过子吟着急过了火，大声向我父母询问宝宝发烧的原因。虽知道子吟没有责怪的意思，但是当时那语气很难让听者觉得她不是在指责，我父母哪里见过这场面，而且北方人辈分观念特别重，儿媳这样大声讲话很不能为长辈所接受。我看这个情况，就严肃地批评了子吟，她很快意识到了问题，不过我父母因此而心有芥蒂，我也就知道他们不可能帮我们太久了。

　　当晚我们送小孩上医院，急诊医生开了瓶美林和抗细菌类处方药头孢。小孩的病很快好了，不过以后生病也频繁起来。小孩子哪里有不生病的，不生病反而不容易产生抗体，子吟也懂得这个道理，不过我看下来她心底还是有些埋怨我爸妈照顾不力，认为自己父母照顾那么久，也没生过一次毛病。她说这些，我都一笑了之，只要不在我父母面前表现出来，她想的有些偏了又有什么要紧呢？两个老人家带一个孩子还是轻松的，子吟早出晚归忙她的事，所以大家也相安无事了两个多月，除了生活习惯，子吟对我爸妈非常好，这就够了。

子吟刚搬过来的时候，这个小区周边还很冷清，商业极不发达。这才短短几年时间，小区里原本空旷的车位，已经被私家车占得满满的，晚上九点以后就很难找到车位。蒋阿姨的儿子最近也买了车子，而且还买了地下的一个车位。当她得知子吟太晚回来时没地方停车，就将他们买的地下车位让给子吟了，她说她儿子下班回来早，找到地面停车位不难的，子吟推辞不了，只得千恩万谢地接受了阿姨的好意。所以未来两年内，子吟再也没有为停车位的事情担忧过。蒋阿姨夫妇为我们所做的一切，我们都铭记于心，真正的上海本地人并不排外，而且他们普遍善良好客。

我爸妈闲着没事，就会把小孩子放婴儿车里，推着他到处去逛。不过他们毕竟对这里不熟，老人家年纪大了记忆力也下降得厉害。有一次他们推着车子出了小区大门，沿着街道走了一段路，之后想原路返回，岂料记错了方位，走到另一条岔路上去。他们越走越觉得环境陌生，不一会儿完全找不到的来时的路，两人慌了神，糟糕的是他们出门连手机也没带，怎么联系我呢？他们抱着侥幸心理继续找方向，着急地转悠了一个上午也没结果，小孩子可能也饿了，一个劲儿地哭闹起来。他们找人帮忙，无奈连小区名称也记不准确，幸好我妈记住了我的手机号，在一个小区保安处借了手机，这才联系到了我。

当时我正在上班写个方案，接到这个陌生电话很吃惊，知道了详情，赶紧打了车子跑到保安室谢谢人家并接人。我父母见到我神色尴尬，他们本想照顾好孩子好让我们安心上班，哪知这次还添了乱子。我赶紧安慰他们，说这是点小事，没什么要紧的，他们这才稍安心。我怕子吟为这事着急上火，又发生像上次那样无意顶撞我父母的事情，最后选择没有把这件事告诉她。可是我爸妈私下跟我商量，说要不他们把小孩带回青海照顾，这样我们可以安心工作，他们也没有不适应之感，可以照顾好宝宝。我能理解他们，上海虽然繁华，可带给他们的感受只有害怕与不适应，我刚来上海也害怕，何况是在小村庄里待了一辈子的他们。

带孩子回老家，我和子吟都不会同意，所以我们只能再求助于我丈母娘了。子吟私下和她父母商量，看能不能过来帮忙，他们也答应了五一节前过来接替我爸妈。我这时候深深理解了和岳父母住一起，各种矛盾会少很多，女人对她父母包容性要强，婆媳关系难处真不是说说的。我爸妈知道后，当然很赞成，可能在掰着指头盼五一节来临吧。我妈妈从家里拿了针线包，没事就做些小孩子的鞋子和鞋垫，她还量了楼上叔叔和阿姨鞋子尺寸，给他们各做了一双漂亮的布鞋。等做好了送给他们试穿，阿姨和叔叔都非常喜欢，我知道我妈在用她的方式，感谢蒋阿姨夫妇对我们的照顾。

四月份的一天，子吟没开车子，我就开了去单位上班。那天部门安排我带着一个组出外业，因为单位车子安排不过来，刘炜见我开了车子，就让我开车带着设备和人员去现场，我想也没想就答应下来。放了很多仪器在后备箱，又拉了四个同事，子吟的这部车子第一次满载出行。上了逸仙路高架赶往工地，我和同事们聊着天行驶，浑然不觉一场车祸近在眼前。那天高架路上车子不多，我的时速就快了些，看到前面下匝道车子多起来，我就缓慢减速，可这时我犯了一个很严重的错误。因为平时我们都是轻载上路，所以我习惯了按轻载的刹车距离来控制与前车的距离，可是今天不是我一个在车上，稍有些经验的司机都应该懂得，这时候很早就应该刹车了。那一刹那，我感受到了从未有过的恐怖，平生第一次觉得死亡近在咫尺。刹车踩到底也没用，眼睁睁看着爱车不听使唤地撞上去，撞上去……

撞击声非常巨大，那一刻我的头脑一片空白，安全气囊弹出，整个驾驶室里烟雾弥漫，焦灼味很浓，不知是机油还是水箱里的水向地下奔涌流下，车头前方被撞了个稀巴烂。好一会儿我才反应过来，我没受伤，赶紧看车内同事，大家也是惊魂未定，一张张苍白的脸，还好都没受伤！我赶紧叫他们下车，让他们沿匝道跑下去离车远些，我也跑开了一段距离，生怕车子突然就像电影里那样爆炸，可是我又担心车上的仪器也因爆炸而跟着报销了，那些设备价值不菲，真要出事了还不要我赔啊？我一时纠结起来，还想跑回去把设备卸下来，但万一车子燃起来爆炸我估计真要交待了。

事后我把当时的情形讲给子吟听，子吟听到这里就急了，说你个傻哥哥，有什么东西比你的命更重要啊！钱财损失了可以再挣回来，你若没了我怎么办？我看她脸蛋红扑扑，因为着急眼里都饱含泪水，不禁心里一片温暖。她说得很对，有了她和儿子，我就拥有了全世界，这么简单的道理，我当时竟没有明白过来。不过说真的，看到子吟的爱车被我撞成那样，我心里确实怜惜无比。子吟爱这部蒙迪欧，视为她最宝贵的财富之一，这么多年了，子吟小心驾驶，连剐蹭也没有过，平时也保养得力，开了四年多，还有九成新。可是那天，被我撞成那个样子，子吟见了肯定心都要碎。

过了好一会儿，看车子没有什么动静，我估摸着它应该不会烧起来，或者爆炸吧。被我追尾的那部越野车屁股被撞瘪了，而且由于撞击力度较大，越野车向前蹿了一段距离，又追尾了前面一部轿车，这就成了三车追尾事故，不用交警来也知道我是全责。前两车的司机下车后各自无奈看着车子的损坏情况，我觉得特别对不住他们，很担心他们俩合起伙来找我麻烦，还好他们态度并不十分恶劣，叫我赶紧报警。逸仙路高架是重要的交通干线，我打了电话后没两分钟，骑着摩托的交警就赶到现场。我估计这哥们儿上午可能心情不好，也有可能连续处理了几起事故后耐心消磨尽了，对我的态度比较恶劣，我心里有愧，自然也不会在这当口和他理论，一切听他安排。

分清事故责任划分后，他让我们把车子开到匝道下方道路边上。前两车关键部位没有损伤，开过去当然没问题，可我的车子发动机肯定严重受创，哪里动得了？我只得坐进驾驶室，看四个轮胎还能不能正常行驶，虽然有些被撞烂的零件拖着地，但在几个同事的帮助下，我们费了很大劲还是把车子推到了交警指定的位置。我打电话给子吟说明情况，她着急地问我有没有受伤，等反复确认我一点伤也没有后，她让我打保险公司电话，他们定损后会安排后面的一切，嘱托我不要担心。我打了保险公司电话，想到工作也不能耽误，于是安排几个同事拦了一部出租车，带上全部设备先去工地，我只能把目前的车祸处理了才行。这几位同事到了这会儿面色才恢复如常，小小心灵会不会因这次车祸而留下阴影不得而知，不过他们肯定对交通事故有了全新的认识。开车的人遇到过车祸，才算真正成了司机。

接下来发生的事情让我郁闷了很久。交警叫了拖车公司，指定要把三部车子拖到指定的停车场。我还处在事故阴影期，情绪很低落，交警怎么安排就怎么来吧。不过前车两位大哥不太乐意，他们本是有事在身，况且车子损伤不大，现在责任已经明确了，他们觉得他们的车子被拖到停车场就完全没必要，一停好几天他们怎么用车？可是交警不干，说这是标准流程，必须停到指定停车场，否则后续修车、责任认定和事故赔偿都会受很大影响。我不知道他这种说法是否合法，那两位哥们儿极其不乐意，而且因此事和交警起了争执，不过显然胳膊拗不过大腿，他们的车子连同我的车都被拖到了很远的一个地方，据说是高架事故车辆专用停车场，每部车子停一天三百元，拖车费用真心不便宜，这时候大家都明白是怎么回事了。我拎了包准备出停车场去工地，走了几步回头看了看我的车子，心里很是难受，我们家蒙迪欧的前脸被撞得面目全非，惨兮兮孤零零停在那里，我和子吟对它都爱惜异常，甚至当它是家人了。我不知它还能不能修好，至少那时不抱希望。

当天忙完工作回家，我心里挺忐忑，感觉和小时候犯了错回家要挨批的心情是一样的。到家后我把事情前因后果说给大家听，子吟和我爸妈围了一圈听我讲，那情形倒像是我在讲什么英雄事迹一样，他们都很庆幸这么严重的车祸我没有受一点伤。晚饭后子吟拉着我的手去小区里散步，她还在耐心开导我，告诉我以后开车再仔细些就好了，这点事没什么的。我不无忧虑地对她讲，车子被撞那么惨，可能要报废啊。子吟说应该不会，大不了换发动机换零件，反正由保险公司赔付，肯定能修好。我看了看子吟清澈的眸子，心想你是没看到车子那惨样啊。

随后的几天里，车子被拖到 4S 店去修理，我也为这事跑了好几趟。不得不说汽车保险挺像那么回事的，以前连续买了多年保险，感觉都是浪费钱财，可真正遇到事故了，尤其是这种比较严重的事故，汽车保险就显现出了优点。定损完成后，我就没怎么管过车子的事。子吟在车子被拖到 4S 店后去看了一次，她想叫上我一起去，可是我心虚得厉害，我知道她一定会伤心，就借口单位开会没去。晚上我偷偷看她双眼，红肿迹象没发现，不过她的郁闷是显而易见的。那段时间子吟恰逢事情特别多，没有车子就极其不方便，不免发了几句牢骚。我知道这件事我的责任巨大，只得小心哄着她。

大约二十天后，4S 店员工通知我车子已经修好，让我们尽快去提车子。接到电话那一刻我都不敢相信车子撞那样了还能被修好，我满腹狐疑挂了电话，不敢相信车子还能开。第二天我和子吟一起到了 4S 店，当我看到修好的车子停在洗车位，简直不敢相信自己的眼睛，那辆惨兮兮的车子不见了，从表面来看车子又恢复原样了。我们上车检查，驾驶室里很多部位都是崭新的，维修的胖师傅拍了拍操控台，说这车子零件该换的都换了，保证和以前一样好。我知道他这是吹牛，不过真希望他说的大半是真的，我就幸福了。整部车子修理费达到了五万多元，可见这次车祸有多惨烈了。

办完相关手续，我们就开车出门，我下意识地坐在副驾驶位置上。子吟看了看我，笑呵呵地说，你这是准备一朝被蛇咬，半年不开车吗？我赶紧说有阴影了，最近还是你开合适。子吟打火的时候我真担心车子没反应，等到开上了中环，我悬着的心才放下。据子吟讲，新修后车子的操控性和以前有些差距，但也没什么大问题，开一段时间就好了吧。随后几天我们陆续发现了一些小毛病，比如副驾驶上方的化妆镜被震碎却没被更换，我们一一到4S店里修理了。虽然车子被大修过了，可真没想到它还能继续状态良好地跟着子吟跑了七年多，按照子吟的说法，它帮她拉回了老公、儿子和房子，见证了她人生每一个重要的幸福时刻。

第七十章

五一节前，我爸妈返回了老家，很快丈母娘过来了。不得不说，我丈母娘带小孩还是比较细心的，至少子吟觉得很满意。北方农村里对个人和居家卫生不是很讲究的，这个大部分归因于环境差异，因为北方天气干燥凉爽，很久以来形成的习惯是不怎么洗澡的，当然，条件差也是重要因素。当我告诉子吟我小时候半年都不洗澡时，她被吓住了，认为半年不洗澡人怎么受得了？我说藏民一辈子只洗一次，不也照样过日子吗？她认真想了半天，还是觉得无法完全理解。同样是农村来的，她们老家对于卫生特别讲究，我丈母娘就会把小孩子弄得清清爽爽。话说回来，习惯了南方的环境，老家的习俗我也不能适应了。

解决了这个后顾之忧，我们得以全身心投入工作当中。松江的幼儿园项目进展也特别顺利，子吟主要跟踪进度款和沟通协调，少部分精力参与学习现场管理。这个幼儿园在新的学期就要投入使用，而由于抱着打响第一炮的信念，子吟和陈惠良尽全力做好各项工作，该项目也的确保质保量按时完成了。陈惠良联系了一个管规划建设的大学同学，在幼儿园项目结束后运作出了一个优质工程奖。有了这些成绩，王伯时很快安排子吟投标新楼盘数幢高层安置房的建设，这样子吟就参与了王总这边几乎所有施工项目，桩基施工、基坑围护设计施工和地上建筑施工等，虽然大项目的净利润率不高，但巨量的项目合同额还是带来了可观的收入，而且王总刻意照顾子吟，在进度款申请方面也大开绿灯。

不光如此，子吟在其他经营方向上也捷报频传，比如在中环浦东段的前期勘察施工、老港垃圾焚烧厂规划建设、地铁某条线的施工检测和迪士尼前期勘测设计等项目上，子吟都有所斩获。这些项目她只负责前期商务洽谈和合同签订，后面全部甩手给实施单位跟进完成。即便是这些工作内容，她都忙得不可开交，周末都没有休息。可以说，如果按照她那一年的工作效率，我们五年内就可以完全财务自由了，而不仅仅是买套房子那么简单。我看她特别喜欢这样的工作频率，天天精力无限的样子。

子吟和陈惠良配合很默契，但是她以前吃过霍夏的亏，不免担心陈惠良也会有食言的时候。陈惠良知道子吟业务能力强悍，但他未必想到子吟能从王总那里拿到这么大一块蛋糕，如果按照他们当初的口头协议，子吟分走的部分会是个很可观的比例。很多人会在金钱面前败下阵来的，不能认为陈惠良一定会变卦，不过这种可能性是存在的。所以从合作一开始，子吟就在思考如何保证自己的利益不受损害，而这件事也是王总帮了大忙。每次结算工程款，王总就会半开玩笑半认真地叮嘱陈惠良要帮帮子吟，说她要赶紧买房。陈惠良当然不会得罪王总，所以会按当初的协议及时给子吟结算经营费。事实证明，子吟的考虑不是多余的，不到数年，陈惠良理顺了这些关系，等到王总逐渐退下来后，开始撇开子吟单独运作了。这样的事每天都在发生，所以商业本就是血腥的，无所谓对错。不过如果子吟当初不提前考虑这些事情，恐怕她的损失会更惨重。

身边的朋友们都在忙碌，甚至连子萱也一改往日工作不上心的态度，在自己的岗位上取得了不俗的成绩。五一过后她和她男友选了个吉日订了婚，我们这些观礼的人都认为比正式结婚都隆重。那次是秦剑明亲自组织的，我们一家和田琳也都出席了。不说子萱订婚仪式的热闹隆重，我们明显能感觉出来田琳的神情落寞。子吟觉得有点对不起她，在她遭逢人生这么大挫折的时候，没有陪在她身边关心鼓励她。我们都觉得刘述对田琳是不错的，几乎是百依百顺，但田琳这个表现，是刘述的家人施加压力了吗？或者是田琳父母的担心影响到了田琳吗？

之后的周末，我们请田琳夫妇出来喝茶聊天，地点就是以前大家经常去的那家泰和茶馆。我们尽量不提那些令人伤心的话题，只是玩玩升级扑克，或者简单聊些话题，大家倒也蛮开心。经过几次频繁接触，我们和田琳关系密切起来，她和刘述也经常过来看看小孩，或者过来做饭吃。子吟见她开朗起来很欣慰，又投入到了紧张的工作中。有一天周末，我想带着儿子和丈母娘去世纪公园玩，刚好田琳一个人过来我家，她说刘述有事，她自己没事就过来了，于是我们就一起乘车去公园。这件事本来平常，却发生了很尴尬的一幕。

那天天气很好，公园人也多，宝宝走路也平稳了，我们就放心地让他在草地上玩耍。丈母娘注意力全在宝宝身上，不时把跑向远处的小孩拎回来。我看着这一幕颇觉有趣，禁不住哈哈大笑起来。可令我惊骇的是，这时候站在旁边的田琳居然双手挽起我的胳膊。我笑到半途觉察到她的举动，被惊出了一身冷汗。她这个随意的动作，可不是朋友间该有的动作。我当时大脑空白，不知她这是何意。我转头惊异地看了看她，田琳的目光还是望向前方，根本看不到她的表情。我赶紧想甩开她手，却不料这时候我丈母娘拎了孩子往回走，正看到这一幕！

我头皮发麻，简直不知如何是好了。如果我现在甩开田琳手臂，我丈母娘肯定会怀疑我与她有些说不清的关系，所谓做贼心虚呀。我在想如果是很熟的朋友间，这种举动会不会偶然发生，不让观者误会呢？我决定不动，等到丈母娘抱小孩过来，我轻轻挣脱田琳的手，去抱小孩。我看到丈母娘满脸狐疑，但这时候我唯有表现得一切如常。实事求是地说，我看到这样的场面也会疑心四起，无法理解田琳这么胆大妄为的举动。不过我不用担心什么的，我们本来就没有什么的。发生这样的事，大家都没有什么心情逛公园了。我们带着小孩把所有儿童游乐设施玩了个遍，带他去喂鸽子，之后就出园了。大人间罕见地没怎么说话，我知道我们都各有心思，而且大家都难受。

那天乘车到小区后，我让丈母娘带着小孩先上楼，我自己想和田琳聊聊这事。从我们小区到她家没有方便的公交车，以前她和刘述都是叫部出租车回去，也就一个起步价就到家。这次很不同，她轻声说想走一走，就转身往小区门口走去，我跟了上去，与她保持一个身位的距离走在她边上。一路上我想说话，可就是不知该怎么开口。今天这个事，说不定她是无意识的行为，说不上心里有其他想法；也可能她这段时间压力很大，在公园一时放松了下来，寻找某种安慰；更有可能认识这么多年，她当我是个值得信赖的朋友，当哥们儿了呢。无论是以上的哪种可能，这件事都没有必要理会，我们没有对彼此的男女好感，事情就这样过去好了。

想到这些，我决定不提这事，送她到家后回来。我们走了一刻钟，拐到博兴路上，前方几百米是她娘家了，而她新家则在另一条街道上。她站住停了一下，我不解地看着她，这时她才说话了，讲的是很久以前发生的事。那次大家把她的初恋男友朱思杰送回老家，田琳最后一刻也没放弃想要继续和他在一起。可是那晚田琳独自照顾朱思杰时，她受到了意外的打击，朱思杰那晚唯一说过的一句话是，他喜欢的人是子吟。这件事我在子吟讲她的过往时已有判断，相信很多读者也知道了，不过真不知道朱思杰在分开的前晚讲给了田琳听，田琳决定放手的真正原因竟然是这个。

田琳那天眼角含泪，说我不知道我到底差在哪里了，老天会让我失去一切。说完她转身朝她父母家里走去，我不知道自己该做什么，只愣愣看着她加速离去的背影，不一会儿就进了小区消失不见，心里对她充满怜惜之情。这件事现在很清楚了，她并不是喜欢我，也不是真的存心想要伤害子吟，只是她失去了爱情，失去了做妈妈的资格，内心的苦楚无处发泄，恰巧在我身边，就真情流露出来。不过这件事对我们特别棘手，看起来田琳心底里是对子吟早有成见了，有成见的原因并不是子吟对不起她，而是朱思杰那么多年就没有喜欢过她这件事。

田琳和子吟早就不是好闺密了，就在朱思杰告诉田琳他喜欢的人是子吟那时候起。那么接下来她们还能做好朋友吗？我很替她们惋惜呢，内心希望她们可以永远好下去，就像当初刚认识时候那样。我把这些事都告诉子吟，她会怎么处理呢？我觉得她们的隔阂会更深，因为子吟肯定会认为田琳的动机中有报复的成分。在子吟怀孕的时候，田琳不就不顾她的有孕之身，为难过她吗？现在她还挽了我的胳膊。我决定不把这件事告诉子吟，她最相信人与人之间缘分一线牵，如果她们过不了这道坎，那就说明缘分已尽，非人力所能及。

我本来以为我不说这事，时间一久自然就过去了，子吟和田琳还是会像从前一样是好朋友，岂料在未来半年里她们慢慢成了陌路人，我想在这里把这件事说完。那天过后，田琳和刘述就不怎么来我们家里，子吟感觉出异常后问过我这事，我以他们可能忙起来了为由搪塞了过去。我这样做的唯一目的是想挽救她们多年来之不易的友谊，所以看到子吟没有多说什么，而且接下来她还照常关心田琳一家，我觉得这件事真就这样过去了，仿佛从来没发生过一样。

不久后田琳妈妈请我们去她家吃饭，家里包了饺子，因为田琳妈妈知道子吟喜欢。看起来因为孩子不孕而给这个家庭造成的风波已经过去了，这次聚会气氛比较融洽，我觉得刘述的包容功不可没，他真是个不错的上海男人。大家说说笑笑吃着田琳妈妈做的东北饺子，恍然间我就觉得大家都没变，逝去的只是青春吧，闺密还是好闺密。饭间大家聊起了房子，田琳妈妈有感于周边房价翻番，关切地建议我和子吟应该早点考虑买房子，哪怕买个一室的先住着，等将来条件好了再换大一些的，生了孩子还租房住不是长久之计。她这番话是关心居多，我们自然是感激的。还没等我们回答，田琳却插话说，他们家买别墅也够了，哪里会去买一室一厅的房子。

田琳知道子吟很努力工作，也大概知道她在操作很多项目，所以她说子吟能买别墅也属她个人的猜测。她的话说出来后，大家的反应不一。田琳妈妈知道子吟很厉害，来上海没几年就开上了车子，但说她现在能买别墅，还是超乎她的想象了，所以她在震惊之余没怎么继续话题。田琳爸爸拿起杯中酒敬我，说他知道我们早晚会买到大房子，在上海落地生根，我赶紧陪他喝了杯中酒。刘述性格温和，见他岳父敬酒也端酒作陪。可是我和子吟的感觉很不同，觉得田琳说这番话带着点嫉妒的味道，语气里没有一丝替朋友开心的味道。如果是妞妞说这番话，她铁定说得很开心愉快，让听者感受到浓浓情谊，朋友间不都是如此吗？

回家的路上，子吟有些恼火。她说田琳这个样子已经不是第一次了，我当初买车子后她也是这副表情，让我胸闷了好几天。我说她的语气是有些怪怪的，可能心情不好吧，只好不理会。大约一个月后，子吟忽然问我那天我们在公园的事情，我很吃惊，但立马想到丈母娘不会不管这事，她肯定会以某种途径告诉子吟。我没有隐瞒地把那天的事情讲给她听。子吟听得连连摇头，她说发生这些事情，和田琳的关系只能转淡，最后大家各奔东西了。我知道子吟说的是事实，终于明白她们的关系要到头了。她们的闺密关系早就名存实亡，就像风筝线的两头，若即若离的牵引线是对有缘认识时的留恋。青春不在了，风筝线也就断了，从此消失在彼此的视线里。

忙忙碌碌到了六月份，我和刘炜的关系越来越差劲，这倒不是因为私人恩怨，我和他私下接触很少，见面大家客客气气是同事，根本没有发生摩擦的可能。我对他的工作作风很看不惯，仿佛这个部门是他的私人家产，很多时候不顾大伙儿的利益。他天生有忽悠人的天赋，比如有个盾构掘进通过某机场下方时跑道的变形检测项目，本来设计方提出的技术要求以目前的技术手段是无解的，他却拍胸脯保证能完成检测任务，招标方在没有其他技术方案可以选择的前提下，让我们单位来运作这个项目。结果是观测数据根本不能反映现场实际，施工单位冒险掘通了隧道。

这次我们只是涉险过关，没出问题主要是施工单位知道事态重大，所以所有的施工工艺流程都是尽量采取保守参数。我们单位的任务是失败的，刘炜就是这样一个刀尖上讨生活的人，我和他真不是一路人，拿着十几万工资天天担惊受怕，也不符合我的性格。于是我得做点什么，想了很久终于决定给陈为涛写封信。我构思了很久，终于写出了一封长信，自觉言真意切，读来连自己都打动了，很快以邮件形式发送了该信。没两天陈为涛回信了，只是他在肯定我的意见的同时，也殷切希望我继续留在刘炜身边帮帮他，以彻底解决目前存在的问题……

我一看这些话不都是套话吗？心里充满失望之情。要不是户口的问题没有解决，我真的想一走了之了。权衡再三，我决定听从子吟很早以前给我的建议，请陈为涛为我调换部门。我的申请书递到陈为涛那里，大约两周后就接到调到总工办的调令，我如释重负，但内心隐约觉得很不爽，陈为涛难道就不该找我好好谈一次吗？一个人对另一个人的信任，有时候就是这么不合逻辑，信任刘炜这样的人我一直无法理解，在我看来，这人迟早要闯出祸端来，难道陈为涛自信到可以替他摆平一切问题吗？我管不了那么多，以后做好我的本职工作就是。

到了总工办，我的主要任务是审核方案与报告，还有一些检查工地现场的工作，比以前清闲了不少。只是总工办的工作作息规律，朝九晚五雷打不动，没有了以前那种工作的自由度。如果我单纯就是个上班族，那也就罢了，偏偏我还在管理一些自己公司的项目，而且我们自己公司的大部分事情都是我来处理，比如偶尔去税务局处理业务，或者会计人员培训，等等。这在以前就比较简单，只要安排好工作，部门里自由度大很多。现在则很难了，总不好动不动就向主任请假，所以我离职的迫切需求比以前更大了。子吟部分地替代了我的一些工作，不过她这下更加忙得不可开交，于是她在家附近的商务楼里租了间五十平方米大小的办公室，又招了一个小姑娘帮着她，等这个小姑娘上手了，她才稍轻松。

第七十一章

大约也是五一节过后不久，子吟应约和李晓明聚了一次。在这么多年的交往中，子吟和李晓明夫妇保持了很不错的工作与私人关系。他们谈完工作聊时政，讲完房价侃教育，这时候李晓明说起了他们女儿的高考问题。子吟听倪茜聊起过她和李晓明的这个宝贝女儿的事，也知道她在上高中，这会儿听李晓明说起，方知他们女儿快要参加高考。李晓明很为这个女儿自豪，从小学起她的学习就没让人操心过，各种奖项、奖章拿到手软，本次高考应当能取得比较好的成绩，但李晓明说他担心的是女儿的自主招生考试能否取得不错的成绩。

子吟不知道自主招生是怎么回事，就向李晓明请教，这才知道高中毕业生通过自主招生考核后，可提前确定意向高校的录取名额，即考生先参加高考，之后如果通过了高校自主招生考试后，可以得到相应的高考降分政策。子吟一听就明白了，虽然考生能上心仪学校的前提，还是高考成绩过线，但是参加了学校组织的自主招生考试并合格的人，学校是提前录取的。上海的很多名校都有自主招生的，所以能进这些名校，自主招生是个重要平台。

子吟在教育这块有很多朋友，她决定尝试一番，李晓明虽然不太相信子吟能办成这事，但让她勉力一试也未尝不可，万一成功了呢？李晓明回家就把这事告诉了倪茜，她立马兴奋起来，她对子吟太了解了，知道子吟说话办事极其谨慎，如果没有可能的事，子吟基本不会说出来。所以那段时间倪茜盯子吟很牢，有事没事跑过来拉子吟去喝咖啡。

子吟做这件事时没让我知晓，我是从事后的很多蛛丝马迹中推论出整件事的全貌的，因此心里有另一种异样的感觉。我本人一路过来没有什么捷径可走，都是靠个人努力一步一个脚印前行。子吟要做的这事不光是走捷径的问题，对那些没有关系的考生是巨大的不公。有一次我很隐晦地提出了这个问题，子吟向我说出了她的心思，还是那句人在江湖身不由己。她说她做这件事，是想启动教育系统这条线，把关系梳理一遍，好为儿子的教育铺路。儿子马上就要上幼儿园，而我们的户口还没有着落，这个事情显然不是走正常途径可以解决的。至于自主招生老师这件事，如果她走关系达到了目的，那说明制度本身有漏洞，怎么没人去打高考的主意？因为高考没有漏洞可钻。

通往申城的阶梯

从某个角度来说，我和子吟是两个世界的人。我相信秩序的力量，知道只要努力按照规则行事，世界自然美好。在我离开三峡之前，我的世界运行在规则的轨道里，一步一步按部就班，不插队守规则地一路走来。辞职后，因为是非常规离职，我脱离原来国企的体制，才发现举步维艰。同样是一个学校同时毕业，黄胖子以应届生身份来沪，户口顺利解决，获得了魔都市民身份，而我由于是往届生来上海，户口问题很难解决，与他同工同酬更是不敢奢望。如果所有事情都是按规则去做，恐怕我儿子的教育问题就无法解决。

子吟情商太高了，她天生就很能用沟通来解决问题，她的天性里有不守规矩办事的潜质，但这并不是说她只想走捷径。有一次和她谈到经营工作，子吟说她很不喜欢应酬，尤其是那些抽着烟、说着脏话又贪心不足的客户，但如果不尽力与他们周旋，我何以生存？她这话一点也没错。

这里不妨插写一件后面发生的事，以证明上面阐述的事实。我们买房后办理了房产证，加之我有居住证在手，所以理所当然地以为，儿子上小区对口的小学没有任何问题。我不想再找捷径，所以和子吟商量直接按照相关文件去报名办理入学。子吟的心目中有中意的学校，前期工作也做过铺垫，见我执意要报对口的这所学校，只得让我去操作。当我拿了相关材料去报名，才发现我的想法有多天真，学校不仅要求有房产证和居住证，还要小孩的随员证，这个东西我是第一次听说，难道小孩的出生证还不能说明他和我的关系吗？等到我跑了一次老家办好了随员证，学校又以我的居住证没有积分拒绝我们入校。我的人才引进类居住证是根据上海市居住证管理条例第一批发放的，实行四年后规则的改动就影响到了小孩的入学……

那段时间我忙了那么久，腿都跑断了，眼看入学报名工作即将截止，还是没能解决。子吟看我确实走不动这条路，赶紧给她的朋友打了电话，小孩子的小学和幼儿园一样，也是凭条子迅速解决了。开学第一天，当我看到儿子蹦蹦跳跳进了那所区里排名数一数二的公办小学时，我内心特别复杂，待在车里发了半天呆。如果按照我的思维方式去行事，碰壁碰得头破血流后，我依然解决不了什么问题。规则运行的世界犹如一年里占大部分时间的晴天，也许这会成为常态，但也有阴雨连绵的天气，不备伞你注定会被淋成落汤鸡。子吟的天赋成了我们家的那把伞，让我们得以在这个钢筋森林城市里挨过倾盆大雨天。

具体操作过程不详，倪茜女儿高考发挥正常，而后的自主招生考试经辅导也是成绩第一，这样她得以进入心仪院校的最好专业学习。这件事让李晓明深受震撼，倪茜更是和子吟成了莫逆之交了，和子吟亲如姐妹，在未来的岁月里帮了我们家很多忙。而子吟也通过这件事情为儿子的教育问题做好铺垫了，皆大欢喜。所以通过这个事情，我对高校自主招生这件事持否定态度，认为在未来很长的时间段里，高考都应该成为唯一的选拔人才方式，虽然它有太多的弊端，但在公平正义方面，真的再没有比它更强的手段了。

那段时间我们自己公司接了几个项目，招了几个工人帮我们做事，但缺部车子，所以工人的效率特别低下。我和子吟商量买部车子，我的建议是买辆小面包车，比如五菱宏光之类的。子吟听了很鄙视我，说那类车子除了跑工地，还能有其他用途吗？我一想也是啊，如果工地不用了我开去单位，那画面简直太美不敢看。买轿车就有选哪个价位的问题，子吟说现在条件允许了，买部和蒙迪欧差不多的可以接受。我立即反驳，一来未来我们买房子是重点，车子买来就贬值，所以这部车子就不能买太好；二是这部车子要用来跑工地，买个一般的开起来若有磨损不心疼啊。

听我这么讲，子吟非常纠结了一番，我知道她的心思，她认为这是我买的第一部车子，她想要好一点才郑重，还是爱我到了骨子里，如果条件允许就给我最好的吧！我们家附近有个东风标致的 4S 店，于是我们跑过去看了两趟。我选中的是标致 207 三厢，总价不超过七万，上工地跑跑不用心疼，偶尔开来上班也还行。子吟进店后一直在看 508，觉得那部车子我开着才帅。我还是晓以大义，让她明白买房才关键，最后她极不情愿地答应了我的要求。我看中的那款只有手动挡的，而自从拿到驾照我只开过自动挡蒙迪欧，按照许思杰的说法，开手动挡车子才是真驾驶，不免跃跃欲试了。

我是个糊涂蛋，子吟说七月一号去买车子，我还纳闷为何要选这一天呢。当我会意出这正是我和子吟首次见面的日子，恍然大悟之下心里有些惭愧。子吟能清楚地记得这些日子，除了性格因素和女生情感细腻外，主要还是对我用情至深啊，我暗暗决心下点工夫，改掉做事糊里糊涂的毛病。买车子的过程挺顺利，我觉得这车开起来操控性不错，特别轻盈，空间是真小了点。车身颜色是大红色，看起来挺醒目喜气。买好车子次日，车店里帮我们办好了临牌，也买好了保险，这意味着我可以开车上路。4S 店离我家才一公里的样子，而我开上马路后熄火了无数次，好不容易开进小区里，紧张得浑身是汗。子吟呵呵笑着说，你可还记得刚拿驾照不久后，被我押着开车上了中环？我哪里能忘记啊！

　　关于车子的上牌问题，我和子吟的想法也不同。我觉得买一张五万左右的沪牌，肯定远不如用这点钱使将来的房子多个两平方米，所以力主上个外地牌照。子吟则认为我上下班要经过中环，哪有工夫在限行时段去地面塞车？她这回坚持她的想法，让我买标书拍张沪牌。她还认为现在指定高架区域只是高峰时段限行，随着上海私家车保有量持续上升，市区道路拥堵程度加剧，将来管理部门可能会扩大限行区域和时段，外牌车子使用起来会更加不方便。我本来还准备继续和她讨论，恰逢公司进了一笔工程款，她不由分说拉着我去买标书。看到国拍大楼里排队买标书的人群，子吟坚定了她的想法，当初她拍牌买标书的时候，这里还是很冷清的。

　　我原本是准备自己拍的，于是回家后安装了模拟拍牌软件，仔细学习拍牌材料。离拍牌的周六还有十来天，我突然因一个项目的招投标工作忙起来，等到忙完了，已经到了本月拍牌时间了。我瞅瞅那些颇烦琐的流程，还有网上一些人拍牌的攻略，被网页上铺天盖地的黄牛代拍广告所吸引。我觉得我不太可能在即将到来的周末之前完全熟悉网上拍牌程序，拍中的可能性太小，所以加了其中一个广告页面上的 QQ 联系人，与他沟通后决定让他代拍。我按照他的指引在淘宝上付款，费用才区区几百元，而我要做的事情只是把标书号等相关信息发给他。那人挺热情，让我周末保持手机畅通，以及时联系拍牌事宜。

　　那个周六上午我办完事正在回家路上，黄牛打来电话，说是他拍中了。对这个消息我没有特别欣喜，只是拍中的价格挺让我满意，比预想的要少了近八千块。我当时哪里知道，随后的沪牌价格会持续攀升，不到一年的时间里将近翻了一番。这还不是最重要的，由于拍牌的人越来越多，拍中率也逐月下降，拍张沪牌简直比中个大奖还难啊。陈惠良想购进一部车子，沪牌也是连续拍了八个月还没中，最后买了辆电动车，因为政策规定新能源车是免费上沪牌的。电动车子的续航是个大问题，新能源车子还在等电池技术的突破，所以目前来看燃油车子还是主流。

　　在拍牌问题上，子吟的见识又在我之上。如果不是当初她的当机立断，恐怕我们也会像其他家庭一样，被沪牌问题折磨很多年。不过说起来也挺奇怪的，一张牌照的价格比车子还贵、还稀缺，这个现象还是让人难以理解。我的牌照号也是子吟帮我选的，为此她凝神苦思了很久，整整用了两天才选好。她说牌照号太重要了，就跟一个人的名字一样重要，需要很慎重地对待。

我不太相信一串数字字母组合会给人带来好运，但我的车子开了四年没出过任何问题，也未曾遇到大小车祸，甚至后来我换车了，开了这么多年依然平安无事，会不会与选了个吉利的车牌号有关？

这部车子买好后，实际上也没被用于工地上，因为我们事先招的一个会开车的员工因事辞职回了老家，一时半会儿也没找到合适的人选，我们索性另招了几个工人分处做完了项目。这样一来，新车就完全归我上下班使用，我和子吟告别了共用一车的历史，我上下班再也不用去挤令人恐怖的六号线。许思杰见我开了三厢的标致，直说这款车丑到爆，问我为何不买好看些的两厢，我说三厢的可以多装东西啊，许思杰笑着摇头。小排量车子真省油，我们此后出门游玩都是开这部小车子，连停车位也好找多了，总之是各种便利。

陈为涛通过两年的努力，使我们单位的产值上了一个新台阶，因为在开拓市场方面表现优异，他在我们系统里成了明日之星，兼任了物业公司法人，还是另一家公司的执行董事。所有人都认为他将百尺竿头更进一步，我却不这么认为。他极信任的两个人是刘炜和周峰，刘炜的为人我比较了解，我认为他的能力有限而私心太重，是那种拆人台的角色。周峰是我们公司另一个施工部门的经理，自从跟着陈为涛到这个公司后，常年在外面搞经营，据说在苏州地铁项目经营中取得了突破性进展，和施工单位签订了很多降水施工合同。陈为涛很重视这个项目，因为这是公司新开发的业务，工程合同额很大，自然有利可图。

谁能料到周峰就是在这里给陈为涛挖了个大坑，最终害陈为涛的事业如昙花一现，很快就虎落平阳。原来周峰为了走捷径拿到合同，采取了很多令经营人员所不齿的行为，就是砸钱开道、低价恶性竞争并签订极不利于己方的条款来争取合同。公司财务人员对周峰的大笔报销很有意见，但有陈为涛的支持，谁也不好说什么。低价签订合同看起来问题还不太大，只是施工合同中进度款的支付非常模糊，而且拖得特别久，很多前期的投入都要垫资，而且数额巨大，这对现金流本就不充沛的公司财务造成了极大压力。

光这些还不是致命的，周峰居然以抢占市场份额为由，进场施工很多并未签订合同的项目，真的是胆大包天。这些项目同样是先期垫资的，由于并未与施工方谈妥相关细则，所以整个项目结束后，签订合同和付款成了遥遥无期的事情。周峰先后完成了约四千万的施工任务，可是坏账比例达到了四成左右。刘炜的部门买了很多贵重设备，这一项也占用了不少公司资金，两个陈为涛信任的部门瞎胡闹，就把公司推到了现金流枯竭的地步。等到陈为涛发现问题严重时，周峰居然拍屁股走人了，陈为涛只好亲自跑出去讨账，结果当然不尽如人意。八月份的时候，这事引起了上级主管部门的重视，给陈为涛安排了个副手搭档，明眼人都看出来上级是准备拿下陈为涛了。

第七十二章

我虽然明白刘炜和周峰迟早会闯出祸端，但真没料到事情会来得这么快，而且对陈为涛造成的打击这么严重。看来我还是低估了刘炜等人的破坏力。因为是很多年的好朋友，陈为涛帮了子吟很多忙，而且我和子吟一直当陈为涛是我们的月老，所以打心底里很感激他。子吟每隔一段时间都会和陈为涛一起喝茶，他们的话题都和工作有关，而周末的时候陈为涛总在加班，是个名副其实的工作狂。陈为涛是个很优秀的人，他待人诚恳，做事非常努力，勇于开拓进取，完全不像一般的国企中层领导。他的问题是太信任两个和他不是一路人的属下，未注意他们挖墙脚的行为，所以陈为涛是千里马而非伯乐。

上级安排的总经理高总和董事长陈为涛搭档了半年，公司的资金链危机仍没过去，于是陈为涛被免去了董事长职位，只担任物业公司副总经理。又过半年后，他被安排了一个闲职，这和一撸到底已经没什么区别了，而在一年多以前，他还是被重点培养的对象，哪知这时人生惨遭滑铁卢。这次失势对陈为涛的打击巨大，虽然他也努力搞经营，但能调动的资源就十分有限，所以影响力逐渐式微。后来在一次系统内部技术交流中，主管领导当着众人的面批评陈为涛，说他在苏州地铁施工降水项目管理混乱，导致很多工程款不能收回，我看着陈为涛的落寞神情，很替他难过。

公司内部很多领导对刘炜意见巨大，陈为涛被撤换后他也被赋予闲职。黄灿标一直跟着刘炜，自己没有一点主见，最后也沦落到去一线项目部干杂活。我很早就离开了刘炜部门，调任总工办专职技术，我似乎成了一个整个事件的旁观者，看着一个年轻有为的开拓型人才的陨落。这个人于我有恩，我特别想帮他做点什么，所以写了除本文外最长的一封信，但却毫无作用。子吟和陈为涛的友谊一直保持至今，也和他合作了一些项目，她当初不是特别了解我们单位的情况，也绝料不到陈为涛会遇到这么大的危机，没有帮上任何忙。

　　这里应该提一提李谊君的情况，她是陈为涛从原来公司带过来的骨干之一，任职公司市场部经理。陈为涛刚上任时子吟曾去拜访他，那天陈为涛让李谊君倒杯咖啡，她以为是陈为涛自己要喝，所以开开心心去冲了一杯，结果陈为涛是用来招待子吟的，当时李谊君的脸就绿了，子吟一看这个女生可能觉得自己成了她的争宠对手了，不觉暗暗好笑。等到后来明白子吟只是陈为涛的合作伙伴，李谊君的敌意才消失，还主动和子吟交起了朋友。如此看来，这个女生心机特别深，子吟也不可能跟她交心。及至新任领导上台后，李谊君竟很快与陈为涛划清了界限，和新领导关系密切起来，她也是陈为涛带过来的几个人中结局最好的一个，过了一段时间还升了职。

　　不知不觉间，儿子过完了两岁生日。一岁半前没怎么生过病，让我们少操不少心，但是自从第一次重感冒后，他隔段时间就要来次发烧感冒啥的，而且往往都是夜间，我和子吟没少半夜送急诊。除了感冒，他罹患过敏性鼻炎，有一次感冒时鼻炎症状严重，子吟托人给孩子诊断，医生要给他动手术，说是摘除鼻息肉。子吟一听要动手术，急得直掉眼泪，考虑了很久也没有下决心，回家后我们商量了很久，最终决定暂不做这个手术。事实证明这个决定很正确，很多相同疾病的小孩做手术后，鼻炎暂时是好了很多，可后面的免疫力下降得厉害。儿子岁数大些鼻炎症状大为减轻，至少在这件事上，不听医生的是正确选择。

　　儿子也渐渐显出了他的脾性，调皮好动且精力无限。早上一睁眼，他就开始折腾，一直到了晚上睡下来，整个世界都清静了，正因如此，我们家里开始乱糟糟起来。前面有的朋友问起我们家庭生活中，难道就没有矛盾发生过？其实就我个人而言，最大的矛盾正在于此：子吟天生净而不整，而我喜欢整齐有序。有人又会说，这不正好互补吗？但实际上并非如此。子吟有项奇特本事，她能把家里弄得乱糟糟，只要没人动过她摆放的物品，她能清楚记得任何她所需要东西的位置。所以她喜欢把物品任意摆放在家里任何地方，而不是分类整理井然有序。

　　我第一次被她领进家门，曾被她屋子里的凌乱所震惊，后来我在收拾屋子时不免要重新整理，可是这样一来她就经常找不到要找的物事。我有时心想，要不就按照她的习惯来吧，可是我一看到家里乱七八糟的，就会感觉心神不宁，再也静不下心来做任何事。子吟同意我整理，也会尝试着协助我收拾整齐，可是她不懂得收拾家务的要诀在于，能狠心把确实用不到的东西当垃圾处理掉。她认为家里的任何东西留着都有用，家里也就没有什么垃圾需要丢弃，这样屋子里永远整洁不了。

小孩子没出生前，我们物品不算多，所以我还能勉强保持屋里的整齐有序，可是随着儿子慢慢长大，他一个人的所用物品就急剧增加，加上顽皮好动的他一天到晚在家里乱拿乱丢，屋子里被糟蹋得不成样子。子吟对杂乱好像天生免疫，觉得随手能拿到东西来用方便快捷，可是我就无论如何也受不了这样子的杂乱，是不是有些强迫症因素呢？我特别喜欢整洁的家庭，有个同事请我去他家做客，那个屋子收拾得整整齐齐，一尘不染，才是我理想中的居所。我和子吟的矛盾大抵就是这个，而且看起来儿子的脾性和她差不多，好似都是以乱为美，我竟成了少数派。话又说回来，我看子吟也就是这个明显的缺点，如果她连这点小缺点也没有了，那不就是个完美女人吗？而真正完美的事物是不存在的，我身上的短处可比子吟多了不知多少倍。

再过一年后，儿子就要上幼儿园，这件事得提前准备起来，子吟有信心也有能力让儿子上比较不错的学校。但我们对他上私立还是公立这个问题，起了很大争执。上海有个怪现状，所有比较著名的初中都是私立的，而要考上这些厉害的初中，小孩子从幼儿园和小学就要刻苦努力。但国家这几年在对中小学生减负，所以原则上公立小学和初中教育不得给学生施压，也不准教授超纲内容。现实的矛盾逼迫家长选择监管相对薄弱的私立学校，因为私立学校教授的东西远远多于公立学校的，尽管他们的目的只是为了提高名校升学率，进而获利。

我对私立学校很无感，觉得它存在的唯一目的就是盈利，而一切以盈利为目的的办学，都是有违教育的初衷的。可现实是，私立学校收取昂贵的学费，因此得以投入很好的硬件，如果提高职工福利，教育资源就会从公办学校流入私立学校，没过多久，公办学校哪里能和私立的竞争？我看私立学校在家长中口碑很好，还和私立学校花巨资大造舆论有关，无良媒体收取费用天天宣传上海的私立初中有多厉害，让家长们在潜移默化中倾向于让孩子考取私立的。最后的结果就是，国家在义务教育阶段为孩子们减负，而学前教育成了很大一个产业，家长们投入巨资不让孩子输在起跑线，殊不知教育是马拉松长跑，起跑再超前也是毫无用处的。

大家都知道问题所在，可每个人都无力反抗现实，所以上私立幼儿园成了很多家长的必选。陈惠良的小孩就是如此，上了每月学费五千多元的某私立幼儿园，而那里也的确开设了很多小学才有的课程。我认为这是在拔苗助长，对小孩成长并无益处，所以坚决主张上一所公立学校。子吟和陶晨探讨了孩子教育问题，虽然也承认幼儿园阶段教授过多内容不合适，但所有人都这么做，如果我们不为所动，孩子上小学跟不上学习节奏，信心受挫不是很危险吗？陶晨还说现在的小学老师以减负为由，把本该课堂教授的内容退给家长，到时候还是花很大力气去上辅导班，不如把孩子送入私立学校提前学起来。子吟认为陶晨的经验值得学习，毕竟她是过来人。

我花了很大精力说服子吟，她终于接受了我的观点，没有让儿子报课外班，也坚决上公立学校。我的设想是他的未来一定不能上私立学校，哪怕他的学习成绩一般。我觉得我自己上的学校从来就不是所谓的名校，小学、中学到大学都是如此，但这并不妨碍我能养活自己吧，也在这个社会上找到了属于自己的位置。子吟的例子更是明显，她因故没能接受高等教育，但我看她各个方面的素质超过身边大部分人，包括我这个上过大学的。如果儿子的品德教育好了，那么他这根苗就不会长歪，终能有机会成才。我坚信教育行业会回归它该有的公有性质，教育产业化注定会失败。

又是一个十一长假即将来临，我丈母娘想回家看看，她特别牵挂海英，不知道她是否适应新的工作环境，是否吃得好穿得暖，这个当妈的对谁都不偏心，让人敬重。我和子吟则打算带着儿子去海南度假，谁知道上幼儿园后还有多少机会带他远游呢，趁他现在无忧无虑的时光，带他多看看世界，好处多多。子吟去过海南，她很喜欢亚龙湾的沙滩，她曾说要陪我看遍天下美景，那么美丽的地方怎可错过。订好机票后，子吟从朋友那里联系到了春秋旅行社老总，他会派一位司机全程接送，这样我们在那边就省却了人生地不熟之苦。

接机的司机是一个东北大姐，她受公司领导嘱托，对我们特别客气，用她特有的东北人的热情招呼我们，大家相处起来特别愉快。我这时候才知道，海南岛上的服务业，大体被东北人垄断。二十世纪初，很多外省人纷纷去东北，有了著名的闯关东，现在东北人都在闯海南啊。司机大姐把我们送到了亚龙湾红树林酒店，我们约好了下次接送时间后，去酒店办理了入住手续。这个地方比我预想的还要梦幻很多，为避免为酒店做宣传的嫌疑，就不费笔墨描写景致了。酒店中间是巨大的水上儿童乐园，儿子特别喜欢，在那个水滑梯里玩了无数遍都不肯停下来，多年以后已经忘记了小时候很多事，唯独对这里念念不忘。

　　游客们裹着浴袍，穿过巨大的草坪下了台阶，很快来到了酒店专属区域里的沙滩和近海游泳区。我的游泳是自己摸索会的，纯属野路子，不过显然也能应付在这边浅海域的游泳所需。原先担心十一期间海滩上会人满为患，实际上宾馆私家沙滩上游客不是特别多的，我们领着儿子踩在沙滩上，海浪掀起浪花朵朵轻拍在脚丫上，那一刻我们觉得这么多年的努力，都特别值得。子吟和儿子不会游泳，他们套了游泳圈就在岸边不远处嬉耍，而我可以用不标准的蛙泳向深海处探索。每家酒店都将浮球用绳串成线，用以标识安全游泳区域，我的水性不好，游泳时尽量靠近垂直延伸向大海的浮球线，自然胆子也大些，子吟见我居然能在大海里畅游，大声向我喝彩。我见她戴着墨镜，身穿浅紫色的泳衣，纤细的带子绕过后背，绑在脖子上，身材并没有因为生儿子而走样，反而更显得青春活力超过当初。

　　第二天一早我想看日出，只是儿子昨天玩得累了，只怕叫醒了要哭闹，子吟让我自己去看看。我轻手轻脚出了客房，朝海边走去。预想中的日出没有看到，海岸尽头的山顶处雾气弥漫，太阳升高了晒晒才会烟消云散。许多房客正在大海里游泳，一早起来就在海里游泳的时机可不多，能多游一次就别犹豫啊，只是我没有带泳裤、泳镜，心想吃过早饭再来游游不迟。远远看见沙滩另一边有很多人围观着什么，我赶紧跑过去凑热闹，走近才发现有人用沙子堆了一个大平台，上面密密麻麻摆满了各式各样、五颜六色的海螺和贝壳，这是在做生意啊。我看老板并非酒店员工，应该是附近的渔民，但他是怎么获准在这里做生意的就不得而知。我这辈子也没见过这么多的贝壳，即便是在海产品市场也没有，于是拿起手机拍了很多照片给子吟，连她也被惊讶到了，让我挑几样带回去。

　　我们按计划在酒店住了两天，之后准备去各处景点逛逛，结果发现此行最美的风景还是在酒店里。为什么？因为到处都人满为患。记得去蜈支洲岛的时候，我们排队足足等了两个钟头才登上了上岛的游船。儿子走了一段路就要我们抱着，我们都觉得还不如就待在酒店里洒脱。记得蜈支洲岛四面环海，其中有两公里多一点的海岸线商业开发完成，上岛的游客全部集中在这狭长的地带游玩，那天人群拥挤程度堪比春运时期的火车站啊。亚龙湾酒店里的阳光下，沙是细沙，踩起来让人觉得舒心无比；海是碧波，蓝得让你觉得一尘不染。阳光虽然很毒辣，但在海风的吹拂下你只会觉得它是那么明媚。可是在这个举世闻名的景点，我们欣赏美景的兴致完全被滚滚人流所打破。

第二天我们去了子吟特意安排的南山寺文化旅游区，上次因故没有去成，这次她早早就准备了行程。上午八点车子接我们直奔景区，可巧那天刚好是重阳节，这个节日游览南山简直就是造化，不知为何如此凑巧。司机大姐说这个点上南山寺的人很多，一般人都不会选择长假期间过去，子吟坚持要去，我们肯定要遂了她愿。到了南山寺，一路上都是卖香的，子吟在路上也买了。子吟认真地说香是用来请的，不能说买；敬香都是三的倍数，三或六或九支，这是规矩。我一点也不懂这个，只是胡乱答应。我们在请香的时候，正好城管来了，卖香的匆匆关了门，其他的也急忙把香搬进了家，只有那些背景深厚的还在街口路边卖香，对城管的到来不闻不问。我们也正好借机压了价，对方居然也同意了。

越靠近南山寺，人越多，车也越多，车开得越来越慢。三亚适合自驾游，所以也有很多的外地车子自驾前来，还有租车自驾的，车流量很大，走到南山寺大门外用了两个小时。我们只能下了车步行。我抱着儿子走了很远很远才进入售票处，票价是多少我已经记不清了，依稀记得小孩是免票的。进了山门，很多游客在排队乘游览车。我照例对佛教有关的事物无感，所以这景区里的景点一个也没上心，倒是子吟在拜赏高达一百零八米的海上观音时留有一些深刻记忆。海上观音，三面头像，手里分别握着三个法器，远观气势宏伟，比较震撼人心。好在儿子今天很给力，偌大的风景区居然不怎要我抱他，我虽不信佛，心里念了半天的阿弥陀佛。

接下来三天时间里，我们还去了好几个地方，包括子吟曾去过的天涯海角，还有一个呀诺达的雨林风景区，我竟然都没有什么印象了。问起子吟，她的记忆也有些模糊，看来黄金周到热点旅游景点真不是个好主意，光记住到处人头攒动了；当然也与过去的年代久远有关系，一路上都是好风景，你就很难记得清晰明了。好在我们选择的酒店很给力，留给我们的记忆特别温馨。假日快要结束，儿子可能玩开心了，闹着不愿离开酒店，我们答应他回家后只要他表现够好，就一定带他再来，他哪里肯干，被我拎上了车子。

第七十三章

国庆长假过后，我们又一次手忙脚乱了一番，因为我丈母娘因故要推迟一段时间再过来，那么小孩子怎么办呢？总归要有人在家看着，而这件事只能暂由子吟去做。偏偏那段时间她有很多事情需要解决，于是一边带着小孩，一边不停地打着电话，成了那个月她的常态，不用想也知道她的样子有多狼狈。不过有些事可不是一通电话就能解决的，须得子吟去现场才能妥善处理。我的工作虽然不忙，但请假几天也解决不了这个问题。如此痛苦地坚持到了月底，我丈母娘终于过来了，解救我们于水深火热之中。

在年底的这两个月里，子吟多年的努力得到了集中回馈，我们的收入暴增起来。从去年年初就开始运作的项目，此时都到了结算阶段，收获季节到了。那段时间真是快乐的日子，因为我们此前只知忙着闷头做项目，从来也不曾计算我们到底能赚多少，此时看银行卡里的数字，买房已经不是遥不可及的目标，假如明年也有这个收入，全款买套大些的房子也是可以的。如此说来，子吟这两年的平均收入能达到七位数。可能这个收入对于各行各业的精英，以及自己创业成功的老总来说不算什么，但对我来说这是天文数字，我觉得以我的本事，再怎么努力也很难达到这个收入。虽然子吟不以为然，强调这些收入是我们夫妻同心的结果，我表面上乐呵呵表示同意，但心底里还是明白这主要是她的功劳。

欣喜之余，我们俩知道买房时机已到，可以慢慢先把房子看起来。明年儿子就要上幼儿园，而我们刚好也具备可买房的能力，简直像算准了似的。我们综合考虑了各种因素，决定把房子买在碧云社区。首先我们为儿子选定的幼儿园在这个板块内，而花几分钟时间就能送他到校，再没有比这更让人轻松愉快的事了；碧云是个国际社区，去那里转转，立马就会喜欢上那里的环境，那时的浦东，没有比碧云更宜居的地方；碧云离金桥特别近，而前面也讲过了，子吟对金桥有着特殊的感情，把房子买在碧云，她去看望蒋阿姨特别方便，更别提子萱一家也住在这里了。

于是我们开始了大半年的看房之旅。秦剑明知道子吟要把房子买在碧云，特别高兴，而我们首选目标小区，也正是他们住的地方，这里离儿子准备要上的幼儿园最近。我们在周末请秦剑明一家吃饭，看起来两家人马上要成为邻居。席间秦剑明感慨万千，差不多就在十年以前，当子吟敲开他的办公室，大胆向他要工作时，他就知道这个女生不简单，也在那一刻决定帮帮她。后来子吟决定要去做销售，他隐约觉得担心，因为搞经营注定是条艰辛的路，一个毫无背景的女孩子，走这条路更是困难重重。看到子吟坚定的目光，他决定尽力帮帮她，可是他的朋友圈里从事工程行业的人少，有些印象而又为数不多的几位，都是泛泛之交，不知能不能帮上忙。他把那些人的联系方式写在一张纸上，交给了子吟，希望有一点点用也好。

秦剑明和王伯时对子吟的情感很类似，就是把她当作自己的另一个女儿来看待。这么多年以来，看着她努力地打拼，为她取得的成绩而自豪。子吟正是从秦剑明给的几个联系人着手，开始了经营之路，并且度过了最初的那段艰难岁月。所以秦剑明的知遇之恩子吟感念于心，没齿难忘。这些年来，子吟对待他们像自己的亲人，无论去哪里出差，总会记得给秦剑明带些当地特色物品，至于逢年过节，更是当家人一样来往。在得知我们的买房计划后，秦剑明夫妇特别开心，如果两家人成了邻居，这个缘分就更加非比寻常。秦剑明建议子吟能买的话尽早下决心，他认为上海房价暂时上涨乏力，但长期来看还可能走高，子吟深以为然。

这之后的一个月里，我们找了中介公司，把该小区的所有待售房源全部看了一遍，但令我们失望的是这些房子要么在小区里的位置很不好，要么楼层不尽如人意，而且都没有附带车位的。这个小区建造了有十来年，当初开发商哪里会料到上海私家轿车会这么快普及，所以地下车库车位极少，地上车位更是没有规划。小区品质很高，可惜这几年车满为患，如果说大部分小区都遇到了这个问题，这里问题更尖锐。我们希望买到的房子有个车位，好歹能容一部车子停进来吧。至于楼层，她理想中屋子处于三层至七层间是最好的，这纯粹是她个人爱好。如果房子是靠近小区四周的，她也不考虑，这个理由是众所周知的。

由于暂时没有在秦剑明小区发现合适的房源，中介就把房源范围扩大，在碧云社区里替我们物色不错的房子，所以我们几乎看遍了这个板块所有的楼盘。我们找的中介叫陈浩，通过多次接触发现，这也是个人才。他大学毕业后直接进入房屋中介行业，才两年就成长为销售骨干。陈浩比我们要小很多，性格乐观活泼，可是他的耐心和毅力真让我佩服异常。他陪我们看了几十套房子，前后跨度半年多，可我从没看出他有些许的不耐烦。也许你会说做房产销售的不多是这样吗？其实不是的，陪着看几套或者十几套房子而不露不悦，很多人做得到，但是不计成本，无论刮风下雨，只要一个电话就出现在你面前，陪你挑房子，直到找到你满意的，这份耐心和毅力真不是普通人所具备的。

我们将要买房的消息传出，家里人没有不感到震惊的，因为所有人都知道上海房价是个什么概念，位置稍过得去的一套房子，总价也要五百万起，这笔钱对我们双方家里人都是不可想象的，所以他们大都认为我们会在上海挣钱，最后会选择回老家买房。这不是对我们能力的怀疑，而是对魔都房价的敬畏。我丈人的感受一定更加特别，这个从小不待见的女儿，以前用柔弱的肩膀撑起了整个家庭，现在则简直开挂了般，让所有认识她的人都心生敬意。

在一个周末的上午，我们随陈浩去看一套中天碧云苑的房子，房东特意从浦西赶过来，这说明他是着急把房子卖出去呢。我们随房东上了楼，却见他并未拿出钥匙开门，而是举手按了门铃，我们这才知道这套房子已出租出去。我和子吟感觉有些异样，如果我们是这里的租客，这个时候被人打扰会很不爽。等到租客开了门，只见他一头雾水，好似并不知晓房东上门的意图。等到房东给他说明来意，广东口音的租客满脸不悦。但他还是礼貌让我们进门了，房东向他致歉，表示只是带人看看房子，并无他意。租客是个香港人，一家四口租住在这里，而且他们是一次交租金一年，没有料到还没住几个月就遇到房东要售房。

我们见屋里还有两个小孩子，正在客厅里玩耍，见到我们这些不速之客有些好奇，睁大眼睛看着我们。见此情形，我们看房的兴致全无。我捏捏子吟的手心，她知道我的意思，只在大厅里看了看就和陈浩说不用细看。一行人出门时，租客还在和房东理论这事，认为双方已经签订租房协议，就不该毫无缘由上门打扰。房客说得很对，可这就是租房的现实，中国人为什么这么热衷于买房，因为租房有着太多的不确定。我和子吟受蒋阿姨照顾与庇护，这几年没有遇到过这么令人尴尬的事，可是时间往前推，子吟上次搬家不也是被迫的吗？今天这位租客，他的隐私权被人侵犯，但他毫无办法。在每个人内心深处，租房都是极其没有安全感的事情。

我们不知道这套房子有没有立即被卖掉，看房东那个着急样，他一定还带了其他买主去看房子了，真希望他不要不打招呼就上门打扰人家。我们很心疼那两个孩子，大人们可能受点气，多些操劳，无可奈何之下另租房子住，因为生活还得继续，可孩子们有可能已经喜欢上那个房子了，让他们必须搬离他们已经熟悉的环境，谁知道会对他们产生多大的伤害！这个事情发生后，我们都暗下决心尽快买房，不让儿子遭遇同样或类似的情景。

那天看完房后，我们辞别陈浩走出小区，准备在这附近散散步。子吟停住脚步朝四周望望，低声惊呼道，这里不就是我们上次做的那条扩建道路？！我定睛一看，可不是嘛！子吟怀孕初期，我领着工人施工，子吟来这里看我，还帮我数了道路两边的树。这条路是碧云社区最美的路之一，没有公交线路，所以显得比别的马路安静些。我们从这头走到那头，又从那头走回，特别喜欢漫步在这里。这里属国际社区，所以路上遇到外国人的机会特别多，每次过来都能看到戴着耳机穿着运动服的老外沿着道路长跑。子吟说这个地方练习英语口语倒是很方便，只要碰到老外肯开口，口语肯定很快过关。

房价经过二〇〇九年的一轮上涨，目前暂显疲态，所以此时房地产市场不温不火，有些楼盘还有降价的趋势，我们再等等会不会省点钱呢？另一方面，子吟计划全款买房，她和我想法类似，不想负债生活，觉得那样压力太大，而我们明年中下旬才有可能挣足目标款项。因为上述两个原因，我们得以从容看房，不慌不忙地精挑细选。因为看了太多房子，整个碧云板块的小区被我们走了个遍，我们甚至逛了别墅区。那天子吟看到那一栋栋漂亮的小房子，就问陈浩手上有没有别墅房源，陈浩笑笑说必须有的啊，子吟就让他带我们也看看这些房子。

我觉得别墅对我们是过于遥远的梦想，既然如此，现在看这个干什么呢？子吟说，看看又不打紧咯，去商场看衣服，试衣就一定要买下来？况且看了别墅，才知道房子间的差距嘛，说不定看了就有更多努力的动力。我承认她说的每一句话都是对的，于是不再废话，跟着她看了好几套别墅。看的过程不必详述，没人不喜欢都市中独立的院落，宽敞的房间，还有舒适的生活空间，子吟看完后连声赞叹，说这就是我们的下一个目标了。还在我刚来上海的那几天的某个傍晚，我在高楼顶上见识过虹桥附近的别墅群，那时我觉得这么好的房子，这辈子和我应该没有什么关系，即便现下距离也短不了。可是听着子吟的话，我竟然觉得类似那晚灯火通明的一大片独立小院子，也会有属于我们的一小块，想想都令我感慨万千。

十二月下旬，陈浩说我们的目标小区里出来一套房，位置极佳，楼层也很棒，业主送一个车位，而且这套房在三年前重新精装修过。我和子吟赶紧约上门看房的时间，结果业主夫妇因事去外地出差，要等一周以后才能回来，我们只能约在一周后。我们计划请丈人过来一起过年，现在有这么个机会去看房，我们就想早点让他过来，下周一起过去好让他帮着把把关。我丈人很乐意，于三天后飞抵上海，家里又热闹起来。我丈人很久没看到外孙了，到这边后天天抱着我儿子不愿撒手，倒让我们几个轻松异常。

到了周末看房时间，我们三个按时赶到了小区门口等陈浩，之后大家一起上了位于小区靠中央的某幢楼六层。房东请我们进门后，我们立即知道这正是我们要找的房子。房子约一百五十平方米，三室两厅两卫，房型特别正气，正如陈浩所说，房屋重装修才三年，看起来业主特别爱惜房子，这屋子和崭新的房子有何区别？而且装修满三年，那么装修后可能有的甲醛等有毒物质也挥发得差不多了，我们就不用担心会对小朋友身体造成影响。我们一开始选择买二手房，原因之一也是考虑到新房装修会损害宝宝健康。房东要置换别墅，就等这套房子出手呢，所以定价也不是很高。我们仔细看了房间各处，几乎没有不满意的地方，尤其是宽敞的客厅带一个大号阳台，上面养了很多盆花花草草，让人一见倾心。我和子吟对望一眼，知道可以把这房子买下来。

这套房比我们在本小区看过的其他相同户型的贵三十五万，这个也有合理性，毕竟房子的位置极佳，装修也好。子吟想通过谈判省下来一点，当她提出和房主找个地方详谈时，对方答应了，如此看来房主还是能降一点下来的。我们约定下午找家茶馆详谈，之后我们先告辞而出。下午我们找了家茶室，把地址发给陈浩，请他带房东夫妇过来。子吟想让对方让十五万出来，我觉得这个压得有些狠了，可不要让对方认为我们没有诚意买房子。我这样说的依据还是小区里相同户型房子的现价，认为房东急需资金，最多能让十万出来就很不错了。

等房东到了以后，我们点了茶上了几盘干果，寒暄一会儿后就商谈起房子的价格。令我吃惊的是，子吟一上来就要房东让二十万，我知道她这是把商业谈判技巧拿来这里了，先提出高价，通过几次三番的讨价还价，最终成交于她的心理价位，这个技巧是任何商业谈判的技巧，所以大家都懂的。只是今天是否也要这样来谈，就值得推敲。我看房东夫妇明显不太愿意在这个基础上谈，那表情分明是不愿让步。我觉得，他们最初也就准备让出几万吧，根本没想过我们会提出让这么多。

　　谈判异常艰苦，一开始他们说要让五万，大家都注意到我丈人露出了愁眉苦脸的表情，我心说您老人家真是表情帝啊，这会儿这个表情真是应景，却未必管用。后来子吟又凭三寸不烂之舌继续还价，甚至还讲起了挣钱的不易，而此时我丈人的表情更加凝重，不知道的人还以为他们父女两在上演苦情戏码。我觉得子吟这次的策略不太好，买房这么大的事，主动示弱会招致同情，买这价位的房干吗呢？可以档次稍低一些呀。我看房东夫妇的表情明显不耐烦起来，但他们最后同意让价十万。

　　就这样又聊了一会儿，我们大家定好了总价，准备签居间合同，可这时女房东以家中有事为由决定第二天再签。我当时就知道这事悬了，子吟也觉察出了异样，但她吃不准房东到底是要私下再商议总价，还是会重新考虑这次买卖房屋，我们没办法，只得商定次日再上门敲定合同。回家后子吟特别懊悔，觉得她的谈判生涯中再没有比这次表现更糟糕的了。我们的预感也是准确的，当晚陈浩就转达了房东的态度，不卖房子给我们，他们已和新下家谈妥了。简直是冰火两重天，只不过火在上午，冰在晚间，我们万料不到这件事会如此结局。子吟打电话给陈浩，详细询问房东那边的情况，得知房子确实以房东的心理价位售出。房东还告诉陈浩，他们夫妇很怀疑我们究竟有没有实力买下这套房，而他们确实很需要尽快出手以缴纳别墅首付款，看子吟和她爸爸的表现，他们有些担忧我们的经济实力，恰好那天下午就有人愿意全款现价买房，他们自然同意了。

　　子吟的郁闷可想而知，这个房子是到目前为止完全满足她的愿望的，和秦剑明家仅隔一栋楼，还带着车位，并且装修考究，天知道以后还能不能碰到这样的好房。她很郁闷的是，平时只要她喜欢上的，会不计成本拿下，可是这么喜欢的房子，她却没能痛下决心当场搞定。这之后的好几个月里，她为这个错误决定而惋惜不已，视为职业生涯的败笔，我只能劝她，也许这套房和我们没缘分，也许有更好的房子在等着我们。我最忘不了的还是我丈人那天配合子吟的表情，他没去演戏真可惜了。

第七十四章

我丈人过来这边后，我和子吟更加轻松自在，没事还能一起去喝杯咖啡，看场电影什么的，平常的工作完全不受孩子的影响。很快要到月底，又到了辞旧迎新之际。我们今年的收获可谓巨大，虽然房子的事还没搞定，但要知道我们在年初未曾料到，年末就能具备买房之实力，现在只要找到合适的房源，买房是分分钟的事呢。我听从子吟的建议，考取了一个专业注册证书，而正是这个证书，让我有机会在未来的一年里，职业生涯更上一层楼。我们又添了部带沪牌的车子，这免除了我们未来的多少麻烦事啊！所以综合来看，在这个难忘的年度里，我们为将来的发展打下了坚实的基础。

新年元旦期间，我们仅仅在家附近转转，带着孩子去共青森林公园玩了一整天，一家人其乐融融。我发现只要子吟和她爸爸不吵架，我们家就是风和日丽阳光明媚，一直这样子下去不是挺好吗！子吟能和她爸和平相处这个家就完美了，可见天下没有完美的事。这时候我们发现另一个苗头，那就是我丈人太宠我儿子了。读者都还记得我丈人特别喜欢男孩的事，这时候当了外公，他对他这个外孙就怜爱异常，出门见他跑跳怕摔着，进门瞅他玩闹怕磕着，儿子也因此异常顽劣起来。子吟想到她爸宠坏海英的事，难免焦虑，开始时只急在心里，但我看出了这中间蕴藏着危机。

春节之前，我们接到子吟在河南商丘堂哥的邀请，去他家里做客。原来我丈人的姐姐有子女六人，其中有两位后来定居商丘。子吟以前提起过这两位表哥，而且对他们都钦佩有加。这次邀请我们去做客的这位，在当地的文坛小有名气，书法功底更是了得，他更为人所称道的是培养了一个优秀的儿子出来，而且他这个儿子取名龙吟，和子吟只一字之差，而且他也是属羊的，这让子吟特别喜欢她这个侄子。听子吟讲，她只在龙吟小时候见过他，很喜欢他的乖巧伶俐，看来她对属羊的人极有好感可不是说说而已。

子吟另一个表哥的经历也富传奇色彩。他原本在煤矿工作，因从小爱吹笛子，并且极富艺术天赋，在单位里逐渐声名远扬。后来他受单位推荐，到商丘市文化艺术学校系统深造，在葫芦丝吹奏方面自成一派，近年已成这方面的权威专家。他创办专授葫芦丝演奏的培训机构，教出了很多在国内国际赛事上取得好成绩的学生，俨然已经成为大师级人物。子吟和他书信往来居多，以子吟的交际能力，自然和他关系融洽。这次去商丘，因由是子吟的两位哥哥想念他们的舅舅，子吟爸爸的确是首次去河南商丘。当然，现在去商丘比以前方便多了，乘坐动车五个小时，比从前节省了一大半的时间。说起来真的很神奇，这才过了几年，铁路提速到了这个程度，而且据说以后四纵四横铁路客运专线建成后，全国铁路都会跑起和谐号动车，国家和我们的小家一样，也在快速发达起来。

我们一家一大早赶去坐动车，我岳丈、岳母和小孩都是首次坐动车，对这种新型交通工具充满好奇。儿子全程不安静，在宽敞的走道里来回奔走，可苦了跟他屁股后面照顾他的大人。我暗暗发愁，这才两岁半就这么调皮，等上了幼儿园和小学，真不知他能不能安静地坐下来好好学习，隐约感觉他会是老师特别头疼的那个学生。我了解子吟的全部过往，知道她从小乖巧，上学后拿了无数的奖状回家，说起来我也不输于子吟，三好学生称号每年轻松拿。我们的儿子这时候的顽劣不太像我们小时候，只希望他稍大点可以好些。

也许是上海太过繁华，我们一出商丘站便感觉这边好破旧，火车站前的道路有些坑坑洼洼，广场上的出租车、公交车也是灰头土脸、脏乱不堪。来之前我是做了功课的，知道商丘是国家历史文化名城，是华夏文明和中华民族的重要发祥地，中国重要古都，河南省市区人口超过百万的五座城市之一。现在亲眼见来，感觉商丘像个小县城，完全和历史上它的赫赫威名不相匹配，所以事物发展规律大体都相似，有兴盛必有衰落。随着未来高铁的开通，相信这里的发展也会一日千里，商丘作为曾经的汉兴之地，必然会重新找回属于它的荣光。

我们到达后，子吟的两个表哥来车站迎接。外甥和舅舅关系果然非比别个，很多年不见，但见面就亲密异常。我们这次是探亲之旅，接下来回上海还有重要事情需要处理，所以这次只安排了两天行程，子吟的两个表哥安排的都是家宴，我们没有时间对商丘进行深度游览。大表哥文质彬彬，说话用词讲究，一看就是文人，可惜这次没看到龙吟，倒是很可惜。三表哥小时候和子吟爸爸关系亲密，因为我丈人为了弥补膝下无子的缺憾，把子吟三表哥当亲儿子对待了。这么多年后再见，当然非常激动。三表哥在家宴上当众吹奏了好几首葫芦丝曲目，我们虽然于葫芦丝吹奏技艺一窍不通，但好听不好听还是能分辨得出来。也许是兴奋异常，三表哥喝了很多酒，之后吹奏兴致更高，大家的情绪都被调动了起来，亲戚关系处好了也是很好的。

当晚我们住大表哥家，时值隆冬，当地气温很低，大表哥把空调开足了，我们都感觉温度很舒适，可他还是担心舅舅和舅妈冷着，非要冒着屋外严寒去买个电热器，放在我丈人屋里，直至很暖和了才叮嘱老人家早些休息。这次商丘之行，我看到子吟表哥们的家风良好，对待长辈毕恭毕敬、孝顺有加，令我印象深刻。第二天三表哥请我们到他家做客，果然玩音乐的人家里很是不同别处，他书房里一大书架的音乐书籍，有一排架上全部是他出版的葫芦丝教程、磁带和碟片，子吟看得啧啧称赞，他表哥赠送了她最新出版的一套葫芦丝演奏专辑碟片，我们回来后放在车上反复播放，真正是百听不厌。这次探亲，子吟和她两个表哥感情加深，以后联系逐渐多了起来。

住商丘的当晚，子吟接到了倪茜的电话，说是找她有要事相商，而且电话里三言两语说不清楚，于是她们约定在我们返回上海后见面聊。自从子吟帮倪茜落实了她女儿的学校后，二人间的关系非常亲密。倪茜是个非常漂亮的上海女人，即便如今快四十岁了，依然魅力不减当年，难得的是她明明靠老公李晓明就可以活得优雅，但她选择自己做喜欢的事，把律师事务所搞得风生水起，很具规模。倪茜美到了什么程度？我们在为宝宝办百日宴时，曾请到倪茜夫妇，还有陈惠良夫妇等众多好友，在子吟介绍倪茜和陶晨认识的时候，陶晨脸上呈现出了异样的表情，子吟看出来了，那是女生看到比自己漂亮的美女后，常常会出现的那种羡慕和嫉妒，而事实上，陶晨长相本就不差的。

倪茜和子吟互相欣赏，我看子吟是倪茜能看上眼的少数人之一。最近一年来她们走得特别近，子吟的上海话练得这么好，就是和倪茜处久了的缘故。关于倪茜，有一件事被子吟笑话了很多年。有一次她去欧洲旅行，买了一块她喜欢很久的手表。可是当她戴了一段时间后，发现她的车子和这块手表并不搭配，于是有了想换车的主意，不到半年她终于换了辆奔驰来配她这块表。只是奔驰是大车，他们家在一个老小区，车子开进开出空间局促，被剐蹭了几次后，他们决定换房了。子吟对倪茜说，这真是一块手表引发的惨案啊！

当然，这件事并不是说倪茜有钱就乱花，说不定换车和换房本就在计划中，而买手表只是加快了这个步伐，但这件事至少说明他们家财务实现了自由，这个是很多家庭期望实现的梦想，我和子吟也在朝这个方向努力。子吟知道倪茜和李晓明已经买了新房，据说要到明年初才交房。倪茜知道子吟要买房的消息，就力劝我们和他们买在一起，只是我们知道他们买的楼盘位置极好，是次江景房，单价已经接近七万多，而且那个小区里都是大平层，总价完全超出了我们目前的可承受范围，我们只能谢绝。谁能想到，后来我们真成了他们的邻居，而且这仅仅是在大半年后！

自从她们关系融洽后，子吟甚至少买了很多衣服。美女的鞋子多，包多，衣服更多，倪茜自然不例外。倪茜首次请子吟到她家做客，有间屋子里全部是她的穿戴用品，让子吟大开眼界。倪茜逛街看到喜欢的衣服就买下来，这么多年下来，竟然有很多衣物未曾穿过一次。倪茜近年来身材丰满，很多衣物就不能穿了，而子吟身材略苗条，倪茜就收拾了一堆出来给子吟。这个行为更像是姐姐对妹妹的态度，子吟当然是恭敬不如从命，此后几年里居然都可以不怎么买衣服。当然，有些很性感的衣服子吟不会拿来穿，转手送给子萱，这丫头正当妙龄，穿着还是挺大胆前卫的。

倪茜这么着急约子吟要谈什么事情呢？可千万别又是类似她女儿自主招生考试这样需要帮忙的。子吟一开始操作这件事时，只是当作一个难题去克服的，但真正经历了全过程后，她还是有些后怕，不仅目睹了自主招生的严重漏洞，而且做这件事有违她的本心。看她有些忧心忡忡，我劝她不要多想，也许是其他事情，即便真如她所料是帮那样的忙，再另说吧。到约定时间后她去赴约，结果等她们谈完了，子吟带回家的是一个令人意想不到的投资机会。据倪茜介绍，她的一个特别要好的朋友举家移民，而他手里有一大部分某纸箱生产企业的股份，他想找个合适的人转让出来。倪茜觉得这是个很好的机会，准备接手，找子吟出来是看她想不想一起投点钱进去。

事情特别简单，但干系重大。子吟和她聊的时候详细询问了很多问题，比如关于这家股份公司股东以外的人转让股份的合法性问题，该企业的盈利能力问题，以及这中间可能存在的风险。倪茜说她因某次经济纠纷认识了该公司的几个合伙股东，大家后来成了很要好的朋友，所以股权转让这一块是没有任何问题的。至于公司盈利能力，倪茜认为现在快递业进入高速发展阶段，纸箱生产企业盈利不存在问题，也几乎没有重大风险因素存在。她还告诉子吟，她和她爱人已经决定投两千万进去，子吟如果想投，可以占据这两千万里的一定份额。

这件事已经很清楚了，无论子吟愿不愿意投资，倪茜准备拿两千万接下那位朋友的股份。子吟投不投，投入多少，都是她自己决定，如此子吟的风险就几乎为零。子吟没有当即表态，表示回来以后要和我商量一番。听了这

通往申城的阶梯

件事，我的第一感觉是这个机会值得把握，我甚至认为倪茜做这件事，其实是在以另一种方式，回报子吟过去曾帮了她们家大忙。倪茜是开律师事务所的，她比大部分人都懂得公司运作的机制，也懂得风险控制，她敢投入这么多钱，这个事情就一定是很有操作价值的。子吟听了我的分析，说她也是这么认为的，现在的问题是我们要投入多少比较合适？

这个问题才真正让我们头疼。我们不知倪茜的投资款来自哪里，但我们手上的钱可是用来买房的。即便这次投资没有什么风险，回本也需要个过程，而我们买房可真等不起了。投入个几十万，好像也有些辜负了这个机会。那天晚上我们俩讨论了很久，几乎一夜未睡，商量这次该投入多少才合适。最后我们决定拿出三百万投进去，明年秋季买房时，先首付个五成左右，每月还按揭贷款，等收回投资本金再还几成贷款。就这样，我们在还没有看到那家纸箱厂的情况下就决定了投资，子吟第一次跟倪茜去看现场是在三个月后，那时所有法律程序都走完了，所以这次投资有些盲目。虽然如此，我们对整件事情的理解是对的，倪茜分散她投资风险的目的是有的，但更多是想和子吟一起挣点钱，而这笔投资也成了我们这么多年挣得最多的一次，怪不得人常说富人钱生钱。

投资入股纸箱厂的事议定之后，子吟很快和倪茜商议后面的操作，年前这段时间比平时更忙了些，不过流程上的事主要靠倪茜，子吟出了我们这部分投资款后主要是开会学习，适度参与谈判。不得不说子吟遇到新事物后学习劲头十足，她很快就掌握了包装纸箱生产工艺流程和这个行业的产业布局情况。她学习有心得后就讲给我听，比如包装纸箱等都是纸质废物回收利用二次生产而成，首先回收品的原浆经过晾晒、压制等步骤制成基础的牛皮纸，再通过瓦楞纸板生产线变成瓦楞纸板，接下来经过印刷、开槽、模切和粘箱，制成成品包装箱。

这些个专业词汇不见实际操作也很难理解，不过我注意到"原浆"二字，心里有些疙瘩，因为马年的工作和造纸厂关系密切，他也曾向我描述过他刚参加工作时，那个山东造纸厂的情形。造纸厂会产生大量强碱性废水及一些如漂白剂等有毒有害物质，是重型污染企业。那么这个纸箱厂也涉及原浆，会不会有严重污染呢？国家今后会越来越提倡环保概念，如果我们投资的企业涉及排污，未来的发展会受限制。子吟说她也了解了这类纸箱厂的生产情况，确实有些污染，但和造纸厂比起来就小太多了，由于物流和快递业兴起，只要有预防污染措施及设备，纸板箱企业还是受政府支持的。

这件事进展非常顺利，给我们一整年的努力画了一个圆满句号。如果年终事事都这么顺利就好了，就像童话里王子和公主最后幸福地在一起一样的完美收局。可这是现实的生活，马上家里又出现了状况。有一天晚上吃完饭后，儿子又在淘气，子吟看他最近调皮更甚往日，还养成了一些坏习惯，这和我丈人的纵容不无关系，于是她和她爸聊了两句，大意是小孩子不能这么娇惯，还是得立规矩。我个人觉得她说的没什么大问题，只是我岳丈不知怎么就听出子吟是在批评他，于是竟然生起气来。子吟解释了两句，他越发不满意起来，回头进屋里反锁了门。我们以为他生完闷气就好了，谁知第二天一早他要回老家，且态度坚决。我们都蒙了，这马上要过年，这是闹哪一出啊？

我们好说歹说劝不动，只能无奈给他订机票，考虑到春节老家不能没有岳母，我们只好也送她跟回去。这个事情发生后，对子吟的打击很大。她小时候的苦难与她爸关系很大，所以很早就盼着早些长大，好离开这个给不了她温暖的家。她那么努力地赚钱养家，主要的动机其实是不想让她妈妈受苦，毕竟有她这个养家的人在，她爸总归会收敛一些。等到她成家了，发现他爸也老了，从前对他的恨意跟着烟消云散，以为这个家在她的努力下重新聚拢了起来，有了家该有的温暖。可这次事情发生后，她发现他爸还是她小时候的模样，脾气也从未改变过，对他好不容易建立的信任又被击得粉碎。

第七十五章

岳父母不在上海过年，看起来这又将是个难熬的节日，只有一家三口人过年，尤其还有个学前儿童，欢乐祥和的气氛就很难营造。我们原本计划是把海英也接过来，大家开开心心过个团圆年，这下全然落空。眼看佳节将至，我和子吟面面相觑，不知道怎么办才好。我建议我们回西宁算了，不用操心做饭洗碗，而且节日气氛浓郁，可是子吟听了直皱眉，看起来她被冷怕了。她提议我们到外地去过节，要暖和一点儿的地方，只是想来想去也没想出个好地方，子吟倒是很想去国外，只是我这么多年来，居然也没想起来办个护照啥的，这个也只能想想了。

忽然子吟说，要不大家去泡酒店算了，吃喝不用愁，过得又舒服，而且小朋友有地方玩。我立马答应，我比较喜欢宅在家里，如果还可以不做饭不洗碗，这日子就过得很舒服。读者一定想不到我们议定的酒店在哪里，居然是陆家嘴凯宾斯基大酒店。我现在已经记不清当初为何选择家门口的酒店，而不是去周边城市，或者某个风景秀丽的地方。丈母娘不在，年夜饭主要是我来准备，而我拿得出手的只是几个颇具西北特色的家常菜，子吟手脚太慢，做条鱼也能花两个钟头，如此囫囵过了年三十，初一一大早跑去酒店开房。

也许是大过年的房客较少，我们本来订的是行政城景房，前台帮我们免费升级到了豪华江景房，果然新年新气象！进了房间，拉开窗帘就是黄浦江美景，儿子兴奋地爬上大床直跳。我们准备住个五天，于是收拾好东西熟悉周边环境，其实出了酒店这个地方不要太熟悉：过个路口就是海洋馆，旁边是东方明珠，酒店背后是滨江大道。这期间，我们除了去江边散步一下午，其余时间都是泡在酒店里。早上睡到自然醒，吃早饭能到十点多，之后就在屋里消磨时间，下午我带着小孩去泳池里泡泡，诸如此类。酒店楼层很高，有时我们三个就趴在落地窗边上看外面风景，而到了晚间华灯初上之时，这里的美真正能让人欲罢不能，外滩的美以前有过记述，这里也不消多讲。

这期间子吟和好朋友们互致节日祝福，当他们得知我们在外滩边上过年，都觉得不可思议，及至子吟发了过年外滩的夜景，他们也觉得这也不失为一次难忘的体验。妞妞在电话里埋怨子吟，说早知道我们家这样的安排，他们一家也就赶过来住一起了，子吟笑呵呵答曰来日方长。我们租的房子是毛坯房，所以突然住进这个酒店感觉立马高大上起来，以至于几天后回家都有些不习惯了，儿子更是有了一些模糊的印象，觉得住酒店特别好，以后的岁月里只要听说去住外面的酒店，就特别兴奋，而我们未来住的新房舒适性可以媲美这家酒店的，可见这次住酒店在他小小心灵里留下了很美好的回忆。我们这么努力地在上海打拼，不就是为了让我们的儿子不要像我们这样从一无所有做起吗？

正月初八开始我要正常上下班，子吟也有一堆的事情要处理，而岳母暂时还没有来上海的计划，儿子又没人带了。关于带小孩子的问题，我和子吟一直头疼，也想了很多方案。我父母见我们不肯送孩子回青海让他们带，就替我们出了个主意，说是他们在我们村里找个小姑娘，初中毕业没再去读书的，让她过来帮我们带个几年时光，好让我们安心工作。这个想法我深以为然，我记得我们小时候，我大姐和二姐就曾带过我三姨的小孩，帮我三姨一家度过农忙季节。如果有这样一个小姑娘过来上海帮助我们，不是把这个问题解决了一大半吗？

我妈积极行动起来，很快就帮我们找到了邻居家的一个十六岁的小姑娘，可是子吟觉得不妥，认为用这样的小姑娘有很多弊端，是不是还涉嫌使用童工呢？我听了她的这些话很吃惊，也特别不理解，认为她这是多虑了。为了这件事我们有些争执，最后这个小姑娘也没成行。我们想过找个住家保姆，甚至已经开始着手物色人选，可那段时间电视上网络里有很多保姆虐童的新闻，尤其是有段保姆虐待两岁女童的视频，子吟看了以后就打消了寻找住家保姆的想法。此后我们又接连找了好几个钟点工阿姨，只是家务活的问题解决了，照看小孩的问题一直在那里，犹如一座大山一样压着我们，令我们痛苦不堪。那段时间子吟尽量安排在家办公，跑客户的事情暂时耽搁下来。

到了二〇一二年春天，子吟的很多事真的没法再推拖掉，比如新的建筑工地开工安排、纸板箱厂的后续问题和其他项目现场施工协调等，于是她就把小孩放在车子里，带着他一起办公，或者出去处理事情。那天母子俩回来停车时，碰到了蒋阿姨夫妇，他们问子吟带着小孩去了哪里？子吟无奈地把情况简要做了说明，蒋阿姨特别震惊与心疼，她说带着两岁的小孩跑工地哪里可以啊？出了问题后悔也来不及了。他们也知道我们是迫不得已，才会出此下策，所以那天就要求把孩子留在他们家里带一段时间。

这一对善良的老人家，不仅从来没有涨我们的房租，还像家人一样地照顾我们，现在竟准备帮我们履行孩子监护人的职责，我们还能说什么呢？！所谓大恩不言谢，蒋阿姨给我们的岂止是大恩呢。所以我觉得我们能在这里立足，不光是因为我们不曾放弃我们的理想，也不仅仅是因为我们十年如一日地努力奋斗，更是遇到了这些心肠好得如同菩萨的贵人的相助，正是因为有他们温暖人心的相携相扶，我们的青春乃至人生才会这样精彩。自此而后直至宝宝上幼儿园，都是蒋阿姨夫妇帮我们带着小孩，我们才得以挺过那段艰难的岁月，才能完成在魔都扎根的关键步骤——在盛夏时节买好我们的房子，有了属于我们的港湾。

陈为涛调离我们单位后，刘炜被安排主管单位安全生产巡查的闲职，而他的部门经理一职由许思杰替代，这让我非常吃惊，因为这之前许思杰没有任何被提拔的迹象。后来我搞明白是怎么回事了：他在新任石总就职后主动向他汇报工作，并且表明自己愿意在新任领导的带领下努力工作，争取为单位做出更大贡献。另外，许思杰本人在这些年的确主持过几项重大项目，在公司里慢慢有了一些影响力。不得不说，在上海还是主要看能力，有本事的人不愁没机会出人头地。许思杰当了部门经理后更加努力地工作，很快消除了因前任的管理不善而带来的不利影响。我看许思杰这招蛮有用，在未来的某个时段里依样画葫芦，居然也奏效了，这是后话。

我们自己的公司，子吟负责经营，剩下的全部由我来管，这些事多而杂，做起来真不容易。我首先是财务，要打印发票，对接银行，可是这些年开票软件就换了好几种。一开始是手写发票，很快改用税控机打开票了，用不到两年又换了开票软件。还有头疼的是报销发票的寻找。公司进账款后费用支出都有明细，这些费用发生后要有发票进行冲抵，于是我每个月的重要任务之一是寻找报销发票，我以差旅费的名义从公司账面转出钱款，就必须找到相应数额的发票进行冲抵。如果公司进了大额的款项，去哪里找这么多发票？很令人头疼的一件事。

我进入总工办后，本单位的事情做起来游刃有余，我的能力可远远不是审核几个报告，或者写写方案这么简单。但因为单位的工作时间和地点相对固定，我做自己公司里的事情就力不从心，很多次险些耽误了大事。如果没有要转户口这件事需要解决，我早就应该辞职，专心做我们自己的事情。不仅可以得到更充分的锻炼，提高自己的收入，说不定还有余力多照顾到小孩子。新上任的石总对我很不错，找我谈了几次，也很能听取我的意见，这可能是我暂时没离开这个单位的另一个原因。

从年初开始，李晓勇找过我两三次，都是他从西安暂回上海后找我喝茶聊天。他在去年上半年就注销了上海的公司，找了西安的一家国企上班。早在他离开上海的前夕，我就断定他不会适应那边国企的工作与生活。为什么？因为我就是从西部国企里出来的。客观来讲，西部很多企业体制有些僵化，仅凭能力就想找到适合自己的位置，是一件比较难的事情。更关键的是，我和李晓勇这类人身上有颗不安分的心，李晓勇比我更甚。我们有了闯荡上海滩这段经历，哪里还能适应西部国企那个环境？李晓勇去了这家单位后，果然不太适应，他还是怀念在上海打拼的岁月，那种誓要在这个城市实现自己的价值，实现无悔青春梦想的想法深入骨髓。他在那个公司仅待了三个月就离职了，他把上海的房子租出去，经济上也没有什么压力，但突然闲下来使他暂时失去了方向。

我们聊天的时候，李晓勇忽然就问起田琳的近况来。我心里一惊，忙转头看了看他，只见他正端起茶杯来喝，眼睛直直地看向前方。他这提问看似无心，其内心大概不是如脸上这般平静吧。我给他讲了田琳结婚的事，也大概讲了这一年多我所了解的田琳的一些事，唯独隐去了她不能生育和我们已经不再来往的事实。我相信李晓勇是爱着田琳的，而真正爱过一个人，即便余生互为陌路人，也希望她能够幸福和安康。以李晓勇的为人，他得知田琳的情况一定心痛，而这份痛心值不值得另当别论。现在岂非多余？往事随风而逝，让他知道田琳过得还算不错，应该是个更好的选择。

不过接下来发生的事让我傻眼了。李晓勇从包里拿出一个精致包装了的红色小盒子，我看里面应该是饰品一类的东西。我不知他是何意，如果是拿来送田琳的，这个就不大合适了，毕竟人家已经结婚。李晓勇踌躇半晌才说道，这个东西是我送给田琳的结婚礼物，我想不到用什么好的方式给她，请你帮我转交吧。我心想要死了，这怎么办？先不说这东西适不适合送，我们和田琳也已经好久没联系了，今后交往的可能性也为零，却叫我如何送法？李晓勇看我慌张的样子，笑了笑说这个只是普通的小礼品，算作一个朋友的结婚贺礼，无伤大雅，除了衷心祝福没有其他意思的。我越听越心惊，觉得他说的有理，不能牵手总归可以成为朋友，而送朋友一件结婚礼物，似乎也顺理成章，想多了的人反而应该检讨。

我定了定神，硬着头皮给他分析，此时送礼物极不合时宜。万一被她老公知道了，说不定会产生什么误会；或者田琳收到礼物会错意，选择退还他，李晓勇该如何处理呢？我说的这番话是以常理度之的，不过看来这也正是李晓勇所担心的。他默默盯着盒子看了半天，最后把它收来放包里，和我聊起其他话题来了。我松了一口气，同时极为好奇他这盒子里究竟送的什么东西，但我可不会傻到开口去问这个问题。盒子里到底是什么，在我这里成了一桩悬案，可是在李晓勇那里，可能承载了一份最珍贵的感情。这个人很让我敬重，除了长相一般，普通话差点，简直就是完美的男人。

那天的聊天中，我得知了李晓勇和他西安的女朋友感情稳定，正在筹划婚礼。他女友在经济技术开发区一所小学任教，所以婚房也买在她的学校边上。那套房子快接近两百平方米，总价也才百万出头，这对李晓勇来说是件轻松的事情。我们谈到了他的未来，因为辞了西安的工作，而他可不愿就这么无所事事，所以想把上海这边的一些客户关系慢慢恢复起来，只求有点事做。他把自己的公司注销了，所以后来他的一些项目通过我们公司走账，每年的收入也比较可观，远比上班来得轻松愉快。

子吟在去年就把儿子要去的幼儿园搞定了，看着同龄孩子的家长正在忙着报名注册的事，我还是紧张得厉害。那个子吟看中的幼儿园，在浦东公立幼儿园里排名数一数二，早就听说特别难进。这所幼儿园面向对口区域招生，无奈僧多粥少，幼儿园又很有名，以我们的条件，正常情况下无论如何是上不了的。子吟说关系已经走通，这中间会不会出现什么问题？直到有一天子吟拿回了一个信封，而我正是凭这个信封里的条子顺利报上了名，这件事算尘埃落定，我悬着的心才放下来。

六月份的一个周末，我带着儿子去小区边上农工商超市买东西，回来的路上听到马路边楼上小朋友声响，原来这里不知何时开了一家早教中心，于是带着儿子上楼看看。我对近年来越来越商业化的学前教育极其反感，子吟虽与我看法类似，但她同时受陶晨的影响很深。陶晨不上班的原因，很大一方面就是为了她家儿子的教育问题，从一岁起，她就逐渐报了很多启蒙班，语数外就不提了，琴棋书画各类兴趣班，把孩子的时间全部占了去，所以等到孩子上幼儿园时，已经学到了很系统的各科知识。陶晨报的幼儿园是个私立学校，大肆提前教授小孩本属于小学阶段才该接触的知识。私立学校是为了赚钱，他们这么做意图很明显，就是通过提升名校升学率来提高学校知名度，好蛊惑更多的家长送孩子到这里。

最夸张的是，即便私立幼儿园教孩子很多东西，陶晨还在报课外班，据她粗略统计，幼儿园三年光课外兴趣班的花费就在二十万之巨。她家不缺钱花，但花了这些，效果到底如何呢？孩子幼儿园各方面表现优异，得以在幼儿园毕业后，考上了很厉害的私立小学。子吟看到这一例子，心慌得厉害，她一有空就和我探讨儿子的教育问题，认为大环境如此，一点不学好像很不合适。我坚持认为这么小就起步，实质就是拔苗助长，没什么益处。正巧这三年我们都忙于工作，她虽然有心报一些班，也无法实施，只好由得小孩玩耍为主，只是订购了一些书籍，闲暇读给孩子听。

那天上了二楼，办学的阿姨以为我们是来报班的，极力介绍她办班的情况。我看里面三四十个小不点被分成数组，各组一两名幼师模样的小姑娘带着上课。儿子跑过去捣乱，阿姨看着直摇头，对我说，看他这样子，上幼儿园有的苦了，很难安静坐下来和其他小朋友一起听老师讲课。我这时也觉得趁这个机会让儿子做一些适应性训练，说不定和幼儿园衔接有好处，就决定送这里来跟读两个月，很快报了名交了费用。第二天上午，我准时把他送到这里，阿姨让我离开，不然他无法融入这个小集体，于是我悄悄退出来。这是他第一次离开家人的视线，他不知道被送到这里来干吗，以为就是和小孩子玩玩罢了。等到他找不到我，就开始哭闹起来。我在楼下听到了哭声，心有不忍，但知道这是他必须走出的一步，所以走到街对面来回踱步。过了一刻钟，我抬头看二楼窗户，发现小小人正趴在开着窗户的防盗栏槛间往下看，似在小声啜泣。

第七十六章

自从与秦剑明小区里那套房子失之交臂后，我们每月还是会去看几套房子，地点还是在碧云及其周边板块。开春以来，房价似乎进入了下行通道，很多房屋中介公司都关了门，周边很多人都觉得房价要降了，而我们也的确没有遇到比错过的那套房子更好的，所以我们也不怎么着急。但是进入六月份后情况发生了变化，蒋阿姨的侄儿来上海上班了。这套房子是蒋阿姨的妹妹买的，我们也知道她儿子在乌鲁木齐上学，没承想小伙子已经到了参加工作的年龄。蒋阿姨对此有解释，她说目前只是她侄子参加了工作，住宿也是单位解决，所以子吟还可以继续在这里住几年。

我们当然相信阿姨说的是实情，而且我们也看出来了，阿姨其实是舍不得我们搬出去。不过，因为这套房子毕竟不是蒋阿姨家的，很多时候她的良好意愿也抵不过现实，正所谓计划赶不上变化。也许房东一家提前返沪了呢，这种可能性一点也不能排除；也可能蒋阿姨侄子很快找到女朋友，那么他们装修房子结婚就是很快的事情。我们决定加快买房的步伐，即便暂时可以不搬离这里，买来放着更为妥当。没想到这个决定在事后看来是那么英明，这个阶段是很长一段时间里上海房价的低谷。如果我们错过了这个机会，买房的代价会大大增加。

儿子慢慢适应小区门口的幼小衔接班后，我们便紧锣密鼓地看起房子来，看房的范围一度扩大到了幼儿园周边很多楼盘。我们也看中了几套相对不错的房源，有两三次甚至接近了下决心购买的程度。有个小区的环境非常好，屋子也是精装修，虽比不上我们中意的上一套房子，也基本满足我们的要求了，我们准备在第二天就交定金、签居间合同。可是当我们下楼准备回家时，

通往申城的阶梯

无意间看到楼面伸缩缝处有裂缝，我是建筑专业的，对这些自然非常敏感。当我细看后，发现这个裂缝和施工质量有关系，基本能断定主体结构混凝土浇筑时有偷工减料，于是坚决放弃了。

七月中旬的时候，倪茜打电话给子吟，说她家小区第三期的房子已经准备预售了，而且有较大幅度的降价，比他们当初买的单价还低。降价自然是好事，但由于那个楼盘都是大户型，即便单价降下来了，房子总价也肯定会超出我们的预算很多，我们依然承受不了。但正如子吟所说的，去看看也无妨，就当见识见识豪宅了。倪茜还告诉我们一个好消息，她说李晓明和开发商关系很好，我们可以在开盘前凭内部号看房，折扣不一定有，不过能挑到较好的位置。较好的位置那意味着单价也更贵，那是更加不可承受之重，但我们觉得有了内部号，看房会更从容。说实话，我们那时还是想在碧云社区买房，离幼儿园多近啊，而且二手房没有装修污染问题，搞建筑业的我们知道新房子对小孩健康损伤较大，所以很少去看新开楼盘。

我们按约定时日去看房子。子吟和李晓明是多年来的好朋友，互相帮忙，两家人成了莫逆之交，我们这次带了礼物上门，算是登门拜访。我们看房已经大半年了，看过很多小区里各式各样的房子，至今这事还没结果，因此我们都认为买到合适的房子并不容易，可能还尚需时日。我们这次去看的房子价格超贵，又和儿子将要上的幼儿园有些距离，买在这里的可能应该是微乎其微的，所以我和子吟拜访李晓明夫妇的想法居多，看房倒成了其次。世事难料，谁能想到这个普通的日子竟然值得我们铭记呢！

我们沿着杨高路一路向西开，很快到了那个楼盘。整个小区人车分流，我们告知保安要去的楼层号，他联系到倪茜，经她同意才放行，高档小区安全措施的确不一般啊。我们把车子停到地下车库，按标示停在倪茜家楼栋下，停车按门铃上了楼。子吟已经去过倪茜家，所以当我们到了她家时，子吟没感觉怎么样，我却被惊到了。虽然这个小区不是一线江景房，但倪茜家这幢楼是整个小区位置最好的，就是所谓的楼王了，而他们家显然是这幢楼里最好的楼层。客厅里有两扇大落地窗，从两边窗户看出去，刚好穿过前面小区大楼间的空隙，所以能看到黄浦江很大区域，而从右边窗能看到外滩大部分区域，正中间的建筑是外滩海关大楼，正点时分传来的电子打点和乐曲《东方红》，时刻提醒着这里是魔都的外滩。

李晓明有事出门了，倪茜陪我们在客厅里喝茶聊天。倪茜不无懊悔地说，他们去年初买这套房时单价接近七万五，现在的三期降了接近一万。如果他们推迟到现在再买，可以省下好多啊。李晓明认为房价以后还是会涨上去，所以他满不在乎，这多少安慰了一下倪茜。我们都认为这套房物超所值，降价肯定是暂时的。而对于我们来说，房子降价幅度确实很大，但还是超出了我们的预算很多。之后我们在倪茜带领下参观了她家，这套房是精装修房，据说装修单价达到了八千元，我认为开发商诚意十足，按照五星级酒店装修标准施工，套用时下流行的话语，就是高端大气上档次。

十点半左右，有人按门禁，从视窗里看应该是邀我们去看房的销售代表。倪茜让他在楼下稍候，随后大家简单收拾一下出门。自从我们开始看房，陪同找房的就一直是陈浩，今天他没跟来，我们心里倒觉得有些不舒服，可见陈浩做这一行做到了极致，就是在接触中让我们认可了他，不仅仅愿意和他做生意，更愿意和他做朋友。我们买房没有通过他，所以心里很有点愧疚感，但我们后来介绍了很多朋友给他，最终也有人经他介绍买到了房子，所以三百六十行，行行出状元，这话一点也不假，子吟和陈浩都是他们行业里的佼佼者。

到了楼下见到销售代表，大家就跟着他穿行在小区楼宇间，走向三期样板房。我们以前开车经常经过这里，从小区外的马路上可完全看不出小区里真的别有洞天，主要是绿化程度令人惊讶。我们目前租住的小区绿化率已经特别高了，哪里料到位于寸土寸金的准陆家嘴地区的这个小区，绿化程度不亚于一个小型公园。当然，这里栽培的树木植物，远比我们曾到过的小区里稀有，我本是个植物盲，这里的树木大多叫不出名字。但看起来这里没有特别大的池塘，只是一些精心布置的水景和喷泉，是不是为了节约土地呢？

三期楼宇俱已封顶，位于这片小区的南侧，而三期样板房位于某栋临街的七楼。我们乘电梯上去后，一进屋就齐声惊呼。原来这一期的房型和前两期已有较大变化，原先的房子看点在江景，所以设计上就以最大限度地靠向江边为特色，这样一来房屋就没有朝南，光线受到了很大影响。三期这块的卖点当然指不上江景，所以设计师全力以房型和朝向取胜，结果设计出了一个房型特别正气，大面宽、三房一厅均朝南的格局出来。主卧和客厅均南北通透，餐厅朝北，旁边依次是设备房、卫生间和主卧卫生间。没有人不喜欢房间朝南的，但这种三房都朝南的设计我们是第一看到，这样屋子的舒适性，可以秒杀以前我们看过的所有住房了。客厅也和倪茜家的相差无几，大气而方正，令人喜爱不已的落地窗也保留下来。

我们为这个设计称赞不已，而我当时已经喜欢上这套房子，只是暗自叹息我们的房款不够，钱到用时方恨少。看完房型看装修，这时候我们知道开发商毕竟要节约成本，这套房子的装修也很好，富丽堂皇的欧版设计，可是我们刚从倪茜家出来，比较之下明白三期的装修材料标准已经缩水，其大理石地砖、装修木料、吊顶、墙纸和木地板用料等已经比一期为差了。不过想想也合理，房屋总价降了近一百八十万，开发商总要以最大盈利为目的。我们每一个房间都仔细观看，从来不曾这般投入地看过房子，倪茜笑呵呵地说你们肯定动心了，心动不如行动。我看得出来子吟特别中意，她遇到喜欢的东西表情就会特别凝重，而且眼睛里有某种难以形容的亮光，比别的时候更加炯炯有神，连说话的时候语气也变得不一样——当然，这些只有我这个朝夕相处的人才能体会出差别。

房屋销售代表简单介绍了房子后，就跑一边玩起手机游戏，这说明这些人根本就没有什么销售压力，这些房子一开盘就会被抢光，他们甚至都不用联系第三方房屋中介公司来代销。我们前前后后看了一个小时，像欣赏一件艺术品一样不留死角全部看完，我和子吟对望一下，均知道对方特别满意这个房子，只是我们也知道这个世界上的好东西很多，见了拔不出眼，没有实力也是枉然。我在客厅里来回踱步，就准备出门了，像往常看房后拍屁股走人那样，只是这次走得并不轻松，因为毕竟太喜欢这屋了。我可以想象如果能买下来，这套房子能满足我们所有的梦想，冬日的阳光晒进来，每个房间都是亮堂堂的，而从房间望出去可以看见浦东这些年开放开发的很多成果，我们的家就安在魔都最繁华的地方之一了。

子吟准备也跟我出门，这时她可能还想看看从客厅望出去的风景，于是又走了过去。她看了一会儿远方，头朝下观看下方街景。忽然，她轻声叫销售代表过去，问他下面三楼是什么地方。我们聚拢过去，只见这栋楼的左下方还有栋三层楼的建筑，看起来和这栋房子的主体是一起浇筑完成的。销售代表说那是配套小区的会所，子吟又问他本栋三楼此次出售吗？得到了他的肯定答复后，子吟要求去三楼看看。

房屋销售代表稍有些不耐烦，他可能觉得我们买不买都没关系，反正开盘房子肯定被抢光光。他说现在除了样板房，其他均未装修，所以客户是不能去参观的。子吟就使出软磨硬泡的工夫，就是要去三楼看看。按照规定，销售代表的做法合情合理，毕竟那里现在还是工地。但我们毕竟是他们公司领导打了招呼来看房的，所以最后他居然同意了，不过要求我们进去后看一眼就出来，毕竟房屋还未装修，不知道会不会有建筑隐患什么的，子吟立即答应。

由于施工尚未完毕，电梯都到不了三楼，我们只好先到达一楼后顺着楼梯爬上去。看完装修房，再看看这摆满装修材料和工具的毛坯房，那感觉说不出的别扭，不过看完成品再看半成品，视觉上都会是这样吧。房子就不需多看了，子吟带着我们直接走到窗前，这一看我们不禁又是一惊，原来三楼的正前方正是会所的屋顶，而如果将客卧的窗户改造成门，会所屋顶约四分之一的面积就可以利用起来，这就是个天然的空中花园了！这时门窗都没有安装，所以我们很容易可以从窗户走到这个平台上，这样看来，这部分会所屋顶竟成了三楼这户人家的私人属地。要说缺点，主要是楼层低，视线没高层好，但正因这栋楼临街，上得露台后反而觉得很开阔。这块露台的面积足足有两百多平方米，种花种菜都绰绰有余。

那一刻，我们都是一个心思，把这房子买下来！我们当即就向销售表态要买这个房子，尽管那时候我们都没细算究竟有没有可能买得起。销售代表大概也没想到这里会有这么大块露台，而根据他的经验，这种房子会加价销售，他不敢做主，打了电话问起销售部，得到的答复是三楼也在本次销售范围内，而且单价比高层还要低。这个房子没有被加价，不知道是什么原因，但任何人来买房，都会被这个露台所吸引。想想看，地价到了天上的这个区域，有块免费的私家花园。这个对任何人都会形成致命诱惑吧！如果我们开盘那天过来，这套房子铁定一早被人抢掉。

我和子吟当时算不顾一切了。看完房子我们一行到了售楼处办公室，了解了总价和付款方式后，立马付定金签协议。倪茜也没想到他们小区里竟然有这样一套好房子，她看我们毫无征兆就决定买下来，这一次吃惊不小。不过能成邻居，这算亲上加亲了，她自然非常欢喜。我们就这样买到了房子，感觉像做梦一样，不过狂喜过后冷静下来，我们发现我们面临了前所未遇的难题。经过这半年来的收付款，我们手上只有约三百万的现金，我们必须要贷款，而且贷款额不低。我和子吟都认为，首付款不低于五百万，那么贷款每月的利息还能解决，因为纸箱厂季度分红能够支付每月还款本息。现在的问题是，去哪里再找两百万的首付款，而且这样一大笔钱花出去，我们的生活将陷入窘境，两部车子和儿子的花费，加上日常开销，都不是一点点小钱可以解决的。

子吟和陈惠良合作的项目有三个，只是建筑施工是个长期的过程，工程款一般也是按进度支付。子吟已按付款进度拿回了部分经营费，而余下的部分，正常情况下也需要两三年才能收回。但是我们急需的两百万，看起来大部分只能从这里来想办法。子吟回家以后已经决定请王伯时帮忙，具体来说是分两步，一是请王总提前支付一笔较大的进度款。按照施工进度，离最近的一笔工程款支付是在十月份，加上提出申请、审核和开票支付，这个款项有可能要到十一月份才能到账。子吟其实是没有把握做到说服王总的，但只能勉力一试；二是要请陈惠良帮忙。如果按照正常的结算比例，即便王总答应了帮子吟，经营费占进度款之比例还是很小的，而如果陈惠良答应提前多预支些经营费，这个事情就有眉目了。

我们并没有为买好房子而欢欣鼓舞，只有那欠缺的首付款解决后，这件事才尘埃落定，于是子吟认真思索如何说服王总和陈惠良。过了没几天，倪茜打电话过来，说小区三期开卖了，销售火爆只是个小消息，售楼处被砸才是头条。我们都很吃惊，忙问原因。原来三期房子降价后，原来买了一期和二期的人不干了，有些人是年初才买的二期房，哪里想到仅仅半年后三期开盘降价幅度这么厉害，白白多花了一两百万。很多人想不通，就在自家窗户上拉起了横幅，这还算是温和的，有些人就直接去售楼处闹事，和物业人员起了争执，双方大打出手，幸好警方及时出动警力，这才阻止了事态继续扩大。

房价涨了觉得自己赚了，如果跌了就出来闹事，这些人的脑回路也是够独特的。要是他们知道数年后这里房价翻番了，会不会想着多交点税才是呢。当然，看事情看得长远的毕竟是少数，虽然李晓明认为房价还有上涨空间，但包括我们在内的大部分人都看不清未来，而大环境是房价在微跌，很多人觉得房价到了拐点，以后会继续跌，所以这些闹事的人的行为，有可以理解的成分。售楼处被砸，三期的房子还是开盘就被抢光了，我们暗自庆幸提前有机会下了手，而且是拿到了最好的一套。

第七十七章

子吟去找了王总，他很快决定帮帮子吟，提前支付工程款，而且是增加了支付比例，最重要的是，在支付工程款之前，他找了陈惠良，要求他多支付些经营费给子吟。陈惠良含笑答应了，王总开口，他应该是无法拒绝的。子吟直接找陈惠良商量这事不是更好吗？事实是真的找过，但陈惠良面露难色，表示前期垫资巨大，而且施工成本高，恐怕不太可能提前支付太多，于是才有王总增加支付比例，并要求陈惠良帮助子吟的事。所以综合来看，我们买房这事，王总帮了很大的忙，陈惠良似有被迫的成分。这件事子吟办得并不漂亮，毕竟请人帮忙要人家心甘情愿才好。子吟也知道她和陈惠良间的裂痕逐渐形成，此事后遗症极大，恐怕也是后来陈惠良逐渐食言的诱因。

有了王总和陈惠良的帮助，我们首付款的大部分很快凑齐，但尚有三十余万缺口。我们俩都不太乐意向朋友开口，毕竟数额不小。我们两个家里也是不能指望的，子吟那边这么多年都是她来养家，而我家情况也不好，每年都是我来补贴家用。我和子吟商量了很久，最后子吟决定找倪茜，请她帮一帮我们，方法就是我们向她转让一部分纸箱厂的股权。可是当我们表达这个意愿时，倪茜表示不用转让股权那么麻烦，她可以借这笔钱给我们。子吟觉得特别不好意思，想要拒绝她的好意，可是倪茜坚持这么做，并说如果子吟觉得难为情，等有钱了尽快还她。

仔细想一想，倪茜拉子吟入股纸箱厂，本来就是有意帮她，因为事后来看，入股肯定是赚钱的。现在倪茜能借出这笔钱，也是她继续帮助我们的一部分。人缘好真的没办法，人家主动来帮我们。不过话又说回来，子吟也是尽力地帮朋友们，所谓的朋友多了路好走，正是这个意思啊。我们接受了她的好意，这样我们得以按时去缴纳了首付款签订了购房合同。买房之前，我们认为这么一大笔钱款超出了目前我们的能力范围，而当解决了五成的首付款，办理了住房贷款，拿到购房合同，我们发现以前低估自己的能力了，我们多年的努力完全可以换来一套房子。看来子吟那天拍板买下房子，并不是一阵心血来潮呢。

这一个月里，我们是在紧张不安中度过的，毕竟要在那么短的时间里凑齐一笔巨款，光靠努力是没用的，结果很让我们欣慰，我们买房后的喜悦感也是在这个时候才涌上心头的。我们买房的事两家人都知道，虽然我们不曾主动向家里借钱，但海英的表现很让我们欣慰。当她听说我们要买房的钱款不够时，也没问我们差多少，主动提出要借给我们五六万，这笔钱应该是她这么多年的积蓄了，足见她对她姐姐心怀感恩。我们最后没要她的，这番心意我们领受，但不能为了我们买房的事让家人陷入经济困境。海英遗传了我丈人的性格，虽然能力不足，情商也不高，注定了她无法做成大事，但从这件事上还是看出来她挺有情有义的，人能力有大小，只要人品是好的，人生路就没有走歪。

子吟的计划是年底前把倪茜的借款还掉，并在未来两三年里提前还一大半的住房贷款。粗略算了一下，我们在纸箱厂的投资分红可以还每月的贷款本息，可万一哪天纸箱厂盈利能力下降了呢？而我们的贷款可是三十年期的。仔细算来，我们还有一些在做的实施项目，如果全部收回工程款，目前的困难还是很好克服的，所以说我们最困难的时期已经过去了。压力就是动力，我和子吟都准备努力地行动起来，我们只要努力，一切都会好起来。

房子的事情终于告一段落，按照签订的购房合同，交房是一年以后的事，而从办理贷款次月起，与房子有关的事情就是每月的按时还贷。每月还款本息额很大，而这是我们首次欠银行这么多钱，心里还是有些发虚的，所以做好了最坏的打算，那就是一旦纸箱厂的盈利能力下降，或者有什么危及我们本金的重大情况出现，我们立即撤出资金，提前还掉部分贷款，以减轻每月还贷压力。为此子吟跟着倪茜跑了很多次纸箱厂，了解工厂的生产情况。其实倪茜的投资额很大，她更关心工厂的生产情况，年初的时候，她利用身边的资源，新开发了很多纸箱厂的使用客户，发现工厂产能不足，于是和管理层商定新增了生产线，工人则加班加点生产订单。如此看来，我们每月的还贷还是有保证的。

等到忙完这件事，已经到了八月下旬，儿子马上要上幼儿园，这无论对我们还是孩子都是一件大事。我有些担心儿子能否适应幼儿园的生活，因为他在八月份出生，男孩子发育也晚些，所以到了这会儿说话还很不利索，很多词语发音都不准。开学前孩子的班主任老师来家访，我们发现配合班主任的是一位男老师，这让人很惊讶，因为在我们的印象里，幼教不都是女生吗？原来这个浦东有名的幼儿园里，慢慢地在试点聘用男性幼教，我们不知这位戴着眼镜的斯文大男孩，能不能管得好这些个小朋友，但看起来他很有爱心与耐心，有这两样当好幼教就没问题吧。

儿子开学那天，我和子吟一起送他到校，结果遭遇了交通大拥堵，连停车的地方也找不到，后来是开到学校隔壁的小区里才找着停车位。学校里的大人比小孩还多，看起来每家都是好几个大人一起出动了，好几个大人围着一个小孩子转。我不由得想起了我们小时候的情形，从第一天上学起，就是自己照顾自己，大人从未操过心，我爸妈参加家长会的次数也屈指可数吧。但是到了我们儿子这一代，上两代都是围着他们转。幼儿园的硬件设施真不错，儿子进了教学楼就兴奋异常，对他来说，这里处处透露着新奇，而我心里暗自发愁，觉得老师会有一番大大的头痛。

快到上课时间了，家长们依依不舍地陆续离开自家小孩出了校园，有些孩子哭闹不止，他们肯定是第一次经历没有家人相伴的日子。我儿子则忙着在教室里找各种新奇的玩具玩，哪有工夫理我们？我把他送到家门口的早教中心几个月，看起来是很有效果的。早在我们开第一次家长会的时候，班级里就组建了家长微信群，老师把小朋友们第一天的活动照片发到群里，家长们跟帖点赞。当老师把儿子睡午觉的照片发出来时，真令人感慨万千，不仅是因为他进入了一个新的人生阶段，也感叹这一路走来我们的不容易，希望他无忧无虑地茁壮成长。

儿子上学后，早上都是我上班顺路送他到校，这个没有什么不便，可是下午三点半放学后，谁接他回家就成了一件很尴尬的事情。那个点大家都在上班，谁要去接他的话，下午基本就做不了什么事。子吟接了一段时间后，工作严重受影响，往往是下午不能安排做事，或者事情忙了一半就只能急吼吼往学校赶。如果她忙不过来，我只好请了假赶去学校，只是我的工作性质由不得我经常性地请假。我们尝试请钟点工阿姨帮忙，只是子吟很不放心儿子交由不熟悉的阿姨接送，而且我们换了好几个阿姨了，都因种种因素没有固定下来长期聘用。这个时候，我们能深切体会出家里有个老人家的好处。这么多年过去了，这个问题始终没有很好地解决。

我们小区里车子越来越多，停车位不够已经成为一个严重问题，后来经过物业和业主委员会协商，很多原先的绿化带不得已改造成了停车位，但这多出来的二三十个车位，还是没能改善停车难的问题，人们稍晚回来一点就找不到车位。子吟一直停蒋阿姨家的地下车位，但看到她儿子也开始绕着小区一圈圈地找车位，心里觉得很不安，就想把车位还回去，只是他们家坚决不肯，认为子吟晚回来的时候多，让她的车子停固定车位更好。阿姨儿子也是这么想的，这个小伙子深受他父母影响，为人谦让友爱，如果不沉迷游戏就更好了。

这时候发生了一件很让阿姨家郁闷的事，说出来很不可思议。九月中旬的某天早上，蒋阿姨家的车子四个轮胎被扎破，明显是有人故意为之的。而且不光是他们家的，小区里所有的日系车车胎一夜之间都被扎破，有些车子的后视镜也被砸坏，而其他品牌的车子完好无损。这个原因都不用调查，最近全国上下都闹得沸沸扬扬，是东边岛国想侵占我国领土引发的悲剧。电视上很多地方民众都在砸日系车，上海这边这样子算相对温和的了，很不幸地，我们小区里也受到了波及。

子吟私下会觉得很庆幸，当初她还考虑过买丰田的车子，只是在试驾的时候，发现那部车子车门很轻，出于安全因素才果断放弃，选择了福特蒙迪欧，如果选择了丰田车子，今天也难免"享受"四个轮胎都被扎的待遇。但无论如何，打砸是犯罪，和爱国扯不上任何关系，扎轮胎的人也未必真爱国吧。轮胎被扎的事只能交给警方处理，子吟借此机会把车位还给了阿姨家。她建议阿姨家做些防备，让他们家车子停地下车库，因为地下车库有监控，料想那些激进分子不敢乱来，阿姨一家子这才同意。这样一来，子吟又加入了晚间回家找车位的大军，如果小区里停不下，我们就停小区外面的道路车位上。有时候停好车子走走路也还好，锻炼锻炼身体，但是如果有东西需要拎回家，这就很讨厌了，而子吟做经营工作，需要带的东西就比较多了。

我们最近一个月忙于工作，加上照顾儿子，日子过得并不轻松。儿子虽然适应了学校作息，但因为午觉总睡不好，所以精神状态还未调整到比较好的状态。我们商量了一番，决定国庆节哪里也不去，就宅在家里休息几天。谁承想这个假日我摊上事了，简直是狼狈至极的忙碌。二号晚间，我接到单位领导电话，说是我们承建的一个基坑检测项目出了问题，让我即刻赶到工地，参与施工抢险。这么晚让人赶到现场抢险，可见事情特别大，我知道工地一旦发生事故，一定不是小事，说不定有人员伤亡。我很早就调到单位总工办工作，这次去现场估计是提供技术支持吧。

我让子吟照顾小孩先睡，自己开车快速赶到现场，发现偌大工地灯火通明，现场施工器具乱糟糟摆放，一大群人正在忙着施工。为了赶工期需要，工程夜间施工很常见，但今天的现场气氛很不对，我到项目部之后很快搞明白发生了什么事情。出事的这个工地正在进行开挖施工作业，由于围护施工单位偷工减料，把原先设计要求的围护桩桩长由十四米改成了十米，目的当然是节约成本，好赚取超额利润。但桩长缩短，意味着它隔断基坑外水土的能力大大降低，这样靠近基坑一侧的一条道路及埋在道路之下的市政管线就处于危险之中，这是严重违反施工规范的行为。

基坑检测则是为了确保基坑变形处在安全范围内而要做的工作，是开发商为了确保基坑开挖期间，周边环境得到有效保护的重要手段。开发商会委托独立第三方法人单位承建基坑检测项目，所以检测单位的数据有指导施工的作用。有人拿到了该工地的基坑检测项目后，挂靠在我们单位实施。但他为了节约成本，减少了设备投入和人员投入，尤其是节假日期间不安排人值班。围护桩桩长不够，轻者必然导致开挖施工时基坑周边环境变形很大，重的则会导致基坑塌陷造成巨大人员和财产损失的恶果。基坑检测工作也疏忽，基坑体系处在危险中，而参建方却一无所知。

虽然基坑检测工作非常重要，但这项工作普遍不受重视，因此准入门槛特别低，加上从业单位恶性竞争，所以检测费被压得特别低，这样一来这项工作很大程度上是形同虚设的。很多单位没有检测资质，他们有项目后往往挂靠到有资质的单位实施，即所谓的分包和转包，这个在建筑行业非常普遍，也是酝酿工程事故的温床。挂靠单位没有专业资质和合格设备及专业人员，外行人干内行人的事，不出事才不正常呢。这次出事的是我们公司的挂靠单位，他们以极低的价格签下这个检测合同，所以投入的力量极其有限，到了节假日都不怎么安排人施工的，而同时期基坑开挖工序还在继续进行。严重偷工减料的围护桩不能提供有效保护，而能发现路面变形的检测单位又不作为，最终导致了这场事故。

当我正在了解情况的时候，子吟打电话过来，她很替我担心，因为以前从来没遇到过这样的事情。我跑到人少的地方，给她讲了讲目前了解到的事实。由于围护桩深不够，承压能力严重减小，致使长方形基坑一侧约一百米的围护墙断裂，受它保护的道路也一并塌陷。幸好这事发生在节假日晚上，道路上刚巧没有行人及车辆，否则后果就不堪设想了。只是埋在道路中通至周边几个居民小区的煤气管断裂，输电线路也断开，导致节假日周边小区居民没气没电。道路塌陷可以迅速修通，但影响周边居民的节日生活起居这可是大事，因此而产生的影响极坏，所有有关方面都被惊动了。

子吟听了非常紧张，她以为我和这个项目联系紧密，说不定是挂名项目经理之类的。虽然项目不是我具体负责，现在发生这么大的事，是不是我会成为那个倒霉蛋，为事故承担一定责任呢？我告诉她我只是过来为抢险提供技术支持，让她不要多担心，她才放下心来，我嘱咐她早些休息就挂了电话。看着塌陷路面处的一片狼藉，我不禁暗自担忧，单位被牵扯进来，到底该负多大责任呢？如果被定性为要为事故承担主要责任，那么我们单位的检测资质可能会被拿掉，相关责任人被处罚倒在其次了。所以现在除了配合相关单位做好抢险施工和可能的责任调查，就是搞清楚我们的责任边界在哪里。

我仔细看了我们现场的资料，发现我们和甲方签订的合同有纰漏，而这个漏洞刚巧能够减轻我们的责任。原来开发商为了节约检测费用，没有把管线和道路形变检测作为本次合同的内容，这样合同费用自然降下来了，但发生事故后，我们单位的责任就大为减轻。当然，我看我们的现场资料漏洞百出，随便一份资料里就能发现大问题。单位为了赚取那点管理费，放任这种无技术、无能力、无责任心和无底线的人来挂靠做项目，不出事才是不正常。所以我们单位这次逃不掉责任的，只是如果定性为次要责任，就不会太惨罢了。

那晚公司领导都到了现场，可悲的是我们都接受了调查组的连夜问询，那个场面犹如警察审问犯人似的，只是调查组没有穿警服，我们没有被上手铐罢了，这么多年下来依然记忆犹新。我倒无所谓，只是几位领导估计很受刺激，从此过后坚决禁止了项目挂靠。我们在该件事故调查中，坚持拿那条对我们有利的合同条款说事，最后被认定为对事故负次要责任，罚款十万元，禁入检测市场半年。这件事发生后，对单位是个教训，对我却成了一个机会。由于在抢险时安排工作得体，并且也是首先发现了有利于我们单位的证据，使得我单位逃脱了更重的处罚。这件事告一段落之后，上级单位调派我到兄弟单位一个部门任副经理，这个让我感到非常意外，似乎又在情理之中。

第七十八章

因为同属一个系统，我认识新单位里很多人，这样去那里上班就毫无违和感。部门经理是现任总经理一手提拔起来的，只是他不是本部门专业出身，换句话说他不懂技术，所以长久以来在安排工作上，难免出现很多问题。按照上级的要求，我任主管现场的副经理，协助张姓部门经理管理部门。来之后不久，我就发现张经理和管理层关系并不融洽，又由于他不善于开拓市场，部门从事工作很单一，而且很多项目的利润特别低，部门的人真不少，所以人均收入排在单位的末流，员工的积极性和主动性自然高不了。最关键是，张经理对我的到来充满敌意，看来他是把我当成潜在的竞争对手了，如此我在这里一开始就很不顺，只能暂时安心做项目。

子吟见我遇到这么个领导，很是气愤，她最见不得的事，就是有人欺负我。她认为这个人技术不行，人缘也不好，早晚被人替换下来，而这正是我的机会。我觉得有机会能带个部门倒是很不错的一个选择，努力把部门带好，做点事情比现在只管技术要强很多。只是我现在被张经理孤立，能忍辱留下来就已经不易，想着取代他谈何容易。子吟给我出的主意是，先刻意和部门里的员工，尤其是那些骨干人员搞好关系，慢慢把人心聚拢到我这里，然后她会慢慢找一些项目放到我们部门，等到有一天部门的运转离不开我后，这件事情就水到渠成了。

我觉得子吟拿些项目进来这事靠谱，部门的项目组成结构单一，项目数量也偏少，如果多拿些项目进来，人员工资也起来了，我相信这是个多赢的局面。只是笼络人心这一块，我觉得操作起来太难了，即便是再小心提防，张经理总会察觉，如此我跟他的关系就更是势若水火。子吟同意我的观点，但她坚持认为这次对我是个好机会，说不定领导层调我过去也有考察我的意思，如果我能在短期内改变部门的状况，说不定我就顺势替代了没什么能力的张经理，而部门最容易改变状态的就是人员管理，如果我能把部门的人团结在我周围，我就走出目前受制于人的困境了。

听起来很像一次小型夺权行动，但随着日子一天天过去，我通过这次行动越发相信那句话，听老婆的准没错。子吟的很多项目放在我原来的单位实施，现在逐渐转移到我目前的部门来做，她这是用项目在为我铺路了。我慢慢发现部门里有一个叫黄兴的项目经理，他人缘好、能力强，在部门员工中有很大的影响力，于是慢慢和他走得很近。我了解到他家小孩准备上幼儿园，因只有居住证所以学校还没落实，这件事子吟托一个朋友帮他落实了，那个学校是黄兴特别中意而又特别难进的学校，居然被我们这么轻松搞定，也着实出乎黄兴意料之外。此后他就成为我的铁杆下属，也让部门很多员工转而全力支持我。子吟在背后谋划了我的升职之路，只是自己深藏功与名。

子吟这段时间和陈惠良见面比较频繁，因为到了年底，松江那边工地有很多事情需要处理，而且王总公司新拿了很多地，这些项目年后会大面积开工，陈惠良跟进这些项目也需要和子吟积极协商。在谈工作时，陈惠良提了一些他运作这些项目的难处，大意是现在做施工项目净利润越来越薄，而施工人工、设备和直接费上升得厉害。这些话的意思自然是想减少给子吟的经营费，就差明说了。子吟认为他的想法欠妥，经营费比例是事先谈好的，现在再谈不是有违前约吗？另外，子吟也不认为才一两年的时间施工成本会明显提升，这更像是陈惠良想降低给子吟的经营费的借口。

子吟之前考虑过这件事会发生，她以前吃过大亏的，然而她没有很好的应对办法。如果我们有实力，可以自己组建施工队伍来实施，或许我们通过这三个项目已经做大了。但现在陈惠良是投资人，他掌握着项目的实施，还有项目来往资金的流向，我们保护自己那部分收益的手段太有限，处于绝对弱势的地位。子吟选择了回避的态度，就是认真听取陈惠良的想法，但基本不怎么表态，工作方面则尽量地替他分担。陈惠良见她不跟牌，倒也不好明说他的意图，以免大家产生面上的矛盾，子吟在王总那里很有分量，很多事王总公司上下都会支持子吟，尤其是支付进度款的事宜，子吟去了简直是大开绿灯。

有一天晚间回来，我看子吟眉头紧锁，一看就是遇到特别烦心的事了，我再三追问，她才神秘兮兮地告诉我原因。那天她约陈惠良一起喝茶谈事，她先到了上岛找包房坐下，点了杯茶边喝边等。没多久陈惠良来了，可是他还带着一个年轻漂亮的女人，而且那女人居然还挽着陈惠良的胳膊，子吟本喝了一口茶，见他们出现后惊讶异常，险些把喝了的茶呛出来。陈惠良介绍她们认识，子吟只是礼貌地应答，心里一团乱麻。有钱的男人似乎都少不了要找老婆以外的女人，陈惠良这样也不会让人意外。问题是子吟和陈惠良夫妇关系都很好，两家人经常在一起吃饭喝茶聊天旅游，这种事陈惠良难道不应该避讳一下子吟吗？看样子陈惠良是把子吟当铁哥们了，可子吟毕竟是女人，她以后怎么面对陶晨？合伙欺骗于她吗？

子吟说完这事，我也震惊并且无语，觉得陈惠良这样的做法太欠妥，好歹应该在子吟这里避嫌。子吟幽幽地说我，你以后有钱了会不会也找女人？我被她这一问，一时真不知该如何回答，这种事做出来才有说服力，现在信誓旦旦保证有什么用。我想了一下，说也有有钱的男人没变坏的啊。她听了我的话低头沉思，我以为她不满意我的回答，正想补充些什么，只见子吟抬起头，说了另外一件事，看来她已经忘记刚才问我的问题了。她说，这个陈惠良养另外一个女人了，说不定还有第三个，以后我这边的经营费就更没有保证了。我明白她的意思，陈惠良要养女人，肯定要花很多钱，如果不够花了，难免会考虑不履行和子吟的合作约定。

远在重庆的姐姐得知我们买了房，兴奋之情隔着电话都能感受出来，直呼子吟和我不动声色就买好了魔都豪宅，简直是开挂的人生。子吟的这个小姐妹人品好得真没话说，虽然回重庆这么多年，她们二人的友情依然那么牢固，想想很温暖人心。在这次通话中，姐姐称安伟建想来上海买块手表，让子吟有空带他逛逛商场替他参谋参谋。子吟说欢迎安伟建来上海，只是买手表在上海不划算，去香港可以省下很多钱的。姐姐吃吃地笑笑，说安伟建又不买名表贵表，差不多一两万左右的就够了，这个价位的手表无论在哪里买也省不了几个钱，不用费神去香港或国外买，子吟忙答应了。

原来安伟建来浙江出差很久了，年关将近准备回家，以前有块手表搞丢了，而他习惯了手腕上戴块手表，这才想顺道在上海买一块。我和子吟不敢怠慢，接他住了酒店，晚上一起吃饭喝茶聊天。安伟建经常出差，不过看起来有些发福了，而且穿衣打扮非常时尚，并没有一般人出差的那种风尘样。这些年他们公司发展很快，所以他的收入又有大幅增长，买车不在话下，又接连在重庆买了两处房。夫妻两个感情很深，安伟建也确实很疼姐姐，不枉姐姐很多年前舍弃喜欢的魔都生活，毅然决定回重庆追逐爱情。我们聊天途中得知安伟建未来出差会比较少，单位领导决定让他担任负责行政的副总，我们都替他高兴，其他不用说，结束了和姐姐聚少离多的日子本就值得庆贺。

第二天我们陪他去第一八佰伴逛商场，男人买东西很直接，直接去了钟表店里选购，丝毫没有逛商场的欲望。安伟建显然是懂表的，拿起一块块手表仔细观看比较。男人都喜欢手表的，我也不例外，可是这么多年我都没有买一块，一方面家里花钱的地方太多，又连续购车、购房，好像没有特别宽余过，所以我从来没有表现出对手表的喜爱。安伟建选好了一款，让我给他看看，我拿起来仔细端详，觉得他选的这款真的很好看，不禁赞叹不已。子吟在边上看我这副表情，问我是不是也很喜欢这块表？我头也不抬地说真不错。子吟问安伟建还要不要选选，安伟建说姐夫也认为不错，那就买这款好了。子吟回头让店员拿两块出来，并且以买两块为由和店员讲价。

我和安伟建都愣住了。这块手表标价两万多，安伟建是有计划地来买表的，他看中拿下是在情理之中。可是就因为我也喜欢，子吟立马决定加买一块。这是说明什么，只要我喜欢，她就立马买给我，大有就是天上的星星，只要我喜欢，她就想办法摘给我的节奏！我不说我的感动，边上的安伟建也羡慕得不行，他定定地看着子吟在和店员讲价，右胳膊举起来搭我肩上轻轻拍了两下，也没说什么话，但我知道他想说什么。未来的岁月里，子吟一直就是这样子，只要我喜欢，她必定满足我，只要见过我们俩的人，都见识了子吟对我的好。

我们刚送走安伟建没几天，又迎来我二姐一家人到上海做客。我二姐独自在西安工作生活很多年，后来网恋结识了现在的二姐夫，结婚后就和姐夫及婆婆生活在一起。我二姐夫是西安贫苦工人家庭出身，他音乐方面很有潜质，不仅弹一手好吉他，而且唱歌功力深厚，我看应该排在我之上。虽然如此，他一路走来并不顺利，高中毕业后就到处打零工，和我二姐相识时，早过了而立之年。我二姐夫性格较好，口才更是突出，唯一让我二姐不满意的恐怕就是他喜欢喝酒，虽说也算不上酗酒，但高兴起来就挡不住要畅饮一番，而且话就特别多起来，为这事和我姐吵了多次。

我二姐夫最让我敬重的一点是他的孝顺。他对他父母的好很多人都赞叹不已。我二姐公公早逝，后来她婆婆患糖尿病，而这时候我二姐夫为了养家糊口正在外辛苦打工，伺候婆婆的重任就落在我二姐身上。糖尿病患病后期病人很难伺候，加上她婆婆又患上帕金森症，所以照顾起来有多难就不难想象了。我二姐虽也吃苦耐劳，照顾这个婆婆可苦了她，最困难的时候，她打电话给我爸妈哭诉。后来我和她联系了一次，给她谈了我的想法。我说，二姐夫这样一个孝顺的人，如果你在这时候能照顾好他妈妈，让她少些痛苦离世，我认为二姐夫会感激你一辈子。我二姐尽力了，她婆婆去世后，我二姐夫果然对他心存感恩，如此他们家越过越好是很自然的事。

来上海这么多年，我们都为了能在上海落脚而苦苦挣扎，直到买了房子，奔忙的脚步才得以稍作停歇。因此当我二姐他们想趁周末带儿子出来转转时，我果断请他们来上海一游，他们也欣然答应。我们租的房子住不下他们一家三口，所以我们在小区对面挂牌四星的宾馆开了一间房。我们很久没见面了，这次相见自然开心异常，我们在家里吃饭，二姐夫难得来一次上海，我自然要陪他喝酒喝到尽兴。那时候气温已冷，可我二姐夫居然喝冰镇啤酒，每个人果然都有一些自己的嗜好，这么冷的天，零度左右的啤酒我是不能喝，而他喝得很过瘾，不知他的胃是如何受得了的。

我二姐的儿子已经上小学了，这次特意请假随父母来看舅舅。儿子的性格像妈多些，这话一点没错。我看我这个外甥性格急躁，说话做事全由自己的脾性，虽说这也是孩子们的通病，可这些在我二姐身上同样明显。随后几天，晚上我都会陪姐夫喝酒唠嗑，等宾主尽兴了我送他们到宾馆，再说很长一段时间的话，这才回到家里。白天的时候我们陪他们一家逛这边著名景点，主要是东方明珠、海洋水族馆、人民广场和外滩，有一晚特意领他们去浦东外滩滨江大道看了夜景。无论是谁，对上海的夜景都会特别着迷。

我二姐他们如期返回西安，不过他们间接帮我们做了一个决策。儿子上了那所公立幼儿园后，我特别满意。据我观察，带班的两位老师素质很高，尤其是那个男老师，我认为爱心足够，而且特别有耐心。他戴一副近视眼镜，被小朋友们亲切地称为"眼镜哥哥"，特别招小朋友们欢迎。这所学校是浦东著名的示范幼儿园，硬件设施一流，配有小型泳池，儿子特别愿意去学校，我认为这就足够了。但是子吟认为，公立幼儿园课程严格受到限制，而大部分私立幼儿园教的东西可是五花八门的，我们儿子上小学会不会掉队？所以她一直想在周末给儿子报个班。

我同意报班，可是不乐意他上一些重要课程的课外辅导班，比如语文、数学和英语，尤其不能过早学英语。我对英语没有偏见，只是隐约觉得这门课程从小教起并不适宜，它是一门外语，本不应和语文与数学放在同等重要的地位。东方文化和西方文化差异极大，而决定文化思维方式的语言，肯定是互不相容的，如果同时学起，就如同同一台电脑安装两份操作系统，结果并不是提高效率，而是浪费宝贵的电脑硬件资源。即便是语文和数学，到了一定阶段按部就班学习掌握即可，没必要在幼儿园时就过早学习。所以我同意报一些运动类或益智类的课外班。我这些想法没有几个人同意，当然也包括子吟，所以我无奈准备同意子吟给小孩报英语和奥数课程。

我这个西安的外甥一上幼儿园就报了珠算心算课外班，而且他好像在这方面有些天赋，进步神速，每年在各类珠算心算比赛上斩获较好的名次，是我们大家羡慕的对象，觉得儿子的潜能就该早发现早培养。这次来上海，我们请小朋友给我们做个速算表演，结果吃惊地发现，他上完幼儿园后就没练，现在几乎全部忘光了。我们都无法想象，这个在市举办的珠心算比赛获得过前三名的小朋友，学了三年的珠心算，现在居然和没学过的小朋友没啥两样！所以我们报那么多的班，到底有什么用呢？子吟通过这件事也同意了我的意见，那就是幼儿园期间不给儿子报课外辅导班。

进入年底的时候，雾霾天多发，儿子的鼻炎也有些严重。看着他晚上被迫张着嘴巴呼吸，我们都心疼不已。我们只能去医院开些缓解症状的药，至于医生建议的动手术，我们还是没有同意，坚信随着年龄的增长，他会恢复起来。也有很好的消息，下半年我们努力出了成果，不仅还上了借倪茜的钱，还有了一小笔存款。我们投资纸箱厂的收益也不错，平月每月的分红足够还房贷，我们忽然发现，买这套房子并没有让我们陷入很大的被动，当初咬咬牙坚持一下是正确的决策。同时，我们买的楼盘恢复了上涨趋势，据倪茜介绍，三期低位出售的房源上涨特别明显，普遍涨了五千多。房子买来是自己住的，所以未来它涨多少其实跟我们没关系。问题是错过了那个点，我们就可能买不起这里的房子。

第七十九章

本以为这会是心想事成的一年，前面我们顺利做完了多少事啊，于是想着接下来一个月也会波澜不惊地度过吧。但生活哪里会那么一帆风顺？十二月初，我们承揽的一个项目出了严重纰漏。这个项目是张海介绍过来的，是一栋办公楼的建筑施工及装修项目。考虑到和陈惠良合作关系已产生裂痕，子吟这时候很想另找合伙人，只是一时半会儿找到一个值得信赖的人谈何容易，无奈还是和陈惠良合作实施。结果陈惠良安排的施工队伍施工技术、管理非常不到位，施工员在定位放样时犯了个低级错误，竟然把标高搞错了，又没有安排人复核，导致所有预制管桩的标高被抬高了五十厘米。这是个重大施工事故，而且完全是施工单位的责任。

事情发生后，所有参建单位都惊呆了，很多人从事一辈子施工，都未曾遇到过这种事情。这件事情如果被曝光，那么后果就很严重，施工单位将要负全部责任，其经济损失巨大不说，相关负责人也会受到严厉处罚。子吟听到这个消息后，连夜赶到现场，与张海及陈惠良商议对策。张海作为子吟的多年老朋友，虽气愤于施工单位参与人员的责任心太差，但出于不要把事情闹大的想法，最后接受了子吟的主张，就是争取一切可能把这件事压下来，不向上级汇报。这个项目是军队系统内部的工程，所以也有低调解决的可能，但是项目后续施工时，必须要更改设计，这个事情远不是张海所能协调解决的，子吟把这事揽了下来。接下来的一个月里，子吟几乎天天在外奔波，动用了她积累下来的多年关系，目标是做通项目设计方的工作。

真是难熬的一个月，小孩子全归我管，我单位里的事也只好放一放。后来实在忙不过来，我干脆休了十天年假，好让子吟专心处理这事。我一直追问子吟项目的跟踪处理情况，她每每说几句无关紧要的话，随后继续忙碌，我知道有些事知道的人越少才越安全。我感觉这次事情真的是个坎儿，原来子吟要负的责任有限，毕竟项目走了正常的招投标程序，但事情闹大后陈惠良的损失会非常巨大，主要负责人甚至有坐牢的危险。子吟想的是最大可能地降低损失，所以才会和张海商量把事故压下来不向上汇报，如此一来决策的几个人就承担了巨大的风险，万一压不住，这可是军队的项目……

直到有一天子吟表情轻松地回到家，我知道这个事终于过去了。子吟只告诉了我事情的最终处理结果，就是设计方以防汛抗洪为由出了份设计变更单，增加了建筑物整体高度，甲方认可后继续实施。由于方案变更，施工单位因此多出了近三十余万的实施成本，这部分当然该由施工单位承担。其实事情这样处理，已经把事故造成的影响降到了最低，有把大事化小的意思在里面。子吟在这期间花了多大工夫，自然成谜了。

这件事过去很久以后，我才弄明白子吟尽心竭力做这事另有深意。合作伊始，子吟在和陈惠良的商谈中拿到优厚的分成条件，而陈惠良能答应那些条件，最主要是他没料到子吟会在王总那里获取这么大的合同额。一开始，他只知道有个幼儿园建筑项目被子吟拿下，而这个项目的利润有限，两个人合作各拿一块没什么好争的。可是不到一年时间，子吟拿到的项目越来越大，所需投入的资金也是越来越多，陈惠良可能觉得他的收益和投入并不成比例，奈何这事两个人已经谈好，重新谈判并不符合行规。

子吟对整件事有着长远规划，她提出的分配比例是建立在两个人的贡献基本相等的基础上的，因为她为了这些项目做了大量前期工作，也可以说是多年来的辛勤耕耘迎来了一朝花开，所以从这个角度讲，她认为自己提出的条件并不过分。陈惠良看到子吟拿来项目，未必看到子吟多年的努力，而只是觉得他投入巨资，还要用心费神管理。其实在项目的整个运行过程中，子吟只是没有投资罢了，她是深度参与项目管理的，而且在工程进度重要的节点处，子吟的作用更是他人无法取代的。实事求是地讲，在我们家买房这件事上，陈惠良是帮了很大忙的，不过说到底，他未必是真心实意地想帮忙。

子吟一直想让陈惠良明白一个道理，她在项目上的作用并不比他小，但看起来陈惠良并不这么认为。碰巧这个时候发生了施工队伍技术出现严重问题的事，子吟认为如果她能解决这个难题，这不光是帮了陈惠良一个大忙的问题，而是同时让他明白子吟的能力界限在哪里，如此换取他在未来的项目合作中遵守承诺。子吟知道这件事有多棘手，如果处理得不好，她有可能会引火烧身。幸亏在她的努力下，事情圆满解决，但过程应该还是很惊心动魄的，因为我看到这件事处理完了，她拉着子萱出门游玩了一周有余。我从未见过她在处理一件事情过程中那么紧张，以至事情结束之后需要出门游玩以泄压。

很显然子吟的做法的确达到了她原来的目的，至少在未来一年多里，陈惠良没有提新的分配方案。有人会觉得整件事情稀松平常，没什么难点出现嘛，只是设计出了一纸工程变更单就解决了呀，其实真不是这么简单的。我在这里举个例子读者可能就清楚了：在我读大学的时候，学校新建的图书馆也遭遇了类似的问题，就是建筑物标高被放错两米，最后成型的新图书馆也整体低了两米。此后该建筑物饱受下雨天积涝问题的困扰，而且因为跟原先设计周边楼宇不搭调，外观上怎么看怎么别扭，那栋建筑物被业内人士嘲笑很多年，而当初放错标高的工程师被抓后判了有期徒刑。

幼儿园要为小朋友们办理年度人身意外险，儿子则同时得提供随员居住证，我只好在又一个元旦节来临前飞回西宁准备材料。子吟不能随我前往，为我父母精心准备了一些礼物，还有提前拜年的红包。办事过程比较顺利，只是我越来越不适应这里冬天的气候，又干燥又寒冷。每天早上起来，嘴唇干得厉害，无论喝多少水也不济事，看来我已经习惯了南方湿润的天气。我这次回来待的时间极短，走了几家亲戚，就待家里陪父母说说话。我家里人知道我们买房了，很替我们高兴，毕竟这意味着我和子吟终于在上海安定下来。

我知道留子吟和儿子在家太久不合适，过了元旦我很快赶回上海，可喜的是岳母也于后几日过来帮忙。我猜想一定是我不在的这段时间，子吟忙工作又照顾小孩实在分不开身，向她妈妈求援了。我不知道这次岳母能待多久，至少可以帮我们到年后吧，这就很不错了，因为年底真的是太忙。我和子吟终于可以歇口气，就想趁着周末出去游玩两天，过过二人世界，谁知儿子发烧感冒了，彻底打乱了计划。等到他完全恢复的时候，我又要去南京出差几天，真的是从年前忙到年尾，再没有一刻可以得闲。

　　还在我出差的时候，就听子吟说子萱要办婚礼，地点选在巴黎。我知道子萱和她未婚夫会举办盛大婚礼，但他们选择去国外举办出乎我的意料。他们家肯定会邀请我们，只是我们这边有了很大的难处。先不说家里只留岳母一个人，能不能搞得定小孩子，我连护照都没有办理，哪里能出国啊！幸亏子吟抽了空把她的办下来了，不然如何回馈秦剑明一家的盛情？其实也就没有商量的余地了，子吟肯定要参加秦剑明家的这件大事，亲眼见证子萱穿上婚纱，而我只能以小孩无人照顾为由不跟过去。子吟觉得特别可惜，她老早就催促我把护照办好，而那时候办理护照要回户籍所在地，我打电话咨询了办理流程，比经济发达地区可是烦琐了不少，结果就没上心去办理，谁知错过了这样一场重要的婚礼。

　　我知道子吟不光是为了我不能陪她去参加子萱的婚礼而惋惜，还因为她觉得我陪她去，她才能玩得开心。这件事又是我的错，不该偷懒不作为，这年头没办护照的人很稀有，而我恰好就是这倒霉蛋之一。如期办理签证手续后，我送他们去机场，看她随同去见证婚礼的人群一起进入安检通道，我心里也挺难受。我们在一起没有举办婚礼，都认为能白首偕老比风光的婚礼更加重要万倍，但没有经历那个时刻毕竟是个缺憾，如果我们有条件举办，也不会那么随意的。他们安全到达目的地，举办了庄严而隆重的婚礼。子吟发了现场无数的照片过来，就是想让我能和她一起分享这个快乐时刻，她穿那条紫色连衣裙特别漂亮，这么多年了身材都没变嘛！

　　子吟每次去外地出差，都会给我带一份礼物，这次去巴黎自然不例外。她带给我的是一个手提包，我用着太顺手了，一直用到现在，除了背带有些磨损，其余部分光亮如新。她给我讲述了十天法国之行，没有漏过一个细节。去巴黎结婚，这反映的是子萱老公的实力。子吟让我猜子萱老公的年收入时，我想他名校毕业，又是时下最热门的金融专业，年收入五六十万没有任何问题。可是子吟听了我的猜测，只是压低声音对我说"吹宝"。我刚开始没反应过来，不知道"吹宝"是什么意思，疑惑地看着子吟。她笑吟吟地说这是个英语单词。

我默念几遍，终于知道这个词是什么意思了，惊讶地轻声低呼出来。这个家伙才从学校毕业不久，就拿到三倍于我猜测数字的收入！果然名校就是硬道理，原来男怕入错行，古人诚不我欺也！我知道子吟的年收入还要高些，不过这是她十几年努力辛勤耕耘的结果，还靠了子吟的天赋异禀。子萱老公是靠智商和专业学历，我们做工程行业的，完全是低收入群体，为数不多搞项目经营的收入高，但貌似这类人可以归于商业人士。我真的好想回到上学时代，拼了命也要考个一流学校一流专业。可以设想，子萱老公再过几年，收入还会水涨船高，到达一个我想都不敢想的地步。所以，我们要努力啊，先天已经不足，后天又不努力，同样在上海的我们，会有差别太大的人生呢。

由于我没有出席子萱在巴黎的婚礼，秦剑明特意邀请我们去他家做客，以家宴的形式弥补这个遗憾。虽然我自认待人真诚，也很佩服人品好、有能力的人，但我骨子里是有些内向的人，并不擅长主动向人敞开心扉，或者想着主动结交朋友。所以我身边朋友不多，但是子吟的朋友都对我特别好，仿佛我也是他们多年的老友。对此我有着清醒的认识，他们是"爱屋及乌"了，只因为对子吟特别认可，因此也连带着对我有了颇高的评价。我说这些话的意思并不是为了贬低自己，而是从另一个侧面说明子吟的人格魅力。蒋阿姨夫妇，秦剑明一家，王伯时，还有张海和李晓明，这些人待子吟犹如一家人，这件事若不是这么多年被我亲眼见证，以我有限的认知真的难以理解。你若盛开，蝴蝶自来。

那天在秦剑明家里，我们算是提前过了年，因为那桌饭完全就是按照喜宴标准来做的，而且肯定比饭店的饭菜还好十倍。我恍惚间觉得这里才是子吟的娘家呀，有些特别疼她的家人。秦剑明明年就要退休了，他那天喝了很多酒，看得出来是真开心啊。我们四个一起朝秦剑明敬酒，他笑眯眯地说年轻的时候想要生二胎，而未能如愿，如今这个美梦成真了。这句话真的好有水平啊，够我学一辈子的。子萱和他爱人的房子买在了杨浦区新江湾城，那里离复旦大学江湾城校区近在咫尺，看起来子萱他们在为未来着想，让他们的宝宝将来走他爸爸的路线了。

小年夜前一晚，陈惠良邀请子吟和我去他家吃饭。我们理解下来的是，他这是在感谢不久前子吟帮他解决了难题。子吟去过他家里，而我这是首次被邀，看起来两家的关系又进了一步。我们去了以后，获知了一个颇感意外的喜讯：陶晨怀了二胎。要知道经济越发达地区，计划生育政策越被坚决地贯彻执行，上海当然不会例外。我们当面道贺，也小心翼翼询问缘由，说不定这是意外怀上的，他们不舍得打掉吧。结果这是他们计划内的事，并且做了坏的打算，如被发现大不了被罚点款罢了。我们一听很佩服他们的勇气，认为如果只是罚点款，这事值得做。一胎化已经造成了很多社会问题，政策早晚会松动，有想法趁早生是明智之举。

他们家请了个住家保姆，我见了羡慕异常，觉得我们家里有这样一个人，我和子吟就可以被解放出来专心做事了。我见陈惠良头发白了许多，想想子吟说起的那件事，又想想他拼命赚钱也真不容易，不由得说了句陈总好辛苦，头发比之前白了不少。忽然我发现子吟暗中颇有深意地看了我一眼，我立马打住不吭声，知道她觉得我这么说并不妥，至于怎么个不妥法，我一时也没想明白。这时候陶晨说陈惠良好久没染发，白发才会这么明显，过两天让他再去染一染。我一听松了口气，觉得刚才那句话没有问题，更不会产生什么不好后果。

在饭桌上，我们聊了很久的孩子教育问题。家里都有上学的孩子，共同话题就非常多，不过听下来还是吐槽的话语多。我们知道他们家儿子在校成绩不好，而且似乎性格有些急躁，也很不合群。爸爸在儿子的成长过程中作用巨大，我了解到陈惠良每周在家不超过一天，小孩子目前的问题应该和他爸爸过于忙碌有一定关系，但谁也不能把这话说出来呢。子吟见聊天气氛不是太好，急忙换了个话题，谈起了明年的工作。陈惠良很兴奋地说，他的一个大学同学调任管理工程建设部门一把手，这为以后那边工作得以更好开展提供了契机。我们很开心，对未来的前景更加看好。

回去的路上，子吟上了车子就紧锁眉头，和刚才的轻松自在已经判若两人。我赶忙问缘由，她轻声叹息了一番，说起了两个缘由。原来今晚赴宴前子吟认为陈惠良会提及年底分成的事，我们买房时虽向他预支了项目工程款，但截止到目前，又有一大笔进度款进账，即便减掉上次预支款，子吟仍然可以拿到约二十万的经营费，但陈惠良丝毫没提这事。子吟发愁的另一件事，是陈惠良说的新来的管理部门领导和他是同学。子吟认为来这么一层关系，对陈惠良开展工作是好事，但是对子吟却未必是个好消息，陈总会不会因为这层关系，进一步认为子吟在项目上的作用和地位更降一步呢？

我认真想了想这事，对子吟说情况不一定如她想的那么复杂，比如分成的事今晚谈未必合适，可能你们两个人私下谈更好吧。子吟轻轻摇摇头，说陶晨就是他们自己公司财务，今晚并没有不相干的人；而且这都快过年了，哪里有今年的事拖到来年再办的道理？我说要不再跟他谈谈，重新谈个分成比例，做点让步算了，总比两家闹翻要好。子吟说她也想过这个问题，而且肯定要让步，不过谁能保证让步后，他就一定会按新条款来执行？原来的条件并不苛刻，我们提让步就是承认原来条款不合理，而实际上主要是因为我们没有太多确保我们权益的资源。

这些话一点也没错，白纸黑字的合同都有不被执行的可能，这种经营行为中产生的口头协议更加有不确定性。如果子吟实力足够，则无论是子吟主导还是合作项目，就不会有今日之被动。我问子吟接下来该如何处理，她想了一会儿才开口，说找个机会和他再谈一次，但更重要的是慢慢找合作的替代人选。之后子吟凑近我，说她准备向陈惠良哭穷，本来我们有经济压力，严格意义上讲也不算耍手段。我觉得这是女生做经营的另一优点，不撕破脸强调弱势地位，在一定程度上是有效果的，很难想象男人会选择用这招。我们在创业的起步阶段，缺少启动资金，也缺乏项目管理人员，这个应该是很让子吟遗憾的事情。

第八十章

我们把车子开上延安路高架，一会儿就看见西藏路大世界的霓虹灯闪烁，子吟忽然就说这里离人民广场很近啊。我看向高架左前方，正是多年前和子吟待了一夜的人民广场绿地，不禁心里暖流涌动，打了右转向灯下了高架，开往人民广场。子吟伸手过来，我左手握方向盘，右手自然迎上去握住她的小手，还是一如既往地冰凉。我们把车子停在地下停车场，手牵手上到地面走向人民公园，不料公园已经关门。当初工地办公室正在公园一角，如今这里已经全部被绿色植物所代替。我们都特别怀念这个地方，而那个我们互诉衷情的夜晚，仿佛就如在昨夜，每一个细节都记忆犹新，无论再过多少年也会这样。我笑呵呵地对子吟说，要不咱就再走一夜？她乐呵呵答应下来。终归是玩笑话，现在已近隆冬，哪里能在外待一夜啊。

很快就到了春节期间，我们一家人在上海过了年，具体地说是大部分时间待屋里，外出也主要是去好朋友家里拜年。我们去楼下阿姨那里拜年，却看到阿姨家气氛不对劲，仔细询问才知道家里出了点事。就在年前，阿姨儿子的女朋友被查出不能怀孕，而阿姨家盼孙子盼了很多年了，我们都知道他们有多喜欢小孩。怎么办呢？这个问题不能纠结谁对谁错，局外人很难体会一家人的痛苦。阿姨儿子表态无论怎么样都要和女朋友在一起，可阿姨实在为难，久久没有主意。阿姨儿子在过年的时候外出，给家里施加压力，阿姨急得差点病倒，这个年自然过不好啊……

听到阿姨家出了这种事，我和子吟都非常难受，不由得想起了田琳的遭遇。通过各种传媒，我们知道近年来不孕不育症发病率大增，但我们无论如何想不到身边就发生两例。由于和田琳已经不来往，所以我们不知道她的不孕有没有在家里掀起轩然大波。但阿姨家的确是这样的，长辈们很难接受没有子孙这种事的。我们看着蒋阿姨的脸色苍白，没有一丝血色，连说话都有气无力，显然她既为未来的儿媳不孕而苦恼，又担心儿子外出过年能不能吃好穿暖。曹叔叔脸色蜡黄，满脸倦容，但他还要照顾身体不适的阿姨，情绪自然不能太低落，那是种打碎牙齿和血吞的痛楚。

因为这个缘故，本年度最重要的节假日就没怎么过好。阿姨儿子已经二十五六岁了，他自然不太可能出什么大问题，顶多在朋友那里住几天，或者干脆去外地散散心也就回来了。所以我们帮着阿姨把能找的地方都问了一遍，见没有消息也就只能静候他回家。子吟请她妈妈辛苦一下多做些饭菜，到点了就端上几样送上楼，这就不用担心阿姨和叔叔吃不好饭了。我以前说什么来着？关键时刻儿子往往都不靠谱啊，有了女儿才会吃喝不愁。我不禁感叹自己没有福气，如果有人保证我们二胎能生女儿，我立刻会劝子吟再怀一个，就像陈惠良家那样，大不了交点罚款吧。很快节日就过去了，阿姨儿子也在元宵节那天回了家。这段时间阿姨也想明白了，只要儿子好好的，其他一切就随他去吧，人这一生能管到孙辈吗？好好把儿子拉扯大已经功德无量。

我于初八那天上班，年后刚上班照例都不太忙，于是我就有心去看看我们的房子装修成什么样了。按照合同规定，交房就是今年六月份的事，如此算来也就三四个月光景呢。我把这想法告诉子吟，她也来了兴致，于是我们在节后的某个工作日去看房子，若不是倪茜一家人还在国外度假，我们顺道可以拜年了。我们把车子停地下车库后，上到地面直接去我们那栋楼盘，因为现场还没开工，连个值班的都没碰到，我们毫无阻碍就上了楼。现场一片狼藉，看样子是地暖刚装好，接下来是装大理石地板、木地板、厨卫器具、门窗和贴墙纸等后续工程。

我们去外面看露台，惊喜地发现开发商开了一扇从客厅到客卧阳台的门，而这扇门是样板房没有的，显然是开发商为方便我们利用外面阳台而建的。这个阳台目前还是水泥台面，显然要经过装修才能更好利用，我和子吟决定一旦交房后，立即找人设计出个装修方案，争取在入住的时候看到这里已经鸟语花香。我说把这个阳台弄成个花园极好，里面种上各式各样漂亮的花。子吟说她喜欢菜园，如果好好打理，我们家一年四季就不必买菜。

正当我们争论哪个地方该放花架，哪个地方又该砌花坛的时候，一个戴着安全帽的工头从屋子里出来到了露台。我估计他可能是装修队伍留守值班的，毕竟这么大个装修工地节假日也需要看护人。一个疏忽竟然让陌生人到了房屋装修现场，他心里的郁闷可想而知，所以他是满脸怒容、骂骂咧咧走向我们的，那架势是要扭送我们到公安机关吧。我赶紧解释我们是这套房子的业主，来这里主要是看看屋子的装修进度。那人一听我们的解释，看着我们也不像小偷之类的闲杂人等，所以态度稍缓和了些，但还是神情严肃，说这里是施工现场，未交房之前是禁止业主参观的，让我们赶紧离开，不然丢了东西谁也说不清楚。

我认为今天我们的目的已经达到，离开这里也正当其时，所以向那位师傅说了几句感谢的话就准备拉着子吟下楼。谁知子吟开始和那位师傅套起近乎，先是赞他工作认真负责，节假日还要值班，非常辛苦云云；接着问起了师傅老家是哪里，有无小孩，过年没回老家的因由，等等。这些都是搞经营的人的套路，当然子吟喜欢真诚地和各类人等交朋友，而这正是她受欢迎的原因。人人都需要受到尊重，那位师傅见子吟对他这么客气，脸色已经好看了许多。我看这人已经没有敌意了，就在他们还在聊天的当儿，走到屋里各处仔细查看。

我能看出来，建筑物的主体施工质量还是很不错的，不过装修细节真不敢恭维。我想起了倪茜家里的装修样式，再回忆了一下三期样板房的装修效果，暗自叹息房价降下来后，装修档次及质量也不可避免要下降，不免担心交房后，我们的房子会有很多质量瑕疵。我注意到某一面墙体的墙面找平施工质量太差，估计是某道工序漏做了，或者干脆就没做吧。我不知道这面墙还需不需要继续处理一下，如果不做进一步处理，那么后续贴了墙纸后就极易脱落，到时候就是住户自己花钱去重新贴墙纸，想想也很烦人的。

等我把所有的地方仔细看了一遍，返回露台上时，他们还在那里聊得热火朝天。我暗暗好笑，觉得这个世界还没有子吟搭不上话的人。最让我惊讶的是，谈话快结束时子吟竟要到了那个人的电话号码，之后我们热情和那位告别而出。等把车子开出了地下车库，我才把屋子里可能会存在的施工隐患说给子吟听，她显得并不惊讶。子吟认为开发商要把利润最大化，一些隐蔽工程偷工减料是必然的，本来施工监理是起监督作用的，奈何很多时候监理和施工单位同气连枝了，监督也就形同虚设。之后子吟兴奋地问，你可知道今天那人是谁吗？我笑呵呵答复应该是值班的吧，但看到子吟的眼睛里又在放光，这种眼神只有在她才思敏捷的时候才会被我看到。见我迷惑不解，她说这人是我们这栋楼一至九层的装修项目经理。我立刻明白她的用意了，惊得差点闯了前方路口的红灯。

我认为子吟是想让那个经理把我们的露台给装修好，这是个十分合理的推测，因为这样就不用等我们拿到房子钥匙才开始阳台装修，便利之处不在少数。等到子吟把她的想法都说出来，我才发现我还是低估了她的用意！她的想法有三个，计划请那位李经理装修露台只是其中之一。那另外两个是什么呢？一是和他搞好关系，最好是交个朋友，如此他自然会在我家房子的装修上用点心，用料足一点，人工多一点，装修质量可以更好得到保证；二是如果能做朋友了，他说不定可以作为以后项目合作的对象。我们拿到土建或装修项目后须找人合作，除了资金不足，很重要的一个原因是我们没有自己的施工队伍，以后我们要慢慢培养起自己的合作队伍。

这件事反映的是子吟的职业敏感度很高，但我还是为她这种机变反应给跪了！一个看似完全不起眼的偶然事件，被她引向了能产生重大影响的方向，事件中的所有人做到了共赢，尤其是对我们家意义重大。随后几天，她每天都往我们房子装修现场跑，等我有一天没事被她拉到现场，那个李经理已经当我们是自己人，客气得不得了。子吟给李经理提了露台装修的事，他表示很愿意做这件事，但必须是在开发商交房以后，不然开发商会认为装修队伍违规，后果很严重。我认为他说得有道理，露台我们只有有限使用权，原则上产权属开发商，现在就装修，于理于法都不合。李经理答应等房子交付给我们，他们立马按照我们的设计图进行施工，价格也会极其优惠，质量肯定会让我们放心。

李经理提到会以优惠价格帮我们装修，这说明子吟已经取得了他的信任，二人应该已有过在未来进行项目合作的谈话。未雨绸缪果然重要，我们年中的时候，接到一个装修工程项目，这是我们独立操作这类工程的起点，这个李经理就起到了非常重要的作用。仔细了解下来，原来他的手里基本上有全套的施工队伍，比如木工班、钢筋班、混凝土班、模板班和砌筑班等，如果再配个项目经理，子吟拿到的项目就可以由自己来做，少了如陈惠良这样的掣肘。

最精彩的部分来了，由于已经和李经理建立这么良好的关系，我们自己屋子的装修质量十分可靠。我一开始还异想天开，想加点钱给李经理他们，用来升级装修我们屋子的档次，用些更好的石材和木材等，李经理把头摇成了拨浪鼓，笑着说你这边升级了，其他业主要找开发商闹了，毕竟整栋房子统一装修统一交付。我只好打消这个念头，但即便是相同的装修材料，同一批材料里有好的有一般的，有优良品有合格品，试想他们挑最好的材料用在这里，隐蔽工程按照设计要求把料用足呢？所以交房那天就没花工夫验房，拿了钥匙看了一圈就签字确认了，让交房的开发商代表很感意外，以为我们根本不懂精装修房是需要仔细检查，以备返修的。我们的屋子会有需要返修的地方吗？

开春上班没几天，我们单位就发生了一件大事，剧情还有点狗血。上级主管部门纪委收到了一封匿名举报信，反映了我单位总经理违规超标宴请客户的情况，还附有消费清单和实景照片。我们单位是国企，从事的工作有的是政府指令项目，但更多的是市场项目，所以人员编制也有事业和企业之分。企业编制的要走市场，但想要在市场上打拼，没有业务招待几乎不可能，所以这次业务招待在以前是没有大问题的。偏偏最近国有企事业单位在这些方面越抓越紧，对事业编制人员管理更严，这时候我们总经理即便是为了市场项目而请客吃饭，也因事业编制身份而不合时宜，算是撞到枪口上了。

因为证据确凿，相关人员也承认存在违反规定的情节，所以违规宴请被迅速查实。我们总经理被撤职，调任兄弟单位做了份闲职。举报这件事的人是谁也很明显，毕竟在现场的人就那几位，照片的拍摄方向也能说明问题。但那人为何举报，就成了一桩悬案，应该只有他们二人知晓了。这件事发生后，单位里类似的饭局就少了很多，有些有业务性需求的饭局也纷纷转入地下，所以看起来严格规定也未尝不是件好事，对社会风气的变好有推动作用。不过突然实施如此严格的规定，也有很多后遗症，比如单位此后连职工的一些正常福利也取消了，这个明显是曲解了政策制定者的初衷。

单位新的总经理很快上任了，这时候我突然就想起了许思杰的经历。经过半年的努力，我在部门逐渐树立了威信，大部分人都倾向于我能发挥更大的作用，但正因如此，我和张经理的矛盾半公开化了。前任总经理还是倾向于张经理做总体管理，我来做辅助管理，这显然不是我所希望的局面。我把我的想法告诉子吟，她认为这的确是个机会，但一定要等到新任总经理把情况先了解清楚，知道我们部门谁更合适掌舵，再主动出击。不然以副经理身份汇报工作会起到相反的作用，让人看出我有投机之嫌。我不无担忧地说，如果张经理先于我找领导汇报工作，并取得人家信任怎么办？子吟笑笑说，如果发生这样的事，而我是你们那位新任领导，肯定会毫不犹豫选择你上位。

子吟没有做进一步解释，她似乎认为我岗位的转正毫无悬念。而我则觉得时不我待，也铁了心要找机会去单独汇报工作。我只是想要一个能够发挥我能力的平台，追求上进总会被人所理解吧。有一天上午，我去总工办拿份材料，看到总经理办公室门大开着，忽然间就有想去找吴总的冲动，于是把心一横就去敲门了。吴总见了我很高兴，他知道我们是人员最多的部门之一，说正想了解一下情况，可巧我去找他了。听他这么说，我心里有了些底气，于是把部门大概情况向他做了汇报，后面重点介绍了我的工作经历。我能感觉到吴总对我建立起了信任，而这份信任比其他任何事情都要重要。等到汇报完工作离开吴总办公室，我心里轻松无比，说明我对自己今天的表现很满意。

第八十一章

向吴总汇报工作不到一个月，我就被任命为部门经理，我的职业生涯迎来了新的起点。我能获得这个职位，主要是由于技术相对比较出众和态度特别积极主动。后来吴总对我越来越信任有加，则还有其他一些偶然因素。不久后我得知吴总的爱人，正是我们上级单位工会主席。说来很巧，我在系统内部刊物上发表过一篇文章，写了子吟怀孕生产的事迹。在一次职代会上，我与工会主席面对面讨论问题，她提起我写的这篇文章，并对其赞扬有加，我心里自然得意。哪里料到她的老公未来会成为我的领导呢，这件事吴总肯定知道，当然会为我加分不少。可惜的是那篇文章没有保留底稿，刊物也没找到，拿给子吟看，她是否也会被感动到呢？

吴总虽也属事业编制身份，但他的职业生涯并不顺利，早些年曾被提拔过，后来不知为何就被外派任项目经理，多年来在生产第一线打拼。特殊的性格和经历，造就他敢想敢干，以做出一番事业为己任，不以升职加薪为目标的人生信条。所以他上任后，我们公司面貌焕然一新，少了事业单位那种人浮于事、效率低下等一系列问题。我在部门主持工作，也得到了他的全力支持，部门进入了快速发展扩张阶段。不光如此，他很快就把单位的几个部门负责人团结在他周围，要知道在他之前，这些人都是各自为政，很少有坐下来喝茶共商公司大计的时候。经过吴总的梳理，我才知道公司原来存在那么多问题，实际上公司发展壮大的条件都不具备，比如最基本的重要中层干部的团结问题都没解决。

他的这种思路很奇特，越过公司管理层，直接和部门负责人打成一片。我认为这是吴总迅速掌控公司全局的关键一步，从此以后他的所有改革措施都能得到贯彻执行，因为有一线部门负责人的直接支持。部门负责人管理项目，直接创造公司效益，加强和这些人的联系，是管理一个公司的重要抓手，在这点上吴总可谓眼光独到。他的前任就不怎么重视这点，而是以公司管理层为核心，垂直向下管理公司，这样一来，和部门负责人间的沟通就夹了一层，效率就很难提高，关键是很容易产生隔阂，缺乏沟通，更谈不上顺畅解决问题了。

通过对公司很多管理制度的改革，尤其是废弃了制约经营业务开展的条款，我们单位走上了快速发展扩张的道路，直观表现在单位产值的增长上，年底统计数字是去年同期的两倍左右。所以企业核心领导的气质决定公司形象，这是一点也没有问题的。我之前的优势在搞技术方面，从这个时候开始才真正走上管理之路。我管理部门的风格借鉴了吴总的思路，把几个重要项目负责人团结在我周围，尽量为他们争取最大的资源，给他们一定权限，让他们放手去做，依样画葫芦居然也奏效，到了后来居然轻松无比，而部门的业务面呈扩大趋势。

工作开始慢慢进入状态，我比以前忙了很多，但过得特别充实。每天都在发生很多事情，但刻在脑海里的当然是一些珍品事件。记得那是四月初的一天晚上，子吟去倪茜家做客，回家时拎了一个大包。我猜测又是倪茜送了一些衣服给她，果然她拉我进卧室，说是试衣服，让我给瞅瞅好不好看。我觉得老拿人家送的衣服来穿不太好，于是对子吟说，衣服还是买自己喜欢的才好吧？她听出了我的意思，笑吟吟说有种热情叫却之不恭，这些衣服她放橱柜里不知睡多久，她不拿来送我估计会永不见天日，浪费了才是可惜。而且倪茜衣品不错，她买的衣服无论款式还是版型都属一流，我自己未必买得到这么好看的衣服。

她一件件穿起来给我看，让我帮她参谋参谋哪些适合她。我特别喜欢一件天蓝色的连衣裙，她穿着特别显身材，而且衬她的皮肤。她见我喜欢自然开心，在镜子前转了一圈又一圈。之后她拿起一件小脚裤准备试穿，这时我注意到衣服堆里有一件黑色的蕾丝连衣裙，这种东西特别能吸引男人的眼球，我伸手拿起来一看，原来是件性感内衣。子吟穿的内衣都很传统，所有的内衣、内裤都中规中矩，我从来没见她穿过这类情趣内衣，要不是我偶然看过几部爱情动作片，还真认不出这衣物拿来何用。这件衣服应该是倪茜不小心夹在里面的，毕竟送这类内衣好像不太合适。

我双手各两根指头夹住这内衣，在子吟面前晃了又晃，跟她开起了玩笑，问她怎么朝倪茜要了这么漂亮的衣服。都是老夫老妻了，她居然脸颊绯红起来，轻声骂我是流氓一个。我忙说你穿起来让我看看，这件衣服肯定是最好看的一件。子吟从我手里接过去仔细看了一番，抬头笑眯眯地对我讲，你说肯定好看，那就不用试喽。我赶紧使出浑身解数哄她穿起来给我看，她被我缠烦了，说咱妈和儿子都在家，不方便啊，改天找个没人的地方穿给你看。我一听来了劲，怂恿她和我一起去外面找个宾馆，磨了半天她终于答应下来。

我们约好周末出去找地方，试衣服当然只是一个借口，我们好久没有单独约会过了，这次有这么个由头更觉刺激。我心想既然要试情趣内衣，何不多准备几件呢？于是就花了一个下午上网买，一下子订了十来件下了单。子吟知道我做了这事，直呼她看错了人，没想到我内心是这么污，这么闷骚。我嬉皮笑脸地说污一下老婆又不打紧。周末我们安排好家里的事，喜滋滋去了订好的香格里拉酒店，我们多久没约会了，好不容易逮到机会自然要隆重些，为此子吟还特意去化了淡妆。等到子吟穿上那件内衣，从卫生间款款走出时，我不出意料地血往上涌，那个感觉比第一次和子吟在一起时还要强烈，男人是视觉动物，这话一点也没错！有部电影叫《真实的谎言》，里面主人公的妻子换上性感内衣，在他面前跳起充满挑逗意味的艳舞，男主人公被震撼得无以复加，我终于也体验到了。子吟没有跳舞，我先受不了了，被我按住做那羞羞的事情……

我们特意选了一间面向黄浦江的套房，面积有五十多平方米，临江一侧墙体全部由落地窗所代替，看起来有六七米宽，所以视野特别开阔，躺在床上一睁眼，外滩夜景尽收眼底。这个夜晚特别难忘，子吟换了好几件各色情趣内衣，让我大饱了眼福。我特意从家里拿了数码相机，拍了很多照片留念。她看了这些照片，连自己也觉得不可思议，能允许我拍下来这么露的写真，忙不迭地连声叫我删除掉。我哪里肯依，对她说，这些是你青春的见证，以后说不定身材走样，再拍不出这么有风采的照片了。她犹豫了半天，想想还是觉得不妥，直到我承诺好好仔细保存，绝不能让人看见才由得我。

我把这些美图拷贝到笔记本电脑上，存在一个很隐秘的目录下面，不是我本人来寻，应该没人可以找得到，碰巧打开的除外。可是在一次出差中，这个笔记本不慎被我丢了，我可不敢把这事告诉子吟，如果她知道肯定要担心很久很久。后来子吟问起那些照片的事情，我说有一次电脑系统坏了，无奈格式化了硬盘，照片自然也被全部删除。她对此将信将疑，不过也没追问。其实这些照片暴露尺度不大，比起网络上铺天盖地的人体写真图片，是不会引起好事之人围观的。但是我感觉特别可惜，这些照片记录的是子吟最美瞬间之一，以后哪里还有机会拍到这样的照片？

我们这次约会完不久，子吟在工作方面出现了个不小的疏忽，着实让她手忙脚乱了一阵。她在去年下半年跟踪了一个酒店的装修工程，和一个重要中间人达成了合作共识，经由她的运作，这个项目已经到达签约的阶段。那天她和中间人一起去拜访甲方合约部负责人，大家互换名片后聊天交流，那位负责人低头看了子吟的名片，笑吟吟说道，龙总年纪轻轻就当了这么大一家公司总经理，确实让人佩服。子吟一听这话，立马感觉不对了，知道一定是拿错了名片，错把我们自己注册的公司名片，当成这次借用资质公司的发给了人家！

我们自己的公司还没有申请专业资质，那需要很多人力、物力和财力资源的，所以公司成立三年以来，是以走账功能为主，大部分项目还是要挂靠有资质的单位实施，所以子吟手里有很多个公司的名片，在不同场合代表不同公司出面谈事情。这次这个项目是装饰装修项目，她本来应该用某个装修公司的资质以及名片，不知为何会犯如此低级的错误，发错了名片。好消息是这个合约部门负责人对和此次项目合作的公司一无所知，所以发错名片后那人没注意到这个问题。坏消息则让人忧心：在这次会面中，那位负责人说按照他们公司的流程，合约部会安排一次到我们公司的拜访，重点考察我们公司的办公环境、公司管理体系和人员、公司资质等。这个项目投入这么多精力，眼看就要签约实施，哪里想到会出这个事？要是因为这张小小的名片耽误这个项目，那真的称得上是损失惨重。

这件事相当棘手。甲方合约部要来公司考察，总不好这时候告诉人家合作单位并不是子吟名片上的那个，而是另外一家吧？而如果还想继续把这个项目进行下去，必须要把那家有资质的单位推荐进去才行。下班后我们聘请的两位文员回家了，只剩子吟一个人在办公室苦思良策。这件事项目中间人还不知晓，在没有想出对策前，子吟暂时不想告诉他。大家为这个项目忙了这么久，总是要让事情有个稍圆满的结果才好。

晚间子吟回家后把这件事讲给我听，我也替她觉得郁闷，更多的是惊讶子吟也有这么糊涂的时候。但当她把想出的对策和盘托出时，我简直要瞠目结舌了，不明白她为何想如此大费周折处理这件事，她这个计划某个环节出了问题后，会产生非常严重的后果。计划的第一步，是依照原先安排，请甲方合约部的人到我们单位考察。由于我们目前的办公室只有区区一间，所以子吟需要临时把周边的几间办公室借用下来，而我们公司旁边五间相连的办公室碰巧是一家工程咨询公司租赁的，子吟和他们老板熟识，可以商量着借用一天，如此合约部来人应该看不出大的破绽。与这件事有关的一个分步骤，就是弄一份低等级的专业资质，并让合约部来人发现这个资质等级达不到这个项目的要求，最后选择放弃与我们单位的合作。

我正要急着表达我的反对意见，子吟按了按我的手，意思是等她把计划全部说完再让我谈我的想法。她的第二步还算靠谱，就是找个信任的人以原计划入围的那家单位的代表身份，重新和甲方合约部接洽，如果一切顺利就可以接着完成下面的步骤，唯有如此由那张名片引发的危机才算过去。子吟对我说，这第二步里代替她出场的比较合适人选是我，但我毕竟在这边建筑行业里工作，说不准哪天因为其他项目就碰个照面，那么做前面这些事就毫无意义。因此她准备把妞妞请到上海来帮忙，她这个好友聪明伶俐，经历过大场面，应该是最佳人选了。

听完整个过程，我问子吟跳过第一步骤直接按第二步行事不是很好吗？

第二步操作得当就能达到目的，而第一步不仅风险巨大，我也看不出它和我们的最终目的有什么直接联系。子吟解释说，一开始她没有规划第一步，只是发错名片的事，需要有个合理的解释，而且任何解释都不能影响到那位中间人的利益。他在这个单位深耕细作很多年，建立这么友好的合作关系很不易，名片事件处理不好，可能会影响到他的声誉。而她计划里的第一步，就是尽量避免对中间人的负面影响。

我还是不明白，请合约部的人上门的意义何在，也不知道子吟是否完全明了这样做的风险。名片发错了可以再想其他办法呀，非要将错就错让人家上门，好演一出戏给人家看，演砸了可怎么办？就算我们隔壁单位老总同意使用他们的办公室，怎么保证合约部的人不去各个办公室看看呢？如果他们到处转转肯定露馅啊。即便办公场地不露马脚，那个根本就不存在的资质怎么办？我听出来了，子吟是想弄个假的来用一次，如果这样那真是胆大妄为了，这就好比为了掩盖一个小错误，最后选择用犯更大的错误来弥补。这次子吟的脑回路开得这么大，我一点也理解不了。

子吟说她考虑过这些问题，也知道她的计划是会冒一些风险，但她想不出更好的办法，可以弥补已犯的错误。如果是其他时候，还能想办法，可是人家已经正式通知要来公司参观，这时候无论找什么借口推辞掉，都会显得欲盖弥彰，让中间人深陷信任危机。而如果她的计划实施起来一切顺利，让合约部来人考察，发现我们单位条件并不具备，从而以合理的理由将我们单位排除出候选合作单位，这体现了合约部存在的价值，反而会获取他们的谅解与配合；至于我们单位的场地，只要在借来的办公室适当位置临时加上我们单位的名称，而我们也尽早暴露我们的资质问题，合约部的人未必会进入细看；关于资质，只要做一张乙级的，再加盖公章即可，反正只是演戏用的，又不用来接项目，用后立即销毁，并不会产生不良后果。

听了子吟的解释，我仍然觉得这事需要再慎重考虑一下，说不定有更简单些的解决方案。我说这事潜在风险不小，那个项目中间人也未必肯冒这个险。哪知子吟说，回家之前她已经与中间人讲过了，对方同意这么做。这么看来，那个中间人也没有好的办法挽回名片的事造成的影响，而他显然也认为子吟的做法带来的负面影响最小。我小心翼翼地问子吟，你不会也和姐姐联系好了吧？她抿嘴浅笑，我就知道她已经安排好了计划中的第二个步骤，这事已经箭在弦上不得不发了。

子吟这么着急安排这件事，主要还是时间紧张，合约方约定来单位考察是在隔周周一。我们利用周末的时间做了一些布置，主要是把所有可能用到的材料准备好，并和隔壁单位老板商量好借用他们办公场地的问题。不出意外地，周一那天的事非常顺利，合约方一行三人来到我们办公室，而其中一位和那个中间人熟识，有了他的针对性的话题引导，他们没过多久就遗憾宣布，我们单位的资质等级不够，不能参加进一步合作谈判。其后一周内，姐姐从重庆过来帮忙，而子吟退居幕后指导，很顺利让那家她选定的单位中标。这件事的发生纯属意外，解决又极富戏剧性。而我在想另外一个事情：如果子吟是个男的，她会做出多大的事情来？这个世界上还有她不敢做的吗？

第八十二章

子吟请姐姐来沪帮忙，事情进行得非常顺利，两姐妹多年之后的合作，还是那么默契，令人印象深刻。这件事前后进行了约一个月，家里没法安排住宿，所以子吟陪她一起住酒店。工作闲暇之余，她们自然是到处游玩。姐姐对上海感情很深，这次子吟陪她去了她曾经工作、生活和游览过的地方，很多地方已经和八年前大为不同，姐妹俩都感叹不已。姐姐说她那时很想参观世博会，可惜她正在孕期，错过了好机会。我插话说幸亏你没去，排队能把人排傻掉。子吟对此嗤之以鼻，说我当时进去不愿排队，稍好些的场馆基本没进去参观，那和去了趟世纪公园有啥区别？我赶紧伸伸舌头不搭腔。

我打听了一下情况，世博会大部分展馆都拆除改建或准备商业开发，现在保留下来的有中华艺术宫（原中国馆）、月亮船（原沙特馆）、意大利中心、梅赛德斯奔驰中心（原世博演艺中心）、世博公园和后滩公园。这几个园区算是三年前那场举世瞩目的世博会的精品。我们赶紧安排前往参观，场馆里少了部分展会期间的展品，但是我认为省了排队的烦恼，缺那几件展品完全可以接受。我们陪姐姐轻轻松松游览了一轴四馆，真心觉得这次是大有收获。所以真不能跟风做这类事，不要觉得过了这个村就没这个店。

她们俩这么逍遥自在，不久后子萱和倪茜也加入了进来。姐姐家里有她父母照顾孩子，这次请了一个月长假过来帮忙，而子吟等三个人都不是上班族，所以有整整半个月里，她们天天黏在一起。五一节前夕，子萱老公去国外出差，所以大家都跑去她家住了一个星期。子吟后来告诉我，江湾城绿化搞得非常好，规划人口密度又很低，子萱家小区绿化率更是惊人，小区方方正正，房型也是如此，旁边就是十号线江湾城站，非常宜居。子萱老公的眼光真不错，他家这个楼层靠小区南部，前面视野开阔，有"厨房三件套"之称的陆家嘴三栋超高层建筑尽收眼底，上海中心就要结构封顶，到时候从这里望去就有更美丽的风景。

倪茜说起怎么过五一的问题，她们讨论了一番，居然要去香港转转。我有心要跟她们一起去，但后来想想不太妥，她们闺密去逛街购物，我要跟去倒有些煞风景，会有诸多不便。再者过节不陪陪儿子也说不过去，于是打消了这个念头。她们走后没两天，我在家犯了个严重错误，把岳父给得罪了。有一天儿子调皮无度，我板起脸教训他一顿，这时候我岳父说话了，他认为小孩子调皮一些没关系，由他去吧。我知道小男孩调皮点确实不要紧，可是我儿子最近的调皮有些过度，皆因我岳父太宠溺。我一直想找个机会和他聊聊，想劝他对这个外孙不可太溺爱。趁那个机会和我岳父说了说我的想法，也许是我岳父从来没见我如此严肃地和他说话，他一句话也不说，渐渐脸色变铁青，等到我发觉不对正想住嘴时，他爆发了，转身回屋里把自己锁里面，我心想坏了，这又闯祸了吧……

我丈人是年后过来帮忙的，这才两三个月，就又要负气回自贡。尽管我觉得我只是和他讨论，没有一丝伤他自尊的意思，哪里知道他如此容易生气。还没等子吟回来，他就要拿了行李回家，我忙不迭地买礼物、赔礼道歉都不管用。要说他回家也特别容易，从自贡到松江有条长途大巴线路，虽然时间长些，但不用去重庆倒车，他就爱乘这趟车。而且和跑这条线路的司机特别熟识，两人就跟忘年交似的，只一个电话那位司机师傅就提供力所能及的帮助。所以他在自贡和松江间来回自如，他要是负气回家，都根本不用我们管他，真是个很难相处的老人家。

子吟等四人回来后，五一假期也快结束，她没责怪我气走了她爸爸，只担心她妈妈恐怕也不宜久待。经过大家商议，我们决定让岳母跟着妞妞一起回去。妞妞看我们家没人帮我们安心带孩子，连声说比起我们，他们家真是太幸福了，自从她家小孩出生，从来没有为谁来带小孩伤过脑筋。我和子吟听了叹息不已，前边的路那么艰辛，接下来也不容乐观。妞妞建议我们请个住家保姆，一劳永逸解决这个问题，我已经想了有四年了，但子吟在这个问题上，仿佛永远在举棋不定。她认为找一个放心的阿姨谈何容易，电视里关于住家阿姨都是负面新闻居多，真不敢轻易找。按她的说法，等我们搬了新家后再找个合适的也不迟。我们送姐姐和丈母娘回去，大家自然万分不舍，哪里知道从此之后就是我们自己带小孩了。

儿子上幼儿园近一年，还是不太让我们操心的。比如他的睡眠特别好，而且身体也很棒，没有过因病请假的情况，这可能也是让子吟没有下决心请住家阿姨的原因之一。不过马上我们就要拿到新房，子吟计划今年年底前提前还贷三成，我的工作也绝不会轻松，如此照顾小孩的事成了燃眉之急。过了五一我们就到处寻找合适的钟点工阿姨，按照子吟的说法，如果请到很不错的钟点工，再相机和她谈住家的事。我们前后试了三四个钟点工，都没能请很久，原因也不消多说，感觉这事比成家立业还要难很多啊。

子吟跟踪了半年有余，中间还出了名片风波的项目终于敲定了。子吟忙着联系施工队伍进场的事，她很轻松就和给我们装修房子的李经理敲定了承包细节，没想到那天一个偶然遇到的人，竟成了我们的重要合作伙伴，这个项目也因此成为子吟独立操作的一个项目。装修项目本就周期短利润厚，所以这个项目顺利结束后，我们的房贷又还了大部分，还贷压力骤减。还有一重惊喜，李经理帮我们把露台装修完毕后，只收取了材料费，没赚一分钱，按照李经理的说法，装修露台就当答谢龙总对他的信任了。

事情过了一桩，就会新来一件，这次是家人的身体出了状况。子吟家人这边，虽然她爸脾气不太好，但实际上她的双亲身体都很好，这方面就省了我们不少的力气。我们只是带她爸看过几次牙医，而她妈妈从来都是身体康健，从不让我们担心。相比较之下，我父母的身体都很不好，尤其是这几年，生病频率明显升高。如果不是挺严重的病，我和子吟一般是出大部分医药费，我姐和我弟在他们身边照顾。而一旦他们生了大病，我不免还要赶回去到医院照料。这样说下来，我和子吟的压力会越来越大，所谓上有老下有小，就是说的我们这一代人。

五月底的时候，我弟给我打来电话，说咱爸因心脏病住院了，医生诊断结果很不乐观，说他心律不齐，要求尽快住院安装心脏起搏器。我知道后特别着急，到处查阅我爸这病的病因和治疗措施。子吟说要不让爸到上海来复查一下吧，这边治疗条件好，医疗资源丰富，说不定有更好的治疗方案。我深以为然，赶紧安排我爸来沪。子吟请陈捷为我爸的检查提供了方便，又给医疗系统的朋友打了招呼，请到了一位有名的心肺科主任医师，为我爸做了详细检查，他的诊断结果也是窦性心律不齐，建议尽快安装心脏起搏器。我问医生这个病是否严重，他回答说其实这个病挺常见，而安装起搏器后病人的生活受影响很小，情况乐观的话几年换一次起搏器，就能有效延长寿命。

我们见医生都是建议这个治疗方案，于是准备让我爸在上海这边做手术，用好一点的起搏器。谁知我爸坚决不肯住院，原来他心里早就打定主意，只要是动手术，他就不允许。按照他的说法，我们村里有个老人因为相同病因动了手术，也安装了心脏起搏器，结果不到两年还是病发去世了。他因此认为安装起搏器不仅降低生活质量，实质治疗效果也存疑。我爸说的那个案例我不清楚是否存在，即便存在也应该只是个个例，而他这次生病后的治疗方案，可是由很多医生诊断形成的结论，我们极力劝说他遵医嘱，无奈他态度很坚决。

见我爸如此执拗，我们毫无办法，最后只能达成妥协，如果下次因这个病危及生命时，必须听医生的建议安装起搏器。我爸没住多久就回老家了，他极不适应这边的湿润气候，不过睡眠质量倒是有所改善。虽然这次治疗没花太大力气，但我和子吟心理压力却在无形中大了很多。这只是一个老人生病住院，随着时间流逝，另外几位老人家也会陆续步入体质快速下降期，谁能保证他们无疾到百年？所以我们要尽快把自己做大做强，不然说不定哪天就手忙脚乱、捉襟见肘了。子吟还有很多想法，比如在能力足够的情况下，帮助需要帮助的人，但在这之前至少先要把家人管好吧。我们还处在"穷则独善其身"的时候，远没有到"达则兼济天下"的阶段。

这次我爸生病看医生，是陈捷给安排的，我们又欠了她一个人情，事后子吟约她吃饭、喝茶，两人的关系逐渐亲密了。不久后，我们两家人约在一起吃饭，我和陈捷爱人苏斌能聊到一起，彼此欣赏，而我儿子也喜欢和他家女儿一起玩，所以两家人来往自然多了起来。苏斌和陈捷也生了二胎，是个可爱的男孩，我估计他们的思路和陈惠良家是一样的吧。苏斌是做医疗器械销售生意的，早在四十岁生日来临前，就完全实现了财务自由，他现在的兴趣在古玩和收藏上，每到一个地方，就去逛古玩市场搜罗好东西，若有看中的就买回家珍藏。我们聊起了暑假的安排，都有趁孩子们学业压力还小，带他们四处游玩的想法。陈捷说他们很想坐游轮出国旅游，子吟忙附和她的意见，这样两家人暑假出国游的计划就敲定下来了。

我们商定于八月初出发去韩、日旅游，在这之前的一件大事，就是拿到新房子。这一天很快来临了，我们参观了三期样板房，知道我们未来的房子长啥样，还有最终的装修效果。我们有李经理在装修过程中的额外把关，所以我们在交房时都不用细看，只要拿到钥匙就好。但是当我们接到开发商的电话，请我们于某日某时去交房拿钥匙时，还是无比激动。子吟特意又穿起了那件红色旗袍，这件衣服是她买蒙迪欧时穿过的，这么多年过去了，她穿着还是很合身。子吟认为这件衣服带给她的，是足够幸运。我体会出来的，则只有她的优雅美丽。

小区全部装修好后，环境真是大不一样，装修期间来这里，整个场地材料堆积，无法想象装修完毕后会是什么样子。不过有一样还是引起了我们的不快，售楼处沙盘模型上，我们这幢楼前面是个池塘，这会儿全部种上了树，不知这个算不算开发商违规呢？我们也没心思多管这个，径直跟着我们的销售上了楼。我们在屋里转了一圈，就拿了钥匙签了字，那位销售异常惊讶，他说还没见过这么爽快的业主，都不看看装修细节，也不提整改意见就拿了钥匙。我们今天还有重要的事需要处理，就是约好李经理一起商量露台的装修细节。我们已经委托了专业设计师帮我们出了装修图，等李经理来了之后，我们按照图纸再结合现场做了局部修改，就定下来准备安排施工。

李经理特别贴心，在第一道工序上就足见他的用心，因为他用的防水卷材是市面上最好的，他找的工人也是极其专业且用心的。子吟还有她自己的事情需要忙，所以交房后，露台装修的事全交给我，而我相信这件事会顺顺利利完成。让我最心疼的事情，是所有的建筑材料都要从电梯经过我们客厅运到露台上，这样一来干干净净的屋子里很快脏乱不堪。我只好在工人们运好材料后，赶紧打扫干净，岂知木板、水泥、砖块和地砖等材料是分期分批运上来的，越到后面越难打理，直至整个屋子被灰尘铺满。我干脆由它去，等装修好后再一并收拾。

我们家露台的装修过程，并不一帆风顺。子吟认为拿到钥匙后要立即请李经理安排人员进场施工，否则随着业主的陆续入住，我们的装修会遭遇大大的麻烦。这就是我们拿到钥匙当天，就约好李经理看现场，并于次日开始进行防水卷材施工的原因。事后来看，这个决定非常正确，因为作业组热融铺贴防水卷材时，那个动静非常大，还要动明火。如果楼上有业主入住了，他们肯定难以忍受施工产生的噪声，露台装修这件事就不太可能完成。等到物业知道这事，黑乎乎的防水卷材已经铺贴完毕。看着施工队在眼皮子底下搞出这动静，他们既惊讶又愤怒，可能完全没想到有我们这样胆大妄为的业主。

物业经理要求我们立即停止施工，并将施工器械和材料搬离现场，我据理力争，解释我们并不是在搭建违章建筑，而是屋顶绿化，不违反相关法律法规。物业的人不听这个解释，认为我们没有权利对这个露台进行改造施工。不过这样的局面并没有僵持多久，李经理是我们这栋楼的装修队伍负责人，和开发商、总承包单位及物业的相关负责人有千丝万缕的联系，所以当他到物业公司找到物业经理聊一聊，又买了两条烟给现场的保安，物业就成自家人了。所以子吟一开始就没考虑找其他装修队，而是花心思和李经理敲定了这事，为我们拥有一个漂亮花园又立大功。

物业经理叮嘱工人注意施工安全，不能打扰到业主，让他们尽快完成施工，所以这事就接着往下走。当工作量完成大半的时候，我们担心的事情发生了，我们楼上有户人家入住了。他们一开始只是好奇地看着工人们忙碌，我为了表达善意和歉意，特地拎了一袋水果上门拜访，可是入住的那位阿姨显然不领情，认为我们的施工严重干扰了她家的作息。沟通无果，我们只能尽量减少施工噪声，比如把木工锯木的工序安排在我们家客厅，上午晚一点开工而下午趁早收工。即便如此，阿姨开始了她的漫长投诉之路，她一开始每天打电话给物业公司，按照流程，物业公司有义务做出调查处理，于是只要阿姨一投诉，物业就派人来现场看看，装模作样让我们停止施工，等他们走了工人们继续，如此持续了一个礼拜。

楼上阿姨投诉完后，就应该是在楼上看后续动态，她很快看清楚物业的不作为，于是维权之路升级，开始打电话报警。当我看到楼下门禁里出现警察的身影，心里升起莫名的恐慌。我长这么大，从来没有干过违法的事，人畜无害的一个人，天生对警察同志抱有敬意与惧意，也从不招惹是非，那天被警察找上门自然有些惊恐。警察同志上门后出示警察证，接着说有人报警说这里扰民，他来处理这事。我将警察带到露台上，说明我家要将这里屋顶绿化装修一下，应该没有违章搭建。警察看到这个露台，情不自禁地说这屋真好，居然自带一个空中花园！我一听这话，悬着的心放下了一大半，警察说这是个花园，那么我们稍做点花园装修工作，应该是不违法不过分的吧。

第八十三章

民警看了现场，应该是没觉得我们这个施工存在违法行为，于是建议我们施工时注意降低噪声，早晚注意不影响邻居休息，就告辞而出。李经理得知这个情况后感到非常意外，他说就我们这点施工项目，工期满打满算一个月，产生的噪声也极其有限，而且白天施工周期也很短，无法理解楼上这户邻居的抵触情绪怎么这么严重。晚上回家后，我把警察找上门的事告诉子吟，她认为楼上那户之所以反应这么强烈，很大可能是出于嫉妒心。我们买的这套房子带这么大个露台，一般人看到后应该是羡慕的心思居多，但总有小部分人会生嫉妒之心，我们楼上那个阿姨可能正是后者，否则极难解释她对我们的装修行为抱如此大的敌意的原因。

这个分析合情合理，但果真如此的话，还真没有什么好办法解决这个问题了。我们只能硬着头皮继续施工，好在剩余工作量只剩一小半，我们期望装修工程能尽快结束。后面几天，区拆违办的工作人员也上门了，他们也是因为有人不间断报警和投诉，才上门取证调查的，他们也认为我们目前的施工没有违法的行为。拆违办的人临走之前，建议我们和楼上邻居多沟通，说明我们装修性质属屋顶绿化，而且工程很快结束，只要没人报警，他们也不用安排专职人员上门来处理此事。

还是不断有人上门了解情况，投诉电话连开发商也不胜其扰，安排了很多批次的调查员上门沟通。我们刚买了房还没入住，就成了小区重点被盯防对象了。因为干扰因素太严重，我们接下来的进度非常缓慢，足足拖了一个月有余。施工作业班组到最后成了一个游击队了，有人上门检查就停止施工配合调查，等人家走了赶紧做上一阵子。连物业公司也在极力帮我们，只要他们从电梯监控里看到我们楼上阿姨离开，就赶紧通知我们抓紧时间赶工期，而一旦阿姨回家了，我们就停下来在屋里做材料预备工作，或者干脆休息。我做施工项目这么多年，主持了那么多重大项目的实施，却也没有一个像我们这个露台装修这么艰难。

七月底的一个傍晚，装修工程终于完成了。当李经理安排人员清扫出露台，并将所有的施工工具撤走后，我感觉如释重负。花园的雏形已经形成，我能够设想出种上花花草草后，这里必然鸟语花香，景色宜人，可这个过程实在不堪回首。如果不是当初找了这个施工队伍，如果不是我们拿到钥匙的第二天就开始施工，摊上这么个楼上邻居，我们十有八九没有机会把这里搞得这么漂亮。我们的装修方案完全是根据子吟的想法设计出来的，她看到图纸上的东西全部成为现实，自然非常开心，很快就把设计图中点缀的秋千、遮阳伞和户外藤椅都买回来安放到位，这一下现实就和设计图完全匹配了。

装修露台的这段时间，我每天都会到屋子里，把窗户全部打开通风，所以装修产生的污染气体也被排放干净。我们一直考虑买二手房，就是考虑新房子危害小孩子身体健康，最后选择了这套房子，也就刻意考虑了通风排气的问题，没想到效果这么好，房子里原来刺鼻的异味一点也没有了。不过经过两个月的露台紧张施工，房子里真的脏乱不堪，看着让人心疼。等到把花坛里的土运上来后，我就请物业保洁上门清理屋子，只个把小时工夫，整个屋子里又光亮如新了。刚交房时外面的露台空空如也，这时候成了空中花园，这套房子逼格升高了不少。

接下来是购买家具，我们去美凯龙汶水店里一站式搞定了。沙发、桌椅、窗帘、灯饰和床上用品都是子吟选择，我选择家用电器。我们在选择沙发的时候颇费了一番脑筋，子吟的意思是买好些的能用很多年，可是我知道我们家儿子的破坏力惊人，在楼上阿姨帮我们带他的那段时间，他不知怎么就形成了在沙发上蹦蹦跳跳的习惯，最后把阿姨家的皮沙发都给跳坏了。我们要赔偿，阿姨说十几年的老沙发，也该坏了，所以这事就这样过去了，我们自然很不好意思。我想如果我们买好的，经得住小孩子在上面跳吗？子吟说以后给他立规矩，改掉这个坏毛病就好了呀。

我最满意的是定做的那几个大衣柜，是工人师傅上门量尺寸做到顶的，没有了买回来的衣柜的上部空隙，这样就不会积灰，空间也得以充分利用。买电视的时候，我和子吟意见出奇地一致，就是在客厅里买一台大一点的挂壁电视，其他地方都不要买了。我记得有一次和子吟一起去陈惠良家吃饭，他们不光客厅和卧室里有电视，连餐厅里墙壁上也挂了一台，大家边吃饭边看电视，大人也罢了，小朋友盯着好看的节目就不愿移开视线，这样子下去还得了？所以我们觉得电视能少就少，最后只买了一台完事。你还别说，我觉得这个决定正确无比，我们家小孩自搬到新家，从来没形成看电视的习惯，上了床就只是睡觉，看起来这是压缩孩子看电视时间的绝妙方法。

我们给儿子买了张大床，据说孩子睡得越宽敞，性格越开朗，也不知真假。子吟买的餐桌是圆桌，寓意团团圆圆和和美美，这些都由她的心意了。等到把所有的东西都置办齐全了，新家的整体效果真的很令人惊艳，有一刻我都在怀疑这一切是不是真的，我在做梦吧！我们在魔都市中心有了属于自己的房子，十年前这种事我连想都不敢想，可这些都真真切切地发生了。我知道这些主要靠子吟，是她，用她的聪明才智，让我们的生活发生了翻天覆地的变化。夫妻同心，生活会越来越精彩，这就是一条公理。

一切收拾停当，我和子吟讨论起何时搬家的问题，想不到关于这个问题，她也有很多说法，有些合情合理，有些我就呵呵了。她说楼上阿姨不想我们这么快搬走，我们在这里住着又那么舒心开心，自然是能住多久就住多久。她特意从目前居住地和新房子分别开车到小孩子学校作了比较，发现从金桥出发可以节约十五分钟，那么自然是住现在租的房子多些方便。露台装修好以后，我们屋子里的甲醛之类的有害气体也挥发得差不多了，屋里基本没有什么味道，但子吟觉得买好家具后，最好再空个半年，这样对儿子的身体影响才会降至最低。她还说，搬家是件大事，要挑选正确的时间。关于最后这点，她果然花了很多精力去落实，甚至请人推算那个传说中的良辰吉日。

我觉得子吟考虑的问题都很重要，但实际上真正让我们在搬家这个问题上如此从容的因素，是因为我们遇到了一个好房东。我们买好房子的时候，金桥周边的房租已经涨了好几拨了，和我们相同户型的房子已经涨到近四千元，就算因为我们租的是毛坯房这个因素，这套房挂牌出租三千五百元也毫不费力。如果阿姨涨房租到这个价位，我们买了新房还会如此淡定地考虑要不要搬家吗？实际上，和阿姨一家谈钱已经伤感情了，我们两家人多年来的感情已经近乎亲情，加上子吟众多的朋友，这可能是我们来上海最大收获，没有之一。

我们从六月份就开始准备暑期的游轮出游计划，这次是子吟和陈捷两人一起准备，等到八月上旬的时候，一切准备停当。想不到我们办好护照后第一次出国游的目的地是日韩，我对韩国无感，对日本和大部分国人的看法一致，好感度不高，而这次行程中居然有长崎，心里感觉怪怪的。我们和陈捷一家约好，出发当日去吴淞客运码头会合，然后一起登船。陈捷还带上了他们三岁的儿子，这样一路出行就有三个小伙伴，路上我们应该会轻松不少吧。这次日韩游轮之旅本来计划线路是上海出发，经济州岛、福冈、长崎再回到上海，只是游轮刚离开码头，就听说因台风影响先去福冈。

　　我以前知道游轮度假很惬意，很向往乘船出海的日子，如今乘坐"哥斯达号"游轮，感觉这日子简直就是怠惰因循，像猪一样的生活，在船上的日子说不上是夜夜笙歌，但真的感觉好腐败啊。在船上的第一晚睡不着，等孩子睡沉了，就拉着子吟上了甲板。结果发现这里的星空，和我小时候在家乡看到的一模一样。高中毕业离家以后，到过不少城市，都会找机会仰望星空，但基本都是稀稀拉拉几颗星点缀的夜空。我搂着子吟的肩，一起在船头的甲板上抬头望去，久违了，这密密麻麻的繁星，是从哪里冒出来这许多？

　　以往的各次旅游，我们大体是匆匆在路上，好处自然是尽可能多地看到了天下美景，但是一圈下来，不仅身体没有得到放松，连精神也疲惫不堪。游轮上的生活则完全不同，会看到以前见所未见的海上美景，日常生活便利得令人发指。我们生活在一个与世隔绝的移动城堡，旅游真正是在放松，在吃喝玩乐。如果带了老人家和小孩子，乘坐游轮旅行的确是个更好的选择。轮船进入茫茫大海，仿佛往常不断的电话也少了很多，这样连工作都丢到一边去了，人的心情会舒畅无比。我们照顾起小朋友也比较方便，要么三个小朋友一起去游泳、散步，要么带他们参加游轮上的亲子活动，或者干脆托管在思高俱乐部，我和子吟可以尽情享受二人世界。

　　不过上岸游真不值得称赞，无论是日本的福冈、长崎，还是韩国济州岛，一大堆的人排队通关后，乘车去所谓的景点，我看还没有国内很多公园漂亮。最夸张的是，我们好不容易出趟国，好像就是为了去免税店购物。我和子吟本没有购物的计划，可是在疯狂抢购人群的感染下，竟鬼使神差地买了个电饭煲，同船的很多游客竟然有买马桶盖回家的，这到底是日韩的同类产品性价比太高，还是因为国人太迷信日韩产品？后来到了济州岛，一个卖化妆品和女士护肤用品的小免税店，被中国游客挤爆了，那个场面若不是亲眼所见，真的无法想象会真实存在。

　　岸上游大家行色匆匆，我对游览过的地方都没有大的感觉，唯有游览长崎和平公园有些印象。这里是原子弹爆炸纪念地，公园中有座近十米高的青铜雕像，一男性雕像右手上指左手平伸，经多方了解得知，其寓意是人类只有消除了核武器威胁，才能获得和平，人物眼睛微闭是为死难者进行哀思。想到这个地方，六七十年前承受了太阳中心般的高温，死了无数的人，心里还是有些发毛，子吟甚至都不太愿意来这里。两年前日本的福岛核事故阴云也还未散去，这个国家和核灾难紧密相连，可还不认真反思上世纪发动侵略战争的行为，真的是个神奇的国度。

苏斌比较喜欢和我说话，我也觉得他说话风趣幽默，只是他吸烟很厉害，又不好在孩子们面前抽，于是逮着机会就拉我上甲板上去吸烟。有一晚快十二点了，他烟瘾发作又来找我，于是跟着他到了甲板。我们看着海上夜景，聊了一阵往回走，结果在甲板通往客舱的楼梯处碰到一对正在亲热的恋人。他们亲热也就罢了，只是俩人穿着都有些暴露，这亲热起来就貌似有些过火，动作幅度有些大，感觉马上就要干柴烈火起来。我看这个情形就想避开，准备叫上苏斌返回甲板再待一会儿。没想到他又点着一根烟，三步并作两步走到那对恋人面前，瞪大双眼看着他们，嘴里吸着香烟吐着烟圈。动作戏男主看到这架势，就想和苏斌理论，却听苏斌抢白他，这里是公共场合，请注意形象，去屋里亲热不行？那对恋人自知理亏，悻悻然走开了。目睹了这事，我觉得苏斌干得很漂亮。

岸上游览济州岛就更没有什么意思，我觉得其景色不比崇明岛更好，而且重点还是一群人被拉到免税店购物，就不能安排些稍有点意义的活动吗？倒是回程的那天比较有意思，儿子前一天活动量太大了，早上睡起了懒觉，我让子吟和陈捷等人去甲板上去吹吹海风，或者去游游泳啥的，我自己留在屋里看着儿子。我看儿子睡得正香，看来要到中午时分肚子饿了才会醒吧，于是冲了一杯咖啡，端了走到屋外阳台上看海景。那天海面上有风，所以波浪挺大的，看着蔚蓝的海水心情会变得特别愉快，天气很好，能见度特别高，这样一个慵懒的下午，最适合看这海天全蓝的美景。

长时间盯着这汹涌的波涛，总会发现一些不一样的地方，我看到的是一团粉红色的生物。随着波浪起伏，有很多团这样的东西在游动，这是什么东西啊？我在游轮附近的海里到处寻觅，很快确定这竟是各色水母。虽然在水族馆里可以近距离看到各式各样的水母，但在这茫茫大海中看到无数在自然状态下的水母，还是很让人心情激动。我定睛细看，想要看到这些小东西究竟有多少种。也不知看了多久，儿子醒来了。他这一觉睡得有些久，看起来酝酿情绪准备要哭闹一会儿，我赶紧抱起他来到阳台，用手指着海里的水母问他那是什么东西。他顾不上哭闹，也和我一样盯着海面看。儿子去过很多次海洋水族馆，也特别喜欢水母，最愿意在水族箱前盯着一团团的在里面游弋的水母。现在看到这么多不同类型的水母，他的情绪也被调动出来。我们父子俩就这样在海里到处找水母，看谁找的更大更多，乐此不疲。

等到子吟游完泳回来屋里，我们还在进行那项游戏。她很好奇地聚拢上来，但由于她稍有些近视，只模糊看到海里有一团团东西，但看不清那到底是什么。她一看儿子这么兴奋，连吃饭也顾不上，就跑出去给我们点了餐带回屋里。儿子这点像我啊，如果对某样东西感兴趣，就会一直持续关注下去，有些废寝忘食的味道。如果他稍大些喜欢上学习，那成绩一定是不用我们操心了。小小年纪带他去了日韩游玩，他记住的唯一一件事，居然就是在海上和我一起看水母。

游轮上安排了个晚会，大家原本计划全部去参加的，结果儿子不知何故发起烧来。我本来就不太想去观看演出，于是说服子吟跟着苏斌一家过去，我来看着儿子就好。我不停地哄他喝水，陪他一遍又一遍跑阳台上看海水，找水母，虽然水母是看不见的。这样到了九点多，他的体温居然正常了。子吟担心儿子的情况，演出看了一半就回来，这时他已经没什么异常。这趟旅行，我看苏斌他们一家人都有发胖的迹象，而我们一家人体重都没增加，这倒奇了，我们每天都是好吃懒做，按理说应该吃胖了些才对啊。

第八十四章

陈捷的性格有点内向，平常的交际活动比较少，所以即便她帮过我们，而子吟也通过各种形式表达过对她的感谢，这么多年来她们的关系也没有特别亲密，但这次两家人一起出外旅行改变了这个状况。我原来以为陈捷只是个普通医师，这次旅游途中的朝夕相处，才慢慢了解到她的一些情况，搞清了她的身份不是那么简单。苏斌开公司做的是医疗器械生意，若在医疗系统根基很浅，这个生意就不太可能做得风生水起。旅行回来后不久，子吟和苏斌单独约谈了几次，达成了一起合作的共识。我知道苏斌是个特别聪明的人，他应该从陈捷那里了解到了子吟做事的风格，从而判断出子吟的不简单。所以我更倾向于认为，他是借这次出游的机会，考察他们二人有没有合作的可能。

子吟是怎么想的？借用一句古话就是：无心插柳柳成荫。因为陈捷的内向，我们无从了解他们的背景，而子吟对帮助过她的人念念不忘，受人滴水之恩当涌泉相报。这是一串奇妙的化学反应，到了最后就会发现路途那么好走，苏斌正是因为之前一系列的事情关注起子吟。由于和苏斌分属不同的行业，怎么样找到合作的切入点？子吟告诉苏斌，自己最熟悉的就是建设工程，而医疗系统的基建项目是个特别大的市场，可以在这里找些机会。苏斌以前没有这在个行业里做事的经验，但通过做医疗器械生意，他认识的医院领导比较多，相互介绍认识，自然会找到主管建设工程的那位。

大约一周左右的时间，苏斌就安排了一次饭局，他邀约子吟一起出席，好把子吟介绍到某三甲医院基建部主任那里。饭局很简单，就像普通的工作聚会，但这次的任务比较棘手，有个医疗中心需要重新装修，采用的方式是公开招投标，因为在饭局上认识了新朋友，所以自然要给机会，这样子吟就有机会报名参与这次投标。为什么说任务比较棘手？苏斌虽然是项目介绍人，但是他可是第一次参与建设工程项目，他自然和那位基建主任不熟悉，所以他在这个新项目上，就不太可能说有分量的话。除此之外，做工程项目的人都明白"公开招投标"这几个字的含义，这是说要拿到这个项目，七成要看综合实力。

此类项目子吟曾操作过，但没有这次这么复杂。子吟可以抓住自主招生考试的漏洞，进而完成一次神操作，但面对更高级别的考试，会那么从容吗？虽然这次这个事情难度极大，但还不能与高考相类比。如果这次的操作完美无缺，这不仅是为和苏斌的合作开了好头，更是为了鼓励苏斌将所有的人脉激活。所以子吟把目前手上所有的事情放在一边，专心致志地做这件极富挑战的事情。她首先找了好几个符合条件的单位，在招标报名截止日期之前报名进入，使原本四家竞标单位变成了七家，骤然使这次装修工程的招投标局面复杂化。

因为是按照公开招投标的流程进行的操作，这次投标过程显得从未有过地艰难。子吟花了很大代价请专业人士写标书，因为技术标靠的是硬实力，要体现出投标单位的技术水平，基本没有投机取巧的空间。关于商务标，就要按照招标文件的商务标评分标准，使用很多操作技巧，子吟报了三家单位去竞标不是没有原因的。虽然投标过程有悬念，但苏斌的存在至少让我们对竞争对手的基本情况有详细的了解。投标具体过程不详述，经过三轮激烈角逐，子吟推荐的公司最后顺利中标。这是一个良好的开端，苏斌和子吟的共同努力有了第一个成果。等到这个项目顺利结束后，苏斌便决定投入精力和子吟一起做医院基建项目。

苏斌早就知道子吟在医疗系统里也有熟人，所以他和子吟商量一起做医疗器械生意，这件事两个人一拍即合，很快达成了初步合作意向。子吟有感于在和陈惠良合作中出现的问题，不想把合作商定的协议停留在口头上，而是要以书面的形式固化下来。正在她认真考虑该如何起草该协议比较妥当时，苏斌提出了彼此参股对方的公司的建议，子吟觉得这个想法很可行，因为不用谈具体的利益分配，而是努力地为对方公司的发展壮大尽心尽力，等到两个公司都做大了，他们各自收益自然也能得到有效保证，这样也避免了合作一开始就为细节问题讨论不休。有了这个大的原则，他们很快敲定了合作的细节问题，子吟让出了我们公司的四成股份，而苏斌根据大致利益均衡原则，给了子吟他公司三成股份。

仅仅在不到三个月时间里，子吟在事业方面取得了重大突破，这是我们一起出去旅游时万万没想到的。我们扩大了公司的经营规模，招了一批技术人员，买了一批专业设备，这样就可以申请行业资质，以后慢慢以自己公司的名义进行项目施工。当然，由于申请的资质等级不高，所以大些的项目还只能继续找单位挂靠，但公司不再是空有其表的皮包公司，正在向专业公司发展。苏斌自己的公司规模本就不小，有了子吟的加盟，业务量逐渐有了很大提升。所以子吟和苏斌的合作是个双赢的事情，让人深切感受到了资源共享的巨大威力。

对比和陈惠良的合作，子吟总结出了两点：一是不能和生意上的合作伙伴走得太近。如果一开始就当好朋友来对待，谈合作时不免要顾虑很多，而不是把责权都谈得清清楚楚；二是一定要先小人后君子，生意毕竟是生意，很多谈好的事情，要以契约的形式记录下来，不然最后牵涉到利益分配时，难免会口说无凭，最后往往是反目成仇。把所有的合作意向以文件形式记录在案，到最后执行力度要大很多。当然，很多时候也要看合作对象的人品，比如苏斌，他的做事风格和子吟就有些类似，凡事先会替对方多考虑一些，这样遇到一些矛盾也就很好处理了。

在儿子的新学期开始之前，我们就在试用靠谱的钟点工阿姨。只要她能在放学后接小孩回家，再做些卫生清洁工作，做一顿简单的晚饭，就可以暂时解决我们目前的困难了，只是这个过程非常不顺利。第一个阿姨是家政公司介绍的，她只做了两个月就被我们借故辞退，原因是做事效率太低了，晚上两个小时她只能做做饭洗洗碗，这点活要我干也才个把小时。和她协商下午接幼儿园小朋友，她也不太乐意；第二个阿姨是邻居介绍的，做事比较认真，也愿意接送小孩，我们以为找对了人。可是她来了半个月，家里会莫名丢东西，所以子吟果断把她辞退了。

换了好几个人选后，我们终于请到了一个比较满意的阿姨。这位阿姨姓徐，自从过来帮忙后，一直在我们家做了很多年，甚至当我们搬新家后，她也愿意继续过来帮忙。自从子吟认定徐阿姨比较靠谱后，在她身上花了很多精力，让一个人喜欢和她相处，这件事是子吟最拿手的。所以我们和徐阿姨友好相处，而她也很给力，刚开始是帮我们做家务，接放学的小孩回家，到了后面，就愿意帮着做职责范围以外的事情。比如在我和子吟都忙得不可开交的时候，她会照顾儿子上床睡觉，等到我们回家了才回去；她回老家的时候，总不忘记将乡下土特产带来送我们，诸如这类令人暖心的事情。

有了徐阿姨的帮助，子吟可以放心地出去做事。那段时间因为好多事遇在了一起，子吟几乎天天晚上十点后才回家，忙得不亦乐乎，不过因为事事都比较顺利，忙起来就很有成就感，这样的日子她是喜欢的。不过也会遇到挺郁闷的事，那晚忙完事在回家的路上，车子的水温指示灯出现异常，正当子吟纳闷的时候，就看车头升起腾腾雾气，接着听到什么东西爆裂的声音，子吟吓坏了，赶紧靠边停车，可巧路边刚好有个汽车修理店，师傅一查是水箱爆裂了，只要换个水箱即可。没有办法，子吟只好把车子扔在修理店，叫了部出租车回家。她的爱车如此，除了是因为以前遇到过惨烈车祸，也跟最近她的使用频率过大有关吧。我的意思是让她换一部来开，但子吟不想这么快就和她的蒙迪欧说再见。

国庆节前夕，我们原本计划出去玩几天，旅游线路都规划好了，但被一件突发事件打乱了计划。我们新房的物业打来电话，说新会所屋顶有漏水现象，而渗漏的地方正在我们露台的边角上。他们计划在长假期间修理屋顶，需要我们家配合。没办法，这个假期只能由子吟看着孩子，我去现场看他们修理屋顶。还好物业部门并没有找我们的麻烦，毕竟漏水有可能是我们装修不慎造成的，他们只是说修理屋顶可能会破坏我们花园的局部装修，我忙提供了力所能及的帮助。等到工人们找到渗漏点，并修理完成后，国庆长假也快结束了。连续来新房子里几天后，我真想赶紧搬过来住，已经没什么刺鼻的味道了啊。

国庆长假期间，倪茜请子吟喝咖啡，说是有一件重要的事要和子吟商量。子吟大概能猜到这件事应该和纸箱厂有关，果不其然，还真是这样，只不过事情稍微有点复杂。倪茜说她老公——也就是子吟的老朋友李晓明——正由正处晋升副厅级，并将于近期获任一个重要岗位。他们家商量了一番，决定全力支持李晓明的从政之路。国家对干部亲属经商限制越来越严，所以倪茜逐渐把外面投资的资金慢慢撤回，纸箱厂的股份转让也在他们的计划之列。倪茜的想法是年底前撤出所有资金，子吟投资的那部分可以继续持有，也可以选择和倪茜一起转让。

由于子吟有她自己的一堆事情，这两年光忙项目上的事情就已经让她焦头烂额了，所以关于纸箱厂，她只是知道有这么一个大的投资，根本不了解纸箱厂的实际经营情况。曾有一段闲暇时间，她想去厂子里考察一番，看能不能做些业务拓展的工作，最后也不了了之了。所以当倪茜把纸箱厂的现状做了说明后，子吟还是大吃一惊。原来在不到两年的时间里，纸箱厂的生产规模扩大了三倍多，而倪茜和子吟手上的股份，大致也是增值了两倍多，即使这会儿折价转让，资产也差不多可以翻番。子吟当初决定投资，可一点也没想到这笔钱会这么迅速地增值。其实联系到日常生活，这件事是不难理解的，这两年快递业繁荣，带动快递行业周边产业极速发展，纸箱厂规模猛增也是必然的结果。

子吟毫不犹豫地选择了和倪茜一起转让股份。从操作层面看，我们和倪茜是捆绑投资的，转让倪茜的部分而保留子吟的估计不大现实，人家这么帮我们，现在也不能为了赚钱而给他们家的未来留下隐患。另外一个重要原因，是子吟对纸箱行业不太熟悉，谁知道未来会不会因为充分竞争，导致厂子走下坡路呢？对自己熟悉的行业，每个人都会从容很多。这次投资若没有倪茜主导，子吟是不太可能这么大胆投钱进去的。现如今倪茜要退出来，这笔投资能不能继续很安全地增值就值得考虑。话说回来了，既然资产已经增值这么多，迅速变现也是极好的，懂得见好就收，也是投资的重要原则。拿到这笔钱，再投入自己熟悉的行业也是明智选择。

倪茜见子吟做了决定，就说她会迅速办理这件事，可能年底前就差不多有结果。之后她们又聊了好多话题，谈到了我们的搬家问题。倪茜说新房子交房半年了，室内污染性气体也挥发得差不多了，我们可以考虑搬进去住了，两家人就快些成为邻居，一起喝茶、聊天、办事才够方便。子吟把暂时不搬的理由陈述了一遍，听得倪茜直摇头。倪茜认为新房空置太浪费，子吟说的那些困难都不能称为困难，而且新房的保修期只有两年，这期间发现装修漏洞可以免费维修的，如果过了两年就需要自费修理。子吟说要不了两年，一年之内肯定会搬过去。倪茜听说我们的露台也装修好了，特别想去看看，于是两人买完单后，一起去看我们家屋顶花园。花园成了我们这套房子的闪光点，无论谁来了看一眼就羡慕不已，认为寸土寸金的上海市区，这个空中花园简直就是神来之笔。

年底两个月内，子吟操作的几个项目都顺利完成，尤其是两个大的装修项目，获得的利润非常可观，这部分收入提前还了大部分的房贷，我们的还贷压力一下子消失于无形。当初办好贷款的时候，我们其实是有过一段时间的焦虑期的，虽然纸箱厂的分红基本可以满足还贷需求，可谁也不知道那个分红是否是可持续的，考虑到最差的后果，如果投资收益下降，那么我们每月几万的房贷就是个沉重的负担。直到子吟陆续接到几个装修项目，还有老客户介绍了不少其他工程，我们才心中有底，年底的这次提前还贷行动，让我们享受到了无债一身轻的快感。

除了这些好消息，最让子吟头疼的是松江的安置房项目。当初子吟把陈惠良介绍到王伯时那里，说是以合伙人的身份和陈惠良一起做安置房建筑项目。王伯时一开始就很不看好子吟和陈惠良的合作，老人家的能力突出，而看人也很有一套，只是那时子吟和陈惠良的合作已是箭在弦上，她能做的就是尽量替陈惠良说好话。今年年初以来，子吟和陈惠良的关系已经变得颇为微妙了。子吟从他那里拿回谈好的经营费越来越困难，很多时候是要靠王伯时施压才行。每次和陈惠良面谈，他总会强调松江项目成本高企，净利润率严重下滑，意思是子吟的经营费比例应该降下来。

子吟没有把和陈惠良的矛盾告诉王伯时，毕竟是她推荐上去的人，现在说不合适是不是有些晚了呢？而且陈惠良的公司在王伯时这里拿了不少项目，又有管理部门的朋友帮忙，已经是不容忽视的一支建设主力。最糟糕的情况也在发生，王伯时私下告诉子吟，他即将于第二年年中退休，现在起已经开始在培养新人，逐渐淡出核心权力层。如果王伯时退休，陈惠良肯定会把子吟晾一边，所以子吟决定采取行动了。所谓的行动就是让步，她约陈惠良详谈，最后二人达成一致，决定每个项目给子吟三个点的经营费，这个已经是这个行业里最低的比例，基本是没有考虑朋友的因素在里面。

子吟认为如果陈惠良能按此执行，她也不算太吃亏，因为这两年陈惠良拿了总值将近一亿的建设项目，未来只会多不会少。可她还是不看好陈惠良会遵守约定。这倒不是怀疑他的人品，而是俩人怎么看待项目来源本身。陈惠良认为子吟介绍他进去做项目有功，但拿到后续的很多项目，子吟到底出了多少力，值得分析。子吟认为没有她的努力，拿到王伯时的项目几乎不可能。如果按照普遍的行规，陈惠良拿出三个点是必须的，问题是子吟太缺乏牵制他的手段，所以现在看来，如果没在王总退休之前拿到一些本该属于自己的收益，以后也就更不可能。子吟和陈惠良的合作是失败的，她这么多年吃亏最厉害的地方，就是在这里了。

第八十五章

子吟和我商议，把搬家的时间选在第二年夏季。我其实想在过春节前搬过去，辞旧迎新之际喜迁新居，还有比这更令人激动的事情吗？但子吟选择暂时不搬的理由很充分。她重点强调了一点，如果我们主动提出搬家，楼下蒋阿姨应该会很难过。这点我是信服的，所以何时搬家就由得子吟定吧，反正也就半年时间，没差好多嘛。子吟请她爸爸选一个良辰吉日，老爷子也确实把这当一件大事来做，一周之后才给我们报了个日期。子吟觉得可行，给我仔细转述选择那天搬家的理由，可是我对她讲的那些什么风水、五行相生相克等，诸如此类的说法实在兴趣不大，所以听后就忘记了。

真的是计划赶不上变化呀，到了十一月中旬，就发生了促使我们提前搬家的偶然事件。那是一个周末，蒋阿姨找到子吟，极其为难、遗憾地说房子可能不能继续租给我们了。她说她的侄子的单位委派他去新的办公地点任职，而新地址就在外高桥，离这里非常近，所以他跑来和他婶婶商量，打算搬过来住自己屋子里。阿姨说这件事的时候眼角含泪，可见她也被这个突发事件搞蒙了，毕竟房子是他侄子的，没有办法拒绝或者借故拖延。估计阿姨讲给子吟听之前也纠结良久，这是不得已而为之。子吟赶紧给阿姨讲，我们的房子也已经全部弄好了，搬起来非常方便。阿姨知道关于我们房子的一切，也知道我们暂时不搬的缘故，等子吟告诉她我们新房里已经没什么异味了，应该不会对健康有什么影响了，她这才觉得好些。

我们再一次庆幸在这件事来临前把房子弄好了，否则这次又有大麻烦。阿姨让我们搬家不要着急，新年元旦前搬好就可以。可子吟认为我们搬走后，阿姨侄子肯定还要花时间和精力把屋子稍微装修一下，否则怎么搬进来住，而且马上就要过年呢，所以我们计划十二月上旬就搬家。我们看看屋子里的东西，不禁暗暗发愁。子吟是那种不太爱扔东西的人，所以这些年家里被有用没用的东西堆满了，光是收拾妥当打包就是一个浩大工程。这件事自然要落在我的身上，我收拾东西还利索些。

我们这么匆匆忙忙地在冬天搬家，新房子里还要做些准备工作的。开发商交房时给了一张入住须知，煤气、软水、电器、网络、有线电视和地暖等的开通都需要时间。我就趁单位没事的闲暇时分，跑出去逐个把这些事情办好。等到新屋子里一切准备就绪，我们就慢慢地开始搬东西。我的想法是先把必须要搬的物品搬过去，有些用不到或者用处不大的物品就地丢弃。可是子吟看屋里的哪样物品都有用，都舍不得扔掉，这样一来，搬家对我就是个非常痛苦的过程。我们那精装修过的、整洁的新房里慢慢堆积起了无数的物品，客厅里快被塞满了，餐厅里东西也不少。每一次拉些东西过来，我就暗暗发愁，心想这么多东西得要花多大的工夫才能整理整洁啊。

堆在新房子里的东西只能慢慢整理，当务之急是把物品尽快地从住地搬到新居。这样忙碌了十来天，终于收拾得差不多，就等看好的日子来临，正式入住新房。随着我们住了这么多年的屋子逐渐被清空，我和子吟的不舍情绪越来越浓烈。这套屋子虽然只是租来的，甚至仅仅只是一套毛坯房，但在这个看似陋室的地方，我们迎来了生命中几个最美好的重要时刻。子吟买好车子后就入住这里，随后就开着车子迎我回了家。我们的宝贝儿子在这里出生，度过了婴幼儿时期。我们取得的一系列工作上的成就，也是在这里酝酿规划出来的。这套房子的房东，就像亲人一样照顾了我们这么多年，让我们度过了那么多艰难困苦的日子。

我们即将搬离这里，对这里的一切都留恋起来。阿姨和叔叔特意做了一大桌子上海菜为我们送行，祝贺我们搬进大房子，彻底融入这座城市里。蒋阿姨让我们搬了新家记得常回来看看，我们忙不迭地答应了，这个怎么能忘记啊！子吟在阿姨这里感受到的温暖，超过除了婆婆外的长辈曾给予她的，所以她感恩铭记于心。我们把小区里的每个角落都逛了个遍，努力回忆起生活在这里时，曾经历过的每一个快乐瞬间。我们还去了离小区西门不远处杨高路边上的大草坪，儿子最喜欢来草坪边上的儿童乐园玩，这儿应该是他幼年到过的最开心的地方之一，也不知多年后他会否记得。

搬家那天终于来临，过程倒也再简单不过，大件物品已经搬完，剩余有些电器就留在这边，阿姨侄子住进来后可以暂时用用。子吟按照她爸爸的说法，准备了两根两米长的竹子，放入车厢里一并带过去。我们告别蒋阿姨一家开车缓缓驶出大门，子吟看着小区的名字，眼圈有些微红。这时候偏偏儿子问子吟，我们是不是不回来这里了？子吟眼泪就流出来了。我忙安慰她，开车回来也不要多久，以后有空我们就经常回来。

我们新房子所在区域严禁燃放烟花爆竹，不然搬家怎么着也要放点鞭炮才有喜庆气氛。我前一晚就把地暖开起来了，所以当一家人开了大门进入客厅，第一次感受属于我们屋子的暖气，真的好温暖好舒适！外面大冷天，进屋就可以穿着短袖短裤，从脚暖到头，而且一点都不干燥。从出租屋到了这里，真似换了人间啊。

搬过来的第一天，我们一家人都兴奋不已。那天天气虽冷了些，儿子兴奋地在阳台上跑来跑去，荡着秋千不肯下来进屋。我们前段时间种了些蒜苗和茼蒿，这会儿也长起来了，加上露台周边一圈的绿色植物，浑不似身处冬天的感觉。我们原本计划搬过来就让儿子独立睡次卧，他不肯一个人睡，一定要和我们挤在主卧里。这个夜晚大家都睡得比较晚了，等儿子睡着了，我和子吟心情还是很不平静，轻手轻脚走到客厅里说了很久的话，这是生命中最难以忘怀的夜晚之一。

我们搬过来住的时候，小朋友的学期还没有结束。由于到学校距离远了些，路上也稍堵些，所以早上大家要比以前起得早些才行。我这时候才悲催地发现，我上班比以前要花更多的时间。以前沿着杨高路走翔殷路隧道，经中环半个多小时就到单位了。可是这时如果走内环，会遭遇早高峰大堵车，我尝试走了两次后就再也不敢去凑热闹。我只能把儿子送到学校，然后走原先路线到单位，后来军工路隧道开通后要省时省力些。我们看房子的时候只考虑了小孩上学，外加特别偶然的因素——新房的大露台，全然忽视了我的上下班问题，看来我迟早要考虑换工作呢。

还有件很讨厌的事，我们搬过来没住多久，儿子就得了鼻炎。子吟很紧张，她觉得这是不是因为室内污染的缘故呢？赶紧带他到医院检查，医生说他这是过敏性鼻炎，在小孩子身上很常见，只有年纪稍大些的时候确定了过敏源，尽量避免接触它，再改善了小朋友的过敏体质，才能根治这个病症。子吟心里很不舒服，她原计划把新房空置一年多再入住，就是担心这个问题，哪知还是发生了这件事。我们赶紧买了一台进口室内空气净化器，价格真心不便宜啊，但小孩子身体健康要紧，只要对新房清除污染气体有效，多花点钱也就罢了。机器没日没夜最高档位运行了一段时间后，儿子的鼻炎果然好了许多。看来新房再没有味道，无色无味的气体污染还是少不了。

　　元旦就要来临，我们原本计划在家里请好朋友们过来庆贺一番，好让最亲近的人们与我们共同分享喜悦。我都计划好了，我们自己下厨做饭，卫生、温馨又喜庆。子吟老家的习俗里，也有在新房子里举办筵席庆祝才吉祥的说法。可是屋里还是有些乱糟糟，客厅里一堆包装盒还没来得及拆开，这样的环境举办一场十几个人的聚会就太难了，如此情况下请客人上门有些太失礼。我建议请大家到饭店去吃饭，子吟则认为即便请人家去饭店，饭后不请人家上门参观新房也于理不合。最后我们决定等过了元旦，把屋子收拾齐备再安排宴请。

　　节前几天的一个晚上，物业公司派楼栋管理员敲响我家门铃，说是物业公司为了迎接新年的到来，邀请三期业主参加他们举办的迎新晚会。为了增加活动气氛，特邀请业主报个节目表演。我心想大家都不熟，去观看表演也罢了，谁会去报名表演节目啊。岂知他们敢搞这样的活动，那肯定是有激励措施的，原来他们为每位愿意报名的业主准备了两袋大米两桶油。子吟一听有米有油，赶紧告诉那位物业员工我们要唱一首歌，并在我的反对声中拿了人家的报名表格，还有活动举办详情宣传单。我看物业公司这是在抓壮丁，生怕报名的业主反悔，赶紧朝我们屋里塞进大米和花生油，子吟乐呵呵签字确认，物业人员满面春风地告辞走了。

　　我有些郁闷了，虽然是同一个小区里的邻居，可是还没熟悉到这么快就上台唱歌给他们听的程度吧，这件事想想都特别别扭。子吟拉我坐在椅子上，笑呵呵地问我多久没唱歌给她听了？我说你想听，我们可以去钱柜、好乐迪啊，想要听多少我就唱多少，但是报名唱歌这事有些太仓促，我们当当观众得了。子吟说远亲不如近邻，趁此机会认识些邻居不是很好吗？而你唱歌那么好听，保证能收获粉丝。我听她这么说，只好无奈接受这个现实，连人家的东西都收了，正所谓拿人家手短。我问子吟要报什么曲目，是不是我最拿手的《神奇的九寨》？子吟说那首歌曲只准唱给她听，我熟悉的其他曲目随便报。我拗不过她，只好选了一首自认为不错的歌曲写到报名表上。

　　我起先觉得凑合着唱一唱得了，顶多让人家觉得我是个喜欢唱歌的业余门外汉，第一次见面大家谁认识谁啊。仔细一琢磨，我还是希望登台后能一鸣惊人，哪个人还没有点虚荣心呢，所以我很认真地准备唱好报名的曲目。和人群里的大部分一样，我唱歌从来不记歌词，去唱歌不看着字幕是唱不完整一首歌的。如果这次晚会现场没有屏幕，唱歌这事要糟糕，所以我这次必须得记住歌词。我打印了那首歌的歌词认真背诵，还特意拉着子吟去上海歌城反复学唱，直到闭着眼睛可以充满感情地完整唱出来才罢。子吟说这样可以了，绝对能够在晚会上一唱成名。我说我只求到时候不掉链子，至于技压群雄什么的事是不想的。

到了三十一号那天，我接到了物业公司请我们去小区会所彩排的通知，于是一家人第一次到了我们楼下的会所大堂。这个会所以后应该是小区的休闲运动场所，地下一层是健身房和游泳池，各类健身器材应有尽有。会所一楼右侧一大片区域里集中了网球、羽毛球和篮球场地。这次迎新活动的场地就设在会所大堂，其装修风格和我们家里很类似，所以倍感亲切。彩排过程在其次，认识了几个很友好的邻居，其中有三位比较有缘，自认识以后就经常来往，后来竟成了很好的朋友。

晚会真没什么可讲的，一晚上感觉都很不好。我本来就很少参与这类活动，所以紧张的情绪伴随了始终，唱的那首歌连我自己都不满意。那天的音响也很不给力，早知如此就随便唱唱了。我以为是场正式的活动，所以西装革履地出席，结果大部分参加活动的邻居，包括参演的业主，都没有我穿得这么正式。组织方做了很多准备工作，预备了很多甜点和饮料，吸引了小区里很多的小朋友过来，所以场面不乱糟糟的就没天理了，节目能按计划安排表演完毕就很不错了。不过小区里能组织这样的活动已经足够让人惊喜，有这样一群能打成一片的邻居更是难得。

按照很多地区的习惯，搬了新家的第一年春节，一定是在新屋子里度过的，所以我们踏踏实实就准备在上海过年了。子吟肯定要请她父母过来这边，可是海英不想过来，这样岳父岳母也只能在自贡陪着她。海英这个样子，让每个人都特别担心，但好像也没有特别好的方法帮帮她。我们买了房以后，我曾经向子吟建议，自贡的房子就给海英，让她没有后顾之忧，开开心心地成家就好。子吟却坚决不同意，她自然爱她这个妹妹，但是爱要放在心里，表达出来可能结果适得其反。海英社会经验这么不足，上当受骗是必然要经历的阶段。自贡的房子肯定留给她，可是她会不会被人骗呢？所以房子留在我们手里，等于给她留了一条后路。

所以这个春节就是我们一家三口过的，单调但很温馨。因为有露台，所以我可以装扮一番，我在淘宝上买了两大卷彩灯，还有大红灯笼，这些东西一挂到露台上，足够弥补不能放鞭炮的缺憾了。不过说实话，小区里春节本该有的万家灯火也没有，是邻居们都去外地或者国外过节了，还是三期这边入住率都不高呢？我们的厨房间环境也很好，所以图了个新鲜，整个春节期间都是自己做饭，这个勤快劲也是前所未有的。搬过来后，我们经常可以听到黄浦江上轮船的汽笛声，偶尔还可以清晰听到轮船调度的喇叭声，刚开始非常不习惯，时间一久就成为生活中的一部分了。

过完节后，我们面临着办理房产证的问题，我们手里资金是宽裕的，但子吟想的是这个是向陈惠良讨要工程款的借口。她约了陈惠良好几次，向他大倒苦水，意思是请他帮忙解决困难。子吟用这种办法来解决两人之间的分歧问题，也是迫不得已，即便是按照市场运行的规则，陈惠良拖欠子吟的业务费也是明摆着的，他以项目做亏损为由搪塞其实是站不住脚的。这些项目是政府项目，毛利润率不低的，要说做亏掉了，只能说是他管理不善，经营费作为成本支出的一部分，是不该也不能少的。

子吟用这一招，只是在拿死马当活马医，能要回来多少算多少。这次过年后连续一个半月的沟通，子吟放低身段强调困难，让陈惠良感觉没有他的帮助，我们就要断水断粮了一样。我觉得男人不太可能做这种事，即使做了效果肯定也没有，毕竟生意场上装可怜需要很大勇气，被人识破的概率也大。子吟相同的方法试了两次，也就是奏效了两次，从陈惠良处拿回了五十余万的经营费，此后两人就渐行渐远。子吟算了总账，她在这些项目上损失的有一半的经营费，这就是做项目没有掌握主导权的后果。生意场上无所谓对错，但你犯了任何错误，总有一天要独尝苦果。

第八十六章

新年开春不久，我想邀请我父母来上海小住，子吟特别支持。我知道我父母对这边的气候很不适应，但借看看我们新房的机会，过来住上几天应该是不会有太大问题的。结果我爸爸身体不好不能成行，而我妈妈的意思是让我几个姐姐和弟弟，带着他们的家人过来恭喜我们入住新房。我心想这样也好，他们中的个别人曾来上海游玩，但还没找到合适的时机一起过来在上海聚聚，这次借机带他们到魔都各处逛逛也是理应之举。这件事就这样定下来了，他们八位订了来沪的车票，这么多人住家里是不行的，我们就在家附近订了酒店。

我的家人知道子吟能力非凡，也知道我们这几年在上海发展还不错，了解到我们贷款买了个房子，但当我们从火车站接他们来到地下车库，他们的脸上有大惑不解之意，这个小区的品质仅仅从地下车库就能看出端倪的。及至他们看到屋子及大露台时，每个人都难掩被震惊到的表情。出小区步行十分钟就到黄埔江边，传说中的外滩就在江对岸，而抬头便可仰望陆家嘴上海中心直插云端。能在这里安家，连我自己都每每觉得好似做梦，我的家人什么感觉自然可以设想。他们这时问起了我们的房屋总价，答案让他们很惊骇，而子吟告诉他们的仅仅是房屋成交价，而此时此刻，这里的房价已经上涨了三成。

接下来的几天，我们带他们游览了上海，细节就不详细描述了。我三姐夫很早就想到海边玩玩，当他提出这个请求时，我第一反应是看大海。我想起了我曾在临港新城做项目的经历，知道去那里不仅可以从岸堤上看到大海，还可以看看圆形的滴水湖，岂非两全其美？于是我带着大家驱车前往。等到了那里大堤上，只看见堤边延伸至远方海水都较浑浊，几个人都叹息不已。原来他们在电视里看到的海边，都是一望无际的沙滩，碧蓝的海水和海边休假的人群，现在看到的场景是另一情形。我这才明白三姐夫是想看到那样的海边，赶紧介绍说上海的沙滩沙子都是人工制造的，有个金山城市沙滩倒是可以去看看。大家都齐声表示不去那么远，这才作罢。

其间蒋阿姨打电话给子吟聊天，得知了我的家人来沪的事情。就在他们结束行程的前一晚，蒋阿姨打来电话，表示要请大家一起到她家做饭吃。这可比较麻烦，这么多人到了蒋阿姨家，光做饭就够她忙了！子吟赶紧致谢，表示她来请大家到餐厅一聚，到时候阿姨家出席已经足感盛情。蒋阿姨说她已经买好了很多菜，也已经准备起来了，这件事就听她安排，子吟只得听从。我们按时到了阿姨家，她做的准备工作真充分啊，两桌菜的凉菜已经备齐，热菜也只等下锅，我估计她这是从早上就开始忙到了现在啊！大家都感激又激动。阿姨做的是上海菜，怕我家人吃不惯，又照我喜欢的口味做了几样辣菜，须知他们家以前可是从来不备辣椒的呢，为了我才会在一些菜里放辣椒。

晚餐大家吃得很尽兴，也不消多提。饭后聊了一会儿，大家准备告辞而出时，阿姨却让大家等等，连子吟也大惑不解，不知阿姨有什么事要吩咐。等她逐个给我的家人们发红包时，我们大家都猝不及防。短暂的不知所措后，我姐姐们都立辞不受，我们受她做饭款待已是受了大恩，哪里还有收人家红包的道理？应该是我们向长辈表达心意才对！无奈阿姨坚决要大家收下，大有不接受就要生气的架势。子吟轻轻说这是阿姨的一点心意，恭敬不如从命，大家才收下了。我以前真不知道上海本地人还有这规矩，还是这事仅仅是阿姨的心意。但是我知道这件事只和子吟有关系，如果她没有在阿姨心里占据那么重要的位置，会发生这件事吗？我和我的家人获得这许多，只是因为爱屋及乌的缘故啊。

很多朋友会问我，子吟和我就是这样一直和谐相处举案齐眉吗？这当然是不可能的，天下没有闹过矛盾的家庭应该是凤毛麟角吧。送走我姐姐他们之后，我和子吟就闹出了一场风波，主要的责任在我身上，这影响了我们夫妻关系很长一段时间。那段时间，微信悄然兴起，从前即时沟通工具 QQ 慢慢被微信所代替。我在探索微信功能的时候，玩起了摇一摇。两个人不管距离远近，只要同时拿起手机摇上一会儿，就有可能联系到彼此，好神奇的功能。有一天闲着无聊，摇到了一个陌生人，加为好友后略聊了几句，原来是南京的一个女网友。

说到这里，可能很多人会觉得这会是一段花心的出轨故事，其实并没有那么严重。玩微信摇一摇是出于好奇，加了陌生的女网友也纯属无心，我们聊了一两句后就没说过话，相信那很快会成为一个沉睡的账号。有一天那个女网友发了一条朋友圈，配着一张湖面秋景图的是"想你了"这样简短一句话，我相信这是另一个痴情的女人，于是就跟帖留言了一句，想他就去找他。女网友回复了一个笑脸表情符。可巧那天子吟很偶然地在我手机上看到了这条朋友圈留言，她呆呆看了很久，问我这人是谁？我看她表情那么凝重，是我从未看到过的严肃，知道她误会了，赶紧向她解释。

她静静听了我的解释后，低头沉默了好一会儿，我知道她没有相信我说的话。子吟使用这类新软件或者电子产品，总会慢别人很多拍，比如这个微信，她到了现在也还只是拿来聊天，不很清楚朋友圈和摇一摇这一类功能的使用。子吟认为那个女网友说的想的人，或许就是我，不然我跟帖说那句话干吗呢？我忙向她解释朋友圈的运行机制，那是微信通讯录里好友们共享的消息，跟帖时大家都可以看见的，所以就跟公众场合一样了。如果有那些乱七八糟的事，我和那个网友单独私聊不是更符合常理吗？

　　子吟相信了我说的话，可这个事没有那么简单就过去了，她是放在了心底。她之后问我几句话，无聊的时候就可以找陌生异性搭讪说话吗？如果聊出了感情怎么办？即便你一开始没有多余的想法，如果时空距离很近，而对方有意跟你亲近，你还会这么淡定吗？我不知如何回答。我爱子吟，知道她对我的人生意味着什么，如果说是父母赋予我生命，是子吟给了我除了生命之外的一切，还有她全部的爱。我想和她过一辈子，但她提的问题都很现实，心想事成毕竟只是美好的想法，一辈子不变心的婚姻需要两个人一直努力。我以为这件事就这样过去了呢，但到了春节，子吟喝醉之后又提起了这件事，可见对其影响之深，她是那么在乎我才会这样。我能做的就是努力呵护她，一辈子不辜负于她。

　　微信事件过去后不久，我和子吟又各自忙碌起来。孩子如果不生病，我们勉强能应付，毕竟钟点工阿姨能帮我们做很多事情，甚至我们偶尔晚回家的时候，阿姨也能替我们多照顾一会儿小孩子。子吟曾想请这位阿姨考虑当我们家的住家阿姨，无奈她家也有人需要照顾，这事只能作罢。如果孩子有个头疼脑热的，我和子吟就特别狼狈，这时候往往是我请假赶回家里照顾孩子。而恰巧在这段时间里，儿子生病很多次，我一个月里竟然有一半的时间请了假，狼狈程度可想而知。我这时候才真正发现了我们家的一大隐患，那就是我和子吟都主外，而没有人主内，这是个有些失去平衡结构的家庭，很多时候只能是由我做出些牺牲。

　　五一节前夕的一个下午，我正在审阅方案，接到了子吟的电话，她问我有没有空，现在就赶往松江某地，原来她偶然间又遇到了一件大事，需要和我商议。子吟去拜访了王伯时，得知他将于七月初卸任董事长。这个消息对子吟是喜忧参半的，喜的是，这么多年来子吟一直当他是可亲可敬的长辈，但他毕竟上了年纪，退休后可以早些享受天伦之乐；忧的自然是工作方面，后王总时代她肯定要花精力继续维护好和这个公司的关系。当然，最大的不利来自陈惠良那里，他在这个公司里根基已稳，王总退休后他完全有可能撇开子吟独立操作项目，这个几乎毫无疑问。

　　在和王总的聊天中，子吟得知他们公司竣工的某楼盘正在开售临街商铺。子吟听后上了心，详细询问那些商铺的详细信息。王总何等聪明的人，自然看出子吟是想入手一套。他笑呵呵地问，小姑娘现在有闲钱了？如果要买，这是个好机会，单价我给你打到最高折扣。去年的纸箱厂股份转让后，我们手里确实有了一笔闲钱，放在手里只有等着贬值，也在考虑投资点什么生意才好。子吟曾考虑过买套商铺，无奈市区里已经没有我们能承受得起的门面了。王总开发新楼盘的商铺在松江区准闹市区，这样的位置买下来一套合适大小的商铺，肯定是件好事情。

子吟辞别王总后马上驱车前往那个街道，一路上回忆和王总谈话的这次内容，她知道这次是个机会，王总可能在退休前帮自己这个忙，所以不仅仅给她最大折扣，甚至还可能商议最终的总价。所以还没到达目的地，子吟已经决定要入手了，这次过去直接可以看看入手哪套的问题。子吟到了那个小区售楼处，工作人员说这时候还不到开盘时间，所以也暂时不售卖。子吟给王总打电话，很快售楼处经理接到上级发来的消息，可以带子吟看房。这又是一次很从容的挑房，可以不费吹灰之力找到自己最中意的一套房，子吟打电话给我，就是这件事了。

听子吟讲要买套商铺，我的第一反应是觉得这事太过突然，不一定是子吟理性考虑后的结果。但我从电话里听出她迫切希望我到现场和她一起看看，而我下午确实没有要紧的事，就答应驱车前往现场。最近几年，我们先是高额贷款买了房子，公司新聘请了员工，又增加了固定资产投入，所以日子过得有些紧张。直到收回了纸箱厂的投资款，还有近一两年来的项目利润收入，我们手里才有了第一笔真正比较大的积蓄，我的心里才觉得有些踏实，手中有粮心中不慌嘛。现在子吟想要买商铺，且不说我们的资金够不够买下看中的房子，最近国家又在调控楼市，这笔投资会不会亏本啊？

我到达那个楼盘的时候，子吟已经差不多看了一大半的门面房。这个楼盘正如子吟描述的那样，规模比较大，其西边是一条河道，另外三面都是新建成的小区，这些楼盘看起来入住率也很高。这块地方属于新城闹市区的边缘，根据规划图来看，是未来新的商业中心地带。当然，现在正在做基础设施配套项目，所以街面上有些冷清，临街门面房的窗户上布满灰尘，远处正在修建跨河的大型桥梁。子吟拉着我手跟随销售员继续看房子，很快我们被路口的一套约一百五十平方米的房子所吸引。这套门面房的位置不用说了，房型很正气，如果能买下来，后期的经营选择就很多。如果打算自己经营，办个小超市就很不错，如果出租也一定会成为旺铺。

在来这边的路上，我是想劝子吟这次投资要慎重，但真正和她一起看了这里房子后，心里已经不怎么排斥花这笔钱了。所以我觉得我不仅眼界不够开阔，很多时候也很容易被环境所左右，幸好子吟这个人很有想法。等到子吟悄悄告诉我，她可以拿到很高的折扣后，我就同意买这房子了。见我支持她，子吟很开心，就没有继续看剩下的房子，我们也不太相信还有比这更合适的。销售员告诉我们，因为我们是内部认筹的客户，很多材料要提前准备起来，说完他给了我们预备材料清单。临末，他悄悄告诉我们，如果是他自己，也肯定要抢这套房子，可惜他没这么多钱。不知他话的真假，但我们听了自然开心。

接下来的一个月里，子吟就为买这套商铺来回奔走，王总在他的职权范围内给予了子吟很大方便，子吟以一个特别令人满意的价格拿下了这套房。虽然如此，因为总面积不小，而且毕竟这是商铺，我们只能再次向银行贷款。这样一来，五一假期就在不知不觉中过去了，回头一想，不到一个月里又做了件大事，这个效率也是奇高无比了。值得开心的是，这些商铺在开盘后被一抢而空，这已经足够说明这块地方被大多数人看好，担心投资会亏本未免多余了。子吟说当初下决心买下来，是想有了这套门面房，即便以后发展受限，养老是无忧了。是啊，我们这些来魔都打拼的人，不能靠政府，又不能靠父母，只能自己把一切问题都想到。

如果不是去公司人劳科办事，进而遇到一个办理上海居住证转户口手续的同事，我差点忘记了自己已进这个系统七年，这意味着按照相关政策我也可以居转户了。我仔细向那位接近完成居转户手续的同事咨询相关事宜，想了解一下上海居住证制度实行这么久，有没有新的政策出来。据说全世界实行户口制度的国家已经没剩几个了，所以我一直认为我们国家户口制度寿终正寝是早晚的事，中西部地区户口早已经只具有象征意义。但是凡事总有例外，户口制度在一线城市还是调节常住人口规模的利器。

儿子未出生前，我从来没想过要转户口的事，甚至是在买房之前，我对这事也从不上心。与户口挂钩的福利从不在我们考虑的范畴之内，我们有能力照顾好自己，不会给政府添麻烦，子吟则认为如果能转过来，那儿子的教育问题就彻底无忧了呢。我认为大部分尚未取得上海户口的人们，主要考虑的还是子女的教育问题吧，孩子的教育公平问题不解决，就是我们这代沪漂人心里的痛。看到公司有人已经按照相关政策和制度居转户成功，这对我们这些条件达标的人来说，是个振奋人心的消息，我回家后立马按照相关要求准备起材料了。

按照有关法规，居转户的门槛不是很高，只要连续缴纳社保满七年，再加上有中级职称，好像就可以申请。然而实际情况并不是这么简单的，还须要准备很多其他材料，比如计划生育证明、无犯罪记录证明和连续缴纳社保证明等。我请假回了趟老家，费了九牛二虎之力办齐了这些证明材料，结果发现我远远低估了办成这件事情的难度。区人才交流中心的工作人员说，在交这些材料之前有个预审的过程，为期一个月的预审通过后才会要求提交正式书面材料。好吧，这件事是我大意了，应该在回家开证明前来这里咨询，等流程全弄明白了以后再做后面的事。我开的好些证明的有效期仅一个月，这意味着初审通过后，我还须重新准备这些材料，痛苦的过程还须再来一次。

初审材料上交了一个月后，我收到了人才交流中心的消息，说是我在这七年中的个人缴税比例不够。关于这个问题，我始终也没搞明白，员工税收都是单位代缴的，我本人又不至于偷税漏税，那么我的个人缴税比例怎么会不够呢？我也懒得去追究这个事情的来龙去脉，既然缴税比例不够，就按照税务局的要求补缴了约五万左右的个税。如此又过去了两个月，人才交流中心又来消息，说是我的简历中有半年的外企工作史，按照要求这期间的工作收入应说明、税收也应一并补齐。我在简历中的确写了曾有半年的外企任职经历，但这应该和居转户关系不大吧？这会儿让我如何补齐那段时期的个税？我跑了几个地方想搞清楚这事该如何处理，却没一个地方能说明白，这事慢慢就没了下文。后来我们单位另一个同事居转户，也遇到了相似的问题，而且他在上海的经历远没有我这么复杂。看着他跑了很多趟也没能办出来户口，我办这事的心也慢慢凉下来了。

第八十七章

我们买好商铺后手头紧张了起来，因为要花钱的地方实在太多了。这正是我一开始担心的问题，养小孩和养车一样都是很花钱的事，更别提还要还贷和发放员工工资，最紧张的一个月里我们都准备朝朋友借钱渡难关了。不过这种紧张局面没有持续多久，因为四个月后商铺就被出租出去了，而且子吟和苏斌合作的两家公司效益也开始逐步增加。也是从这个时候起，我们家里的经济问题算是彻底解决了，用时下流行的话语来说，就是达到了小康水平，而且可见的将来生活会更加美好。回头来看，我们这一路走来虽然比较辛苦，但大的方向一直没有走错，有些关键步骤，因为有子吟的远见，少走了许多的弯路。

儿子放暑假后，我们计划带他出去玩一段时间，他上小学后应该没有太多机会出去长途旅游的。子吟和陈捷聊天时说起了这事，得知他们也计划出去度暑假，大家一拍即合，决定两家人一起出去游玩。我们四个人约在一家茶室商讨出游事宜，很多问题两家很有默契，所以就没有多聊，只是对旅行目的地的选择有些尴尬：我们说起了很久以前的那次西北半月游，苏斌听了后很是神往，所以他们一家倾向于去走这条线路，可是我和子吟已经去了一趟，重复再去有什么意思呀。苏斌说虽然线路一样，我们可以选择不同的方向啊，以前去一次不可能跑遍所有的地方啊。

他这种说法当然是站不住脚的，相同的季节走同一条线路，景色哪里会有什么不同呢。考虑了良久，子吟觉得再去看看九寨沟也不错啊，而且我们儿子没有去过，让他去看看和江南完全两样的风景是有必要的。于是我们定了下来，就当我们夫妻陪儿子和苏斌一家，千里去寻故地吧。其实去这条线旅游，我是比较赞同的，毕竟一路上的饭菜都是我小时候吃过的味道，而且旅途中的敦煌、九寨沟和张掖等景点，多看一次就多一些收获。

我们这次选择租车子，旅游的线路和上次基本一致，不过我怎么感觉很多地方似曾相识，却又有些陌生？细想下来是可以理解的，上海的某些地方，半年也会有巨大变化，西北的变化慢些，但三四年下来累积的变化也是很可观的。子吟还是喜欢九寨沟的景色，估计她来多少次也看不厌，而敦煌鸣沙山的游乐项目也大变样。参观莫高窟要提前预约了，不然只能参观四个洞窟。路上感觉唯一没变过的地方就是塔尔寺，这个地方再过几十年估计也不会有大变化吧。我和苏斌换着开车，一路倒也轻松。参观完门源油菜花海时天色已晚，我们要赶回西宁住宿，途中要翻过海拔三千八百多米的大坂山，公路弯道大，坡陡路窄，而且此路段气候变化无常，山下还是多云天气，七拐八拐行不久就下起雨来。苏斌一路都气定神闲，这会儿显得有些慌张，生怕车子出个问题，这里前不着村后不着店，那就麻烦得很。我们在夜色间行车，感觉车子淹没在无边无际的黑暗里，间或遇到反方向的车子，也是转瞬就不见。等到车子终于爬上山顶，开始曲折下坡时，大家紧张的心情才放松了许多，恢复了一路的欢声笑语。

这次故地重游，少不了也有很多趣事发生，这里就不一一细表。一过青海湖景区，苏斌就叮嘱我仔细注意寻找我们上次逮鱼的地方，他也想捞很多的湟鱼来尝鲜。只是即便我们特意放慢了行车速度，也没能再和那条小河邂逅，这件事令我百思不得其解，一度怀疑我们是不是走错了道。有趣的是，旅游回来后子吟多了一个称呼，小龙女。这是旅途一开始苏斌叫起来的，没想到这么多天下来，大家都这么叫她了。子吟觉得别人如此称呼她就算了，我也这样跟着叫不亲切。我笑问她该叫什么，她笑呵呵地说我想想就明白。我知道她是想让我称呼她"龙儿"，于是随她心意，慢慢就这样叫了起来，可惜我和"过儿"差距太大。

假期的我们总是手忙脚乱的，从西北旅游回来后，我们工作上都积攒下了很多欠账，所以两人都忙得团团转，这时儿子又没人照顾了。我们想找个假日托班，可临近假日末期，要去哪里找这样的地方？这时候我们又考虑请子吟父母过来帮几天忙，况且他们还没有来住过我们的新房，这两件事一起办了倒也是件美事。于是到了八月中旬，我们请两位老人家过来住一段时间，他们欣然应允。他们照例是由妞妞接送上飞机，连他们自己也觉得麻烦了妞妞那么多次，很不好意思，其实更不好意思的是我和子吟啊。

这次他们过来后，大家相处都很愉快，二老看到我们买到这么大的漂亮房子自然很欣慰。我岳父特别喜欢饭后去阳台上散步，他可以尽情吸烟了。他在以前我们租住的屋子阳台上吸烟，部分烟雾难免会飘回屋子里，如果子吟闻到了，就会直皱眉，虽然她不敢发表意见。但她这表情如果让我岳父看到，他心里肯定很不开心，说不定这就是新一轮争吵的因由。现在好了，我岳父无论怎么抽烟也没人管了。我岳母则趁这几天的空闲，在所有的花坛里种上了蔬菜。干过农活的究竟不一样，她种的这些菜居然足够我们吃一个秋天，还送了不少给邻居。只是这次他们住的时间比较短暂，大概不到十天时间，他们见外孙要上学了，也就启程返回老家。

儿子上学后不久，我在工作上遭遇了一件难以启齿的事，写出来很难为情，但是我还是想提一提。我带领一个团队完成了一个项目，因为技术内外业都很出色，接这个项目的业务员又连续在业主处拿了很多项目。他想酬谢一下我，而我婉言谢绝，一方面我觉得做好技术本就是我们的责任与义务，而且我晚上回家还要陪儿子，实在不想参与这样的饭局。哪知这位业务员不知怎么就特别执着于此事，找到了我们单位另一个部门的王延庆经理来约我。

王延庆和我关系比较好，工作上有很多配合，他让我去我就不好拒绝，最后只得答应。子吟也很支持我参加这样的饭局，多认识一些朋友总归是件好事。但如果子吟知道了我这次赴宴后的遭遇，她是否还会那么放心地让我参加这样的饭局呢？

我们约好在闵行区的小南国吃饭，我和子吟很久前就去过那里，无论饭菜质量还是饭店环境都不错，只是下班高峰期过去难免要堵一路了。王延庆叮嘱我不要开车，说是到点下班后一起打车过去，吃饭时大家一起喝几杯。我的酒量比子吟都要小，所以在酒桌上一般不怎么敢喝。不过这次不太好推拖，因为我和王延庆曾喝过一次酒，加上他说吃饭的总共就四个人，我这个被请的人不喝，这就显得有些失礼了，所以决定和他们喝一场，如果喝多了早些回家了事。事后我才发现，这个决定太明智了，不然那个尴尬的夜晚如何度过就很难想象。

那天的中环特别堵，所以迟到是自然的事，还好都是一个单位的，见了面赶紧致歉。除了我们三人，另一位也是单位经营部的人，我来单位这么久，居然是和他们第一次吃饭，我这个部门经理在某种意义上是不合格的。但平时大家经常见面，所以酒桌上的气氛还是很融洽的。我还是抱有一开始的想法，诚心诚意觉得做好这件事是我们分内的事，所以即便来赴宴，心里还是觉得有些别扭，只能理解为这个业务员比较有情有义。我生怕被劝酒后喝多，一开始就说明我的酒量很小，拉上王延庆来证明，所以比他们几位喝的要少。我趁着酒劲和那个经营人员深聊，发现他的经营路子比较野，和子吟、李晓勇的法子颇有不同。

吃饭的过程中，那个经营人员说已经安排了大家饭后去唱歌。我已经记不得有多久没去歌城唱歌了，这时候他说起这个事，我一开始竟然没有表示反对。不过随后稍微想想，我有些犹豫，吃不准他说的这个唱歌的含义。如果是普通朋友饭后唱歌，就是在比较正规的场合里，那也就罢了。但是我们这个"唱歌"会是那么简单的事情吗？我认为我们是单位同事，应该就是普通场所，去唱几首歌娱乐一下的可能比较大，因此我没有表示反对，想着不要扫大家的兴为好。

吃完饭的时候，大家都微有醉意，我感觉自己脸颊发烫，肯定是满面通红的状态。我们买完单后一起出门叫了部出租车，这时候听他们三个谈话的内容，我有些紧张起来，似乎我们的目的地并非是个单纯的唱歌场所。等到我们到了位于中环某处的一个广场停车场，我开始后悔不迭，想不到真的不是类似好乐迪这样的场所。这种场所肯定是有陪酒女，我脑子里有些蒙，我并不是甲方，那位请客的业务员哪里需要费这个心思，即便是真心感激，吃顿饭也足够了。七年前，我在不知情的情况下被师兄拉去洗浴中心，那次我守住了底线，没有放纵自己。自那以后，我一直做技术工作，类似的场合就再也没有经历过，想不到今天又遭遇一次。我打定主意，再多喝点啤酒，专注唱歌，就当是一次普通的朋友聚会。

我随他们一起乘电梯进了三楼场所，一看这里就不是什么正经唱歌的地方，从大堂装修风格到服务生卑躬屈膝的态度，无不提醒这里的特殊。我表面上没有流露出不安，可心里已经紧张万分，真的无法想象今天会跑来这种地方，但现在想要逃离为时已晚，只能硬着头皮跟随服务生去包间。楼道里安装的是嵌入式地灯，所以整个楼道里显得有些昏暗，偶尔两侧的包房打开，不时地会走出衣着暴露的女生，随之而出的是里面嘈杂的声音，其间混杂着唱歌声、喧哗声和闹酒声。既然有歌唱，那我就不怕了，聚会人群中总有些麦霸的，这次我来做这样的人算了，或者和陪唱的女生掷骰子喝酒。

我们进了一个包间后坐定，王延庆偷偷在我耳边说了一个词，我没听太明白，但也不好向他问第二遍，后来我才知道他说的是"半荤"。没过多久，有个白衣服大姐带了一大群女生进来，他们几个都要求我先挑。我自己从未经历过这样的场合，脑海中浮现的是李晓勇当初请客的往事。说起来我们今天这种挑法，远没有李晓勇当初见识过的场面震撼，但我从未想过会遇到这种场面，心底也是极排斥的。我不想这样的尴尬场面持续下去，就随便指了一个女生，她立即靠过来紧挨着我坐下，还要搂我胳膊，我本能地抗拒，起身拿瓶啤酒掩饰我的极度不安。他们几个也各自挑了一个，其余的便都退下去了。

几个女生的装束就不用我形容了，如果就是这样陪唱陪喝也就罢了，可是我低估了这个地方的开放程度。包房门关起来后，劲爆的音乐声响起，我看来这些人都肆无忌惮起来，尤其是那个请我客的人，这会儿的表现和晚上吃饭时已经判若两人。我慢慢看出来门道了，客人选定陪酒女生后，包房里的后续活动就是按照节目单来的。女生们每隔一段时间就去换衣服，可衣服越换越短，越换越暴露，来的男人情绪也就越来越亢奋。我看这情形不对，越来越心惊，只好使劲地喝酒。终于发生了令我瞠目结舌的一幕，几个女生

481

居然裸露了上身！我的心狂跳，真的不知道她们还要不要继续脱下去，于是乘势倒在沙发上睡下。我喝啤酒本就很多，虽意识清醒，但头疼欲裂，睡下更加难受，但这会儿起来更加恐怖。

后面的事情比较简单，我只顾自己睡觉，耳朵里大概能听到他们的胡闹声音。也不知过了多久，这场闹剧终于收场了，王延庆拉我起来，我也顺势抱着头晃晃悠悠起身跟着他出了包房。我借酒装睡这一幕他们肯定都看出来了，不过他们一定没看出来我的真实用意。我是装清高玩清纯呢，还是确实不喜欢玩这种游戏？如果有读者朋友问我这个问题，我还是以前那个回答，我想守住一些底线，希望对有些东西能敬而远之。我后来想到并理解了王延庆说的那个词的意思，既然有"半荤"的，那肯定还有"全荤"的，如果不是亲身经历，真的不敢想象这些事情的存在。

那晚我辞别他们几个，拦了辆出租车回家。上车后我的情绪才缓和下来，感觉这个晚上的经历太过离奇，是事先我无论如何也料不到的局面。我就任部门经理后，主要是组织生产，偶然会处理与经营有关的事宜，但经营性质的饭局是能推拖就推拖的，这主要是因为我不搞经营吧。但今天看下来，其他部门的经理处理的人际关系比我要复杂，这究竟是我没有尽职尽责呢，还是因为我的个人喜好决定的？我摇开车窗吹吹风，大口呼了几口新鲜空气，感觉稍好些，不料只过了一会儿酒气上涌，胃里翻滚。幸好这时车子已经拐下南浦大桥。我让司机师傅靠边停一会儿，三步并作两步跑路边呕了两次。多久没这么喝过了？上一次喝这么狼狈应该是在大学毕业那一年。

这样过了好一会儿，我才强打精神站起身来，有那么一瞬竟不知自己身处何地。我环顾四周，借着马路对面路灯的柔光看到一个小区的名字，心里不觉一颤。那不就是我刚来上海时住的单位宿舍所在的小区吗？那年我还在做销售，我和徐飞在这里注册了一家公司，所以这里算是我们创业的起点。原来这里离我的新家那么近，几乎就是三四个街区的距离。七年前，我绝对不敢想自己有朝一日可以在这里落地生根，在这里收获我的一切。我一直在努力，而且没有迷失自己，如果当初那次在洗浴中心里放纵了自己，我相信我就走到歧路上去了，哪里会有今天的我？所以守住底线并不是犯傻，相反是开启美好人生的钥匙，我今晚的表现，说不定是很多年后值得我骄傲的回忆。

这么一折腾到家时午夜两点多了。我这么晚回家的次数不多，而且这次差不多是喝醉了。子吟见我这个状态，赶紧调了蜂蜜水让我喝下。我心下感激，不禁握住她手轻声向她道谢。她很觉得意外，说就倒了杯水而已，用得着这样！这哪里是一杯蜂蜜水的事情啊，这些年她为我做的事情，一件件写下来的话，比我已经写的文字长度还要长，岂是一句感谢的话可以说得尽的？我没有把晚上的经历讲给子吟听，虽然我其实表现尚可，并没有做让她会感到失望的事情。

又过了几天，那个请我吃饭的经营人员找到我，这才搞明白他的真实用意。原来他自己注册了一个公司，也申请了施工资质，准备挖我过去组建技术团队。我心想这事很新鲜，挖人的方法就是先拉人家下水，然后这事就成了吗？很显然他搞经营也是用这种套路，而且已经屡试不爽，所以即便是想挖个帮他做事的人也用这一套。子吟，还有之前的李晓勇，他们搞经营工作时，普遍是耐心地交朋友，等到时机成熟了，一切也就瓜熟蒂落。同样一件事，有些人会走歪门邪道，有些人则正大光明，我有幸见识了所有这两类人。

第八十八章

国庆长假前夕，刘炜调到了我们单位任职。自从陈为涛职场遭遇滑铁卢后，他原先特别看重的刘炜也几乎被边缘化了，在原来公司担任安全员。这次他被调到我们单位，是因为他家庭出了变故，事情闹得沸沸扬扬，只能调离原单位以消除恶劣影响。我和他一个部门时，只知他管理能力真不怎么样，而且我们并不是一类人，交往并不多，关系也不好。读者一定还记得当初我借车给他的事，我们并没有因此而改善不好的关系，最后是我离开他的部门去了总工办了事。

我到了新单位后，基本没怎么和刘炜联系了，只是今年初他打电话给我，寒暄几句后就朝我借钱。由于当初借车给他被证明是个极其不好的体验，害得子吟生气了，加之那次他借的确实有些多，我不敢擅自做主，没有答应借他。没想到他径直打电话给子吟，向她开口借钱。子吟和他只是泛泛之交，见面只是礼貌性地打个招呼而已，他这就敢开口借钱？子吟多精明一个人，自然没答应借他。子吟认为这个人并不可靠，借钱给他风险极大。在这之后不久，我听说了他几乎向所有人借过钱，单位里熟悉的不熟悉的，关系好的关系差的，他全部开口借。一开始当然是向熟悉的人借，所以很多人借给他，但借的人多了，这事就闹得大家都知道了。

通往申城的阶梯

直到有一天，一个年轻女孩抱着个婴儿闹到单位，大家才知道是怎么回事了。当初他跟着陈为涛做项目做得风生水起之时，天天在外面喝酒唱歌玩乐，结果在外面养起了一个歌厅妹子，想方设法挣钱给她花。没想到他们玩过火了，没过多久女孩就怀孕了，二人商量了一番决定生出来。这之后刘炜爱人知道了这事，很快就和他离了婚，让他净身出户。歌厅女孩见他以这种方式离婚，当然不干了，说好给她的房子呢？说好的好好养她母子呢？于是她天天和刘炜闹，让他拿钱给她。刘炜这事做得太过分了，全单位上下都很鄙视他，谁还会借钱给他？

刘炜调到我们这边，真有些在那边待不下去的意思，但我们毕竟是一个系统的，他的事很快也在我们单位传开了，所以这人的前途尽毁，这是一个作到没边的人物。当初深受陈为涛器重时，他不仅没能帮人家分忧，反而是一路挖坑，把最信任自己的领导拉下水，这是我们都知道的。而我们不了解的是，他对待家人居然也是这样不负责任，他的前妻带着五六岁的孩子离开他，一个完整的家庭就这样破碎了。我不知道他后来有没有和那个歌厅女孩结婚，但他们的关系能好到哪里去？那个女孩能跑到单位闹事，就绝不是省油的灯。刘炜本有一副很好的牌，生生被他打成烂牌。听说黄胖子借给了他很多钱，他并未按时还回去，两人的关系也特别僵。

刘炜调到我们单位后，我请他吃了一次饭，毕竟和他曾有同事之谊。他还是如以前那样谈笑风生，丝毫没有事业受挫、家庭惊变的颓废。这之后的很长一段时间里，他特别爱找我聊天谈事。聊天的话我还能强打精神和他周旋，但他会经常拿一些项目资料和我探讨，有些还请我派人编写方案并报价。一开始我是支持的，但次数多了我感觉这些项目似乎是子虚乌有的，但他至于拿这样的事来消遣我吗？他的目的何在？这是我至今也没能想明白的事之一。这样的次数多了以后，我就慢慢以部门工作繁忙为由推托掉了。刘炜到了我们这边，慢慢又成了一个边缘人，他曾经意气风发，在上海什么都有了，却落到丢了一切的下场，令人唏嘘不已。

国庆节期间，我们和苏斌一家计划去厦门鼓浪屿度假，这时我们接到了许思杰要在假期举办婚礼的请帖。他近两年受公司委派，在苏州分公司任总经理，事业做得风生水起，和我的关系很好，我们一家自然要去出席。而正当我们准备了一切，一家人开车去婚宴举办地常州时，子吟家里出了件棘手的事。这件事还是和海英有关，她和她的上司发生口角，争吵不过竟动起手

484

来，打了那人一巴掌。本来这事比较小，内部处理一下就完了，结果海英不依不饶，闹得特别凶，被打的那个领导报了警，私下托人把这件事定性为治安事件，把海英带到了派出所。

这件事发生后，我丈母娘被吓坏了，急火攻心之下住进了医院，我岳父分身乏术，一时之间照顾不了两个家人，而派出所来电话说要对海英做精神鉴定，并有可能进一步处罚。子吟接到她爸的电话，就决定赶紧飞回老家帮忙，她买了最近的一趟航班，一边收拾东西一边拨打重要电话，三个小时后就到了机场。子吟在自贡也有很多人脉，所以没等我送她到机场，海英的事情就基本解决了，她以前培养起来的关系，关键时刻展现了化腐朽为神奇的力量。她这么着急回家，真正关心的是她妈妈住院的事情，担心她的病情。

发生这样的变故，我只好独自带着儿子去常州。儿子最近明显顽皮了很多，我开着车子上了高速，他就在后座上瞎折腾，一路不闲着。许思杰请所有的嘉宾入住举办婚礼的酒店，来了一大堆小朋友，我儿子又是个人来疯，所以这三天我被他弄得苦不堪言，花了大把的时间在紧盯着他，生怕他闯出什么祸端。许思杰的婚礼隆重而浩大，至少我以前是没见过这么大阵仗，简直就是一个婚宴样板工程。每逢参加这样的婚礼，我对子吟就有一种莫名的歉意，随着时间的流逝，我越来越觉得没给她一场令人难忘的婚礼，可能是我今生的一个大遗憾。虽然子吟不看重这些，只在乎两个人天长地久，可如果两情相悦，看起来婚礼会起锦上添花的作用。

我带着儿子在常州玩了几天，对这座城市的印象非常好。常州傍太湖，依长江，其境内湖泊星罗棋布，是典型的江南水乡。常州的街道非常干净整洁，给人特舒服的感觉。特别是新区，无论街道布局还是绿化建设，都相当漂亮。我比较喜欢城市的快速公交系统，感觉很高大上的样子。许思杰选择在他的家乡举办婚礼，我觉得比较明智，如果是在上海，哪里能组织到这个规模？让来参加婚宴的朋友借机游玩一下这座城市，也是妙事一桩。不过由于带了一个调皮儿子，我不免被束缚住了手脚，不能兴味盎然地到处走走。

这次还碰到了许多老熟人，包括黄胖子。他现在被调到杭州地铁项目部任职，所以一年里大部分时间都在那边。他的性格温和，生活态度乐观，但没什么上进心，上级安排他做什么他就做什么，这么多年过去了一直如此。我们是两类人，三观方面有很多不同的地方，所以算不得是交心的好朋友，但黄胖子对我帮助很大，多年前我在人民广场落魄之时，他曾伸出援手，所

485

以我心里特别感激他，希望他这样的好心人可以事事顺心，平平安安。我们聊天时遇到了刘炜，大家一起多喝了几杯，我怕喝多了没法照顾儿子，就提议晚上到我房间里叙叙旧，他们都同意了。稍晚些他们俩果然都来敲门，儿子看动画片，我们三个聊到了深夜。毕竟共同经历了一段时光，聊到了很多难以忘怀的往事，我心想大家从一开始就能这样开诚布公多好呢，哪里会有那么多矛盾。

子吟在她老家也比较顺利，她妈妈本就是被突如其来的事件给吓到了，等海英毫发无损地回了家，她悬着的心放了下来，身体很快就恢复了。海英和我岳父一开始都觉得这次摊上大事了，都被吓得不轻，哪里知道远在上海的子吟，居然这么轻松就解决了发生在老家的难题。海英被带到派出所时还不觉得怎么，等到警察说她有可能要被拘留时，她直接被吓傻了，不知道这事居然会这么严重。她哪里知道，问题的严重性还在于，如果真的被执行了治安拘留，她这就是有案底了，将成为一生的污点，这对一个尚未婚配的女生的恶劣影响是不言而喻的。

老家的事情一结束，子吟立即返回上海，而长假就这样过去了。我看她的心情不错，以为她是为解决了一桩难题而高兴，其实并非仅仅为了这个。她说这次回去请人家吃饭，当面道谢的结果是增进了友谊，而且得知那个朋友在一个关键的管理岗位上，他掌握着区域内文博场馆建设的决定权。这是个迅速发展的工程建设领域，又是地方政府投资为主，资金落实迅速，是值得投入人力物力去争取介入的。子吟说她想花时间和精力去开拓一下这个市场，平时哪里去了解到这些信息呢？可巧这次借海英的事情就为后面合作的事做了铺垫。机会酝酿在危机中，这话一点也不假，只是发现这机会需要点天赋。

因为老家那边有项目合作的意向，子吟随后一个月里回去了好几次，逐渐把那边的事情理出了头绪，并且和几个合作方进行了沟通，达成了共识，接下来可能就是组建团队，注册公司运作项目。子吟在上海这边事情也不少，只能交给我去办理，或者偶尔让她的几个闺密也帮帮忙。哪知大家都忙得团团转的当口，我们又遇到了件棘手的事：她的老朋友没有按时到来。我们俩都很紧张，赶紧买来验孕棒一试，结果居然真中招了，我们俩都傻了眼。最近我和子吟有过一两次危险的性经历，那是她从老家回来后的事，小别胜新婚，两人一激动就没采取措施，哪里知道会这么容易中招。

子吟其实一直想再要一个孩子，主要原因是她觉得一个孩子未免太孤单，尤其是等我们百年之后，儿子就是一个人了，想想也觉得他很可怜。只是由于生二胎违反政策，即便是我们能养得起，很多重要的事情都会受到影响。比如我的居住证转户口事宜，需要提交的资料里就包括计划生育证明和独生子女证明，生了二胎这俩证就开不出来。除此之外，生下来后哪有人帮我们带孩子啊？读者从我的前文里已经看出来了，我们家的不稳定因素就在照顾孩子这个关口，这几乎是我们的一个隐痛。如今想要再生一个孩子，这需要多大的勇气才能下得了决心……

这件事情都怪我，就算为了子吟的身体考虑，我也应该很注意这个问题，早做预防措施。我觉得我们生二胎的条件并不成熟，可很现实的问题是如果不打算要，子吟又要经历一次身心创伤，我可不想让她再经历一次。我们商量了许久，决定要这个孩子，其他一切事情都可以推一推，工作也暂时放一放，户口的问题反正暂时也没有突破口，等过个几年再说吧。我们赶紧准备起来，给子吟把叶酸吃起来，防辐射外套穿起来。子吟把工作上的事都安排给我，能推的就推掉，能延迟的就延迟，铁了心在这一年的时间里把二胎的问题给解决掉。生孩子的决心下了以后，我反而淡定了很多，很多事就顺势而为罢了。

过了一个多月，我带着子吟去孕检，医生做完 B 超后告知我们，还没有检测到胎心，而正常情况下这时候是可以检测到的。我和子吟都很紧张，急忙问医生可能的缘由。医生说再过半个月来复查，如果还是这个结果，这个胎儿就保不住。她还说这种情况也比较常见，主要是因为受精卵质量不高，人体自然终止妊娠了。我们听到这个消息心情都很不好，万料不到还会遇到这种情况。仔细想想，这些年子吟一直忙得连轴转，都没有好好休过假，身体机能下降是必然的事。当然这个事情目前还没有定论，说不定我们只是虚惊一场而已。我宽慰子吟，说回家多休息一段时日，说不定下次就是好的结论。

子吟在家休息十多天后去复查，还是没有检测到胎心，我们不得不面对这个令人伤心的结果，医生建议尽快做人流，方能保障子吟的安全。回家后子吟的情绪很低落，这么多年来第一次见她如此脆弱，而这都是我太不小心造成的，可以说是我无意带给她的伤害。我只能尽力开导她，而我不仅要管好部门，还须把子吟的很多事接过来完成，再加上管儿子，一时间分身乏术，可巧子萱过来探视子吟，看到这个情况就决定暂住我家，照顾子吟一段时间。

这真是及时雨啊，有子萱陪着子吟，我就省心多了，等过个一两周子吟身心稍好些，再去医院做手术吧。

这期间的某天下午，我正在单位做事，准备忙完后去接放学的儿子一起回家。真的要吐槽一下学校放学的时间，无论幼儿园还是小学，三点半左右就放学了。这时候无论谁去接小孩，下午就别想安排做任何事，如果家里有老人家也就罢了，像我们这样的夫妻二人都在上班的，接送小孩就是个令人痛苦不堪的事情。我们小时候上学就没有这么麻烦呢，早上自己背个书包上学，晚上和小伙伴们排成一列就回家，从来不耽误大人的工夫，即便是上了初高中住校了，也都是自己全部搞定。

到了时间点，我把事情安排给其他人，自己溜出来驱车去接儿子。上了中环接到家里的座机打来的电话，是子萱打来的，电话里的她声音颤抖，万分紧张，说姐姐出事。我心里"咯噔"一下，身上瞬间冒出了冷汗。我记得医生说过的话，子吟这时候的状态还是比较危险的，该不是……我不敢多想，赶紧让子萱照顾好子吟，一脚油门加速向家里驶去。我责怪自己太大意了，应该上次去医院就让子吟住院的，这时如果遇到医生说的可怕的情况，我百身莫赎！

慌慌张张到家上了楼，我拿出钥匙开门，手竟抖得厉害，钥匙孔都对不齐，如此试了两次，我干脆按了门铃，是子萱开的门。我连忙问她子吟的情况，她估计也被吓着了，只是说姐姐流了好多好多血……我心里感觉冰凉冰凉的，冲进屋里，看到子吟斜靠在床头，脸色煞白，不过她的目光还是那么有神，我心里的紧张舒缓了许多。我跑到床头握住她手，感觉比寻常更要冰凉，心里很不是滋味，险些掉下眼泪。子吟问我儿子呢？我说这会儿你的身体最重要，赶紧上医院要紧，说完我就抱她起来，在子萱的帮助下下楼上了车。在这个过程中，我能感觉子吟的问题不大，不光是因为她的精神状态还好，现在她的症状也不太像大出血的样子，只要送医院就一定会没事的。

路上我给蒋阿姨打了电话，请她去接一下小孩，也不及细说子吟的事就挂了电话。不过一刻钟我就开到了仁济医院，医生检查后说这是自然流产，而且幸运的是流得比较干净，吃一段时间的产妇康就差不多可以痊愈，我和子萱这时候才长松了一口气。这时候子萱才把下午的事说了一遍，原来子吟感觉身上黏糊，就进入浴室洗澡，才十来分钟情况就不妙，子萱哪里见过这个阵仗，自然紧张万分，只能即刻联系我。虽然这次子吟没遇到什么危险，但我事后想来觉得有些后怕。我从一开始就犯了很多不可饶恕的错误，若不是子吟吉人自有天相，真的不敢想象发生可怕的事会怎样！男人真的应该多疼疼老婆，做好保护措施就是疼老婆的第一步。

第八十九章

子吟经历自然流产的时候，正是元旦来临前的两天。辞旧迎新之际遭遇这样的变故，我们的心情可想而知，而子吟经受的是身心的双重打击，更加让人心疼。她的身体必须要好好地调理一段时间，否则可能后患无穷。我让她把所有的事情先放在一边，把身体彻底养好了，再考虑工作的问题不迟。其实经过这么多年的奋斗，我们现在基本上已经达到财务自由的状态，所以她可以放心地在家里休息一段时间，事实上她也听了我话，很难得地在家里休养了一个多月。这期间，蒋阿姨过来帮忙的次数比较多，教我炖鸡汤给子吟喝，我也乘机学会了做几个上海菜。其他的朋友也陆续上门看望子吟，我们搬过来后屋子里还从来没有这么热闹过。

倪茜家和我们就隔几幢楼，她到我们家是最方便的，所以过来看子吟的次数就比较频繁。倪茜特别欣赏子吟，知道子吟的见识远超常人，这些年她遇到大小的事情都会先听听子吟的意见。那段时间两人经常促膝长谈，结果倪茜向子吟透露了她遇到的一件烦恼事。这件事子吟也悄悄告诉了我，也是想让我给出主意的意思，叮嘱我此事不可外扬。我后来觉得当事人的行为并无不妥之处，就记录在这里。我曾提及过倪茜的貌美，她虽然已经过了四十岁，但因为天生丽质，保养得体，所以还是万里挑一女神级的人物。她婚后也不乏追求者，只是她和她爱人感情良好，所以即便有那么多苍蝇飞舞，她仍能保持淡定。

可是最近她遇到了一个难缠的人，一个因法务工作结识的男孩对她展开了热烈追求，即便知道她已婚，即便了解到倪茜和她爱人恩爱如初，那个男孩仍然狂热追求她。倪茜给子吟讲这件事的时候，她虽然尚未沦陷，但已经为此乱了方寸，不能像以前那样从容对待不时闯入自己生活中的男人。子吟听后很为难，感情的事没有人可以帮别人做主，即便是不道德的感情，就像清官难断家务事一样。但要知道李晓明是子吟多年的好朋友，帮了她很多很多，就像个大哥似的。倪茜如果陷入这段感情，最终可能要拆散这个家庭。

子吟很难想象李晓明这个事业有成的人，遇到这事会遭受多大的打击。

所以子吟没考虑多久就决定介入这件事情，但她可没想着她能妥善处理此事，只能尽力劝阻倪茜滑向深渊。倪茜能把这事说给自己听，子吟觉得她肯定也很纠结，也在寻找某种力量来阻止她犯错。子吟和倪茜商量，以后那男孩如果约她出去，尽量带上她一起。倪茜知道子吟的意思，她考虑了很久也答应了这事。于是在这个新年之初，子吟竟当起了护花使者。要说那男的也果然厉害，好几次他都在小区门口等倪茜，这小子泡妞有方，可是他就不能去找个未婚的去追吗？

此后一段时间，倪茜果然拉着子吟和那个男孩见了几面，大家主要是喝茶吃饭泡酒吧。我听起来都觉得这事怪怪的，子吟就应该是更尴尬的感觉。子吟原来以为这是个涉世未深的男人，如果他仅仅是被倪茜的气质所迷惑，把她放心上，这事就很棘手，能不能帮着倪茜劝退他就很难说。结果几次见面下来，那男的表现比较圆滑，三人相处他丝毫没表露出爱慕倪茜的感情。很多人会认为有子吟在，那个男的应该不会造次，本来追求已婚女士就是不道德的行为，谁会当着第三人有所表现呢？但如果连一点点爱恋的蛛丝马迹也看不出来，这本身其实是很可疑的，喜欢一个人的眼神瞒不住过来人。

观察了几次以后，子吟心里有底了，但那男的不表露心迹，她也没法侧面敲打于他。那晚三人吃完饭后，倪茜载着子吟回家，子吟把她的疑惑说给倪茜听，认为这个男的很大可能并非为了感情而接近倪茜，如果是这样就应该果断和他断开。子吟又问他们二人可有经济上的瓜葛，倪茜想了一会儿，说只是彼此互送了几件礼物而已，并没有其他经济往来。子吟笑呵呵地建议，如果这男的开始借钱了，你就应该警觉了。倪茜多聪明的人，她听懂了子吟的意思，她拉了拉子吟的手。这以后子吟就没怎么管这事，而后来某次聚会时，倪茜告诉子吟那男的果然开始借钱。第一次她借出去了，对方并没有按时归还，这就一切都明了了。倪茜苦笑着说一笔钱探出了一个人的心，也不算太亏。子吟说珍惜枕边人吧，老公毕竟已经考验了十几年了，更靠谱些。

马上又要到春节了，前边我写了很多春节的事情，接下来这个春节是最难忘的一个。我们计划到我老家过一次春节，而选择回青海是为了一次迟到的约定。我父母来上海小住时，蒋阿姨家曾热情招待，我父母感念于此，曾力邀蒋阿姨夫妇去我家做客，蒋阿姨乐呵呵同意了，只是这么多年过去，从未成行。我和子吟商量着这次就请阿姨一家去我家过年，让他们体验一下西北的年味。其实我们提议之初诚意满满，但不敢奢望叔叔阿姨答应，毕竟中国人还是喜欢在家里过年，要让他们春节外出过年真不易呢。巧合的是，蒋阿姨的儿子和儿媳春节去国外度假，这样家里就只剩蒋阿姨夫妇二人。子吟赶紧上门邀请，终于说服了二老跟我们同去。

我家里人知道这个消息，也都特别开心，大家都行动起来，准备迎接上海的客人。我特意叮嘱蒋家叔叔阿姨比较怕冷，要多准备些取暖器材，我家人都一一答应。我们这边自然没有闲着，子吟提前把机票都订好，还跑去阿姨家里帮她收拾行李，嘱咐她们多准备些防寒衣物。子吟问我叔叔阿姨会不会有高原反应，我说我家附近海拔其实不高的，很少有人会有反应症状。子吟想想不放心，认为上了年纪的人睡觉、走动会起反应也说不定，还是做些准备为好，于是我们订了一些红景天放行李箱里。这些问题都考虑到，可以想见我们的准备工作算是做到家了。

年底回西宁前的最后一件大事，是和自己公司的员工们一起吃年夜饭。公司注册几年来，这是第一次举办年会，虽然规模很有限，但意义也是非凡的。还记得上海创业公司的成活规律吗？每年注册公司数以万计，但其中挺过七年以上的不到一成，而坚持了七年不倒闭的，公司基本上就做成功了，我们有幸成了这里面的一员。就在我们策划饭局时，苏斌想过来凑热闹。他的医疗器械销售公司人事规模和我们差不多，所以他提议两家公司一起搞这个年会。子吟和苏斌在对方公司互有股份，所以这件事一拍即合。饭局升级，只可惜准备时间有些仓促，要想准备些节目什么的是来不及的，只能吃饭为主，抽奖为辅。

年会的情形就不用多说了，对我们来说，虽然只是吃了顿饭，但个中意义重大。儿子出生的那年，我们注册了这个公司，倾注在其上的心血一点也不亚于在儿子身上的，可喜的是，嫩芽在我们的呵护下终于枝繁叶茂，长成参天大树也是可预期的。我在书中对创业公司的描述极少，其实这期间发生的事大都略过不提，实际上公司的生存、成长和壮大真的很不易。由于国企管理严格，我所在的单位已经很久没举办聚餐类的年会了，所以年会很能体现私营企业的优势。在苏斌和子吟的协商下，发给与会员工的红包不算小，年会奖品也很不错，看到大家喜气洋洋的样子，我心里有种很自豪的感觉。

苏斌很有主持天赋，整晚他成了众人关注的核心。他的人品特别不错，擅长与人沟通，关键是私心不重。子吟和他合作时间不长，大家却彼此信任，两家公司业绩成长喜人就能说明一切。子吟在医疗系统朋友众多，经过这一年的努力，在医疗器械销售这一块也有长足进步，为未来取得经营突破做好了铺垫。苏斌和子吟在医院基建项目上也合作了好几个项目，利润率比较高。他们两个能完美诠释资源共享的优越性，为此苏斌一定要和子吟喝一杯共庆，后来为了照顾子吟的身体转而由我代劳，以我的酒量很快就喝醉了。

过了两天就要乘机回家，我们提前两天收拾御寒衣物，子吟照例给我弟和几个姐夫买了香烟，再给其他人各备一份礼物。子吟最担心的还是叔叔阿姨会怕冷，所以行前特意跑过去看看二老的衣物准备情况，但当飞机到达西宁蔡家堡机场，叔叔阿姨并没有觉得有多冷，认为和上海也没差多少。我知道缘故，西北的气温虽低，可是这里空气干燥，所以这里零下十几度和上海零下两三度给人的体感度是相近的。子吟这么怕冷，应该和她的体质有关。到了冬夜，她身上冰凉得厉害，我要在被窝里抱着她很久很久，她的身体才会暖和起来。这个春节，她要更加注意保暖才行啊。

从腊月二十九到正月初二，一切都非常好。要知道不仅是我和子吟受过叔叔阿姨无微不至的关照，我的家人也大都受过他们的恩惠，所以他们在我家的受欢迎程度就不用多说了。我老家春节期间本就热闹非凡，这次有贵客临门，自然以最隆重礼节相迎，所以节日期间平添了很多温馨喜乐的气氛。阿姨叔叔只待了两天，就对这里过年的氛围赞叹不已，阿姨和叔叔连声夸赞我父母有福气，说膝下多子真是多福。我知道阿姨说这话是发自肺腑的，她家只有一个儿子，独生子女引起的问题她深有体会。他们习惯了三个人度过很多节日，这时候看到一大家子的热闹，感慨万千是必然的。

所有人都以为这是个欢乐祥和的春节，可是还是出了件令人难堪的事情，至今想起来都让我心有余悸。为了护短我可以选择不提，但是这么多年不说出来如鲠在喉，还是记录下来为好。初二那天我们一大家族都聚齐了，举行了盛大的家庭宴会，每个人都被要求出个节目，我们甚至在下午还进行了彩排，准备把节日的气氛推向高潮。我以前有提过我家族颇有艺术细胞，唱歌拿手的不仅仅是我一个，其他人貌似比我更能歌善舞。晚上的活动没让任何人失望，我想叔叔阿姨也必定会记得这个令人难忘的夜晚。

如果一切都停留在家庭晚会结束后，那该多好啊。问题是大家都开心了，接着男人们开始进行青海人过年最重要的活动，划拳喝青稞酒。我们县是全国闻名的青稞酒生产基地，有句当地俗语说的是这里的麻雀都能喝二两青稞酒，暗指家乡人的能喝。我爸滴酒不沾，我遗传了他的这一特质，酒量非常不好，而我家里其他人都是海量。那晚喝酒开始后，前面还好，可是子吟估计受到气氛的影响，也喝了几杯尝鲜，结果她居然认为青稞酒好喝，又受我家人怂恿，居然开始放开来喝。我知道她刚经受了什么，所以一开始是劝阻的，看她难得地这么开心，也就没有劝太狠。我知道她的酒量极限，心想差不多的时候再提醒她好了。

因为我从来没看到子吟喝醉过，等到我意识到她喝多了的时候，为时已晚。借着热闹的酒桌气氛，她开始还能讲讲我们在上海的趣事，给阿姨叔叔说起我们旅行途中的见闻，可后来她明显不胜酒力，平时的伶牙俐齿都没有了。我见状不好，赶紧想扶她去房间休息，心里想着家里不知有没有蜂蜜啥的，给她喝点醒酒。估计子吟也知道自己喝得有些多，所以她顺从地扶着我胳膊，向众人招呼了一下就随我出了主屋。我扶她进入我们的卧室，轻轻抱她平躺床上休息。我请我大姐帮我倒些水，再托她去各处寻找看有没有蜂蜜之类解酒的东西。子吟今天真的喝多了。

我心想如果她就这样乖乖地睡着了，第二天早上就一定没事。酿造青稞酒的原料很天然，工艺又独特，所以这种酒喝了不上头。子吟躺床上没多久，就捂着嘴起身，这肯定是要呕了。我赶紧端出乘了水的盆放床前，谁知她四处张望，貌似不乐意吐在盆里。我知道她已经睡糊涂了，不知自己身处何地，她以前偶尔酒喝多后，一般会跑去卫生间。果不出所料，她挣扎着起身穿鞋子，要找卫生间，我赶紧扶着她出屋子。西北农村的卫生间都在院子的独立角落里，这大冷天要跑那里待一会儿，子吟再要冻感冒了就惨了。但她执意要去，我只好拿了我的大衣披她身上，再扶着她出门。

到了院子里，子吟估计感觉到刺骨的寒意，不禁打起了哆嗦。我心想这么冷的天，赶紧回屋里是正道，所以柔声对她说，我们还是进屋吧。子吟浑身无力，但好像不太乐意这会儿回去，她指了指院子中央的一把椅子，示意我扶她坐一会儿，我只能依从。子吟坐下来后状态好了一些，起码没有了想呕的感觉。她开始和我聊天，没说几句我就知道她说的话毫无逻辑，这是典型的醉话了，我只能顺着她，她说什么我就应答几句了事。可是过了一会儿情形不对了，她东拉西扯说起了令她不开心的事，我听下来也是一些鸡毛蒜皮的事，也就含糊着应付，和一个喝醉的人没法认真的吧。

我只能好言好语开导她，突然不知怎么的，她就提起年中那次微信的事情。我以为她早已忘记这件事了，况且这件事真没有那么复杂，只是件生活中的小插曲。子吟这时候提起来，内心深处还是在意的，她其实是个心灵洁癖患者，希望美好的东西毫无瑕疵，眼睛里不揉沙子，对我们的爱情更是视之如命，微信事件对她来说就是对爱情的一次亵渎。我只能继续软言相劝，谁料她抓着这个梗不放，说的话虽还是没有重点，但已经有些伤心地呜咽起来。我心里暗暗叫苦，这时候别说讲道理，就是拿出哄女孩子的绝招也不管用的。我只能把她抱得紧紧的，心想或许她发泄了一些情绪就会好很多吧。

没想到这是个倒霉的夜晚。正在我手足无措之际，只见我弟晃晃悠悠从主屋下楼来。我很确定他已经喝差不多了，这会儿出来应该是去卫生间小解。他见我和子吟坐在院子里，而且他嫂子似乎在哭泣，于是摇着身子走过来。我心里暗暗叫苦不迭，我太了解我这个弟弟了，他要是喝多了肯定话多，说着说着指不定就会耍起酒疯，这种事以前我是碰到过的。他过来后拉把椅子坐边上，就开始问起缘由来，舌头已经不利索了。我揣摩他的本意是好的，想着大家开开心心过节，嫂子可别在这里受了委屈。我能给醉汉解释夫妻之间的一个误会吗？我生怕他掺和进来帮倒忙，于是拉拉他胳膊，示意让他先回屋里去。

第九十章

我的心思全在子吟身上，这时不愿意看到一个喝高了的人来添乱，所以我有些严肃地劝我弟先行回避，说这里的事我来处理就好，让他回屋照顾好叔叔阿姨。我这番话其实不过分，而且我作为哥哥，对弟弟说这些话合情合理，可是我没有认真考虑到这是个喝醉的人。可能我的话让他很没面子，他居然也耍起酒疯来，手舞足蹈地嚷嚷起来。他这一通胡闹把屋里所有人都惊动了，纷纷出了屋子看究竟发生了什么事。叔叔阿姨也被惊到了，我看见阿姨披了件外套穿着拖鞋就跑了出来。那一刻我羞愧得无地自容，刚才还是其乐融融的气氛，转眼就发生这么令人心痛的一幕，我是请阿姨叔叔来过节的，岂知让他们见识了这么一出丑剧。

子吟是真醉了，她对身边发生的事毫无反应，还在我怀里念叨着什么。我家人都着急了，赶紧上来想制止我弟，把他拉回屋里。可是喝醉的人大概大脑已经不受控制，越多的人来劝阻，他就越来事，而且力气也出奇地大，三四个人都拉不住。当时已经很晚了，乡下的子夜时分很是寂静，除了偶尔的几声鞭炮声传来，几乎就是万籁俱寂的。这时候院子里的吵闹声似乎要穿透夜空，这么多年过去了仍让我心有余悸。眼看这事闹得越来越大，我只好先把子吟抱上楼，再把她放床上盖好被子。子吟这会儿倒安静了，沉沉睡去。只是外面那位没人能制得住，嘴里还骂骂咧咧，随手拿起东西就砸，脚下碰到东西就踢，看得众人心惊胆战。我妈妈气极而泣，我爸想要拿什么东西去抽这个不孝子，被我大姐等数人苦苦劝住。

我三姐夫说，让他闹吧，什么时候没力气闹了自然就好了。他说这话众人都觉得不妥，但没有人能想出更好的办法来。最后大家干脆都进屋关门上了楼，从二楼顺着窗户看楼下的动静。如果他有危险动作再去阻止，否则就让他这么闹吧，这会儿上去连按都按不住他，劝阻的人倒有可能受伤。这是个诡异的画面，全部的人各个神情恐怖地看着院子里的人，而那人像头野兽似的到处乱晃，碰到能砸的东西顺手拿起来就扔，坛坛罐罐砸了真不少，还敲坏了很多块玻璃。他嘴里念念有词，也不知说些什么，古人说"喝醉酒，最为丑"，这话是一点也不假。

约莫过了一刻钟，他还是丝毫没有要停下来的意思。我觉得真不能这样下去了，叔叔阿姨还要休息，这样的情况怎么让他们睡觉？我略一沉吟，有了一个计较。我三姐夫开了车子来的，这会儿免不了请他拉我们到西宁，到宾馆才是稳妥的。我把三姐夫拉到一边，说出了我的意思，他立马表示这是个不得已的办法，发生这样的事，我们一家人都心痛万分，但让客人继续待在这里确实不合适。我们把这个主意讲给叔叔阿姨，他们已经吓傻了，这会儿自然是听我们安排的。

我们的返程机票订在五天之后，今晚出了这个意外，我只能安排叔叔阿姨在西宁住几日，我绝不能让他们在接下来的几天里受委屈，希望他们可以忘记这个疯狂的夜晚。大家简单收拾了一下行李，都围着沉睡的子吟发愁，喝醉的人可不大好移动位置。众人扶子吟起来，把她放我背上，我妈给她穿好鞋子，又给她裹了件棉袄，我这才小心挪步下了楼。大伙儿趁着我弟晃到院子一角的一会儿工夫，逃离了这个家，别提有多狼狈了！如果这次没有请叔叔阿姨跟我们一起回来过年，发生这样的事也就罢了，我对我弟的成见不会如此之深。我这个亲弟弟，是迄今为止伤我最深的人，单就这次件事而言，我恐怕永远都无法原谅他。

　　面对叔叔和阿姨，我心里除了羞愧和歉意，还有就是深深的敬意。我父母拉着他们的手不停地道歉，阿姨则说喝多了的人不必和他计较，让他闹一闹醒醒酒，第二天就没事了。她反过来安慰我父母不要太着急，今晚没有大问题，大家都很开心，只是酒喝多了点而已，没啥大不了的，让我父母一定保重身体。我把子吟放在后座上，请阿姨叔叔上了车子，回头看我父母，不禁悲从中来，我知道他们心里万分难受，可是有什么办法？对于醉汉，伦理纲常统统见鬼了，哪里会在乎父母的感受……我三姐夫发动车子缓缓驶出巷道口，我的家人渐渐隐没在黑暗中，这个夜晚他们还要继续煎熬。

　　不到半个小时我们就驱车到了青海宾馆，我还担心这会儿没房间，那就太糟糕了，还好办理入住手续比较顺利。叔叔阿姨帮着我把子吟放床上，子吟体重算轻的，只是喝醉后特别难照顾，等她安睡在床上，我已经累够呛。我随蒋阿姨到了他们房间，还是再次重复道歉的话，叔叔忙制止了我，说今晚的事不算过分，喝酒耍酒疯的人他们也见过很多，这些都属正常的，他们一点也不会介意，以后大家开心喝酒，保持适量就好了。我相信他们说的都是心里话，或许真的不介意，但是无论是谁处在我今天这个位置，心里有多难受都是可以想见的。

　　我看看手表，已经凌晨两点多了，我请叔叔阿姨早些休息，自己跑回屋里照料子吟。宾馆里条件毕竟比乡下家里要好很多，至少很暖和，而且没有煤炭生火炉子产生的满屋子烟味。子吟回我们家，都睡不安稳，这会儿睡得很沉，把被子都蹬到了一边。我拿了热毛巾给她擦擦脸，又尝试着给她把外套脱掉。她这会儿居然打起了微鼾，睫毛跳动，胸脯也随着呼吸声上下起伏，酒后的她照样明艳照人。我漱完口后放水洗澡，将自己置于淋浴喷头下，细想今天发生的这些事。子吟喝醉后说的那些话，是酒后胡言乱语，还是酒后吐真言呢？微信的事发生后，我及时给她解释清楚了，谁知她竟在半年后喝醉酒重提。我知道这是她在乎我的表现之一，可我实在吃不准她到底有没有对这件事彻底释怀。

　　到了这个点，我也没有一点点睡意了，只好拉开半边窗帘，挪把椅子坐下盯着夜幕中的夏都发呆。想想今天经历的一切，不敢相信这是真实发生过的。叔叔阿姨说喜欢我家里的热闹，喜欢我父母膝下多子多孙，不喜自己家只有个独苗，尤其到了过节时显得冷冷清清。可发生了今天这样的事，他们应该还是喜欢一家三口其乐融融的场景吧。一个家庭里的子女个个成材，哪怕不成材至少品行要端正，这样的多子才是多福的。我弟弟和海英就是两个极端反面的例子，这样的孩子带给家庭的简直是灾难。我们一家人都想报答叔叔阿姨的恩情，可就因为我弟弟的行为，最后给所有人带来了苦涩的回忆。

西北的夜比较漫长，我泡了杯茶，一边喝一边想心事，也不知过了多久。等稍有点困意，我一看手表，快六点多了，外面还是黑乎乎的。我猛地想起冬夜天亮要到八点多，于是关灯和衣上了床，挺了一会儿昏沉沉睡着了。不知过了多久，迷迷糊糊中似乎听子吟在叫我名字，我翻身起来一看，她闭着眼坐床上，沙哑着嗓子要水喝呢。我赶紧开了瓶矿泉水跑到她床前递上去，她一口气喝了一半，然后环顾四周开始发愣，好半天才确定状况，疑惑地问我们这是在哪里？其他人如果这么问，我会怀疑他是不是有些故意的成分，可子吟不会，我一看到她的眼睛，就知道她是一点也不记得昨晚的事。

我有些为难了，不知道该不该提起昨晚发生的全部事情。如果她这时候一点也记不得昨晚的事，那说不定引起昨晚事件的诱因她也不知道，微信事件就是她下意识地提及，并不是如我先前认为的那样，是放在她心里面的，那我还有必要提这件事吗？我决定不提这事，只说她昨晚喝多了，我弟也一样，结果我弟耍酒疯闹事，我们为了安全起见连夜来青海宾馆过夜。我尽量把这事说得简单些，而子吟的表情是完全不敢相信我的话，她忙问叔叔阿姨的所在，我说他们就住对门房间里。子吟赶紧下床想去看看阿姨叔叔，我连忙按住她，说昨晚这一通闹得呀，大家半夜才睡觉，这会儿就让他们多休息一下为好。她这才停住，坐床上呆呆出神，似乎在努力回忆昨晚发生的事情。

过了一会儿，子吟又向我问了很多昨晚的细节，当我向她描述我弟弟的行为时，她神情紧张地问怎么会这样？你弟弟喝醉酒怎么这么恐怖，叔叔阿姨看到不要吓死了！我说我也不知道他喝多了会这么胡闹，否则哪里会让他喝那么多？子吟说这是他的家，你能劝得住吗？我一时语塞，细细想来的确如此。正在这时，我们听到有人轻轻敲门。这应该不是服务生，声音如此之轻，唯恐吵醒了屋里人，自然是叔叔阿姨无疑。他们这是怕吵醒子吟，但也担心子吟的状况，所以才会过来轻轻敲门。

我忙打开门一看，果然是两位老人家。阿姨以为子吟还在睡觉，压低声音轻声问我子吟的状况如何。子吟从屋里叫了一声，赶紧迎了出来请二老进房间。子吟拉着阿姨的手忙不迭道歉，叔叔在边上连连摆手，意思是这点小事何足挂齿，阿姨笑呵呵地说她这辈子啥状况没见过，昨晚这事就是一出小闹剧，如果大家都没受伤就是小事一桩。听阿姨这么一说，我心里紧张起来，不知我们离开后家里最后是个什么情形。我让他们三位先说会儿话，自己退出房间到楼道里给家里打了个电话。电话那头很久没人接，看起来这会儿屋里应该是没人，于是我给我大姐拨打电话，她接起来后先问我们怎么样，我说这边还好，之后我从她处得知我们走了不久，我弟就消停了，大家也陆续休息。

我听说后怒从心起，我们在家里他就闹不停，结果等我们离开不久他就好了，这不明摆着说明他是借酒装疯卖傻吗？他或许喝酒真会醉，但他心里是明明白白的，之所以酒后这么胆大妄为，还是因为他自小被宠溺所致。他觉得家里所有人都应让着他，小时候遇到不如意的事他会随时撒泼，但人毕竟要长大，尤其是男人，身上的责任会越来越大，再像小时候一样被周边人宠爱是不可能了，他表面上长成了一个男人，内心还是个自私自利、责任感不强的小男孩。长大了遇到委屈、不能担当怎么办？当然是借着酒劲变本加厉地释放出来。

我挂了电话返回房间里，给大家说我家里没出啥事，大家都好好的。阿姨接过话头说这就好呀，大过节的一家人开心平安就好，昨晚的事就当是我弟出了个节目罢了。阿姨这是反过来安慰我们，而我心里的愧疚感更甚。这会儿已经快九点了，大家应该去吃早饭呢，所以等子吟洗漱完毕后我们一起去吃早餐。虽然宾馆里入住率不高，但早餐特别丰盛，我们这顿自助慢悠悠享用了近一个小时。等我们进电梯到了我们楼层楼道，只见我三姐夫、我弟和我们村的村主任正在那里等我们。这架势的意图再明白不过，我弟酒醒后自知闯了祸，或者他在我们走后就已经觉得事情闹大了，盘算一番后觉得应该道歉。他自知他一个人上门可能不太会取得我们的原谅，于是叫上村主任一起来，这样比较容易取得我们的谅解吧。我心里很鄙视他这种行为，事发时哪怕稍有些理智，会给这么多人造成伤害吗？用得着这会儿低三下四向人道歉吗？后来的事情比较简单了，我不想当着叔叔阿姨的面和他闹翻，只冷冷看他向叔叔阿姨赔礼。村主任出面倒不是由于他有这份职责，而是他恰好和我家关系很好。在他的从中调和下，我们最后还是决定回我家继续过完这个节日，我相信所有人都考虑的是那个"和"字，我们纵有千般委屈，这时候不就着台阶下，为难的还是我父母。

读者朋友可能会有疑问，我为何这么轻松就给我弟弟台阶下？因为子吟也是喝多了的人之一，既然能包容喝醉的人，就不能怀有偏见。我们下午时分又回到了家里，家里人继续就昨晚的事致歉，倒是劳烦了叔叔阿姨耐心而真诚地重复说起这事没什么，就是一出小插曲，我弟不是故意的，可以理解并谅解。随后几天，看得出我弟在诚意悔过，他对叔叔阿姨的饮食起居更加操心，而且在随后的饭局中尽量能做到不饮酒，所以重新赢得了叔叔阿姨的信任。不得不说，我弟情商是不低的，也是极为聪明的，我曾说起过他的智商是碾压过我的，可惜的是他没有把这份聪明转换为大智慧。

接下来几天时间里，我们带着叔叔阿姨去周边转转，青海湖和塔尔寺自然是首选。只是冬季是青海旅游淡季，适逢春节假期，一路向西我们就没看到几辆车、几个人。沿途的冷风刺骨，阳光却出奇地好，景色也别具一格，我本来担心叔叔阿姨会有高原反应，结果一路很安全。笔直的公路上没有人烟，远山上是积雪，近山上光秃秃没有一丝绿色和生机，感觉特别荒凉，奇怪的是那成群的牛羊还在山间游荡，难不成吃这些枯草也能填饱肚子？青海湖近岸边很大区域里，已经结了层厚厚的冰，在冰上任意地奔跑跳跃都是没问题的，车也敢进入湖面，不过前两天刚听说有车掉湖里的新闻，就没敢体验冰上飞驰的感觉。行走在冬日的青海湖面上，感觉呼吸也畅快无比，身体被一望无际的蓝色冰原覆盖，阳光经冰面反射在眼睛上几乎让人眩晕，小心走在冰面上时，各种形状的冰花吱吱作响。

从青海湖回来的次日去了塔尔寺，子吟和阿姨都对寺庙兴趣浓厚，我们去的时候已经没有讲解员了，而没有讲解员的参观就如同咀嚼白蜡。进入第一个大殿碰到一个黑导游，是个藏族大哥，皮肤黝黑，普通话不是很标准。子吟和他聊了许久，最后以要价一百元全程讲解。事实证明导游大哥的讲解还是很不错的，每个殿的历史，背后的故事等都有所提及。那些磕长头的老人们，那些少年喇嘛，是这里永恒不变的场景之一。

我们返程的日期比较早，所以我们村的社火表演是赶不上了，这也不打紧，西宁很多社区已经有很多群众性的表演，我们自然要带着阿姨和叔叔去西宁游玩，果然这里的热闹没让他们失望。按照习俗，大型社火表演要到正月初七以后才会拉开帷幕，可很多街区里组织的文艺汇演节目早已陆续开始，我们索性在西宁又住一晚，在寒夜中参观了广场上的花灯。我和子吟见识过自贡的元宵节，自然不会对西宁的花灯有特别的感觉，但是叔叔和阿姨还是很喜欢的。在魔都，你要不去豫园和几个比较著名的公园，在春节里很难看到这么热闹的场面。等到阿姨和叔叔在几天后告别这里，他们整体上对这次出行是满意的，看起来对那晚发生的事也已忘怀。我和子吟希望他们喜欢这次出行，以报答他们这么多年对我们亲人般照顾的万一。

第九十一章

很快到了我们的返程日期，照例是我弟和我三姐夫送我们到了机场。当飞机降落在浦东机场后，我们大家都松了一口气，每个人都露出轻松愉快的表情。我和子吟的想法是一致的，这趟西北之行，我们首先是希望每天能够平平安安，毕竟叔叔阿姨是首次去高原，而他们这个年龄段的人去高原的话，会出现一些不同程度的高原反应，轻微的可能就是有些头昏脑涨。所以安全是第一位的，我们都希望叔叔阿姨没有任何意外才好，万一出点事情可不是闹着玩的。

我们也盼望他们二老能够玩得愉快，要是他们最后能认为这次旅途是难以忘怀的开心之旅，那我们就心满意足了。虽然出了我弟那档子事，好在最后处理的结果也算皆大欢喜，没有给叔叔阿姨留下特别的不愉快。我妈妈利用节日闲暇时分，给他们各做了两双布鞋，还有几双手工刺绣的鞋垫，这个特殊的礼品阿姨叔叔特别喜欢，毕竟人工亲手做的千层底布鞋，穿起来会特别舒服。现在大家平安归来，我和子吟自然欣喜。而叔叔和阿姨多半是想家了吧，西北的冬天太冷，要说他们这么多天没吃点苦头也不客观，至少是有不适应的。

我们一起乘车先到了叔叔阿姨家，帮他们把行李和从西北带的一些土特产送上楼，才要回我们自己家。阿姨的意思是晚上大家一起做饭，吃好饭聊聊天再回去不迟，而我和子吟认为大家离家这许久，一来回家应多休息，二来很多家务需要做，这时候是不便打扰的，所以就婉拒了他们的好意。回家的路上，我和子吟相视一笑，顿感特别温馨甜蜜。前面忘记交代了，为了能专心陪叔叔阿姨，不至于遇到突发事件而导致首尾不顾，我们在节前将小孩子放在西安，请我二姐代为照顾，等过好节再送回来。我明天就开始正式上班了，不过工程单位开年一般都不是特别忙，我倒是极想利用这几天时间，过过许久未有的二人世界。

结果现实和设想的有些差距，自从朋友们知道我们回来了，天天约见面吃饭。我们分别应邀去了子萱家、倪茜家，还有陈婕家，子吟又向在沪过年的很多朋友拜年，这些也就不一一细表。单说元宵节前一天，我们熟识的几个邻居约好了上我家聚聚。俗话说"远亲不如近邻"，交几个邻居朋友这是子吟所力主的。自从上次元旦邻居们成功举办了迎新晚会后，我们几个脾性相投的邻居经常往来，而且关系日渐亲密，所以过年才会上门聚餐。有位叫姚西阳的邻居是我们邻居微信群的群主，组织能力超强，现就职于一家移动支付公司，事业发展前景良好；另一位是某著名早教机构品牌的合伙创始人，他叫丁元东，家里老早生好了双胞胎，上海房产若干套，堪称人生赢家；还有一位叫陈奇的邻居是搞金融的，专业和子萱老公的很接近，也是个高薪族。我们几个在邻居微信群里最活跃，一起安排组织了好几次邻里活动，所以很快成了朋友。

我和子吟要招待客人，准备饭菜的事一般都会交给我，虽然子吟厨艺确实不错，但那是慢工出细活，要做出一桌子饭菜够她忙上一天的。而我做饭的效率就比较高，而且也颇有几个能拿得出手的菜品。我们从老家带了些羊排回来，于是给这几位高邻做一顿羊肉排骨汤，要知道我们老家的羊肉是全国有名的，做法也很有讲究，我做的这道菜很受他们的欢迎，吃完后他们几个纷纷表示，如果有条件的话，让我下次带一些过来分给他们一些，他们的家人必定喜欢。

这顿饭吃了个昏天黑地，大家也适度喝了点青稞酒，之后我们喝茶聊天。那天聊的话题比较宽泛，大家东拉西扯地聊到了深夜，但我记住了他们每个人谈到的一个话题。姚西阳谈到的是一个多月前外滩发生的事故，他说当时听到新闻挺不可思议，事后才知道这件事和他离得并不远，原来他的一个小师弟也是现场受害者之一。我们听了都很震惊，踩踏事故发生地点就在我们小区的江对面，同样是人潮如流的迎新夜，浦东滨江大道却要安全得多。姚西阳说他们学校为逝者发起了捐助活动，只是逝者的妈妈也因伤心过度，于一个月后撒手人寰。我们听了唏嘘不已，感叹于生命的脆弱，无数人怀揣梦想来到魔都，有些人的生命永远定格在了旅途中。

丁元东看到这个聊天气氛，不太乐意了，他用他的过往经历把话题引向另一个方向。他上海财经大学毕业后就下海创业，赶上了上海的早教行业兴起的浪潮，没多久就创业成功了。他在他们同学里最早买到房子和车子，而且喜事成了双，得了一对双胞胎儿子。他和朋友创办的公司还在不断扩张，财务完全实现了自由，而这时他还不到三十岁。他的经历完全像开了挂一般，没有人帮过他，全凭自己的头脑很快就在魔都站稳了脚跟。他这几年喜欢上了小赌，经常去澳门，如果你认为这是个年少得志，中年迷途的故事就错了。他喜欢上赌博，但并不痴迷，每次带的定额现金输完他就回来，赢了一些也必定收手，所以在这上面居然是赢回来的多些。一个人接触赌博而不会深陷其中，这个人自制力真的很惊人。

这个小区里卧虎藏龙，陈奇也不例外。这个人也是复旦的高才生，现在的主业是为即将上市的公司提供服务，金融方面我不是很懂，不过上海要建设的是世界金融中心，不了解一些真不好和他们聊到一起呢。不过那晚陈奇讲起了今年的股市，大家都来了兴致。我对股市的了解极其有限，但我们单位炒股的人真不少。今年过完年后，貌似股市很好了，很多人炒起了股票，我们也有些闲钱了，放在银行那里贬值，所以想起过要投一部分在股市里，只是因为我们一直忙项目，以为炒股差不多要专职去做，我和子吟哪里有那个工夫。陈奇说起了他炒股的过往，以及对后市的看法，认为这是次史无前例的大牛市，可以考虑做一些投资。

这次聚餐后，我在子吟的支持下去开了户，做了一些准备工作后就开始成为一名股民。原来炒股的操作这么简单，和我以前设想的完全不一样。多年前看过一部叫《大时代》的连续剧，对那些买了大哥大操作买卖股票的人充满好奇，但其实记得最清晰的画面，还是扮演反派的郑少秋一家挨个跳楼的一幕，那时候就对股票市场心存畏惧。这么多年来没有炒股，除了股市持续低迷，我和子吟也没有投资的条件，就是受这个电视剧的影响吧。所以即便是我们尝试着买股票，我们也不准备多买，放个十来万左右进去就足矣。没想到几个月后我们就发现我们的谨慎是有道理的，避免了成为韭菜。

儿子马上要上小学，子吟早已在铺路，这次是离家比较近的一个著名公立小学，还是被子吟轻松搞定了。苏斌的小儿子也要上幼儿园，他看中的学校就是我们儿子上的那所公立幼儿园，这个事情当然是子吟帮的忙。作为一个没有上海户口的外来户，儿子截至目前都是他妈妈在铺路，享受到了本地户口也不一定会享受到的便利和福利，这件事怎么说都像是在破坏规则，但如果不这样，我们儿子的教育问题是无解的，正如子吟这一路走来，如果不是利用规则里的漏洞，我们能否在上海扎根是可以设想的。我希望儿子可以努力上进，有一天能够知道他的父母为他创造的一切条件，有多么不易。

我们给儿子买好钢琴后，请了一个位音乐系学生上门授课，这样的日子持续了有半年多。有一天倪茜到我家吃完饭，她看到了我儿子在练琴，说我家儿子的指法似乎有很多问题，她家女儿从小是她带着去练琴，对钢琴指法还是有点见地的。子吟一听有些着急，当即就决定要换个钢琴老师。倪茜说好一些的钢琴老师不太会上门教授，只有学生上门学习的份儿。听她这么说，子吟请她帮帮找找她认识的熟人，帮着介绍一个老师。她回家不久后就替我们物色了一个老师，只是他现在小有名气，在上海市各类钢琴比赛中担任评委，所以即便同意教，学费也不会很低。子吟认为已经被耽误了这么久，可不能在打基础时落下坏习惯，所以请倪茜代为引荐，意思是不管花多大代价也要去上门学习。

这件事情很快落实了，单节课价格不菲，而且老师的课程排得比较满，我们只好在周五晚上七点夹进去了。实事求是地讲，换了老师后儿子的进步还是比较明显的，他本人也对音乐表现出了兴趣，就这样培养下去也罢了。我买钢琴的初衷，其实是怕子吟花大把的时间去上课外补习班，我对此比较反感，所以想着报个钢琴课可以分散她焦虑的心情，毕竟我们也在学门课程，说起来算是没有放养孩子。之后儿子陆续又学起了国际象棋和书法，我的周末完全被这三门课占据了，加上各类升级赛公开赛什么的，我发现自己已经完全没有闲暇时光了，养个孩子真不容易。

大概是那天聚会时我的厨艺超长发挥了，此后几位邻居就经常要求上门让我做饭给大家吃，这样一来二去，几家人都特别熟悉起来，子吟和他们几位的爱人关系处得特别不错。陈奇和他爱人大学里就恋爱了，毕业后他爱人留校任教，现在走上行政岗位，是学校培养的青年后备干部。丁元东的老婆是上海姑娘，自从结婚后就过上了相夫教子的生活，不可否认的是，这样的日子对她影响蛮大的，不上班很容易和社会脱节，她的日子无忧无虑，所有的话题都和孩子及家庭有关，子吟和她共同话题比较少。

姚西阳的爱人名叫刘芸岚，这是个不简单的女生。她家是崇明的，老爸是东航的退休高管，因此可以想见刘芸岚从小家庭条件特别优越，加上她本人聪慧，一路开启学霸模式从上海交大法学院毕业。说她不简单，是因为她毕业后并没有从事和法律有关的行业，而是找了一家有外资背景的仓储建设管理企业的财务部。刘芸岚初进这家单位时，单位规模还比较小，她因为对财务一窍不通，所以花了很大的精力把注册会计师证考了出来，而在她努力工作、努力学习的这几年，公司规模呈几何级数增长，很快就成了行业里的龙头企业，公司去年开始准备在上交所上市，而刘芸岚因为已经是公司财务总监，也拥有了一部分原始股份，加上她本身有高额年薪，所以她的收入远高于她爱人，这也是个很励志的故事啊。

子吟和刘芸岚很聊得来，她们经历很不同，但身上都有那种奋发上进的精神，加之两人做事风格很类似，所以很快成了无话不谈的好朋友了。子吟心里有一个特别大的遗憾，就是没有能体会到上大学的经历，虽然她后来完成了函授大专和本科学历，可那是另外一回事了，和正规大学比起来也就是聊胜于无。无数个梦里，子吟梦到自己漫步在喜欢的大学校园里，在最美丽的图书馆里安静地看书。但梦中她再努力地想看一眼心爱大学的名字，大门匾额上却永远是模糊不清的影子……

刘芸岚大概了解了子吟的经历，也对她敬佩有加。她说和子吟的经历比起来，她自己的人生只能用一帆风顺来形容，子吟在社会大学中可以获得最高学位。听听芸岚这番话，我觉得说得很中肯，丝毫没有什么夸张的地方，而我可形容不到这么贴切。总之，刘芸岚迅速加入了子吟的闺密团，加上子萱、倪茜和陈捷，四个女人去哪里都会约到一起。而由于我们在同一个小区里的便利，倪茜和刘芸岚更是成了我们家常客，到了周末只要大家有时间就会凑一起做饭。子吟也经常被芸岚请去她家喝茶，也因此和她们家人特别熟悉起来，没想到芸岚爸爸竟然很快帮了我们一个大忙。子吟说交朋友在先，一起做事靠后，如此的生意才是永续的，她说得一点也没错。

姚西阳效力的移动支付公司发展很迅速，他因此经常需要到全国各地出差。而芸岚的工作也特别忙，看起来他们家比我们还要难，至少我和子吟在上海的时日多。但是别忘了云岚的父母就在上海近郊，他们身体都很健康，等芸岚和西阳生了小孩，他们就搬过来和女儿女婿住一起，所以西阳他们家里不存在谁带小孩子的问题，令我们羡慕万分。子吟去了几次芸岚家，和她的家人关系处得不错。芸岚的爸爸对子吟能说上海话感到很惊讶，因为在他的印象里，外地人能全部听懂上海方言已经算厉害的了，子吟算是他认识的外乡人里，能熟练说上海话的第一人。经过一段时间的交往，子吟也了解到了芸岚爸爸的一段工作往事。

上世纪九十年代，芸岚爸爸的单位隶属于航空公司，他们为客机配套生产飞机坐垫。据芸岚爸爸介绍，我们才知道飞机座椅垫与普通坐垫有天壤之别，因为要讲究舒适性。所以飞机坐垫必须符合人体工程学的原理，科学地结合人体测量数据以及生理、心理的负荷反应，使坐垫能够符合飞机飞行中，乘客乘坐稳定性和长时间乘坐舒适性的要求；飞机坐垫不仅要保持舒适稳定性，而且更要保证安全性。飞机的座椅垫是采用高密度的聚氨酯软质泡沫压制而成，要确保飞机在出现紧急情况时，坐垫能够吸收大部分的冲击力，在旅客身下提供有力的支撑保障；飞机座椅垫的泡沫和外装饰布都要具有阻燃性、低烟密度及无毒性，这是航空业规范所规定的；飞机座椅垫还要具有漂浮功能，以便于发生事故地域在海上时保证旅客安全。

芸岚爸爸毕业之后就进入这家航空公司，多年后担任飞机坐垫生产厂家负责人。由于生产工艺比较特殊且要求很高，加上垄断经营的性质，他们厂的效益非常之好，工人福利水平远超相关行业。后来的事情不说大家也能猜到了，在市场化改革大潮中，这个利润丰厚的厂家被航空公司某些领导盯上了，他们以种种手段把生产核心技术外流至自己参与的私人股份公司，又逐渐关停了芸岚爸爸他们厂向航空公司的独家供货渠道，这个航空公司直属的企业因此倒闭，工人全部下了岗。

芸岚爸爸接下来做的事情，就是为自己的厂子和工人们讨回公道，拿起法律的武器捍卫权利，这个过程极其艰苦，其间的曲折经历就略去不提了。芸岚高考后读的是法学院，应该也是她爸爸鼎力支持的结果，可能是在维权的道路上，深感到精通法律的重要性。经过几年的艰苦诉讼，他终于获得了胜诉，为工人们讨回了部分利益。芸岚爸爸的身份是航空公司的前高管，因为他二十年来不断地为工人们的权利申诉，他在整个航空公司里大大有名，后来新上任的一批领导将他视为前辈，即便是公司进行了股份制改革，芸岚爸爸也在董事会里有相当的影响力。

第九十二章

冬去春又回，马上又到了三月底，我和子吟分别忙各自的事情，日子也过得飞快。由于公司的业务新增了很多，我们又招了一批员工，原先的办公场所已经显得有些狭小，所以我们在苏斌的帮助下，另寻了一个大些的办公场所，添置了一台别克商务车作为公司公务用车。摊子铺得有些大，花销也跟着上去了，而子吟居然还想着把我的车子给换了。我的标致车子虽小了点，可是开起来很是顺手，子吟则认为手动挡车子开着太费力，而且这部车子一个人开开还行，要载着全家人出门就显得有些勉强。我则在各种场合做她的工作，龙总的座驾超龄服役，应该考虑更换了。

很快我的说法得到了事实的印证，有一次全家人去枫泾古镇度周末，下了高速的时候，她的蒙迪欧水箱又爆裂了。幸好这事没有发生在高速公路上面，不然就是件极其危险的事情，但接近下匝道口的公路上，还是因为我们的车子而引起了巨大的拥塞。我让子吟抱着孩子去了路边安全地带歇息，自己联系保险公司实施紧急道路救援服务，费了很大劲才把车子给弄回上海修好。事后我让子吟认真考虑该换部车子的事情，可是她不太乐意，给我的理由无非是两点：其一是车子没有大毛病，换个水箱一样可以好好地再用一段时间；其二是她对这部车子感情深厚，已经记不得她多少次说起这个车子对她的重大意义了，说我们家所有的好运都是这部车子带来的。我听了也无计可施，心想要不把这车子收藏起来，这不是我的调侃，我对这部车子也心存留恋。

车子的事我们暂时没有多讨论，子吟很快把精力集中在一个特殊的项目上。她从一位朋友那里得到了一个项目信息：国产大飞机项目要挑选滑行及试飞跑道，要对备选的几条跑道进行平整度检测，以确定一条状态最佳的跑道作为以后国产大飞机的首选试验平台。国产大飞机项目的重大意义就不用我来说了吧，保障大飞机的自主滑行和首飞成功是个重大事件，即便所有跑道都能满足试验要求，为确保万无一失，还是需要做各方面的准备工作，有关方面还是要求挑选一条最优质的跑道来进行这些科研任务。子吟第一时间和我进行沟通，看我们公司能不能胜任这项任务。

跑道的平整度检测正是我们这个专业的强项，而能为国产大飞机项目完成这个工程目标任务，对一个工程单位来说是一项巨大的荣誉，其可以作为公司的重大业绩，向行业客户公司展示，所以即便这个项目技术难度不高，但如果能参与，对企业品牌也有极大的推广作用。子吟听了我的分析，就想去争取这个项目，而且她极想放在自己公司来完成。如果可行的话，这对公司未来的发展是极其有利的一件事。不过这事难度极大，首先是如何介入项目，能够以一个合格法人身份参与项目投标。其次当然是我们公司的资质问题，由于工程建设领域的资质升级要求越来越高，我们暂时还只能以低等级资质参与行业项目竞争。

运气来了谁也挡不住呢，没想到这个我认为近似于天方夜谭的任务，还是被我们拿下了。商飞出于保密的原因，一些基础性的配套项目，全部采用邀请招标的方式进行，而负责维保的分项系统工程负责人，恰好来自东航。子吟尝试着请刘芸岚的爸爸帮忙，让他把我们的公司资料递上去，他答应帮这个忙。我们原本只想着通过他的引荐，能够有机会参与项目竞争。子吟准备再找找关系，通过多条渠道来促成此事，也做好了最后未能如愿的准备。岂料芸岚爸那边传回来的消息振奋人心，维保中心回函通知我们做一套完整的施工方案，并且要去技术工程部汇报。

这件事进行得如此顺利，应该是两个因素促成的。首先，虽然这个项目对我们意义重大，但实际上它只是中国大飞机项目众多子项目的分享配套工程，是相对边缘的重要项目，所以维保中心负责人就能决定施工单位。其次当然是刘芸岚爸爸起了关键作用，我们相信他为了这件事尽了全力，而且一定刚好可以对维保中心负责人施加某种重大影响，这才能解释为何项目一开始就确认让我们来操作。芸岚爸爸显然也没料到事情如此顺利，他说他只是把子吟准备的资料递上去，应该是我们资料比较齐全，我们单位技术实力比较雄厚，好天真可爱的一个老人家啊！

事情已经有了八成把握，我们当然会趁热打铁把这件事搞定。我花了两晚三天时间，写出了一个很完备的实施方案，又做了一份方案汇报 PPT，还专门请了一位精通 PPT 的朋友对其进行优化，确保汇报时可以毫无遗漏地表达出我们方案的优势。功夫不负有心人，我们的汇报非常成功，业主方几乎毫无悬念地完全采纳了我们的方案建议，并且很快和我们签订了项目合作协议。这件事从子吟了解到项目信息，到最后确定由我们单位来实施，前后不超过两个月时间，几乎毫无悬念地就达成了，事后想想真的好神奇，有时候很愿意相信真的有"吉人自有天相"这句话了。

我以为我为了这个项目做了充分的准备，但真正开始实施时，最烦琐的过程竟然发生在办理施工许可证期间。由于机场对安全性和保密性有严格要求，我们办理机场施工许可证要求比往昔更高。维保中心开具了一个申请附件清单，单位的各个证照就不说了，还需要每位施工人员的从业证明、工作简历、社保记录和近三年的无犯罪记录证明，简直就是拿出了政审的架子。这些对于一个上了规模的同行业大单位自然问题不大，可是想要在短时间里备齐这些材料简直让我发了狂。我和子吟只能一项项准备这些材料，经过了近半个月的准备，以及和业主方的反复沟通，才拿到了许可证和上岗证。

项目的实施过程是相对比较简单的部分，烦琐的地方主要在于，我们的检测作业不能影响航班的正常起降。因此机场方安排了详细的期间施工调度计划，我们的施工组在指定地点接受调度指令，在调度员手工签认的施工起止时间段内进场作业施工。我租用了几台进口探测和测量设备，利用十天左右的时间，全面采集到了所有跑道的检测数据，当所有施工人员安全撤场后，我长松了一口气，这两个月的工作终于顺利完成，再难再累也挺过来了。

接下来的事情正是我所擅长的，就是把所有的数据进行整理，用一些工具软件进行分析，编制完成检测总结报告，以检验项目的初始设定目标是否达到要求。同样一些数据，如果写报告时能认真、详尽且分析全面，其提供给使用方时会起到大得多的作用。我穷尽了这么多年积累的编制报告经验和技巧，力求以最佳的表现方式把报告整理完毕，并提出了针对性的问题解决建议。令人欣慰的是，当我们把报告递交上去后，甲方对这份报告非常满意。不过话说回来，这份报告是我从业这么多年来下工夫最狠的一次，连我自己也觉得很完美。

这之后的很长一段时间，我一直在关注大飞机的滑行试验，也获知了真正的试飞要到两年之后才进行，所以慢慢淡忘了这件事。直到我们后来收到了商飞公司有关部门的感谢信，对我公司大力支持大型客机项目研制和商飞公司发展建设表达了诚挚谢意。我这才开始重新搜集大飞机滑行试验和试飞的所有关键节点信息，这才了解到大飞机的滑行试验和试飞试验时所使用的跑道号和顺序，正是按照我们的报告建议进行安排的。虽然我们的工作看起来不起眼，也并没有什么特别的难度，但这个项目是我们有史以来做的最有意义的一个，仅仅想一想就觉得很自豪啊。

在我们忙着做机场项目的这段时间里，身边的所有人都在讨论股票，因为这段时间里股市像打了鸡血一样，一路狂涨不止。我稍有闲暇了也会看看我的账户里的情况，发现盈利居然翻倍了，心情自然大好。我们办公室里几乎所有人都开户炒股，听下来大家都在赚钱呢。我认识的人里最夸张的当数陈奇了，他居然卖掉了手里的一套现房，然后把所有变现的资金全放入股市里。我们一起聚餐的时候，丁元东认为股市太疯了，连菜场小贩也开始不好好做生意，专心拿起手机炒股票，这个现象很不妙，应该引起警觉。陈奇则认为股市危机是存在的，确实有些泡沫的成分，但这一波上证指数超过二〇〇八年的高点，技术上没有任何问题，等那时候再考虑减仓不迟。

是泡沫就会破裂，这一天很快来临了。到了六月份，股市开始暴跌。所有人都惊呆了，股民们应该见识了这辈子都未曾见过的奇景，很多天连续千股跌停，证监会启动紧急熔断机制，还是未能阻止股市像泄了气的皮球一样疯狂萎缩。这是段很特殊的人生体验，我们很努力地奋斗，丝毫不敢懈怠，才会挣到相应的一点劳动报酬，而这些真金白银投入股市后只能算是一串毫无意义的数字，股市红盘的时候就看到它变大，而变绿盘后则变小，这个和劳动成果有何关系呢？所以股市对那些不懂基本的股市知识，又幻想在股市上涨时保持盈利的小散户，就是场逢赌必输的赌博。至于具有炒股知识而又心态好的玩家，我都没怎么遇到过，就不好妄评了。

我的股票在大盘大幅下跌的过程中全部清仓卖掉了，本金略亏一些，幸好买的不多，不然这次损失就会很惨重。我觉得我还是踏踏实实工作比较稳妥，从此再也不想碰股市了。很多人把股市作为投资平台，但从没有听说身边的哪个人在股市里赚来了第一桶金，据说股市里还有"一赢二平八亏"的说法，我们没有那么幸运，会成为那"一赢"里的一分子，所以断了这个念想，一心一意靠本事赚钱才是正道。在这次股灾中，身边大部分人或多或少损失了部分本金，最惨的还是陈奇。他是三月底卖房后全买了股票的，等到他割肉离局的时候，账面浮亏超三分之二。这还不算完，随后的一年里，他卖掉的那套房子价格翻了一番多，这样一正一负算起来，他的财富损失有数百万之巨。

陈奇是学金融管理专业的，应该比我们更懂股市的运行规律，但他在这次所谓的大牛市中损失惨重，这说明并不是专业的人就更会炒股，我想这是与人性有关系的。以我举例，我的资金翻番的时候，应该想想两个月不到，有了近一倍的收益，这时候应该收手了，果断卖掉不是很好吗？这个投资回报率已经高到了天上，但在那个时候，内心被股市红盘所迷惑，幻想着红盘可以继续，资金可以继续增值，这时候其实已经有些迷失心智，不能够冷静客观地分析问题。所以面对巨大的诱惑，如能泰然处之，我们才学会了成熟。

魔都进入了梅雨季节，淅淅沥沥的雨，一下就是一整天。有一天下班前我接到了马年的电话，他约我一起吃饭聚一聚，我一想我俩真的许久没见面了呢，赶紧答应下来。我让他到我家里来，大家一起做饭吃多温馨，我们露台上这会儿风景独好，很适合喝茶聊天。我颇知道他的一些情况，看起来这两年他的工作并不顺利，正如我们曾预计的那样，造纸行业在慢慢走下坡路，马年他们公司的主要业务，是向造纸企业提供设备更新和维修服务，自然每年都在走下坡路。公司在全盛时期效益比较好，加上是外资公司，所以早些年日子特别好过，及至行业走了下坡路，公司内部也危机重重起来。

正在这时，马年公司里的一位老员工离职后找到他，让马年和他一起创业。这位前同事以前是公司销售部经理，手里握有大量的客户资源，他眼见公司走下坡路了，体制也有些僵化，索性顺势辞职出来自己创业。公司起步需要经营和技术两条腿走路，而他明白自己成立公司需要一个稳妥的技术主管来搭建技术团队，他看中的人就是马年。读者朋友可能看出来了，西北省份出来的人，本性比较淳朴，擅技术但缺心机，在东部沿海城市能扎下根来，还是靠专业技术的多，我和马年均是属于此类。

在和马年的沟通中，我们陆续知道了他近来的一些事情。他的前同事答应，如果马年肯出来一起做事，会给他一定的公司股份，这对马年的吸引力十足，所以他在短暂的考虑后，答应了前同事的邀请，很快地向公司提出了离职申请，而公司也正在裁员，顺势批复同意了。于是在大约一年前，马年正式去了他前同事创办的公司。直到今晚到我家吃饭聊天，我们才了解到马年后来的情况并不乐观。他到了新公司后兢兢业业，凭一己之力把技术部组建起来，岂料当他向他的前同事、现老板提出股份要求时，对方数次以各种理由推托了。

听到这里，我和子吟互相看了一眼，心里都在替马年暗道"可惜"。且不说我们创业路上一路坎坷，单说机灵如子吟者，也是数次着了人家的道。马年在当初离职加入新公司前，就应把股份的事谈妥，并形成契约式的文件，那时候才是谈这个问题的最佳时机。我们能想象到他的前同事在这件事上肯定耍了手腕，奈何马年最终还是着了道，现在他是处于一个进退两难的状态，辛辛苦苦地把团队培养起来，他的作用就没有如一开始那样不可或缺，他能怎么办？我和子吟建议他在股份的事情上不可让步，如果那位前同事不能兑现承诺，那么待在这个公司并非长久之计，马年听后深以为然。

我们三人喝茶聊到很晚，送走他后，子吟忽然对我说，我们公司现在正在发展阶段，需要一些可靠且有能力的管理人员，她觉得我们可以在适当的时候和马年聊一聊，请他一起和我们把公司做大做强。我还沉浸在对马年遭遇的同情上，听得子吟提出这个建议，简直要拍案叫绝了。我目前的主要精力还在国企里，管理一个较大的部门，子吟要花大量的时间在经营工作上，我们自己公司的日常管理的确需要一个贴心的人来负责。子吟还说等到时机成熟，熟悉了建设工程的日常管理，可以给马年一部分股份，这样他就毫无后顾之忧，会和我们一起努力做事了。我相信子吟想请马年过来共同发展，并不是因为他是我的老乡，或者是同情心泛滥，而是她的确欣赏马年的为人，知道这个人值得交往，并且知道马年还是很有能力的。子吟看人很准，她认为公司的发展需要马年这样的人加入进来，我知道她一定是对的。

第九十三章

写到这里，读者朋友们一定注意到了，本书开始提到的那一幕马上要发生了，为了行文方便，我选择简单地回放一下那天的几个镜头。早上我刚到单位，才签发了一份报告，就接到子吟的电话，得知了她车子漏油的事，我赶紧说买车吧，别耽搁了，这次是漏油，下次就趴窝，到时候后悔到哭。早在我们买别克商务车之前，就已经计划在适当的时候把她的车子换掉，现在是时候了。她那会儿把车子开到了附近的修理厂，正在请修理厂的师傅们检查呢，当天安排的事情全部推后，这就影响到工作，所以当我说下去一起去看看新车子的时候，她干脆利落地答应了。

浦东居家桥路的那家宝马专卖店刚开业不久，恐怕当时知道这个地方的人都很少。子吟之所以来这里看车子，是因为这个店的部分基建项目是她做的，所以当苏斌上半年打算换车的时候，子吟与建设方和专卖店的老板取得联系，凭项目合作的特殊友好关系，为那部 X5 要了个非常高的折扣价。苏斌当时被惊讶到不行，觉得就没有子吟搭不上良好关系的行业。所以如果我们决定在这里买车，也肯定会以极低的价格拿下。子吟是属马的，如果买辆宝马车来开，想想也蛮有趣的啊。可惜我们没看中后排空间略小的 X3，只好选择到浦西汶水路附近的一家奔驰店继续比选。

选车的中间详细过程不再重复记述。当我听到子吟说那部大标 E 级运动车是送给我的礼物时，我内心毫无准备，紧接着被感动、震撼、惊喜和激动所充满，这个身边的女人，不吝用全天下最好的东西讨我欢心，我何德何能啊！我强压着已经澎湃的心情，抬头看着大堂外的中环高架路，极力忍住眼眶中打转的泪水，低声说你的车子都不能开了，我的还好着呢。子吟笑眯眯地说，我早就想给你换部车子了，正好这会儿你看中了，可见今天这个特殊的日子该你中彩。至于我的车子，修一修可以再开半年，到时候你再帮我挑一辆也就是了。

八年前的今天，不就是我们在陈为涛办公室初次相识的日子吗？所以这个特殊的日子对我和子吟有了另一层重要含义，值得特别地庆祝，简直比我们的结婚纪念日还要隆重，每年我们都会互送贺礼。但是今天应该我送她的。我知道更换子吟的车子是当前的燃眉之急，谁知道这部蒙迪欧漏油之后还会不会遇到更严重的故障，比如在高速上抛锚之类的。她开车远比我频繁，一个月跑好几千公里，我要让她安安全全的。但是，我说不过子吟的，在这点上我从来没有占过上风。后来我只好安慰自己，她有心相赠，我要是开心地答应下来，恐怕她只会更开心，所以我就没有再坚持了。我花了很长的时间才把心情平复下来，子吟则在忙着办理后面的手续。付完车款，办好保险，我们就可以把车子开走，专卖店销售员说保险要到第二天才能办好。

和子吟携手走出 4S 店，我还是觉得这件事真的很不可思议，怎么也没有想到，我们家商量了那么久，最后换的却是我的车子。我对子吟说笑道，你去买蒙迪欧，还郑重地沐浴更衣了，今天买奔驰我们可太随意啦。子吟说那没办法啊，谁叫你看到眼里就拔不出来？只好择日不如撞日。我听了连连点头，很认真地说来取车那天我可要西装革履才行。今天的行动打乱了我们的很多计划，换她的车子肯定是要延后，而我那部车龄才四年的标致怎么处理呢？起初我们考虑放在公司当公车用，只是这车子空间实在太小，放公司难堪大用，而挂在它上面的沪牌是需要上到新车上的，所以我们决定尽快卖掉它。

我们咨询了身边的朋友，看怎么样处理二手车比较稳妥，结果汽车发烧友黄胖子的建议比较管用，他说他在网上卖过车子，比在 4S 店或者其他二手车交易市场卖要划算。我按照他的指点把车子的信息挂在交易网上，很快接到了他们公司要求到门店检测的通知。要知道我的车子四年来从未有过大小事故，而且我保养得体，检测师傅认为我的车子可以卖个不错的价格。事实也果真是如此，我的车子在网站上以三万八千元成交，而相同车型和车龄的一般是在三万元左右。如此算来，这部车子这四年来平均到每年的裸车使用花费才八千多元，这应该是我们的一笔最划算的投资。

在我忙着处理有关新车旧车事宜的那些天里，新闻里到处播报台风即将来临的消息。我想大魔都又要大展神威，台风肯定像往常一样会绕道而行，再来一次风声大雨点小的过程。但是这次台风虽然也不是正面袭击魔都，但造成的后果比往常较为严重，经历过的人都知道。七月初短暂的晴好天气，不过是暴风雨前的宁静，台风"灿鸿"在十号下午开始发威影响沪上。自从入梅以来一直泡在雨里的上海，当晚也迎来了"灿鸿"所带来的强降水。那天我把标致交给下家，出了交易市场正走上大街，一路上风大得连伞也撑不住，衣、裤、鞋都湿了，路上行人伞都翻过来了，让我们倍感台风的威力。

等我把新车的牌照上好，上海迎来了罕见的连续高温日。今年夏天注定是一个不平凡的季节。七月下旬，魔都的气温达到了四十余度，打破徐家汇气象观测站一百四十五年的纪录，身在上海一不小心就见证了历史。不用说了，子吟的车子连空调也不给力了，我就在单位没啥事的时候，跑去接送她忙工作，很幸福地为她做了一段时间的司机。我的新车她坐一次夸一次，连连说"开宝马坐奔驰"果然有道理，这车的乘客可是享大福了。我开玩笑说，你是不是不愿意开车了，只想坐车，才不愿换你的蒙迪欧的啊？子吟目光狡黠，嘴角浅笑，非常得意地把身子深陷在椅子里。

我们请的钟点工阿姨很给力，人也特别好，经常帮我们做一些超出她本职工作的事情，比如在我们偶尔加班时替我们看护孩子，为我们省了不少心。但这也仅限于孩子上学期间，像这次暑假期间，家里没有安排出去旅行，我和子吟分别忙得不可开交之时，照顾儿子的问题就令人头疼不已。偏偏今年跟往常又有不同，儿子的人生进入了一个新的阶段，他要上小学了，这可是桩刻不容缓的事情。子吟早已请人帮忙落实学校，但在校长面试环节还是出了点小状况。大概学校的条子生比较多吧，在得到通知于某月某日去学校校长办公室面试，我们心里着实紧张了一番——虽然子吟对这件事胸有成竹。

先说说儿子在上幼儿园时的一些情况。他在我的坚持下没有报课外班，而公办幼儿园也不会被允许教授超纲的东西，所以他的整个幼儿园时期是比较轻松愉快的，当然他也因此要以零基础开始他的小学生涯。要说他的特别之处，我看除了遗传自子吟的聪明，还有就是异乎寻常地调皮。三年幼儿园时期没少听老师告状，但整体上看还是相安无事地度过了这段美好时期。子吟其实是做了很多工作的，她和几个老师建立了特别良好的关系，所以儿子很多时候受到了一些特别的优待。我觉得儿子这样天不怕地不怕早晚会出问题，所以逐年地对他严厉了起来，在他某次犯了严重错误时打了他一顿，后来他多少还是怕我一些的，只是调皮的状况没多少改变。

为了使校长面试环节能顺利通过，我们突击准备并彩排了一番，让儿子背全了唐诗三百首，又情景模拟了一些问题让儿子回答，并嘱咐他在面试当天要特别注意礼貌问题。那天我们特意把他打扮得精神抖擞，但当他进入校长办公室后，这一切准备没有了丝毫用处。校长让我们在室外等，一刻钟后他脸色铁青地走出来请我们进去，把儿子的面试情景大概向我们描述了一番，我们听得目瞪口呆。原来他见了校长，开始还能像点样子，后来大概发现这人和颜悦色，也就肆无忌惮起来，回答问题嬉皮笑脸，校长让他背一首最喜欢的诗，他一边大声背起《沁园春·雪》，一边在长椅上爬来爬去……

我听得头皮发麻，心想这下完了。校长没有明确拒绝接收他，只是建议我们去医院给孩子检查检查，看孩子是不是有些多动的症状。子吟赶紧向校长解释，我们儿子应该只是好动，因为他能专注地下棋、弹钢琴，遇到喜欢做的事情也能静下心来认真做完，这些事情多动症的孩子一般是做不到的。子吟又补充说我们会到医院再检查一番，拿到一个诊断结果再请校长过目。校长点点头，说请我们等面试结果通知，同时示意面试过程结束。我们满腹心事地走到操场上，看到远处一大群孩子正在踢足球，儿子兴奋地跑去凑热闹。我和子吟愁眉不展，心里都很不是滋味，学校这么好，儿子能不能来这里上学却暂时成了悬案。

儿子以前在幼儿园调皮过分时，我们也曾担心过他会不会是得了多动症，于是请子吟医疗系统的朋友来帮他看看，他们稍加观察就否定了这种可能性，说我家儿子天性顽皮了些，最多是有些好动，是精力比较旺盛的那类孩子，需要更多些运动来发泄精力罢了，随着年龄的增长会迅速改正过来。我和子吟放心了，也在想方设法减少他的这种好动造成的负面影响，岂料他在面试时来了这么一出，打了我们一个措手不及。既然校长要求我们带孩子去检查一下，这个意见我们至少得重视，所以子吟就让陈捷开了一份医院儿童多动症检测表，结论当然是没有这方面病症倾向。

我们随后忐忑不安地等待学校的通知，而子吟为了确保孩子上学不受任何影响，甚至开始找附近第二好的学校，请另一条线上的朋友先活动起来，作为这件事的备选方案。没想到仅仅隔了一周，就出现了戏剧性的一幕，至今想来都令人捧腹不已。那天子吟带着儿子去区教委递交材料，正拿着号坐椅子上等待，儿子拿着他喜欢的玩具趴长椅上起劲地玩着。排子吟前面的一位大姐，估计是带的材料不够，工作人员让她准备齐了改日再来。大姐求工作人员通融未果，二人起了些许争执。终于轮到子吟递材料，却听工作人员用上海话很不屑地说了一句"外地人"，自然是工作人员在贬损刚才那位大姐。子吟心里不太舒服，但不好说什么，同时担心那位工作人员受刚才事情的影响，如果心情不好了，很可能也会给子吟找碴儿，子吟只好小心应付。

正在这时，儿子忽然凑上来，对着子吟的耳朵低语，说妈妈你看，那不是那天考查我的校长吗？子吟转头定睛一看，还真是呢！只见校长胳膊下夹着一个档案袋正往这个方向走。子吟瞬间有了个主意，她悄悄把儿子拉到身边，看着他的眼睛一字一句地说，待会儿你坐椅子上一动也不要动，这次表现好才有学校上。儿子估计没见妈妈这么认真过，下意识愣愣地答应了。子吟还觉得不放心，补充说如果今天一动不动坚持下来，回家让他玩半个小时游戏。这句话可能打动了儿子，他赶紧咬着嘴唇答应了。

等校长快经过子吟办事的工位附近，子吟连忙起身向他问好。校长停住脚步用疑惑的目光看着子吟，足有好几秒钟时间没认出子吟来，这也难怪，过目不忘的人毕竟还是少数。子吟微笑着用手指了指我们儿子，校长看到我儿子这才恍然大悟，微笑着问起子吟娘俩儿好。子吟用沪语和校长聊了几句，其间他侧头看了我儿子好几眼，估计是看他还是不是像那天一样毫无章法，而这会儿儿子两手放膝盖上坐正身子，乖巧地坐在长椅上。子吟特意多找了些相关的话题和校长沟通，其间儿子安安静静地坐着不动，脸上居然还有笑容，我猜想他心里一定是想着回去有游戏玩，才会这么开心吧！估摸有五六分钟吧，校长笑呵呵地摸了我儿子的头，赞他今日特别乖巧懂事，然后告别子吟去办自己的事。

区教委偶遇校长事件之后，我们就确信儿子上学的事应该没什么问题了，果然在半个月之后，我们就收到了学校的录取通知书，今后几年最大的一件事终于尘埃落定。我不知道儿子那天的临场发挥在这件事上起了多大的作用，毕竟子吟铺垫得很到位了，但儿子面试的表现让我们很忧心，我看他很有成为熊孩子的潜质，加上我一直坚持不让他参加所谓赢在起跑线上的课外辅导，据过来人讲这种情况下小朋友在三年级以前学习会很渣，我开始有些紧张起来，学习差点不要紧，咱慢慢往前赶，怕只怕他一直落在后面，会不会被打击得失去学习兴趣？加上他本身这么调皮，如果不加收敛就可能会让我们头疼。

这些话我没敢和子吟说，儿子教育问题她主要听了我的，不报那些个辅导班也是我的坚持，会不会造成比较严重的后果我心里也直打鼓。我看得出子吟也有这些顾虑的，我们不约而同地选择更加严厉地管教儿子，主要是纠正一些生活和学习中的坏习惯。上学后儿子的情况要比我预想的好，这得益于两个条件，一个是开学不久子吟就和三个主课老师建立了良好的关系，以子吟搞定客户的雷霆手段，这是很容易理解的；其二是儿子遇到了一个非常好的英语老师，这位老师很令人敬佩，把这些学生收拾得服服帖帖，每个人还非常喜欢她本人和她的课程。我暗暗可惜，如果她要是教语文，再当儿子的班主任，这就完美了。当然儿子调皮是意料中的，经常受到班主任的约谈待遇，不过学习上一直没掉过队。

今年初的时候，我们的直属单位换了大领导，而新领导在申通地铁里人脉很广，所以今年我们在地铁项目施工方面颇有斩获。不到十月底，我们部门也有机会参与地铁监护施工。十年前，我就是借做地铁项目之机进入这个系统，进而发挥出了自己的技术优势在单位站稳脚跟，最后也是因为干得出色才有机会让陈为涛引荐我和子吟认识，简直是另一个地铁奇缘。十年后，再遇一样的项目，我要带一个团队继续开创新的事业篇章，想想感慨万分，而又雄心万丈。

经营方面铺了路，到技术方面也不能掉链子的，我组建了一个技术团队，半个月加班加点全力完成项目投标的事，很顺利地入围并让单位成了地铁项目合格承包商。这些年里，我在努力地拿项目到部门里，通过可靠的施工质量，获得业务员的信任，让他们安心地拿更多的工程进来，部门的业务范围大有扩展，相应地职工的整体收入水平一直在提高。而今年打开了地铁监护项目这个市场，我们部门的发展算是驶入快车道了。那晚去考察一个地铁施工现场，看到地铁隧道里维护保养的工种比以前又有增加，这是必然的，上海地铁每年新增这么多里程，需要很庞大的维保团队应付各种各样的挑战。我还想说的是，第二天我休息一整天也没能完全恢复精力，再也不会像十年前，夜班后第二天睡一个上午就恢复精力。无论愿不愿意，和青春说再见吧……

第九十四章

来上海这么多年，我和子吟最引以为豪的地方之一，就是我们一家人身体都很健康。我和子吟就不说了，即使在那些灰头土脸、忙忙碌碌的日子里，我们经历的身体不适，顶多就是些打针吃药的感冒而已，这得益于我们从小体质都很好，还有就是我们一直很注意饮食健康，作息也比较有规律，还定期安排体育运动。我这个北方的旱鸭子，和子吟相识不久就自学了游泳。自从儿子出生后，子吟就更加注意我们家的饮食生活，费尽心机地寻找好的食材，比如她会定期跑到世纪公园鸽类游憩区买鸽子蛋，到处托朋友到乡下寻找土鸡蛋，至于从老家千里迢迢地定期让她妈妈寄送土产就不说了。有一次秋收时节，她竟然托朋友买来一大箱红薯，只为觉得这些个红薯更天然健康，我心下对此不以为然，认为红薯哪里还不都是一样？

但这并不意味着我们就没有遭遇过生大病的尴尬，元旦刚过不久，我就得了场大病。我于某天开始感觉半边嘴巴麻麻的，当时也没在意，第二天早上一起床，右眼疼得厉害，照镜子时觉得好像两边脸不对称，心想可能是昨天晚上睡觉姿势不对。刷牙的时候发现右边嘴里兜不住水，吃早饭的时候嚼东西也不顺畅，于是我怀疑我的脸是不是肿了？接下来又发现其他症状，我能够做到左眼闭右眼睁，反之则不行。我对着子吟问是不是脸肿了，她仔细看了看，紧张地说我的眼角和嘴角有些斜，应该不是睡觉睡成这样的。她立即给陈捷拨打电话，电话那头陈捷听了子吟的描述，小心翼翼地说你老公可能是得了面瘫。

这个病我们以前听都没听说过，但感觉带个"瘫"字的疾病都不是善茬儿啊，很容易和"瘫痪"联系起来，面瘫说的是我的脸瘫痪了吗？我心想这么多年身体一直很健康，怎么没来由得这种病，心里不免暗暗发凉，感觉整个人都不好了。子吟接着电话就有些紧张不安，面色凝重起来，仔细询问这个病的来历。陈捷说面瘫是面部表情肌群运动功能障碍的一种常见病，面部受风、病毒感染、外伤等因素都有可能导致面瘫的发生。她补充说这个病不是什么大病，谨遵医嘱很好治疗的。听她这么一说，我们这才稍松了口气。

儿子也已经放寒假了，带着他跑去医院不太好，子吟干脆把他带到公司，让手下的小姑娘带他一整天罢了，等我今天诊断好了，再安排他接下来的日

通往申城的阶梯

常起居。子吟直接拉我去陈捷介绍的医院，医生说我这个病刚开始发作，估计要到十天左右才会到达病情最高峰，所以最近是吃药打针控制病情期，等一周后才能用针灸等手段进行恢复治疗。子吟问完全康复需要多久，医生说看我的病情不算轻，保守估计至少需要两个月才能完全恢复，当然如果治疗不顺利，总共需要三四个月的可能也是有的。我听了只吐舌头，心说不到一个月就过年了，这是要在病榻上度过春节的节奏吗？

我只能向单位请了长假治病，暂时把一切工作都抛在脑后，这算是提前休息过春节的节奏啊。我的病情也果然按照医生描述的情形在发展，到了发病一周左右的样子，半边脸完全不听使唤，那滋味别提多难受了，尤其是在吃饭的时候。子吟把儿子托付给蒋阿姨，请她帮我们照顾几个白天，又把她手里的所有事情放一边，专心照顾起我这个病人了。说到治疗过程，控制病情的药也罢了，只是那个针扎起来真难受，先是在脚上手上施针，一周后右边脸也开始针灸治疗。我咋也想不到多年后又被针扎这么多下，印象中上次这么密集地打针治病，还是在上初中得湿疹那会儿吧？

由于我的主治医生和陈捷很熟悉，她自然帮我们省了很多流程上的麻烦事，而且她也不建议我们住院治疗，意思是我们这病看起来严重，到了恢复期好起来也快。我们果断选择了不住院，按照医生的嘱咐按时上医院治疗，每周来三天治疗，其余时间在家里静养。这个病面部需要保暖，不能吹风受凉，所以出门前子吟先拿口罩给我戴上，用她的红色围巾仔细帮我里面包三层，又用我的紫色围巾外面又包两层，直到我头上被裹得严严实实，只露两只眼睛可以看物。我照照镜子，觉得这个打扮出门要被人笑惨，想重新再收拾一番。子吟拉住我手不让动，盯着我眼说，我们是去医院，那里都是病人及家属，谁会笑话啊？这时候保暖要紧。说完不由分说拉我出门。

今年的一月份气温比往年相同时期为高，子吟把我裹太厚，无奈病人现在是没有说话权利的，我只好蒙着头硬着头皮被她牵到医院。有种药需要臀部注射，我每次去打针都有不同的体验，总的感觉是越来越疼，是护士手法有差异，还是我心理上的反应呢？这个问题真伤脑筋。那天我们打完针正准备出来，子吟又仔细给我裹起围巾，一位手拿医保卡的瘦高个儿大姐站我们边上看了半天，我和子吟刚开始没觉得，被她看得不好意思了，才停住和她聊了两句。我心想我的头上被子吟这一通围，样子一定非常奇怪，才会引起她的围观吧。

大姐说她家小孩也得了这个病，我听了大吃一惊，方才知道原来这个病是不分年龄的。一个小孩子也需要针灸治疗，我想想这事比较恐怖啊，一问才知道大姐家的小孩子没有用到针灸，这才像话嘛。子吟一边说着话，一边又为我整理起围巾，那个大姐说了句话，让我呆立当场。她说的是，这样的老婆，上海滩都少见啊。子吟赶忙说，夫妻不都是这样的嘛，相扶相携走一生啊。大姐笑着摇摇头，她说像你这样对老公好的真少见。很多人见到我们在一起，都会看出子吟的心全在我身上，所以几乎身边所有人都叹我命好，我也深以为然。可是现在一个素未谋面的人由衷赞叹地说出这样话来，我心里有种莫名的暖流升起来……

　　到了春节前夕，我的病才算好转，但医生建议我最近时日在家休养，我们只好不安排外出过节，于是一家人整个春节都待在上海。我们把家里收拾得喜气洋洋，我还想把露台也装饰一新，挂起灯笼点起彩灯，但是子吟反对我这样做。她说医生让我最近一段时间里注意头部保暖，否则好了的病有复发的可能，所以我出门要全副武装，至于在露台上搭彩灯的事也就只能想想了。我心说过年鞭炮没法放，又不让在露台上挂彩灯，这个年过得还有什么劲啊！我们小时候盼着过春节，到了腊月里每天倒计时盼着大年夜，那种热切的心情到了现在想起来都激动不已，如今因为我大病初愈的缘故，不能带儿子去热闹的老家过年，小孩子得有多无聊啊。

　　不过和我预期的刚好相反，这个春节其实过得很热闹。往年到了这个时候，很多朋友要么回老家过年，要么出国旅游度假，但今年几乎所有人都在上海，这倒出乎我们的意料。既然大家伙都在上海过节，那就没有理由不聚在一起欢度节日，因此我们几乎天天和朋友们一起聚会。首先是大年三十，姚西阳的岳父母因故回了崇明，他和他老婆工作又是一直忙到了大年二十九，家里连年货都没置办，更别提备年夜饭，所以我们商量了一番，决定请他们一家人到我家一起辞旧迎新。两家分开过年显得冷冷清清，一旦聚一起这就很有意思了，不仅大人有了喝酒聊天的对象，儿子也有了嬉闹玩耍的小伙伴，真是再好也没有了。

　　我们家以往的年夜饭是北方菜为主，但姚西阳一家应该更习惯上海菜，两家的口味都要照顾到，所以子吟特地去铜川路海鲜市场买了很多时令海鲜，再采购了一大堆下酒菜，这才心满意足地满载而归。其实子吟也特别喜欢吃海鲜的，大伙儿陪她一起吃个够，也是她最喜欢做的事之一了。大年三十那天，众人齐动手准备年夜饭，这顿饭就颇有南北方混合的特色了，晚上大家还兴致勃勃地包起了饺子。喝酒喝到半途，我在微信群里一问，原来丁元东也在家里没出门，赶紧叫他也上我们家来，不一会儿就等到他带着俩儿子上了门，瞬间人声鼎沸，小孩子们都嗨翻了天，春节就应该这么热闹才对啊。众人喝酒聊天看春晚，这一通直闹到凌晨三四点钟方才歇息。

正月初二那天，我们约好了去蒋阿姨家拜年。这个日子大江南北的习俗都差不多，一般都是出嫁的女儿回娘家拜年，我们选择这样一个日子过去倒也合情合理，毫无违和感。我们沿着杨高路一直往北开，这条主干路最近几年也模样大变，尤其是中环开通后，金桥周边的交通比以前便利得太多了。汽车驶入我们曾住了很多年的小区，我们都感慨万分，这个地方是如此熟悉，又那么亲切，这个地方承载了我们青春所有的梦想，也见证了子吟所有的酸甜苦辣。儿子来到这里也异常兴奋，这里是他的出生地，他的童年最美的时光就是在这里度过的。

真没想到即便是在春节期间，偌大的小区都很难寻觅停车位，我们绕着小区的车行道转了很久也未能找到空位，只好停小区外马路边上，要是不幸被贴条罚款了也没办法。我们到了蒋阿姨家，屋里已经有一大群人，原来不光阿姨儿子和儿媳在家里，连楼下的阿姨妹妹一家今天也来阿姨家拜年了。阿姨的妹妹一年前退休后从新疆回到上海，自然是和她儿子儿媳一起住。这么多人进了屋，阿姨家的客厅顿时人满为患，这里从来不曾这般热闹，比我们刚经历的除夕夜有过之而无不及。叔叔和阿姨一定是赶了个大早起床，这才可能准备这么两大桌丰盛午餐。

相对于北方节日时节人声鼎沸的家宴，南方人吃饭还是相对安静些的，也不太有闹酒的习惯，其实我还是喜欢这样的氛围，聊着天吃着菜，不用担心有人酒后说胡话耍酒疯，这多好啊。可是阿姨说起去年在我老家过年的经历，脸上还是意犹未尽的羡慕神情，赞叹北方人过年年味更足，也更热闹，令人印象深刻。我知道阿姨这是照顾我的情绪吧，去年差不多相同时刻的经历，我很难认为不会给当事人留下不好的回忆。阿姨又说起了当初子吟敲门来租房的情形，说当初觉得小姑娘一个人挺可怜，没想到子吟是这么一个身具正能量的人，上海滩简直就是她的天然舞台。阿姨这一席话说完，子吟早已绯红了面颊，忙笑说若不是阿姨当初收留，她哪里能安心工作，说不定要被迫回老家了，总之一句话，我们一家人能在上海立足，阿姨和叔叔帮了天大的忙。阿姨笑着摆摆手，说早已经拿你当闺女了，还说这些客气的话。

饭后儿子吵着要去楼下，我们都知道他这是习惯使然。有多少个日子，他是在阿姨家吃晚饭，玩耍许久才被送至楼下。对他来说，这几乎是童年某个时期固定的一个日常生活片段，也难怪他穿上鞋子就出门拐弯。我和子吟有一样的心思，也极想回我们曾住过的这间屋里看看。阿姨妹妹看到我儿子想去楼下玩，热情相邀我们下去坐坐，于是我们恭敬不如从命。曾经的毛坯房已经被精致的装修房所取代，全屋安装了地暖，这里已经完全没有了我们当初租住时的生活痕迹，所谓物是人非就是这个意思吧！但我们来这里依然感到那么亲切，对于我们来说，这里承载了太多温馨浪漫的回忆，我们能够想象当初这里的布局，虽然全部记忆都来自因为子吟不擅打理而略显杂乱的两室两厅。

下午我们辞别众人而出，儿子下了楼就到处乱窜，飞快跑向楼后的儿童乐园。我们跟他过去，早见他在那滑梯上撒开了欢儿玩耍。这个小区算不上高档楼盘，但是物业公司特别给力，这个儿童乐园修建好这么多年，设施维护得还是这么好，而且整个小区整体风貌给人印象是干净整洁又温馨。旁边不远的人工水池，各项配套设施都运转良好，小区里的植物生长更加壮硕，显得生机勃勃。我们在小区漫步一圈后出了大门，马路对面河道边上的商铺放假关门歇业了，但明显是全部对外出租了。很早的时候这里生意很不好，很多房子被租没多久，因生意不好就关门大吉，那时候这是个常态。如今周边小区林立，这周边已经成为金桥重要的商业中心，繁华程度与当日不可同日而语。这个地方很让人留恋，尤其是对我们而言，是一个值得魂牵梦绕的美丽所在。

接下来我们当然是去给秦剑明拜年，约上门的那天，却意外地没见着子萱小两口，而我们约好的是一起到秦剑明那里报到的。我们很快搞明白了原委，原来子萱和父母闹了点小矛盾。子萱结婚好几年了，也没见他们要小孩。刚结婚那会儿，秦剑明听了子萱的意见，等过个几年再考虑孩子的问题。这两年秦剑明特别想要个外孙，茶余饭后软言相劝子萱，让他们尽快考虑起这件事情，尽早生个小孩子要紧。可是子萱说她还没考虑好当妈妈。这个问题好多家庭都会遇到，很能让两代人产生矛盾，轮到子萱这里也毫不例外。

　　秦剑明夫人说起事情原委，我和子吟赶紧安慰他们夫妇，我说子萱还太年轻，再过个两年生也问题不大。刚说完这话，我的脚被子吟踢了一下，立即醒悟过来。我这话说给子萱他们听，可能会招来大拇指，但如果说给秦剑明夫妇，那可真说错了地方。我赶紧改口，说早生的话利远大于弊。秦剑明立即附和我的说法，认为等过了三十再生，不仅大人小孩风险增大，也耽误大人后面的事业发展。子吟问秦剑明，子萱爱人对这个问题是怎么考虑的呢？秦剑明说他愿意要孩子的，主要是子萱想再晚一点生。秦剑明有些愤愤地补充说，这个女儿还是有些惯着了，别看小事情上一贯听我们的，遇到大问题就听不进去意见！我听了暗暗好笑，这么多年，子萱恐怕也就在这件事情上没听她爸的吧？

　　吃了这顿团圆饭，我和子吟自然多了一项任务，就是找个机会劝劝子萱。我相信子吟对子萱的影响力是很大的，所以我丝毫不觉得子吟会有辱使命。当然，我们很快联系子萱他们夫妇俩，去他们家做客。印象中我们这是第二次到新江湾城吧，感觉这里变化好大，上次来感觉到处是工地，商业设施配套不好，这会儿觉得这地方绿化真不错，子萱老公买房眼光很不错啊。子吟开着车子居然迷了路，最后我开了导航才算找到地方，一看子萱早在地库门口翘首以盼。

　　我以前有提过子萱老公很疼子萱吧？有机会去他们家的人很快能加深这个印象。子萱喜欢摄影，他们除了主卧，其他两个房间墙上全部挂着子萱的摄影作品，而他们在那几套单反相机上的花费，买辆好车绰绰有余了。这还不算太直接的，子萱结婚这几年，比婚前更美了几分，这个身边人都有察觉，这就是她老公心疼出来的。子萱老公做了很充分的准备，不过他的菜全放糖，我吃着有些不对味，就把精力集中在说话上面。子吟看出来我的心思，眼角全是笑意，我真怕她夹菜给我，不吃又不太好了。我把话题引向了子萱老公的工作，了解了一些关于上市公司的事，真的好羡慕他从事着自己喜欢的工作。到饭局结束，我们都没聊起他们和秦剑明的不愉快，我心想这个事情子吟会找机会劝子萱的。

第九十五章

儿子的新学期开始后，子吟终于有时间去做一直想做而没能做的事，那就是启动老家那边的文博基建项目。过完春节她立即飞回自贡，在那边连续待了一个多月，忙着组建具备基本的运作条件的项目团队，注册公司、商谈公司股权构成也在按计划按部就班展开。随后一年里，她每月总要出差十来天，努力后的回报也挺丰厚，那边的事情进展非常顺利，前期的设计项目已经开始做起来了，后来的工程也在陆续跟进。张雨燕老公手里的资源很丰富，只是他受专业限制，不知道如何充分利用起来。子吟沟通协调能力极强，再加上积累了这么多年的经验，有完整的合作团队，这才是这件事能快速进入运作的主要原因。

今年的开局又有别于往年，怎一个忙字了得！我们部门的事情就够多了，子吟公司的那一堆事也基本要我去处理，儿子上下学后都是我接送，回家还要盯着他做作业。我并非超人，这么多事情想都做好是不可能的，所以我只好有所侧重，把精力尽量放在照顾孩子身上，部门的事情大部分推在了我们部门的一位副经理身上。我这样做非常不称职，部门经理是一个公司承上启下的关键岗位，不用尽心思认真努力地做好，可能既断了和公司上层沟通协调的通路，又不能为部门争取到足够发展的资源和平台，所以我还是有些愧疚感，尤其是下午早早就要去接孩子放学的时候，那种惭愧的感觉就更强烈了。

我和子吟在这个阶段发生了一些分歧，而缘由说出来的话，很多人会觉得难以置信。她这么努力地工作，就是想等经济彻底宽余了，再买一套大房子，添一个孩子。可是我仔细想了想我们这些年的日子，为了照顾孩子牺牲了太多太多的精力，最痛苦不堪的日子也是在照顾孩子时来临的。我们都还算称职的父母吧，但多生一个孩子是不可承受之重。如果像我父母那时候那样带孩子，让我再生十个我也乐意的。可是这个年代生娃完全是另一回事，我们所有的精力都被孩子所牵扯，这个时候生一个，和前辈们生十个的代价是一样的，谁还敢生啊？我原以为子吟经历了这么多，再不敢想生二胎的事情，谁知她这个信念这么坚定。

年初的时候，国家全面放开了二胎政策，子吟很兴奋，觉得这简直是心想事成啊。她一开始告诉我的是，生二胎的出发点很简单，就是觉得一个孩子太孤单寂寞。她说我们都有兄弟姐妹，我们这方面没有缺憾。但是儿子长大没有个有共同血缘关系的亲人，对他的未来不是件好事。原来还是她的母爱泛滥了，我苦笑着摇头，却又听她认真地说，还想给你再生一个女儿，你不是说女儿疼爸爸吗？有没有很熟悉这一幕！说到底她也是为了我，才会想着和我生很多的孩子。我能说什么呢？她想生就生吧！不过说真心话，生出来容易，养起来可真难啊……

忙忙碌碌的日子一天接着一天，很快就到了五一节前夕，子吟又一次从老家出差回来，结果这次很不巧，碰到她的车子出了大毛病。其实想想这事也挺正常，以前子吟的车子小毛病不少，好歹经常在开动，就算老态龙钟了也还能凑合着开，但这车哪里能经得住长期闲置不动啊！那段时间这车子一停在车库就是半个月，毛病当然会越来越多，直到这次彻底歇菜。子吟把车子拖到附近修理厂，师傅仔细检查后认定是发动机出了问题，修好没问题，可是修理费报价超过两万。这下为难了，花这么多钱修好，真心不太值得。但是现在换车子，家里现金流有些紧张。子吟想了半天，还是决定找朋友修好再将就着开段时间。

子吟找了一圈朋友，终于联系到一个多年来专门维修蒙迪欧的师傅，他捣鼓了几天时间，果然修好了车子。但是，当子吟小心翼翼开回家后，发现车子再也不像以前那样安静，发动机噪声足足大了两倍，这和一个大病初愈的老人家有一拼，坐车上实在担心什么时候它就断气了。我实在看不下去，力劝子吟换辆车，叮嘱她不要担心钱的问题，先分期贷点款，咬咬牙挺一挺很快就过去了。子吟犹豫了半天，还是觉着噪声大点就大点，坚持一年是一年，等到了年底再换。我听了直摇头，说什么时候车子在路上抛锚了，你就会后悔像这样子凑合了。子吟说不会，这车跟了我这么多年，它不会把我扔路上的。我说希望如此，请多烧香祈祷吧。

子吟说的果然没错，这部车子该改改称呼，比如"车坚强"，历经两次车祸而继续兢兢业业地服务于子吟，十一年风风雨雨而没怎么掉过链子。不过发动机噪声还是很折磨人的，开车的人可能会逐渐习惯这样，偶尔坐副驾驶上的人可能会有不同体会。这样子过了两个月，有一次子吟去接张海看工地现场，他上车后就取笑子吟，说这部车看起来像轿车，坐上去就像台拖拉机。张海当然是开玩笑的，其实噪声哪里有那么大啊！只是拖拉机三个字还是挺刺激人的，子吟终于忍受不住了，这部车子自己开开也就算了，但是要接送客户，或者偶尔用作商务用车，这就非常不合适。

子吟做了一个艰难的决定，她终于下定决心换车了，真是不容易啊！我们商量了一番，决定付一半贷一半，买辆她中意的越野车。有了去年看车的经历，这次我们试驾的目标范围就小了很多，但是看完了发现神行和Q5，子吟重新回过头去试驾X3。我明白了，她估计一开始就喜欢这车子，只是我太笨，没看出来罢了。话说这车子除了后排空间略小一些，价格略高于同级别车，其他方面都没得挑，于是在经过数天的思想斗争后，子吟终于下定决心买这车子。仅仅一周后，她就把新车开回了家。

如果家里某处有地方，而且地方够大，子吟一定会把她的蒙迪欧当作珍品给收藏起来，可惜这种想法未免太天方夜谭了，此种情怀超级富豪也玩不起的，她的车子只能尽快处理掉。我把车子放二手车交易平台上估价，结果最高只能报到三万左右，毕竟这么高龄了，而且出过大的车祸。子吟一听这价就特别不想卖，意思是还不如送给朋友拿去开，我连连点头表示赞同。不过子吟又有些担心，万一送了朋友，车子突然就坏了，那岂不是很尴尬？恰好没过多久，我们在崇明有个工地开工了，现场需要一部车子公干，我们就给蒙迪欧挂了个苏州牌照，开到现场用起来了，又用了一年多才彻底被开报废了。我们特别怀念这部车子，为它拍了很多帅照珍藏。

从五月下旬开始，子吟脸上长起了痘痘。我开子吟的玩笑，说她离开她的蒙迪欧害相思病了吧，这可怎么得了？子吟说赶紧把车要回来。玩笑归玩笑，起初她并不十分在意，用女生常用的方法祛痘，结果效果一点也没有，而且脸上痘痘有泛滥的趋势。到了后来，两边脸颊密密麻麻出来好多，子吟再不敢怠慢，跑去华山医院检查。医生说这主要是子吟内分泌紊乱和不正常作息引起的，还有些过敏反应。这个病因靠谱，但真正解决起来可真难。医院开了很多的药来给子吟治疗，虽然控制住了"痘情"，但始终不见彻底好转。

那段时间子吟特别焦虑，偏偏一照镜子就能看到脸上的惨状，她的心情可想而知了。有段时间她用起了偏方，忙活了半天，也是没有什么大的起色。我记得第一次请子吟喝咖啡，就见过她额头得了痘痘，等到我们在一起了，她的脸上痘痘全部消失，据说和谐的夫妻生活也是治痘痘的良方，看起来一点也不假。这次这么严重，我看着也挺担心，也在替她想办法。我参考多年前的经验，以为可能是我们最近一年夫妻生活少了的缘故，所以我刻意增加了那方面的频次，但也是丝毫不见起色。

　　这件事的解决也很具戏剧性。有次我们单位开部门经理会议，我看到我们财务部的女经理也是长痘痘了。联想到子吟最近的痛苦，我忍不住和那位财务经理多聊了两句，看她有没有什么我们不知道的"战痘"技巧，结果也引来了她的一声叹息。痘痘带给人的痛苦，谁有谁知道啊。约莫一个半月后，我去财务室办事，惊讶地发现她的痘痘好了大半，我连忙问她用的什么方法治好的，她笑呵呵地推荐了一款祛痘产品和面膜。我赶紧按照她的购货渠道买了一个疗程的，并把这个消息告诉子吟。估计她这段时间用了太多的办法却不见效，所以没觉得我偶尔得来的方子会管用。没想到真的管用，三个疗程用下来，不仅痘痘全没了，连因前期错误治疗留下的皮肤暗斑也淡化了，逐渐消失不见。我为何会记录这件小事呢？因为这么多年来，我自认为做的替子吟排忧解难的事，就是这件了。连子吟也说治好她痘痘的功劳，应该全部记在我这里。

　　孩子的又一个暑假来临了，子吟还是每月里固定地要出差，我总不能在家盯着娃吧。仔细商量了一番，我和子吟决定把他送到西安，让他在他姑姑家待一个暑期，那边有比他大几岁的表哥陪伴，相信他的日子会过得比较逍遥。我利用周末时间送他过去，随即赶回来继续上班。子吟又出差了，在大约半个月的时间里，就剩我一个人在家里，我得以再一次体会了一下单身生活。那段时间到了晚上，我都会邀朋友和邻居上门，一起做饭聊天喝茶，日子过得好舒心啊。不久我又迷上了一款单机游戏，下了班吃好饭就打游戏到深夜。我以为自己对游戏不上瘾，真相是我一直以来没有机会玩罢了。男人天性贪玩，我哪里能例外啊！

　　儿子和子吟不在家里，家里的整洁程度直线上升。自从搬到这边来，露台是我负责照顾，家里归钟点工阿姨管，只是她主要听子吟安排，结果是屋子里东西越堆越多，加上儿子的玩具满地放，家里乱七八糟起来。我有时候实在看不下去了，就会趁他们不在家里的时候，扔的扔丢的丢，再把所有杂物放在抽屉柜子里，至少表面上归于整洁了。我曾尝试过分门别类地整理好，只是架不住儿子一通折腾，很快屋里又是乱糟糟一片。这次她娘儿俩都不在家，我把屋里收拾得整整齐齐，一个样子保持了半个月之久，话说这段时间我的心情真的特别愉快啊……

　　子吟回来后看屋里这么整洁，也是挺开心的，不过她很快发现她的好多常用的东西找不到了，为这事我俩差点吵起来。她不反对我收拾整齐，但需归类有序，常用的东西容易方便找到。但这话说起来很轻松呢，家里不管有用没用的都不让扔，东西一多哪里那么容易归类整理，真正要想把家里弄整洁，就需要把很多东西扔掉。所以你看，两个人生活在一起，哪里有不发生矛盾的地方。我决定退让了，家里很快又恢复了乱糟糟的状态，这么多年来，我也慢慢习惯了，退让一步家庭和睦。

六月中旬迪士尼要开园了，单位发了几张门票给员工。我和子吟都认为，刚开业游客肯定多得不得了，不如等过了旅游高峰期再带小孩子去比较合适。我们的推测一点也没错，我和子吟那天一大早去川沙，迪士尼门口排队的人那叫一个多，印象中去世博会热门场馆排队也不过如此吧！我们排队进到园子里，就花了整整三个小时，再看园子里人山人海，我们心里都暗自庆幸，幸亏没有带儿子来受罪。那天我们根本就没有玩哪怕一个热门项目，排队的人群让人望而却步。电子牌上显示，有个叫"飞跃地平线"的项目，需排队十个小时；"加勒比海盗"项目需要八个小时！我们只在园区里人少的地方走动了一番，就出园回了。子吟计划年底的时候叫上姐姐带着孩子重游，我知道她们姐妹俩特别能战斗的，必定会玩到任何她们想玩的项目。

我们逛完迪士尼后，就想在朋友圈里发布一些消息，劝说身边的亲戚朋友不要凑这个热点时期来魔都迪士尼，要去游园也一定要等到这阵风过去了再说。但还是有些朋友没能逃过此劫，悲惨地沦为"排队侠"，比如我的一位大学同学，他想趁着暑假带孩子老人一起来上海旅游，重点当然是游玩迪士尼。这哥们儿想到过可能会发生的拥堵排队现象，但他曾在假日高峰期游过香港迪士尼，认为即便上海的拥堵程度翻番，也是能够接受的，所以他早早给全家买好了票。这位仁兄显然忽略了祖国的人口基数，低估了长三角人民对迪士尼的热情。想到那天和子吟在园子里的狼狈样，我很同情他们即将要迎来的遭遇。

那天傍晚他们一家到了上海，我当然要一尽地主之谊，请客吃饭加游玩攻略介绍。在吃饭的时候，我说了一下我们游园的尴尬事，意思是让他们对即将到来的恐怖人群有个心理准备。这种事只有亲眼所见才会体会深刻，这会儿讲多了也是无用，我看着他们的小孩暗暗替他们发愁。自去年中环浦东段开通后，从浦西去川沙方向特别方便，开车经度假区高架很快就能到达迪士尼，我送他们到了乐园停车场，剩下的只能靠他们自求多福。晚上去接他们，只见他怀里抱着早已睡着的孩子，身边的老人在人群中的空地席地而坐，就知道他们今天过得有多充实了。令我吃惊的是，他们一进园子就去加勒比海盗项目区排队，整整排了八个小时的队，体验到了这个项目。能够吃得了排这么长时间队的苦，这个世界上应该没有克服不了的困难了吧！

整个八月份，子吟没有出差，儿子也还没有从西安回来，所以我和子吟可以喘口气了，多年之后得以轻松地过过二人世界。要不是我在单位比较忙，说不定我们就出去旅游了，来一段说走就走的旅程。我的车子早过了磨合期，子吟说要到高速公路上拉拉车速，我一直也没找到机会出市区，这事就一直搁下来了。等到子吟也买好车子，并且在市区里开了不少里程后，恰逢二人终得闲暇，所以决定在这段日子里把两部车子都开上高速公路拉练，顺便去周边城市度周末。这段日子真的好惬意啊，我们这么多年的艰辛努力，不就是要过上这样的日子吗？

据我的一位同事讲，申嘉湖高速某段没有测速拍照监控系统，非常适宜新车拉高速，所以我们就真的去了那里。那一段高速路果然很妙，车辆少路况好，一脚油门下去把车子开得风驰电掣，怪不得那么多人喜欢飙车，所有在那个路段把车速提到一百八十的人，都会爱上这项运动的，简直是飞一般的感觉。值得一提的是，口口相传的消息也未必全是准确的，后来有一个朋友也要拉高速，我们自然也推荐了那个路段，却不料他被新安装的摄像头给拍了个正着，超速又是特别多，他的车子被罚款又罚分，搞得我后来很长一段时间看到他都特别不好意思。

第九十六章

进入夏天后，魔都进入了高温烤晒模式，而到了八月份，又连续出现了三十五摄氏度的高温天。我们上半年在小区的会所办了张游泳家庭套餐，在我的监督下，儿子很快学会了游泳，只是我和子吟跟着一起去游泳的次数屈指可数。这会儿子不在，天气又热得厉害，我就拉着子吟去游泳，不然真的感觉特别浪费了那张卡。子吟曾请过教练，但十节课上了三节就不去了，自然也没有学会游泳。我笑话子吟这么能坚持做事一个人，在游泳问题上大失水准，名不副实。子吟说等过段时间让儿子教她，那么她一定很快就学会了。其实我游泳也不怎么样，都是在水里自己琢磨会的，那个蛙泳姿势要有多难看就多难看，笑话子吟其实是五十步笑百步了。

记得那是一个周六的下午，我和子吟一起去游泳。我在泳池里来回游了好几圈，还不见子吟换好衣服下来，就趴在泳池边朝女生出入口张望。等过了好一会儿，才见一位工作人员进来泳池寻人，看到我后匆忙赶过来。他是认识我们夫妇的，那紧张严肃的脸庞倒吓了我一跳，使我隐约觉着是不是发生什么事情了。果然是如此，但和子吟无关，他说是我们的一个邻居滑倒受伤，子吟刚好就在边上，就帮忙照看着，让我不必等她。我一听松了口气，心想滑倒了应该不是什么大事，休息一下就应该恢复了吧。我当时也没在意，就自顾自地在那里游起来，始终也未见子吟进来游泳，料想这位邻居可能摔得比较严重。

　　出现这个突发情况，我也无心多游了，草草漂了两圈就出了泳池。等我洗漱完毕到了前台，才知道了事情的大概原委。真是特别巧，出事的那位邻居正是姚西阳的对门，由于他们两家关系比较好，而我们和姚西阳家走得特别近，所以大家也算熟识的。这位杨姓女邻居也来游泳，换好泳衣通过浸脚消毒池时，不慎滑倒了，子吟忙上前搭把手，后来帮着送往医院。我打电话给子吟，半天也没见她接，想必这会儿正在医院里忙着呢。我只好收拾了东西先行回家。直到晚上九点多，子吟才匆匆赶回家里。

　　我一问她，果然还未曾吃晚饭，赶紧把阿姨做的饭热了热端上桌，边看她吃饭边听她讲述整个事情的经过，原来这期间颇有些小插曲。女邻居摔倒的时候，她虽然很痛，但仍然没有觉得会很严重，所以想回家休息休息再说。子吟帮着她把衣服穿好，她的痛感丝毫没有减弱，子吟怀疑可能伤到骨头了，所以建议她立即上医院检查。如果伤到骨头，应该尽量减少活动，所以子吟扶她在椅子上坐下来，不让她多运动。会所泳池管理人员想撇清他们的责任，不太乐意送人上医院，这时候子吟发飙了，义正词严地和他们摆事实讲道理，让他们明白这件事泳池的责任很大，如果后面伤情加重了，泳池难辞其咎，让他们赶紧叫救护车，他们这才指派了一个人紧急处理这件事。女邻居给她的老公打电话，那边了解了情况后，觉得可以先回家休息看看情况，视情况轻重再决定是否去医院，看起来很多人的警惕意识都很一般啊。这时候子吟不干了，她认为如果真的骨折了，那就拖不得。

　　众人合力把女邻居送到医院急诊，一拍片果然是骨折，需要马上住院治疗，但是偏偏此刻医院床位紧张，一时无法安排，这可急坏了所有人。子吟突然想到一件事，有一次和这位杨姓邻居一起聚餐的时候，听她说起她的爸爸是南京某医院的院长，子吟就建议她应该立即联系她爸爸，身为医院高层成员的他一定可以想办法解决目前这个问题。但是女邻居不赞成这样做，毕竟她爸爸没在上海工作过，哪里可能认识这边医院的人，所以她认为现下找她爸爸是没有帮助的，反而会害她爸爸担心自己。

女儿孝顺爸爸，她这么想不无道理，但子吟却不这样认为，她太知道什么叫关系网了，也明白一个爸爸为女儿撑起一片天的决心。虽然女邻居的爸爸没在上海工作，但他担任省会城市三甲医院的院长，必定认识很多行业朋友，多问几个人，朋友的朋友说不定就是上海这边医疗系统的人。子吟坚持让女邻居联系她爸爸，她最后勉强同意这样做了。子吟的想法果然得到了验证，打完电话不到一个小时，医院住院部就按照上级指示给安排了住院床位。女邻居万万没有想到她爸爸有这么大能量，居然能这么快搞定这么棘手的问题，其实她是没有看透关系网的本质。子吟虽然知道邻居爸爸一定能解决问题，却也没想到问题解决的效率如此之高。旁观者会怎么看待这个问题呢？我想都会佩服子吟的洞察力。

子吟其实也有备选方案，就是如果女邻居爸爸解决不了这个问题，就动用她自己的关系。没想到她偶然和邻居聊天时，无心记住的一句话，居然起到了这么大的作用，所以生活中处处留心细节是个好习惯。那天女邻居住院后，子吟又帮着她安顿好了一切，这才回家。这件事处理得如此妥当，使子吟在熟悉的邻居群里名声大噪，不光是因为她的侠义心肠，还因为她做事果断，且处事练达。如果今天没有子吟在现场的指挥若定，坚持正确的处理方式，女邻居今天的境遇可能要糟，先不说不及时送医她要忍受更大的痛苦，可能遭遇二次伤害，若后面不想办法解决住院问题，她的伤势势必会被拖延治疗，而骨折的治疗最忌延迟的。

我听了这事很为子吟感到骄傲，正想表达我的佩服之情，却听她讲起了另外一件事。会所的游泳池地面比较湿滑，而且防滑垫的尺寸不够大，这是个隐患所在，泳池的管理团队在这件事上是有重大责任的，所以他们的第一反应是想撇开责任关系，后来在子吟的交涉之下，他们才全程陪同看护伤者，垫付了前期的医药费。女邻居也是通情达理的人，她见会所的人态度还算积极，就明确告诉他们，她不打算追究泳池管理者的责任，说她用医保处理这件事就好了。这说明女邻居人品很不错，值得子吟尽力帮助。一件如此棘手的事情，就这样简单处理好了，得到了一个皆大欢喜的结果，也是挺温暖人心的。

小孩子暂时不在我们身边，造成的另一个直接后果是，我们工作效率有了大大的提高。我并非想表达孩子拖累了我们的意思，生儿育女本就是责任和义务，我是反复强调了事业上升期，孩子对家庭的确有重大影响的事实。令我们始料不及的是，自从全面二胎政策施行后，我们小区里兴起了"二胎"热，就在我们所熟识的人里面，要么政策落地后不久就生了二胎，要么在生二胎的路上。子吟看到这个情况，又蠢蠢欲动了，说这是大势所趋，宜早作准备。我心下不以为然，认为这与其说反映的是大部分家庭的真实意愿，倒不如说我们小区里很多家庭很有实力，完全具备生二胎的条件。

　　生二胎的事只能看机缘，子吟的事业却迎来了一个新的机会。八月中旬的时候，子吟和张海因为崇明的一个政府项目实施，需要经常在一起办公应酬，碰巧正赶上了这桩好事。张海是部队系出身，他有一个老上级是市委某部的部长，其分管的职责之一是与上海民营企业家的沟通与工作协调。张海在和子吟的闲谈中说起这件事，而且有意愿介绍子吟认识这位政府官员。正好市委该部门要召开第二次民营企业家学习班，届时要邀请三十位民营企业家参加学习。张海认为这是个千载难逢的机会，如果子吟有时间有意愿出席，他会想办法弄到入场券，子吟当然求之不得。

　　按照我们企业目前发展的规模，原本是不够格参加如此高规格的会议的，但张海这层关系可不一般。子吟按照张海提供的材料填写了表格，很快就接到了入学通知书。子吟曾认真地说，很多人花很大代价去读 MBA 课程，学习技能是其次的，重要的原因是想通过这样的班级拓展人脉。所以这次上学习班的机会当真难得，和去那些顶级的研修班并无二致，很多方面还有过之而无不及。等到她如愿以偿进入这个学习班，她发现她的同学都是上海各行各业私营企业的佼佼者，这其实正是子吟的目的，和优秀的人在一起才会更加渴求进步。

　　那天子吟填完表格发给张海，他很快就打电话过来，说起了填写的材料有些小问题。什么问题呢？原来子吟填写企业家信息栏时，把我们注册公司的信息全部如实填写了。读者朋友应该记得我们公司的注册资本金是五十万，这么多年来因为没有增资的必要，所以资本金也一直不变。可是这个信息填到表格里就太显眼了，据张海介绍，他看到过其他推荐人的填表信息，没有注册资本金少于五百万的企业。这个就尴尬了，子吟忙问张海这事该如何处理，他说这些企业家都是层层推荐上来的，没有专门的审核机构对公司进行查证，既然如此，也就没有必要填写真实信息。子吟一听乐了，随后她就把资本金一栏填写成了五百万，张海笑呵呵表示这样可行。

子吟报名参加的学习班被安排在九月上旬，所以她把未来一个月里的工作重新进行了梳理，出差的事情也给推迟到了国庆节后。眼看就要到八月底，我和子吟的二人世界要告一段落，小朋友马上要开学了，我还得跑一趟西安把他给接回来。这时候我姐打来电话，请我和子吟一起去西安，接孩子的同时也逛逛古城。这时候我才想起来，忙忙碌碌这些年，除了暑假开始的时候送儿子去那儿，当天便匆匆返回，自毕业至今我都没回过西安，更不要提带着子吟去走一走看一看。这次借这个机会去看看姐姐、姐夫，也带着子吟看一看西安的名胜古迹。

姐夫来咸阳机场接我们回他家，这时候正值西安酷暑期，时隔这么多年又一次感受了这座"火炉"城市的风采。车子开进姐夫家院子，一下车便听到梧桐树上知了的叫声连绵不绝，这使我感到异常亲切，上学那会儿夏天校园里也是这个情形。儿子和他表哥玩得开心，看样子是把我们抛到九霄云外去了，这会儿看见我们才记起来，抱着他妈妈一阵撒娇。这次是我们和他分离时间最久的一次，子吟估计想他比较狠了，抱着他就不撒手。儿子晒黑了些，但是身上的肉倒结实了，抱起来比原来沉了不少。我二姐家也只有一个孩子，在家里没有玩伴，这时候看到他们表兄弟玩得很熟，想想一个孩子确实是很孤独的。

按理来说，我在这里待了好几年时光，甚至在参加工作后，回到这里参加了两次考研，应该对这里非常熟悉才对。但居然没有去看过大名鼎鼎的兵马俑，也没去过华山，唯一常去的地方，就是学校旁边的大雁塔，以及二姐家附近的古城墙。这对任何一个曾就读于西安高校的学生来说，都是不可想象的，意味着我特别不了解这座城市。当初上学的时候经济条件差是一个方面，更重要的原因是我在努力追赶成绩，尤其是成绩特别不好的英语课程，到了后面又花很多精力准备考研，所谓的笨鸟就是指我这类型的吧。

我们全家初次来西安姐夫家做客，自然受到了他们的热情接待。西安人喜欢面食，所有有名的小吃也基本上与面食有关，我和子吟都很喜欢的。子吟特别惊奇的一点，就是傍晚开始路边大排档里的景致，与别处很是不同，男人们都喜欢光着上身，吃着羊肉泡馍，喝着啤酒，这在其他中心城市很难见着。姐夫带我们到各处逛逛，先是按照我的意愿来到大雁塔广场。记得刚上学那会儿，大雁塔以南只有农田和村舍，即便是大雁塔周边也都没有什么像样的高层建筑。现在这里已经建成了一个巨型音乐喷泉广场，其规模即便在上海也很少见，而大雁塔周边数十公里已经形成繁华的新城。

看完气势恢宏的喷泉表演，已经差不多到晚上九点半了，我们驱车准备回家。子吟忽然说她想到我曾就读过的学校校园里走走，我其实也正有此意。姐夫驾车沿着雁塔北路没开几分钟，就送我们到了学校门口。可惜的是这地方不好停车，姐夫说要不你俩下车去校园里逛逛，等结束了就在原地上车。儿子和他表哥正玩着游戏，都没兴趣下车走走，于是我拉着子吟的手进了校园。对我来讲，这里除了操场还算熟悉，其他景致和以前全然不同，原来的苏式风格建筑全部被崭新的大楼所取代，即便是我们的宿舍楼，也已经消失不见，原地盖起了学生餐厅楼。我给子吟介绍以前学校的布局，心里却颇为惆怅，所谓的物是人非就是这个意思吧。

子吟仔细听我给她讲那些年的一些逸事，当我说起那时候操场上每个周末都会播放露天电影，子吟特别惊讶，因为在她的记忆里，露天电影是我们儿童时候才有的事物。我们漫步到操场上，向一个跑步的同学问起露天电影的事，他说已经没有了，子吟听了连说可惜。我们沿着我熟悉的校园道路走一圈，回到了校门口，发现相对于马路对面的变化，学校里的改变算小的。原来学校对面是一大片城中村，很多学生就在那里租房，大部分是同居的校园情侣，房租便宜到大部分穷学生都能负担得起。我和马年为了学电脑曾在其中租了一间房，那段日子很开心，也确实学到了不少东西，但我们因为买计算机超前消费了生活费，而后着实痛苦了二载。

我记得有一个月里，当我和马年交了房租后，二人身上均所剩无几，眼看着就撑不到月底，怎么办呢？我们不想伸手向家里要，临近期末考试复习，打工挣零钱解燃眉之急亦不可能。后来想出了个主意：我们到菜场买来一袋土豆，换着花样吃了整整一个月。我说这件事给子吟听的时候，是带着调侃的口吻讲述的，因为虽然那时候条件很差，但至少没有饿着肚子，比很多穷学生要好太多。讲完故事我回头看子吟，见她眼中泛有泪花，我知道她在心疼我。隔了半晌，她说我妹妹从来没有受过这些苦，我尽全力让她衣食无忧，可是她在学业上毫无成就。

我理解子吟的意思，她那么爱学习，但是根本没有条件上大学。所以子吟把所有的希望都寄托在妹妹海英身上，希望她可以为父母争光，仿佛她上了大学，就如同是子吟也上了一样，可结果很令人忧伤，海英上大学所学连找份她自己满意的工作都不能够。如果换做是子吟，她今天可能会取得令人更加瞩目的成就。子吟想跟着我来校园里走走，看来不光是想到她爱的人上学的地方走走，她更想感受一下漫步在大学校园里的感觉。我忙停止了絮絮叨叨怀念往事，认真地对她说，现在高考放开了，六七十岁的老人家也有参加高考的事例，如果你想读大学，以后有的是机会。子吟听了定定出神，之后咬着嘴唇轻轻点了点头。

我们原本计划在西安待上一个礼拜，把这边的著名景点逛个遍，哪里知道上海那边公司有急事需要子吟回去处理，我们立即买了两天后的返程机票，计划中的华山之行是泡汤了，只安排了兵马俑和秦始皇陵一日游。这次游览体验并不愉悦，原因当然是炎热的天气，还有那如潮的旅游人海。和其他地方的热门景点一样，我们从景区安检处就被人流裹挟着进入展厅，与其说是观景，不如说是观人潮更合适。兵马俑确实如传说中的那么壮观，一号坑占地最大，比标准足球场还要大上一号，但只有靠近门口的大概五分之一的面积里面陈列着已经褪色的兵俑，总数量有两三百个左右。后半部分，类似半坡遗址，只是一些表面上横七竖八的坑，陈列给游客看的兵俑，也是一个个拼凑出来的。另外两个坑的规模比一号小了很多，不过更为精致，有种更让人肃穆的神秘气氛。

每个展厅里都是热浪袭人，两个小孩自然很不喜欢看这些，这样一来，我们几个大人就不太可能仔细观赏这些形态各异的稀世珍宝，越到后面越像走马观花。所以来这种地方真的不能带小朋友，等他们成人了自己来参观才是明智的安排。之后到了秦始皇陵，外面太阳暴晒，小孩子们都不愿意下车去游览，最后还是我和子吟两个去转了一圈。我们感觉这里与其说是帝王陵，不如说是一处颇有特色的森林公园，到处都是石榴树，那儿的石榴个儿还特别大，颜色又红，想必吃起来一定也很赞。景区门口有敞篷电瓶车，供游人乘坐游览陵区，于是我们乘车环绕陵墓参观。倒是进入陪葬坑后，才有些到了陵墓考古发掘现场的感觉，子吟不太喜欢那里阴郁的环境，也没逗留多久。印象最深刻的是在骊山北麓山脚下，"始皇帝陵"四个隶书大字的墓碑让人肃然起敬。

返回市区的路上，我们决定去逛逛久负盛名的西安回民街。老早就听说这里是西安著名的美食文化街区，是西安特色小吃最集中的街区，也是来西安必去的地方。街道两旁大量的美食店铺，具有浓郁的西北风情，肉夹馍、羊肉泡馍、凉皮和岐山面等，是很多人耳熟能详的陕西名吃。进入熙熙攘攘的回民街，好不热闹，果然比其他地方的小吃一条街有大大的不同。我们自然是听姐夫安排，他最清楚哪些店值得去尝尝鲜，只可惜真正吃的时候，才发现肚子容量极有限，远不是想象中从街头吃到街尾的情形，但是吃得少逛得多。子吟说在上海没工夫逛街，到这里反倒是略有斩获。

第九十七章

第二天中午，我们就返回了上海，子吟匆匆赶往公司处理急事，我则在家看着儿子。孩子去西安前带着暑假作业，我们曾叮嘱我二姐盯着他把这些作业给做完。但当我按照老师的寒假作业要求一条条来比对时，这才发现这小子作业里水分太大了，语文作业那个字真的特别难看，一看就是敷衍了事完成的，数学就更不要提了，没有计算错误的就没几道题。我能想象得到，他为了能和表哥一起出去玩，所有的心思都是玩耍，作业就是随便糊弄一下而已！我看着很生气，又无可奈何，只能监督他重新做一遍。离开学也就几天时间了，幸亏我们提前赶回来了，否则这个作业铁定要被老师批惨。

好不容易盼到儿子开学了。要知道在我们的家庭规划中，只有把他送到学校里，我和子吟的工作才能在正轨上面的，否则其中一个人的大部分精力要被消耗在孩子身上。那些家里有老人家帮带孩子的夫妻，上辈子一定做了无数的好事。但令人意想不到的情况发生了，可能是和他表哥玩得疯，心还没收回来，也可能他进入了人生的第一个叛逆期，儿子在学校比以前调皮了很多，居然开始经常性地违反纪律。不到两个星期，班主任就找了我三次，要知道在整个第一学年，老师也才找过我一次，而且那次并不是因为他犯了错误找上我的。我并没有应对老师批评的经验，连续几次和老师谈话，让我有些招架不住了，完全不知道儿子发生了什么状况。

我和子吟都很热爱学习，从小都是学霸型的。说起来子吟比我还要厉害，她不光刻苦努力，脑子还特别好使。她当初考上的中学，是她们那里远近闻名的重点学校，每年高考成绩都是自贡数一数二的。以子吟当初在学校的表现，她考个211重点大学毫无压力。相比较之下，我上的乡级中学就太一般了，所以我是聪明不够，努力来凑，在学校各方面表现都很好。我们这个样子，再看看儿子从小聪明伶俐，我们从不认为儿子在学校的表现会差到哪里。没想到这才二年级，儿子上学会这么令人头疼。子吟问了很多人，也查了很多资料，怀疑是不是儿子学习跟不上，用调皮来吸引周围人的注意，所以才会有如此的表现。这样说下来责任在我身上呢！这个锅我可背不起，于是赶紧否定她这种说法，证据是儿子成绩并没有排在最后。子吟担忧地说，如果这样子下去，用不了多久儿子铁定要掉队的。

子吟决定在和老师比较熟悉的基础上，再做做老师的工作，看能不能创造一个把儿子向正向引导的环境。事有凑巧，那天苏斌和陈捷上门做客，我们在聊天的时候提到了小孩的教育问题，苏斌谈起了一件他们家大宝的往事，在这个过程中，我了解到了一些以前闻所未闻的事实，很让人感到惊讶与担忧。他们家女儿上幼儿园时，每逢教师节都会送老师购物卡。这个现象很普遍，也无须多说。等她上了小学，有段时间学习非常吃力，苏斌就动了心思了，他找到班主任，想让他女儿和她们班学习成绩最好的一个同学做同桌。当然，苏斌是花了一些心思的，结果不久他女儿果然被调了座位。可是不到两个月，那个学习最好的同学的同桌又换人了。苏斌又是继续花了精力与代价，想给孩子把座位换回去。

我们听了苏斌的讲述，仔细想来感觉极其恐怖，内心很受震动。虽然苏斌讲述的事情并不具备普遍性，但就我们亲身体验来说，这样的事倒真有可能存在。大部分老师是很自律的，但架不住很多家长的软磨硬泡的，最后可能也是随波逐流。可是这个风气一旦形成，最终会对校园环境产生破坏性影响。这时候多希望儿子可以争气些啊，哪怕学习成绩一般，只要不要违反课堂纪律从而影响其他人，我们也不用刻意地去讨好老师。据说孩子身上出现的问题，其实首先是家长哪里做错了，我们只好在自己身上也找找原因，尽快让他步入正轨。

子吟报名的培训班也开课了，前后历时一月有余。培训的课程设置也很有讲究，除了两门是与企业管理有关，其余都是行业和国家政策宣讲和违法乱纪经营案例分析。政府这些年对私营企业的重视程度与日俱增，从去年开始的这个培训班是最新的举措之一。听子吟说这个培训班会一直持续下去，相关管理部门的确花了巨大代价与精力做了这件事。当然，培训效果也非常明显，可以用"双赢"来描述：政府加强了对各行各业私营龙头企业单位的管理，提高了对这些行业的服务水平；私营企业可以通过这个交流平台，了解到了政府的最新政策动态和政策扶持措施。不用多说，参与培训的这些人都是厉害角色，他们看中的无一例外是这个结识各行各业精英的机会。

培训班开课不久，这些人就开始组织聚会，几乎每个周末都会聚餐一次，至于重要的交流探讨沙龙，也是每个月必定会组织的。听说他们每次的培训班都会搞"建军"大会，选出"军长"和"师长"等管理者，这样就和以前及以后的培训班也建立联系，这个圈子就慢慢扩大起来。子吟因为文案和组织出色，被选为当期"组织委员"，她因此承担了很多聚会的召集责任。那段时间里，子吟花了很大精力在这个组织里，恢复了很多年前早起晚睡的习惯，为此脸上又长起了痘痘，这还是内分泌失调所引起的，用了比上次长得多的时间才治好。为了工作，真的好拼命啊！

班级里有位担任"副军长"之职的某航空公司高管，在开班不久就为班里所有成员办理了白金卡，懂行的朋友都明白这张卡的非凡用途，子吟从此出差乘机变得很轻松愉快了。有位学员是搞某类戏剧表演艺术的，最近几年在沪上颇有些名气了，她参加这个班级后，有几位很有实力的同学组织了几次该类戏剧推广会，连续在东方艺术中心举办了专场演出活动，很快在沪上有名了起来。诸如此类的事情还是比较多的，我这才深刻理解了为什么有那么多的人热衷于 MBA 课程，甘愿花很大的代价去听这些课程，子吟参加的这个班级里，各类人脉资源不是一般的丰富。

当然，要说这类培训班没有负面的东西也不现实，有人的地方就有江湖，何况这么多的成功人士聚在一起。班级里有位从事金融支付业务的美女老总，子吟认为她虽然比不上倪茜，也算颇有姿色，班级里有几位学员对她很有好感，所以也就有一些乱七八糟的事情，无论是在微信群里，还是私下聚会，传出了些桃色新闻。子吟见过很多这样的事，但认为像他们几个这样，于众目睽睽之下闹出一些争风吃醋的事来，很觉得不应该。这样过了一段时间，班级里大群的活动减少了很多，很多志趣相投的人建立了小群，子吟这才交到了一些她自己认为特别不错的好朋友，这些人在接下来的几年里，的确对我们的生活产生了深远影响。

国庆节前的一天晚上，子吟又和培训班的同学组织活动，比往常回家时间晚了很多还没回来，而这在以前是不经常发生的。我很担心她最近的这种状态，年轻的时候熬夜不觉得什么，快到不惑之年还不按照规律生活和工作，其对身体造成的负面影响是不可估量的。子吟会把班里发生的大小逸事说给我听，尤其是她了解到的某某同学的奋斗史，不仅她爱讲，我也爱听。但是那里也会发生一些不好的事情，我虽然知道子吟一定不会受到影响，但说我没有某种担心也是不客观的。我看着时间过了午夜，一点睡意也没有了，于是发了条微信给子吟，问她几点到家，她也没有回消息给我。

我脑子里胡思乱想起来，怕她出点什么事情，我要不要给她打个电话呢？这些年我们彼此信任，她出去办事我很少电话催她回来。但这次确实有些晚了，我内心烦躁起来，最后忍不住给她拨了电话，结果她也没有接。我烦躁起来，索性起床到客厅泡杯茶，盯着客厅里的挂钟发呆。到了两点左右，才听到子吟拿钥匙开门的声音。她进门看到我在客厅等她，很惊讶地问我怎么还没睡。我说你不回来我哪里能睡得着。这时候我注意到她满脸的疲惫与沮丧，忙起身帮她拎包到书房，她坐在椅子上喝了口水，一副垂头丧气的样子，我知道她遇到事了，忙问缘故。她叹了口气，很委屈地给我讲起了晚上发生的事。

原来晚上的聚会在十一点半就结束了，结果大家在班级微信群里热聊起来。子吟一边开着车子，一边还在关注着群里的消息。在十字路口等待红灯的间隙，她还抽空在群里发了数条跟帖。就在一个路口的红灯变绿灯后，子吟踩了油门启动车子后，她漫不经心地拿起手机瞅了一眼。她认为这个时候车子相对是很安全的，因为车速很低而且路上每部车子都处在加速状态，哪里料到前面一部车子突然急刹车，等子吟目光从手机屏幕移向前方，她刹车已经来不及了，车子直直地撞上了前车。虽然车子车速还是很低，可是由于两车距离过近，前车刹车又过急，所以两车相撞力度还是很大的。

子吟被吓坏了，开车这么多年，她还从来没有犯过如此严重的错误，以致撞车一刹那，她脑子里一片空白。看看车里一切还好，她迅速下车查看，只见车头受损比较严重，而前车被撞得向前蹿出了好几米。幸好这会儿路上没有其他车子，没有造成连环撞车事故。但前车里有一位老太太，显然受到了惊吓，子吟不敢怠慢，赶紧报警后先送前车的老人家去医院里检查，至于车子事故的处理，只能照章执行了。我听了子吟的描述，也是替她捏了一把汗，同时责备她开车玩微信的危险举动。子吟也很后悔的，她的车子才买了半年，这下撞得很让她心疼。子吟开车这么多年，以开车稳车技好而出名于朋友圈，这次是阴沟里翻了船了。

在仁济医院里详细检查后，被子吟追尾前车里的老人家没发现什么问题，我们赔付了一笔精神损失费，人家看子吟态度这么好，这事也就没有深究了。子吟的车子被拖到修理厂，维修费高达七万余元，这比当年蒙迪欧出车祸后的维修费还高不少。我们仔细看了维修单，其实车头看似被撞得挺惨，车子的关键部位发动机丝毫没有受损伤，只是因为所有被撞的部位全部更换新零件，维修费用才会如此之高。据说这个档次以上的车子，卖车赚不了多少钱，而修车换配件才是真正创造超高利润的行当，这话我是相信的，前不久还爆出来一个新闻，说是某辆车子拆成零件用来给修车当配件，其价值总额超过原来整车的四五倍，让人听了瞠目结舌。

修车费合不合理也管不了那么多，反正由保险公司全额赔付，只是子吟的新车没开多久即遭大修，回头想想有些后怕。所谓车祸猛如虎，这些年我们家的两部车子都出入平安，所以从思想上都有些放松，安全出行就像天边的云彩，与我们相隔太远，貌似就是一句口号，其实开车上路需要天天谨慎。子吟看起来不在乎，其实内心里应该是挺心疼的，她是个那么爱车的女生。我则开始借此机会敲打她，这是个极其惨痛的教训，万一人也受伤了，那可怎么得了！劝她以后改掉开车看手机的毛病，也认为她花那么多精力去参加班级活动不值得，牵扯了太多的精力进去。

在这次车祸之后不久，我和子吟谈起这些事，子吟给我讲述了她的真实想法。她说她一方面是为了学习而参加这个培训班的，另一方面，拓展人脉可不是在课堂上就能轻松完成的任务。虽然和这些班级同学行业不同，但这些人背后都有特别庞大的资源，能进这个学习班的人，都不是一般企事业主。能够和他们搞好关系，以后说不准什么时候就能用得着这些关系，而聚会、沙龙和聚餐正是搞好关系的最基本途径。我明白子吟的意思，她交朋友起初毫无功利性，就是简单地多接触，多关心和聊天，并非是遇上事了才会想起来找人。虽然这个道理大家都懂，但真正去实践的人就没几个，我看子吟很多年前交的朋友，近两年才谈合作的有很多呢，在这之前，她很用心地与人家坦诚相待，我目睹了全程。

随后的日子里，子吟还是和这些人保持着密切联系，只是有些确实没必要参加的聚会，她逐渐淡出了，应该是吸取了经验和教训。她联系到了一个上届的学友，慢慢得知学友的公司和市人力资源系统有项目合作，在这个系统有很多熟人。子吟很快决定花精力维护好这层关系，读者朋友应该知道这和我的居住证转户口有关，她的想法是将来能否通过这条线，解决我的户口问题。我起初不认为这会奏效，因为居转户有很多的硬性规定，而且很多信息是公开透明的，所以特殊关系不一定会起到什么作用。子吟听了我的想法，微笑着摇头否定了。她说以她的经验，所有的规则都有漏洞，我的情况基本满足居转户的条件，真有人肯说句话，我所遇到的问题没有什么大不了的，只要找对人，一切都不是问题。事实证明，子吟这一次又对了！

子吟参加的这个培训班快结束了，按照上届的流程，当由"军长"出面组织一场慈善晚宴。子吟第一次参加这种类型的聚餐，不知道流程如何，也不知最后的捐助环节如何操作。她问了一下张海，他也是问了很多人才大概搞清楚了状况，转述给了子吟。原来这个聚会的性质是自发的，学员可以选择参加，也可以选择不去，但上届的学员都去了的，最终的捐款总额达到了一百万元左右。至于宴会的流程，也是十分简单的，大家一起吃顿饭，这期间主持人会介绍当年捐助的目的地和对象，而后与会者以书面签字确认捐款数额，饭后数天转账给组织者，再由组织者召集几名志愿者去灾区捐助。

子吟心里有数了，本次学员和上次差不多，即便捐款总额有增长，她在上届捐助平均金额的基础上，上浮二成，大概就可以了。那天所有同学都到场了，不过管理部门没有出席，这个也好理解，毕竟这是学员自发组织的，管理部门出席于理不合。流程细节也不消多讲，子吟听到这次捐助的对象，竟然是玉树地震后重建的一个小学，那里的学生缺少基本的学习和体育用具，这次大家捐助的款项全部用来帮助这个学校。子吟知道这里是藏区，更知道这里是我的家乡，虽然玉树离西宁尚有八百公里。她立即决定把捐助的金额提高一倍，而且当主持人宣布招募志愿者的时候，她第一个高高举手要报名，也被主持人认可了。

真是有戏剧性的一幕。当晚子吟兴冲冲赶回家，仿佛是天大的好消息般把事情原委告诉我。我当然知道玉树是我的家乡，但那个地方对我而言也是远在天边的所在，从小时候起也只是在电视上才能听到的地理名词。几年前那里发生了大地震，没想到现在那里的灾后重建还在人们的视野里。子吟临时增加捐助数额我也极为开心，但是她积极地报名当志愿者这件事，我是有些担心的。玉树地区属青藏高原东部，海拔达到四千五百米，典型的高原气候，子吟去了那里未必能适应。我把我的担忧说给子吟听，她倒是很乐观，说自己身体很好，肯定不会发生高原反应。我嘿嘿一笑，说高原反应尤其容易发生在身强力壮的人身上。

第九十八章

按照原来的计划，培训班去青海玉树的捐助活动定在十月中旬，子吟还为此做了一些适应性训练。比如早上起来绕着小区跑上六七公里，适当服西洋参等，以增强机体的抗缺氧能力。子吟还问我家人在高原的注意事项，结果他们其实也没有人去过那里。我家虽然号称是在青藏高原东麓，其实海拔还是比较低的，算是介于低海拔和高海拔之间，我们那里的人去玉树照样会存在高原反应的问题。无论怎么样，子吟还是做了比较充分的准备，已经将所有的工作都安排妥当，就等着出发去那个听起来很美的地方。

谁知计划和变化严重背离，眼看出发日期临近，子吟却突然病倒了。虽然医生说是病毒感染引起的，可反应在子吟身上的症状却异常厉害，好几天高烧不退，人仿佛虚脱了一般，倒在床上爬不起来。捐赠计划不可能因为她而取消或顺延，而根据计划，志愿者们飞抵西宁后，在那里采购物资，然后租车开往玉树地区。所以组织者和子吟商量了一下，很快决定换个人选代替子吟去完成这个任务。子吟当然很可惜浪费了这么好的一个机会，她内心深处其实非常期望多做这样的事情，结果还是要做个旁观者。我安慰子吟，以后有机会了，我们一家人去那里看看，也是一样的。

志愿组出发以后，在他们班级大群里实时更新路上的动态，大家的交流异常踊跃。子吟原先就有个计划，在西宁组织一个欢迎志愿组的活动，毕竟西宁是我的家乡，我们为志愿者提供一些力所能及的帮助，不仅合情合理，而且更能彰显我们对这件事的重视。虽然子吟没能成行，这件事我们还是要去把它做好。我知道我弟难堪大任，于是选择在西宁的好朋友出面做这事。我知道前同事"神灯"哥在两年前就出任了院长之职，主管单位的项目质检，所以一年大部分时间跑全国各地，其余日子里坐镇单位。我惊喜得知他在这段时间里刚好就在西宁，于是请他帮忙做这件事，"神灯"哥欣然应允。

我刚参加工作时的单位，这些年在全国各地发展迅速，"神灯"哥作为一个兢兢业业的老员工，把青春贡献给了单位，十年时间已经主管了单位下属的二级企业。我佩服"神灯"哥的兢兢业业，对企业的一贯忠诚，而"神灯"哥也欣赏我的努力和闯劲。当他得知这次活动的目的，坚决不要我给他的活动费用，而是他个人出资来接待志愿组。同时要求我对此事保密，若有人问起来，就说是他们的企业行为。他安排了志愿团的接机、住宿、欢迎宴会、租车和采购事宜，而志愿者们感受到了高原人民的好客热情，也没人怀疑这么大的接待规模，其实是"神灯"哥的个人行为。我和子吟把这件事铭记于心，靠谱的朋友真不用太多，一个两个就足矣。

大家都在微信群里关注着志愿者们的行动，他们艰难抵达了玉树，行程并不顺利。队员们或多或少都有高原反应，其中一位还特别严重，车子刚到日月山，他就反应剧烈，开始呕吐、疲乏、腹胀和胸闷，这个样子即便是上氧气瓶也不行呀，无奈他只能中途返回。这些人都是事业上的成功者，他们各个精力充沛、意志坚定，在人生路上克服过很多艰难险阻，才会在事业上取得很大的成就。所有志愿者在来之前，也都进行了严格的体格检查，还做了适应性训练，没想到高原气候还是给他们来了个下马威。子吟看他们这个样子，估摸着自己去了一样，只是不知自己会不会是反应最强烈的那一个。

看他们发回的照片和短视频，金色的朝阳透过氤氲，将光芒洒在玉树格萨尔广场上，那种景象如梦如幻，的确有其壮美的地方。在震后几年的玉树市里，宽阔整洁的街道旁高楼林立，满载乘客的公交车与私家车往来穿梭，秩序井然。玉树灾后重建工作接近完成，很多中小学都已盖起漂亮的新教学楼，而现在主要解决的问题，是改善学校孩子们的伙食，改善教师办公、住宿条件，增加教育教学设施，这次大家的捐助正是为此。经过十个钟头的漫漫征程，这次活动捐赠的所有物资终于顺利抵达捐赠目的地学校。

培训班的事情暂时告一段路，子吟的感冒治愈后，就去自贡出差了，那边公司里堆积了一堆的事等着她去处理。我们本来是安排钟点工阿姨晚上接孩子放学的，可子吟出差不到一星期，阿姨因为自家的原因不能接我儿子放学回家。这下我傻眼了，一时半会儿找不到人接孩子，我身上一堆的事情要忙，怎么办？正巧我在邻居群里了解到，小区里有一个三年级的小朋友是自己上下学的。其实学校离我家也就两公里左右，如果选择公交车，也刚好在校门口和家门口有站台。我决定让儿子也自己试试看，于是特地买了电话表给他，又带着他熟悉了路线，让他和那个比他高一年级的小朋友放学结伴回家。这样过了一个月，看起来一切都好。我暗自得意，以为这事就这样解决了，哪里知道仅仅一个月，儿子嘴里脏话连篇，原来那个三年级小朋友有说脏话的习惯，儿子和他玩得要好，自然开始模仿他了。子吟回家后发现这个情况，立即终止了他自个儿放学回家的安排，还是要想方设法去接送他。

子吟在自贡出差，途经重庆的时候都是妞妞接送她，所以她们两个有了经常在一起的机会，有好几次子吟忙得不可开交，需要一个很贴心的人过去帮忙，都是劳烦妞妞过去。有妞妞相伴，子吟的日子过得很是惬意。她们商量好过了元旦到上海逛迪士尼，选择这个时候去，是因为节后周末人相对比较少，子吟极想带着儿子去看看，据说儿子同学们都去过了，儿子都吵着要去好久了。妞妞也是极想带儿子去那里的，小孩子好像天生对迪士尼没有免疫力啊。所以子吟和妞妞聊起这事，自然是一拍即合的，就像多年前她们在上海商量一起做事、玩乐时一样。

快到这年年底的这段时间，子吟不再连续出差了，因为经过半年的运作，她的老家那边公司开始进入正轨。子吟工作的重心还是在上海这边，至少将来几年还是这个状况，所以自贡的公司暂时只能兼顾。我们以出让部分股权为代价，引进了一位职业经理人，让他全权打理那边公司。后来发现这样做效果特别显著，子吟只需要在有重大事项需要决策时过去解决。那边几个项目启动起来后，投入的资金比较大，如果不是上海这边公司盈利稳定，我们恐怕要向银行贷一大笔钱了。也正因为如此，今年一年里我们手头异常紧张，感觉时时处在缺钱的窘境中，赚到的钱都转化成固定资产了。

本来流动资金就很紧张，没想到十二月初的时候，家里又遇到事了。我们小区的地下车库车位要对外出售，这就又需要花一大笔钱。我们小区里大部分人家都保有两辆车子，而车位与户数的配比只有一比一，因此车位在这里简直就是超级稀缺资源。我们从前年开始已经明显感觉到了车位的紧张，如果晚上六点以后回来，就基本上找不到位置。开车的业主只能到处转圈圈想办法，有的停在过道上，有些停在规定禁停的开阔处，如此车库里成了邻里矛盾纠纷最突出的地方。按照相关规定，每户居民只能买一个车位，而我们的楼下刚好有十几个子母车位，子吟老早就想好，要买就选一个这样可以停两部车子的位置。

车库车位的价格公布出来了，子吟倾心的子母车位价格高到令人瞠目结舌，居然需要九十万。我觉得这个价格简直太坑爹了，开发商当业主是冤大头了。不过气愤归气愤，仔细想想这是没有办法的事，供需矛盾突出，物以稀为贵。我和子吟商量，建议先买一个车位，子母车位的事先不考虑。子吟也纠结了两天时间，她也觉得这个价格远超过了她的预期。不过很快发生了一件事，促使她迅速决定买子母车位。那天她晚上十点回家，实在找不到合适的地方停车，只好停在一处狭窄的过道处。结果第二天一早发现车屁股被其他车辆撞瘪了很大一块，子吟虽然心疼，但不想追究这事，因为她停的位置有点挡人家的路，但凡有别的地方好停，她绝不会停在那里的。

事情决定下来后，子吟就想办法筹钱了。妞妞豪气，借了二十万给我们，我又在李晓勇处借来十万，离总额还差三十来万，怎么办呢？子吟想起了陈惠良，他们因为经营费的事情关系已经很僵了，子吟好早以前就已决定不和他继续合作，在他这里吃亏也当是买了个教训。这会儿因为车位的事情着急用钱，子吟想起陈的不信守承诺，心里颇觉愤懑，于是找了他两次，目的当然是希望能讨回一些公道，以解决这次的燃眉之急。和陈惠良谈得很不理想，他反复强调的是这些项目利润率太低，不足以支付原先谈妥的经营费。

子吟原本是死马当活马医，如果能要回来点也是好的，哪里知道陈惠良态度那么坚定呢，而实际上这事的确是他做得不对。他的项目利润率低，这只能说明他没有控制好成本。而且据子吟的了解，这个行业毛利润率不可能如陈惠良说的那么低。买车位的事比较急，我们暂时想其他办法筹到了。但子吟对和陈惠良的事有些着急上火，越想越觉得这事可气，于是她想到了一个办法，想迂回给陈惠良施压，看他会不会妥协。她通过特殊渠道让开发商迟滞付款给陈惠良，几番沟通下来，他只能妥协，无奈向子吟支付了一笔费用。但如此一来，两人的关系就急转直下，渐至于形同陌路了。

早在这年年初的时候，我们就有过计划，来年的春节回自贡过。我们已经很多年没陪岳父母过年了，更重要的是，马上要到子吟婆婆的十周年祭，在这个特殊的日子里，我们都希望能去婆婆坟前拜一拜。可就在这时候，从子吟老家传来了一个很不好的消息：子吟婆婆墓地所在的周边区域，被某个开发商看中，要建别墅区，这会儿当地政府已经开始启动征地手续，由于搬迁工作量特别小，据说明年开春就要开工建设。子吟一听这个消息就急了，赶紧联系询问拆迁区域的私人墓地如何处置，得到的答复是：有偿搬迁。这件事非常伤脑筋，但似乎也没有什么好办法解决，无奈之下子吟只能请她爸爸另挑一块墓地，等时机成熟了择吉日迁墓。

那些天子吟有些黯然神伤，遇到这样的事让人有种深深的无力感，婆婆选择这块地，后辈却无法保全，这是另外一种不孝吧。然而就在元旦前夕，事情又有新的变化，只不过这次是个天大的好消息。原来按照开发商最新的规划设计，那块地很多地方确实要进行大规模平整作业，里面的人工建筑要搬迁，自然地貌会大变样。但是子吟婆婆墓地所在的那两块小山丘，要原貌保留下来，因此婆婆的墓地也就可以不用搬迁。我们听到这个消息又惊又喜，如果说以前不懂得"风水宝地"是什么意思，现在则完全懂了。婆婆生前选择了那个地方作为自己的永久归宿地，这是多么睿智的选择啊。

我曾跟随子吟去过婆婆墓地，我们没想到那个地块会被人拿来开发，但婆婆墓地所在的山丘被保留下来，仔细想想似乎也并不十分令人意外。婆婆墓地在两个相连山丘的接合部，奇特的是这两个山丘大小相仿，形状相似，其周边地势起伏不大。这样看来，开发商是把这里作为天然的景观加以保留了，说不定还会人工美化。子吟还是有担心的，怕开发商会改造这两座山丘，如果人工改动过大，也就难免会影响到婆婆的墓碑。所以这次回去，她准备和开发商接触一番，以确保这里不受后期可能的改造施工影响。

发生了这件事以后，我们对今年过年回家就有了更多的期待，都想着隆重纪念这个对子吟来说，非常重要的日子。妞妞知道了这事后，也说要一起去祭奠一下婆婆，子吟感激地答应了。综合了各种因素之后大家一起回自贡参加婆婆十周年祭，子吟和妞妞商量好了最新的日程安排：孩子们放寒假后不久，妞妞带着她儿子来上海玩几天，主要目标是逛逛迪士尼，我们原来计划过了元旦就去迪士尼乐园的，因为那时候是全年游园人数最少的时候之一，唯有这个时候才可能不受长时间的排队之苦。但这个时候小孩子们都在上学，单单利用周末时间是不太好安排的，因此才会有最终这样的计划变动。

第九十九章

二○一七年元旦节刚过，我接到我弟的电话，他说爸爸得了急性胰腺炎住院了。听我弟的描述，这次生病事先毫无征兆，我爸吃着饭就抱着肚子开始在地上打滚，浑身冷汗直冒，看得在场的家人心疼不已。我爸性格也算坚毅，什么样的苦没吃过呢，就算当初因车祸被撞断腿，自始至终也没见他疼成这样。我不敢怠慢，赶紧买了张机票回老家。我到达医院的时候，我爸疼痛症状已经减缓了很多，不过主治医生看着拍的片子一脸凝重，我就知道这次这个病真的不轻。我们选择了医院能用的最好治疗手段，姐弟几个轮流守护在病房里，期望我爸能挺过这一关。

我这么多年一直未能陪在我爸身边，这次可不能有丝毫的懈怠，我决定

通往申城的阶梯

在医院边上开个房间，方便照顾我爸，也没准备回家里。不得不说，这个时候最能体会到子女多的好处了，我坚守了两个晚上，体力真有些吃不消，这时候我姐和我弟可以替换我一下。那天我走出医院，外面下起了大雪，路上积雪已达两三厘米之厚，我的精神为之一振，困倦霎时消失得无影无踪，有多久没看到过这么大的雪了？我决定暂不回宾馆，沿着大道一路走下去。这会儿天还未亮，路上行人也不多，我踩着雪走了好久，身上也覆盖了一层，再回头看到自己的脚印，心情非常愉悦起来，原来我不仅喜欢下雨天，更喜欢这满天飞雪的日子。

这场雪下得真够结实的，和我小时候后见识过的最大的暴雪有一拼，不过我们心情还是很沉重的，因为我爸的情况没有明显好转。我爸住院的地方并非西宁最好的医院，于是我就想给他换个医院，说不定治疗效果会好些。如果是在上海，这个问题不在话下，只要子吟一个电话，我们就能解决所有问题，我们在西宁可没有多少熟人，只能又劳烦宋大哥帮忙。联系他的时候，他已经回了宜昌和家人团聚，不过他还是尽力帮我联系到了西宁的一个著名专科医生。我带了所有的病历和拍的片子去找那位医生，他看后认为病人炎症比较严重，必须住院采用高压氧联合生长抑素治疗手段才行。

我赶紧回去后和我弟商议，要给我爸转院治疗。没想到的是我爸坚决不肯转院，按他的说法，他经过这段时间的治疗，自己感觉已经开始恢复，住这里治疗挺好。我听了暗暗叫苦，胰腺彩超片子显示炎症没有减弱，所以后面病情很有可能会反复，转院找好医生治疗是最稳妥的方案。只是我的劝说无效，我爸铁了心就在这里住院，而且他想尽快回家。我知道他的心思，他看我坚决要转院的态度，肯定以为他的病情特别严重，可能觉得即便转院也只是延缓病情，而不是根治，所以才会想着放弃继续治疗吧，还想着回家！他有这个心思，我倒很为难，如果我坚持要转院，他可能会强化他的想法。我这会儿无计可施了，打电话给子吟，想请她出个主意。子吟说暂时稳住病情要紧，只能等爸的情况有变化了再转院。看起来也只能如此了。

住院才过了十天左右，医生开的两批药刚用完，我爸吵着闹着要回家，没人能拦得住，而医生根据观察还是建议继续住院治疗的。从我记事起，我爸决定了的事从来就没人能够改变，这次我估摸着也是这样。我特别着急，眼睁睁看着他自己拔了还没有打完的静脉注射药，有生以来第一次当着他面发了火，他只愣了数秒，一定是没想到我会当面发火，但即便如此也没能改变他出院的决心。我这时候有些愤怒了，拒绝跟着家人送我爸回家，而是选择即刻买到当天的返程机票。我三姐陪我到宾馆，对我温言相劝，我何尝不知道这时候应该以照顾病人为重，但是我觉得没有听医生的肯定要吃大亏。万一回家后病情恶化，抢救又不及时，出现最坏的结果怎么办？大家都想到这些了，这时候却只能干瞪眼没脾气。

当我登机了，心里开始后悔异常。最近十多天我一直在网上看急性胰腺炎的资料，知道这个病恶化后很快会危及生命。如果我爸回家了病情真的恶化，而我又不在身边，那个局面我是不敢想象的，说不定会留下一生最大的遗憾。飞机落地后我赶紧打电话给家里，得知我爸回家后没有异状，一觉睡到现在还没醒，我心下暗暗称奇，一路上的紧张情绪才稍微好转了些。子吟已在机场航站楼出口处等我，她见了我就拥上来抱住我，满眼的都是心疼，说我熬夜都熬出了眼袋黑眼圈，然后拉着我手牵我回家。

回家的路上，我大概把这几天的情形说给子吟听，她一个劲地安慰我，大意是老人住院心情不好的话，治疗效果会大打折扣，回家后休息几天，说不定会对治疗有促进作用，如果情况不对再送医院。子吟又说如果爸在家稍好些了，可以接他来上海治疗，肯定能妥妥地治好。子吟总是那么会安慰人，我最担心的是我爸回家后，静脉注射消炎药都停了，这是很危险的行为。子吟又说起另外一件巧合的事情，妞妞第二天就带着儿子飞过来上海。我这才想起子吟和妞妞年前就商量好的这事，心说的确是巧合，妞妞来上海，是需要我们一家人来接才够隆重。

随后的一周内，我几乎每天打两三个电话给家里，惊讶地发现我爸奇迹般地好转了，在家里就像个没事人一样。我不敢相信自己的耳朵，难道医生的诊断有问题，这个病就不是急性胰腺炎？这种可能性几乎没有的。我查了那么多资料，像我爸这种情况自愈的可能性很低。无论如何，病治好了当然是让人欣喜的。急性胰腺炎治好后，对康复者的饮食习惯是有严格要求的，尤其是肉类摄入是几乎禁止的。我把医生的建议说给我妈听，让她尽量监督我爸的饮食。但是我爸爱吃肉类，这个习惯他是无论如何也无法改变的，所以直到如今，他吃肉类丝毫没有少于生病前。就在这个春节期间，我就看到他在家里大鱼大肉吃得很欢。这时候我的内心是崩溃的，医生对病人的嘱托到底要不要遵守？当初遵医嘱住院治疗了，后果是什么样的呢？

妞妞这次来上海之前，和她儿子之间有段小插曲。小孩子知道了要来上海迪士尼，异常地兴奋，就跟盼过年似的，天天倒数着日期盼寒假的到来。姐姐很严肃地给他说，如果期末考试考不到优秀，就取消迪士尼之行。小家伙这才着了急，认认真真学习开始准备期末考试。结果数学考试成绩离优秀差了一点点，他知道他妈妈说话算话，以为自己真去不成上海了，所以在知道成绩的当天就哭得稀里哗啦。姐姐批评教育他之后，以两天内阅读完一本书为条件，他认真照做到了，他们母子这才启程飞了过来。等接到他们母子俩，大家一起住了几天，发现姐姐管儿子很有一套，小家伙被他妈妈收拾得服服帖帖。单就子女教育这一块，我和子吟需要向她好好学习的。

为了好好款待姐姐娘儿俩，子吟在此之前做了很多准备，把手头的工作提前安排好，客人的吃住行也安排得极为妥帖。而由于我的提前回归，她们的出行问题也稍简单了些，因为这个年头，开车容易停车难，由我来接送她们，游玩效率就会高很多。姐姐早就知道我们家有个大露台，但当她亲眼看到后，还是特别惊讶，连连赞叹。我种的腊梅已经含苞待放，韭菜和其他小青菜长势也很好，而我为了迎接客人特意把过年挂在露台一圈的彩灯都装扮起来，晚上点上，节日气氛就异常浓郁了。两个小朋友在外面玩得很疯，而我们就在露台上喝茶，无论谁都会喜欢这样的日子的。

姐姐来之前就说过，要去淮海中路的那家酱鸭店，她多年前曾排着长队吃过他们家的东西，这次故地重游，首先想到的事情就是再去尝尝鲜。子吟从没有去过那里，但她也是骨灰级的吃货，听姐姐说起来，当然会兴味盎然，忙不迭地安排了。姐姐说的这家店是淮海路上的国营老字号，天天排队排到长不见尾，排一个小时算是正常时间。不管刮风下雨，这里排队简直风雨无阻。尽管如此，姐妹俩终于还是去排队了。随后的几天里，她们带着小孩子们去了几个好玩的地方，比如科技馆、海洋水族馆和野生动物园等，这些事情也就不一一记录了。

她们这次聚会游玩的重点是迪士尼，所以为此做了最充分的准备，手写了整整三页游园攻略。这份攻略是网上很多玩家游园的经验总结的精华，同时也有子吟和姐姐绞尽脑汁精心安排的心血。即便在游客仍然巨量的年关，她们依照这份攻略竟然在一天内游玩了所有热门景点。子吟买到了 VIP 门票，它们包含了七张快速通行证，没有快速通行证，恐怕大半天的时间仍然得排队。我们接下来就是默念第二天排队的人少，天气安好。结果我们到了乐园大门口就知道那只是个不切实际的梦想，排队的人不比上次我们来时少啊。

这一天就跟打仗似的，子吟和妞妞通力合作，按照攻略左突右冲，我则负责看着两个小孩子，防止他们乱跑找不见人。即便是这样，到了下午三四点钟，我实在累得不行了，有两个项目就让她们去玩，我找了个长椅坐了半天。真的很佩服他们几个，从开头兴奋到结尾，只是大家上了车，就都像泄了气的皮球一样了。

我们很快就要回自贡过年，上海这边的事情都要安排好，公司的人员比去年增加不少，所以我们提前简单举行了公司总结，大家一起吃了年夜饭。子吟行前去给王伯时拜早年，老人家退休后还是闲不住，被一家私企聘为董事会名誉顾问，有自个儿的独立办公室，看起来比以前还忙些，找他谈事的人特别多。在这次聊天中，王伯时提起他的外孙的工作，看起来很是苦恼。王总的外孙去了英国留学，学的是金融管理，于去年底毕业返回上海，没想到很久都没找到合适的工作。要知道王总一直从事建筑行业，他的所有社会关系都在建筑施工领域，所以他暂时给外孙安排在系统内部，与建筑设计相关的工作，虽然待遇很好，可是毕竟不是专业所长，王总外孙做并不舒心。

听起来很是奇怪啊，留学海归找工作竟然也这么难。客观地讲，海外留学生归国后找工作不难，但近几年找到一份合适的高薪工作并不简单。王总看似有意无意地提这个问题，其实是在向子吟寻求帮助。这么多年的接触下来，他不光知道子吟做人做事没得挑，也晓得她身边的人脉关系极广，请她帮着想想办法并无不妥。对于子吟来讲，王总就像亲人一样照顾自己这么多年，难得有机会能帮王总做点事情，所以这件事她当即决定一力承担，暗暗下决心要不惜一切代价把这件事做好。当然，这件事她没有和王总详细聊，等她把所有问题都办妥当了，再说给王总听不迟。

年前的事情安排妥当后，我们买了机票飞到重庆，在妞妞家里停留一晚后抵达自贡，这次是安伟建开车亲自送我们回去的。到家后第二天，我们就准备了祭品去给婆婆上坟。从自贡到子吟的乡下老家开车有一个小时路程，我原先以为婆婆的墓地所在地是比较偏远的，哪知登上山丘最高处一看，远方自贡城区在目视范围以内，看来此处离自贡市区反而比子吟乡下老屋更近，怪不得这个地方这么快就被圈定盖房子了。果然除了婆婆坟地所在的两个小山丘，其他大部分地方已经有了施工的痕迹，植被已经被全部铲除了，山丘下的平地里，多处有勘察设备正在施工。毕竟是做这行的，我们一看就知道施工到了哪个阶段。

通往申城的阶梯

蓝天白云之下，两座山丘的鞍部之间，孤零零一个墓碑立在杂草之间，看着很让人心疼。每每看到这个情形，子吟都会替婆婆难过，今天当然更甚，这是另外一种形式的永久孤独。如果不是人多，子吟一定会哭出声了，此刻早见她红了眼，泪水在眼里打转。我们把婆婆坟头周边的杂草清理了一番，把坟头流失的土补补齐，我们跪倒在地，给这位曾经最疼子吟的可敬长辈磕头，祈祷她在天之灵能够安息，能够保佑我们过得越来越好。回家的路上，我们遇到一个钻探井施工组，子吟上去用家乡话和一个地质记录员说话，问他一些施工的情况。我知道子吟还是不放心，想确认一下施工是否真的不影响婆婆墓地，后来我才知道她的用意远不止此。

祭奠完婆婆的当天下午，妞妞和安伟建返回了重庆，大家都要准备过节了。年三十晚上，看着满天飞舞的烟花，子吟悄悄地给我说出了她的新年愿望，就是在自贡那个正在开发的新楼盘里，买一套房子。我听后有些吃惊，但很快就明白她的用意。婆婆墓地所在的山丘得以保留，但别墅区建成后，这一块区域就会成为私家花园，到时候祭扫婆婆就可能是件麻烦的事。如果我们买了套房子在里面，哪里还有这个问题呢？甚至我们可以选择就近买那两个山丘附近的一套房子，那就一切都完美了。以后我们回老家后，可以随时上山拜祭婆婆。我这才搞懂那天子吟和那位地质记录员详细聊楼盘建设规划的原因，如果我没意见的话，接下来她可能会很快就着手做这事。

我当然很乐意支持子吟的想法。这里开发新楼盘的原因是区域内山清水秀，不远处有座远近闻名的水库，水库边上是生态环境保持良好的茂密森林公园，但这里离自贡市区有点距离，建成后的别墅房价肯定不会太高，相信不会对我们造成太大压力。我不知道子吟从何时开始打起了这个主意，当我们定下了这事后，她就很快行动起来了。过了正月初三，她就托朋友打听这个项目，很快就把这个项目的情况掌握了个十足十，并且在过完年不久就和楼盘的开发公司老总联系上了。我估计那位老总是既惊又喜的吧，房子还没影呢，已经有人找上门要准备买了。

过完年回到上海后，子吟就把全部的精力投入到了解决王总外孙工作的事情上。当初王总说起这事的时候，子吟已经想到该找哪些人帮忙了。其间的过程也不详述，很快这个问题就得以圆满解决。说是"圆满解决"一点也不为过，子吟帮着搞定的这个岗位起点还是很高的，很多人都会羡慕异常，包括我在内。可惜的是我没有学金融专业，身边认识的从事金融行业的朋友和邻居，都是高收入群体，比建筑行业强太多了。但是如果我没搞建筑工程，很大可能是遇不到子吟了，看来我也没入错行。我知道王总对这事是很满意的，老人家从来就没看错过人。这件事后面有最令我吃惊的部分：工作搞定后，王总家人立马在小伙子公司附近买了套房子给他。这里可是寸土寸金的徐家汇啊，我想起很久以前倪茜为了她的车子好停而换房子的事，两件事如出一辙。

尾 声

和子吟相识相知快十个年头了，老天仿佛也在嘉奖我们似的，这年我们各方面都很顺利。苏斌的一个好朋友是某国际著名家具家居用品公司中国区总裁，这家公司在全国各地兴建实体店，苏斌适时地把子吟的公司推荐了进去，专门承包土建和钢结构施工。所以在二〇一七年一季度，我们公司的规模和业务量，比去年翻了一番有余。最让人惊喜的是，这家外企在重庆也开了两个项目，而子吟在自贡那边刚好有团队，不用一切从头开始做起，上手管理施工就特别容易。最令子吟开心的是，她有很多机会和妞妞泡在一起，子吟去重庆就可以直接住到妞妞家，和回家也差不了多少。一切都很完美，简直是天时地利人和。

我的工作相对子吟的来说要轻松一些，最近几年连出差也是很少遇到了，所以儿子的学习主要由我来负责。儿子还是一如既往地调皮，我也记不得有多少次被老师单独留下来谈话的经历。儿子的学习成绩也不怎么样，要是某门课某次考试考了个优秀，全家人要像过年般庆祝一番才罢，只是上一次类似的庆祝仪式，也不知过了多久了。我们知道他还太小，极其不懂事，只有等到他稍微长大些，懂得了些生活的艰辛，明白了些事理，一切都会好起来的，所以我和子吟不担心。随着时间的推移，我发现我的生活越来越接近我曾经期望的样子：不是为了生存，而是为了好好地生活。

那是晚春的一个傍晚，儿子在写作业，钟点工阿姨在做饭，我和子吟在商量五一假期的安排。以前，五一节是七天长假黄金周，所以安排出行还相对从容些，如今这三天的假期简直是聊胜于无的。在长三角区域旅游度假，只要你能想得到的地方，肯定是人满为患的，出游基本是个很痛苦的选择，而要选择去远些的地方，假期又实在太短。我们商量了好久也没有结果，正在此时，子吟的手机响了，她看了一眼来电显示号码，眼里满是惊讶，很快把手机屏幕凑到我面前。我也看清楚了，这是秦剑明夫人打过来的。以往都是秦剑明或子萱拨打子吟的电话，秦剑明夫人的号码还是很久以前我们去拜年时她们互留的，在我的印象中，这是第一次接到她打电话过来。

子吟接起来后，先热情地向对方问好。很快，我看到子吟脸上笑容凝固了，神色异常紧张起来，她忽地站起身，我能明显感觉到她的身子微微打起颤。从二人的通话中，我知道是子萱出事了，而且是刚刚发生的事！子吟真的被惊吓到，连说话音调都变了，这么多年从未见她如此紧张。我能听出电话那头秦剑明夫人带着哭腔，连我的心也冰冷起来。子吟从她的描述中，大概知道了些情况。那天秦剑明夫人和子萱一起去附近商场逛街，当她们娘儿俩正好走过地下车库出口前的车行道上，哪里知道灾祸从天而降，一辆刚从地库出来的车辆，不知为何失控般地突然加速冲过来，子萱先觉察到了危险，猛地向前推了一把她妈妈……

秦剑明去了外地，得知消息后赶紧订了机票准备回来，同时让他爱人打电话给子吟，他知道子吟能找到最好的医生来救子萱。挂了电话，子吟赶紧换衣服准备出门。我说我送你去医院吧，儿子让阿姨看一会儿没问题。子吟没怎么犹豫就答应了，她说她有一些重要的电话要在路上打，开车或者坐出租车都不方便。从家里出发去长海医院真不算近，我尽量把车开快些，根据导航提示也需要四十多分钟才到。子吟一上车系上安全带就开始打电话了。我知道子吟在申城医疗系统人脉广泛，但她一般不会向我提起这些事情，就像她做经营工作一样，很多事情她不会让除当事人外的第三人知晓，她记得秦剑明当初的忠告。

当子吟拨通电话找寻医院最好的外科主任医生时，我简直不敢相信她找的人的级别竟那么高。在我们到达医院之前，她已经联系到医院顶级专家组成的抢救组抢救子萱。后来我知道了，那个抢救团队是治疗部队高层干部的阵容。我正欲将车子顺着医院停车库入口开进去，不料子吟让我靠路边停下来。她不让我跟着上去，她说我上去了也不管用，而家里留钟点工阿姨看着孩子也不妥当，让我回去在家里等消息。我答应了，叮嘱她不要太着急，好好安慰秦剑明夫人。她轻声应许后就下了车子。我看着她匆忙的背影汇入到了那些正在进入医院的人群里面，这个夜晚对她和她爱的人都不容易。

我掉转车头往回开，心头思绪万千，错过了去往浦东最近的中环国定路上匝道，索性继续往前开，上了内环高架路。夜上海华灯初上，霓虹闪烁，而车子经过杨浦大桥时，浦江两岸灯火辉煌，最是人间迷人处。这些年发生的事一幕幕涌入脑际，我们都出身于普通家庭，努力地克服一切艰难险阻走到今日，虽然并没有做成什么惊天动地的伟业，却也并没有碌碌无为。如果没遇到子吟，我的生命像极了天空下的一粒尘埃，一个卑微的存在；而她则是一缕阳光，穿透了这尘埃，让其折射出了万紫千红的模样。两个月后，我开始写下一些文字，就是为了献给她，也献给我们无悔的青春。让我记忆犹新的一瞬间，莫过于两年前的那天早上……

[全文完]

通往申城的阶梯